江藤淳は甦える

平山周吉
Hirayama Shukichi

新潮社

江藤淳は甦える　目次

装幀　菊地信義
カバー・表紙　写真　立花義臣
前見返し　母　江頭廣子
後見返し　「江藤淳」名義の遺書
（平成十一年七月二十一日）

江藤淳は甦える

第一章　最後の一日と最初の一日

「江藤淳氏が自殺」

平成十一年（一九九九）七月二十二日の朝、重い疲労感と寝不足の目のまま開いた朝刊一面には、大きく訃報が報じられていた。私は自殺の事実には何の驚きもなかった。前夜の九時ごろ、いち早く第一報を聞いていたからだ。

「江藤さんが亡くなった。どうも自殺らしい」。同席していたHさんの携帯電話に入った情報に私は呆然となった。自分の下半身がわなわなと溶けていくようだった。わずか数時間前に鎌倉の江藤邸にうかがい、『幼年時代』連載第二回の原稿をいただいたばかりだったのだから。うかつにも、死の兆候にはまったく気づかなかった。会っていた一時間弱の言葉のひとつひとつを反芻してみた。

「脳梗塞の影響が原稿に出ていませんか」

「江藤淳のぬけがらになっているのではないかという危惧がある」

「『幼年時代』はつらい仕事、書き上げて愉快という仕事ではない」

玄関先での別れ際、お辞儀をした頭を上げた時にちらりと見えた最後の姿は、原稿を渡し了《お》え、心は次に向っているようで、すでに足早に歩を進めかけていた。私のことなどはもう眼中にないようであった。

自殺当夜のその後の記憶はほとんどない。おそらく車で鎌倉に向い、主のいない江藤邸にしばらくいた後、会社に戻り、あわただしく追悼特集の企画と人選を考え、発注できる原稿は発注したのだと思う。遺稿となった『幼年時代』を掲載する「文學界」九月号の校了までには、あと一週間近くある。少しぐらい無理をしても、出来るだけのことはしよう。ジャーナリズムの第一線で四十数年書き続けてきた江藤淳という物書きは、さまざまな故人がどう追悼され、またいかに忘却されていったかを知悉《ちしつ》していた。亡くなる直前、頭の片隅で、「文學界」は校了まであと何日あると、無意識で計算したのではないか。そんな馬鹿な考えが私の頭に浮かんで消えた。だが、その妄想を一概に否定することは、どうしてもできなかった。

自殺の新聞報道を見て私が驚いたのは、年齢のことであった。享年六十六、とどの新聞も報じていた。昭和八年（一九三三）生まれとされていたが、実は昭和七年（一九三二）生まれだったのだ。芸能人でもあるまいし、江藤淳ともあろう人が、なぜそんな小手先の変改をしていたのか。

江藤淳の自他ともに認める代表作は『漱石とその時代』である。完結間近のまま遂に未完となった評伝の冒頭は「のちに漱石という雅号で世に知られるようになった夏目金之助が生れたのは、慶応三年（一八六七）一月五日（旧暦）のことである」という一文である。印象的な書き出しを得意とした江藤淳にとって、この何でもないような一行は、万感の思いを込めて記されたはずである。書下しのライフワークに取り組むという緊張の一瞬であったろう。誕生日は評伝作家ならばゆるがせにできない基本中の基本の事実である。それがよりによって丸一年も違っていたのでは目もあてられないだろう。評伝という形式を愛した江藤淳は、自らの誕生日をなぜ一年遅くして公称していたのか。

私は紙面の江藤さんの顔写真を見ながら、そのことばかりを考えていた。今になって思うと、私は「自殺」という厳粛な事実をどこかで回避しようとしていたのだろう。慶子夫人を亡くした後、心身ともに不安定な上に、一ヶ月前には軽い脳梗塞で入院していた江藤さんに『幼年時代』連載という無理を強いたのではないか。江藤邸の応接間で、自分の対応になにか落ち度はなかったか。平静だが、いつもの快活さはなかった江藤さんを、ひとつ冗談でも言って笑わせることができればよかったのに。いっそカップでも取り落して、逆鱗に触れれば、沈んだ気分は猛々しい闘争心に変化したのではないか。身を締めつけてくるような後悔の念から、年齢の疑問を考えることで目を逸らしたかった。

江藤さんの年齢については、「文學界」編集部に異動してからのこの四ヶ月間、意を決して質問をしようとずっと思っていた。江藤さんの文章を読むと、自筆年譜の記述との間に矛盾が出てきてしまうのだ。『幼年時代』は若くして病死した実母のことを書く作品である。江藤淳の最愛の人である母・江頭《えがしら》廣子《ひろこ》は既に印象的に描かれていた。一つはルーツ探しの物語『一族再会』に、もう一つは「文学と私」という自伝エッセイに。どちらも江藤淳の読者には馴染みの代表作である。

「私が母を亡くしたのは、四歳半のときである。つまりそれが、私が世界を喪失しはじめた最初のきっかけである。正確にいえば、私が生れたときすでに、私の家族はひとつの大きな喪失、あるいは不在の影をうけていたのかも知れない。父はまだ十一歳のときに祖父を亡くしていたからである」（『一族再会』）

「「死」がそれほど怖しくなかったのは、若くて死んだ母の死顔を美しいと思った記憶があったためかも知れない。そのとき私は四歳半にすぎなかったが、母の枕元に坐らされて最後の別れを告げたのを覚えている。もし私にいくらかの文才と語学の才があるなら、それは二十八歳で結核で死んだこの母から受け継いだのである」（「文学と私」）

江藤淳という文学者の核になる最も繊細な記憶が、この母親の死である。忘れようとしても忘れられない記憶である。いずれも「四歳半」となっている。この記述が自筆年譜と合わないのだ。自筆年譜の冒頭を次に引く。

「昭和八年（一九三三）

十二月二十五日、東京府豊多摩郡大久保町字百人町三丁目三百九番地に生る。江頭隆の長男、淳夫と命名さる。父は海軍中将江頭安太郎の長男、三井銀行本店営業部勤務。母廣子は海軍少将宮治民三郎の次女。

昭和十二年（一九三七）　四歳
六月十六日、母廣子を喪う。享年二十七。死因は結核であった。廣子は昭和六年三月、日本女子大学英文科を卒業、同年五月江頭隆に嫁した。七月七日、日華事変勃発」

以上の簡潔な年譜の記述に、本名「江頭淳夫《えがしらあつお》」の人生とペンネーム「江藤淳」の人生の八割方は凝縮されている。それだけ重要な部分である。十二―八＝四と誰が計算してもなるように、母の死は十二月生まれの江藤淳が満三歳、数えなら五歳の時になる。『一族再会』でも『文学と私』でも「四歳半」と明記しているのは、数えでなく満年齢ということである。江藤自身にとっては、母と一緒にいた時間が、四歳までと表記することでは足りず、四年半あったことを明確にするために、「四歳半」という表現になるのだろう。母の死んだ日に間違いがないのなら、自らの誕生年は一年繰り上がって昭和七年でなければならない。この自筆年譜は昭和四十二年（一九六七）、まだ三十代前半だった江藤が講談社から出版した『江藤淳著作集』第六巻のために書かれ、以後ずっと踏襲されてきたものだ。

母の死が『幼年時代』の主題なのだから、この齟齬について、いい機会を見つけて尋ねなければとは思っていた。まさか自筆年譜が違っているとは想像だにしていないから、単純なミスを指摘するということになりかねない。単刀直入に聞けばいいのだが、その質問で不興を買うかもしれない。江藤淳という人は編集者にとって「怖い筆者」だったから、気軽には質問できなかった。一緒に食事をとる機会に、今日こそは聞かねばと何度も思ったが、慶子夫人を亡くした後の江藤さんは情緒不安定で、機嫌よく情勢判断や文壇人物月旦をしていたかと思うと、夫人のことを思い出して、急に嗚咽と滂沱《ぼうだ》の涙となる。涙がおさまると、すぐにもとの座談にけろりと戻る。これでは今日は聞けないなと、私は自主規制してしまう。そんなことが続いていた。

やはり昭和七年生まれだったのか。新聞記事に納得すると、江藤さんのあわただしかった勤務先の移動が思い出された。東工大から慶応へ。慶応から大正大へ。そのいずれもが定年前の移籍だった。普通なら定年を迎えてから別の大学に移る。いくら次の大学から望まれたにしても、あわてることはないはずだ。あれは実年齢と公称年齢との齟齬を隠すためだったのだろうか。江藤淳が生年を変更することは一時の恥辱にはなっても、誰かが目くじらを立てることもないだろうし、それまで騙しおおせてきたと誇ることだってできたはずだ。江藤淳という文士の中に潜む、常識では測り難い奇ッ怪な心理が想像された。

歿後の「生き埋め」

あの新聞報道を見た日に、私がまずしなければと思ったのは携帯電話を買うことだった。今からでは大昔のことのようだが、二十世紀の終わりにはまだ携帯電話を持たずになんとか仕事ができたのだ。前日の江藤さん自殺の第一報が携帯に入ったことが私の念頭から離れなかったのだろう。駅前のショップで縋《すが》りつくような思いで携帯電話を購入し、それから私は会社に出勤した。最後に会った編集者としての取材を受け、事務的な用事をすまし、午後遅くに再び江藤邸を訪れた。遺体はすでに戻って安置されていた。死は受け容れるしかなかった。

鎌倉の谷戸《やと》にあった江藤邸は、当時は携帯の電波が入らない場所であった。十数年ぶりに江藤淳の作品を集中的に読み直し始めた時に、そのことを思い出した。歳月の流れの速さが思いやられた。衝撃的な死からの三年間に、江藤淳をタイトルに付した書籍が七冊も出た。そこでパタリと止まり、あとは散発的に二冊が出ただけだった。ちくま学芸文庫から福田和也編で『江藤淳コレクション』全四巻が出たが、刊行予定と仄聞していた『江藤淳全集』はいつまで待っても出る気配がなかった。

生前の江藤淳は、作家は一度生き埋めになって、それから復活すると語っていた（「作家にとって「生き埋め」になることの意味」「海燕」平7・9）。

「僕も生き埋めというのはあったような気がするな。十五年ぐらいあったかな。(略)西暦でいうと一九八〇年代(略)「検閲や憲法の制定過程の研究など」ああいう浮気をするとろくなことはない(笑)。文芸ジャーナリズム的には」

この発言の四年後に亡くなるのだが、歿後の「生き埋め」(語義矛盾だが)を明敏な江藤淳は予想しただろうか。多くの文学者や論壇人と同じく、このまま忘れ去られていくのだろうか。その程度の仕事だったのだろうか。

そんなはずはない。それが私の江藤淳再読の契機だった。日本の文学に対しても、日本の政治や社会状況に対しても、憲法問題や日米関係についても、江藤淳の文章の射程距離はおそろしく長く、歳月がたってもまったく古びてはいなかった。現に店頭で入手できる本でいえば、『漱石とその時代』(新潮選書)は近代日本が直面した不安のもっとも精緻な記録であり、『成熟と喪失――〝母〟の崩壊』(講談社文芸文庫)は一九六〇年代の変容する日本像であり、『閉された言語空間――占領軍の検閲と戦後日本』(文春文庫)は憲法改正論議などの騒々しい言論を根底から批判し続けてやまない。だから江藤淳が忘れられているとしたら、語義矛盾ではなく、まさに「生き埋め」なのだ。

そう確信できた矢先、今年(二〇一五年)に入って江藤淳について書かれた本が立て続けに二冊刊行された。近々、江藤淳を論じた研究書も出るという話だった。「江藤淳は、過去の人か」という挑戦的コピーを帯にした斎藤禎『江藤淳の言い分』(書籍工房早《は》山《やま》)は、いわば歿後の「生き埋め」に抗議する書であった。

「江藤さんは、作家、批評家、出版社、新聞社を含めた文芸の世界、つまり文壇とジャーナリズムから忌避されていたのではないか。ここに問題の根っこはあるのではないか。江藤さんの文壇内の処世に欠けるところがあったのではないか。その意見、発想が過激すぎたのではないか。

言葉は悪いが、あるいは、江藤さんの文業を葬り去ろうとする〈力学〉がどこかで働いていたのではないか」

『江藤淳の言い分』はこの引用箇所だけを読むと、江藤淳の側に立って、江藤弁護の論陣を張っているかに見える。しかし、本の内容はそうではなかった。巷間言われる江藤淳の「転向」「変節」「態度変更」「自己顕示」「論争癖」「奇矯な人」といった負の側面をも積極的に検討した本であった。「仲間褒め」的党派性を批判してやまなかった江藤淳の顰《ひそみ》に倣ったフェアな本であった。

『江藤淳の言い分』でのもっとも重要な指摘は、「江藤淳の〈自分語り〉」である。「何を語ってもそのどこかに江藤さんの姿が察知されてしまう〈自分語り〉の気配がある」「何を書いてもどんな作品にも、自分をさらけだして論を進めていく一本気な江藤さんがいる」という〈自分語り〉である。江藤淳は「〇〇と私」と銘打ったエッセイを得意とした。自伝的な「文学と私」「戦後と私」「場所と私」「山川方夫《やまかわまさお》と私」、愛犬を語った『犬と私』、白鳥の歌『妻と私』まで、評論家というよりも自在な筆で身辺を描き、時にはパセティックな筆致で激情を綴った一群の作品である。そうした作品にとどまらず、本格的な文芸批評として書かれた『夏目漱石』『小林秀雄』『成熟と喪失』『作家は行動する』にも〈自分語り〉が顕著だというのだ。これは別に「小説をダシにして己を語る」といった類とは違う。作家や作品の最深部の秘密に分析が届く時に、自然と〈自分語り〉の共鳴が起きているのである。江藤淳という文人の宿痾でもあり、最大の魅力でもある。私はライフワーク『漱石とその時代』でさえ、〈自分語り〉が聴き取れると考える。〈自分語り〉であっても漱石の伝記を損ねることはなく、むしろ豊かな倍音を提供するのである。〈自分語り〉は、江藤淳を伝記的に読むことを心がけてみて、初めて気づいたことだった。あるいは〈自分語り〉とはほど遠いはずの時務論、政治論、占領期研究からも江藤淳の〈自分語り〉は聴き取れるかもしれないのだ。

江藤淳再読にあたって、年齢問題はどうしても気になることであった。文章の中で、対談や座談の中で、自分の年齢をどう表記しているか。年齢が出てくるたびに、文章の執筆された年月日を確認し、そこから指折り数えて、正しい年齢を申告しているかどうか、一歳サバを読んでいるかどうかをチェックした。読書としてはずいぶん邪道な読み方である。確認しうる範囲では、そのほとんどで、昭和七年生まれという計算で自分の年齢を書いていた。文章上では正しい年齢を書き、自筆年譜では一歳サバ読みという大胆な犯行を白昼堂々と愉しんでいるかのようであった。昭和八年生まれと思い込んでしまっていたこっちの方がお人好しだったのだ。

小林秀雄とは活字になった限りでは、対談を五度行っている。小林は何を思ったか、そのうちで二度、江藤淳に年齢を訊ねている。不意打ちである。

小林「江藤君、今、何歳かな。あなたの年ですか、ぼくが「文學界」を始めたのは」
江藤「三十四歳ですから、ちょうど同じ位の年まわりになりますかしら。これも全くの偶然ですけれども」

昭和四十二年（一九六七）の対談である。江藤はこの年、同人誌「季刊藝術」をスタートさせた。小林は自分が河上徹太郎たちと同人誌「文學界」を編集した若き日を思い出しての質問である。もう一度は、昭和五十二年（一九七七）、小林が『本居宣長』を刊行した時である。
江藤「三つ子の魂百までも、といいますが、人間の人格の核はやはり三歳ぐらいまでのあいだに決ってしまう（略）自分の育ってきた過程を振り返ってみても、なるほど、そうだなと思うことが多いですね。（略）四十代も半ばになって、かえって、そう感じることが多くなってきました」
小林「あなた、幾つ？」

たのだろう。

江藤「四十四です」

どちらも昭和七年生まれの計算である年齢である。日常的には、昭和七年生まれという自覚で生きてい

例外的に、昭和八年生まれで通すというケースもある。精神分析学者の岸田秀との対談（『正論』昭62・7）である。冒頭で岸田が発言する。

「江藤さんと僕は、生年月日が昭和八年十二月二十五日で同じなんですってね。柄谷行人さんに、彼は奥さんが占星術の専門家で、同じ誕生日に生まれたというのは何らかの必然性があると考える人なんですが、江藤さんも僕も同じようにアメリカにこだわっているのは、誕生日が同じだからじゃないかって、からかわれたことがありましたよ（笑）」

江藤は「へえ、おもしろいことを言うね」と曖昧に答えざるを得ない。岸田が、江藤も自分も著書で「日米戦争はまだ続いている」と主張しているのは同じ星の下で生まれたからだと言わんばかりなので、江藤は話の調子を合わせるしかなくなっている。これは迷惑な対談だったのではないか。

私もかつては昭和八年生まれをつゆ疑わなかった。平成五年の十月に出た『漱石とその時代』第三部を頂戴した時に書いた礼状の下書きが再読した本の中に挟まっていた。当時刊行された『全日記 小津安二郎』（田中眞澄編纂）が昭和八年の記述から始まっていたのに引っかけた手紙である。江藤淳は旧制湘南中学から転校した日比谷高校生時代に、鎌倉を舞台にした小津の新作映画「晩春」を何度もロードショーで観ている。東京に引っ越す前、戦中戦後と住んでいた鎌倉の風景が懐かしかったからだろうか。話の展開の上で都合がいいので、礼状の恥ずかしい文面をお目にかける。

「昭和八年の小津日記を読んでいましたら、「十二月二十三日（土）六時三十九分 皇太子誕生」という記述に行きあたりました。そうか、この年は先生が生まれた年なのだと思い出し、その二日後を見ると

「一日家／（略）いつのまにか松飾のさゝが立てゝある／うすれ日の二階から見える／白菜の茎おもわする町の空」と書かれていました。その日からすでに六十年が経過しているのだという思いにとらわれました。と同時にやはり歳月という元手がかかったものだけが信頼するに足るという事実をあらためて思いました。それから遠い将来にあらわれるであろう『江藤淳とその時代』の評伝作家に、是非この小津日記から筆を起こしてもらえないだろうか、とも私は勝手に思いました」

手紙の中で「六十年」と書いているのは、平成五年が一九九三年であり、昭和八年（一九三三）生まれならば還暦だったからである。私が小津日記から自然と誕生日を想起したのには理由があった。かねがねくつろいだ座談の場で、「天皇陛下とは二日違いだから」と語るのを耳にしていたからだ。それで「皇太子誕生」の記述を見て、二日後に注意が行ったのだった。この手紙を読んだら、自分の詐術に一向に気づかない、なんて節穴で鈍感な読み手なのだろうと笑ったことであろう。もし、本当の誕生日を描くのならば、江藤淳が長年愛読してきた永井荷風の『断腸亭日乗』から引用すべきなのである。昭和七年十二月二十五日、荷風は銀座で食事している。

「半陰半晴。日暮銀座に飯して後万茶亭を訪ふ。神代高橋の二子に逢ふ。神代子来春銀座小誌と題する小雑誌を刊行すと云」

一身にして二生を経るが如く

江藤淳の生涯を調べようとして、その第一日目にして足踏みしてしまっている。一年の違いに、何か秘密の匂いを感じている。江藤の訃報を伝えた新聞記事を点検すると、読売には「結核療養のため留年を重ねていたこともあり、この時［デビュー時］から年齢を一歳若く公称していた」とあった。毎日には「日本文芸家協会によると、デビュー当時に間違われ、「江藤淳は架空の人物だから」とそのまま通していたという」と説明されていた。かりに出来心で最初に偽りの記述を犯してしまったとしても、どこかで訂正すればすむことである。それなのに文章の記述と自筆年譜の間に整合性を求めることもせずに放置している。嘘をついていますよ、と日々告白しているようなものだ。そちらのほうが不思議なくらいだ。

自筆年譜を確認すると、昭和十四年四月に戸山小学校に入学している。昭和八年生まれだと満五歳で入学したことになり、ここであっさり嘘がばれる。入学後は健康すぐれず、登校拒否児になり、「学校のない国に行けたらと夢想する。しかし父より義務教育は国法によって定められていることを言い聞かされ、暗澹とす」とある。昭和十六年九月に鎌倉に転地、日米開戦後の昭和十七年四月に「鎌倉第一国民学校(小学校)に転校。登校を好みはじめ、学業成績あがる」とあり、昭和二十一年四月に、神奈川県立湘南中学校に入学している。つまり小学校の課程を七年かかって了えているのだ。おそらく転校の際に、三年生を二年続けたのだろう。自負心が強く、早熟な少年にとって、その一年の遅れは屈辱であり、恥であり、疵《きず》であった。屈辱を塗りつぶすためには、生まれ年の一年の操作が必要だったのか。自筆年譜は最初の一行「昭和八年」を「昭和七年」と数字を一字書き換えるだけで、あとは訂正の必要のないものなのであった。

誕生日の一年の差が、江藤淳にとって抜き差しならない問題なのではと気づいたのは『昭和の文人』を再読している時だった。『昭和の文人』は昭和六十年(一九八五)から、昭和天皇の御不例、崩御をはさみ、平成元年(一九八九)まで「新潮」に連載された長編文芸評論である。平野謙、中野重治、堀辰雄という三人の文学者の作品を手がかりに、それぞれの「昭和の父と子」の関係を容赦なく追究している。なかでも弾劾といった調子で告発されたのが、堀辰雄であった。

『昭和の文人』は福沢諭吉の『文明論之概略 緒言』の有名な一文をライトモチーフにしている。「試に見よ、方今《ほうこん》我国の洋学者流、其前《そのさき》年は悉皆《しっかい》漢書生ならざるはなし、悉皆神仏者ならざるはなし。封建の士族に非ざれば封建の民なり。恰《あたか》も一身にして二生を経るが如く一人にして両身あるが如し」。明治維新を境にした知識人の転向の問題を、江藤淳は「昭和という時代を生きて来た自分たちの問題でもまたある」と自覚し、文人たちを俎上に載せていく。その際に注意しなければいけないのは、「自分たち」と書いていることだ。江藤自身も彼等と同じく「一身にして二生を経るが如く一人にして両身あるが如し」といった、「変身の欲求」に衝き動かされた「昭和の文人」の一人として、俎板《まないた》の上に一緒に身を横たえているのだ。

そのことがもっともはっきりするのが、堀辰雄を論じるところである。宮崎駿のアニメ映画「風立ちぬ」で再注目された堀辰雄は、若き日の江藤淳（まだ江頭淳夫である）の文学的アイドルであった。「というのは、私自身、ある時期堀辰雄を耽読していたことがあったからである。それは昭和二十七年（一九五二）五月から昭和二十九年（一九五四）八月までの短い期間で、高校三年で結核のために一年休学したのち、復学して大学二年で再発病臥するまでの二年余りである。／このころ、私はたしかに堀辰雄を片端から読んでいた」（『昭和の文人』）

高校のクラス旅行をサボり、堀辰雄文学の聖地である軽井沢に行って、「フロラ・フロラアヌと少年の物語」という堀辰雄張りのメルヘン小説を書く。「微熱にほてる身体に、軽井沢の冷気が快かったように、堀辰雄文学のどこか架空な軽やかさは、病に倦んだ心から周囲の現実を遠ざけてくれるように感じられた」。

『昭和の文人』執筆の途上で、江藤は封印していた『堀辰雄作品集』を三十二年ぶりに手にとる。堀辰雄が自分の父親について「嘘」をついているかもしれない小説『幼年時代』（奇しくも江藤淳の遺作は同タイトルである）の虚実を検討するために。

「堀辰雄が、取分けて昭和の文人であり得た所以は、一にかかって彼が、この個人的な負い目を逆手に取って、いかに「自分の父親が実の父親であるのかないのかといふやうな」人倫の根本に関わる問題を「あつさりと」逸脱し、フィクションの許容する範囲を「遥かに越え」て文学的な「嘘」をつき、そのことによって世間を「騙」し得たかに存するといわなければならない。

換言すれば、いかに巧妙に「嘘」をつき、世間を「騙」すかという文学的技法を見出すことは、堀辰雄にとっては、単に文学上の必要にとどまらず、処世上の死活問題でもあったということができる」

ショッキングでどぎつい言葉が頻出する文章である。嘘、騙す、処世上の死活問題、人倫の根本等々。過去の文学的アイドルは、これでもかとばかりに切り刻まれていく。それだけですまずに、江藤淳は堀辰雄の『聖家族』を取り上げる。『聖家族』の虚構のからくりを暴くことで、堀辰雄が「任意の父の任意の子」になろうとしたこと、堀にとっての「任意の父」は当代一流のインテリ人気作家の芥川龍之介であり、養父の存在も実父の影も消去していることを探り当てる。堀の神西清宛ての手紙を引用して、『昭和の文人』は「堀は、病苦にあえぎ、貧困にさいなまれている惨めな実生活の中の自分の、いわば完全な「死」を宣言している」とした。

刊行当時に読んだ時には、堀辰雄批判は、江藤淳が批判してやまなかった、「どこか架空な軽やかさ」で書かれる「フォニー」文学批判であると思っていた。世評もそうだったと思う。しかし、ここで「江藤淳の〈自分語り〉」を思い出し、江藤淳の「昭和二十七年五月から昭和二十九年八月まで」の二年余りの「病苦にあえぎ、貧困にさいなまれている惨めな実生活」の年譜的記述を想起すれば（その具体的記述は次章以降に譲る）、江藤淳が断罪しているのは、堀辰雄であると同時に、堀辰雄にあこがれた若き日の自身でもあるということになる。血まみれの堀辰雄の傍らには、返り血を浴びて立ち尽くしている江藤淳自身がいるのだ。

高校時代に書いたメルヘン「フロラ・フロラアヌと少年の物語」では、主人公の父親の影は薄い。長身の海軍中将で、宮中晩餐会の席で急死する「年老いた貴族院議員の祖父」と、「恐ろしいほどに美しかった若い母の端正な死顔」が強烈で、父は「うつけたよう」にいるばかりだった。大学一年の時の創作ノートでは、小説の主人公は「彼は、自分の家が貴族だと思っていた。それは、うそだったが、彼は、貴族以上に貴族らしく振舞う才能を持っていた」と設定されている（「江頭淳夫 Cahier d'ouvrage １９５３」山田潤治解説「大正大学研究紀要」91）。

この二つは江頭淳夫時代の作品である。江藤淳となってから、父は時に頼りなく、時に懐かしく、感傷的に描かれることが多い。江藤淳が「代理父」のように描くのは、大正二年、海軍省軍務局長として海軍の中枢にありながら、四十七歳で急死した祖父・江頭安太郎である。実際の父・江頭隆は「海軍中将の長男で私大を首席で卒業した銀行員」（『一族再会』）、「大して出世もしなかった銀行員」（「戦後と私」）として出てくる。

もう少し、父・江頭隆のことを知ることはできないか。そう思って、いろいろ調べているうちに見つけたのが昭和三十九年版と四十七年版の『人事興信録』の「江藤淳」の項だった。江頭隆は前者では明治三十四年（一九〇一）六月二十四日生まれで中大経済科卒、後者では二十四日でなく二十七日生まれになっている。柄谷行人は「江藤淳論――超越性への感覚」（『畏怖する人間』所収）で、「氏が夏目漱石に祖父を、小林秀雄に父を見出していることは明白である。氏が漱石に対して一貫して敬愛の念を保っているのに、小林氏に対しては極度に相反的な感情を抱いているのは、多分このためであろう」と書いている。確かに祖父・江頭中将は漱石と同じ慶応三年生まれである（江藤「自筆年譜」）。父・江頭隆は明治三十四年、小林秀雄は明治三十五年である。父と同じ明治三十四年生まれで江藤淳がよく言及していた存在が他にいないかと探すと、四月二十九日生まれの人物がいた。父は昭和天皇と同い年だったのだ。

『人事興信録』は江藤淳自らがデータを執筆していて、なかなか面白い。例えば「友人」は三十九年版では大岡昇平、山川方夫となっているが、四十七年版では永井陽之助、石原慎太郎に変化している。山川は事故死したため、大岡は昭和五十年に文学的に仲違いする予感を既に孕んでいたのか。

江藤自身は前者では「文芸評論家　米国プリンストン大学客員助教授」で、昭和八年十二月二十五日生まれである。それが後者では「文芸評論家　東京工業大学教授　中央教育審議会正委員　慶応義塾評議員　日本文藝家協会常務理事」で、昭和七年十二月二十五日生まれと正しく書き直されている。この当時、『人事興信録』にあたれば、簡単に正しい生まれ年にたどりつけたのである（ただし、昭和四十七年には、まだ「教授」でなく「助教授」のはずだ）。

『人事興信録』の細かい文字をさらに注意して見ていくと、もう一つの注目すべき事実が出てきた。妻・慶子の情報である。昭和八年十二月二十日生まれで、名古屋女子短大学長三浦直彦二女、慶大仏文科卒とある。あれッと私は思った。二人は大学の同級生だが、江藤淳は大学入学までに二年遅れている。夫人は慶応女子高からのエスカレーター入学組だ。夫が昭和七年ならば、妻は九年ではないのか。慶子夫人もどこかで一年の遅れがあったのか。

慶子夫人の次兄・三浦雄次さんに会った時に、『人事興信録』のコピーを示して、念のために確認してみた。

「昭和八年で間違いありません。慶子の誕生日は天皇陛下と三日違いというふうにわしは覚えています」

奇妙なことに、天皇誕生日を間にはさんで、妻の誕生日と夫の贋の誕生日は並んでいたのだった。江藤淳はなぜ「昭和八年生まれ」だったのか？　江藤淳の「任意の父」とははたして誰だったのか？

第二章　美しき「母」を探し求めて

江藤淳は、自分の父親を空想の中であっさり消去して、「任意の父」をそこに上書きしていた。江藤淳の公称「昭和八年生まれ」という一歳のサバ読みも、その作業にかかわっていたのかもしれない。「治者」という概念を押し出し、硬派の評論家イメージが強かった江藤淳にはそぐわないことだが、それは事実だった。

では、四歳半の時に早逝した母親は、「任意の母」に置き換え得るのか。それはありえないことだった。絶対にないことだった。母は交換不可能な、唯一の母だった。父の後妻に入った義母も「母」であるはずがなかった。母は既に亡く、「不在」という影を留めるのみであった。

江藤淳がその母・江頭廣子《えがしらひろこ》について愛惜の念で書き始めるのは、アメリカから帰国し、日本のジャーナリズムで仕事を再開してからだった。昭和四十一年（一九六六）の「文学と私」で、「もし私にいくらかの文才と語学の才があるなら」、それは母から受け継いだものだと書いた。翌昭和四十二年から連載を開始した『一族再会』は、まず「母」の章から書き起こされた。「自分の生涯のひとつの危機を乗り切ろうとして、内から自分を衝き動かすある必然的な力を信じながら、いわば祈るようにこの作品を書きはじめたのである」（「あとがき」）。

宮治廣子は海軍少将の家に生まれ、日本女子大英文科を卒業し、海軍中将の遺児で、三井銀行本店勤務の江頭隆と結婚する。帝国海軍ファミリーの通婚圏でよくあった見合い結婚である。最初が子宮外妊娠で、次にできた「六〇三匁《もんめ》しかないひよわな児」が江藤淳である。

『一族再会』で江藤は、手許に残された一冊の古いアルバムを手がかりに「母」を再現しようとする。ありふれた家族写真を見ても、「おぼろげな母の記憶が、いったい本当の記憶なのかそれともこのアルバムを見ながら自分でつくり出したにせの映像なのか、どちらとも決めかねている。母の記憶はそれほど漠然としていて、遠い」(傍点は江藤)。

母の写真は何枚か残っていた。幼女時代の家族写真、海軍関係者が集う水交社で行なわれた、角隠しに振袖姿の結婚記念写真、息子に授乳する写真、息子の三歳の誕生日で「幸福そうに笑っている」写真。どの写真を見ても、記憶の中でも、母はあくまでも美しい。「たしかに母は明るく、人目に立つ女であった。母に連れられて外出すると、みんなが振りかえってみるので私は得意だったからである」。

江藤は「母の映像を少しでもはっきりさせる」ために、日本女子大の学籍簿の写しを見る。成績は「上の上」。英語の卒論は「日本国、孤立の前後」。趣味は「洋楽、絵画、国際問題、婦人問題、社会問題、政治、家事、文学」。性質は「快活、物にこだわらず、意志固し」。志望は「女学校の教師、或は Secretary」。体重四十九キロ、身長百五十五・六センチ、視力左右一・〇という「ひどくなまなましい記述」にも接する。健康欄に「強健」と書かれていて、胸衝かれる。数年後には、結核のため二十七歳で亡くなるからだ。

さらに江藤は、母の同級生に集まってもらい、母の思い出に耳を傾ける。目白台の同窓会館には、テープ・レコーダーをかかえて行く熱心さである。ここで不思議なのは、母について一番よく知っているに決まっている自分の父親には、あらためて話を聞いている気配がないことだ。母の卒論はブレイクかホイットマンといった詩人だったというのが父の記憶だった。「大分前に、なにかのきっかけで父がそんなことをいった」と出てくるにすぎない。いまだ健在な父の記憶は必要とせず、父の思い出に残る母をかたくなに認めず、自分自身で「母」の映像をつくり出そうとしているのだ。母と姑(江藤にとっては祖母)との間にあった不可避な葛藤が、母を亡ぼした、と江藤は感じとっている。訃報の後の母との永訣を、『一族再会』の「母」の章はこんな風に描いている。

「私は進み出て大人の真似をして正坐し、両手をついて母にお辞儀をした。母はそこにいるが、同時に無限の彼方にいて、私はどうしても手をのばして母の頬に触れることができない。そのとき、いわば私は自分と世界とのあいだの距離を識った。それは言葉によって埋めるほかないものである。その言葉に、私は学校でではなく母の死後その遺品が納められた納戸のなかで、感覚というよりは意識のとらえた沈黙にひたっているうちに出逢ったのである」

母の死を契機にして、江藤淳にとっての「文学」が始まったことを伝える文章である。世界との距離を埋める「言葉」と、母との記憶を喚起する「沈黙」。江藤淳文学にとって、「言葉」と「沈黙」は最重要のキーワードである。江藤が小林秀雄との対談で、「三つ子の魂百までも」と語ったのは、その間の事情を指していると思われる。

母・江頭廣子の「不在」

江藤淳が亡くなるちょうど二年前に、『群像日本の作家27　江藤淳』という本が小学館から出た。鷗外、漱石から村上春樹まで、三十人の代表的文学者の一人一冊の入門シリーズである。批評家でラインアップに選ばれているのは小林秀雄と江藤淳の二人だけである。口絵の写真、インタビュー、生原稿から、知人による人物論、作家論、巻末の年譜まで、盛りだくさんでその文学者の人と作品がわかる仕組みになっている。

「自選作品」というコーナーで、江藤は『一族再会』の「母」一篇のみを選んでいる。本人にとっての最重要作品という意思表示であることは間違いない。その選択に私は異存ないのだが、それにしてはおかしな、と思える本の構成なのである。口絵のトップは「お食い初め」の頃の記念写真である。次は、父が幼い息子の肩に手をかけている庭先での写真である。三つ揃いを着込んだ父・江頭隆は、「任意の父」の入り込む余地がないほど、後年の江藤淳にそっくりである。父と子がここまで似ていると、バツが悪いものなのではないか。そんな余計な心配までしてしまう。慶子夫人とのツーショットは三枚収められている。明治日本を背負った祖父・江頭安太郎の肖像写真もある。吉本隆明や中村光夫との対談風景もあれば、代表作の書影もふんだんに入っている。しかし、ページをいくら繰っても肝心の写真がない。母・江頭廣子が「不在」なのだ。

文章の中でさんざん、母は理想化されて描かれてきた。「ちょっと人目に立つハイカラな娘」であり、「表情が豊富で明るく」、「美しく」、夫から「熱愛」された母。その「死顔を美しい」と思った記憶が強烈に残っている母。記憶の闇にほのかに輝いている母と、実際の写真でいま対面する母との間に落差があったのだろうか。そんな意地悪な予想も考えられた。それとも、母の写真だけは秘蔵して、いつまでも自分だけの母にしていたかったのだろうか。

口絵の写真を手がかりに、幼な友達に連絡をとってみると、お隣に住んでいた同級生の中代孝史は一年前に亡くなっていた。中代夫人の記憶では、江藤から二十年ほど前に、小さい時の写真が戦災で焼けてしまったので、複写させてくれないか、と丁重な電話があったという。『群像日本の作家』のために、江藤は自分の写真を集めていたのだった。そうすると、「一冊の古びたアルバム」はひょっとして江藤の創作で、母の写真は一枚も実在していない、という可能性もあるのか。母・江頭廣子の像が突然遠のくかのようであった。

私は『群像日本の作家27　江藤淳』の編集者だった藤田三男に聞いてみることにした。藤田氏は河出書房新社在社時に、『成熟と喪失——〝母〟の崩壊』の単行本も編集している。江藤淳における「母」を探求する上では、うってつけの人物かもしれない。

藤田によると、『一族再会』の「母」の章を収録する以外は、江藤からの希望は一切なかったという。

「中に何を入れるかは、あとはすべて私任せでした。（厳しく批判していた）丸谷才一さんの巻、安岡章太郎さんの巻と並ぶせいか、あまり喜んでいる感じはありませんでしたね。掲載する写真については江藤さんが選んで、まとめて渡されました。確かにお母さんの写真はなかったけど、そのことを僕は聞けなかった。お母さんの写真は出したくないのだな、と僕は感じました」

むしろ藤田の印象に残ったのは、近影を撮るためにカメラマンと江藤家を訪れた時に、玄関先にかかっている慶子夫人の描いた絵を撮影してくれないかと江藤に頼まれたことだった。

「文芸編集者と対する時は、物書きはなんとなくかっこつけるものなんで、そういうことは言わないものです。それが夫人の絵の写真をと言われた。まだ夫人の発病前でしたが。絵は半具象の、なんともいえない絵でした」

江藤淳における「母」の実在と不在の関係は解けないままであった。わかってきたことは、江藤淳の中で、「母」は美しい過去として完結しているわけではなく、晩年にいたるまで、絶対の「母」としてありつづけた、ということであった。そのことなら最後の作品『幼年時代』がもっとも生々しく「母」を希求し、「母」の声を聴いて中絶したのだから、あたりまえのことであるともいえた。

江藤淳が「母」という主題を戦後日本の小説を題材に、論理的な枠組みのもとに考察対象にしたのが『成熟と喪失』であった。『成熟と喪失』は昭和四十一年（一九六六）から翌年にかけて連載された。「文学と私」『一族再会』の執筆とほぼ同時期の仕事である。かたや本格的な文芸評論、かたや私的なエッセイという違いがあるものの、関心のありかは共通している。

『成熟と喪失』は「第三の新人」と呼ばれた安岡章太郎、小島信夫、遠藤周作、吉行淳之介、庄野潤三の作品を分析しながら、近代日本の「母と息子」の密着した関係の終焉を見届けようとしたものだ。「左翼大学生である「第一次戦後派」は「父」との関係で自己を規定し、不良中学生たる「第三の新人」は「母」への密着に頼って書いたのである」

戦後文学史のこのあざやかな要約は、『成熟と喪失』の初めのほうに出てくる。「母」への密着をもっとも肉感的に描いたのは安岡章太郎であった。『成熟と喪失』は、その安岡が母の死を描いた『海辺の光景』にまず分析のメスを入れる。安岡の母の露骨な情緒の圧《お》しつけを引用した後、江藤は「私はこういう「圧しつけがましい」情緒が、どれほどの範囲の母と息子を拘束しているものなのかよく知らない」と書く。母をとうの昔に失った江藤にとっては経験しようのない母子密着なのである。その欠落感を武器にして、「成熟」をいつまでも手にしえない日本の息子たちは批判される。

江藤の足場は、むしろ留学したアメリカ側にあった。「米国の青年の大部分が母親に拒否されたという心の傷を負っている」とする精神分析学者エリック・エリクソンの『幼年期と社会』で語られる米国の母子関係である。江藤は「文学と私」の中でも、『幼年期と社会』に言及している。その本の統合失調症の症例を読んで、自分が幼年期に「深刻な精神の危機を体験していた」ことを知り、「この危機の奥底に、母の死によってにわかに自分と世界とのあいだのきずなを切断され、混乱を来した幼児の絶望が潜んでいた」ことを知るのである。この不幸の確認は、「成熟」できない息子たちの不幸よりもつらいことだった。

日経新聞元記者・浦田憲治の『未完の平成文学史――文芸記者が見た文壇30年』は現場取材の成果を文学史に結晶させた貴重な書だが、その中で、インタビュー時の江藤の言葉を紹介している。

「私は母が生前に買っておいてくれた積木で、字を一人で覚えました。それで城をつくったりして遊んでいました。普通の子どものように、外部との溝を母が埋めてくれることはなかった。自己分析をするなら、私は幼年時代からどこかで外部世界とのズレを感じながら成長してきました」

母の形見の積木で、江藤は平仮名と片仮名を一日か二日で全部覚えてしまったという。母親への渇望の強さ、世界とのズレの深さを示す鬼気迫るエピソードである。学齢前に少年向け冒険小説を自由に読みこなし、小学校に入ると学校を嫌悪して逃げ帰り、納戸にこもった。「納戸は、多分私にとって母の胎内に等しい役割を果していたにちがいない」(『一族再会』)。『成熟と喪失』の「第三の新人」批判は、この不幸を代償にしたものであった。

単行本の『成熟と喪失』には、二枚の写真図版が挿入されている。一枚は古代シュメール（BC二九〇〇年代）の「豊饒の女神」像、もう一枚は中世インドの「母と子」の彫刻である。藤田三男によると、これは著者自身のアイディアであった。

「江藤さんの「豊饒神（豊饒の女神）の図版を入れたい」という希望で、エロチック美術のコレクター福田和彦さんから図版を何枚も借りてきて、江藤さんに選んでもらったのです。私は調子に乗って、豊饒神から作った金版《かなはん》で表紙に凹凸を出し、女神の乳房と女陰を強調してみました。当時のお金で数万円もかけた。文学全集が売れていた時代だからできた贅沢です。私が「乳房と女陰」のことばかり言うと、江藤さんに笑われましたが」

豊饒神とは、農耕社会の多産と豊饒を司り、女性の性器が誇張された像となっている。中世インドの「母と子」像を見ると、母の豊かな胸に吸い付く子の顔は坊主頭をした江藤さんの子供時代によく似ている。『一族再会』にはこんな悔恨が出てくる。

「一枚のスナップ写真では、私は縁側に坐った母に抱かれて乳を吸っている。母はうつむき、日ざしをうけた顔の半面だけを白く浮き出させている。とうの昔に離乳期をすぎていて、甘えて乳を吸っているにすぎないらしい私は、てれたように上眼づかいにこちらを見ている。母の胸は少ししか開かれていないので、乳房のかたちはよく見えない。

このときのことは少しも私の記憶にのこっていない。おそらく私は、こうして乳を吸いながら父に写真をとられていたとき、幼児がそういう場合にいつも感じるような安息と満足感にひたっていたにちがいない。つまりそこにはひとつの沈黙があり、言葉を必要としない理解というものがあったにちがいない。しかし私にはこの沈黙がどんなものであったかを喚起する能力がない。私はこの写真をとられたときの自分にはあったはずの安息を、もう決して思いおこせないからである」

インドの「母と子」像は、おそらくこの母の乳を吸うスナップ写真の代りに挿入されたと思われる。そこには安岡章太郎の小説の密着した母子関係への憧憬と嫉妬も含まれているのであろう。あらかじめ先取りして言っておけば、この「沈黙」を喚起することが江藤淳にとって一番大事なことだったはずだ。「沈黙」にたどりつくことは至難のことであるが。

もう一枚の古代シュメールの「豊饒の女神」は、ジョルジュ・ルオーの描くキリストのように、悲しみの表情を浮かべている。閉じられた目は瞑想するが如くであり、むしろ淋しげである。いとしい子と永遠に別れてしまわなければならなかった母親は、遠い世界でこんな表情を浮かべているのだろうか。『一族再会』には、結核で臥せる母の部屋に近づくことが許されなかった思い出が書かれている。

「私はときどき祖母や女中や看護婦に見つからないようにして、そっと母が寝ている部屋のふすまを開いてみる。そうすると母は微笑んだが、決して私を招き入れてはくれなかった。そのまわりから陽がかげるように明るさが減っているのが、私を不安にさせた」

豊饒神については、フレーザー、エリアーデ、石田英一郎ら人類学者による研究がある。ちなみに、西脇順三郎は『豊饒の女神』と題した詩集を昭和三十七年に刊行している。

担当編集者の藤田氏が『成熟と喪失』の装幀で強調した「乳房と女陰」であったが、江藤淳にとっての

「母」を広く考える場合に見逃しえない意外な本がある。古代中国思想の古典『老子』である。江藤は『老子』についてはたびたび言及しているのだが、『老子』を出すと必ず引用する第二十五章には「天下の母」という言葉があるのだ。

「物有り混成し、天地に先立つて生ず。寂《せき》たり寥《りよう》たり、独立して改まらず、周行して殆《おこた》らず、以て天下の母と為《な》すべし。吾、其の名を知らず。之《これ》に字《あざな》して道と曰《い》ひ、……」

江藤は「漱石と中国思想」という論文では、漱石の『道草』で細君がお産婆さんが来る前に出産してしまうシーンの世界が、『老子』に近いことを説いて次のように語っている。

「『老子』の」第一章で「玄」といい、第二十五章で「天下の母」といっているものは、もともと名づけがたいもので、仮りに「道」とでもいっておくほかないものですが、第六章ではそれは「谷神《こくしん》」、あるいは「玄牝《げんぴん》」と呼ばれています」

この引用だけからではなんのことやらチンプンカンプンであろうが、「人は、「嬰児に復帰」し、「天下の母」に「反《かへ》」る安息を得る」（『自由と禁忌』）とも語っている。「谷神」とは福永光司の語釈によると、「女性の陰部を神秘的に表現したもの」とある。江藤淳と『老子』については、もっと先にいってから検討しなければならない。

「沈黙の言葉」を聴く

話がややこしくなってしまった。『一族再会』に戻らないといけない。『一族再会』は、母のあとに、祖母と祖父を招喚し、ついで昭和四十五年春に、「もう一人の祖父」の故郷である愛知県海部《あま》郡美和町（旧・海東郡蜂須賀村、現・あま市）に向かう。この祖父は母・廣子の父である。予備役海軍少将の宮治民三郎は日米開戦の日に海軍省を訪れて、「馬鹿者！　この戦争は負けだぞ！」と怒鳴った硬骨漢であった。江藤は父祖の地で、自らの体内に農民の血が流れていることを確認し、安堵する。

「いったい私はなにを求めてこんなことをしているのだろう？　自分の言葉の源泉を求めて、と考えたこともあった。そうでないことはない。だがおそらく、もっと単純ないいかたをするなら、私は還りたいのだ。どこへというなら、もっと健全で簡素な場所——そこで生と死の循環が動かしがたいかたちで繰り返されているような場所へ。私は還って触れたい。なににというなら、そういう場所の土に。そしてその土に、自分の不毛さを身を打ちつけて詫びたい。その土が、この屋敷の庭の土だというのだろうか？」

この時、江藤淳が抱えていた「不毛さ」がなんだったのか。はっきりとはわからない。それが「自分の生涯のひとつの危機」とかかわっていたことだけは間違いない。

江藤淳はこの穏やかな農村で、自分の大事なルーツに出会う。戸籍謄本の中にいた自分の玄祖父が、「雪操庵呂江」という幕末期の地方俳人だったことを知るのだ。父方は軍人と勤め人、母方は軍人と農夫と商人、とばかり思っていた。「ついにあらわれたか」という感慨が湧く。「文学や語学の資質は、多く母方から遺伝するといわれる」。自分もそうだったか。この場合、「俳人」であったことは、より深い納得を本人にもたらしたことだろう。江藤淳は後年「百猿」という号で俳句をひねるのだが（本人も認めるように余りうまくはない）、それ以上に、近代文学史の中での俳句と写生文の価値を、例外的に賞揚する論陣を張っていくことになるからだ。

続いて江藤は、宮治家の近くに葛《くず》の葉《は》稲荷が存在していることを発見する。谷崎潤一郎の『吉野葛《よしのくず》』や折口信夫の『信太妻《しのだづま》の話』に引用されている古歌を、江藤はここで口ずさむ。

恋しくばたづね来てみよ和泉なる
　しのだの森のうらみ葛の葉

慣れない自転車のペダルを踏んで、江藤はその葛の葉稲荷を目ざす。古浄瑠璃『信太妻』の詞章に導かれて、江藤は親しい死者たちの霊に会うために自転車を進めるのだ。

「これ〔「恋しくばたづね来てみよ」の古歌〕は、人界を去らなければならなくなった母親の嘆きであるが、人界を去ることと他界にはいること、つまり死ぬこととのあいだには、もとより区別がつけにくい。いずれにしても、急にいなくなり、しかも二度と姿をあらわさないという点で、この二つは心理的に等価に置かれているからである」（傍点は江藤）

　これに対して、「母にとって不在が死と等価の悲しみをさそうとすれば、子にとっては死はあくまでもひとつの不在としてしか認識されず、そこから、「あしずり」しながら、「かなたこなた」と跡を追おうとする心情が生れることになる。このように、現世と他界が断絶してはいず、たとえば信太の森で連続しているという考えかたは、原始信仰特有の思想にちがいない」と、江藤淳は信太妻信仰を解読しながら、淋しげな祠《ほこら》にたどりつく。

　祠にお賽銭の小銭を入れ、かしわ手を打って拝むと、「あの他界に去った女たちのささやきか息づかいのようなものが、耳許に聴えはじめる。その沈黙の言葉が、葛の葉稲荷の荒れ果てた境内に、満ち潮のように充満して行くのが感じられる」。

　江藤淳は母方の故郷で、母の「沈黙の言葉」を聴きとれたことで『一族再会』第一部を閉じることができた。『一族再会』を書くとは、母の「沈黙の言葉」を聴くための忍耐強い作業だったのである。このあとも、江藤淳はその「沈黙」を聞くために、「言葉」を探らなければならなかった。それほど「沈黙の言葉」は聴きとりづらいものなのであった。

　江藤淳は批評家として、また評伝作家として、夏目漱石の作品から、その「沈黙の言葉」を聴くことに生涯をかけた。そればかりではない。『漱石とその時代』が完結した後には、谷崎潤一郎論を「新潮」で連載する予定だった。その仕事を依頼していた元「新潮」編集長の坂本忠雄は、「谷崎を書けば漱石以上のものになったでしょう。江藤さんの資質はむしろ谷崎かもしれない。最晩年には、もう漱石ではなかったかもしれない」と、書かれなかった谷崎論を惜しんでいる。

江藤淳の文学的目覚めは、小学生の時に読んだ谷崎潤一郎だった。それは性的な目覚めでもあった。春陽堂が出した円本『明治大正文学全集』の『谷崎潤一郎』の巻である。『刺青』『少年』『悪魔』『秘密』などの官能的な初期短編が入っていた。谷崎については『成熟と喪失』が書かれたのと同じ昭和四十一年に『谷崎潤一郎自選集』の「解説」を執筆している。そこでは、『吉野葛』がまず取り上げられ、古歌「恋しくばたづね来てみよ」を含む古浄瑠璃『信太妻』の一節が引用され、谷崎の母を恋うる心情を解明していっている。

「谷崎氏の母に対する憧憬は、正確に幼少の頃に母親との別離を経験した者の心情と一致している」と自らを省みて江藤は断言する。

「谷崎氏の幼年時代には、氏に母を奪われたと思わせたような深刻な体験が隠されているのかも知れない。あるいはまた現実に、母は一時期なんらかのかたちで氏を「棄て」たのかも知れない。いずれにせよ氏の心の底には、幼いうちに母を喪ったと感じさせる深い傷跡が刻印されていたはずである。そうでなければ「母を恋い慕う子」というライト・モチーフが、谷崎氏のほとんどすべての作品に一貫するはずがない」

谷崎の伝記的事実とは無関係に、江藤淳はそう断言してはばからない。その上で、この「母を恋い慕う」感情が、「作者によって恋愛感情と等しいものと考えられている」と指摘する。

夢の中で母と合体する少年を描いた谷崎の『母を恋ふる記』については、「この合体の甘美な情緒の背後に一種 incestuous な感情が隠されていることは見逃せない」と書いている。近親相姦的感情である。

「母」は拒否から受容へと転換したが、その背後に、「夢の世界でもなおあからさまには語れない生命の昏い秘儀が隠されていることは疑えないように感じられる。それについて暗示的に語り得るのは、幼くして母に拒まれた体験を心に秘めている者の特権である」。その特権を行使しうるのは谷崎であると同時に、四歳半で母を亡くした江藤淳なのであろう。

　母・江頭廣子は文学者江藤淳にとって、尽きせぬ源泉であった。四歳半の時から六十六歳で自死するまで、それは変わらなかった。時に泉から溢れるものに増減はあったであろう。江藤自身が「危機」を感じた時には、その源泉へとたち還る必要があった。それは文学の源泉であり、沈黙と言葉の源泉であり、生の源泉であり、死の源泉であった。

限定版『一族再会』のなかに

　美しい母の写真は存在するのか、しないのか。この謎はまだ依然として解けていなかった。考えあぐねた末に、救いを求めることにした。慶応時代の江藤淳教授の教え子で、江藤淳について徹底的に調べている山田潤治さんなら知っているかもしれない。大正大学の准教授で、大正大学図書館に収められた「江藤淳文庫」の整理も行なっている人だ。私は山田さんにメールで尋ねてみた。返信メールはすぐに入った。

「お母さまの写真についてですが、『一族再会』には、４８８部限定の著者署名入り豪華本があって、すべてに通し番号がふられています。箱に蝶番のついた本で、冒頭の口絵に、古賀喜三郎、江頭安太郎、宮治民三郎、江頭米子、江頭廣子の順に、写真がおさめられています。

　江頭廣子さんは、おどろくほど美しい女性で、この写真を一枚みただけで、江藤先生が、なぜ終生、母親へ強い慕情を持ち続けたのか、そして、その母を忘れ再婚した父親に、反発を感じたのか、すべて納得できるような気がします。

女優のように眉目秀麗、楚々と和装を着こなし、組んだ手元に結婚指輪の光るほんとうにうつくしい女性です。息を呑む美しさとは、こういうことをいうのか、と。

豪華本の第1番は、江藤先生の手元にありました（私が今もっているのは、404番です）。一般にではなく、豪華本として、お母様の写真を限定的に公開されていたこと、先生の気持ちが、よくわかります。

この写真については、私にも、思い出があります。はじめて鎌倉西御門《にしみかど》の江藤邸に単独で招かれ、慶子夫人のお食事をよばれた時です。1993年の末だったとおもいます。食事をして、コニャックを飲んで、先生も私もいい気分になったところで、いろいろな思い出話を聞いて（正宗白鳥の話などを、モノマネいりで）、盛り上がったところで、先生が、「ちょっと、君に見せたいものがある」とおっしゃって、この『一族再会』の本を、書庫からもっていらっしゃって、お母さまの写真をみせていただきました。

繰り返しますが、息をのむ美しさでした。素直に、「美しいかたですね」と感想をいったところ、先生は、なにもおっしゃらず、上機嫌に、あの笑顔で、うんうんとうなづかれました。ある意味、強烈なマザコンぶりではあるので、慶子さんの反応が、私は気になって、ちらと、慶子さんの様子をながめたのです。慶子さんは、にこにこしてなにもおっしゃらなかったのですが、その目が、「いつもこんななのよ」と、おっしゃっているかのようでした。

先生の屈託のない、少年のような満面の笑みも、昨日のことのようです」

山田さんの昂奮が伝わるメールだった。そうだったのか。私はあわてて「日本の古本屋」で『一族再会』の限定版を入手した。配送用段ボールから本体を取り出す。「著者自装」の限定版である。ベージュの麻布が貼られた化粧函が出て来て、それを開くと茶色いスエードの本が現われる。扉には著者の署名が入っている。奥付を見ると、第378番であった。「昭和48年12月25日発行」とある。江藤淳の四十一歳の誕生日だ。公称なら四十歳ということになり、区切りがいい。定価は一万三千八百円。昭和四十八年

（一九七三）という時期は、限定本が投資対象にもなる文学の季節だったことを偲ばせる景気のよさだ。私はこの本を定価の半額以下で入手できた。

おそるおそる口絵を見た。江頭廣子はまちがいなく五人目に現われた。私には美しい母というよりも、戦前の良妻賢母というイメージだった。『一族再会』に描かれた、国際聯盟に興味を持つ女子大生というイメージに重なる。女学校の先生のような固さもあり、戦前の婦人雑誌の表紙に描かれるような理想的な女性像に感じられた。当時の日本映画で想定すれば、恋に悩むヒロインの女学校時代の親友といった役どころだろうか。昭和前期の美意識からすれば、山田さんが感じたように誰からも別嬪さんと呼ばれたことだろう。

江藤淳があの日還っていったのは、この「母」のもとへだったのだろうか。

第三章　祖父の「海軍」と祖母の「海軍」

江藤淳が朝日新聞の「文芸時評」担当に抜擢されたのは、デビュー四年目、弱冠二十七歳の時だった。六〇年安保が終息し、首相は岸信介から池田勇人に交替していた。朝日と江藤淳という組み合わせには、後年の論調と言論が水と油ゆえに、今昔の感がある。

それ以上に今昔の感に堪えないのは、「純文学」の新作を月々に判定する大新聞の「文芸時評」の権威である。江藤の前任者は中村光夫だった。毎日新聞は平野謙、読売新聞は河上徹太郎が担当していた。「神様」小林秀雄だけは文芸時評家の任を戦後は放棄してしまっていたが、小林に続く有力な文芸批評家が各紙で健筆を揮っていた。その列に割り込んできたのが一世代下の江藤淳だった。

江藤はまず昭和三十五年十二月十九日の紙面で白樺派の大家・里見弴《とん》の「極楽とんぼ」を大絶賛し、翌二十日には大江健三郎の「セヴンティーン」、三島由紀夫の「憂国」という天皇とテロリズムとエロスをめぐる問題作を正面から論じた。江藤を起用したのは学芸部長の扇谷正造《おうぎやしょうぞう》だった。扇谷から「大変結構。この調子で」という伝言をもらった時の安堵を、江藤は後々までよく語った。

若き批評家・江藤淳の大舞台への登場を、湘南の片瀬の家でわがことのように喜んでいる老人がいた。八十八歳になったこの穏やかな老人は、新聞の紙面を高校一年生の孫に示して、「この江藤淳という人はね」と説明を始めた。老人と郷里を同じくし、秀才の誉れ高く、帝国海軍の輝ける先輩だった江頭安太郎《えがしら》中将のお孫さんなのだ、と。ひ弱な少年だったあの淳夫《あつお》君が立派に成長した。半世紀前に惜しくも亡くなった提督の優秀な血を受け継いだその活躍に、老人は目を細めるのだった。老人の名前は百武三郎《ひゃくたけさぶろう》。江頭中将の七年後輩で、江頭中将が海軍省軍務局長という要職在任中に急逝した時には、課長級の軍務局員として仕えていた。百武は後に海軍大将になり、昭和十一年の秋、鈴木貫太郎大将の後任として、侍従長をつとめた。昭和十九年に退任するまでの内外激変の八年間を、昭和天皇に奉仕した百武侍従長である。

江藤淳の随筆に、百武侍従長の名が出てくる「正月嫌い」という小品がある。タウン誌「銀座百点」の昭和三十六年（一九六一）二月号に掲載されたもので、朝日の文芸時評を読んだ百武元侍従長から連絡が入ったのかもしれない。

「子供の頃の正月というと、女中たちを督励して暮の内から仕度にいそがしかった祖母の姿が浮んで来る。明治のはじめに佐賀から東京に出て来た人間だから、料理にも佐賀の武家料理のしきたりがあって、その煩瑣なしきたりをひとつも省略なくとりおこなって遺漏のないのが、この勝気な祖母の生甲斐のひとつであった。年始の客も少なくなく、二日には昔祖父の副官だった侍従長の百武さんから宮中の鴨というのが届いて、芽出たい騒ぎがあることになっていたが、私はこの松の内のかしこまった感じがいやでならなかった」

子供時代の「正月嫌い」が、安保という政治の時代が終わったのを境に、「にわかにいやでなくなった」と告白した随筆で、ある種の「和解」を描いて、江藤のその後の軌跡を考える上では見逃せない一文なのだが、ここでは措く。この中の「宮中の鴨」とは、元旦に天皇陛下から臣下に下賜された鴨であろう。百武は律儀にも毎年、元上司の遺族に稀少な品を送り届けていたのだった。江藤は蓮實重彥（後に東大総長）との対談本『オールド・ファッション　普通の会話』で、百武大将への感謝を述べている。

「祖父はわりあい早く亡くなったものですから、百武さんは陰に陽にいつも遺族のことを心に掛けていて下さった。子供五人を抱えて、四十になるかならないかで未亡人になってしまった祖母のことを案じて下さって、なにかというと、ご夫妻こもごもに見舞いにきてくださいましたし、祖母も、わたくしなどを連れてときどき百武邸に伺っていたんですね」

江頭家にとって、帝国海軍は矜持の源泉であった。その矜持は、祖父亡き後も周囲の温かい配慮もあって保たれていた。その証左のひとつが百武侍従長からの「宮中の鴨」であった。

「未来の海軍大臣」だった祖父

祖父・江頭安太郎について、江藤は「戦後と私」『一族再会』などで、くり返しその肖像を描いている。ここではまず、東京朝日新聞に載った死亡記事で、その面影を伝えてみたい。大正二年（一九一三）一月二十三日の第五面にある。

死亡記事は顔写真入りで、「江頭海軍中将逝く／海軍武官の一異彩」と題されている。「最優等の成績」「記録《レコード》破りの昇級」「特旨叙位」と見出しが三本も入った長文である。佐賀中学、海軍兵学校（海兵）、海軍大学校と首席を続け、「恩賜の双眼鏡を拝受」している。日清戦争当時に海軍軍務局長だった山本権兵衛に抜擢され、日露戦争では大本営参謀として「全軍の枢機に参画」した。海兵同期の仲間の証言によれば、江頭の「明敏なる頭脳と判断力」は頼りにされ、「事の疑わしきは江頭の判断に待て」と言われ、「海軍進級のレコードを破」った出世頭だった。「危篤の報天聴に達するや生前海軍軍政に尽したる功績」で、従四位勲二等に叙せられた。

記事を読むと、明治天皇崩御の半年後、江頭中将は明治という時代に殉ずるかのように逝ったという感慨を催させる。紙面では次の第六面に漱石の小説「行人」が連載中である。江藤は「戦後と私」では、「勲章を佩用した祖父の遺影は、ちょっと夏目漱石に似ている」、「私が立派な顔だなと思って仰ぎみていたこの祖父を、「お前のお祖父様《じいさま》」という言葉で身近な存在に感じさせてくれたのは祖母と父であった」

と誇らしげに書いた。その漱石である。

新聞報道では、江頭中将は「享年四十九」である。江藤は『一族再会』でも自筆年譜でも、慶応三年生まれ、享年四十七としている。年齢についての不審は、江藤自身と同様に、祖父でも起こっている。それは昭和五年に肥前史談会編で出た『先覚者小伝』にあえて拠ったからだろう。『一族再会』取材中に出会ったその本では「慶応三年」生まれとなっていて、それだと数えで四十七歳の計算になるからだ。「戦後と私」では、「今日の数えかたではまだ四十七歳で」と、満なら四十七歳、数えなら四十九歳としていたから、『先覚者小伝』を典拠にわざと二歳若返らせたことになる。漱石が慶応三年生まれであるから、「ちょっと夏目漱石に似ている」祖父を文豪にダブらせるための操作だったと断定できよう。

『先覚者小伝』の「江頭安太郎」の記述が江藤を満足させるものであったのも、もう一つの理由かもしれない。

「其の人と為るや、思慮周密にして事を処するに容易に鋒鋩《ほうぼう》を現わさず、而《し》かも頭脳明晰にして判断力に富み、其《そ》の軍務局長の職に在るや海軍諸規則の改正を断行して名声を博し、当時海軍唯一の生字引を以て称せらる。未来の海軍大臣として期待されたるが……」

自らの体内に流れる祖先の血に敏感であった江藤淳は、「事を処するに容易に鋒鋩を現わさず」の部分をどう読んだだろうか。論争家として、四方八方に喧嘩を売り、孤立を怖れなかった江藤は、「鋒鋩」をやたらと現わす、圭角ある生き方を選んだ人だった。この点は祖父に似ていないな、と苦笑したのではないか。『先覚者小伝』の記述で、江藤が気に入ったと思えるのは、「未来の海軍大臣」という評価であったろう。これこそが江頭家の本来あるべき安太郎像であった。

その件を点検する前に、江頭安太郎の経歴をもう少し詳細に見ておこう。安太郎は元治二年（一八六五）に佐賀の下級士族の次男として生まれた。父・嘉蔵は「侍」ではなく「手《て》明鑓《あきやり》」として、一生うだつのあがらない生活を送る身分だった。「貧困と疲労と屈辱と義務感と忍耐と」。嘉蔵の人生はそう要約される。「そういう蒙昧な佐賀の下級武士は、たしかに私の奥深くに棲息している」と、嘉蔵の人生はむしろ肯定される。安太郎は、「自分の父親が落ちぶれて小使をしている」中学に入る。父の死後、首席で卒業し、旧鍋島藩の貢進生に選ばれ、東京への道が開ける。貧乏士族の子弟にとって立身の道は官費の学校しかなかった。「佐賀藩士が当時いくらかの発言権を持ち得る唯一の政府機関」が海軍だったが、そこは「二流の就職先」であった。

『海軍兵学校沿革』を見ると、明治十九年海兵卒の第十二期生は十九人だが、クラスヘッドの安太郎以下、佐賀は七人と圧倒的に多い。薩長藩閥に牛耳られた時代にあって、佐賀の活躍しうる場と認識されていたのがこの頃の海軍であった。

「祖父がこのころ散歩しながら英語の辞書を一冊食べてしまったという話を、私は子供の時分に同期生だった海軍大将有馬良橘氏からきかされたことがある。私はそのとき感心するよりもこっけいを感じて、逢ったことのない祖父が動物園の山羊にでも化けたような気がした」

暗記した頁をむしゃむしゃと食べてしまう明治のガリ勉学生のあきれた逸話はよく見かけるが、祖父は本当にそれを実践していたのだ。

江藤が『一族再会』の「祖父」の章で、もっとも力を込めて描いているのは、明治天皇の親臨を仰いで行われた晴れがましい卒業式の光景である。十二ページも費やして丹念に再現している。

「安太郎は列をはなれ、玉座の前に直立し、陛下の御眼を見つめ、挙手の礼をする。その手は純白の手袋におおわれている。陛下はまだ若々しく、王者の威厳にみち、かすかにうなずかれたように見える。安太郎はもう賊徒の子ではない。陛下の臣である」

安太郎には白ざやの日本刀が下賜される。ここでは明治天皇は「開明的シンボル」であり、肉感的な

「忠誠」の対象である。陪食のあと、安太郎は遠洋航海について御前講演をする光栄に浴す。祖父が読み上げた御前講演の原稿を読みながら、江藤は「ある感動」を覚える。

「祖父はここで「我《ワ》皇《ガ》帝陛下」といっている。これが御前講演であることを考えれば、この呼びかたが当時公式のものとして承認されていたことに疑問をいだく余地はない。つまり天皇は唯一絶対の「天皇」ではなくて、世界に幾人か存在する「皇帝」という君主の一人であった」

ここでの感動を受けて江藤は、「詔勅で天皇が「大日本帝国皇帝」ではなく「大日本帝国天皇」と称されるようになったのは、記憶にあやまりがなければたしか昭和になってからである。そのときから精神的鎖国が、つまり無意識の敗北がはじまった」と、明治日本と昭和日本を対照させる。『一族再会』と並行して書かれた『漱石とその時代』が出た時、江藤は大江健三郎とＰＲ誌「波」（昭45・7）で対談した。既に大江・江藤の対立が抜き差しならなくなっていた時期で、ＰＲ誌らしくない対談になった。その中で大江は、「ぼくが、この本でいささかも留保条件なしに賛成なのは、どこかというと、天皇制に対する幻想が全然ないということですね」と、いささか揶揄的に読後感を総括した。それに対して江藤は、「ぼくは明治時代には「天皇制」なんてものはなかったと思っている。明治天皇というすぐれた君主がおられただけです。いわゆる「天皇制」が明治のころからあったようにいうのは、進歩派の歴史学者の誤謬だと思うのです」と、素直に応じている。三島由紀夫が切腹する七〇年安保の年の江藤淳の近代日本観と天皇観が表われた言葉である。

江頭安太郎が進んだ海軍は、「佐賀の海軍」ではなく、「薩摩の海軍」へと変貌する。海兵卒業生を見ても百武三郎がクラスヘッドとなった十九期では、卒業生五十人のうち、佐賀は三名で、東京六、鹿児島五、高知五、福岡四の後塵を拝している。「薩摩の海軍」の立役者は、江藤淳がノンフィクションノベル『海は甦える』の主人公に選んだ山本権兵衛であった。安太郎はその権兵衛に見出される。薩閥だけでは近代的な海軍を育てられないと悟った権兵衛は、佐賀出身の大尉の報告書に注目し、スタッフとして海軍省軍務局に呼び寄せる。「実質上の海軍大臣といわれていた」権兵衛軍務局長のもとで、祖父は重用されていく。権兵衛は日露戦争時の海軍大臣、安太郎が死んだ大正二年（一九一三）には総理大臣の印綬を帯びる。『海は甦える』第四部では、シーメンス事件という海軍汚職問題に直面した権兵衛首相に、いま江頭ありせば、と知恵袋の死を嘆かせている。「将来を嘱目したこの軍政家が急性肺炎でポックリ逝ってしまったとき、権兵衛は通夜の席上で大粒の涙を流して男泣きに泣いた」と。

　これはおそらく江藤が想像した場面であろう。「江頭安太郎ありせば」は、佐賀の願いでもあり、江頭家の思いでもあった。『先覚者小伝』にあったように、「未来の海軍大臣」はけっして夢物語ではなかったからだ。優秀な海軍軍人が国家の枢要な地位につくことはむしろあたりまえのことであった。山本権兵衛の後にも、加藤友三郎（海兵七期）が海軍大臣をへて総理大臣に、斎藤實《まこと》（海兵六期）が海軍次官、海軍大臣、朝鮮総督をへて総理大臣になった。海兵十二期の江頭安太郎の後輩では、岡田啓介（海兵十五期）にも、米内光政（海兵二十九期）にも、鈴木貫太郎（海兵十四期）にも大命は降下した。彼ら提督たちには、陸軍の策謀を抑え、帝国日本の針路を修正する使命が託されたのだった。

　二・二六事件の時に襲撃された首相は岡田啓介、殺された内大臣は斎藤實だった。「祖母は彼らを個人的に知っていたのである」（「文学と私」）。江頭家は当主を失った後も、そうした家であった。「祖父の生涯が、明治日本の中枢と直結し」、「戦前の日本の基礎を形成するのについやされた一生」であり、「自分と国家の距離が近いことを感じないわけにはいかない」い環境だった。江藤は「戦後と私」で、丸山眞男の「距離のパトス」という感情を肯定的に捉えている。丸山が「超国家主義の論理と心理」で、天皇への距離の近さから生じる「具体的感覚的な天皇への親近感」（傍点は丸山）を否定的に評価したことはいうまでもない。

安太郎と海兵同期で淳夫少年に祖父が山羊になった話を披露した有馬良橘は日露戦争の旅順港閉塞作戦で有名だが、昭和六年から明治神宮宮司を務めた（有馬は美しい母・廣子の養い親でもあった）。後輩の百武大将が侍従長だったことは紹介したとおりである。海軍とは関係ないが、江頭中将が亡くなった後に青山高樹町の江頭家のお屋敷に入った弁護士・岩田宙造は、終戦直後の東久邇宮《ひがしくにのみや》内閣と幣原喜重郎《しではらきじゅうろう》内閣で司法大臣を務めている。それらのどの役も、江頭安太郎であっても当然よかったのだ。

祖母・米子のプライド

その悔しさの念を誰よりも強く持っていたのは、早くに未亡人となった江頭米子だった。江藤の祖母である。江藤は自筆年譜で祖母を、「米子は佐賀藩西洋砲術師範古賀喜三郎の次女、明治二十年代初頭に東京女学館に学び、祖父安太郎亡き後は、事実上の家長であった」と紹介している。「この祖母とはしばしば衝突したが、それにも拘らずなにかによって結ばれていた」。

『一族再会』では、祖母・米子はまず長男の嫁である母・廣子を抑圧し、死に至らしめる姑として登場する。四歳半の時に亡くなった母の声を記憶していないのは、「廣さん」と母を呼ぶ祖母の声でかき消されてしまっているせいだとしている。結核の母を体面上けっして入院させなかったのも祖母の措置だった。江藤はこれを単純な嫁姑問題とは見ていない。日本女子大出の才媛だった母の「近代」を祖母は許せなかったのだとしている。祖母は「英国直輸入の寄宿女学校で、スコットランド人の女教師から教育を受け」、英国留学を勧められるほど可愛がられた生徒だったが、家庭の事情が英国行きを許さなかった。曾祖父が始めた海軍予備校（後の海城中学。現在の海城学園）が経済的苦境に陥り、虎ノ門の女学館を中退し、「かゆをすすりながら質屋がよい」をして、その学校経営を支えなければならなくなったからだ。

曾祖父・古賀喜三郎は佐賀海軍再興を夢見る海軍将校であり、「身を処するのに無造作な」、「直線的スノビズム」の持ち主だった。兵学校そっくりの制服を自らデザインし、大音声を張り上げて号令をかけ、完全軍装で表通りを行進させた。この学校からは敗戦までに千人以上の海軍士官が輩出した。第一回の卒業生には海軍大将・野村吉三郎がいる。日米開戦前のワシントンで、ルーズベルト大統領、ハル国務長官を相手に交渉を行なった野村大使である。『野村吉三郎』（木場浩介編纂）によると、古賀校長は「仲々愉快な豪傑で大真面目にコメ国ジ命公使などといって澄ましていたそうだ。コメ国ジ命公使とは米国特命公使のことであるのはいうまでもない」といった人物で、陽気なドン・キホーテといったところだろうか。曾祖父を描く時の江藤淳の筆も伸びやかである。しかし、その陽性なふるまいの背後では、佐賀藩が少数派に転落するきっかけとなった明治七年の江藤新平の乱の陰惨な影が、娘の米子へと刻印されていた。

「私は自分の家系につたわる一筋の暗いものを、佐賀の乱を想わずには考えることができない。女が男に依存して生きる以上、男が歴史からうけた傷は女の上に投影されざるを得ない。そしてこの影を子や孫につたえるのはまさしく女たちである」

有望な新進将校とお役御免の烙印を押されたセコハン将校の娘が結婚するきっかけは日清戦争だった。古賀喜三郎が現役に一時復帰して勤務する海軍省軍務局に、江頭安太郎が抜擢されて勤務することになったからだ。二人は佐賀藩というだけでなく、偶然にも、同じ村の出身だった。結婚は明治二十八年、安太郎は数え三十一歳、米子は数え二十二歳だった。年恰好もちょうどよかったのだ。米子は戸籍上は明治十年生まれだが、「本当は彼女が幾度か私に語ったように明治七年だった」。祖母の生年に関しては、江藤は当時の戸籍はいい加減だったからと、祖母が語った明治七年を採用している。

祖母は明治の女だった。それも志を遂げられなかった父と、中途で斃《たお》れた「未来の海軍大臣」の夫を持った気位の高い女だった。終戦の日の祖母・米子は凄まじい。

「八月十五日の玉音放送を聴いたとき、祖母はしばらく瞑目してなにかに祈るようなかっこうをしていた

が、眼を見開くと、
「お国をこんなにして、大勢人を死なせて、陛下は明治さまになんと申訳をなさる」
　と吐き捨てるようにいった。祖母は涙を流さずに身体中で泣いていた。（略）祖母が居間にしていた座敷は藤棚の陰になって薄暗く、小柄なか細い身をすこし前かがみにしてこめかみを震わせている祖母は、敗戦が彼女から奪って行くもののひとつひとつに別れを告げているように見えた」

　江頭米子のプライドを感じさせるうってつけの挿話がある。米子の三男・江頭豊の妻となった江頭寿々《すず》子《こ》が句文集『秋燈』で披露しているものだ。寿々子は雅子妃殿下の祖母であり、敬宮《としのみや》愛子さまの曾祖母にあたる。寿々子の父は山屋他人海軍大将。山屋は海兵十二期、つまり江頭安太郎の同期生だった。

「江頭の父は兵学校始まって以来の秀才といわれ、クラスの皆も一目おいて呼び捨てにせず「江頭さん」と呼び、学科の分らない所があって聞きにいっても、必ず「こう〳〵だと思います」と一歩下って教えて下さるとか、性格は謹厳実直、その上極めて優しく体格は良くて模範的な海軍士官であったが、お酒だけは強く、夜勉強に入る前には必ずコップ酒を一杯あおってからという次第であった」

　平均点はいつも九十八点以上、クラスの仲間からは畏敬され、それは死後まで変わらなかった。「其後もクラスの皆さんは海軍の損失、ひいては日本の損失と江頭中将の遺徳を忍【偲】び、どんな会でも、先づ江頭未亡人から先へという不文律は、ずっと守りつゞけられたと父母から聞いている」。

　海兵出身者の間では、卒業成績がいつまでも付いてまわるが、それが未亡人にまで踏襲されるというのは珍しい。「未来の海軍大臣」の座は不動だったのだ。江頭米子の個性の強さであり、さらには海城中学の創設者の娘ということも与かっていたかもしれない。

　江頭豊と山屋寿々子の結婚式は二・二六事件のあった昭和十一年の秋に、九段の軍人会館で行われた。媒酌人は百武三郎大将だった。百武が侍従長に任命されたのはその数日後である。興銀に勤める江頭豊と寿々子の間に長女の優美子が生れるのは昭和十三年（一九三八）である。優美子は外務省勤務の小和田恆《おわだひさし》と結婚し、その長女・小和田雅子が皇太子に見初められたのは周知の通りである。

江頭米子の愛情は、江頭家の跡取りとなるはずの淳夫に注がれ、米子の矜持は明らかに淳夫に受け継がれた。江藤淳が描いた一族の肖像で、江藤淳自身をもっとも彷彿させるのは誰か。残念ながら美しい母・廣子ではない。真面目で心やさしい秀才だった祖父・安太郎でもない。父・隆では勿論ない。曾祖父・古賀喜三郎と、もう一人の祖父・宮治民三郎からは「江藤淳」の中にある愛嬌とラディカリズムが伝わった。その一族すべての中で、江藤淳と共有するものがもっとも多いのは祖母・米子なのである。

「母の死後私は祖母に育てられた」と「文学と私」で江藤は書いている。「トマトをトメートウと発音するようなハイカラ趣味と六代目贔屓を共存させているような女だったが、早く未亡人になったせいか性格が強く、喪われた母性の代償にはならなかった。祖母はある意味で私を溺愛したが、それはかえって私に周囲の世界との違和感を自覚させる結果を生んだ」。

母の「喪失」という傷口に「溺愛」という塩をすり込んだのが米子だった。

そんな祖母に激しく反撥しながら、淳夫は育っていった。「重態におちいってからの祖母は、あらゆるものに対しての激しい呪詛にみちていた」と『一族再会』に書いている。祖母のその「呪詛」は、「悲しみと喪失感」が渦巻く名エッセイ「戦後と私」の戦後否定の「私情」となって、孫・淳夫に継承されたとしか思えない。

「戦後と私」にある祖母のエピソードで印象的なのは、瀕死の床にある安太郎のもとに「特旨をもってお見舞に差遣《さけん》された侍医頭《じいのかみ》青山胤通《たねみち》」を終生決して許さなかったという祖母だ。宮中からの有難い見舞に夫は「四十度の高熱をおして衣服を正して迎え、それが直接の死因になった」からだ。孫のほうがその点は寛容な気がする。というのは後年、『明治を創った人々』で、森鷗外が樋口一葉のために「当時、最高の医者だといわれていた、明治天皇の侍医頭、青山胤通男爵に往診を請うた」ことを、一葉最晩年の救われる逸話として語っているからだ。江藤は『一族再会』で祖父について「自己顕示欲」に欠けていたと冷静に見ている。その祖父の像は未亡人となった気の強い祖母によって、実在の祖父よりも大きく、偉大に語られたのではないだろうか。

「祖母は私を学習院に入れたがっていたが、虚弱を理由に父が近所の小学校を選んだのは幸いだった」と「文学と私」にはある。華族の子弟が行く学習院に最愛の孫を入学させようとしたのだ。その時、学習院院長は海軍予備校最初の卒業生だった野村吉三郎大将なので、お受験を考えたのかもしれないが、祖母の中には、「海軍大臣」の孫らしく、というのも強かっただろう。もし祖母の意向が通って学習院に入っていたならば、三島由紀夫の後輩である。入学後、病弱で一年遅れたならば（実際に小学校三年で一年遅れたのだが）、今上天皇とは同級生ということになっていたのである。学習院に入っていたら、文芸評論家「江藤淳」は生れなかったのではないか。結局、ものを書き始めていたにしても、「江藤淳」とはちがう別の才気煥発な文学者となっていたことであろう。そのほうが江藤にとっては幸福であったかもしれない。

『一族再会』には祖母が「上機嫌で来客に吹聴した」孫自慢が書かれている。

「この子が六年生になりましたら、あたくしをお伊勢さまに連れて行ってくれるんでございますよ」

その旅行は戦況の悪化で実現しなかった。「私は祖母のいうことには多少とも反撥を覚えるのがつねだったが、この計画は不思議に和んだ気持で聴いていられた。あるいは彼女は、ずっと以前に祖父といっしょに伊勢参宮をしたことがあって」、その思い出を反芻したかったのではとも孫は考えている。ジョン・ブリーン『神都物語――伊勢神宮の近現代史』によると、戦前の参拝者は、東郷平八郎が献納した日露戦争の戦利品である巨大な砲身塔を必ず見たそうだから、伊勢は偉大なる夫と切り離せない場所であったことは間違いない。

祖母に連れられて百武侍従長を訪れていたことは先に記したが、前の引用の続きでは、もう少し詳しく訪問の様子を蓮實重彥（やはり学習院初等科出身）に話している。

「［侍従長は］淳夫君は軍人でいえば参謀タイプだけれども、しかし文官になって外交官になったほうがいいんじゃないですかと。それはなにか嬉しいことでね、ああ侍従長はぼくが外交官になったらどうかといわれた、国威を発揚するには軍人になるばかりではない、文官になってもできるんだと思っていたら、負けちゃった。……だけれどそのことは覚えていたのですね」

この侍従長訪問がいつのことだったのかはわからない。勝ち戦のときか日本が追い詰められてからかによって、ニュアンスは違ってくる。淳夫少年は虚弱だったが、提督の孫として、小学校低学年の時から「なんとか兵学校の受験年令になるまでに体を鍛えて兵学校に入りたい」と念じていた（「アジア・太平洋地域における第二次世界大戦」「戦史研究年報」3号）。その孫のやる気を逸らすために、祖母が夫のかつての部下に頼んで仕組んだ問答だったような気がする。「参謀タイプ」という百武侍従長の観察は当を得ていておかしい。確かに包容力を必要とする司令官というよりは、作戦構想が次々と浮かぶ、頭の切れる参謀がふさわしそうだからだ。

江藤はこの侍従長のアドバイスを戦後になって思い出して、「外交官にでもなろうか」と父に言うと、一喝された。「負けて海軍もなくなった国の外交官になにができるんだと、そんなものになったってしようがないぞ」。

結局、軍人にも外交官にもならなかったのだが、百武侍従長の言葉は、江藤淳の中に生きていた。たとえば『一族再会』では、若き江頭安太郎に「軍事力が、いかに重要な要素であれつねに全体の一部分として包含されてしまうような世界」を見せ、さらには、病軀をおして奔走する外務大臣・陸奥宗光が、国際政治という「情報」そのものの化身となっている姿を見せている。江藤の描く明治時代は、『海は甦える』も『明治の群像』も、軍事よりは外交により重きがおかれている。

「江藤、首相をやってくれ」

百武侍従長は昭和三十八年に亡くなった。九十一歳だった。百武が仕えた昭和天皇は昭和六十四年一月七日に崩御した。八十七年の生涯だった。江藤は読売新聞に「字余りのお歌」という追悼の文章を寄せた。その中で「我ハ先帝ノ遺臣ニシテ新朝ノ逸民」という言葉を嚙みしめている。別に由緒ある典拠がある言葉ではない。江藤自身が造った言葉である。「逸民」とは「責任を解除された者という意味」で、「漱石の『こころ』の主人公は、乃木さんが殉死したということを聞いて、明治の精神に殉じたのですが、私は臆病者ですから、そんな潔いことはできない。今後、世の中がどうなっていくかを見届け、記録したいという気持でおります」と述べた（『天皇とその時代』）。

改元から半年以上がたち、『中央公論』十一月号で評論家の松本健一と対談「戦後の言説空間の危うさ」を行なった。対談の最後、江藤は自分と同世代の昭和ヒトケタが政治やメディアの責任者となっているが、この人たちが、「閉された言語空間」を相対化してきた昭和天皇という「高貴な支柱」を喪った途端に、戦後民主主義に縋《すが》りつこうとしていると批判した。その発言を受けて、松本は昭和ヒトケタである今上陛下の即位のおことばを話題にした。

「あの、今上天皇の「憲法を遵守する」という言い方。進駐軍によって配給された戦後民主主義というのは、いま日本のどこに生きているかといったら、純粋には今上天皇に生きているという感想を持つぐらいな、純粋民主主義教育の中に培養された精神だという気がするんです」

江藤を挑発するような松本発言である。江藤は困ったのか、言葉を濁した。

「あなたのお気持ちはよくわかりますが、この点については発言を差し控えたいと思います。昔なら、輔《ほ》弼《ひつ》よろしきを得ない、ということになりますか」

この対談が終わった後、江藤淳が洩らした一言がある。松本健一は「SAPIO」の没後十年の江藤淳特集（平21 7 8）で江藤の言葉を記している。

「私は昨日の夜中、夢を見た。昭和天皇が枕元にお立ちになって『江藤、首相をやってくれ』と大命降下があった」

松本は亡くなっているので、夢の詳細はわかりようもない。江藤なら大命を拝辞することは絶対ないだろう。すぐさま「責任の解除」を凍結し、「逸民」から現役復帰した江藤淳は、昭和天皇になんと奉答したのだろうか。

「大命降下」とあるからには、日本国憲法（江藤の言い方なら、一九四六年憲法あるいは現行憲法）ではなく、大日本帝国憲法の下である。日本がはまり込んだ苦境を脱すべく、江頭安太郎のように、いや、山本権兵衛や陸奥宗光となって、たちどころに献策を滔々と申し述べたのではなかろうか。鞠躬如《きっきゅうじょ》たる「臣淳夫《あつお》」の晴れ姿が思い浮かぶ。

第四章　「故郷」と「胎内」を失った少年

江藤淳の名エッセイ「戦後と私」（「群像」昭41・10）を読んだことのある人間なら、忘れられない光景がある。山手線の新大久保駅界隈、米軍の空襲で焼失した生家あたりを、江藤は戦後はじめて再訪する。昭和四十年（一九六五）のことだから、二十年ぶりの「故郷」である。懐旧の思いがそこまで強まっていたのは、心弱るなんらかの事情を抱えていたのだろう。つつじの名所だった「二流どころの住宅地」大久保百人町は激変していた。

「私が茫然としたのはその一切が影もかたちもなくなっていたからである。そのかわりに眼の前にあらわれたのは温泉マークの連れ込み宿と、色つきの下着を窓に干した女給アパートがぎっしり立ち並んだ猥雑な風景であった。私は眼のやり場に困った」

自分が生まれ、四歳半の時に病死した母の思い出が詰まっていた家の跡までたどりつく。その敷地は工事中だった。

「更地にしたところに三階建の家が新築中であり、板囲いのあいだから見るとそれは疑いもなく温泉マークの旅館になるものと思われた。母が死んだのはつつじの季節であった。しかしつつじはなくて植込みのあったあたりも建築現場になり、職人がふたりで痴戯をうつすべき鏡を壁にはめこんでいる姿が見えた。私は顔から血がひくのを感じて眼をそむけた。（略）私がショックをうけたのは土地柄が一変し、ある品格をそなえていた住宅地が猥雑な盛り場の延長に変り果てていたからである。これが私にとっての「戦後」であった。／私はある残酷な昂奮を感じた。やはり私に戻るべき「故郷」などはなかった」

「戦後」とは、平和と民主主義と繁栄を獲得した時代ではない。九十九人が「戦後」を謳歌するにしても、一人の批評家の「私情」は、「深い癒しがたい悲しみ」によって満たされ、「戦後」を喪失の時代とすることを躊躇《ため ら》わない。「自分にとってもっとも大切なもののイメイジが砕け散ったと思われる以上」は。

「戦後」日本に対する最強の批判者が誕生した瞬間が、この「故郷」再訪であった。江藤淳の「戦後」批判は昭和五十年代になると、現行憲法の制定過程、占領下の検閲など実証的な方向へと進む。一次史料を発掘し、アカデミズムの厳密な手続きを重視したそれらの著作が、江藤淳にとっても、また今読んでも、まぎれもなく文学者の仕事でもあるのは、「戦後と私」の記述によって明らかである。江藤の語る「もっとも大切なもの」とは、母・江頭廣子のかけがえのない記憶であり、その「イメイジが砕け散った」とは、母の記憶の痕跡をとどめる場所が、「痴戯」の現場になろうとしていたからだ。江藤は母の美しい記憶が無惨にも陵辱された、と感じた。ただの故郷喪失ではなかったのである。

大久保百人町の今

雨の降りやまない日、私は新大久保駅で降りた。新大久保というと今でこそコリアンタウンとして全国的な知名度があるが、そうそう降りる機会はない。私などには、むしろ三遊亭歌奴《うたやっこ》（三代目三遊亭圓歌師匠）が岩倉鉄道学校（現・岩倉高校）を出て勤めた駅として記憶に残る。童顔そのものの歌奴が切符を切っていた戦時中、江頭淳夫少年も新大久保駅を利用していた。国民学校（現在の小学校）三年生の時に転地療養のために鎌倉に移ったが、江頭家は大久保百人町にそのままあった。病弱ではあったが、江頭家期待の跡取りだった淳夫は、祖母・米子への御機嫌伺いで頻繁に帰宅していたのだ。

新大久保駅を出て、ガードをくぐって大久保通りを右に進む。通りの両側は韓流スターの写真が氾濫する店だらけだ。しばらくして新宿歌舞伎町方向に折れる小道に入ると、「猥雑な盛り場」となる。江藤淳が再訪した半世紀前と違って、ハングルと簡体字の看板が目立つ。昼間なので妖しい雰囲気は少ないが、夜ならば闇にまぎれる汚れと荒廃が目につく。雨の中を新大久保まで来たのは、「江藤淳文学散歩」のためではない。江頭淳夫少年が通った戸山小学校の同窓会誌と、同窓生が手作りで再現した往時の町の地図を入手できるとわかったからだった。

江藤の自筆年譜は、昭和十四年（一九三九）に「戸山小学校に入学するも健康すぐれず、かつ登校を好まず」、自宅の納戸で読書に耽ったとなっている。「肺門淋巴腺炎と診断さる。この年結局三十数日しか登校せず、学校のない国に行けたらと夢想する。しかし父より義務教育は国法によって定められていることを言い聞かされ、暗澹とす」。典型的な登校拒否児である。二年生になって、「やや健康を恢復し、前年よりは学校に馴染む」が、結局三年生の一学期までで転校してしまう。したがって戸山小学校時代の痕跡が少ないのだ。

入手したばかりの地図を頼りに、あたりを歩いてみた。この手作り地図は、「戦争によって跡かたもなく」なった戦前の大久保の町が復元され、地図の中には卒業生の家のありかも、記憶をもとに相当再現されている。ただ残念なことに江頭家は地図に載っていないので、どの辺だったかはわからない。それではと戸山小学校へと向かう。大久保通りを渡り高田馬場方向に向かうと、道幅は拡くなり、住宅地の趣きになる。江頭家はこの辺だったのだろうか、と思っているうちに小学校が見えてきた。その向いは江藤の曾祖父・古賀喜三郎海軍少佐が創立した海城学園である。かつての海軍予備校は昭和二年にこの地に移り、現在は東大合格者を多数出す受験校になっている。校庭の片隅には曾祖父の銅像が見える。学校嫌いの少年にとっては、心重くなるロケーションに曾祖父の学校があったのだ。

帰宅して読んだ同窓会誌によると、戸山小の創立は大正七年（一九一八）で、「淀橋の学習院」とも呼ばれた郊外の名門校だった。卒業生には大内力《つとむ》（東大副総長、マルクス経済学。父は大内兵衛）、垣花秀武（原子力工学）などの学者や医者が多い。変わり種では、俳優の丹波哲郎がいる。江藤の十年先輩である。同窓会誌に「感謝」という詩を寄せ、「霊界状況研究」という連載もある。かなりの腕白小僧だった丹波は、学者の家の子だった。江藤の一年下にはマヒナスターズのボーカルだった松平直樹がいる。私が戸山小学校の校歌を偶然よく知っていたことも同窓会誌でわかった。ずっと後輩の歌手・戸川純がLP『極東慰安唱歌』に母校の校歌を収録していたのだった。赤いランドセルを背負った戸川純が、ライブで校歌をパンク調で歌ったのも聴いている。「心の広野にひるがえす／自治の旗を見よや見よや」という歌詞を読むと、大正自由主義教育の匂いが感じられる。

この小学校が江藤はダメであった。「学校は私に嫌悪と恐怖しかあたえなかった」と「文学と私」には書いている。「授業は幼稚と思われたし、同じ年頃の子供がそばにうようよしているのも気味が悪かった。彼らの多くには母親がいて、その魯鈍さにもかかわらず世界に受け容れられているのである」。父が再婚し、義母はいたが、江藤にとっては実母・廣子の「不在」は決定的だったし、級友たちの幸福そうな母子密着を目にするのは堪え難いことであった。江藤は教室にランドセルを置いたまま家に戻り、納戸《なんど》に身をひそめて時間を過ごした。この納戸こそが、江藤にとっての「故郷」であり、いつまでも現存しなくてはいけない絶対の場所であった。

「私が最初に文学書に接したのは、学校から逃げ帰って来てもぐり込んだ納戸の中でである。実際この納戸は、母のいない現実の敵意から私を保護してくれる暗い胎内であり、私にもうひとつの魅惑的な現実、つまり過去と文学の世界を提供してくれる宝庫でもあった。そこには祖父の大礼服や勲章や短剣があり、祖母の若かった頃の着物や文庫や写真類があり、外国の絵葉書や母の筆跡で書かれた育児日記があり、要するにありとあらゆる失われた時が埃といっしょに堆積して生きていた」（「文学と私」）

その納戸には、江頭淳夫という少年にとっても、後年の文学者・江藤淳にとっても必要なもののほとんどが揃っていたといえる。母の記憶、祖父の遺品、本、埃、それらが混然一体となった、やや湿った空気に包まれて陶然としていた小さな姿が浮んでくる。少年は「暗い胎内」で、幸福の記憶をむさぼっていた。

江藤には「〜と私」シリーズ以外に、『なつかしい本の話』という自伝的エッセイがある。江藤淳の生涯を直接知る上では、最重要の作品かもしれない。処女作『夏目漱石』を書き出すまでを軽い読書エッセイの体裁で綴っているが、いくつもの「秘密」が埋め込まれた本である。「戦後と私」「文学と私」で激情を込めて語った時代が、落ち着いた筆致で書かれている。百人町時代も詳しい。

「その頃——第二次大戦が破局を迎える前までの、東京の山ノ手の家々には、おしなべてどこかしんと淋しく、どこか重苦し気な空気が充満していたような気がする。（略）社会学者や文学史家なら、それを家族制度の雰囲気というかも知れない。しかし、実はそれはもっと微妙なもの——いわば、旧士族の未亡人が、その周辺にかもし出していた重苦しく淋し気な雰囲気、とでもいうべきものだったように思われてならない」

これは、昭和十九年の夏休みに田山花袋の小説『生』を読んだ時に得た「私が日常茶飯のうちに感じて」いた「ある重い感触」、「その頃の人生の感触」を言葉にしたものだ。『生』の舞台は漱石が生れた牛込喜久井町で、大久保百人町には近い。『生』の感触と、江頭少年が百人町の家で感じとっていた人生の感触は、四十年の隔たりがあるにもかかわらず、通い合うものがあったという。

未亡人になった祖母・米子が「震災の何年か前に求めた」のが百人町の家だった。関東ローム層の固い地盤だったせいか地震の被害は少なくてすんだ。界隈には「軍人と学者の家が多かった」。戸山ヶ原の演習帰りの騎兵が「よい水だという評判のある私の家の井戸」で、馬に水をやるのを、「私は祖母の袂につかまって見ていた」。兵隊の匂い、軍馬の匂い、汗の浸み込んだ革の匂いに昂奮しながら。こうした五感の触角を幼い時から持っていたのが江藤淳だった。

「私の家は、三丁目の角屋敷で、山ノ手線の新大久保駅と中央線の大久保駅のちょうど中ほどの、戸山ケ原寄りにあった」

この記述で江頭家の場所はおおよそ特定できた。あいにく、足を向けなかった地域なので、後日、あらためて新大久保に行くことに決めた。手作り地図で見ると、近くには『半七捕物帳』の岡本綺堂の旧居跡がある（綺堂は震災後、難を避けて一年間百人町にいただけだが、『三浦老人昔語』の主人公は百人町に住んでいる）。『次郎物語』の下村湖人の家がある。朝日新聞の緒方竹虎の家も近い。映画の撮影所もすぐそばにあったのか、と発見が多い。

もう一度、地図全体を見直すと、昭和史に名を留める名前が見つかる。近衛文麿内閣の海軍大臣だった及川古志郎、鈴木貫太郎終戦内閣の内閣書記官長だった迫水久常（岡田啓介の女婿）。「松尾大佐」とあるのは、二・二六事件で、岡田啓介首相と間違えられ叛乱軍によって射殺された松尾伝蔵陸軍大佐の家だろう。そう特定できるのは、同窓会誌に松尾大佐の孫・松尾文夫（ジャーナリスト）の名があったからだ。松尾は江藤の一学年下で、昭和十七年四月のドーリットル東京初空襲を戸山国民学校の校庭から見上げている。カーキ色の機体のB25は乗組員の顔がはっきり見えるほど間近を通り過ぎた（「東京空襲敵操縦士と和解の日」「文藝春秋」平17・8）。江藤はすでに鎌倉第一国民学校に転校していたので、この空襲は体験していない。

百人町時代の江藤淳で不思議なのは、二・二六事件の時の生々しい記憶を持っていることだ。昭和七年十二月生まれだから、事件当時は満三歳二ヶ月に過ぎない。

「まだ母が生きていた頃、おびただしく雪の降った朝があった。茶の間には炭火が赤々とおこされ、庭は一面に白いものにおおわれていて、そこには何の不吉な予兆もなかったが、私は朝食に集まった大人達の上に只ならぬ緊張の色があるのを感じとった。祖母は叛乱がおこって都心部では撃ち合いがおこり、大臣や高官が殺害されたといってしきりに父の身の上を案じていた。（略）父はそのとき勤め先の財閥系銀行に出かけようとしているところであった。若い一銀行員にすぎぬ父が叛軍に狙われるはずもなかったが、財閥銀行は敵視されていたので攻撃されればどんな事態が発生するかわからなかった。そのとき私は、これから出て行く父が、帰って来ないこともあり得るということをはじめて感じた」（「文学と私」）

　常識的には、長じて聞かされた話が自分の「記憶」になってしまったのではと疑ってかかるべきであろう。三島由紀夫が『仮面の告白』で、産湯の盥《たらい》を記憶していると主張しているのと好一対である。それにしても『仮面の告白』は小説で、江藤の「文学と私」は回想である。軽々しく記憶の捏造と断じることはできない。

「文学と私」では数ヶ月後の記憶も語られている。「東大法科を出て歩兵三連隊で主計見習士官をしていた叔父」が軍服姿で帰宅し、尊敬していた「安藤大尉」という上官が銃殺刑に処せられたと昂奮して喋る。「多分私はこの話を母のひざの上で聴いたにちがいない」。数少ない母と一緒の時の記憶である。「叔父」は江頭豊であり、「安藤大尉」は、叛乱軍将校の中でもっとも人望の厚かった安藤輝三である。昭和天皇が「真綿にて朕が首を締むるに等しい」と怒って叛乱軍の征伐を断固命じたことと、江頭豊の孫娘が皇太子妃となることを考え合わせると、興味の尽きないエピソードである。念のために書いておくと、江藤が「文学と私」を書いた昭和四十一年には、雅子妃はまだ三歳である。

　雅子妃の曾祖父・山屋他人海軍大将は百武三郎海軍大将（後の侍従長）とともに、二・二六事件の翌二十七日、首相官邸に岡田啓介海軍大将の弔問に出かけている。遺体の白布を叛乱軍の急進派・栗原安秀中尉が取ると、よく似てはいるが明らかに別人の顔だった。山屋と百武の二人はおかしいと気づいたが、口外せずに辞去した。間一髪の判断だった。江頭寿々子（雅子妃の祖母）が句文集『秋燈』で明かしている逸話である。『秋燈』では二・二六事件について、「主人〔江頭豊〕は前年にすでに召集解除となり、興銀富山支店に居て一部始終を知り、本当に信じられない驚きで大ショックを受けた由、後で話をしてくれた」とあるから、これは江藤のほうの記憶違いの可能性が高そうだ。

江頭家の近所に住む緒方竹虎の朝日新聞社にも叛乱軍は押し寄せ、主筆の緒方は社の代表として青年将校に対峙している。戸山小の十二年先輩だった詩人・鮎川信夫の百人町の元の家は、二階を陸軍の青年将校に貸していた。人の出入りが多く、そこでは密議が持たれていた。借主は叛乱軍の山口一太郎大尉（侍従武官長本庄繁陸軍大将の女婿。無期禁錮）だった（牟礼慶子『鮎川信夫　路上のたましい』）。陸軍幼年学校、陸軍戸山学校、戸山ヶ原も近く、百人町界隈は陸軍将校にとって土地勘のある、馴染みの地域だったのである。

江藤の父・江頭隆はさいわい一度も召集されることはなく、三井銀行に勤めていた。戦局が押し詰まった昭和十九年の秋に、息子の淳夫がいる鎌倉極楽寺に別宅を構える。それでも百人町の家はそのままで、荷物の疎開もしなかった。『なつかしい本の話』によると、その頃、叔父・江頭豊の一家が百人町に住んでいたようだ。

「叔父がこの二度目の召集からも解除され、銀行の勤務に復帰したころには、叔母の病気もようやく快方に向って、退院できるまでになっていた。こうして、叔父の一家は、祖母と祖母が預って育てていた従妹〔江頭優美子。雅子妃の母〕とを加えて、百人町の家で久しぶりに家庭の団欒をとり戻したのであった。（略）百人町の家は、叔父たちが住んでいるという意味では他所の家であったが、やはり私の家にちがいなかった。そこに行けば、私は少くともどこかにまだ漂っているはずの、母の匂いを嗅ぐことができる。いや、私は、記憶のなかに生きている母のさまざまな姿を、誰にも気づかれずにそこここに想い描くことができる。そうである限り、それはやはり私の家であった」

その「私の家」が焼けたのが昭和二十年（一九四五）五月二十五日の山ノ手大空襲であった。死者は数千人、陸軍参謀本部の火が飛び火して、明治宮殿は焼失した。「私を祖父や亡母につなげていた遺品や記録も、わずかな品物をのぞいて全部焼けた」。数日後、父子は焼跡に行く。家も庭木も何もかもなかった。二人は「美しく澄んだ空のひろがりをぼんやり眺めながら、焼跡で弁当をつかった」と「戦後と私」では記している。「しかし家がなくなったことの意味がわかったのは敗戦後のことである。つまり私には帰るべき場所がなくなったのである」。不動産や財産だけでなく、記憶も匂いも「その頃の人生の感触」も奪われたのが、江藤淳の故郷喪失だった。「母の胎内」が一緒に燃え尽きたのだから、それは二重の「故郷」喪失であった。

梅崎春生「幻化」の主人公のように

二年間のアメリカ滞在を了えて、江藤淳夫妻が帰国したのは昭和三十九年（一九六四）八月四日の夜だった。飛行機は羽田に着陸した。「開かれたハッチから湿った空気となつかしいドブ臭い匂いが流れこんで来た、これが日本の匂いだ。私は眼をつぶってその官能的な匂いを吸いこんだ」（「日本と私」）。この匂いの中で暮して、原稿を書いて、やがて死ぬ。三十一歳の「新帰朝者」江藤淳はそう覚悟した。

オリンピックを二ヶ月後に控えた東京の町は白っぽく乾いていた。江藤が日本を留守にしていた二年間は、「普請中」の最たる歳月だった。「私の知っていた東京そのものがどこかに行ってしまっている」。「平和の祭典」オリンピックは、復興と自己破壊を一緒にした儀式ではないのか。「われとわが身を破壊し、自分ではない者になろう」としているのが昭和三十九年の東京と日本人だった。

江藤淳は昭和の終わりに書き継いだ『昭和の文人』で、中野重治の長編小説『甲乙丙丁』を論じて、昭和三十九年の東京改造の意味を再確認している。「この小説こそは、オリンピック前後から東京に拡がりはじめたあの不思議に空疎な時空間を把《とら》え得た、きわめて特異で独創的な作品であった」と。『歌のわかれ』で金沢の時空間を、『むらぎも』で戦前の東京の時空間を小説に定着しえた中野が描いた『甲乙丙丁』の東京はどんな都市だったか。

「東京はにわかに不定形な地図のない都市に変貌し、区域と地形によって決定されていた都市空間は、人工的建造物の濫入によって、いかようにも可変な空間に変質した。そして、この間に、言葉もまた「非道」な力によって脱色され、あるいは任意な色に染め上げられ、文学的な時空間とは無縁な言葉に変質させられて行った」

引用の後半部分は、占領軍の検閲による言葉の抑圧、記憶の抹殺を指している。昭和三十九年時点の江藤淳は、まだそのことに気づいてはいない。「空襲の時期とは全くちがった調子で街が強制的に立ちのかされ、後片づけができぬままで新工事が始められ、きのうまであった店が影もなくなるというのが日常化されている」(『甲乙丙丁』)東京に、悲痛な叫び声を聴き取っていた。

皮肉なことに、江藤はアメリカで「日本」を発見していた。「私という個体を、万葉集以来今日までの日本の文学と思想の全体につなげている日本語という言葉」(「国家・個人・言葉」)が自分に向ってくるのを感じていた。時には大学町プリンストンの「町の生活のたたずまいが戦前の東京の山ノ手にどことなく似ているなと感じることがあった」(「谷崎の故郷」)。江藤がアメリカで確認していた「日本」とは江藤が否認する戦後の日本ではなく、自らの幼年時代、少年時代に五感で記憶した日本であり、東京であった。それは「百人町の家」がまだ現存している日本である。「母の胎内」にいつでも帰ることができる東京である。

帰国しても定住できる家はなく、江藤夫妻は引揚者のように住居を転々とする。その時の苛立ちと屈辱と不本意は、生前ついに単行本化することを拒み続けた「日本と私」に生々しく描かれている。江藤は、意を決して、その年の暮れに市ヶ谷の分譲アパートを借金して買い、自分の家を持つ。「芝居の書割りのような家」に入居しても、欠落感は埋まらない。「私たちは日本人が過去十年間やって来たことを、二週間かそこらでバタバタとやっただけのことだ」。「日本と私」では、父との不和、妻とのいさかいを隠そうとしていない。妻をなぐった翌日、もっとも心を許していた友人・山川方夫が車に轢《ひ》かれたという報が入る。

山川方夫の死で「日本と私」は連載が中絶してしまった。山川の死は昭和四十年二月二十日だから、江藤淳が「故郷」を再訪する五月まで、まだ三ヶ月の期間がある。江藤淳は日記など一切書かなかった人なので、日記に代わるものとして、その時期に書かれた原稿を読んでみた。昭和三十九年の暮れから朝日新聞で「文芸時評」を再開している。これが手がかりになるのではないか。

文芸時評再開の第一回目は総論的である。在米二年間は日本の現代小説はほとんど読まなかった。「アメリカという巨大な作品を読み、日本の古典を読み、史書を読んだ」。久しぶりに接した「現代の文学的諸現象」は「影を失った人間の行列のように見えた」と手厳しい。「文章に対する感覚の無政府状態」が蔽い、「混乱が秩序の役割を演じ」、正統の資格を欠いたものが「正統」を僭称している。正統の崩壊は明治維新以来の常態だが、明治の作家たちは「半ば無意識のうちに保持していた江戸時代からの遺産に、正統の残像を見て」いた。これは「日本文学と『私』——危機と自己発見」(「新潮」昭40・3)などで展開される「新帰朝者」江藤淳の論点である。日本の文学は遺産をすでに失ってしまってはいないか。

この月の時評では三島由紀夫を論じて「三島氏はあるいは行為者となることに一方の活路を求めようとしているのかも知れない」と予言的に記している。三島の市ヶ谷自衛隊での蹶起呼びかけと切腹の六年前である。批評家としての江藤淳の読みの鋭さはまったく衰えていない。時差ボケ、アメリカボケはない。「故郷」再訪と関連すると思われる記述は六月号の時評に現われる。梅崎春生の「幻化」が取り上げられる。精神病院を脱出した主人公が飛行機で九州に飛び、二十年前の敗戦の時に見た風景に再会する小説である。「男は自分と「いろいろなものとのつながり」を確かめたくて坊津にやって来たが、彼はどんな「同行者」ともつながっていない自分に出逢」う。「この狂人を主人公とする小説は、日本の戦後の姿を象徴的に定着させてもいる。それは解放がそのまま喪失だったような時代であり、チンドン屋の真似に憂身をやつして生きている人々がそれを自覚していない時代である。(略) そういう空虚さやデカダンスとひきかえにでなければ、戦後という時代は来なかった。(略) 氏の喪失感の深さと自己発見の衝迫の強さが氏の病的な主人公の上に、時代の実相を映し出しているのである」。梅崎春生を論じた文章だが、これを江藤の「戦後と私」の中に紛れ込ませても、まったく違和感はないだろう。

この時評が朝日新聞に発表されたのは昭和四十年五月二十六日夕刊である。「百人町の家」は二十年前の昭和二十年五月二十五日に失われている。江藤はおそらく「幻化」を読み、時評を書いているうちに、あれからもう二十年たったかと気づき、「幻化」の主人公のように、二十年前の風景を求めて、ふらふらと家を出たのではないだろうか。六月一日夕刊の産経新聞には「根無し草の都会」というコラムを書いていて、そこでは百人町の家が「今、その家は影もかたちもない」「すっかり女給さん相手のアパートと連れ込み宿の密集地帯に変ってしまった」と報告している。昭和四十年の五月二十五日か、その直後に、江藤淳はやむにやまれず百人町を訪れたのであろう。「自己発見の衝迫の強さ」を抑えかね、「喪失感の深さ」に怯えながら。

ほんとうの「故郷」の場所は

「百人町の家」のおおよその地理がわかったので、私はあらためて新大久保駅に降りた。山手線に乗っていてふと気づいたことがある。江藤の家はかなり線路から近いはずだ。今でこそ大きなビルに挟まれて車内からは確認できないが、昭和二十年代、三十年代ならば、車内か駅のホームから見渡せば、家のあたりがどう様変わりしているか、容易にわかったのではないか、ということだった。江藤が日比谷高校や慶応大学に通学する時に、新大久保駅を通っていたなら、嫌でも目に入ったはずだ。意識的に目隠しをして、その風景を拒否していたのだろうか。途中下車さえすれば、「故郷」は目の前にいつでもあったのだ。

今回は駅の改札を出て、大久保通りを左に行くことにする。霧雨が降っているが、傘をさすほどではない。皆中《かいちゅう》稲荷神社という小さな神社がある。江戸時代に鉄砲組百人隊が信仰し、百人町の地名の由来になった神社だ。街並みはすっかり変わっても、神社の位置は戦前から同じなのでありがたい。信号を渡って大久保通りを横断し、カラオケビルの脇の小道に入った。ちょっと歩くだけで表通りの雑踏の音が聞こえなくなる。音が消えると、何十年かタイムスリップした錯覚に襲われる。小道はかすかにカーブしていて、古い記憶の痕跡をそこに残しているかのようだ。江藤淳の随筆では、こんな時よく、幻想の江頭淳夫少年が路傍で淋しげに佇んでいるのだが。

そんな感傷に浸っていられるのはほんのわずかな間だけだった。繁華街特有のコインロッカーが路上に現われる。この路地の向こうに生活があっても、往来の熱気が侵蝕してきた証拠物件がこのロッカーだ。さらに進むと、ハングルの看板を掲げた簡易ホテルがある。以前は連れ込みか女給のアパートだったのだろうか。この小道に限らず新大久保界隈全体にいえるのだが、耳に入ってくる会話や携帯電話の声は外国語が多い。日本語と半々くらいの割合だろうか。若き日の「新帰朝者」江藤淳は、万葉集以来の日本語の持続を確信して、日本に帰ってきた。生家近くに漂う言葉の生態を知ったならば、何を思うだろうか。それとも、もういまさら何も思わないだろうか。

昔と住居表示は変わっているが、「百人町の家」と思われる地点まで来た。戦争を境に道筋も少し変わったらしいので、はっきり特定できないが、おそらくここである。江藤淳が五十年前に「ショック」を受け、「残酷な昂奮」を感じた場所である。そこにはアパートらしき安普請の建物があった。まさかこの建物が当時建設中だった連れ込みとは思えない。「江藤淳戦後散歩」はここで挫折した。この場所で間違いないのだろうか。

その疑問は、新宿区立歴史博物館に行くことであっさり解決した。博物館には新宿区内の過去の住宅地図が何種類も所蔵されている。江藤淳が再訪した昭和四十年の地図はないが、その前後の昭和三十七年、四十三年の地図ならあった。江頭家の「百人町の家」の跡地は、双方の地図ともAという個人住宅だった。家の形も同じで、その間に変化はない。江藤淳が見たはずの「建築現場」も「痴戯をうつすべき鏡」が収まるべき建物も地図上にはなかった。住宅地図を見ると、そのすぐ近くまでホテルが幾つか迫ってはいる。であるからまったくの空想とはいえない。何度も記憶の中に呼び戻した「百人町の家」の位置を勘違いすることはないだろう。江藤淳は、梅崎春生の小説「幻化」の精神病院を脱出した主人公の眼と感覚を借りて、百人町に立っていた。「故郷」は現実の土地以上に汚されねばならなかったのだ。

「幻化」の続編は梅崎春生の遺稿として二ヶ月後に発表された。その文芸時評で江藤は、急逝する二週間前に会った梅崎の姿を伝えている。紅茶にドクドクとポケット・ウイスキーをそそぎ、てれたように笑った梅崎と「幻化」の主人公が重なって見えた、と。その時、梅崎が喋った言葉で、江藤の耳にのこった言葉を江藤は書いている。「戦争に敗けて日本の民度はさがった」。

それから半年後、江藤淳は吉本隆明と対談し、その席で、「幻化」の読みを少し軌道修正している。「戦後日本の批判」というよりは、「近代日本人の内面を描いた小説」で、「記憶をなくした人間がどうしたらいいいか」「どこかに帰らなければならない」と暗示した小説であると。

市ヶ谷に分譲アパートを買って「定住」した四年半後に、江藤淳は軽井沢の千ヶ滝《せんがたき》に土地を買い、小屋を建てた。「この場所を見つけたとき、私は金もないのに無性にそれが欲しくなった」からだという（「場所と私」）。他人様の懐具合を心配しても仕方がないが、フリーの物書きとしては思い切った買い物である。まだローンの返済がうんざりするほど残っていたであろうから。

江藤は千ヶ滝を選んだ理由をいくつか挙げているが、そのひとつに「百人町の家」があった。別荘地には「何本かの枝ぶりのいい赤松」があった。百人町の家の庭にもこんな赤松があった。その幹によりかかり、父親に肩を抱かれ、母親の写すカメラに向かって微笑んだ少年時代を保証してくれるのがその赤松だった。小屋のまわりには「ぐるりと高原躑躅《つつじ》を植えさせた」。百人町のつつじの幻影である。赤松と高原躑躅は百人町の家の「あの頃の人生の感触」そのものであった。

江藤淳の「故郷」喪失は、慰撫されただろうか。そんなはずはない。江藤の荒ぶる魂の喪失感は、こんな程度で収まるものではなかった。

第五章　日米戦争下の落第坊主

後年、『日米戦争は終わっていない』という刺激的なタイトルの本を出すことになる江藤淳は、真珠湾の勝利の日も、玉音放送がラジオから流れた終戦の日も、鎌倉の稲村ヶ崎で迎えた。当時は相模湾に面した温和な漁師町であり、東京人の別荘地でもあった。目の前の海は、遠くアメリカ西海岸に達する太平洋である。

例によってまず、「自筆年譜」の昭和十六年（一九四一）の記述を紹介しよう。

「九月、義母千恵子の提唱により、鎌倉市極楽寺六百五番地の義祖父日能英三《ひよきえいぞう》の隠居所に転地させらる。英三はすでに青山学院の教職を退き、読書と鎌倉彫と銭湯通いに明け暮れる閑雅な日常を送っていた。クリスチャンであったが禅に興味を示し、釈宗演の書を愛していた。この隠居所での転地生活は心身に好影響をあたえ、外界に対する関心を取り戻す。十二月八日、帝国陸海軍は米英蘭三国に対して戦闘行為をおこし、日本は第二次大戦に参戦す。もし敗けたらどうなるのかという不安にとりつかれ、そのことを口に出して隣人の海軍大佐夫人に叱責さる」

満八歳の少国民にしては、ずいぶん変わった生活である。実母の思い出が詰まった大久保百人町の家をひとり出て、血のつながらない退隠老人に託されたわけだ。「自筆年譜」では曖昧にされているが、学校には通っていない。平日は家族とも離れ、あり余る無所属の時間の中に自由放任されていた。一億総動員体制から外れた、小さなアウトサイダーである。

この時期を語って面白いのは座談会「われらの戦後二十年」である。先輩作家の武田泰淳が聞き役にまわり、昭和一桁生まれの石原慎太郎、開高健、高橋和巳、江藤淳が存分に語るという戦後二十年の豪華企画である（「文藝」昭40・8）。中では最年少の江藤が、ひと際雄弁に回想している。

「僕は戦争がはじまったときのことをよく覚えているのです。小学校の二年生くらいのときですが」「風邪をひいて休んでいたのだ、その日。僕はいつもそういうときには風邪をひいたりするが。（笑）そうしたらね、戦争がはじまったというだろう。まず第一に感じたことは敗けたらどうなるだろうと思った」

以上の短い引用の中には、二つの小さな嘘が混ざっている。開戦の日、昭和七年（一九三二）生まれの江藤は三年生だった。「二年生くらい」とわざとぼかしているのは、昭和八年生まれと公称していたので、その辻褄合わせである。二年生とせずに、「二年生くらい」と言うあたり、芸が細かい。風邪で休んでいたというのも正しくない。十二月八日に限らず、二学期と三学期は学校には行っていない。鎌倉第一国民学校（小学校）三年生に転入学するのは翌年の四月になってからだ。二度目の三年生である。この一年の空白を糊塗するために、江藤淳は文章と談話のはしばしで、細かな改変をほどこしていたということが、これでもわかる。几帳面だが、無駄ともいえる労力である。

「その日はみな異常な状態だからそうするうちに風邪も直っちゃったのだね」と江藤の話は続く。夕方家族に連れられ魚屋におつかいに行く。隣に住む海軍大佐夫人も買い物に来ている。夫君は空母の艦長で海上勤務である。「僕は心配のあまりその奥さんに、敗けたらどうなるの？ と訊いたのだよ。そうしたらどやしつけられたね。「絶対に敗けません」とどなられた。これはたいへんなショックで、うっかり敗けると言っちゃいけないのだな、敗けられないのだなと思った」。

十二月八日の夕方には、大本営はまだハワイの大戦果を発表していない。発表は夜に入ってからである。だから心配するのも無理はないのだが、それにしても子供らしからぬ反応であることは間違いない。開闢《かいびやく》以来二千六百年、日本は負けなしと、学校でも家庭でも普通に教えられている。登校拒否で学校には行かず、江頭家は海軍の家としての特殊事情があった。「僕のところは祖父が昔の海軍で英米派なんです。だから英米は強いと思っている」。

祖父の江頭安太郎海軍中将は大正二年に病歿したが、江頭家は海軍一家といっていい。江頭淳夫少年も海軍志望である。親族や知人も海軍関係者が多い。日米開戦に否定的だったのが海軍の多数派であり、岡田啓介、百武三郎、野村吉三郎など海軍の穏健派のリアリズムは、江頭少年の耳に馴染んでいたのであろう。父・江頭隆は三井銀行勤務である。ゲートルを巻くことも、国防色の服を着ることも拒んだような銀行員である。父は若き日には三井財閥の総帥・池田成彬《しげあき》の秘書だったこともある。池田は英米派の巨頭と目され、総理大臣候補とされる一方、つねに右翼のテロの標的となる人物だった。海軍からも三井からも、日米戦うべからず、という空気がもたらされる。それが江頭家の環境だった。

江藤好みは「過ぐる大戦」

江藤淳は「自筆年譜」では十二月八日に「第二次大戦に参戦す」と記していた。この戦争を何と呼ぶか。そこには人それぞれの価値判断が表われる。太平洋戦争、大東亜戦争、十五年戦争、第二次世界大戦。江藤淳の歿後には、アジア・太平洋戦争なる、侵略を強調する新手の造語も大手を振っているありさまだ。「サンデー毎日」の昭和四十五年（一九七〇）十一月二十九日号は作家や学者など識者に戦争呼称のアンケートをとっている。三島由紀夫は「日本の歴史にとっては大東亜戦争だよ。戦争の名前くらい自分の国がつけたものを使ったっていいじゃないか」と答えている。これは三島が市ヶ谷台で割腹自殺する直前の肉声である。蹶起の一週間くらい前だろう。「あの戦争の評価は、百年たたないとできないね。いま侵略戦争だったとかなんとかガチャガチャいってもどうにもならん。ただ戦争のやりかたはまずかった」。

それに対し、司馬遼太郎は「太平洋戦争でいい。勝者の側の呼称をとらざるをえない。日本は負けたのだから」と答える。「日本は世界四十数ヵ国を相手に戦った。歴史上ないことである。バカバカしいことだが、後世の日本人は、それを民族の誇りとするのではないかと思う」と憂えた。他には清水幾太郎、中野重治、中屋健一、坂西志保が「第二次世界大戦」、家永三郎、久野収が「十五年戦争」、竹山道雄は「通説にしたがって太平洋戦争」、会田雄次は「好きじゃないが、大東亜戦争だ」と答えている。

江藤淳はこの昭和四十五年には三十七歳で、識者たちより若いが、この顔ぶれの中に入ってもおかしくない、堂々たる存在になっている。江藤淳がこのアンケートに回答したら、なんと答えただろうか。昭和四十二年執筆の「自筆年譜」と同じく第二次大戦だろうか。江藤の文章を読むと、太平洋戦争、第二次大戦、先の大戦、大東亜戦争などが混在している。時代により、場所により、微妙に姿勢は違う。安岡章太郎との対談（「群像」昭59・4）では、「僕は、大東亜戦争というのもちょっとはばかられるし、太平洋戦争というのは、どうも日本人はもっといろいろなところで戦っていると思うから正確でない。そこで第二次大戦ということにしているのだけれども……」、「（太平洋戦争は）敵軍にとって正確」、「（受け入れることは）ちょっとむずかしい」と話している。

江藤好みの表現となると、「過ぐる大戦」が一番だった。昭和五十三年刊の『なつかしい本の話』に出てくる表現だ。死の四年前、平成七年（一九九五）に防衛庁の防衛研究所で行なった講演「アジア・太平洋地域における第二次世界大戦」（「戦史研究年報」3号）では、「過ぐる大戦」という言葉を自讃している。

昭和五十七年（一九八二）に鈴木善幸内閣は「戦没者を追悼し平和を祈念する日」を閣議決定した。日本国があの戦争を何と呼ぶか、何月何日に追悼するかを決めるに際しては、懇談会が設けられた。慶応義塾塾長の石川忠雄が座長となり、江藤淳は一番若輩の委員となった。江藤の意見は概ねそれまで行われてきた追悼式を尊重するものだった。ただし、八月十五日はお盆の真っ最中だからという位置づけだった。

戦争の名称については、「私が答申書の文案を練ることになり、それではいっそのこと文学的に「過ぐる大戦」としたらどうかということになりました」と講演で話している。政治に接近したかに見える時も、言葉を扱う文士として自身を規定していたのだった。「過ぐる」という言葉の語感には、押しつけがましくないが、かすかな美化をも感じさせるものがある。実際の答申書では、従来からの用語である「先の大戦」となっているから、「過ぐる大戦」案は途中で消えたのだろう。それでも江藤苦心の「過ぐる大戦」は、総理大臣談話などに使われることもある。

真珠湾、プリンス・オブ・ウェールズ轟沈、シンガポール陥落と日本軍は快進撃を続けた。緒戦の捷報の連続に、江頭淳夫《えがしらあつお》少年の不安は少しおさまったようだ。その間に体調が回復し、昭和十七年四月から、鎌倉第一国民学校に通い始める。学校まで遠いので、江ノ電での通学が許されていた。当時の江ノ電は一両編成である。「登校を好みはじめ、学業成績あがる」と「自筆年譜」には書いた。一年遅れの江頭少年は「勉強は出来たけれども、しょっ中休んでばかりいた東京からの転校生のエガちゃん」として認知された（「小学校と国民学校」）。

当時の同級生の多くは、江頭少年が一学年上であることに気づかなかった。プライドが高く、負けず嫌いの少年にとって、「登校拒否」という汚点をロンダリングする転校でもあったから、そうした事実は伏せたかったろう。遠藤周作や安岡章太郎といった作家ならば、落第を売りものに自身を戯画化できる。それが江藤淳にはできなかった。遠藤周作のように自伝に『落第坊主の履歴書』と銘打ってしまえれば、気が楽だろうに。

鎌倉第一国民学校の同級生が記憶する江頭少年は坊主頭である。戦時下の子供だからあたり前だが、このヘアスタイルにも当初は抵抗した。昭和三十五年、つまり六〇年安保の年の発言なので、反抗的気分がみなぎった証言を残している。

「いま一番痛切な記憶は、僕らが小学三年生のとき、皇太子が伸ばしていた髪を切って坊主になったのにならって、一クラスに一、二人、学校全部で十人ぐらい頭髪を伸ばしていた者が髪を切れと命令されたことです。僕は深刻に、何たる屈辱かと考えた」(『現代の発見第6巻　戦後精神』)

「皇太子」とは今上天皇(明仁)であり、江藤のこの発言は、美智子妃と結婚し、徳仁《なるひと》親王が誕生した頃である。坊主頭の写真を朝日新聞の縮刷版で探ってみると、昭和十六年四月一日の紙面に、確かに坊主頭の皇太子が東京駅のホームで「謹写」されている。これは江頭少年が戸山小学校(国民学校)三年生に進級した日だ。皇太子の写真は普通は帽子を目深にかぶったお姿なので、これは一種のスクープである(ちなみに同年一月八日にも同様の写真が掲載されているが)。少国民たる者、「次代の天皇陛下」に従わざるをえない。江頭少年は一年生では三十七日間しか登校しなかったが、二年生になってそんなに休まなくなった。それが三年生の一学期までで転校の措置をとられたのは、休み癖が再発したとしか思えない。坊主頭を拒否して、学校をまたサボったのではないか。そう想像させる恨みの発言である。

鎌倉第一国民学校の四年で同じ組だった床次《とこなみ》正安さんは、「江頭は三年の時は養護学級だったのではないか」と記憶している。養護学級とは虚弱児童を収容するクラスで、まずい肝油を飲まされ、太陽燈という名の照射を受けるのが日課の児童が集められた。江藤淳自身は鎌倉では養護学級でなくて嬉しかったと回想している(「「アンパン総理」も限界か」「ボイス」平9・3)。鎌倉の風土が肺門淋巴腺炎の身体によかったのだろう。鎌倉で初めて漁船と田圃を見、自然を深く味わい、お国の役に立つ子供へと成長しつつあった。

床次さんは稲村ヶ崎の家で「軍艦将棋」というものをやったことを覚えている。軍人将棋の海軍版である。遊び仲間にはもうひとり荘林《しょうばやし》晃君が加わった。荘林君の父上は海軍軍人で、昭和十九年夏にサイパン島で玉砕する南雲忠一中将の副官・荘林規矩雄中佐である。鎌倉は海軍の鎮守府がある横須賀に近いので、海軍軍人の家が非常に多かった。大久保百人町のように軍人の町の一面が強かったのだった。「江藤淳」を形成するのに大きく与かった人物が稲村ヶ崎にはいた。「自筆年譜」でも詳しく描かれた義祖父の日能英三である。「勇退したミッション系の大学教授」で、「義理の祖父の静かな充足した（と私の眼には見えた）日常に触れられるようになったことについても、私は義母に心から感謝している」と「文学と私」に書いている。

谷崎潤一郎の発見はこの時代だったと思える。義祖父の机上にあった春陽堂版『明治大正文学全集』の『谷崎潤一郎集』に少年は夢中になる。「何の気なしに『刺青《しせい》』や『秘密』を読んだ私は、強烈な刺激をうけて世の中にこんな面白いものがあるかと思った」というから末恐ろしい子供である。「祖父が谷崎の官能的な世界にうつつをぬかしている私を別にとがめようとしなかった」のは、「想像裡の官能の楽しみには元来寛容だったのかも知れない」。江藤淳にとって、谷崎は「私の読んだ最初の近代日本文学」だった。文芸評論家の江藤淳にとって、表看板は漱石だったが、それ以上の存在が谷崎だった。谷崎追悼の文章（「風景」昭40・9）でも、谷崎との出会いを語っている。

「文学というものは、どこかでこういう官能的なものとつながっていなければならないといういぬきがたい好みが私のなかに生れたのは、あるいはこのときからだったかも知れない。それはかならずしも「知」的・「思想」的であることを第一義としない。もし敗戦というようなことがなくて、生活環境が激変しなければ、私は批評などというものを書くようになっていたかどうかわからないが、とにかくこういう好みをもっと直接的に出せるようになっていたにちがいない」

谷崎文学に「うつつをぬか」す小学三年生というのは想像を絶するが、同じくらい驚きなのは、春陽堂版『明治大正文学全集』で読んでいることだ。この全集はほとんどルビがふられていない。大人でも読み進めるのに苦労する字面を、難なく読みこなし、作品世界に没頭できていることだ。百人町の納戸で読んだ新潮社版『世界文学全集』もルビは少ない。文学面でも、官能面でも、早熟児ぶりは際立っている。『谷崎潤一郎集』には「母を戀ふる記」も収録されている。不在の「母」は谷崎文学の向こうに立ち現れただろう。

健康不良の早熟児

東京から来た健康不良の早熟児は、地元の少年にとっては目ざわりだった。

「子供のときにはよく「坊ちゃん面《づら》」をしているといわれた。鎌倉の小学校に通っていたころ、坂ノ下の漁師の息子の高等科の生徒にときどき因縁をつけられるので、なにが気に喰わないのかとたずねると、「坊ちゃん面が気に喰わない」といった。そんなことをいっても、こっちも好きでこんな顔をぶら下げて歩いているわけではない」（「自分の顔」『江藤淳著作集6』）

当時の子供のいじめは陰湿でなく、からりとしたものだった。漁師の息子は「坊ちゃん面」をパシンと叩いたのではないか。ある同級生は、いじめの対象になっている江頭君を何度か助けたという。悪童が待伏せする場所がわかると、その道を避けて下校するようにとアドバイスした。「私は模型飛行機をよくつくって飛ばした。いじめられるということもなくて」（「小学校と国民学校」）と回想しているが、いじめの標的にはされていたのだった。

五年生で同じ組になった海老原俊にとっては、大人びた少年という記憶が強い。子供ながら、大人として振舞っていたのではないかと思えた。鶴岡八幡宮の流鏑馬《やぶさめ》に行こうと誘いに来た時には、玄関先で直立不動の姿勢となり、声高らかに「江頭と申しますが、俊君はご在宅でしょうか」と格調高く挨拶した。応対した四歳上の兄が苦笑するほどだった。

体操の時間、病弱な二人は居残りになることが多かった。ウマが合う二人だったが、ある時、言い合いになり、取っ組み合いの喧嘩に発展した。仲裁が入ると、江頭少年は「増長するなよ。観念したらどうだ」と捨て台詞を吐いた。海老原少年の頭にはない語彙だったので、何を言われているのかわからなかった。

「博学でいろいろ知っていて、当時から逸材でした。江頭の口から文章の引用がすらすらと出てくる。みんなはわからないから黙っちゃう。先生方も一目おいて、大人として対等に扱っていた気がします。将来は学者になるのではと思っていました。声も落ち着いて、成熟した声で、朗読をすると歯切れがよく、お褒めの言葉を頂戴して、得意満面の面持ちをしていたように感じました。級長として「右へならえ」と軍隊式の号令をかける時も、凜々しい声で、あの身体のどこからあの声が出て来るのか、不思議でした」

戦局も押し詰まった時期で、誰もがお腹を空かせていた。江頭少年も「海岸に行ってカジメを取って来て馬糧に炊きこんで」食べていた（「奴隷の思想を排す」）。「隣近所の軍人の子供はいつもうまそうなものを喰っている」と反感を募らせ、文明堂のカステラやチョコレートをもう一度味わってから死にたいと願った（「喰い物」『犬と私』）。それでも声の張りを失わなかったのは、少年の中の矜持だろうか。

江頭少年の大人びた態度には、義祖父の影響も大きかった。義祖父は書物は選んで読むべきことを教え、子供であっても大人同様の話相手として扱った。

「彼は粗暴を嫌ったが、エクセントリシティは許容していた。私が激情にとらえられると、祖父は、「淳夫君、紳士は自分を抑えられなければいけないよ」とおだやかにいった。しかしその口もとに嫌悪の色が浮んでいるのを私は見のがさず、自分を恥じた」（「文学と私」）

五年生だった昭和十九年には、家族もすぐそばに別宅を構えて、引っ越してくる。敗戦の年には、最上級生の六年生になる。空襲警報が頻繁に鳴り、敗色は濃くなってくる。江ノ電通学はなくなり、集団下校となった。ある日、極楽寺の切り通しで、米軍機に遭遇する。「とっさにみんなに「右側に伏せろ」と叫んで、私も一年生の子どもの上に被さるようにして伏せたのです。すると道の左側にダダダッと機銃弾が撃ちこまれた。もし左側に伏せていたらやられたわけで、九死に一生を得た」という体験だった（『断固「NO」と言える日本』）。これはなにも江頭少年の特別な体験ではない。銃後にあってもこの程度の恐怖に遭った人間は多い。

この早熟な少年は、「死」がものみなすべてを縁取っていることにも敏感であった。モンペ姿にも死の予感を鋭く嗅ぎとった。「その死は偶然の私的な死ではなく、国家という集団がその成員に対して要求している公的な死である」。「しかるが故に彼女たちは凜々しく、甲斐々々しく、美しい」（「モンペとミニと」）。それはまた自身の性の自覚とも重なっていた。「早熟な女生徒たちのふくらみかけた胸や色づきかけた耳朶を、私は美しいものと思って眺めた。待避訓練のときなどにそれに触れることがあると、私は歓喜を覚えた」（「戦後と私」）。大谷崎ならぬ小谷崎の誕生を予感させる文章である。「敗戦」と「生活環境の激変」によって、小谷崎は流産してしまうのだが。

玉音放送の日、稲村ヶ崎の江頭家は家長といえる祖母・米子と、父・隆の一家の他に、叔母・江頭寿々子と従妹・優美子（雅子妃の母）の母娘が寄寓していた。海軍中将の未亡人である祖母の「お国をこんなにして、大勢人を死なせて、陛下は明治さまになんと申訳をなさる」という怒りに、淳夫少年は同感した。「自筆年譜」には「日本降伏の玉音放送を聴く。解放感と喪失感とを同時に感じる」とある。

昭和四十年の座談会「われらの戦後二十年」では、少しニュアンスが違う。喪失感よりも解放感に重点がある。「空が晴れ切っていて、僕は家で玉音放送を聞いた。要するに敗けたというのでしょう。まあうれしかったですね。つまり死なないですむと思った」。司会の武田泰淳は「やはりはっきりしているな」と、江藤淳のドライな純粋戦後派ぶりに驚いている。

「本土決戦で相模湾にきたら、竹槍かなんか持ってアメリカ兵のキンタマにくらいついて、一人ぐらいは殺してから死ななければいけないだろうと思っていましたね。それは義務だと思っていた」

　御聖断によって、本土決戦は行なわれずにすんだ。アメリカ兵は相模湾の海岸線には現われなかった。代わりに洋上に出現したのは、ハルゼー麾下《きか》の米第三艦隊であった。昭和二十年八月二十九日の朝日新聞には居並ぶ艦隊の写真が載っている。「陸岸から望見されるもののみで約六十隻」という大船団であった。江頭少年は稲村ヶ崎から、湘南中学一年生の石原慎太郎は逗子から、このペリー以来の黒船来航を凝視した。江頭家は平屋建てだったが、隣の空母艦長の家の二階の物干しからなら見えた。

「相模湾一ぱいにアメリカの太平洋艦隊が散開している。すぐ目と鼻の先にね。僕はそういう艦隊は写真でしか見たことがなかったから、じいさんの遺品の、日露戦争当時の双眼鏡を持ってきて、息を呑んで見ていた。そのうちたまらなくなって、海岸にかけて行って双眼鏡をのぞいていた。そうしたら警防団のオヤジさんからおこられて、そんなところで見ていたら機関銃でうたれるからお帰りなさいと言われた。もう戦争が終わったのだからうたれるはずはないのにね」

　やはり海軍士官志望だった石原は、「僕も家で、テラスに隠れて、双眼鏡で見たよ。大っぴらに見ては危いというので」と告白している。

　江藤淳は晩年にこの光景を再び語っている（「失敗を選ぶ」「週刊ポスト」平10・5・1）。敗者を威圧する艦隊を双眼鏡で見ると、「甲板で作業する水兵の姿までが手に取るように見えた」。この素晴らしい性能の双眼鏡はフランス製だった。祖父・江頭安太郎が海軍大学校を首席で卒業した際に、明治天皇から下賜されたお品である。江頭家のアイデンティティーそのものの家宝だったのだ。「そういえば、日本の艦隊は全部沈んでしまったのだ」。その時、江頭少年は聯合艦隊司令長官と化して、ひとりアメリカ太平洋艦隊に対していたのだろう。戦後の江藤淳の原風景は、この稲村ヶ崎にあったと私は判断している。

　稲村ヶ崎には明治天皇御製碑が建っている。南朝方の武将・新田義貞の故事を詠んだ和歌である。

「投げ入れし剣の光あらはれて千尋の海もくが〔陸〕となりぬる」

碑面には「海軍大将岡田啓介　謹書」とあった。祖母の米子がよく知っている提督である。岡田は東條英機内閣の倒閣に動き、鈴木貫太郎内閣をバックアップして終戦工作に尽力した元首相であり、女婿の迫水久常は鈴木内閣の書記官長だった。碑の建立は昭和十九年十月なので、物資不足の折にわざわざ建てたのは、この大きな碑の明治天皇の言霊《ことだま》で、アメリカの艦隊をはね返す心構えだったのであろう。恩賜の双眼鏡を覗く江頭少年の傍に、空しく建っていたのがこの明治天皇の御製碑であった。

戦争が終わっても、物資は不足し、誰もがひもじかった。そんなある日、祖母と淳夫少年にいさかいが起こった。進駐軍放出のバターを隠れて舐めたという嫌疑を祖母にかけられたのだ。淳夫少年は家を飛び出して、月の光を浴びながら海辺を歩き続けた。「祖母に自分がそんないやしいことをしたと思われたことが耐えがたい恥辱に感じられて、私は波を見ながら防波堤を歩いていた」。父の手が肩をとらえ、「さあ、うちへ帰ろう」とうながす。「そのとき私は、急に自分が波を見ていたことに恐怖を感じた」(「日本と私」)。

この夜の稲村ヶ崎は、幻の聯合艦隊司令長官とは違う、江藤淳のもうひとつの原風景であろう。

英語学習という日米戦争

昭和二十年十二月八日の各紙は、一斉に「太平洋戦争史」の連載を始めた。連合国軍総司令部提供によるお仕着せ戦史である。「太平洋戦争」という言葉はここから始まった。次いで、十二月十五日にGHQから神道指令が発せられ、「大東亜戦争」という言葉は、「八紘一宇」と共に使用を禁じられた。これらの報道を江頭少年がどう受け止めたのかはわからない。翌昭和二十一年三月六日に発表された「主権在民」「戦争放棄」を謳った憲法改正草案要綱についても同様である。いくら早熟な六年生といえども、ここに問題が胚胎していることには気づかなかっただろう。

昭和十六年十二月八日と昭和二十年八月十五日について、江藤淳が本格的に再考を迫られるのは、やはりアメリカ滞在中のことであった。

ロックフェラー財団から派遣されて、東部の名門プリンストン大学に留学したのは、昭和三十七年（一九六二）九月だった。江藤淳はアメリカに来て、小学校以来の登校拒否という病気が再発する。「ちょっと子供のときを思い出したですね。二ヵ月ぐらい、いやでいやで、ほんとうになんでこんな大学なんかにきたのだろうと後悔した」（「われらの戦後二十年」）。

自分が「死んでいる」という状態を脱することが出来たのにはいくつかの理由があったが、その一つがエドマンド・ウィルソンの『憂国の血糊――米国南北戦争文学の研究』という本との出会いだった。スコット・フィッツジェラルドの友人で、プリンストンの卒業生であるウィルソンは、「小林秀雄と中野重治を足して二で割ったような」（『批評家の気儘な散歩』）文芸批評家であった。江藤淳は「図書館中を走りまわって、この本で言及されている一八六〇年代の文献をあさりはじめた」（『アメリカと私』）。南北戦争は倫理的優越ゆえに北部が南部に勝利したのではない。日米戦争も同様である。「米国の日本に対する勝利も米国の倫理的優越の証明にはならぬ。太平洋戦争は膨張する二国間の物理的・生物的衝突であって、それはいわば原始的な水棲動物の食い合いと同じものであった」というウィルソンの主張にうなずくことになる。

ウィルソンはまた、日本の真珠湾攻撃についても、アメリカの常識と真っ向から衝突することを書いていた。「米国政府が事前に「奇襲」を察知していたらしいという、強い可能性」を示唆し、「チャールズ・A・ビアードとエルマー・バーンズの証言をひいて、米国が日本に最初の一撃を故意にゆずったと思われる」と。

稲村ヶ崎で経験した日米開戦と敗戦は、アメリカの批評家によって、まったく違う表情を見せ始めてきた。江藤淳のアメリカは、エドマンド・ウィルソンを通して再発見したアメリカだった。プリンストンの図書館で、江藤淳はアメリカを「仮想敵国」として発見した。帝国海軍が日露戦争後、アメリカを仮想敵国にしたように、冷静に、柔軟に、客観的に「敵」の力量を見定める作業を開始したのだ。

『憂国の血糊』は江藤が亡くなる半年前にやっと完訳本が出た大著である（『憂国の血糊――南北戦争の記録とアメリカの精神』研究社出版刊）。江藤淳は最晩年、英語のペーパーバックを大正大学の大学院の講義テキストとして使用している。江藤淳にとって、最後まで手放せないアメリカ認識の武器であった。

ウィルソンが言及したチャールズ・A・ビアードの本は、江藤の死の十二年後に、上下二冊本として完訳が出た（ビーアド『ルーズベルトの責任――日米戦争はなぜ始まったか』藤原書店刊）。翻訳が出た時に話題になったので記憶している人も多いだろう。ビアード（ビーアド）は米国政治学会、米国歴史学会の会長を歴任した碩学で、原著は第二次大戦終了の三年後に出版され、アメリカ国内で大きな議論を捲き起こし、イエール大学出版局には抗議が殺到し、不買運動が起きたという本である。監訳者の開米潤の解説によると、ビアードは日本との関係が深い学者だった。関東大震災の後に、後藤新平から招かれ帝都復興のための意見書を書いている。昭和天皇はビアードの『東京市政論』に影響を受けたという。

といって、日本びいきだったわけではない。大正十四年には「日本との戦争」という論文を書き、日米が戦争となるなら、移民問題ではなく中国問題であると予言した。事態はその通りになる。アメリカ側のハル・ノートの核心は、「日本軍の中国撤兵」だった。ビアードは満洲事変以降の日本の侵略的姿勢を厳しく批判した人でもあった。そうした姿勢の学者が、ひるがえってルーズベルト政権の「挑発」の責任を「明らかに憲法違反」とし、「真の意味で厳格な実証主義的調査」で解明した学術書が『ルーズベルトの責任』だった。

江藤淳は昭和五十二年に出た『終戦史録』の解説でも、ビアードの本に言及し、「「ハル・ノート」を〝最後通牒〟の名を避けつつ内容的には同じ意味を盛り込もうとしたものと性格づけている」として特記している。江藤淳の『閉された言語空間』などの占領と検閲の研究は、ビアードの方法からも示唆されているのではないだろうか。

江藤淳は、日本人としては例外的な英語使いと評価されている。そのルーツは敗戦直後の六年生の時にさかのぼる。英語を手ほどきしたのは義祖父の日能英三だった。「キングズ・クラウン・リーダー」を教科書に使い、「英語を英語のままに理解させるオーラル・メソッドで、なにも横のものを一々縦にして覚える必要はないという主義だった」(「文学と私」)。時代はまさに平川唯一の「カムカムエヴリボディ」英会話である。義祖父は「これからの世の中は英語だなどという功利主義は唱えなかった」。

江頭少年は英語を学ぶことによって、日米戦争を意識下で続けていくことになる。

第六章　湘南ボーイの黄金の「戦後」

江藤淳が珍しく、本名の「江頭淳夫《えがしらあつお》」と署名して発表した文章がある。昭和六十二年（一九八七）に湘南不作会が発行した『秋天高く』という本に入っている。昭和二十一年（一九四六）四月に神奈川県立の旧制湘南中学に入学した江藤たちの学年の文集である。江頭淳夫のタイトルは「わが黄金時代」とある。

戦後日本の強烈な否定者であった江藤淳が、よりによって敗戦直後を「わが黄金時代」と回想しているのである。発表の場が非売品の同級生文集だから、ほとんど人の目に触れない文章である。江藤の批判者が見つけたら、鬼の首でも取ったかの如くに、その矛盾、ご都合主義を糾弾するであろう。

「爾来旧制中学三年の一学期まで、私は湘南のお世話になった。正味二年三ケ月余りの短い期間である。(略）もっとも、在学期間が短かったということは、愉しいことが少なかったということを、いささかも意味するわけではない。まったく逆に、この二年三ケ月のあいだは、私にとっては愉しいことづくめの、文字通りの黄金時代だった。東京の家は焼亡し、不安定な仮住居が続いていたこの時期が、中学生の自分に取っては黄金時代と感じられていたのは、今から考えると理屈に合わぬような気がしないでもないが、掛値なしにそうだったのだから仕方がない」

江藤淳自身、「今から考えると理屈に合わぬ」と自覚しているが、「理屈」よりは、その時々の実感や記憶に忠実であることを優先させるのが、文学者たる江藤淳の真骨頂だった。「転向」と批判され、「変節」と指弾されても、江藤淳は一向に動じなかった。居直るかの如くだった。基本的に一度書いた原稿は手直しない。原稿執筆という「時間」の一回性に自らの全存在を託して、憚らなかった。

旧制湘南中学（現・湘南高校）は神奈川県藤沢市にある文武両道の名門校である。江藤が入学した年には、蹴球部が全国制覇を成し遂げている。江藤が東京の都立一中（現・日比谷高校）に転校した一年後ではあったが、夏の甲子園に初出場して優勝した。その時のラッキーボーイが七番レフトの佐々木信也だ。慶大、高橋ユニオンズでプレイした後、フジテレビの「プロ野球ニュース」で長年親しまれた佐々木信也と江藤淳は、湘南での同級生である。

「湘南は陸士や海兵に進む生徒が多いので、仮りに成績がよくても身体の弱い者は、入学許可にならないという専らの噂があった。その噂を信じていた私は、湘南に受かったとき、きっと戦争に敗けたので、身体検査の基準が甘くなったのだろうと思ったのであった」

湘南合格は江頭家の父子にとって、とても嬉しい出来事であった。合格祝いに鎌倉第一国民学校の担任の先生を稲村ヶ崎の自宅に招いて饗応している（「日本と私」）。銀行員の父・江頭隆は教育パパの一面があった。戦争中、旧制中学で敵性語である英語の授業が廃止された時には、父は「憤慨して英和と和英の辞書を数種類私のために買い込んで」きたくらいだった（「文学と私」）。その父は担任の前で、酒に酔って、ペラペラと英語でクダをまきはじめるのだった。

入学式では赤木愛太郎校長の演説があった。開校から四半世紀、ずっと校長を務める名物校長は、国家の要請する人材を養成するのが教育だ、今までは忠良な臣民を作って海兵に入れた、「これからは新日本の要請する民主主義の人材を作ればいい、私はちっとも後悔していません」とぶった。「なるほど中学になると校長もうまいことをいうものだ」と新入生の淳夫少年は納得してしまった（「われらの戦後二十年」）。名物校長は二年後に、依願退職となる。さすがに赤木校長の論理は戦後には通用しなかった。

入学式で淳夫少年を魅了したのは、「校歌を嚠喨《りゅうりょう》と演奏したブラスの響き」だった（「楽器をかかえた生徒」『西御門雑記』)。「吹奏班と呼ばれていたブラス・バンド」に入部する。湘南時代の二年三ヶ月の中心は、意外なことに、文学であるよりも音楽であった。

一年生の時に同じクラスで学び、江藤の自死の現場にも駈けつけた妹川《いもかわ》稔は、「江頭淳夫の思い出」(「経友」平12・2)で、「頭が良く」「都会的で」「如才なかった」少年時代の親友を回想している。作文の時間に「私は思う」という題が出たことがあった。

「江頭が書いて激賞された作文は、「今こうしている時にも、どこかの農家の囲炉裏端で赤ん坊が産声を上げているかもしれない。」に始まって、人間は誰もがいろいろな理想や欲望を抱きながら生きて行くのだ、と話が広がり、広く世界の人類に思いを馳せて行くものだった。又、ある時何かの都合で急に自習時間が出来て誰言うとなく「エガちゃん前に出て何か話をしろよ」ということになった。やおら教壇に立った彼は、黒板にアルファベットのIの大文字を筆記体で大きく書いた。そして、「これは英語で私のことだが、何故英語では自分のことを大文字で書くのだろう？」と皆に問いかけ、世界中にこの自分はたった一人しかいないこと、我々は自分の個性をもっと大切にすべきであること、等とこれも話は広がって行った。相次ぐ二つの経験で、私は中学一年生の彼の発想、思想、文章力と話術に驚嘆した」

妹川さんにお目にかかった時に確認すると、当時、エガちゃんが一歳年上だったことは知らなかったという。相変わらず落第のことは伏せていたのだろう。

妹川さんは国語の授業でエガちゃんが作った俳句をいまだに覚えていた。「立つ春に立たぬ卵も立ちにけり」。先生は「立つをたくさん使っている割りにうるさくなくて、滑稽な感じが出ている」とこの句を誉めた。二年生の時には漱石の『坊つちやん』張りの「入学試験」という「コッケイもの」を書いたと江藤自身が回想している(『寒蟬集』前後」)。小生意気にして愛嬌のある中学生になっていたのだろう。

妹川さんは、GHQが学校の視察にくることになった時のことも覚えていた。英語の先生が校舎のあちこちに英語を書いた紙を貼っている姿を見て、エガちゃんは「先生がそんな雑用をしてはいけません。私どもがやります」と気をきかせたのだという。このエピソードを聞いて妹川さんは、江頭が言いそうなことだなと印象に留めた。子供らしくなく、よく気が回る少年であった。

ＧＨＱ民間情報教育局（ＣＩＥ）教育係のベーカー大尉が湘南中学視察に現われたのは昭和二十一年六月のことである（『湘南二六会　青春の思い出』）。江藤は後年、講演（「明治の一日本人」「弘道」昭52・2）で、この日の「歴史の皮肉」について話した。

「米軍のジープが乗りつけて参りまして、そして、それまで使っておりました歴史の教科書のあそこの頁、ここの頁に墨を引くように命じて行ったことがありました。その墨を引くように命じて行った二人の若い将校の一人がマリアス・ジャンセン教授であったのであります」

この「ジャンセン教授」とは、江藤淳の『アメリカと私』の最重要登場人物で、江藤がプリンストン大学滞在中に最も親しくした日本学者である。ジャンセンが『坂本龍馬と明治維新』を著わすのは除隊後のことである。ジャンセン教授が湘南中学の生徒たちに日本史教科書への墨塗りを命じた人物とは知らずに、プリンストンでつきあったのだった。この「歴史の皮肉」が江藤淳のアメリカ観にある屈折を与えることにもなっていく。

何年生の時かはっきりしないが、妹川さんはエガちゃんから小説の習作のような短い作品を見せられたこともあった。「私がまともな感想も言えなくて、彼はがっかりしたのではないでしょうか。書くことは達者だなとは思ったのですが」。

小林秀雄と夏目さんの風貌

幼時からの濫読で鍛えた文学鑑賞眼と得意の作文だけでなく、鎌倉という環境は、鎌倉文士という人種が棲息する特別な場所であった。

「同級生に鎌倉文士の息子たちがいたので、私の知見は多少のひろがりを得るようになった。例えば、後藤英彦君は林房雄の長男であり、吉野壮児君は歌人の吉野秀雄の次男であった」（「鎌倉文士」）

文士の家に上り込んで、蔵書を借りて読むのは文学少年の愉しみだった。吉野家には岩波文庫や創元選書がぎっしり詰まっていた（「私の文学を語る」等）。後藤家に行くと、林房雄が気さくに挨拶してくれ、書庫に寝かしてもらった。当時は簡単に手に入らない銀シャリや刺身が食卓に並ぶ。林房雄は戦争中の文筆活動が問題視されG項パージ中だったが、小林秀雄の関係した「新夕刊」で大長編「西郷隆盛」を連載し、「読売新聞」では匿名時評で毒舌の健筆を揮っていた。後藤君の父上を知って、文士とは「たいしたもんだ」と印象に刻みこまれた（『文人狼疾ス』）。

吉野君と一緒に歩いている時だった。「鎌倉の八幡宮の二の鳥居の辺を、ひとりの壮年の、なんともいえない魅力のある人が、和服を着て、やや酒気を帯びて、かたわらに人なきがごとき、というような調子で歩いていたのです」。小林秀雄だった。「お父さんによろしく」と小林秀雄は吉野君に言って、スタスタと行ってしまった（「小林秀雄の魅力」「国文学」昭44・11）。小林秀雄が気に入って買った良寛の軸を贋物と判定したのが吉野秀雄である。吉野は良寛の研究家でもあった。

ある文学者の作品を読むのと、その風貌に接するのが雁行するというのは、なかなかない経験である。中学生の江藤淳はそうした機会にたびたび恵まれたのだ。作家の生活と作品の間を注視する評伝作家としての目は自ずと形成されたのである。

稲村ヶ崎の自宅近くには、漱石の次男・夏目伸六の家があった。ある日、通りで友達とキャッチボールをしていて、球が逸れた。その球を拾って投げ返してくれたのは夏目さんだった。「彼にはいわば世間一般に通用している漱石の名声の影を、暗く凝固したようなところ」があった。「この暗さには偉い親を持った息子の不幸などという月並な判断では片附かぬ異常なものがあった」(『決定版 夏目漱石』)。江藤淳が処女作『夏目漱石』で執拗に追求した「漱石の低音部」を、次男の顔から感じていたというのだ。

淳夫少年は中学に入ってから、漱石を読んでいる。「坊つちゃん」「猫」「こころ」を面白く感じた。二年生の時には「猫」の評論を提出して国語の先生から驚嘆された。「学校へ来て勉強するより、休学して家で本を読んでいたい」とその頃よく言っていたという証言もある(『秋天高く』磯野博)。江藤自身の記憶の中での漱石は、一年生の国文法の時間に先生が朗読してくれた「夢十夜」第三夜だった(「わが漱石像」「国文学」昭46・9)。背中に負ぶった子供が百年前の殺人を告発する夢である。「夢十夜」の漱石と夏目伸六さんの暗い顔は淳夫少年の中でつながった。

江藤淳の「低音部」に行き過ぎたかもしれない。自身が「わが黄金時代」と振り返っている湘南ボーイの意外な側面を伝える写真が「東京大学新聞」(平24 5 1)に載っている。インド研究の大家・辛島昇の回想記「人生のみちしるべ」に添えられた写真だ。淳夫少年は鉄棒にぶら下がって、おどけた「ヘンな顔」で写っている。

「親しかったのは文芸評論家の江藤淳です」と辛島は書いている。「中学のころから彼は本当にませていて、いろんなことをよく知っていました。そして、人の気持ちとか、先の状況とかが見えてしまうのですね。それが彼一流の思い込みだったにせよ。そこが、彼が自らの命を絶った悲劇だったと思います」。辛島は自死した江藤のもとへいち早く駆けつけた親友である。その辛島が若き日の江頭淳夫の肖像として、おちゃらけて写っている姿を選んでいる。湘南中学のエガちゃんは、写真の中では、まるで佐賀県出身のお笑い芸人「エガちゃん」こと、江頭2:50《えがしらにじごじゅっぷん》の親戚かのようである。

この写真を見ていると、文芸評論家・秋山駿の追悼文(「群像」平11・10)に出てくる「鉄棒の大車輪ができた」という江藤淳発言を思い出す。秋山は疑って、本当ですかと江藤に三度も念を押した。余りにイメージが違い過ぎていたからだ。秋山は江藤の死を聞いて忽然として悟る。「そうか、あなたの文章の根柢は、度胸、なのか。そして、自分の生をそれほど一人決めに生きることとか！」。

イメージ違いということなら、江藤淳と吹奏班というのも水と油だ。他のメンバーと音を合わせる姿など、後年の評論活動からは想像することも不可能だ。「わが黄金時代」では、練習が「なににも増して愉しかった」こと、年の離れた上級生に「それぞれの持ち味で指導してもらえた」のが、兄貴分を渇望していた長男の自分には嬉しかった、と書いている。軍楽隊の払い下げ品の楽器で、野球部の応援に出かけたりする。「あの頃は、いつも湘南地方の夏の海のような明るさで、私の記憶の一隅に光り輝いている」。

江頭少年は「すごいニキビづらが交響曲のスコアをにやにやして読みこなしていた」（『秋天高く』島方義）というから、理論派でもあった。自筆年譜には「上級生に誘われ、日比谷公会堂にローゼンシュトック指揮の日本交響楽団定期演奏会を聴く。オーケストラに接した最初である。ベルリオーズ『幻想交響曲』に感動する」とある。『NHK交響楽団50年史』によると、公演日は昭和二十一年九月十九、二十日の両日で、ブラームスとラフマニノフも演奏された。「幻想」に惹かれたのは金管楽器が大活躍する曲だったからだろう。当日のソリストはピアノのレオ・シロタだった。シロタの娘ベアテはこの年の十一月に公布される日本国憲法の草案作成に関わった二十五人のGHQメンバーの一人である。ベアテ・シロタは九条にこそ関与しなかったが、女性の人権などでは積極的に草案に関わっている。

エガちゃんの日比谷公会堂通いがそれから始まる。学校を早退して、豆粕の入ったおにぎり持参で、天井桟敷で陶酔する。「日本と西洋とが対等な立場で、一体になって音楽をつくっている。それを聴いているのが非常な救いだったのです。そんなわけでぼくは作曲家になりたいと思った。音楽は楽音の世界だから朝敵も官軍もない。戦後も戦前もないと思ったのです」（「私の文学を語る」）。

戦災で焼失した大久保百人町の家にはオルガンがあったが、稲村ヶ崎の家には楽器がなかった。ヴァイオリンを入手して習い始めるが、行き違いがあって、すぐにやめてしまう。成績は二年の一学期は三番だったが、二学期は急降下して百三十番、先生に注意されて、三学期は七番と乱高下した。

前出の同級生・妹川稔は、音楽でもウマが合った。妹川家には蓄音器があったがレコードは軍歌や童謡しかなかった。モーツァルトを知人から借りてきたり、ベートーヴェンの交響曲を入手して一緒に聴いた。妹川さんがピアノを弾けるようになりたいと言うと、エガちゃんは「初歩的なことなら教えてあげるよ」と答えた。しかし、肝心のピアノがない。ある同級生の家にいけばピアノがあるとわかっていたが、「人の家で、そんな厚かましいことは迷惑だから」と、ピアノ・レッスンは実現しなかった。エガちゃんのピアノの腕前は未知数である。

従姉が嫁いでいる藤沢市鵠沼《くげぬま》の家にはピアノがあった。淳夫少年は、その家には、ピアノを弾きにたびたび通っている。従姉の夫は江口朴郎という第一高等学校（後の東大教養学部）の西洋史の教授だった。作曲をするには、やはりピアノが必要だった。「自筆年譜」の昭和二十三年の項には、作曲熱が書かれている。「弦楽四部の小曲を試作し、湘南中学の音楽担当教諭鏑木《かぶらぎ》欽作氏を介して池内《いけのうち》友次郎氏の評を仰ぐ。見込なきにあらずといわれしも、技術的訓練の不足を嘆く」。

吹奏班の顧問だった鏑木先生の息子は東京音楽学校（現在の東京芸大）で作曲を習っていた（鏑木創。後に石原裕次郎の「銀座の恋の物語」を作曲する）。その指導教授が池内友次郎である。その縁で、曲を見てもらったわけだ。作曲のお手本にしたのはハイドン、ベートーヴェン、シベリウスだった（『シンポジウム　芸術と思想』）。

吹奏班で一年先輩だった湯山昭は湘南高校三年の時に、鏑木先生から池内先生を紹介され、芸大作曲科に進学し、作曲家となった（『湘南二六会　青春の想い出』）。江藤が音楽を断念していなければ、開けていたかもしれない道である。池内友次郎は俳人・高浜虚子の次男である。漱石を小説の世界に導いたのが「ホトトギス」を主宰していた虚子だった。江藤淳は、小説の才能は虚子と漱石は拮抗していたと見ている。その虚子とも、江頭少年は接近遭遇の機会があったのだった。

「音楽と急進主義への夢」

今までに書かれた江藤淳論のうちで、もっとも示唆に富むのは柄谷行人が二十歳代の時に書いた「江藤淳論」である。群像新人文学賞受賞第一作として書かれ、現在でも読める（『畏怖する人間』講談社文芸文庫。初出は「群像」昭44・11）。その中で柄谷は、江藤淳における音楽とラディカリズムの関係に注目している。「おそらく、音楽と急進主義は、緊密に結びつけられながら、言葉の次元に姿をかえて生きのこった」と。江藤淳は自伝エッセイ「文学と私」では、音楽について以下のように自解している。

「この頃から音楽が関心の対象になったが、それは音楽が運動を伴う非在の世界の仮構だからである。運動と共同作業を伴うという意味で、音楽は読書よりずっと人生に似ている。しかしそれがつくり出す音の世界はなんの意味をも強要せずに、空中にたちまち消えて行く。つまりそのことにおいて音楽は人生を嘲笑し、幸福がこの純粋な非在の世界にしかないことを明らかにする。もし私が才能のない音楽家になっていたら、どういうことがおこっていたか私には見当がつかない。おそらく私はそのとき一途に音楽に溺れたであろう」

柄谷は「江藤淳論」で、「音楽と急進主義への夢」が色濃く反映された批評文が江藤淳初期の代表作『作家は行動する』であったと指摘している。「現実を無化《ネアンテイゼ》しようとする、外界を見まいとするイマジネーションを重視」した尖鋭的な言語論であった。柄谷も引用している部分なのだが、サルトルのイメイジ論を批判するに際して、「この高等師範学校出身の秀才哲学者は、自らピアノをひき、トランペットを吹き、ギターを奏でたことがないに相違ない」と断定している。江藤淳がピアノも金管楽器もウクレレもこなしたことを知った上で読むと、なんとも笑みがこぼれてしまう表現ではないか。サルトルに音楽では勝ったと威張っているように読めてしまうからなのだ。

『作家は行動する』は、俎上に載せられる作家たちが音楽の語彙で批評されているのも著しい特徴である。大江健三郎の芥川賞受賞作「飼育」は、「戦争」の主題と「子供達の夏」の主題が「いわば一種のフーガを奏している」。野間宏の「暗い絵」の文体では、「弱音器をつけて奏せられるコントラバスの低い、重い、あえぐような繋留音の持続」に作者自身のあえぎを聴き取る。埴谷雄高の「死霊」は、「ベートーヴェンの後期の四重奏曲のような、静謐な、沈痛な、不安な和絃をひびかせて持続する」といった具合に。文学作品の文体が「自由」に触れた時、作家と人間は「全合奏のときのオーケストラのように響きあう」。過激に夢見る若き江藤淳の痕跡がそこにはある。処女作『夏目漱石』では、漱石の「最低音部の世界」を聴き取ろうとしていた。それは「人間の存在しない極地」であり、漱石の「心のかくれ家」であったとされている。

淳夫少年が吹奏班であてがわれた楽器は、「トランペットでもフルートでもなく、俗称を〝小バス〟と呼ばれていたユーフォニウムという楽器であった」。唇の形で担当楽器は決まる。派手な楽器は「締りの悪い唇には適さない」。ユーフォニウムは「管弦楽でいえばチェロのパートに相当する役割を担う楽器」で、「地味な縁の下の力持ちで、華やかな旋律を歌うことはほとんどない」（『西御門雑記』）。丁々発止の派手な論争家にはふさわしくないマイナーな楽器を、熱心に吹いていた中学生だった。低音部への関心と通じ合うものがあったのだろうか。

「わが黄金時代」には、徐々に終りが近づいていた。昭和二十三年（一九四八）三月の春休みに祖母・米子が長逝した。七十七歳の「事実上の家長」であり、良かれ悪しかれ、淳夫少年にもっとも大きな影響を与えた存在が、江頭安太郎海軍中将未亡人だった。片瀬に住む元侍従長の百武三郎海軍大将が弔問に訪れ、百武大将はその足で、鎌倉在住の佐賀出身の海軍の家々に訃報を伝えた。

『一族再会』には戦後、「私は癇癪をおこして祖母に日本刀をふりあげたことがある」と書かれている。日本刀は祖父が海軍兵学校を首席で卒業した時に下賜されたものだった。「自分が狂いはじめているのかも知れないと思ったが、そうする必然性はあると感じられた」。「未来の海軍大臣」の妻であり、提督の未亡人として、後半生の三十五年間を毅然と生きた祖母は、淳夫少年のラディカリズムの源泉であった。「祖母に刀をふりあげたとき、私はあまりに近すぎる血縁のきずなを切断しようとしていたのであろうか。それともあまりに遠すぎる世界を、祖母の暖かい血を浴びることで自分にひきよせようとしていたのだろうか」。

祖母を失ったことで、淳夫少年は危うい バランスの中に閉じ込めていた自らのやわらかい闇を解放する。そこには家運が急激に傾くという家庭の事情も介在していた。「自筆年譜」には、一級上の石原慎太郎と知り合い、「石原の主唱で江口氏から史的唯物論の話を聴く」とある。時代の子らしい左傾である。江藤も石原もこの時を何度も回想している。江藤の若い時の回想から引く（「石原慎太郎と私」昭35・7）。

「石原と私は、友人を語らって、湘南の先輩であり私の従姉の亭主である東大の江口朴郎教授の家におしかけ、史的唯物論の講義をきいた。私は江口家の応接間のピアノを片眼でみながら、石原というやつはこのピアノぐらい魅力のあるやつだ、とぼんやり考えたものである。ピアノがなければ、作曲家になれないのか、そんな馬鹿なことがあるものか。これが新しい観念に昂奮していた私のマルクシズムへの接近の根本にある衝動であったが、石原の心の底にあったのはどんな衝動だったのであろうか」

石原の回想は、江藤淳の死の直後の対談から引いておく（「文學界」平11・9）。

「社会研究部というのが新しくできた時に、江藤が入ってきた。皆でたどたどしい議論をしていたら江藤が、「そんなくだらない議論をしているよりも、もっと確かな人間に会って話を聞いた方がいいぞ」というから「確かな人間ってどんな人だ」と聞くと、彼の叔父さん〔正確には従姉の夫〕に江口朴郎という旧制一高の歴史の教授がいると言う。そこで、同級生の葉山峻（元藤沢市長）などと数人で江口教授の鵠沼の家に出掛けて行ったら、江藤とその叔父さんが侃々諤々《かんかんがくがく》議論をしはじめた。叔父さんの方もけっこう真剣に耳を傾けているんだよ。我々は、彼らが口にしている横文字が人の名前なのか何なのかすらわからない。わかってる振りをして聞いていたその二時間の辛かったこと（笑）。／帰り道で、いやはやとんでもない奴だな、という話になって、その時僕が、「あんなにませている奴は将来評論家にしかなれないな」とちゃんと予言してたんだ（笑）」

その場に同席していた葉山峻の回想はまた違う。葉山は父が共産党の活動家、本人は地元藤沢市の革新市長になる。葉山の父と江口朴郎が湘南中学時代からの友人で、その縁で、週一回、江口家で世界歴史の自主講座が開かれたというのだ（『洗濯板のサーファー』）。

江口朴郎と江藤との関係を確認しておく。江頭安太郎海軍中将の長女・英子（江藤の伯母）は、やはり佐賀出身の海軍軍人だった古賀七三郎に嫁いだ。古賀には一女三男（江藤のいとこたち）があり、長女・久子が嫁いだのが江口朴郎である。江口の父・喜八も佐賀県出身の海軍軍人で、第一次世界大戦では駆逐艦桂の艦長として、地中海のマルタ島に遠征した。古賀七三郎はその時の士官だった。江頭家も含め、海軍の佐賀グループであり、湘南地方に暮らしていて、親戚としての行き来も多かった。

古賀家の従兄たちは、よく稲村ヶ崎の江頭家を訪れ、離れの淳夫少年の部屋に泊まった。「戦時中の皇国青年からマルクス主義者に変った従兄たち」は、従弟の淳夫にマルクス主義の講釈をしてくれた。それは「知的興味をあたえても私が漸く身内に覚えはじめていた漠然とした、しかしごまかしようのない喪失感を充たすには足りなかった」とは、「戦後と私」での江藤の述懐である。「戦後と私」は、江藤の戦後糾弾の文章だから、「喪失」が強調され過ぎているかもしれない。従兄たちは義兄の江口朴郎の影響も受けていたろう。江口は歴研（歴史学研究会）の重鎮であり、共産党系の代表的歴史家である。江口家の「ピアノ」という文化資産を嫉視している淳夫少年が、素直に江口サークルの圏内に入ったとはとても思えない。

石原慎太郎が驚愕した「侃々諤々」の議論は、経済的にうまくいっていない親戚のきかん気な中学生の弁論を、温厚な大人である左翼教授が受けとめるというものだったのだろう。江藤は石原も同席した座談会「われらの戦後二十年」では、江口を「唯物史観の学者だが、非常にアカデミックなおとなしい人なんです」と評し、当時の議論については、「おれは思想なんて読みはしないよ。耳学問ですよ」と言い放っている。

江藤淳が最も信頼した左翼思想家であり、「カール・マルクス」論を書いている吉本隆明との対談では、「マルクスのことはよく知りません」と断った上で、マルクスについて語っている（「文藝」昭41・1）。江藤淳の全体像を知る上で重要な講演録『批評家の気儘な散歩』で語られるマルクスの像は、理論家でも革命家でもない。「一人の興味深い個性」であり、休日には家族連れでピクニックに行き、「小さなロバにまたがって自分の子供と一所懸命競走」し、革命が今にも起きると熱狂する若い革命家への「非常に深い嫌悪感」を持った人間である。

湘南中学の同級生・妹川稔の追悼文には、中学三年のその頃、江頭家の離れに一晩泊まり込んで議論した思い出も書かれている。「話がマルクス主義に及んだ時、彼は人間個々人の個性と能力を軽視する全体主義と平等主義などを批判して、マルクス思想や社会主義的思想には興味がないと言っていた。後の安保闘争の時彼が右旋回をしたと言われたことがあるが、彼はそもそも左翼思想家であったことはないと思う」。

妹川さんは同級生と古本屋に入った時のことを覚えている。古本屋の棚を見て、並んだ本に次々とコメントを加えていく。その時、江頭淳夫が文学書について言及し、辛島昇が歴史書、思想書について言及したという。妹川さんは二人の同級生に圧倒される思いだった。

妹川さんが泊まった江頭家の離れによく出入りしていた江藤淳の従兄の一人（江口朴郎の義弟）を取材で訪ねた時のことだ。取材そのものはご高齢のために、うまくいかなかった。その玄関には共産党の明るい選挙ポスターが貼られていた。家の中に入ると、広い廊下に、雑誌「前衛」や不破哲三の著作が無雑作に積み上げられていた。時間が「戦後」の一時期で止まったかのようでもあり、鵠沼の江口家の空気がそこには持ち込まれ、漂っているようでもあった。その時、晩年の江藤さんが洩らした言葉を思い出した。「おやじはあの時、江口朴郎に「淳夫は江頭家の長男だから、共産党員にはしないでくれ」と言ったそうだ。おやじが死んだ後に、初めて知ったのだけど」

その口調には、遠い日の父上の措置に感謝する気配が感じられた。そのエピソードを江藤さんに教えてくれたのが、私が訪ねたこの家の主である従兄なのだった。

江藤淳の、いや、江頭淳夫の「わが黄金時代」は昭和二十三年の七月に終わった。稲村ヶ崎の家を処分し、東京の北のはずれの十条仲原にある三井銀行社宅に引っ越すことになったからだ。昭和二十三年七月というのは、江藤淳の占領軍検閲研究にとっては重要な時期である。ＧＨＱの新聞への事前検閲が終わったのだ。「わが黄金時代」とは、徹底した事前検閲の時代でもあった。

江藤淳は中学一年の時に、トンボというあだ名の鈴木忠夫先生が、英語の時間にふと話したことをよく思い出した。トンボは「もう十年か十五年経つと、世の中は落ちつくかもしれないし、米の配給ももっとよくなるかもしれないけれども、戦争に負けたということがどういうことかということが身にしみてわかるようになるよ」と予言した（「英語と私」）。鈴木先生の授業で習った英語以上に、この一言が印象に残ったのだった。

　江藤淳が湘南中学を中退する直前に、ひとつの社会的な事件があった。太宰治の死である。淳夫少年は上級生に教えられ、流行りの太宰作品を読み始めたばかりだった。『斜陽』の「お母さま」よりも、先日亡くなった祖母・米子のほうがずっと「毅然とした貴族らしい価値を代表している」と思いながら読んでいた。太宰の死を知った日、「これはただの文士の情死事件ではない、ひとつの時代が終り、別の時代がはじまることを告げている象徴的な事件ではないか」と考える。芥川の自殺が当時の青年に及ぼした衝撃を想像した。「実践運動をはじめなければだめだ」。

　江藤淳は太宰の死の十一年後、世の太宰信者とは違っていた湘南中学三年生の太宰への心情を明確に書き綴った（「太宰治の魅力」）。「太宰はロマンティシストであって、彼の心情の方向は滅亡にあった。私はその頃、太宰治を通して日本浪曼派をのぞみ見、あるいは日本浪曼派のみをのぞみ見ていた」（傍点は江藤）。

第七章　東京の場末の「日本浪曼派」

「私が太宰を読み出したのは、彼が死ぬ少し前ころからである。三月に祖母が死に、六月には太宰が死んだが、七月になると私の家が瓦解した。こういう状態のなかで「斜陽」や「人間失格」を読むのはやはり切実味があり、私は「アカルサハ、ホロビノ姿デアラウカ。人モ家モ、暗イウチハマダ滅亡セヌ」（「右大臣実朝」）というような太宰の作品に流れる旋律に、胸をゆすぶられないこともなかった」（「太宰治再訪」）。

鎌倉の稲村ヶ崎での江頭家の暮らしが暗転したのは、昭和二十三年（一九四八）の春から夏のことだった。神奈川県立湘南中学の三年生の時である。家を処分し、家族は東京の北のはずれの社宅に引っ越さざるを得なくなる。湘南の地での「わが黄金時代」は永遠に失われる。小生意気で愛嬌のある「エガちゃん」は後景に退き、「滅亡」の旋律に極度に敏感な、ラディカルな十五歳は、激情を抱えたまま、埃っぽい東京の巷に放り出された。「自筆年譜」が簡潔に、その転変を描いている。

「移転準備中義母千恵子高熱を発し、肋膜炎と診断さる。とりあえず義母及び弟妹を日能英三［義理の祖父］の隠居所に託し、父に連れられて王子の三井銀行社宅に移る。七月下旬である。九月、東京都立第一中学校（現在の日比谷高等学校）に転学す。（略）十一月、義母千恵子小康を得、漸く弟妹とともに鎌倉より合す。しかしやがて脊髄カリエスと診断され、以後七年病床を離れ得ず」

昭和三十年に父が練馬に家を建てるまで、この王子（地名でいえば、北区十条仲原）で江藤は暮らした。日比谷と慶応へはここから通った。高校三年生、大学二年生、その二度の喀血と療養もこの社宅でだった。

江藤淳にとっての屈辱の記憶が凝集する地である。

数年前、私はその場所を訪ねたことがある。東大法学部教授の苅部直さんが案内してくれたのだ。苅部さんは十条の近辺で育っていた。江藤淳はエッセイ「場所と私」では、十条での七年間を「穢土《えど》」と感じたとまで書いている。ずいぶんひどい書き方である。苅部さんが「場所と私」をどんな気持ちで読んだのかは訊きそびれた。少なくともいい気持ちはしないだろう。

埼京線の十条駅で待ち合わせ、十条銀座というアーケード付きの商店街を通り過ぎ、環七を渡ると、そこが十条仲原だった。埼玉県の住宅地と池袋、新宿、渋谷を結ぶ埼京線は、今でこそ便利な通勤路線だが、もとは国鉄の赤羽線と呼ばれたローカルな線だった。それでも池袋までは五分ほどしかかからない。十条駅から三井銀行社宅までは徒歩十五分足らずだ。終戦直後の住宅事情を考慮すれば、十二坪ほどの「急造バラック」に不満を言ってはいけないのではないか。「未来の海軍大臣」江頭安太郎の直系の孫である江頭淳夫にとっては貴種流離の地であろうが、「穢土」とはなんと大袈裟な。江藤淳流の文飾と僻《ひが》みが綯《な》い交ぜになった表現ではないか。終戦後の風景を脳裡に思い描き、私はそう結論を下した。

江藤淳の内的真実では、「穢土」はその通りなのだろう。「ひとつの階層から他の階層に転落するということは辛いことである。私は社宅に移ったとき東京に戻ったという気持がしなかった。それほどこの界隈は私が知っていた「東京」と違ったからである」（「戦後と私」）。ある日の夕方、社宅に訪ねてきた見知らぬ男はコソ泥だった。淳夫少年はまんまと騙されて盗難に遭う。「これが戦後と私との最初の実質的接触である。戦後とは、私にとってはなによりもまず場末のバラックの玄関に正面からさしこんでいる残暑の夕日と、それを黒く切りとったザンバラ髪のずんぐりした男の顔をしている」。「私はいわば敗戦が自分の内ぶところに土足で踏みこみ、そこから誇りを奪って行ったのを感じた」。

「穢土」十条で淳夫少年が遭遇した「戦後」は、いかがわしい男の姿ばかりをしていたわけではなかった。

それは「乞食」とあだ名された、みすぼらしい姿をした詩人の姿で出現した。十条駅にほど近い京浜東北線下十条駅（現在の東十条駅）近くにあった夫婦ものがやっている古本屋の店先に、その男はいた。

伊東静雄という「事件」

小林秀雄とアルチュール・ランボーの遭遇は近代日本文学史上の「事件」として著名である。それは関東大震災の翌年、大正十三年（一九二四）のことだった。小林の戦後の回想「ランボオⅢ」は名文である。「僕が、はじめてランボオに、出くわしたのは、廿三歳の春であった。その時、僕は、神田をぶらぶら歩いていた、と書いてもよい。向うからやって来た見知らぬ男が、いきなり僕を叩きのめしたのである。僕には、何んの準備もなかった。ある本屋の店頭で、偶然見付けたメルキュウル版の「地獄の季節」の見すぼらしい豆本に、どんなに烈しい爆弾が仕掛けられていたか、僕は夢にも考えてはいなかった」。小林は別の文章では、「ランボオは私の衰運と共に現れた」と書いている。

江頭淳夫少年の「衰運と共に現れた」詩人の名は伊東静雄といった。日本浪曼派を代表する詩人である。伊東の詩を読んだ萩原朔太郎は「まだこの地上に一人の抒情詩人が残っていた」と激賞した。昭和十年の処女詩集『わがひとに與ふる哀歌』を編集し、装幀を手がけたのは日本浪曼派を代表する評論家・保田《やすだ》與《よ》重郎《じゅうろう》である。小林秀雄と保田は昭和十年代のインテリ青年たちのカリスマであった。西洋との対決を迫られ、戦争へと傾斜していく時代に、死に縁取られた青春を送るしかなかった日本人を、伊東静雄は続く歌集『夏花』でも『春のいそぎ』でも表現した。『夏花』に収録された詩「水中花」はことに有名である。

　すべてのものは吾にむかひて
　死ねといふ、

わが水無月のなどかくはうつくしき。

淳夫少年が遭遇したのは、高揚と緊張を抱えた伊東静雄ではなかった。終戦の玉音放送で涙した詩人は、その日の日記に書きつけた。「太陽の光は少しもかはらず、透明に強く田と畑の面と木々とを照し、白い雲は静かに浮び、家々からは炊煙がのぼつてゐる。それなのに、戦は敗れたのだ。何の異変も自然におこらないのが信ぜられない」。日本に奇跡が起きなかったことを苦渋のうちに受け容れるのが伊東静雄にとっての戦後だった。あえて言えば、伊東は元「日本浪曼派」の詩人なのである。

昭和二十三年の夏の終り、まだ都立一中に通い始める前に、淳夫少年は伊東の第四詩集『反響』に出会った。なんの予備知識もなしに手にとった小さな詩集には、「鎌倉から十条の場末に引移って以来、私の胸を噛みつづけて来た激しい渇望を、一挙に癒してくれる言葉があった」と自伝的回想『なつかしい本の話』には書いている。それどころか、「もし、このとき、『反響』にめぐりあわなければ、私は文学を仕事とするようになっていただろうか」と自問し、「いまとはまったく違うことをしていたかも知れず、ひょっとすると生きてすらいなかったかも知れない」とまで書いたのだった。

小林とランボーの遭遇のような華やかさはここには一切ない。場所も神田ではなく、町場の小さな古本屋である。絵にならないことといったらない。『反響』は前年の十一月に創元社から出版された詩集である。どれくらいの部数を刷ったのかはわからない。当時、話題になった形跡もない。日本浪曼派といえば戦犯扱いで忌避されていた時期である。

いま詩集『反響』を手にしてみると、裏側の活字が写って見える粗末な仙花紙を綴じ合わせたといった占領期のありふれた本とは違う。B６判の薄い体裁だが、タイトルは古雅な味わいの字体である。本文紙はザラ紙だが、上製本である。小林秀雄編集の高踏的雑誌「創元」を出した会社だけあって、出版社の矜持が感じられる。まったく未知な著者の本が淳夫少年を引きつけたとすれば、この反時代的な本のたたずまいに感じるものがあったのだろうか。それとて、古本屋の棚で、戦前の書物と比べられれば貧弱に見える。定価五十円の本に二十円の値がついていたというのは、活字飢餓の時代であっても、どうせ一顧だにされない本という値付けだったのだ。『反響』との出会いを、「摂理とでもいうようなものの働きによる必然だったのか」と江藤淳はいぶかっている。ごく少部数の詩集だったのだから、それは稀な僥倖であった。貴種流離する少年は、敗残の詩人の言葉に慰藉を見つけ、「滅亡」へ向かおうとする性急な呼吸を、どうにか整えたのだ。

江藤淳が伊東静雄に本格的に言及したのは、六〇年安保前年の昭和三十四年に「中央公論」に発表した「石原慎太郎論」においてだった。伊東の詩「水中花」を引用し、十年ぶりにこの絶唱を思い出し、自分の「美」の基準となった文学的体験を語り始める。

「伊東静雄の詩は、私の脳裡に刻みつけられていた敗戦直前の空の碧さの意味を教えた。そのころ、天は地上に降りて来ていた。時間は停止していた。いっさいは欠伸がでるほどのどかで、無責任で、性的な甘美さにみちみち、銀色の翼をかすかにふるわせて航跡を描いていく敵機の軽快な爆音が官能に媚びていた。その風景――見るまに山の緑から葉脈のひとつひとつがうかびあがって来るほど鮮明な風景のなかには、「死」がかくされていた」

「すべてのものは吾にむかひて／死ねといふ、」という「水中花」に結晶した「死の思想」に、当時十二歳の少年は意識の奥底で唱和していた。「水中花」はそのことに気づかせてくれる詩であった。「死の思想」は日本という国でもっとも「強力な思想」であり、その思想には「美しいものはすべて滅亡に、したがって死につながるという論理」が隠されている。戦争や革命に身を投じることを誘うものが「死の思想」だったといえる。

淳夫少年は『反響』を手にして初めて、昭和十二年の詩「水中花」を読んだ（『反響』は伊東の自選詩集といった性格を持つ）。その時には、「空はすでに碧く澄んではいなかった。「わが水無月のなどかくはうつくしき」という詩句は、ねぼけた曇り空にあやうく呑みこまれていきかねぬ有様であった」。「水中花」は遅れてきた読書体験であり、封印するしかない誘惑であった。

「生活の論理が支配しはじめた時代に「死の思想」で自分をよそおおうとするのは、バラックのなかで鍵のかかる個室を求めるのにひとしい冒険である。死の論理の支配する時代に、美しく、英雄的であった行為は、ここでは間がぬけていてこっけいでしかない。（略）私は「死の思想」が生活の論理にとってかわられたものと信じ、そのことを信じるが故に、伊東静雄をひそかに耽読した」

「炭住住宅」と銀行内で陰口されていた社宅は二間しかないバラックである。稲村ヶ崎の家では離れを自分の個室にし、革命を夢見ることもできた湘南中学三年生は、不本意な転居で、「鍵のかかる個室」を失ったのだ。もう革命どころではなかった。江藤は「哲学の再建」というシンポジウム（「中央公論」昭41・10）で、従兄のマルクス主義のレクチャーは「科学的な感じがして」面白かったが、結局、同調できなかった、「だから私は学生運動の経験はまったくないんです」と語っている。そのレクチャーを受けた場所が、稲村ヶ崎の家の離れの「鍵のかかる個室」であった。

『なつかしい本の話』の中では、『反響』を読んで、「ことさらに私の心のうずきに応えてくれたのは、「夏の終り」という詩であった」と回想している。「水中花」が過去との訣別であったとするなら、「夏の終り」は、淳夫少年に現在との和解をやさしく促がす作品であった。

夜来の颱風にひとりはぐれた白い雲が
気のとほくなるほど澄みに澄んだ

かぐはしい大気の空をながれてゆく
太陽の燃えかがやく野の景観に
それがおほきく落す静かな翳《かげ》は
……さよなら……さやうなら……
……さよなら……さやうなら……
いちいちさう頷く眼差のやうに
一筋ひかる街道をよこぎり
あざやかな暗緑の水田《みづた》の面《おもて》を移り
ちひさく動く行人をおひ越して
しづかにしづかに村落の屋根屋根や
樹上にかげり
……さよなら……さやうなら……
……さよなら……さやうなら……
ずつとこの会釈をつづけながら
やがて優しくわが視界から遠ざかる

この「夏の終り」は伊東静雄の戦後の作品である。作家の庄野潤三は、旧制住吉中学の国語教員だった伊東静雄の教え子だった。庄野は昭和二十一年八月十一日に恩師宅で、出来たてホヤホヤのこの詩を見せられたと追悼文（「『反響』のころ」）に書いている。敗戦から一年がたって、詩人の疵は癒えかけていたのか。江藤は「この長調のむしろのどかなメロディが、かくもしっくりと心の底にわだかまっているうずきに応えてくれるのは、なぜなのだろう」と自問する。江藤の答えは、大久保百人町と鎌倉で過ごした「自分の少年時代と汚辱から自由だった日本」に「……さよなら……さやうなら……」と長調で別れを告げることを促がしてくれたからだ、と伊東静雄への感謝となるのだった。

伊東静雄に兄事した日本浪曼派の詩人・小高根二郎は評伝『詩人　伊東静雄』で、「夏の終り」の「ひとりはぐれた白い雲」は、蓮田善明の霊魂だと断定している。蓮田は伊東とも親しかった詩人・国文学者で、日本浪曼派系の雑誌「文芸文化」同人であった。十六歳の三島由紀夫が小説「花ざかりの森」を「文芸文化」に発表した時、「悠久な日本の歴史の請《もう》し子である」と天才作家の誕生を言祝《ことほ》いだのが蓮田だった（「文芸文化」昭16・9）。蓮田の昭和十八年の著書『神韻の文学』に序文を寄せたのは伊東である。昭和十九年、三島は遺著の心づもりの処女作品集『花ざかりの森』出版に際し、序文を伊東静雄に乞うた。手紙で断られ、徴兵検査で本籍地の兵庫県に向から行き帰り、二度とも大阪に途中下車して伊東を訪ね、重ねて序を乞うている。「詩を書く少年」三島にとって、第一の詩人が伊東静雄だった。伊東はこの天才少年を日記で「俗人」と評した。三島の願いは報われることはなかった。三島由紀夫評価は、蓮田と伊東との間では径庭があった。

陸軍中尉として召集された蓮田善明は、終戦をシンガポール（昭南市）近くのジョホールバールで迎えた。敗戦の責任は天皇にありと軍旗告別式で訓示した聯隊長を指弾し、拳銃で射殺した後、自らもその銃で覚悟の自決をした。八月十九日のことだった。蓮田の死を伊東が知るのは、翌年の八月二十日頃である。庄野潤三の証言がある以上、小高根説は無理があるのだが、詩の解釈としてなら小高根の読み方も許される（江藤は「白い雲」を伊東の自画像と見ている）。

三島由紀夫の死を解く鍵

三島の蹶起は昭和四十五年（一九七〇）である。蹶起一週間前に行なわれ、死後に発表された最後のインタビュー（「三島由紀夫　最後の言葉」）冒頭で、三島は蓮田の名前を出して、自らの精神的出発点を語った。「まず戦中は「文芸文化」という雑誌と非常に関係が深かったんです。これは蓮田善明が主宰者で、ぼくは蓮田善明に思想的影響といいますか、一種の感情教育を受けているんですね」と。保田與重郎からは大きな影響は受けていないと誤伝を正し、「日本浪曼派からはちょっと離れたところで」、精神的国学の潮流に身を置き、日本の古典を読んでいたという戦中期の自画像を後世に遺そうとしたのだった。

三島事件が起こった時、江藤淳は三島が自衛隊員に蹶起を呼びかけた市ヶ谷駐屯地のすぐ脇にあるマンションに住んでいた。事件の日は、朝日新聞に呼び出され、作家の武田泰淳、哲学者の市井三郎と緊急座談会「三島の文学とその行動」に出席した。江藤は「困ったことが起ったな」「この事件に打たれないどころか反発を感じた」と否定的発言をくりかえした。江藤が三島を解く鍵として座談会で出したキーワードが「日本浪曼派」だった。

「三島さんは日本浪曼派の強い影響の下に出発しているわけです。日本浪曼派の思想というのは、いわば唯美的なナショナリズムとでもいうべきもので、それから戦争に負けて、それからすぐの昭和二十一年ごろには、もう三島さんは非常にはなばなしい戦後派の鬼才として登場してこられた。このときやはり僕は三島さんの中に焼け跡的戦後の状況の中で、日本浪曼派の歌をそのまま歌うわけにはいかない。やはり三島さんの深い思いというものを、逆説的な形で表現せざるをえないというところに置かれていたのではないかと思う」（「朝日新聞」昭45・11・26）

江藤淳は日本浪曼派から始まった三島文学の帰結として、三島の死を捉えた。三島最後のインタビューを併せ読めば、その的確な指摘に驚かざるをえない。自らの資質に近いものを感受した時の、江藤批評の冴えである。江藤は『金閣寺』を頂点にして三島が変貌し、大作『鏡子の家』と短篇「憂国」を書いた昭和三十四、五年頃から、「戦後」という「空白」の時代に歩調を合わせることに飽き、「自分の基本旋律を聴いてしまった過敏な中学生」へと回帰しはじめた、と洞察していた。昭和三十三年の評論「神話の克服」、三十六年の作家論「三島由紀夫の家」、そして四十四年の人物印象記「ヒットラーのうしろ姿」では、偶然出会った三島の「少年のようなうなじ」に「かすかに老いが積りかけていた」ことを見逃してはいない。

力作「神話の克服」の「神話」とは、日本浪曼派に代表される「血と土」に根ざしたロマンティシズムのことである。その「神話」は敗戦後、「ひとりの才能ある若い作家のなかにひそかに自らの血をそそぎこみながら、生存しつづけた」。この若い作家が三島由紀夫のことであるのは言うまでもない。二十五歳の江藤淳は、その「神話」——「われわれのなかに現にひそむそのような行動への憧れをならし、「神話」を手なずけ」なければならないとした。「神話の克服」を宣言していたのである。

「神話の克服」の中で、日本浪曼派の「イデオローグ」の三島賛辞が引用されている。ただし、固有名詞は本文では隠される。凶々しき者として嫌悪するかの如くだ。その名前があの「蓮田善明」である。平成の世になってからの著作『南洲残影』では、その名前は印象的に登場する。西郷隆盛の取材で田原坂の激戦地を訪れた時である。簡素な歌碑が建っている。

ふるさとの　驛におりたち
眺めたる　かの薄紅葉
忘らえなくに

そこは蓮田のふるさとだったのだ。

「ここには高度成長期に、各地に簇出《そうしゅつ》した諸家の文学碑の周辺に漂う、ふんぷんたる俗臭のごときものはいささかもない。ふるさとびとが相集って、非命に斃れた詩人の記憶を後世に伝えようとしたという志が、ほのかに香るような歌碑である」

三島由紀夫が真に己の理解者と頼んだのは江藤淳と橋川文三の二人だった、と私は考えている。時には厳しい論敵でもあった。三島の「文化防衛論」を批判したのは橋川だったし、三島の死を「焼け跡的な戦後のタガがはずれ」た末の、「深い疲労」と「深いけん怠感」の所産と突き放したのが江藤だった。三島の『鏡子の家』にもっとも注目したのもこの二人である。橋川は思想史家だが、『日本浪曼派批判序説』という先駆的な書物で、戦中期に心酔した保田與重郎を批判的に検討した。江藤の「神話の克服」にも明らかな影響を与えている。戦後の橋川は共産党、結核という体験の末に、丸山眞男の影響下で物書きになった。

いま試みに、三島、橋川、江藤における日本浪曼派を分類すれば、三島にとっては「行動家」蓮田善明が、橋川にとっては「評論家」保田與重郎が、江藤にとっては「詩人」伊東静雄が最重要人物となる。それぞれの資質が正直に反映された選択である。

昭和七年生まれの江藤淳は同時代に「日本浪曼派」を読むには幼な過ぎた。橋川は大正十一年、三島は大正十四年生まれの戦中派であり、身体が弱くて兵役に行かなかったという共通点を持っている。江藤は十条の社宅の一室で、二十円で買った古本『反響』を繰り返し読むことで、事後的に日本浪曼派から影響され、さらに日本浪曼派を克服することをも学んだ。

「ストイシズムこそが伊東の悲哀の完全な表現だった」(「三人の詩人」)と考える江藤淳が、「伊東静雄の詩的生涯を要約している」として、必ず引用する二行が『わがひとに與ふる哀歌』の中にある。

行つて　お前のその憂愁の深さのほどに
明るくかしこを彩《いろど》れ

淳夫少年はこの二行をモットーにして、「死の思想」から生活へと復帰していったのだろう。それは「転向」と呼んでもいいのかもしれない。

「死の思想」で湘南中学三年生の江頭淳夫を誘惑したのは太宰治の死だった。前章の最後に引用したように、太宰を通して「日本浪曼派のみをのぞみ見ていた」と江藤は昭和三十四年に書いている。太宰は確かに「日本浪曼派」第三号から同人に加わっている。しかし、小説は一作しか載せていない。保田、蓮田、伊東とは比較にならないほど日本浪曼派の匂いは薄い。文学史の分類では、むしろ無頼派である。その常識に反してでも、太宰が日本浪曼派なのか。

そのひとつのヒントは鎌倉の海にあるのではないか。太宰は山崎富栄と玉川上水で心中死したが、その前に何回も自殺と心中を企てた札付きだった。昭和五年（一九三〇）十一月に、まだ帝大生だった太宰は、知り合ったばかりの銀座ホリウッドの女給・田部あつみとカルモチンを飲んで心中を図った。あつみは死に、太宰は生き残る。その顚末は『人間失格』などにも書かれたが、もっとも詳細に書いたのが初期の短篇「道化の華」である。

主人公の大庭葉蔵は「青松園という海浜の療養院」に入院している。その前夜、「袂ヶ浦で心中」を図り、男は漁船に救助された。心中の片割れを救助するため、何艘もの漁船が夜を徹して、「江の島の岸」を捜索した。あけがた、女の死体は「袂ヶ浦の浪打際」で発見された。主人公は弱いからだの身で、マルキシズムの運動をしている男だった。

鎌倉の地元で育った淳夫少年ならば、ピンとくる場所である。恵風園病院、袖ヶ浦、江の島。太宰が死に損なった場所は七里ヶ浜の西端の小動岬《こゆるぎ》であった。稲村ヶ崎の自宅からなら歩いてでも、自転車でもすぐのところだ。毎日の通学に利用する江ノ電の車窓から見える風景である。いまやサーファーのメッカである七里ヶ浜を挟んで、西端が小動岬、東端が稲村ヶ崎である。淳夫少年の原風景だった稲村ヶ崎とは相似形の場所が「道化の華」の心中の舞台だった。

「道化の華」は太宰の最初の本『晩年』の中の一作であり、刊行が始まったばかりの八雲書店版『太宰治全集』で淳夫少年が読んでいる短篇なのである。「死の思想」の日本浪曼派・太宰治はいわば、ご当地もの作家でもあったのだ。これから先は淳夫少年でも気づかなかったろうが、「道化の華」が載ったのは「日本浪曼派」昭和十年五月号（創刊第三号）だった。太宰が「日本浪曼派」同人となり、唯一発表した小説が「道化の華」だった。

「穢土」にあった銭湯と本屋

江藤淳の「穢土」十条仲原で育って作家となった人が存在している。「出発の周辺」という小説で、昭和四十五年に群像新人賞をとってデビューした勝木康介である。その時の選考委員のひとりが江藤淳だった。江藤は「出発の周辺」を強く推した。授賞式で二人は会って、お互いの番地を確かめ合った。番地は二つちがうだけだった。

「それなら勝木氏は、私とほとんど眼と鼻のところに住んでいたのだ。ことによれば、大黒湯という私の家のすぐ奥にあった銭湯に、勝木氏と私が同時にはいっていた、ということさえあったかも知れない」

（「場所と私」）

大黒湯は生れて初めて入る銭湯というものだった。どうしたらよいのかもわからない。「私は、手拭いで前を隠す、という習慣すら知らなかったのである」（『なつかしい本の話』）。

勝木さんは昭和五年生まれで、江藤淳よりも二歳年上である。十条仲原には昭和十一年から、大学を出る三十二年まで住んだ。完全に江藤淳の社宅時代と重なっている。勝木さんは手書きの地図で、自分が住んでいた同潤会アパートと三井銀行社宅の位置関係を教えてくれた。「同潤会アパート」と聞くと、どうしても代官山、江戸川、大塚女子といったモダンで快適な鉄筋コンクリートを想像してしまう。勝木家が入った同潤会はそうしたものとは違った。木造二階建ての四軒長屋で、上と下に別々の家族が住まう。六畳と三畳の二部屋という間取りだった。「出発の周辺」は戦争中の十条仲原が舞台だった。

「このあたりは空襲があったけど、同潤会は焼けなかったんです。江藤さんの住んだ社宅はかなり速成の建物でした。僕らの家とどっこいどっこいか、ほんの少し上。周囲の家々、銀行社宅、同潤会という序列ですかねえ」

勝木さんの立ち回り先は淳夫少年とかなり重複していた。勝木さんは都立小石川高校の定時制（そこで芥川賞をとる前の小島信夫に英語を習ったという）から東大の国文科を出た。卒論は漱石という文学少年だった。淳夫少年が伊東静雄の『反響』に遭遇した下十条の古本屋にもよく行った。受験参考書を買うこともあったし、ハイデッガーの『存在と時間』も買った。

十条銀座の新刊本屋でも会っていておかしくない。江藤の『なつかしい本の話』には、早大生の親切な若主人の店が出てくる。注文した詩の雑誌をわざわざ家まで届けてくれるのだ。勝木さんも届けてもらったことがあった。その本は辰野隆の文学論集だった。辰野は東大仏文の主任教授であり、小林秀雄の恩師である。そういえば、太宰は東大仏文中退だ。

「その主人が私の家があまりにボロ家なのにびっくりした顔が忘れられません。こんな家の奴がこんな立派な本を読むのかと、思わず顔色に出たんです。心外でした」

勝木さんのアパートの棟八軒の子供たちのうち二人が東大へ、二人が早大に進んだ。東大に行ったもう一人は、後に中央官庁の事務次官になった。

大黒湯のあった場所も地図で教えてもらった。確かに淳夫少年の社宅のすぐそばだった。江藤淳は「場所と私」で、行き帰りの少女たちを眺めていたことを書いている。

「西陽を避けるために吊るしたすだれごしに戸外を眺めていると、大黒湯に通う娘たちが長い髪を派手なネッカチーフでくるみ、金だらいをかかえ、たくましい足を踏みしめて前を通りすぎて行くのが見えた。(略)湯上りには、この娘たちはほとんど女になっていた。赤く湯に染まった踵のまるみと汚れたサンダルや紅緒の下駄とのアンバランスが、この娘たちの女を誇示しているように見えた」

淳夫少年はここでも「小谷崎」となっていた。勝木さんは大黒湯の明かりが夜目にもとても明るかったことを覚えている。照明が家々に反射し、往来の客のおしゃべりの声が聞こえてくる。その溢れる生命感が貧相な町並みをいきいきとした空間に変えてくれるのだった。

勝木さんの手書き地図を持って、後日、十条仲原にもう一度足を伸ばした。地図はほぼ正確で迷わずに辿り着けた。途中の同潤会アパートは土地ごと払い下げられて、小さな家が櫛比《しっぴ》していた。大黒湯の跡地の公園は防火水槽にする工事中だった。地形は変わっていないが、建物は当時とは相当違うようだった。

銀行社宅の跡地には、五階建てのマンションが建っていて、界隈を圧していた。「眺めのいい」ことを売り物にしている名前のマンションだった。マンションの西側はすこし行くと急斜面になり、開放的に空が広がっている。時刻は四時ごろになり、夕陽がマンションの壁を染め上げていた。この時間を選んでやってきた甲斐があった。『なつかしい本の話』の描写を追体験できるからだ。

「そのことを、私は、夕焼けを眺めるたびに痛切に感じた。緑のほとんどない十条仲原界隈で、美への渇きを癒してくれる自然といえば、夕方の一刻、西の空に展開される豪奢な残照の饗宴以外にはなかった。

十条銀座で買って来た西陽除けの簾ごしにその夕焼けを眺めていると、変動による混乱と解放感の底でうずいているものを、確かめることができた。そういう私の前を、路地の奥にある大黒湯に通う娘たちが、挑発的に腰を振りながら通りすぎて行った」

夕陽に満足した私はもう一度界隈をまわった。たそがれどきが迫っていた。ものみな溶暗していくと、数十年の時間の痕跡は曖昧になる。マンションまで戻ると、敷地内の駐車場に入れることに気づいた。誰もいないので中まで入ると、おあつらえ向きにベンチがある。図々しく座って一息つき、頭の中を整理してみた。

この界隈に住む人々にとって、「戦後」とは、江藤淳が書いたような「喪失」の時代でも、「獲得」の時代でもなかったのではないか。選挙権は拡大し、衛生状態は改善され、結核が必ずしも死と結びつかなくなり、自動車を持ち、身ぎれいになりと様々な変化はあった。おおかたの日本人がそうであったように、人々は戦争も占領も経済成長も、あたかも自然現象であるかのように受け入れてきたのではないか。

そこまで考えて、江藤淳はそんなことはとっくに知っていて、その上で、あえて「戦後」を問うたのではと思い直した。大黒湯に通う娘たちの官能をこそ江藤淳は信じたのではないか。それは「喪失」とも「獲得」とも無縁な素肌の戦後日本である。

第八章　日比谷高校の早熟な「若年寄」

「私のかよっていた学校は永田町にあって、東大合格者の数が全国一なので有名だったが、年に二、三人ずつ自殺者や自殺未遂者が出た。学校がつめこみ教育をするからというより、生徒のあいだに異様な緊張を強いる雰囲気があって、それに耐えられなくなった者がなにかのはずみに死ぬのである。／疎開先から中学三年の二学期に転入して来た私は、成績はあまり悪くなかったが、結局この学校になじめなかった」（『日本と私』）

江藤淳は小説家ではなかったが、批評家としては例外的にと言っていいほど、回想的エッセイや作品を書き残した。私はそれらの作品を手がかりにして、江藤淳の評伝を書いてきているが、日比谷高校時代の四年半は、他の時期に比べて回想されることが少ない。「なじめなかった」学校として記憶され、記述されているからだ。先ほどの引用を続ける。

「私が結核になって高校三年を二回やり、東大に落ちて慶応の制服制帽で教員室にあいさつに行くと、

「君、慶応は経済かね？　なに文科？　君も案外伸びなかったね」

といわれたものである。それ以来私はこの学校を訪れたことがない。同窓会というものにもほとんど出ない。私のなかにこの学校に対するなつかしさが生れかけると、

「君、慶応は経済かね？　なに文科？」

という声がどこからかきこえて来て、それを吹きはらってしまうからだ」

昭和四十二年（一九六七）に書かれた『日本と私』は全体が暗いトーンで統一されていて、日比谷の記憶もその中に押し込められてしまっている。日比谷高校の同級生たちの目に映っていた転校生「江頭淳夫」の像は、江藤淳本人の描く高校生像とは違っている。湘南中学時代の「エガちゃん」という親しみのこもった姿でこそないが、マルチな才能を発揮して、やたらと目立つ、こまっしゃくれた少年なのである。

昭和二十三年（一九四八）の七月、編入試験の受験者は二十七人、合格者は三人という狭き門だった。都立一中（現在の都立日比谷高校）は権力の中枢が集中する東京の心臓部の丘の上にあった。体育館の屋根には直撃弾が当って穴があき、講堂の壁にはケロイドのような焼夷弾の跡がある。ロケーションこそ天下を睥睨《へいげい》する丘の上だが、眼下には焼け跡が拡がっていた。「その焼け跡の中央に、巨大なお墓のように聳えているのが国会議事堂で、刑務所のようにうずくまっているのが総理官邸であった」（「東京の夏の匂い」「日本経済新聞」平6 7 24）。祖父・江頭安太郎海軍中将たちが営々と築き上げた大日本帝国の瓦解は明らかだった。校舎に沿った遅刻坂という通称の急な坂道の向こうは、対照的に青々とした芝生が拡がる別天地ジェファソン・ハイツで、米軍将校の立派な宿舎が並んでいる。「敗亡の風景」そのものの中に校舎はあった。

九月に入って学校が始まる。四日の土曜日には皇居前で「三重苦の聖女」ヘレン・ケラー女史の歓迎国民大会があり、二万人の少年少女たちが動員された。江藤のクラスは全員参加させられた。新参の転校生は、その報告の手紙を湘南時代の親友に送り、疑問を記した。なぜ我々が行かねばならないのか、なぜ皇居前なのか、と。神田の古本屋街で再会した親友から、「君、あんな手紙は出すなよ」と忠告される。「あの手紙は開封されて、検閲されたシールが貼ってあった。その手紙に君は、ヘレン・ケラー大会はつまらなかったと書いていたじゃないか。これは反米だと判定されて、いまにつかまるぞ」（『断固「NO」と言える日本』）。自由な批評精神が掣肘を受けかねない出来事がまずあったのだった。

教室内でもショックなことがあった。湘南中学では優等生だったのに、数学の試験が零点だったのだ。「英語と私」という講演で、この出来事を自虐的に語っている。「いたずらして立たされたことはありますけれども、成績で立たされたのは初めてです。（略）黒板の前に立ちまして、一時間恥をかいたんです。それから私は非常に憤激しまして、……発憤したのではなくて、居直ったのです。（笑）できなくたって何が悪いんだ、と思いまして、勉強しなくなった。数学は以後全然できない。（笑）」。

この時の一部始終を見ていたのが、やはり転校生だった渡辺幸治である。零点は他にも二、三人いた。数学の安田秀雄先生は「髪の毛を伸ばす時間があったら数学を勉強しろ」と諭した。江藤はまだ珍しい髪を伸ばした生徒だったので、嫌味を言われたのだ。すかさず江藤は「髪の毛を切る時間がありません」と反論した。安田先生は丸坊主頭がトレードマークだった。ああ言えば、こう言い返す。「ませた少年」という印象を渡辺さんは持った。江藤は日経新聞の連載随筆の中で、渡辺さんのことを「長じて外交官になった。現ロシア駐在大使、渡辺幸治君」と紹介している。

いささか悪趣味を承知で、日比谷の同級生に関しては、わかった範囲で、出身大学と主な職歴を記すことにする。「君も案外伸びなかったね」という恩師の言葉に傷ついた江藤淳の内面に近づくためには好都合に思えるからだ。「渡辺幸治君」は東大教養学部から外務省に入った。ちなみに、江藤淳の従妹の夫・小和田恆（雅子妃の父上）は、新潟県立高田高校出身だが、東大教養、外務省では渡辺幸治の一年先輩にあたる。

転校生・江頭淳夫は教室外でもすぐに頭角を現した。一つは文学方面で、もう一つは校内の言論活動で。文学方面では同級生に注目され、言論活動では上級生にも一目置かれた。

やはり東大教養から外務省に入った藤井宏昭（駐英大使）は、日比谷時代には小説家志望だった。勉強どころではなかった。一日で原稿用紙五十枚も執筆することがあり、自宅の裏木戸には「日本青年文学会」という看板を掲げていた。揮毫は国語の佐藤正憲先生にお願いしている（佐藤先生宅には江藤もよくお邪魔している）。藤井の見るところ、文学でずば抜けているのが江頭淳夫と柏原兵三（東大独文）だった。柏原は日本青年文学会の仲間で、後に芥川賞を受賞するが、早逝した。藤井は校舎の屋上で柏原から突然、「我々二人ともがノーベル文学賞を貰うかもしれない。すごい天才がいま並んでいるんだ」と言われたことがある。「まあ、噴飯物ですよ、今となっては」と藤井さんは笑うが、天下の秀才たちの集団の向こう意気を伝えるエピソードである。

『柏原兵三の人と文学』所収の同級生の回想は、江頭淳夫出現の様子を伝えている（矢島清光「青年文学会前後」。矢島は國學院大、自営業）。柏原と藤井が中心になって文学集団を作ろうとする。メンバーの蛭田昭（高三の時に自殺）が転校したばかりの江頭を入れようと主張する。榎本道信（高二で中退）は「既に江藤の原稿をみていて何と凄い奴が来たものよと舌を巻いていた」。藤井と蛭田が江頭を昼休みの屋上に連れてきて、会見が実現する。「横光利一をあれはいいなあと話し合った」くらいで、結局、江藤はこのグループには入らなかった。

柏原兵三は日比谷時代を「星ヶ丘年代記」という自伝的小説に書き遺している（生前は未発表で、『柏原兵三作品集』第二巻に収録）。その中に江藤淳を主としてモデルにしたらしい「剣持」という転校生が登場する。フィクションも交えているが、柏原が見た江頭淳夫の姿は伝わってくる。「剣持」は「入学した日から背広を着て、大人の持つような、古いが、皮の手提鞄を提げて登校したばかりか、頭を七三に分けていた」。弁舌は巧みで、「舌から先に生まれたような男」だった。生徒大会の演説では、流行りのサルトルとカミュをいちはやく引用した。主人公は「剣持」に校内誌への寄稿を求める。

「彼は私の用件を聞くと、「じゃあ、お昼休みに屋上でゆっくり会いましょう」といった。その言葉遣いが私を圧倒した。彼はまだ小さかったが、それは完全に大人の言葉遣いであった。

その日昼休みに私は彼と会った。彼は私と話し終ると、非常に興味があるが、自分としてはその話はお断わりせざるを得ないように思う、といった。

どうしてだろうか、というと、編集部一任というのが気にくわない、といった。自分は寄稿を依頼されたのなら書くが、投稿扱いは嫌だ、といった。それでは必ずのせる、とうけあったらどうだろうか、と私はいった。

しかしそんな権限が君にあるのか、と彼はいった」

この特別扱いを要求した件が事実か創作かは判断できないが、「剣持」の不遜とも言える言動は誰でもが感じたようだった。前出の文章で、柏原の仲間だった矢島清光は書いている。「江藤は、常に極めて目立った存在で、少くとも外から見た限りひどく厚かましく自信に満ち、エピソードも多く、強烈なものを持っていた」。この江頭淳夫評で注意しなくてはいけないのは、「少くとも外から見た限り」という限定をしている点だ。文学少年同士の観察眼が効いている。「剣持」＝江頭淳夫には、全国一の名門校の秀才たちに挑みかかるかのような気負いが感じられる。それは鎌倉の稲村ヶ崎から、東京の北のはずれの「穢土」へと流謫《るたく》された貴族的少年のプライドが自ずと醸し出す外見でもあっただろう。文学少年たちの視線は、自信に満ちた転校生のやわらかな部分をも垣間見ていたことになる。

バルザックやランボーを気取っていた藤井宏昭は、江頭は小説家ではないが、文学方面で間違いなく、一廉の存在になると思った。藤井さんは江頭淳夫に「若年寄」というあだ名を秘かにたてまつった。博学で、早熟で、洗練されていて、妙にかしこまっている。このあだ名はさすがに本人に面と向かっては言えなかった。外務省に入ってからも、評論家・江藤淳とのつきあいは続き、『漱石とその時代』などを愛読した。

第一回公選生徒議員の光栄

昭和三十三年（一九五八）の「日比谷高新聞」（昭33・11・10）では、戦後の日比谷高校を回想する特集が組まれている。菊池龍道校長の話、男女共学第一期生で、労働省に入った女性と並んで、新進評論家の江藤淳が文章を寄せている。江藤の同期でまず世間に名が出たのは、在学中からジャズ歌手だった旗照夫である。次いでは、『夏目漱石』でデビューし、「怒れる若者たち」の代表選手だった二十五歳の江藤だろう。

「自称天才」の秀才たちのほとんどは、まだ官僚になりたてか、大学院で修業中の身なのだから。同級生のトップランナーになった若々しい江藤の日比谷への感慨は、後年の回想とはトーンを異にしている。

「私の在学中の日比谷高校（都立一中）は、一種の創世紀的な混沌状態にあった。戦後間もないころで、一切の過去の秩序が崩壊し、新しい秩序が裏の議事堂で毎日着々とつくられつつあるという喜びがあった。皆生徒たちは腹をすかせていたが、精神はつねに昂揚していた。うまいぐあいにこの世の中を渡って、出世街道をひた走りに走ろうなどという小賢しい量見をもっている連中はあまりいなかった。

生徒会の基礎ができて、三権分立の堂々たる〝憲法〟が出来たのもその頃である。生徒議員は立候補制で、政党にわかれて中原の鹿を追った。私は第一回の公選生徒議員の光栄を有するものである」

この文章を読む限りでは、江頭淳夫は日比谷の環境にずいぶん馴染んでいたことになる。水を得た魚、それも若鮎である。「第一回の公選生徒議員の光栄を有する」というのが仰々しいが、それには日比谷独特の事情があった。ＧＨＱの指令による六三制への切り替えの中で、独自の教育改革が模索されていた。自治憲章制定、定期考査の廃止と復活、百分授業、縦割りのホームルーム制等々。旧制中学から新制高校になるに際して、むしろ旧制高校的な「自治」を大幅に取り入れた校内制度へと変わっていったようだ。

生徒会活動は、国政と同じく立法、行政、司法の三権分立となり、生徒がそれぞれ立候補した。立法府である生徒議員には六十五人が立候補し、二十五人が当選した。その中に中三から高一になった江頭淳夫もいて、「公選生徒議員の光栄」を有したのだ。そればかりではなく、行政府の委員長（米国の大統領に近い役割）の選挙には、江頭淳夫は副委員長候補として名乗りをあげていた。自治研、民学同の二大派閥が公認を出して、選挙運動を展開した。勝利したのは自治研、江頭淳夫がいた民学同は五十五票差で敗れ、「副大統領」にはなりそこなった。その時、一緒に選挙を戦った丹羽晟《あきら》（東大法、海上保安庁長官）は江頭の一つ上の学年だった。

「今から考えると、生徒会の三権分立なんてママゴトみたいなことをやりまして。自治憲章をつくった馬場信久さん（東大医）を担ぎ上げて、私と江藤さんが副委員長候補になりました。弁論さわやかで、頭が切れて、目立っていた江藤さんを、これはいいと副委員長候補にしちゃったんです」

当時のビラを見ると、「男女共学完全実施に努力」「健康診断の徹底―肺病の撲滅」などのスローガンが掲げられ、「清き一票を」と訴えている。民学同が左派だったのは当時の政治状況からして当然である。中には共産党員も混じっていたようだが、どうやら大同団結のグループだったらしい。

粗末な藁半紙にガリ版刷りされた「江頭淳夫起草」の「選挙管理委員会設置並に各種選挙に関する條例草案」なるものもあった。戦争中に百武三郎侍従長が「淳夫君は参謀タイプ」と評したように、委員長よりは副委員長に向いた人材だったのだろう。別の上級生は、あの江頭淳夫が江藤淳になっても変わっていない、という感想を持っている。

「あの頃から評論家でした。割り合いに醒めた目で見ていて、理路整然とものを言う。こっちは理屈で負けちゃう。彼の顔には、その程度の知識しか持ってないのか、というのが出ちゃう。言い負かされた方も、彼の実力をわかっているから、反論もできない。なんだあいつは、という気持になるから、顰蹙を買っていたと思います。ところが一対一になると、非常に紳士的で、人当たりもやわらかになる。評論家の江藤君の関心領域は日比谷の頃と変わっていないと感じています。あの頃の日比谷の雰囲気がプラスになっているのでしょう。今の受験体制ではああいう人は出てこないだろうから」

戦後の日比谷高校を体感するのに最も適した小説がある。昭和四十四年（一九六九）に芥川賞をとった『赤頭巾ちゃん気をつけて』だ。作者の庄司薫（本名・福田章二、東大法）は江藤淳が日比谷を卒業するのと入れ替わりに入学してきた。庄司の同級生の作家には古井由吉（東大独文）と塩野七生（学習院大哲学）がいる。『赤頭巾ちゃん』の主人公の薫くんは、学校群以前最後の日比谷高校生。昭和四十一年入学という設定で、江藤たち戦後の民主主義と男女共学の洗礼を浴びた学年から薫くんの学年までは、日比谷黄金期（東大合格者全国一）のメンタリティを体現している。薫くんは全共闘の学生による安田講堂占拠で東大入試が中止となった学年である。薫くんの語る日比谷高校生はなんとも「いやったらしい」存在だ。「気取っていて見栄っぱりで意地っぱりで紳士面していて受験勉強どこ吹く風で芸術などというキザなものに夢中でまわりくどい民主政治にえらく熱心で鼻持ちならぬほど礼儀正しくて馬鹿みたいに女の子に親切で、つまりどこから見てもいやったらしい生徒ばかり育てていたのだから」

薫くんのお兄さんは二人とも日比谷から東大法学部に進んだ。薫くんも同じコースに進むつもりだった。

「大蔵省あたりへ入ってつまらん人生を送る」、「鼻持ちならぬ体制エリート候補」なんて言われながら。

薫くんは下の兄貴に悪名高い東大法学部は要するに何をやっているのかと聞く。兄貴は「みんなを幸福にするにはどうしたらいいのかを考えてるんだよ。全員がとは言わないが」と真面目に答えた。戦前の高級官僚の旧制高校的エートスがかろうじて残っていたのが、庄司家三人兄弟の日比谷なのであり、東大法学部なのである。この場合、法学部といっても丸山眞男に典型的に現われる公意識だろう。庄司薫は東大文科二類（現在の文科三類に相当）在学中に中公新人賞でデビューするが、文学部に進まず法学部を選んで丸山ゼミに入る。天下国家と文学を両ニラミする姿勢、それが日比谷的であり、江藤淳にも流れる「いやったらしい」日比谷の自治精神だったのではないだろうか。

前出の「日比谷高新聞」で、江藤淳は後輩たちに語りかけている。

「最も楽しいのは授業をさぼって溜池の〝泉郷〟というコーヒー屋でウインナ・コーヒーをのみながらひそかに煙草をたしなむことであった。ここのマダムは美人で、先生方のなかにもファンがないわけではなかった。けだし、煙草をのんだからとか、酒をたしなんだからというケチくさい理由で生徒を叱責するなどという不見識な先生方は一人もおられなかったのであった。諸君は紳士であり、我々も紳士である。どうしておたがいの私生活に干渉しようか。これが当時のモラルであった。汝の欲する所をなせ、というのはラブレーのことばであるが、私共はまさに自らの欲する所をなしている。これはみんな、教育のない学校、日比谷高校のおかげである。願わくはこの光輝ある伝統の永遠にたえざらんことを」

江藤淳は昭和二十年代の「薫くん」だったのかもしれない。それは追々述べていくことにする。『赤頭巾ちゃん気をつけて』には、薫くんの友達で「芸術派のいわば総帥みたいな」小林という同級生がいて、日比谷の卒業生名簿を初めて見た時、すごく嬉しかったと白状する。「夏目漱石だとか谷崎潤一郎とか小林秀雄とかズラズラいてさ」。漱石と小林は江藤淳が評伝の対象に選んだ文学者であり、谷崎は漱石の次に書くことを決めていた作家である。この三人の文豪を書くという選択は、まったくの偶然だろうが、江藤淳と日比谷の不思議な縁である。

弱音を吐かない「演劇的人間」

江藤淳の「自筆年譜」には、にぎやかだった自治会活動はなぜかまったく登場しない。昭和二十四年（一九四九）の項は、以下がすべてだ。

「都立第一中学校はすでに都立第一高等学校と改称され、学制改革の結果下級生なきまま高校生となる。

英語担当教諭梶眕悳《しんど》先生に触発され、アテネ・フランンセに通ってフランス語を学びはじめる。梶先生は加藤周一、中村真一郎ら所謂「マチネ・ポエティク」の人々と一高で同級だった人である。梶先生、東大教養学部教授川口篤、前田陽一、小林正の三氏を課外講演に招かれ、仏文科に進もうと思う」

江藤淳の恩師の描き方は、いつも厚く遇するが如くである。一歩下がり、敬語を常に遣い、教え子の分を守る。ゾンザイな言葉を嫌い、かしこまっている。ここにも「若年寄」が顔を出す。その中でも梶先生は特別な先生だ。文学開眼の師ともいえるからだ。

「K先生は英語とフランス語の先生だった。健康を害されて旧制一高を中退されたということだったが、当時から語学がずばぬけてできたといううわさにたがわず、非常に高級な授業をされた。私は外国語の語感というものを、K先生からはじめて教えられたような気がする。（略）イェスペルセンの英文法を教えて下さったのもこの先生だったし、プルーストやアポリネールの文学についてさり気なく話されるのもK先生だった。私はこの先生のおかげで、もともと好きだった英語がいっそう好きになった」（「S先生とK先生」「日本経済新聞」発表年月日不明）

梶先生も江頭淳夫に目をかけた。英語はよくできるのに数学ができないのを心配して、新納文雄先生という日比谷の数学の先生（後に東大教授）に個人レッスンを受けるようにと計らってくれた。その時、同じく数学がからっきしダメな同級生も一緒に受講することになった。後年、「クイズダービー」の解答者として茶の間で親しまれる篠沢秀夫（学習院大仏文→東大院、学習院大教授）である。篠沢は『もっと愉快に生きてみよう』で、その時の江藤と自分を比較している。

「江藤淳は、今でも私より十歳ぐらいふけてみえるが、当時から大人びていたものである。（略）先生が説明すると江藤は、

「あっ、そうですか。そういうふうにやるんですか、ナルホド。そういうふうに説明していただくと、よ

くわかりますね」

などと調子のいいことをいっている。

私の方は、それを聞いていてバカバカしくて、たった二人だけの個人レッスンなのに、グウグウと居眠りをしてしまった。（略）そのうちに、江藤が「きみ、月謝を払わなければいけないんだから、払いたまえ」といってきた。（略）しばらくすると、また江藤が「きみ、月謝の三百円」と催促する。私は「ないよ」といって逃げている。するとまた「おとうさんに立て替えてもらっているから困るんだ。早く払ってくれたまえ」などといってくる。（略）悪友連中が「オイ篠沢、絶対に払うな」とけしかける」

せっかくの個人レッスンは二ヶ月ほどしか続かず、二人とも受験に数学のない私大へと進学することになる。

昭和二十五年春、江藤たちは高校二年に進級する。この年、日比谷高校で大異変が発生する。『日比谷高校百年史』の年表にも書かれている。「東大入試合格者数で、小石川高に一位ゆずる」。菊池校長は重大事態発生と、在校生にハッパをかけた。この時、「論客江頭淳夫の名を全校に轟かせた」と、斎藤明（東大文、毎日新聞社社長）は「日比谷高校の江藤淳」（「文藝春秋」平12・9）で書いている。校長たちに「敢然と反撃を試みた論客のうち、一際鮮やかな演説を繰り広げたのが江頭だった」と。

「「釈迦やキリスト、マホメット、彼ら偉大な思想家が、どこの大学を出たのかと詮索する者がどこにいようか。大学を出たから偉いとは限らない」と集会で颯爽と語る江頭に、やんやの喝采がまきおこった」

斎藤は「日比谷高校時代の江頭を一言で表すなら、早熟の天才――。これ以外に形容の言葉がみつからない」と断定している。「いつもベレー帽をかぶって、小脇に本を抱えている。回りの同級生たちがマルクス・エンゲルスの洗礼を受けはじめたころには、一人サルトルを手にしている、といった調子だった」。

この生徒総会での演説はよほど強烈だったようで、他にも何人かが触れている。柏原兵三は芥川賞を受賞した直後の、母校の九十周年記念式典での講演で、その時の江藤淳の颯爽たる弁論を後輩たちに語っている。小説「星ヶ丘年代記」から引用してみる。

「「最後に、東京大学教養学部の入学者数云々については、実に下らないことを仰せられたものだと考えます。生徒は競馬ではないのでありまして、どこそこの高等学校から百人入り、それより我校が六人か七人少くなったからどうのこうのということは、競馬競輪的な発想であり、まことに慨嘆に耐えません。私たちは東京大学教養学部に入学する準備をするために、本校に学んでいるのでは毛頭ないことは、先生方も深く御了解のことと存じます」

　講堂が割れんばかりの拍手に迎えられて、剣持〔江藤淳〕は降壇した。そののち幾人かの発言者が出たが、結局いいたいことは剣持によっていいつくされた観があった」

　校長が釈明し、一件落着となった。やはり同級生だった杉山正樹（家庭の事情で進学せず。「短歌研究」「文藝」編集長を経て評論家）は、「日比谷高校の生徒総会などで、かれは講堂の階段を駈け降りてきて壇上に立ち、一挙に大勢をくつがえすマーク・アントニーよろしく滔々と熱弁をふるっていた」と、「高校時代からすぐれて演劇的人間だった」と回想している（『寺山修司・遊戯の人』）。杉山は江藤が『一族再会』に書いた少年期の境遇を「演劇的人間」の出発点と考えた。生母の死後、「父と義母と私」とが協力して、「私が弟妹と母親を異にしているという事実」を秘密にし、「私はこの役割をかなり忠実に果し」、発作的に癇癪をおこしながらも、「自分に課せられているこの虚構の重さ」に耐えてきたことが江藤淳を作ったという意見である。

「話すとそのままで活字の文章になる、よどみない見事なかれの語り口も、ほとんど書き直しが見られない原稿の文字も、愚痴も弱音も吐かず独立自尊して、ひとには絶対に弱みを見せようとせぬ態度も――つまりかれの風貌姿勢《ライフスタイル》の根源は、あるいはここに起因しているといってもいいのではないか、という気さえします」

杉山正樹の江藤淳像は「ついぞ弱音を吐いたことがなかった」男である。高校生の時も、晩年に至っても、それは変わらなかったというのだ。

「自筆年譜」の昭和二十五年の項も引く。これも全文である。

「六月二十五日、朝鮮事変勃発す。他人の戦争に捲き込まれて死ぬのは厭だと思う。級友と「近代劇研究会」なるものをつくり、既存の演劇部と対立す。相変らず語学の勉強に精を出す。学業成績あがる。義母病床にありしため、かわって妹の父兄会に出たりする。この年都立一高、日比谷高校と改称さる。はじめて新制中学卒業の下級生を得る。四百名中男三百人、女百人弱、気風の截然と異るのにおどろく。同級生中に女生徒はいなかった」

この年で特記されている近代劇研究会（通称「近研」）は、一緒に数学の個人レッスンを受けた篠沢秀夫たちと起こしたものだ。篠沢は江藤よりも早くからアテネ・フランセに通っていた。篠沢と親しい文学少年グループがほぼそのまま近研のメンバーとなった。篠沢の『ぼくらの学校』に設立の経緯が詳述されている。

「高二になって初めて新制中学からまっすぐやって来た共学の新入生を迎えたわけで、どうも、そこで入って来た女子を目当てにしたのではなかろうか。仲間と近代劇研究会という「同好会」を作ったのである。十月に大講堂で『横っ面を張られる彼』というロシアのニヒリスチックな芝居をやった」

メンバーには佐藤純彌（東大美学、映画監督）、萩野弘巳（東大教養、NHK欧州総局長）、井村順一（東大仏文、東大教授）、井口紀夫（慶大英文在学中に詩集出版、時事通信）などがいた。新入生では石井晴一（東大仏文、青山学院大教授）、塙嘉彦（東大仏文で大江健三郎の親友。文芸誌「海」編集長）が来たが、「男はいらないのだから残虐にいじめて、結局、上演活動にはあまり加わらなかったのではないか」

と篠沢は書いている。お目当ての女子はどうだったか。

「男女共学事始めの年の女子にはすぐれた人物が多く、我々の下に集まった少女たちも偉大な人物だった。小川登代〔都立大英文、名古屋女子短大教授〕は小柄なぼくよりずっと小さく、声は同じくらい大きく、止まることなくしゃべり、スカートをまくっては靴下をひっぱり上げる。岡田佐和子〔慶大国文、茶道教授〕はスカートのひだの数が全学で一番多かった。早川公恵《まさえ》は下ぶくれの色白で、江藤の当時の小説のモデルだが見事に彼を振ったことで名高い」

江藤淳伝執筆中の身としては聞き捨てならない情報が、突然出現した。「江藤の当時の小説」とは、日比谷の学内誌「星陵」に発表された処女作「フロラ・フロラアヌと少年の物語」ではないのか。

「そうだ、フロラ・フロラアヌよ、わたし達のめぐりあったのはそんな時だった。お前は碧い白鳥のような少女達の一きわつつましやかな一羽であった。お前はいつもわたしにはそっけなく、すこしすねたような様子しか見せなかった。しかしわたしは目ざとくもその少しばかり内側に巻いたつやゝかな黒い髪や少女らしいふくよかな白い頰に、お前の小さな手があてられる時の表情を見のがさないでいた。そしてわたし達は、いくどとなく花について、愛のものがたりについて語りあった。いつも話し手はわたしだった。お前はきいているのか、いないのかわからないような様子できいていた……（お前はわたしの前にいはしない）わたし達は愛の物語のことを話した。なぜわたし達自身の愛について話そうとしなかったのだろうか？　だが、その時からお前は私の想いの中で生きはじめ、なにか蘇った音楽のようにわたしをみたしはじめていたのだ……」

日比谷高校きっての論客の面影は、この作品には一切ない。江頭淳夫は骨抜きにされてしまったのか。それとも、これが「ひとには絶対に弱みを見せようとせぬ」江頭淳夫の秘せられたやわらかな心の奥底なのか。江藤自身は「星陵」30号（昭和四十一年）に書いたエッセイ「「星陵」と私」で、この若書きの自作を「メルヘンめいた（こういういい方は堀辰雄的である）物語を書いていた病後の自分の心境をも同じようになつかしく思い出す」と書いている。このエッセイ原稿を市ヶ谷の江藤宅で貰ったのが日比谷高校一年生で「星陵」編集部員の内田樹《たつる》（二年で中退。東大仏文。思想家）だった。内田樹の同学年が『赤頭巾ちゃん気をつけて』の主人公「薫くん」ということになる。

「フロラ・フロラアヌと少年の物語」のヒロインはどうしているか。篠沢〝教授〟は病気のためにお話をうかがえない（平成二十九年歿）。なんとか早川さんに連絡がとれて、当時の話を聞くことになった。早川さんは篠沢〝教授〟の『ぼくらの学校』なら、本が出た直後に、夫君の落合氏が買ってきたので、読んでいるとのことだった。

取材の日、早川さんは黒いベレー帽で私の前に現われた。日比谷高校時代の江藤淳がベレー帽をかぶっていたことを、私は咄嗟に思い出した。

第九章　「貴族」の矜持と「道化」の屈辱

日比谷高校で江藤淳の同級生だった篠沢秀夫に、「江藤の当時の小説のモデルだが見事に彼を振ったことで名高い」（『ぼくらの学校』）と書かれた早川（現・落合）公恵《まさえ》さんが目の前にいる。早川さんの黒いベレー帽には、元演劇少女の俤《おもかげ》が宿っている。江藤や篠沢たちのつくった演劇同好会である近代劇研究会のことを、早川さんは「近研」と当時の略称で懐かしそうに呼んだ。

早川さんとは既に電話で何度か話していた。篠沢〝教授〟の本の記述についてうかがうと、毎回やんわりと否定されていた。「日比谷が男女共学になった最初の年で、女の子が珍しかったから、駆り出されたのです。近研は劇研よりも自由な感じで、演劇少年というより、文学少年の集まりでした。「横っ面を張られる彼」の配役を決めたのは江頭さん。私は山脇の中学で演劇をやっていたので」。

男性の演出家と主役の女優。日比谷高校二年生の江頭淳夫と一年生の早川公恵は、そうした関係であった。演劇の世界ではいかにもよくある関係ではないか。私としてはそれ以外の材料の持ち合わせはない。篠沢〝教授〟も人騒がせだなと思っていると、早川さんは電話で意外な事実をポツリポツリと話し始めた。

「江頭さんはよく私の千駄ヶ谷の家にいらしていました。東大の若い先生に私が数学を習っていましたら、ボクも一緒に習いたい、とおっしゃって。江頭さんのお母様も何回かいらしたことがあります。二度目のお母さんですが、とてもよくできた、温厚なお母様でした。江頭さんは妹の初子さんを可愛がっていました。私が江頭さんの家に行ったこともあります。池袋でローカル線に乗り換えたかな。江頭さんはお母様

（生母）を早くに亡くされて、さびしかったと話していました」

江藤淳は学校時代、自分の生母は四歳半のときに病死したこと、今の母は義母であることを、ほとんどの友達に話していない。腹違いの妹弟がいたためか、むしろ生母は「いなかった」というフィクションを生きていた。最愛の母の不在（死）を女友達に知らせているということは、よほどのことではないだろうか。

それ以上に驚きなのは、江藤の義母・千恵子が早川家を何度も訪問していることだった。自筆年譜では、昭和二十三年（一九四八）に「脊髄カリエスと診断され、以後七年病床を離れ得ず」とある。近研をつくった昭和二十五年も「義母病床にありしため、かわって妹の父兄会に出たりする」と書かれ、翌二十六年も「義母が病床にある」となっている。その義母が、北区の十条から渋谷区の千駄ヶ谷まで足を運んでいた、というのだ。体調のいい日には、出歩けるような病状だったのであろうか。

早川さんと会って取材することにしたのだが、行き違いがあって、うまく出会えなかった。それでこの日は長女の有希子さんが同席してくれることになった。私は有希子さんに、近研の台本など日比谷時代を語る品物があったら持参してもらえないだろうかというお願いをあらかじめした。有希子さんが当日持参してくれたものの中には、江頭淳夫から早川公恵宛ての葉書、年賀状、クリスマスカード、招待状などが十枚ほどあった。後年の江藤淳の筆跡を髣髴とさせる、整った、美しい文字が綴られている。二、三枚、女文字で綴られた葉書が混ざっている。それは「江頭ちゑ子」の筆跡だった。病床にあったはずの義母・千恵子である。

見せてもらえた中に、一枚だけ、江頭淳夫でも江頭千恵子でもない筆跡のものがあった。「近代劇研究会有志」として、五十音順による九人の連名で、軽井沢から出された絵葉書である。「唯今ドミノの最中です」で始まり、「今夕立が降って来ました。さようなら」で終わっている。昭和二十五年夏に同級生の別荘へ仲間たちで行ったことを、江藤は自伝随筆「場所と私」に書いている。その時に出された絵葉書である。

「この千ヶ滝のO別荘に集まったグループは、六、七人だったろうか。私は、義母が寝たきりの十二坪のバラックを、数日のあいだでも抜け出すことのできる解放感にひたってはいたが、友人と起居をともにしているうちに、やがて自分がいかに人並みでないかという違和感が身に沁みて、妙に沈んだ気分にならざるを得なかった。（略）仲間のなかですでに母が亡く、義母が病臥したきりというのは私一人であった。したがって炊事や掃除に一番馴れているのは私で、そのために自分が軽侮の視線を浴びていることを私はしばしば感じた。

また仲間のうちには、テックス張りでない壁になつかしさを感じているような者もなさそうであった。旧軽井沢の豪壮な別荘に来ていた有名な外交官の孫に当る同級生が、鯨肉の大和煮の罐詰を差入れに来てくれたとき、私はそれがうまくてたまらず、そうであることが情無くもあった。しかし、そのなにもまして違和感の源泉にひそんでいたのは、仲間が父親を反抗すべき対象と考えていたのに対して、私はどこかで父を庇わねばならぬと感じていたという喰い違いだったような気がする」

千ヶ滝の風土が気に入って、後年、江藤淳はここに別荘を構える。江藤淳にとっての特別な「場所」であることは第四章で既に触れた通りだ。「場所と私」では、何不自由なく育っている仲間たちへの劣等感のみが必要以上に強調されている。そう私に思えるのは、「近代劇研究会有志」の絵葉書とは別に、同じ日に江頭淳夫が早川公恵宛ての葉書を出しているからだ。

「軽井沢は涼しいので皆調子が上がりすぎ、すべてドミノと自転車あたりを向いているような気がします。雨が降っていて、カルタをしています――　篠沢が体をゆすってフランス語らしいものをしゃべっています。カードをやっていた連中が、あきてやめました。僕は押入れの中で半分夢の中をぶらぶらしています。

東京はおそろしく暑いでしょうからお気の毒におもいます。お元気で…」

どうということのない文面だが、「有志」の仲間が見つけたら、おい、江頭、抜け駆けだぞ、連名で出したじゃないか、と揶揄したことだろう。

「有志」の一人だった南條晴彦（慶大英文、自営業）は、「江頭は早川さんにベタベタだったなあ。あいつ、惚れてるんだというのが、風説ではなく定説でしたよ。江頭も否定しなかったな」と篠沢証言を裏付けた。早川さんには後ほど再登場していただくことにして、南條さんが見た江頭淳夫はどうだったか。

「我々無頼を気取った少年たちの中で、いつも中心から少しそれて、静かに立っていた印象がありますね。銀座にあった喫茶店「ドン・キホーテ」にたむろして、ラディゲやランボーにうつつをぬかしていた頃、少しソッポを向いて笑っていた姿を思い出します。逆境を知らず、無邪気に情熱を論じる少年たちのコッケイさを面白がっていたのかもしれません。そもそも、湘南中学から今度転校して来る奴は凄く頭がいいらしい、という前評判が立ってました。評判通りでした」

千ヶ滝の合宿は秋の文化祭の芝居の準備のためだった。南條は「横っ面を張られる彼」では主役である道化「彼」を演じることになっていたが、南條には思い詰めていることがあった。アンドレ・ジイドの『地の糧』に影響されて、親元からの出奔を考えていたのだ。

「千ヶ滝から帰って、夏休み前に、私は職員室に煙草をもって入り、「南條晴彦です。煙草を吸いました。退学にして下さい」と言って、失踪したんです。心配して私の後を追ってきた江頭に、担任の佐藤正憲先生が「南條を追いなさい。南條は死にますよ」と叫び、江頭が必死で私を追っかけてくれたことは後に知りましたが」

南條の「反抗すべき対象」は、家であり、「父親」であり、日比谷高校生の自身であった。南條は結局すぐに発見され、夏休みには大阪で丁稚奉公をし、二学期には学校に戻ったが、近研には戻らなかった。

主役が失踪し、一からやり直しになった近代劇研究会の公演は、それでも無事に十月下旬の文化祭に上演された。当時の日比谷高新聞が上演作品を紹介している。演劇は七つのグループが上演し、そのうち三つのグループには女子が加わった。「演劇関係は渇望の女子の出演を得てほっと一息の態」とあり、女子の演技に期待がかかっていた。近研の芝居は舞台の写真まで掲載され、期待が高かったことが紙面からも伝わってくる。

「ロシヤ近代劇の代表的作家レオニイド・アンドレエフの「横っ面を張られる彼」を上演する。舞台はフランスのある大都市の曲馬団である。この曲馬団には支配人のブリケ（江頭26Ｒ）その妻、獅子使いのジニイダ（岡田11Ｒ）の他沢山の団員がいる。その中の人気者は「騎上のタンゴ女王」と呼ばれるコンスエルラ（早川18Ｒ）である。彼女の父のマンツイニイ（井村26Ｒ）彼女に言寄るルニヤアル男爵（篠沢26Ｒ）も登場する。「彼」と呼ばれるこの劇の主人公（大島26Ｒ）は上流社会の一人であり、高い教養のあるインテリゲントであるがこの曲馬団の道化役者となって横っ面を張られながら観客の笑を買う。作者の虚無思想が良く表わされている。演出は江頭（26Ｒ）」（「日比谷高新聞」昭25・10・28）

サルトル、カミュではなく

簡にして要を得た紹介であるが、ではどんな芝居だったのか、江頭演出の冴えは、上演の評判は、と知りたくなる。唯一の手がかりは次号の日比谷高新聞（昭25・11・29）に載った文化祭総決算の「世論調査」であろう。七つの演劇のうち、近研への投票は四位にとどまった。将来の映画監督、映画プロデューサー、フランス文学者等々、そして文芸評論家までが在籍していた近研としては、期待外れの結果だった。「近代劇研究会の「横っ面をはられる彼」が二八五点で四位となったのは少々意外であった。脚本が難しすぎ筋が観衆によくのみこめなかったのが、出場者の熱演にもかゝわらず人気のなかった原因であろう。

それに二時間半はたしかに長すぎた」

東大でフランス語とフランス演劇の教授となった井村順一は、南條晴彦などが抜けた後に、近研に加わった。東大を出る時には、新劇に入るか、学者になるか悩んだという芝居好きである。舞台ではヒロイン早川公恵の父親役だった。

「江藤くんは演出でも演技でも、ずいぶん活躍していました。英語もフランス語も出来て、なんでもやりこなす器用な人でしたね」

井村さんの書斎からは、当時の上演台本が出てきた。物持ちのいい早川公恵さんでさえ残していなかった「横っ面を張られる彼」があったのだ。演出の指示を記した鉛筆の書き込みそのままだ。井村さんが持っていたのは戦前の新潮社版『世界文学全集』の「近代戯曲集」の巻。北村喜八と熊沢復六の共訳で、正式なタイトルは「横っ面をはられる「彼」」。二段組み八十頁の大作で、二時間半に抑えたとしても、半分はカットしなければいけない難物である。高校生部員の実力を勘定に入れていない、無謀な試みである。『世界文学全集』を持っていない者は、自分のセリフだけの台本を作ったのではないか、と井村さんはそのへんはっきりと記憶していない。公演までの期日が迫る中を、読み合わせ、立稽古と、江頭演出は特訓のように続いていった。

「道化の「彼」が横っ面を張られるシーンでは、音を出す専門の黒子的人間を配し、「彼」の役者の近くに行ってパンと音を出す。その黒子は最前列の観客の前を通って音を出しに行ったりする。即興的、前衛的演出でした。戯曲を適宜な長さに縮めたことといい、なかなかの才能でした。ヒロインの早川さんは台詞を言える人で、女優として才能があった。佐藤正憲先生が一生懸命でよかったと皆を誉めてくれました」

なかなか健闘したのに不評だったのは、作品の選択を誤ったからとしか思えない。アンドレエフの

「横っ面をはられる「彼」」を上演作品に選んだのは，南條、井村、早川の誰もが演出家・江頭淳夫であったと記憶している。多士済々の部員を説得してでも、この大作に取り組みたかった必然が江頭淳夫にはあったのではないか。井村さんから借りた戯曲を読みながら、私はそう判断した。

順当に作品を選択すれば、当時ならば、サルトル作品がある。柏原兵三の小説「星ヶ丘年代記」では、「現代劇研究会」（近研がモデル）はサルトルの「水入らず」とカミュの「誤解」を上演したことになっている。そのほうがアテネ・フランセに通っている連中が多い近研らしい。流行に敏感な生徒たちのウケももっとよかっただろう。「横っ面を張られる彼」は戦後では、島田正吾と辰巳柳太郎の新国劇が宝塚から小夜《さよ》福子を迎えて有楽座で上演したくらいだ。近研の連中は観てはいない（おそらく江藤も）。江藤も含め、彼らが見ていた演劇は話題の新作だった。サルトルの「出口なし」（文学座アトリエ。中村伸郎、丹阿弥谷津子、荒木道子）、アヌイの「アンティゴーヌ」、福田恆存「キティ颱風」（三越劇場で湘南高校生の石原慎太郎とばったり再会する）などである。アンドレエフでは古すぎる。

小説家としてのアンドレエフならば、漱石が『それから』で言及し、二葉亭四迷が『血笑記』を訳している。「横っ面をはられる「彼」」の存在は二葉亭も漱石も知らない。最晩年の戯曲なのである。北村喜八は解説で書いている。

「作者の晩年の作であるだけに、彼の人生に対する救いがたい虚無思想が、色濃く現われると共に、象徴と写実の筆致が、渾然として融和している。アンドレエフは、この劇の主人公「彼」の姿をかりて、彼の人生観の根柢をなす虚無思想を雄弁に物語っているのである。「彼」は上流社会の一人であり、高い教養のあるインテリゲントであるが、ある曲馬団の道化役者となって、横っ面をはられながら観客の笑を買う。併し、この笑は決して「彼」に対するものではない。観客はこの笑によって、自分自身を——自分の無智で愚昧な姿を、運命に翻弄される戯画的な存在を笑っているのである。「彼」にとっては、この笑こそ、彼等に対する怪奇な復讐である。救われざる絶望を押しかくして「彼」が人生に対する答である」

　斬新な演出がほどこされた殴打シーンで、まず連想するのは、生前封印された江藤の未完の自伝『日本と私』の一シーンである。結核を発病して寝ていた高三の時、まだ小学生の弟が義母のふとんで甘えているのが我慢できず、「私は弟をふとんからひきずり出して殴り」、わめく。「息をはずませて殴りつづける」。自らの暗い衝動を抑え切れない少年の日の記憶が後にも「私」を苦しめる。その「私」は、「何年ぶりかで家内を殴った」。家内の「左の頬には薄黒いあざができている」。どちらの殴打も『日本と私』では、サディスティックな救いのないものとして描かれ、それだけに江藤淳の「私」の奥深くを垣間見せるものだ。

　殴打よりもわかりやすい志向としては、「貴族」という出自がある。道化役をしている「彼」は貴族である身分を隠している。江頭少年には、祖父・江頭安太郎が海軍省軍務局長在職時に急死しなければの思いがある。当然、未来の海軍大臣、未来の総理大臣となり、爵位をもっているはずであった。「貴族」の直系の孫として、その爵位はいつか継ぐべき位であったと空想され、それが少年の矜持を支えている。その「貴族」が道化役者に身をやつし、殴られている。それが「横っ面をはられる「彼」」である。

　三年生になって「日比谷高新聞」（昭26 5 3）に投稿された江頭淳夫のエッセイ「知らずにいること」はわかりにくい文章だが、キーワードは「ピエロ」である。冒頭の部分だけを引く。

「「知らずにいる」のが時には幸福なこともある。知らないから勝手な想像も出来、影像を描いて酔うことも出来る。しかし「知らずにいる」人間の有頂天を、「知っている」人間が冷やかに見ている程恐ろしい状態はない。まるでピエロが下手なひとり芝居をしているようなものである。第一、悲痛でしかたがない。そして我々がどんなにしばしばこのピエロであり、又この冷酷な観客であることか……」

　江藤淳の中に「ピエロ」「道化役」が住んでいたと断定できるのは、「私の文学を語る」（「三田文学」昭43・1）で回想される慶大時代の授業である。厨川《くりやがわ》文夫教授の中世英語の講読の時間に「シシリーのロバート」という教訓詩が朗読される。聞いていた江藤は「なんだか妙に感動した」。「ごく素朴に、いわば人生的に感動した」と言っている。

「シシリーの王様、ロバート王。どういう筋だったか忘れましたが、謙虚さというものの大切さを説いた寓話です。（略）王様が道化役となんにも変らないということを悟ったときに啓示があって、それ以後正しい生き方をするようになったという話しです」

江藤の説明ではよくわからないので、その詩を訳した大槻博の解題（『英国中世ロマンス』）を引こう。「この物語は権力を持っていることから生じる高慢を諫め、謙遜を教えたものである。天使がロバート王の代わりに王となり、王自身は王であることを主張するけれども、すっかり無視され、ついには宮廷の道化師にさせられる。しかしロバート王は苦しみから高慢であったことを悟り、再び王に就くというのである」。

高慢と屈辱と謙遜を経めぐって、ロバートは王から道化へ、道化から王へと姿を変える。大学生の江藤淳の内面がこの物語に激しく反応したように、高校生の江頭淳夫の内面は「横っ面をはられる「彼」に激しく反応したはずである。芝居のラスト、名門貴族出身の道化役者「彼」はヒロインに毒を飲ませて殺し、自分も毒を仰ぐ。恋敵の男爵（篠沢秀夫が演じた）もあとを追って自殺するという幕切れである。

この作品には高校二年生の江頭淳夫を惹きつける幾つかの要素があったのだ。日比谷高校で突出している江頭淳夫というよりは、十条の三井銀行社宅で夕陽を眺めている、沈鬱な江頭淳夫を惹きつけた作品ではなかったか。

江頭淳夫高校二年の「芸術の秋」はこれだけでは終わらなかった。文化祭の次には十二月二日に「校内大演奏会」が控えていた。在校生の自作の曲をオーケストラが演奏する。応募した五人の中の一人が江頭で、作曲のみならず、指揮棒もふるった。当時のプログラムに自作解説の文章が載っている。

「江頭淳夫作曲　小交響曲（習作）より第二楽章〝葬送〟—ジョージ・バーナードショウの霊に捧ぐ—

この第二楽章は、元来絃楽四重奏のために書かれたものである。二年前の春完成し、人を介して池内友次郎先生に見ていただいた。その時の御注意で、いつか書き直そうと思っていたのだが、この頃、急にオーケストラの曲に食指が動き出し、身の程も忘れて小交響曲を計画し初めたので、その緩徐楽章に使った。

この楽章は葬送行進曲風に演奏される。別に意味はないが、私自身にとって見れば、色々想い出すこともないわけではない。習作で拙ないものだから、表現しようという大それた考えは全然なかったので唯〝葬送〟とつけて置いた」

プログラムの編集係だった斎藤明によると、副題は文豪バーナード・ショウの死にあやかって急遽書き加えられた。「若き江藤さんのジャーナリスティックなセンスに改めて驚嘆を覚え、同時に微笑ましくも感じる」（「日比谷高校の江藤淳」）。「二年前の春」という作曲の時期から考えて、〝葬送〟の作曲は昭和二十三年の三月に死んだ祖母・米子に捧げたのではないだろうか。江頭家の直系の初孫と祖母との紐帯を確認する作業が「葬送」だったのではないか。

井村さんは演奏会用の楽譜づくりに動員されたことを覚えていた。湘南中学時代の旧作の弦楽四重奏をオーケストラ作品に書き直すので、パート譜の筆写に人手が要ったのだ。

杉山正樹は演奏会場で江頭淳夫の晴れ姿の一部始終を見ていた。「急ごしらえのオーケストラだったせいか、曲の半ばで突然、パタリと音が消えた。かれがタクトで指揮台を叩いて大声一番「B！　B！」と叫んで楽譜を指定し、演奏は再開されて事なきを得たのだけれど、その後、理想と現実との超えがたい落差、もしくはあまりな高望みへの戒めとして「江頭のB」という言葉が流行《はや》った」（『寺山修司・遊戯の人』）。

演劇の不評を演奏会で取り戻すことはできなかった。天才音楽家のはずが、ここではタクトを持った道化役者を見事に演じることになってしまった。「音楽への夢」はこの時に完全に断ち切られた。

ただ念のため、斎藤明の報告を付け加えておくべきだろう。在校生五人の応募者のうち、「二人は芸大に進んだほどで、一般の音楽愛好家のレベルをはるかに超えていた、といえるだろう」。

誕生パーティの招待状

演奏会が終わって半月後、十二月十八日付けの、江頭淳夫から早川公恵宛ての速達が残っている。大活躍の秋の疲れが出たのか、病床からの葉書である。

「拝啓、風邪をひいたので火曜日には伺えそうもありません。熱が高くて、のどの痛い風邪です。幸いなことに休んでいると呑気なことが考えられて愉快でもあります。新納先生には、僕にしては上出来の部類にぞくする試験をやってのけたとお伝え下さい。

「窄《せま》き門」を読みました。熱のある故か、やはり好きな本だとは思いませんでした。どうもジイドという男は、大変狡かつな人間のように思えてなりません。それまでに学校に出られるとは思いますが、二十五日のこと、今井〔宋一。近研のメンバー〕に会われましたらお伝え下さい。数学が御一緒に出来なかったにせよ、今週以後、英語に関する僕の責任はしとげて行きたいと思っています。（何か映画のシナリオの対訳を買って読み合わせて見るのも会話の練習にはいいのではないでしょうか）　草々」

電話がまだそんなには普及していなかった時代なので、急用は速達で伝えられた。この葉書は、早川家で受けている中村純二先生の数学のレッスンを欠席しますという知らせのようだ。

「新納先生」というのは高一の時に篠沢秀夫と一緒に数学の個人授業を担当してくれた日比谷高校の数学の先生である。江頭淳夫の数学の試験の出来をいまだに心配してくれているのだろう。新納先生も中村先生も後の東大教授である。江頭淳夫は豪華教授陣に苦手の数学を教わっていたのである。

速達の文面では、得意の英語を早川さんに教えていた。早川さん宛てのクリスマスカードには「To

my dear Friend and only pupil Miss Hayakawa」とあり、彼女は「たったひとりの教え子」であった。このクリスマスカードは、ケーキの前で物欲しそうにしている可愛い動物のカラー・イラスト付きで、江頭少年の趣味が反映されていて興味深い。このカード以外に、もう一つ英語の文面のものがある。来たる十二月二十五日の誕生パーティへの招待状だ。

「Dear Mademoiselle

Mr.Egashira has the honour to invite you to the tea-party which is to be held in celebration of his 17th Birthday at Mikasa-kaikan, Ginza, from 3 p.m. Dec 25th.

With his best affection

A.Egashira」

（「親愛なるマドモワゼル

江頭氏が謹んで申し上げます。氏の十七回目の誕生日を祝うためのティーパーティを催します。そこへあなたをご招待いたします。場所は銀座の三笠会館、日時は十二月二十五日午後三時になります。

氏の最上の愛情を込めて

A・江頭」）

ちょっと古風で、気取った英文なのだろうか。フランクにパーティに誘うという雰囲気ではない。場所は銀座五丁目の洋食店・三笠会館である。朝鮮戦争の始まった年、米軍占領下の高校生としては、思い切っておめかしした選択である。なんだか石坂洋次郎原作の日活青春映画の中に迷い込んだような気分になる。主演は石原裕次郎と芦川いづみ、とすると江頭淳夫は誰が演じると適役か。しかし実際にそうした映画が作られる約十年前のお話である。『赤頭巾ちゃん気をつけて』の薫くんよりもススんでいる。未来の江藤淳には、もっとも似つかわしくない図である。

早川さんには残念ながら三笠会館での誕生会の記憶はない。今井君は既に亡くなっていて確認のしようがない。江頭淳夫の体調が回復せず、パーティは開かれなかったのかもしれない。

この誕生日は十七回目ではなく、正しくは十八回目だった。十七歳では昭和八年生まれとなり、実年齢より一歳若い。生前の公称年齢をこの頃も使っていたのだ。それだけ江藤淳にとって小学校時代の一年の遅れは「恥」と認識されていた。その生きた証拠でもある。

数学コンプレックスだった高校生当時、江頭淳夫の学力はどの程度だったのか。早川さんと話していて、その手がかりを得た。家庭教師だった中村純二先生は現在、東大名誉教授であること、昭和三十年代の南極観測隊に隊員として参加した物理学者であることがわかったからだ。樺太犬のタロ、ジロと感激の再会をした隊員が先生である。南極ＯＢ会に仲介してもらって中村先生に連絡をとると、先生は大変びっくりされた。数学を教えた日比谷高校生が、よくテレビで顔を見、夫婦でその意見に共鳴していた評論家と同一人物だとは思いもしなかったからだ。六十年以上前の記憶を復元すると、確かに、江頭淳夫と江藤淳の顔は一致した。お目にかかった中村先生は九十二歳になっていた。

「私が早川さんの家にうかがうと、江頭君は既に奥座敷の机の前に座っていまして、宿題の問題集も必ずやってきていました。おだやかで、おとなしくて、非常に熱心で真面目な生徒でした。私が教えた子の中では一番優秀でした。間違いをしても、こうですよと説明すると、すぐ理解して、二度と同じ間違いはしない。半年間ほど教えて、これなら東大も大丈夫、と太鼓判を押しました」

江藤淳は自筆年譜の昭和二十七年の項では、「この年数学は幾何を選択し、久しぶりで好成績をあげる」と書いている。「当時の日比谷には、数学の出来る生徒を軽蔑する風潮があった」（斎藤明「日比谷高校の江藤淳」）というから、江藤は数学が出来なかったことを、誇張して伝えてきた可能性も捨て切れない。とすると、意識的に東大生となることを放棄したのだろうか。

中村先生は勉強の後にした雑談をも覚えていた。早川さんと三人で谷崎の『細雪』について意見を交換したこともある。政治向きの話はしなかったが、世間話になると、高校生にしては珍しく自分の意見を持っていることに気づいた。

「大東亜共栄圏の考えを東南アジアの人々に押しつけたのはよくなかったが、ヨーロッパは阿片戦争で東洋をやっつけて、責任をとらなかったのはおかしいですとか、聞きかじりでなく、自分の意見として言っていました。社会に出て、立派な日本人の一員としてやっていくだろうと感じさせるものがありました。

私は山好きだったので、どこかいい自然がないかときかれた時には、奥日光を奨めました。紅葉がとてもきれいで気持ちよかったです、という報告を受けたこともあります。その後、四、五年は手紙をくれました」

とかくエリートを鼻にかける旧府立一中出身の東大生をよく見てきたので、その礼儀正しさ、やさしい風貌は特別印象に残ったという。

また新たな江頭淳夫像を知って、帰りかけた時だった。中村家の応接間にかかった額が目に入った。涼しげな文字で、「四時灌花　徳次郎」と読める。ひょっとしてこの「徳次郎」はと伺うと、「家内の父です」という答えで、その時外出中のあや夫人が帰ってきた。金森徳次郎のお嬢さんに、よりによって、江藤淳伝取材の時に会うとは。偶然に驚くのは、今度は私の番だった。

金森徳次郎は吉田茂内閣の憲法担当国務大臣で、現行憲法案が国会で審議された時に、内閣を代表して長時間の答弁をつとめた元法務官僚である。「日本国憲法の産婆役」とも呼ばれた。天皇機関説事件の時に、その著書が右翼から問題視され、法制局長官の座を逐《お》われた。以後十年は無官で、晴耕雨読の生活を送った。無類の蔵書家で、達意の随筆家である金森の本を私は愛読していた。金森は現行憲法についての評価を必ずしも明らかにせずに逝ったが、制定時に問題ありと考えていることは、著書にちらちらと仄見える。この際と、中村先生夫妻にそのことを尋ねてみた。

「私ども夫婦で、九条は国家の憲法条文として、他国のことを考えない非独立的な条文でおかしくありませんかと訊ねたことがあります。義父《ちち》は「あれはマッカーサー側の厳しい申入れ条項で、象徴天皇説とともにどうしても入れざるを得なかった。第一条は民主的男女同権国家として出発する我が国に相応しい条文だが、九条は占領政策が終わった先に、憲法改正を行なうべきだと考えていた」と申しました。憲法改正をやらないで、現在のように米軍の援助の下で、自衛隊が出動したりする法律が出てくるのは不自然であり、議論がまとまらないのは当然だと思います」

江藤淳が中村先生といま会話したら、どんな意見を吐くだろうか。幻の師弟の会話を思って、私は先生宅を辞した。

誕生日の一週間後、十八歳の江頭淳夫は早川公恵宛て年賀状に書いている。

「おめでとうございます。

戦争になりませんように。

楽しい日の多い年でありますように…」

軽井沢からの葉書もそうだったが、文末の「…」に、万感の思いがこめられている。もう一枚残った年賀状は、翌昭和二十七年のものだ。

「謹賀新年

《それにしても私は憎む

対外意識にのみ生きる人を。》

中原中也」

この二枚の年賀状の極端な落差の間には、江藤の結核の発病がはさまっていた。マルチな才能を存分に発揮していた日比谷高校での生活は、ここで暗転する。

第十章　生存競争から降りた一年間

演劇、文学、音楽、語学、生徒会活動、弁論、パーティ、男女交際――日本一の名門校である都立日比谷高校で、華々しく活躍していた江頭淳夫の「陽」の部分を、江藤淳はほとんど語っていないことがわかった。小説家を凌駕するほどに「私」を語ることの多かった批評家であるにもかかわらずだ。江藤淳が筆を執った時に想起する高校時代は、結核で病臥する十条仲原の三井銀行社宅の狭い部屋である。回想の中では、「陰」の部分が「陽」を圧倒してしまっている。自筆年譜の昭和二十六年（一九五一）は発病から始まる。

「四月、新学期の健康診断で肺浸潤発見され、絶望す。義母が病床にあるため、一家に二人の病人は多すぎると感じしためなり。休学の余儀なきにいたり、級友よりとり残されたという寂寥感あり」

江藤の近代劇研究会（通称「近研」）の仲間であり、数学劣等生の同志でもあった篠沢秀夫は、江藤より五ヶ月遅れて、高校三年の秋に発病した。篠沢は数学の出席日数不足で落第がほぼ確定していたので、休学は渡りに舟といえた。その篠沢でさえショックは大きかった。「死の宣告のような衝撃だ。／恐怖だ。戦中に死を覚悟した、あれとは違う。恐怖だ」（『軽井沢、日比谷、パリ』）。特効薬の出現で、結核患者に曙光は見えていたが、結核はまだ死病だった。当時の日比谷でも、結核で死ぬ生徒が毎年何人かはいた。

篠沢は医師からストレプトマイシンを闇で入手するように指示される。筋肉注射を腰にうつ。激しい耳鳴りの副作用がある。「しかし、効き目はドラマチックだ。どんどん快方に向かう」（同）。近研の仲間である萩野弘巳が貸してくれた「ブランデンブルク協奏曲」を電気蓄音機にかけて一日を過していた。江藤も篠沢と似たような経過をたどる。

「安静時間中しばしば古ラジオで音楽を聴く。父が闇で探して来た結核の新薬ストレプトマイシン奏効し、二十本の注射にて快方にむかう。以前は漠然と親元を離れ、京都大学に進もうかと思いしも、この療養生活によって受験勉強の意欲を失う」（自筆年譜）

療養中の江藤が近研の下級生・早川公恵に送った葉書が一枚だけ残っている。昭和二十六年五月十四日の日付けだから、発病直後のものだ。おもてうらにびっしり書かれた文面からは、早川公恵を慕う気持と、発病による弱気、僻みなど精神的動揺がうかがわれる。

「昨日、佐藤・田中両君来宅、つくっていただいたブック・カヴァーを持って来てくれました。本当にありがとうございました。黒いリボンが、なにか、提督の正装したのを思わせるようで大変美しいと思います。さっそく、モンテーニュにかぶせて見ましたが、よごれるといけないと思い、又しまい、なんだか見ていないと物足りないようで、又かけました。無理なおねがいをしたりして、あゝおっしゃっていただくとふとんのわたにでも化けたいような気がします。愛用させていただきます。初子にお持たせいただいた品たしかに頂だいいたしました。今読めばお見せした文章も穴だらけでお恥づかしいかぎりです。両君がマチスの複製を持って来てくれたのでマチス展に行ったと同じになりました。ヒガンだりして之もザンキの極みです。今更のように申訳ありません。詩の朗読会をおやりになるとか、何をお読みになるのでしょう？　ききたいと思います。御礼まで。草々」

文面を少し仔細に見ていく。「佐藤・田中両君」はやはり近研の仲間である。佐藤純彌と田中泉（詩人。進学せず、独学するも早逝）が見舞いに来た時、早川公恵お手製のブックカヴァーを持参したのだ。病床では本を読むくらいしかできない高校生にとって、何よりのプレゼントである。ブックカヴァーが汚れてはいけないとしまったり、『随想録』にまたかけたりしている姿がいじらしい。

「黒いリボンが、なにか、提督の正装したのを思わせるようで大変美しい」とあるのは、祖父・江頭安太郎海軍中将の姿をそこに重ねている。写真でしか見たことのない「未来の海軍大臣」の俤《おもかげ》は、病床の江頭淳夫を支えている。軍人が徹底的に指弾された占領下にあっても、祖父への尊崇は不変である。

「初子」とは義母・江頭千恵子が産んだ小学校六年生の妹である。兄に頼まれて、千駄ヶ谷の早川家までお遣いをしている。早川さんの記憶では、江藤の義母と妹は何度も訪れているようだ。早川家には本がたくさんあった。公恵さんの三歳上の兄が蔵書家だったのだ。おそらく本を借りるために、妹は通ったのだろう。

江藤が書いた葉書の一週間前には、江頭千恵子から早川公恵宛ての葉書が出されている。娘の初子がお邪魔したことと、「お美事なお花まで頂戴」したことの礼状である。お花は「早速に病室にかざり、朝夕――ではなく終日、眼と心を楽しませて居ります」とある。また、「先日はお疲れのところわざ〴〵御見舞いたゞき、ほんとに〳〵有難う存じました。本人のよろこびます様をみて私まで胸のあつくなるおもひがいたしました」と書かれている。早川公恵の存在が、亡き祖父と同じくらい病床の心の支えとなっていたことがわかる。

義母の翌年元旦の年賀葉書は「早川富美恵様　公恵様」宛てになっている。母親同士のつきあいもあったようである。脊椎カリエスで病臥することも多かったはずの義母がここまで気を配っているのは、先妻の子で、跡取り息子の淳夫が扱いにくい子供であったからである。早川公恵は、江頭千恵子のことを「とてもよくできた、温厚なお母様」と印象に留めている。その早川さんが「江頭さんはお母様を早くに亡くされて、さびしかったと話していました」とその述懐を記憶しているように、どんな継母が現われようとも、江頭淳夫の「母」への飢餓は癒されることはなかった。

葉書の文面の「お見せした文章」がどんなものだったか、早川さんの記憶にはない。「穴だらけでお恥づかしいかぎりです」と本人が書いているのだから、忘却のかなたでいいのかもしれない。近研の面々は文学少年だったから、原稿を綴じ合わせた回覧雑誌もやっていた。篠沢秀夫はその頃に読んだ江頭淳夫の小説なるものを記憶している(篠沢はその作品を「フロラ・フロラアヌと少年の物語」としているが、おそらくその原形の同工異曲の小説と思われる)。

「内容はというと、私の記憶では軽井沢の別荘でロッキングチェアに座って紅茶を飲んでいる男のもとに、白いドレスを着た少女が訪ねてくるというようなもので、プルーストか堀辰雄の小説のようなムードである。そのモデルの女性が一年下の、われわれのよく知っているある女生徒だった」(『もっと愉快に生きてみよう』)

この「女生徒」が早川さんである。小説は「今の江藤淳を知る人にはちょっと想像もつかないような甘ったるいムードの小説」だった。篠沢は途中で投げ出した。近研の仲間も同意見だった。佐藤純彌は「くだらない」と怒って、江頭に「文句をいってやる」と言った。萩野弘巳が意を決して江頭を連れ出し、「二時間ぐらい延々といった」ので、以来、江頭は回覧雑誌には小説を発表しなくなったという。おそらく発病する前の、高校二年の時のエピソードである。篠沢も書いたものを仲間から酷評されたというからお互いさまであった。

近研の仲間たちの中心には、英語の梶聡吾《しんご》先生がいた。彼らは独身の梶先生の下宿にもよく押しかけた。江藤も早川さんも梶先生の影響で、アテネ・フランセに通ってフランス語を習っている。梶先生が当時の「日比谷高新聞」(昭27・7・1)に載せた一文がある。小林秀雄の『文藝評論』三部作を生徒に推奨したものである。

「小林秀雄が日本の作家や評論家にどんなに影響を与えたかも、測り知れないものがあろうと思われます。

恐らく中村光夫、中村真一郎、加藤周一、白井健三郎というような人も、いつかどこかで相当の感激をもって小林秀雄のこれらの本を読んだことであろうと邪推している次第です。ただし下らぬ、そしてよく売れる作品を書く作家や、お上品でかつ低脳な貴婦人を思わせる評論家からは、毒舌家小林秀雄は全く嫌な存在であったろうと思われます」

梶先生は流行りの物書きでも、「下らぬ」とか「低脳」とか切って捨てている。この文章を読んだだけでも、小林秀雄流の毒舌が近研の生徒の間を行き交っていただろうことは容易に想像できる。江藤淳の舌鋒の鋭さはこの環境でさらに磨かれることになる。

小林秀雄は江藤が漱石の次に批評の対象にした文学者である。小林は日比谷高校の前身、府立一中から旧制一高、東京帝大仏蘭西文学科という王道コースを歩んでいる。日比谷の文学少年にとっては、もっとも正統的な存在であり、誇るべき先輩であった。江藤は『小林秀雄』の中にこんなことを書いている。

「彼が学んだ府立一中という学校がいわば「生存競争裡の悪戦」を煮つめたような場所であって、ここでは志を得た父の子たちと、志を得なかった父の夢を託された子たちが礼儀正しく鎬を削りあうのである。しかし、そこには人間的な闘争はその影も見られない。鎬を削るのは抽象的な俗世間の階梯の上と下とにおいてで、このような生存競争は奇妙に不毛で、実体を欠いている」

そうした都会生活そのものといった学校が「馬鹿々々しく」感じられた人間はこの競争から降りる。一中時代の小林は、「さしあたりマンドリンでも鳴らして、自分の純潔を確かめるほかはない」。江藤が描く一中生・小林秀雄の姿である。

江藤淳は日比谷高校をかなり遠景として眺めている。「志を得なかった父」の子である江藤がこうした視点を獲得するのには、結核による一年間の休学が大きかった。「生存競争裡の悪戦」（これは漱石の言葉である）から自動的に撤退することになった江藤にとって、それは江頭淳夫から「江藤淳」へと変貌してゆく一段階であった。

「自分の嗅覚だけを信じて」

この時期の江藤淳を理解するのに必須の文献が二つある。一つは復学した後に校内誌「星陵」に発表された小説「フロラ・フロラアヌと少年の物語」である。もう一つは四十代半ばに書かれた自伝的随筆『なつかしい本の話』である。この随筆は「本と私」というタイトルに変えて、江藤の「〇〇と私」シリーズに加えるにふさわしい作品である。

「ところで、いまから振り返ってみると、高校三年のとき八年ぶりで結核が再発し、一年間学校を休んだということは、かなり決定的な影響を私の人生に与えたように思われる。私はこれを、かならずしも世俗的な意味でいうのではない。つまり、あのとき病気をしていなかったら、役人になっていただろうとか会社員になっていただろうというような意味でいうのではない。そうではなくて、自分と死との関係が、にわかに深いものになったという意味で、この時期に決定的な重味がありそうだというのである。

あのころから私は、死が確実に自分のなかにはいりこみ、その一部を成しているという感覚を持つようになった。そうであれば生きるということは、いわば死を間断なく育てることにほかならない。この感覚を身内に感じながら眺めていると、時代というものはいつの間にか消滅し、人生すらにわかに稀薄になって行くように思われて来る」

『なつかしい本の話』のユニークな点は、以上の引用のような重要にして率直な心境の吐露の部分にあるのではない。愛読した本の内容に仮託して、その頃の精神生活の最深部が秘かに告白されていることにある。岸田国士《くにお》訳のルナアル『にんじん』をとり上げた章でいえば、まず『にんじん』を読むきっかけだ。それは叔母が前に言ったことばだったのではないか、と書かれている。

「淳《あつ》ちゃんて、ほんとに『にんじん』か『胡椒息子』みたい」

『胡椒息子』は「主婦之友」に連載された獅子文六のユーモア小説である。継母のもとで邪険に育てられている少年が主人公である。『にんじん』は両親から冷たく扱われている少年である。江藤が引用するシーンでは、寄宿舎に訪ねてきた父親が兄は抱き寄せて接吻するのに、弟のにんじんとは接吻を避ける。「おやぢは、もうおれを愛してはゐないのか知ら」とにんじんは心の中で呟く。原因はにんじんが耳に挟んでいるペンに傷つけられるのを怖れてのことだったとわかる。誤解はとけるのだが、父親はにんじんに訓戒する。「お前は、今より幸福になることなんぞ、決してありやせん。決して、決して、ありやせんぞ」

二作の主人公は、家庭内では幸薄き少年なのである。

結核が治り復学した後、英語で読んだ詩人コンラッド・エイケンの『静かな雪、秘かな雪』は、「十二歳の少年の白昼夢の世界を描いた」短篇である。小説のラスト、少年が母親に叫ぶセリフが引用されている。「お母さんなんか、いっちまえ！　大嫌いだ！」。

『なつかしい本の話』を通読している限りでは、引用した箇所は、実はそれほど目立たない。江藤がストーリーを書き写しているだけだと、読み過ごしかねない。それでは、私がわざわざ意図的にクローズアップしたのかといえば、そんなことはない。『なつかしい本の話』を江藤版「本と私」だと思って読めば、この本は全体に、驚くほど大胆に、江藤淳の素顔を晒しているのだ。江藤は当時、「手当り次第に自分の心に響き合うものを」、「ただ自分の嗅覚だけを信じて」読んでいた。「自分の心身に重くのしかかって来る生の意味を解き明したいが故に」。

父と義母に対する違和感、家族への激しい感情の渦は江藤の読書生活にかなり反映していた。講演「英語と私」では、高二の時に、アメリカへの留学生試験に落ちた話をしている。日比谷から唯一人推薦されたのだから英語はとてもできた。ところが面接試験で英語を一言も話せず、あえなく落ちる。占領下の日本を脱出し、数少ない留学のチャンスを生かし、占領国のアメリカになぜ行きたかったか。江藤は「私は多少家庭の事情がありまして、家にいるのが面倒になって来ました。家を出るのに一番いいのは外国に行ってしまうことですから」と説明している。

大学入試の直前に翻訳して、やはり校内誌「星陵」に載せたサロイヤンの「故郷へ帰る」という短編小説がある。家出をした主人公はひさしぶりに故郷の土を踏む。自宅へ帰ろうとする時に、突然不快な気持に襲われる。「いつも憎悪していたあの醜い、卑劣な生活」を思い出し、結局、泣きながら故郷と訣別する、という小説である。名作や問題作ではないが、江藤の「心に響き合う」作品であった。

自筆年譜では、昭和二十六年頃の読書生活は次のように描かれている。

「ドストエフスキイを読む。サルトル『ボードレール』をマーティン・ターネルの英訳で読む。独創的分析にショックを受ける。白井浩司訳その他で小説・戯曲も読んだが、『嘔吐』のほかは感心せず。結局サルトルは評論ではないかと思う」

これはこれで、早熟を通り越した文学青年の読書遍歴である。「私の文学を語る」では、ドストエフスキーは療養中にほとんど全部読んだ、と語っている。

「ドストエフスキーも借りて読んだのです。大体米川正夫さんの訳だったと思いますが、貸してくれた人が本を大事にする人で、トレーシングペーパーなどがかぶせてあるので、その上からもう一つ包み紙かなんかでカバーしながら読んだのですよ」

米川正夫訳『ドストエフスキイ全集』(河出書房)は小林秀雄が「世界中で一番いい飜訳全集」と推薦した全集である。全集は早川家にあった。公恵さんの兄が刊行中の全集を買っていたのだ。「兄は江頭さんのことを生意気だと言っていました」と早川公恵は記憶している。ドストエフスキー全集のためもあって、妹の初子は早川家に行っていた。ドストエフスキーは妹を遣わす、いい方便になった。

数年後、デビュー直後の江藤淳は『ドストエフスキイ全集』の月報（昭33・2）で書いている。「かつて、私がドストエフスキイを手あたりしだいに乱読していた頃、私は世の中に行なわれているドストエフスキイ論ほど無力なものはない、という確信にとりつかれたことがある」と。アンドレ・ジッドも小林秀雄の『ドストエフスキイの生活』もというのだから、確かに生意気そのものである。「ドストエフスキイが神秘的な作家だなどというのは誤まりである。彼はなによりもさきに知的な作家である。しかしその強力な知性をもってしても限定しきれないものが、彼の作品には常に澱んでいる」。

病床で読んだドストエフスキーでは、『カラマーゾフの兄弟』が一番面白かった、と「私の文学を語る」で答えている。

「イワンが特に面白かった。アリョーシャというのはちょっとうさん臭いなという気がしました。非常にきれいに書いてある。その清さの真実味は深いのですけれども。十六、七という年頃【実際は十八歳である】のせいで反撥したのかも知れません。大審問官のくだりは面白かった。あれは案外自分の深いところに入っているとも思う。ぼくは大審問官にわりあい同情的だったです。キリストに負けるのだなと思ったけれども、なんだか同情的だった」

ドストエフスキーは誰もが認める世界の文豪である。真に驚くのはサルトルである。実存主義小説の代表作『嘔吐』はともかく、未翻訳の、代表作でも何でもない『ボードレール』を英訳本で読んでいるのだから。ボードレールへの関心なのか、サルトルへの興味なのか。『ボードレール』がフランスで出版されたのはわずか四年前だった。江藤は入手の経緯を語っていないのでわからないが、中学三年の夏に十条駅近くの小さな古本屋で、伊東静雄の詩集『反響』に出会ったのと同じか、それをも凌ぐ奇跡ではないだろうか（佐藤朔の邦訳が出るのは昭和三十一年である）。サルトルの著作のなかに「自分の問題を感じた」

のは英訳『ボードレール』を読んでからだった（『なつかしい本の話』）。

ボードレールは、六歳の時に父を失い、その一年半後には、母が再婚して、寄宿舎に入れられる。それはボードレールに「ひび」が入った、耐えられない事件だった。「この突然の別離と、そのために起った苦悩が、彼をたちまち個人的実存の中に投げ込んでしまった」（佐藤朔訳）ところから『ボードレール』は始まる。その「独創的分析」とは、詩人の「幼年時代からの孤独感」（『赤裸の心』）を実存主義的精神分析によって解剖したものだ。幼年時代の「喪失」をもっとも重く見るのは、江藤淳が「私が母を亡くしたのは、四歳半のときである」と『一族再会』で自己を解剖する遥かな先蹤となっている。ここにも若き日の江藤淳の「嗅覚」は明らかである。

文学作品ではなく映画だが、江藤の「嗅覚」が探り当てた作品がある。小津安二郎監督の「晩春」である。江藤たちの世代の文学青年は映画青年であることが通例である。それもフランス映画が中心で、江藤もその例に洩れず、マルセル・カルネやジュリアン・デュヴィヴィエなどを好んだ。東大教授で『監督小津安二郎』という著書もある蓮實重彥との対談では、珍しく日本映画に言及し、笠智衆と原節子が主演した「晩春」を「何度見たかわからないくらい見たんですよ」と告白している。昭和二十四年（一九四九）秋の封切り時に二度、アンコール、またのアンコールでも見たというから格別である。他の小津作品にはさして思い入れはなく、ひたすら「晩春」なのだ。

「晩春」は小津が初めて鎌倉を舞台にした映画である。戦災で被害をこうむった東京の下町を離れ、古い佇まいを残している鎌倉の景観を画面にたっぷり取り込んでいる。江藤が鎌倉を去って東京の北の場末に引っ越したのは昭和二十三年夏だった。なつかしい鎌倉を選りすぐりのショットでふんだんに映したのが「晩春」である。しかし、小津映画の鎌倉なら昭和二十六年秋に封切られた「麦秋」でもいいわけだ。「麦秋」には淳夫少年が育った稲村ヶ崎の海岸も出てくる。「麦秋」の封切り時には病臥していて観られなかったとしても、なぜ小津映画の中で「晩春」だけが特別だったのか。江藤は「晩春」を観た後で、「原稿用紙になにやら書きつけた覚えがある」とまで言っている。

「晩春」は東大教授の笠智衆と娘の原節子の物語である。片親で育てられてきた娘は、このまま結婚せずに父親と暮らしたいという。父親は再婚話があると偽り、娘はあきらめて見合い結婚を選ぶ。娘は嫁に行き、父親は一人家に残される。父娘二人の最後の京都旅行の宿のシーンを江藤は誉める。「あの近親相姦《インセスチュアス》的でね。しかしそれがこうある節度をもって表現されているところのものですね」。名高いシーンを型通りに誉めただけとも読める。それだけで、何度も繰り返し観る理由になるだろうか。

原節子の立場から物語を見れば、母を早くに亡くした娘が、父の再婚を拒否する物語である。娘は再婚しようとする父を憎悪のまなざしで忌避する。原節子とは性こそ違え、それは淳夫少年の中でしこりとなっている父と義母への拒否に直結するのではないか。だからこそ、「晩春」だけは繰り返し観たのではなかろうか。


東京に引っ越してからも、湘南中学時代の友人に会うために、江藤はしばしば鎌倉を訪れていた。友人たちも鎌倉から十条の三井銀行社宅に遊びに来た。その一人、金子実は江藤が昭和四十四年に書いたエッセイ「エデンの東にて——世界と自分に関する二つの対話」で、経済戦争の最前線で戦う商社マンKとして描かれている友人である。

「Kは旧制中学の同級生で、私が数学の練習問題を当てられて立往生していると、

「おめえはできねえな、簡単じゃんかようそんなもの」

といって、教室中にひびきわたるような大声で、こっそり教えてくれた男である」

金子は東大法学部を出て三井物産に入り、ニューヨーク支店に勤務中だった。江藤の湘南時代の友人の

多くも東大出である。しかし、日比谷時代の同級生とちがって、その学歴や職歴をいちいち記そうと私が思わないのは、湘南中学の江頭淳夫の中には、東大への対抗心や劣等感といったものが感じられないからだ。

金子さんは十条の社宅には何度も押しかけて泊まりこんだという。「エデンの東にて」には、江藤の部屋で、友人何人かで飲んで大騒ぎをした夜のことが書かれている。金子さんも記憶する夜だ。

「一人が酒に酔って吐いたら、おやじさんが洗面器を持ってきてくれた。おふくろさんは隣りの部屋で臥せっている。あのどんちゃん騒ぎをやった夜、寝ていると、夜中にダンダンダンと音が聞こえてきた。赤羽にある小松製作所の工場（元の陸軍兵器廠）が近かったんだよ。徹夜で米軍の武器を修理をしている音なんだ」

朝鮮戦争まっさかりの時だから、江藤たちが高校二年生の頃の思い出である。江藤が発病した時には、新鮮な卵を持参した。「エデンの東にて」では、ニューヨークで再会した二人があの頃のことを語り合う。

「君のところはひでえものだったよ。最低の状態だった」

「うん、まあな」

「あのころは、まあ「最低の最低」が、お前にあたえられた条件だった。だがいまは、条件じゃなくて、それがお前の人生になっている。お前はいつからか、そういう人生を引き受けることにした。（略）実はおれも同じようなものなんだ。おやじが死んでからというものはな」

金子さんの目には、東京の北のはずれは異質な風景だった。「だって稲村ヶ崎と全然違うじゃない」。海と山に囲まれ、豊かな自然に富んだ保養地だった稲村ヶ崎は、小津が描いた鎌倉である。小津映画でいえば、古都から戦前の下町を舞台にした「出来ごころ」「東京の宿」の喜八物の世界に逆戻りしてしまったようなものだ。長屋の義理人情の世界に山の手インテリが紛れ込む。その落差を愉しむ余裕があればいいのだが、江頭淳夫はそんなものを持ち合わせてはいなかった。
「京浜東北線の東十条駅で降りて、陸橋を渡ると、そこにいつもちんどん屋がいてね。それを江頭が嫌っていたなあ」
病床にあっては、「最低の最低」を脱出することも叶わない。そこでドストエフスキーとサルトルに昂奮し、マイナーな作品群に慰藉を見出し、詩を口ずさんだ。「詩人では伊東静雄と中原中也、それに三好達治の三人が萩原朔太郎の衣鉢を継ぐものと思われた」（「文学と私」）。中学三年生の江頭淳夫が伊東静雄によって救済されたことは既に述べた。中原中也は休学中の江頭淳夫に何を与えたのだろうか。前章の文末に引用したように、早川公恵への昭和二十七年の年賀状は中也からの引用だけだった。
「謹賀新年
《それにしても私は憎む
　対外意識にのみ生きる人を。》
　　　　　　中原中也　」
たった二行の引用から、何が汲み取れるか。この詩は中也の第一詩集『山羊の歌』中の「修羅街輓歌」の一節である。さして有名な詩ではないので、「Ⅱ　酔生」をすべて引く。

私の青春も過ぎた、
――この寒い明け方の鶏鳴よ！
私の青春も過ぎた。

ほんに前後をみないで生きて来た……

私はあむまり陽気にすぎた？
――無邪気な戦士、私の心よ！

それにしても私は憎む、
対外意識にだけ生きる人々を。
――パラドクサルな人生よ。

いま茲《ここ》に傷つきはてて、
――この寒い明け方の鶏鳴よ！
おゝ、霜にしみらの鶏鳴よ……

さびしく、寒い詩である。「陽気にすぎた」「無邪気な戦士」の詠嘆が聞こえてくる。「それにしても私は憎む、／対外意識にだけ生きる人々を。」のうち、「だけ」が「のみ」に、「人々」が「人」に変わっている。詩集から引き写したのでなく、暗誦していたのだろう。「人々」が「人」と単数になっているのは意図的な改変ではないか。年賀葉書を受け取り、『山羊の歌』の「修羅街輓歌」だともしわかったら、お正月の御屠蘇気分は醒めてしまったことだろう。

抹殺される美しき「母」

ストレプトマイシンのお蔭で（それは父の尽力でもあるのだが）、昭和二十七年の新学期から、二度目の三年生になった。

「四月、復学す。同級生中に女生徒あり、眩しく、かつ当惑す。ますます受験勉強への意欲を失う。この年数学は幾何を選択し、久しぶりで好成績をあげる。やはり休学して復学した安藤元雄と識り、生徒会雑誌「星陵」復刊第一号に安藤の寄稿せし立原道造論『鮎の歌』に触発され、第二号にメルヘン『フロラ・フロラアヌと少年の物語』を書く」（自筆年譜）

この「メルヘン」が『なつかしい本の話』とともに休学中の江頭淳夫を知り得る、もうひとつの鍵である。安藤元雄（東大仏文。詩人・明大教授）は二十四歳で結核死した詩人・立原道造の散文詩に近い物語集『鮎の歌』を論じ、「淡々とした自己陶酔の歌」（立原の言）を巧みに紹介した。江藤はたまたま『鮎の歌』を所有していた。叔父・江頭豊から譲られた本である。叔父の海城中学の同級生で、慶応文科出の友人「Nさん」が敗戦直後、鎌倉文庫の営業部にいた。立原の遺稿『鮎の歌』も出版していたので、叔父経由で鎌倉文庫刊の文学書が何冊か淳夫の蔵書になった。井伏鱒二『まげもの』、舟橋聖一『りつ女年譜』などと同じ装幀の「現代文学選」の一冊である。

「フロラ・フロラアヌと少年の物語」に『鮎の歌』の影響は明らかである。この頃は、安藤元雄のエッセイに刺激されても、論ではなく、物語（メルヘン）を実作していて、「批評家」誕生には至っていない。

「フロラ・フロラアヌと少年の物語」は四つのパートからなっているが、今読むと、早川公恵をモデルにしたメルヘンなところよりも、「二つの死」と題された部分が強い印象を残す。大礼服姿の宮中宴会の席上で急死した「貴族院議員の祖父」が第一の死である。第二の死は、「恐ろしいほどに美しかった若い母の端正な死顔」である。祖父は確かに死んだのに、「母の死となると、それはずっと身近な、ずっといたいたしい事件なのに、少年はいまだに本気ではそれを信じられぬような気持になりがちであった」。江藤にとっての母は「不在」に過ぎない。『一族再会』でも遺作『幼年時代』でも繰り返される「不在」の母を恋い慕っているのだ。そこでは「父」は美しい妻の死に「うつけたような父」になっている。義母の出番はなく、母のよき理解者だった「一人の叔母」が、「不しあわせだった母の生い立ち」を聞かせてくれるだけなのである。

江藤にとっての母の「不在」はまぎれもないものだったが、江頭家の中では、母は抹殺されていた。『一族再会』では、「母の死後私が多少とも虚構に属する生活を送らされて来た」と書いている。「たとえば私が弟妹と母親を異にしているという事実は、私が結婚するまで公式には弟妹に知らされていなかった。つまりこの秘密は父と義母と私とが、協力して守り通さなければならぬものであった」

その秘密は子供だった自分に「かなり重い心理的負担を強い」、癇癪をおこしたという。父は息子の癇癪を「わが儘」だと責めた。

「そのことに私はいつも深く傷ついた」

第十一章　批評家誕生前夜の「自画像」

昭和二十七年（一九五二）四月、江頭淳夫は日比谷高校三年に復学した。六年以上にわたった占領が終わり、日本がようやく独立を回復したのは、この四月の二十八日である。GHQによる教育改革「六三制」は定着しつつあった。

「もともと旧制中学の最後の生徒だったから、新制上がりの男女組の新しいクラスが何かにつけて勝手がちがい、なんとなく毎日が面白くない。幸い同じ結核で休学した安藤元雄が同級にいたので、一緒に体操を見学しながら文学の話などをして憂さをまぎらせていた。安藤も私も大学は仏文に行くつもりで、アテネ・フランセに通ってフランス語を少しかじっているのが自慢であった」（「「星陵」と私」）

独立直後の五月一日、皇居前広場で血のメーデー事件が起きる。この日も江藤は放課後、お茶の水のアテネ・フランセに行った。反対方向の都電に乗れば、「自動車の燃えているのがわかったんでしょうけれど、事件は家に帰ってからラジオで知った」（「私の文学を語る」）。近研（近代劇研究会）の仲間だった篠沢秀夫はまだ結核療養中で、自宅で事件の報を聞いている。「六月復学。病気等の理由で江頭ら留年者多数。「七年生」と自称」（篠沢秀夫『軽井沢、日比谷、パリ』）。

五月の伊豆大島への修学旅行をサボって、江藤は一人、軽井沢の千ヶ滝にやってきた。二年前の夏に、近研の仲間たちと合宿した友人の別荘を使わせてもらって、小説を執筆するためだった。いっぱしの文士気取りである。「フロラ・フロラアヌと少年の物語」は、発表の舞台となった日比谷の校内誌「星陵」第二号を見ると、文末に【一九五二・五・二二】とある。「星陵」の目次を見れば、府立一中の卒業生である辰野隆（仏文学者）、秦豊吉（東宝重役）といった著名な文化人も寄稿している。在校生の論文、座談会、書評も載り、創作欄に「江頭淳夫」の名がある。頁数は百三十頁以上、大企業から近所の商店までの広告も大量に入り、ちょっとした総合誌だ。江藤の作品は復刊第一号に載った安藤元雄の立原道造論に刺激されての創作だった。「軽井沢に行ったのはもちろん安藤経由で堀辰雄にかぶれたからである。／結核予後の少し熱っぽい身体と、アテネ・フランセ中級程度のフランス語の知識には堀辰雄の文学はよく合った」（「「星陵」と私」）。

安藤元雄は江藤淳のことを、「まあ、お互いこいつ、ちょっとできるやつかなというような、時代劇で若侍同士が出会うと相手をはかるような、そういう感じでいましたから」と後年、回想している（『安藤元雄展図録』）。第三号には安藤の小説と、江藤のサロイヤン翻訳が載る。江藤は安藤のことを「脱落者仲間のいちばんの秀才」で、安藤に「兄事」して堀辰雄を読んだと語っている（「私の文学を語る」）。安藤と江藤は、「星陵」文芸欄の二枚看板だった。「編集していたのは細谷岩男君という人で、同級生なのに安藤や私には先輩の礼をとってくれた。私は今でもときどき自分の小説につけてもらった抒情的なカットをなつかしく思い出す」（「「星陵」と私」）。

細谷岩男は日比谷の雑誌部発起人であり、伝統ある「星陵」復刊を推進した。第一号の編集後記で、「創刊号は、拙劣きわまるものではありましょうが、新潮社の菅原國隆氏（昭和十九年卒業）はじめ先輩諸兄の温かいお力ぞえに成った」と記している。部員は西荻窪の菅原宅に通って、手取り足取りで雑誌作りを教わった。菅原はこの時に江藤に会ったわけではないが、数年後には、文芸誌「新潮」の担当編集者になる。「新潮」編集部で後輩だった坂本忠雄によると、菅原は「一中くずれ」を自認していたという。

「英語の虫」の質問攻め

江藤の発表舞台は「星陵」に限らなかった。旺盛に執筆している。「日比谷高新聞」七月一日号には、サルトルの実存主義演劇「蠅」の劇評を載せている。「ある女友達のための小ノオト」と、副題が思わせぶりだ。展覧会で一緒に見たピカソの「奇妙な女の顔」の前で、「こんな絵、描いたひとがひとりで見ていりゃいいんだわ」と非難した「あなた」に向けて語りかける形になっている。

「あなたはサルトルの世界に、ほんとうの女らしい女がいないことに気がついただろうか。彼は女性の本質についてなんにもしらぬ。彼女達の地霊的なやさしい肯定の本性―そのかぎりない地のゆたけさに天の宮居を宿させるもの。果樹園や花たちや、海や、河や、あらゆるものに現象してぼくたちをとりつつむ彼女達の力について、彼はなんにもしらない。彼の世界はひややかな夜と白々とひろがる沙漠の、不具な男達の国なのであろう」

「蠅」は東大の駒場劇研が六月に渋谷公会堂で本邦初演したサルトルの処女戯曲である。若き日の渡辺守章、吉原幸子、前田愛が出た。近研の仲間では、東大新入生の井村順一、佐藤純彌（二人とも文科二類）が出演した。井村さんは割り当てられたチケットを、友人たちに脅すように売りつけた。日比谷の仲間も大勢観にきた。「僕は主人公の下僕で、よくしゃべる役だった。初舞台なので得意で、昂奮もしていたのが懐かしいなあ。芝居が終わった後に、江藤が顔を見せて感想を言ってくれた。手厳しい批評を受けました。お互いに斜に構えていた頃です」。江藤は『蠅』のシニシズムには耐えられなかった」と「戦後と私」では書いた。

「PTA会報」というガリ版の冊子には「二つの演奏会」という文化祭の音楽評を書いている。前半は、日比谷に現われた美人ピアニスト原智恵子の「端正な横顔」を最前列で人間観察する。後半は、生徒たちによるウエーバーのオペラ「魔弾の射手」上演の擁護である。

「オペラが——一部では、いやあれはオヘラだと悪口を叩かれていたが——日曜日に演奏された。実際には、たかだか一週間の本格的練習であれだけの大曲「魔弾の射手」を舞台にのせた努力たるや敬服するほかない。あれは断じてオヘラであるにしても、合唱がパントマイムであっても、尊いのはこの熱意である」

江藤らしくなく、ずいぶん手加減された評価である。それには理由があった。卒業四十年記念文集『坂道』の和田若菜（早大独文。長兄の和田稔は遺稿『わだつみのこえ消えることなく』で有名な東京帝大法学部出身の人間魚雷「回天」特攻隊員。同じ隊には上山春平がいた）の文章でそれがわかる。近研に在籍したことのある和田は、篠沢秀夫に誘われてフランス語劇に出、「魔弾の射手」ではヒロインのアガーテ役だった。「カスパールは江頭淳夫氏のはずだったが交代となった。上演後、今の江藤淳氏がアガーテの扮装の写真を取って下さった」。カメラ小僧になっていた江藤は、準主役級でオペラ（あるいはオヘラ）に挑戦するはずだったのだ。

『坂道』を読んでいくと、江藤の文章はないが、篠沢秀夫の回想はある。その他に、江藤の「自筆年譜」昭和二十七年の項に登場する先生も出てくる。

「米国留学より帰朝されし英語担当教諭野口宏先生の知遇を得、先生の貸与されしポケット・ブックでコンラッド・エイケン『静かな雪・秘密の雪』、スティーヴン・クレインその他のアメリカ短篇小説を読む。先生は栄養をつけよとてしばしばうなぎを御馳走して下さる」

野口先生の回想「日比谷でしか得られなかった体験」には、江藤らしき生意気な高校生も登場する。野口先生が教室で「質問歓迎」を標榜すると、「英語の虫」「英語マニア」たちが英語学の文献をかじって来て、ここぞとばかり先生に質問をぶつける。時には答えに窮して、教壇上で立往生となる。「この息詰まるような緊張と刺激の相互関係こそは、まさに当時の日比谷でしか得られなかった体験なのです」。日比谷高校は学制改革の混乱の中で、旧制中学から新制高校になるのではなく、むしろ一気に旧制高校に格上げしたような特殊な自由空間となった。

江頭淳夫の質問攻めは日比谷では有名だった。野口先生は後に杏林大学に転じ、そこで田久保忠衛と同僚になった。田久保はワシントンのウッドロー・ウィルソン研究所時代に、占領軍の検閲研究に来た江藤淳と同僚になった。その時のエピソードは先に廻すとして、日比谷時代の江藤淳の姿を、田久保さんは野口宏教授から直接聞いている。

「野口先生は江頭淳夫のいる教室のドアを開けるのがイヤだった、と言っていた。あいつがまた鋭い質問を言い出すのじゃないかと心配でね。授業が終わってホッとしても、一週間後にまた江頭の教室に行くと思うだけでイライラとなったそうです」

「英語の虫」の江藤淳は、米国帰りの新進気鋭の先生のストレスになるような存在だったのだ。江藤は自伝『なつかしい本の話』で、「N先生」への感謝に一章を割いている。留学出発前の先生は陰々滅々として、「船でアメリカに着くまでに、海に飛び込んでしまうのではないか」と思わせた。帰国した先生は「見違えるように明るく変っておられた」。先生は、「放課後に私を新宿に連れて行き、うなぎを御馳走して下さった」。アメリカのアイスクリームを喰って人生観が変ったと病み上がりの江藤に話しかける。向うでビッグ・シスター（留学生の世話係）から親切にされて、大便の質まで変った。「人間も変るさ。君も、いまにアメリカに行って来るといい」と励ます。

「私は、たしかにN先生に御馳走になったうなぎの蒲焼のせいもあって、久しぶりで大分明るい気持になっていた。腹も一杯になったが、胸も一杯になりかけていた。先生は、どうしてこんなに優しくして下さるのか、よくわからないといえばわからなくもあったけれども、わかるといえば先生の気持はわかりすぎるほどよくわかった。多分、先生は、私が船から海に飛び込みそうな顔をしていると思われたのだ」

野口先生は、同級生の前で見せるアグレッシブな江頭淳夫の背後に、別の人間を発見したのだろう。漱石「夢十夜」の第七夜に出てくる、海に飛び込んでしまう男の影をお互いに見ていたのだった。

田久保忠衛が野口先生から聞いた江藤淳の話にはまだ続きがある。「英語はすごくできるのに、数学はダメといったアンバランスがあって、フラストレーションが激しかった。可愛がっていた教え子を、いわゆる青線地帯へと案内したのだ。一度、新宿二丁目に引っ張って、連れていったことがあるんだ」。野口先生の粋なはからいだった。いくら売春防止法施行以前とはいえ、新制高校ではありえない、旧制高校的な日比谷独特の教育だった。『なつかしい本の話』の「新宿」「うなぎの蒲焼」「ビッグ・シスター」とは、野口先生へのひそやかな感謝の表現でもあったのだ。

日比谷高校では、著名人の講演がよく行われた。それも卒業生が多い。江藤が三年生の時に、評論家で中国文学者の竹内好の講演があった。竹内は魯迅の翻訳で知られ、日本の中国への加害の歴史を重視する評論家だった。『竹内好論』の著作がある松本健一が、江藤と初めて会った時、江藤はいきなり講演に来た竹内好の話を始めた。

「日比谷高校から東大に入って官僚になるという「優等生」コースを全面否定するような話をしたと言うのです。江藤さんは「竹内さんという人は面白い人だね」と言っていた」（「諸君！」平11・10）

竹内の講演記録は残っていないので、その時の話はよくはわからない。竹内は数学の試験がなかった旧制大阪高校に進み（そこで日本浪曼派の保田與重郎と友人になる）、定員割れで無試験だった東大支那文学科に学んだ（そこで作家の武田泰淳と友人となる）。江藤は竹内の講演がとても印象的だったようで、中国史家の衞藤瀋吉との対談（「現代の幻想と現実」「季刊藝術」昭44秋）でも、在学中に聴いた中でいちばん忘れられない講演だったと語っている。竹内はこの学校は「恨み骨髄の学校」と表現した。

「自分が一中生になってしまったということは、これは要するにどう弁解してもしようのないことだと思ったというんですね。諸君この気持がわかるかっていうんですよ。わからないやつはわからないでいい。しかしわかるやつも必ずいるはずだ。これはたいへんいろんな意味で罪を犯しているとも言える、と竹内さんはいった。あの人らしい発想だけれど。だけれど別にそれを罪だと思って弁解してみてもはじまらない。幸か不幸かなっちゃった。なっちゃったらこれはとんでもないものになっちゃったと思って、その重荷をしょって、黙々とやるほかないといった。（略）ぼくはいまだに竹内さんに、およそ政治的立場は違うにもかかわらず、いいことを教えてくれた先輩への親愛の表現として自分の本を送るんです」

　素直にエリートコースを歩むことに対する竹内好の屈折を「わかるやつ」、その数少ない一人が、高校三年生の江頭淳夫だった。江頭がいつ東大受験放棄を決めたのかはわからない。竹内の講演の影響はあっただろう。それ以前に、数学がダメという立派な理由があるが、それには反証として、数学の家庭教師・中村純二先生が、高二の時に東大合格の太鼓判を押したと証言した。特訓をやれば合格ラインに達したかもしれない。東大合格者日本一奪回を訴えた校長に対して、全校生を前に反対の論陣を張って喝采を浴びた手前、いまさらガツガツ勉強するのは気が引けたのか。江頭淳夫が素直に東大を目指したならば、その人生は大きく変わっていただろう。その場合、文学者「江藤淳」は存在しなかったかもしれない。それが幸福だったか、不幸だったか。

　東大文二を目指して浪人中だった藤井宏昭は、その頃ばったり江頭淳夫に会った。湘南中学からの転校生にこっそり「若年寄」というあだ名を命名したのが藤井である。江頭は「東大には行かないよ。慶応の文科に行くんだ」と意気揚々と宣言した。藤井さんは、その潔い発言に脱帽した。一中（日比谷）に入れば帝大（東大）に行くのが常識だったからだ。

「自分の進路をしっかり考えて、外にも公言するのは大したものだと、その時、彼を見直しました。頭のいい才人で、取り澄ました所がある奴だったけど、それですっかり尊敬してしまいました」

実際には、東大の文科二類（おもに文学部へ進むコース）を受験して、予定通り落ちて、慶応の文学部に入る。「東大への願書は学校でまとめて出すのが日比谷の習慣となっていた」（『軽井沢、日比谷、パリ』）というから、東大を受験するという見栄の心理は残っていたのだろう。いずれにしても、一種の記念受験だったと見たい。

「成功性」は白紙のまま

その頃の江頭淳夫を知る最良の手がかりになるものが、日比谷高校の資料室に残されていた。高三の秋に提出された一冊のノートである（文末に「一九五二・一一・一〇」と書かれている）。市販のノートブックに「行動特徴」と題され、三十頁近くも自己分析の文字が連ねてある力作なのだ。発表を前提にして書かれた原稿とは違い、江頭淳夫の「素」を垣間見せている。他にも数人の生徒の「行動特徴」ノートがあり、おそらく担任の中村武雄先生（数学）に提出されたのだろう。江頭淳夫を含め、なんでそれらのノートが学校に残ったのかはわからない。

江頭淳夫のノートの構成は「序言」「行動特徴」「あとがき」と三つのパートに分かれている。他の生徒のものは「行動特徴」だけのようだから、構成そのものに独自性があり、提出物としては付録の部分にあたる「序言」と「あとがき」が特に面白い。「序言」は四頁もあるのだが、こんな風に始まっている。

「これは文字によって描れた自画像である。画家が色彩と構成で、ぼくらの表情をたくみにとらえるように、ぼくはむしろ内的な表情——性格——若しいうならば心理的風景を描こうと試みた。

それは至難の業であった。眼をある風景の一点に集中して凝視しつづけると、ついに、ぼくらはそれらの適正なプロポオションを失ってしまうように、ぼくの試みは際限のない自己の分化——自己葬［喪］失に出会うほかはなかった。

自己はもはや、社会的存在として人々の間にたちまぢっていた時の堅さや形態を失っていた。只わけのわからない倦怠に満ちた感情丈が、それ以前のぼくの行動や信条のむなしい原形質として残っているのであった」

学校への提出物という義務感はどこかに行ってしまい、「自画像」をとらえることに熱中しはじめている。こんな文章を書くことにのめりこんでいるのでは、受験勉強どころではないだろう。「ぼく」はサルトル「嘔吐」の主人公ロカンタンが乗り移ったかのようになっている。「ぼく」の場合は、吐き気ではなく、「倦怠に満ちた感情」に襲われる。「行動特徴」を書けないところにまで追い込まれた後で、「便宜的」に「常識」という視点を定めた上で、「行動特徴」を記述していくとして、本編が始まる。

本編の「行動特徴」は先生から与えられた十七の項目に即して書かれている。社会性、情緒安定度、自信、尊敬の態度、寛容の態度、独立の性質などである。それぞれに一ないし二頁が費やされている。そこでは、さまざまな切り口からの自己分析がなされている。

例えば、「幸福感、明朗性」という項では、「ぼくは決して陰うつな男ではない。陰うつなポーズはきらいである。だがぼくのほがらかさには、いつも、あるうつろな影がよりそっている」と書く。「判断力」という項では、「本物をにせものから区別する鼻はあるつもりだ。本能的な嗅覚がきめてくれる」と自信をのぞかせながらも、「道徳的な問題などにぶつかると、この力はにぶる。（略）だが、ぼくはわざと、「果断」に、端数を切りすてて、常識にくみする。心の中では、「しかし…」をくりかへしながら」と書く。「江藤淳」となってからも変らなかったのではないかと思われる性格が、慎重に取り出されている。その一方で、高校時代の日常生活がよくわかる項目もある。「余暇の善用」についてだ。「相当金のある時」

「金のない時」「少し金のある時」で書き分けている。

金があれば、「信州に旅行すること。信濃の山はふるさとのように親しい」と堀辰雄的世界へのあこがれが実行される。軽井沢で小説を執筆したのも、「余暇の善用」だったのだろう。金がなければ「読書、ものを書くこと」となる。これが生活のもっとも基本であろう。少し金があれば、音楽会や映画に行く。「気のあった友達と、コーヒーをのみにいって、気えんをあげる」。その他に、「秘密にぞくするが、お酒をのむ。主としてビール。時にウイスキイ、之はオヤヂのを盗む」と先生に内緒にすべきことも堂々と書くのは、やはり日比谷だ。「仏蘭西語の詩のほんやくをやる」というのも高校生離れしていて、やはり日比谷的だ。

「指導能力」となると、妙な自信とその反動のテレが混じって、ここだけ文語調になる。

「小学校以来種々委員等に選出されしこと枚挙にいとまあらず。惟《おも》うに、世人余をして充分の指導能力ありと認めしためならん。呵々大笑」

「安定感」という項で、一年間の療養生活についての経験を語る時は、一転して、しみじみとした調子になる。

「ぼくは、自分の中にある「死」のことを考えさへすればいいことを知った。「死」は「生」の裏がわで育ちながら、「生」をいよいよ豊かにする陰影である。丁度、レムブラントの人物が、黒い背景の中をつらぬく一すぢの金色の光線によって美しいように、「生」は、実はこの光線にほかならず、黒い「死」の背景なしには成立しないものなのだ……ぼくはこう考えることによって、充実した安定の中にやすらぐことが出来る」

江藤淳の批評文の中に挿入されても、遜色ない。というよりも、江藤淳の文章として読んだことがあるような一文である。江藤の生と死の認識の核にあるイメージが、既に江頭淳夫時代に形成されていたといえよう。

項目の最後は「創造性」である。これには短く、端的に答えている。

「創造性があるとか、ないとか、そのようなことは問題でない。／ぼくは創造せねばならぬのだ」

高三の江頭淳夫のマニフェストである。この時は、もう外交官や官僚、学者や作曲家は眼中にない。果断に他のあらゆる可能性を切り捨てて、文学を目指していたのだろう。それが小説か、詩か、翻訳か、あるいは批評かはともかくとして。

以上、「行動特徴」の各項を見てきた。江頭淳夫がその明晰な批判精神を、自らの内部に向けたものであった。ただ、その中で、一項目だけ、白紙で提出された部分がある。「Ⅲ　成功性」である。「成功性」には二頁を充てる予定だったらしいが、ついに白紙のままで提出された。一項目一頁がふつうなので、江頭淳夫にとっては考えるべき重要なテーマだった。「指導能力」のように文語体で韜晦《とうかい》することもできたはずだが、そうした小細工さえ弄していない。

私はその白紙の二頁に江頭淳夫の実在を感じた。東大受験を意図的に放棄しても、それでも一応受験したエリート。祖父・江頭安太郎海軍中将によって築かれた江頭家の栄光と、戦後の没落を痛いほどに感じていた秀才。日比谷時代から雄弁に、明快になんでも語れる江頭淳夫の中にあった葛藤が、この二頁の「沈黙」には表現されている。

ノートには「行動特徴」の次に「あとがき」が置かれている。「是非読んで下さい」とわざわざ先生に向ってアピールしている「あとがき」である。ノートは全体をそのまま引用したかったが、それは無理なので、摘記しながら解説してきた。しかし、この「あとがき」だけは省略する箇所が見つからず、全文引用する。ノートでは三頁を費やしている。

「江頭淳夫氏は、このノートを呈出してから二三日たって、こんなことを思いついた。彼はその時風呂にはいっていた。風呂にはいっている時とか、顔をあらっているようなときにはえてしていい考えがうかぶものである。公衆浴場のもうもうと湯気のたちこめたなかで——その湯気は天窓からさしこむ夕日の赤い光をうけて、幾千の粒になって光っていたが——彼のすきな庶民的生活感にひたりながら（江頭氏は自分の本質が元来貴族的なものだと知っているので、公衆浴場などをかえって愛しているのだった）江頭淳夫氏は、あの黒と茶を多くつかった陰さんなポートレイトを書き直すことを計画していたのだ。

彼は、その時、幸福であった。その幸福感の大部分を、快い入浴と、適当な空腹感に負うていたにせよ、とにかく幸福であった。あのノートを書いた夜、江頭氏をとらえていた哲学的憂愁は、彼の痩せてはいるが、日本人としては脚の長い、均整のとれた身体にこびりついていた、すこしばかりのアカといっしょに流されてしまった。

書いたことはどれも深刻すぎて、いやらしい。いったいどうして、あんなものを書いてしまったのか。第一に、江頭氏はあのノートの文体が気にいらなかった。実に気どった、偽善的文体——ある部分はたしかにスタンダールに批難されるべき、ジェズイット的スタイルで書かれている……

もっとくだけて書くべきであった。そう思って湯をかぶった江頭氏のそばでは、六十すぎの老人が、しわだらけの顔をこすっていた。老人は、一生けんめいで、ナニワブシをうなっていた。江頭氏はクスリと笑った。そして笑うと、俺は子供のようになっちまう、と思った。この子供じみた江頭氏ほど、あのポートレイトと違ったものはないのであった。

しかし、あのポートレイトを消し去ることも出来ない。それは正しくない。誠実でない。自分にはたしかに、あゝいった所もある。だが……

江頭氏のそばをシャボンのあわが美しく光りながら流れていった。俺は、いつまでも一ヶ所に停滞しているのがきらいだ。若し俺の性格が、あのようなものであっても、俺には性格以上の、生命力があって、不健康な沈殿〔澱〕状態からすくい出してくれるに違いない。いったい俺は、一つのことを三日つづけて後悔しつづけたことがあるか。それよりも前進――この無辺な「生活」のあらゆる相に、自分のすべてを触れあわせたいという願い――江頭氏は自分を形づくっているのが、「性格」ではなくて、一つのエネルギイであるような気がしはじめていた。

そして、今、ここで考えたようなことを、あのノートの最後につけ加える必要があると思った。人間には、「性格」といった静的な要素よりほかに、もっと動的な、変転してやまぬ要素があるのだ。こう思って江頭氏は、浴槽にとびこんだ。湯はかなりあつかった。それすらも快い気持で、江頭淳夫氏は、天窓からすいて見える秋の澄んだ空を眺めながら口笛を吹いた。…」

これが「あとがき」の全文である。「哲学的憂愁」に満ちた「黒と茶を多くつかった陰さんなポートレイト」に不満を持ち、それは「江頭淳夫氏」の自画像に過ぎないと気づいた時に、批評家「江藤淳」は誕生しかけている。あえて図式化して示せば、「序言」と「行動特徴」の部分は江頭淳夫が書き、「あとがき」を江藤淳という別人が「江頭淳夫氏」を主人公にして書いた、つまり、全体は江頭淳夫と江藤淳の合作となったのではないか。学校への提出物として書き始めたものが、いつのまにか批評文に成長していったのだ。「あとがき」に現われている文体と生命力は、そのナルシシズムやユーモアまでも含めて、明らかに「江藤淳」のものである。

そう判断して、あらためてノートの表紙を見ると、その表紙には「行動特徴」「江頭淳夫（江藤淳）」と楷書で大書されている。この字体は本文の走り書き気味の書体とも違い、また後年の「江藤淳」の端正な書体とも違う。であるから、私は、この「江頭淳夫（江藤淳）」の字は、後に日比谷高校関係者の誰かが書き加えた字だと決め込んでいた。しかし、よく考えてみると、学校への提出物なのだから、表紙に名前を記入するのは当然である。この「江頭淳夫（江藤淳）」とは、高校三年生の江頭淳夫が、半ば戯れに、半ばある予感を持って、書き記したのではないかと思い至った。とすると、この時に一度、江頭淳夫は江藤淳になったのである。

ペンネームとして「江藤淳」を使うようになるのは、この三年後のことで、まだまだ「江頭淳夫」時代は続く。日比谷の卒業間際に「星陵」第三号に発表されたサロイヤン「故郷へ帰る」の翻訳も江頭淳夫であった。

「故郷へ帰る」はうなぎの蒲焼を御馳走してくれた野口宏先生から頂いたペーパーバックの『現代アメリカ短篇小説集』に収録されていた一篇だった。「創作が書けなかったのは受験が迫っていたから」（「「星陵」と私」）だが、翻訳ならば英語の勉強にもなり、一石二鳥だった。

「星陵」掲載については、江頭淳夫の文学的才能を買っていた雑誌部長の細谷岩男と掲載の約束があった。しかし、その細谷は十月から休学してしまう。翻訳原稿が宙に浮いたかと心配して、江頭淳夫は「星陵」編集部員の稲垣（現、新居）照子（中大法）を訪ねている。稲垣さんの自宅は江頭の住む十条仲原の三井銀行社宅から歩いて五分のところにあった。

「あいにく私は出かけてしまっていたので、江藤さんの社宅を訪ねたら、ご本人が不在で、お父さんが応対されました。江藤さんにやっと会えたら、翻訳を次号に掲載してくれないかというお話でした。江藤さんが心配するまでもなく、編集会議ですでに通っていました。本邦初訳だからということで、サロイヤンにはすごく入れ込んでいると聞いていました」

「星陵」掲載に不安をもって動き回っていたわけで、発表にかなり執着していたことがわかる。翻訳はおそらく自信作だったのだろう。今読んでもよくこなれた名訳で、老人のセリフひとつでさえ妙に生き生きしている。翻訳に付された解説も、文学史の中に作家を的確に位置づけている。愛誦する伊東静雄の詩の一節が解説には引用されている。

「「行って、お前のその憂愁の深さのほどに明るくかし処を彩れ」彼の作品にある明るさは、こうした憂愁の背景を持っています。それが、あのフォークナー的な深刻さと、ホリウッド的軽薄さの間に存在する、空白地帯――実は、ここにこそアメリカの最も肯定的な面があるはずなのですが――を埋めて、ウィリアム・サロイヤンを「アメリカの作家」にしたのです」

江藤淳を最初に発見した編集者といえる細谷岩男は結局、翌二十八年一月に自殺する。「「星陵」と私」には、芝金杉橋までお焼香に出かけた記述がある。

「細谷君の家は町工場のようなところで、住居は仕事場から急な階段をのぼった中二階のような場所にあった。謹直そうな細谷君の父上は、私たちのためにちらし寿司をとって下さった。私はそれを食べるのがひどく辛く、人が急に死ぬと、なぜあとに生き残った者は大罪をおかしたような気持に堕ち込んでしまうのだろうということを考えていた。ちらし寿司を食べてしまうと中村先生と私たちは、暗い街を浜松町の駅まで黙って歩いて帰った。まだモノレールの駅などはなく、ガード下には戦後の荒廃がそのままにのこっていた浜松町である」

安藤元雄や江藤たちは細谷の短歌と最晩年の手紙を集めて一年後に『細谷岩男遺稿集』を作っている。小さな判型の箱入りの瀟洒な本である。最後の葉書は四枚続きで、死の直前までを細谷は実況中継している。

「クダラナイ感傷。倦怠。そうだ倦怠だ。生きてくのに倦きた。
スランプ。一時的スランプ？　眼がさめたら、おハカの下。さようなら。みんなによろしくね。ごきげんよ、さよなら」

江藤の葬儀に日比谷時代の同級生が来なかったとの巷説があるが正しくない。江藤はまた、旧制中学最後の入学組である昭和二十七年卒の同期会「二十七日会」によく顔を出していた。

（第八章から第十一章までの日比谷高校関係資料については、東京都立日比谷高等学校創立百周年記念資料館の協力を得ました）

第十二章　「私立の活計」福沢諭吉と「恋人」三浦慶子

小学校登校拒否により一年、日比谷高校三年での結核休学によりさらに一年遅れ、満二十歳の江頭淳夫は昭和二十八年（一九五三）四月に慶応の文学部に入学した。希望通りの進学だったが、「なに、慶応の文科。君も案外伸びなかったね」という日比谷の教員室での言葉を背に浴びていた。三十代にして高名な文芸評論家「江藤淳」となってから、日比谷高校の雑誌「星陵」に書いた回想は、後輩たちに向けて書かれている。

「その頃までに私は受験勉強というものにすっかり興味を失い、慶応の文科に行くと広言しはじめていた。今は知らないがその頃の常識でいうと、日比谷を出て慶応の文科へ行くなどということはとんでもない暴挙で、ほとんど日比谷の prestige に対する冒瀆ととられかねない雰囲気があった。しかし私は数学がきらいでまた出来もしなかったから、数学の試験のない三田の文科なら受かるだろうと思っていたのである」（「「星陵」と私」「星陵」30号・昭41）

江藤が入学した時の「三田新聞」（昭28・4・30）を見ると、新入生のクラス分けと出身高校が出ている。「江頭淳夫（日比谷高）」は文学部一年H組で、後に江藤夫人となる「三浦慶子（慶女高）」と同じクラスである。文学部全八クラスに日比谷の出身者は十人もいる。江藤の近研（近代劇研究会）の仲間では、井口紀夫と南條晴彦がストレートで前年に文学部に入学し、英文科二年生になっていた。「日比谷の prestige に対する冒瀆」というのは、数字で見る限りは大袈裟で、これは江藤の自尊心と東大コンプレックスが言わせた言葉であった。

日比谷の同級生で文学部一年E組だった酒井邦衛が珍しいものを保存していた。体育会自動車部の昭和二十八年五月一日付けの名簿である。その中に「江頭淳夫」の名があるのだ。病み上がりの文弱の徒が、よりによって体育会とは……。酒井さんは江頭と一緒に自動車部に入部していた。

「日吉で会って、やあ、しばらくだな、となったのです。江頭とは日比谷でクラスは違ったけど、演劇や音楽会での活動はよく知っていました。日吉のキャンパスではアメリカ軍のカマボコ兵舎をそのまま教室に使ってまして、江頭から『こんなアメちゃんの時代だから、免許証ぐらいとらないといけないな。自動車部に入ろうよ』と誘われたのです」

慶応の日吉キャンパスは三年半前までアメリカ軍に接収されていた。米兵用の兵舎はそのまま教室に転用された。占領下日本の匂いを濃厚に残す荒涼たる雰囲気だったのだ。それどころか、日吉の地下には戦争末期、聯合艦隊司令部が置かれていた。神風特別攻撃隊の体当たり直前の通信、沖縄に向かう戦艦大和の最期の様子がこの地下では聞かれた。艦船を失って陸《おか》上に上がった帝国海軍の終焉の地なのだった。この事実は当時知られていなかったので、いくら事情通の江藤であっても、まさかこの地が、祖父・江頭安太郎中将たち帝国海軍の夢の跡とは気づいていなかっただろう。

自動車部の練習は予想に反して厳しかった。日吉から多摩川べりまでランニングをさせられる。とてもついていけない。酒井さんには江頭と一緒に走った記憶はない。おそらく、すぐに音を上げたのだろう。

「六月四日に新入部員歓迎ドライブがあってバスで十国峠に行った時も江頭は不参加だったので、その前にはもう退部していたのでしょう。私も夏にはやめました」。

江藤が自動車を運転するのは約十年後、アメリカ滞在中に必要に迫られてだった。国内ではさらに遅れ、昭和四十五年（一九七〇）に中古のブルーバードを購入するのが最初である。江藤の自動車部入部の動機は、モータリゼーションの時代が来ることを見越して、ロハで自動車教習所に通うといった実利的なものだった。そう断定できるのは、江藤がある同級生のポンコツ車のことをよく語っていたからだ。英文科の同級生で後に岩波書店に入った成瀬正次の車である。成瀬は江藤にとってはラッキーボーイである。江藤は英文科三年の時に、「三田文学」に「夏目漱石論」を書いてデビューする。その時、「三田文学」編集部の山川方夫の使いで、江藤を探しに来て、山川に是非会うようにと江藤を説得したのが成瀬だった。成瀬は一九三七年型ダットサンという国産車を持っていて、「三田文学」の配送を毎月手伝っている学生だった。

「P〔成瀬のこと〕という男は奇妙な才覚のある男で、アルバイトにタクシイの運転手をしていたことがあるといって、第二種免許を見せてくれたこともある。このクラシック・ダットサンも、どこでどうして手に入れたものか、よくわからないが、とにかくチャンと走るところが愉快だった。それにしても、ガソリン代をどうしているのか、維持費はどこから捻出しているのか、私同様貧乏学生のはずのPの私生活には、ナゾのようなところが多かった」(「モータリゼーション」『夜の紅茶』所収)

同級生の「奇妙な才覚」に感心していて、江藤も自動車部で練習して免許を取得していたら、白タクぐらいはやって稼いだと思われる。生活力旺盛たることは江藤にとって、誇るべきことだった。日比谷高校の時には、消火器やポマードの行商をやって小遣い銭を稼ぎ出そうとしている。消火器は自宅に近い「王子の朝鮮人学校へ売りこみに行ったこともある」。売り込みは失敗だった。ポマードは鉱物性のものを純植物性と偽って売った。こちらはまんまと成功した(「われらの戦後二十年」)。大学に入ってからは、ある語学の教科書の日本語訳を古本屋で安く見つけて、才覚を働かす。

「どうせ怠けたい奴がアンチョコに買うのだからというラスコーリニコフ的理窟をつけて、渋谷で十五円で買って、ゾッキ本ということをかくして日吉の購買部に入れて売らして、サヤをとった。これは暴利を博しました。そういうのがだいたい全部本代になりました」（「私の文学を語る」）

この訳本は前年末に倒産した月曜書房から出ていたウィリアム・サロイヤン『わが名はアラム』（清水俊二訳）である。サロイヤンならば、江藤は日比谷高校の「星陵」に短篇「故郷へ帰る」の試訳を発表したばかりで、「故郷を断たれたもの」の「郷愁」を描く、愛読するマイナー作家だった。

「私立の活計」のすゝめ

この訳本でのひと儲けは、二十歳の江頭淳夫の「福沢諭吉論」を書く意欲を削いだという点で、今から見ると残念である。慶応義塾の創始者福沢諭吉は江藤が大きな影響をずっと受け続けた存在だからだ。丸山眞男について書いた若き日の短文で、その顚末を書いている。

「大体丸山さんの名前を知ったのが昭和二十八年の夏に、慶応義塾の一年生で金に困って五万円の懸賞論文で福沢諭吉論を書こうとしたときだからな。懸賞のほうは馬鹿馬鹿しくなったからやめた。ゾッキででてる英語の教科書の訳本を買いしめて日吉の教室で定価の二割引で売ってもうけて少々埋め合わせをつけたよ。ちょっとふところがあたたかくなったから、それでダンスを習ったがね」（「人物歴訪　丸山真男氏」「日本読書新聞」昭34 2 9、『日附のある文章』所収）

江藤が福沢を読んだのは実利的、実学的な理由からだった。当時の慶応の入試は二次試験に口頭試問があった。その対策として『学問のすゝめ』と『福翁自伝』を読んだのだ。その時に買った慶応通信発行の文庫本は、座右の書になった。江藤は講演を得意としたが、福沢諭吉についてもよくテーマにしている。その場合には必ずその古びた文庫本を持参して、若き日に感銘を受けた部分を朗読した。死の二年前に慶応の湘南藤沢キャンパスで行なわれた最終講義「ＳＦＣと漱石と私」（「ボイス」平9・4）でも、この『学問のすゝめ』を壇上で取り出している。

「そのとき〔口頭試問のこと〕に必ず「君はなぜ慶應義塾を受けたか」とかなんとか聞かれるに決っている、そのときにもっともらしいことをいうためにはこれを読んでおけばいいだろう（笑）、というような浅はかな心でこれを購《もと》めまして、読んだのであります。（略）受験生でありました私は、この本を読んで受験のことなどすっかり忘れてしまった。これは凄いことをいう人だ、福沢諭吉という人はなんと烈々たることをいうのであろうか、たいした学校を自分は志願したものである、と思いまして、必ず聞かれると思って勇躍して口頭試験に臨んだところ、何にも聞かれませんでした（笑）。しかし、この言葉は爾来、私の頭のなかで鳴りつづけております」

福沢といえば、ふつうなら「天は人の上に人を造らず人の下に人を造らず」とか、「独立自尊」とか、「一身独立して一国独立す」とかである。江藤は『昭和の文人』を書く際には、「恰《あたか》も一身にして二生を経るが如く一人にして両身あるが如し」（『文明論之概略』）という福沢の幕末維新観を昭和の文学者にあてはめて批判した。平成改元の時には、福沢の「帝室論」を引いて、皇室のあり方を考察している。それら諸々の福沢の名言をさし措いて、江藤が必ず引用した福沢の言葉は『学問のすゝめ』第三編にあった。「私立の活計」である。

「なかでも私が好きなのは、「自から心身を労して私立の活計をなす者は、他人の財に依らざる独立なり」というところでありまして、自分のことは自分で面倒をみろ、ということであります。つまり、誰かに依頼心をもって、長いものに巻かれて、なんとなくニヤニヤしているとうまい汁が吸える、なんていうのは駄目だというわけです。そうではなくて、自分で苦労して生計を立てて好きなことをやれ、と福沢先生は教えておられるのです」

最終講義のみならず、卒業式の来賓として祝辞を述べた際にも「私立の活計」をはなむけの言葉として贈っている。といって「私立の活計」は学生向けの啓蒙的な言葉ではけっしてない。江藤淳が「私立の活計」を文章中に初めて引用するのは昭和三十四年（一九五九）、永井荷風の死を論じた「孤高と個人主義」にさかのぼる。数千万円の預金通帳を握りしめて市井の陋屋《ろうおく》で急死した荷風散人に、「私立の活計」を「思想」として実践した「個人主義者」を見ている。

「〔荷風が〕陋屋に死んだのは「他に依りすがる心」がなかったからであり、「断腸亭日乗」ほど「物事の理非」曲直に潔癖な日録はまれだといわねばならない。そして蓄財はといえば、これこそ「私立の活計」をなす上に必須の要件だったのである。（略）彼の生涯で最大の比重を占めるのが「思想」であって「芸術」ではないということである。（略）思想は彼に真に羨むべき幸福な死を死なせた」

「三田文学」を創刊した元慶応義塾文科教授永井壮吉の生と死を、「私立の活計」という視点から論じている。江藤が拳拳服膺する「私立の活計」は文壇のはるか後輩だった中上健次に対するアドバイスにも変形された（『文学の現在』）。江藤は喧嘩っぱやい新進作家に向って、原稿料二、三ヶ月分を貯金しておくようにと言った。「そうじゃないと、おまえ喧嘩ちゃんとできないぞ」（対談「今、言葉は生きているか」）。「私立の活計」は文筆で立つ者の喧嘩作法でもあった。貯えがあるという金銭的支えによって、後顧の憂いなく論争を挑める。言いたいことが言える。貯えがなければ、喧嘩を存分には戦えないのが人間の常である。江藤にとって「私立の活計」とは、小は割りのいいアルバイトから、大は精神の自由にまで及ぶ人生の指針であった。

福沢の着流し姿の肖像画のかかる三田の演説館で江藤が初講演をしたのは昭和五十三年（一九七八）である。題目は「戦後の再検討」。言論人として江藤淳が孤立してゆくきっかけとなる無条件降伏論争の渦中の講演である。ポツダム宣言受諾がなぜ「無条件降伏」として戦後の日本に定着してしまったか、そこには欺瞞があったのではないか、という戦後体制への重大なる疑問の提起だった。

「この不可解な混乱を指摘したのが、歴史学者でもなければ国際法学者でもなく、私のような門外漢だったというのも、実はおかしな話です。なぜ私が敢えてこの問題を提起したのかというと、手前みそになりますが、私が慶応義塾の塾員〔卒業生のこと〕だからです。つまり独立自尊だと思っているからです。月給を棒に振るか、それとも自分の言いたいことを言うか、どっちか一つにしろと言われたら、私は自分の言いたい方を言いたいと思っております。言いたいことばかり言っていると、食うに困るかも知れません。

したがって私は、多少のものを貯えるようにしています。（笑）」

ここでも「私立の活計」を引いて、「精神の自由を守るだけの物質的な裏付けを必ず努力してつくっておきなさい」と、中上健次に言ったと同じ趣旨を聴衆に訴え、「自から心身を労して私立の活計を為す」人間を、「世間はこれを孤立させることはできても、絶対に滅ぼすことはできません」、それゆえ、「ちっとも恐れる必要がない」と鼓舞している。江藤の福沢観とは「大変激しい方」「光栄ある少数派」であり、「自分の主張を明晰に述べようとするあまり、時代の風潮、一時代のコンヴェンショナルな考え方に痛撃を加えるのを、少しもためらわなかった」、従って「敵も多かった」偶像破壊者であった。『福翁自伝』で、少年時代に神さまのお札を踏んだり、お稲荷様のご神体を棄ててもバチが当たらなかったと語る反抗的人間、実証的精神の福沢の姿である。

慶大生の江藤が福沢から学んだのは「私立の活計」以外にもあった。「三田文学」の仲間だった坂上弘は、当時の江藤が「福沢の文体が勝れていることを力説し」、福沢の文体にほれこんで、「雄弁術を学んでい」たと証言している（「義塾・文学・ちょっぴり福沢」「福澤研究センター通信」20号）。坂上は日比谷高校の後輩でもあったから、江藤の弁舌が自治会の議論をひっくり返すさまは承知していた。その弁論にさらに磨きをかけていたのだ。『学問のすゝめ』第十二編には、「学問の本趣意は、読書のみにあらずして、精神の働きにあり」とある。著作や読書は一人でもできるが、談話と演説は人がいて初めて成立する。「口上をもつて述ぶるの際におのづから味を生ずる」。そこに介在する「声」は江藤の文学論にとって大事なものとなっていく。

江藤は文壇デビューの翌昭和三十三年（一九五八）に、福沢を「散文家」としてクローズアップしている。書下ろし評論『作家は行動する』（講談社）と「近代散文の形成と挫折」（「文学」昭33・7）の二篇である。後者は大学一年の夏に書こうとした懸賞論文をプロトタイプとするものかもしれない。福沢は「現在までにわれわれの有するもっとも本格的な散文家」であり、『福翁自伝』は漱石登場以前のもっとも重要な「真の散文家の作品」と評価される。丸山眞男と江藤が同席した同年の座談会「福沢諭吉の文体と発想」（「文学」昭33・12）で、丸山は「この前、江藤さんともお話しした杉山平助の「文芸五十年史」ですか、あの中に日本の文学史が福沢を除外しているのを大いに慨嘆して」いることを話し、文学史から福沢がネグレクトされてしまう原因を、散文の地位が不当に低かったから、ということで二人の意見は一致をみている。

江藤の中には福沢が重要な地位を占める文学史が構想されていたと思われる。それは当然、「文学」という概念を近代文学史の狭い枠から解放することをも意味していた。慶応の文学部開設百年を記念して平成二年（一九九〇）に出た『三田の文人』という本がある。三田出身の多くの物書きが随筆、回想、論文を寄せた記念出版物である。その中で、江藤は「福沢諭吉の文体」を書いている。三田出身の最大の文学者は福沢である、というメッセージを託したと思われる本格的な論考である。例によって「私立の活計」が引用される。福沢の文章は「只の「文章」ではない」、「そのどれからも福沢の肉声が聴える」。『学問のすゝめ』は「漢文脈を平談俗語によって効果的に相対化」する文語体だが、明治初年代にあって、すでに「実質的な言文一致体」を実現している。西洋の文学史では小説家によって「文章」の打破がなされたが、福沢は明治の小説家が自由な文体を獲得する三十年も前に、近代文学の文体を用意していた、という評価である。

福沢晩年の著作『福翁自伝』は口述筆記に朱筆を入れたものだが、「俗語の活力を除かないよう配慮したという意味で、文字通りその肉声の集積ともいうべき特異な著作」であり、「全人格を賭けた身振りと声との結合」で、「生きつづけようという決意」（傍点は江藤）を演じてみせた、楽天と絶望の書であるとする。完成を見なかった江藤の「文学史」が書かれたならば、福沢は漱石と同じ比重を与えられたことであろう。

福沢諭吉がいかに巨大だといっても、所詮は歴史上の人物である。東大ではなく慶応に入った江藤の人生に大きな影響を与えた生身の人間が二人いる。一人は男性、一人は女性である。

女性は言うまでもなく『妻と私』の「妻」、一年H組の同級生となった三浦慶子である。大学卒業直後に二人は結婚する。その時の仲人は〝粋人教授〟として知られた三田文学会会長の奥野信太郎（慶大教授、中国文学者、随筆家）であった。奥野は「慶子さんは、ぼくの知るかぎり当時慶応に在学した女子学生のうち、一番うつくしいお嬢さんであった」と書いた（「婦人公論臨時増刊」昭36・10、奥野『中庭の食事』所収）。お仲人の文章であることを勘定に入れると、少し割引きして受け取る必要があるかもしれないが、「一番」ではないまでも、「うつくしいお嬢さん」だったことは間違いないであろう。

慶子夫人とは慶応女子高時代からの親友だった宮下敦子は、文学部に進学したがクラスは違っていた。それでも休み時間や放課後には頻繁に会っていたから、宮下さんは三浦慶子の江頭淳夫評を聞いている。「うちのクラスにヘンな人がいるのよ。終業ベルが鳴って授業が終わるところで、みんなザワザワしていると、そこで必ず手をあげて質問をするの。お休み時間が減っちゃうから迷惑で、あいつ何だ、とクラスでいっている。いやらしい人よ」

江藤得意の先生への質問攻撃は、大学に入っても相変わらず続いていた。ある種、悪目立ちだったので、慶子さんの脳裡に深く刻み込まれ、友人の宮下さんにたびたび報告していたのだ。

「ところが夏休みがすんだら、その同級生のことを言わなくなったのです。他の人が悪口を言っても、彼女は黙っている。「実は、つきあい始めたの」と言われたので、「いやな奴だと言ってたじゃないの」と聞いたら、「そういうこともあったわねぇ」でした。あれだけ文句を言ってたから、彼女からではなく、どちらかというと江藤さんの方からではないかと思うのですが。江藤さんはそうモテるタイプではないし、神経質だし。彼女はモテるタイプでした。スキーや山に行くときはグループでよく行きました」

一年H組でもピクニックに行く男女数人のグループができ、野猿峠や秩父といった東京近郊に出かけて行った。その中には江頭淳夫は入っていない。グループの一人だった井上忠仁はカマボコ兵舎の教室の最前列に二人が並んでいたのを強く記憶に留めている。

「男女七歳にして席を同じうせず、という戦前の教育がまだ色濃く残っていましたから、お二人の行動はある意味でうらやましかったです。愛という感情のままにサラッとストレートに行なっている。私は二人を応援団のように見守っていました。三浦さんはおっとりしていたが、優秀な方、江頭は畏れ多くて近寄りがたい秀才でしたが、物静かで、やや暗い感じの青年だったという記憶があります」

井上さんが記憶する教室内カップルの姿は、夏休み以降のことであろう。ためらうことなく「近代」を実践する江頭淳夫だった。

江頭淳夫と共に一年H組のクラス委員に選ばれた黒澤眞理子は、その仕事柄、江頭を身近に見ていた。この人は東大に行くとよかったタイプ、と黒澤さんは判断した。いつも顎をあげて、上を向いて歩いていると感じた。英語の授業での先生への質問は、質問自体が難解で、よくわからなかった。

「あの頃のカマボコ兵舎の教室は、一膳飯屋の長い椅子だったんです。委員同士の相談で横に座っていて、そのまま授業になると、その椅子がガタガタもの凄い音を立てる。それは貧乏ゆすりの音だったんです。

この人と一緒には座れないと、後ろに下がりました。

フランス語の授業は私がわからなくて困ってたら、三浦さんが教えてくれた。それで私はフランス語の授業では三浦さんの隣りに座るようになりました。その時、彼女が斜め前の彼をうっとりと見ていたのを覚えています。難問で先生を困らすのを、なんて頭のいい人だろうと感心していたのでしょう。私たちみたいな跳《は》ねっかえりと違い、三浦さんはおっとりして、甘い声でゆったり喋る。ちょっと観音さまのような人でした。男性の好みも違うんだなあと」

三浦家の戦後も「喪失」だった

当時のクラス写真やピクニックでの写真を見ると、三浦慶子は目鼻立ちこそくっきりして華やかな顔立ちなのだが、どこかに暗い翳を宿している。「文芸評論家江藤淳氏夫人」となってからは、婦人雑誌で着物モデル等として登場して、それが様になっていた。そうした令夫人におさまる気配は、大学一年の写真からは感じられない。

黒澤さんは、たまたま江頭淳夫の家庭環境を知っていた。

「江藤さんはお母さんを早くに亡くされて、義理のお母さんとはうまくやっていけず、部屋に引きこもっていた子供だったと聞いていたんです。江藤さんは三浦さんの母性を慕って、それで強く結びついたのでしょう」

三浦慶子も実母を亡くし、義母とは必ずしもうまくいっていなかった。慶子の父は元内務官僚の三浦直彦である。敗戦時には関東局総長という要職にあった植民地行政の大物官僚だった。満洲国の首都新京にあった三浦家は、日本から漫遊に訪れる画家たちが長期滞在することが多かった。「慶子夫人が小さい頃、大連あるいは新京の官舎に、多くの文人画家達が訪れたということ。なかには、淡谷のり子や李香蘭らがいたという」（山田潤治「三浦直彦についての研究ノート」「大正大学研究紀要」98号）。三浦直彦はもともと革新官僚の系譜に属し、内務省で健康保険制度などに取り組んでいた。犬養首相が暗殺された五・一五事件の余波で左遷され、植民地に新たな活路を求めた。慶子は末娘として大事に育てられてきたが、敗戦で事情が一変する。江藤は「日本と私」で、三浦慶子の混乱期のエピソードを記している。

「終戦の何日か前に、家内は母や姉と女子供ばかりの避難民にまじって満洲から朝鮮経由で引揚げようとしたが、平壌で終戦になって学校の講堂を転用した収容所に入れられた。（略）衛生状態も食べるものも悪いので、病人が次から次に出てついに女子供ばかりの難民団の半分以上が死んでしまった。朝起きてみると、隣に寝ていた人が冷くなっているのにもあまりおどろかなくなって、小学生だった家内は毎日お葬式ゴッコをして遊んでいた。（略）家内が母や姉につれられて、夜にまぎれて収容所を脱走したのは、そのままじっとしていたら助からないと思ったからにちがいない。この母子は幸い三十八度線をこしたところでアメリカ軍に救助された。家内の母は日本に帰ってから数年後に死んでしまった」

江頭家も三浦家も、敗戦で「獲得」するものは何もなく、戦後とは「喪失」の時代であることを骨の髄まで経験した家であった。江藤は自筆年譜で三浦直彦の死（昭和四十七年）を「岳父の葬儀に参列、義兄らに従って正三位の位記を捧げ持つ」と大時代に記している。

自筆年譜の昭和二十八年の項には、慶大一年の時の英語の先生が出てくる。江頭淳夫が質問責めにした先生たちであろう。「日吉にて藤井昇、大橋吉之輔両先生の知遇を得る。藤井先生はラテン語専攻で英語を教えに来ておられ、大橋先生はアメリカ文学専攻でクラス担任であった」。その藤井先生は『江藤淳著作集』の月報で若き日の江藤夫妻を描いている。

「「母」といえば、江藤夫人がいまだ令嬢であられた頃、畏友大橋吉之輔君が彼女を評して、「すごく maternal なひとなんだ」と羨しげに私に語ったことが思い出される。（略）あの日吉の丘に、たとえ母なる処女神アルテミス〔慶子夫人のこと〕が現われなかったとしても、わがゼウス〔江藤淳のこと〕の額からは鋭い批評の剣がつぎつぎと生まれたであろう。だが、その笑顔は、度重なる転居を経て、なお amiable でありえただろうか」

三浦慶子に「母性」を感知した人は少なくなかった。他ならぬ江藤淳が、そのことを強く意識していた。二年生になってから同人誌に発表した小品「薔薇の笑い」（「Pureté」2号）には、突然の喀血におびえ、不吉な予感の中にいる恋人たちが登場する。

「突然、彼女が彼のひざに手をかけていった。

「ねえ、銀座に行こう」

大きな眼をほそめて、彼女は時としてみせるあの眩しいように女を感じさせる微笑をうかべていた。

「銀座に行こう、ね？」

その声のさりげなさに言葉をうばわれた彼は、殆ど無意識のうちにうなずくと、急に、傷ついた野獣に似た叫びをあげて、花びらのような、いい匂いのする彼女の身体に飛びついた。彼の嚙みしめた唇から、うなるような嗚咽の声がきこえた。彼女は、恋人の髪を、玩具をいじっている子供のような無心な表情で撫でながら、彼の声の中に悲愴なマドリガルの旋律をききとっていた。彼女の優しい声がいった。

「地下鉄に乗って行こう。ね？」

彼らの愛の最初の頃、彼女は丁度このようにして彼の髪を撫でたことがあった。彼はその愛撫から遠い昔の、母親の抱擁を思い出すことが出来た。彼女は、自分が急に大人になって行くような、息苦しい快楽を痛いように感じていた。彼女には、それはもうずっと昔――まだ生れていない頃の思い出のような淡い姿で想われるのであった」

「彼」の中で、若くして死んだ「母親」と「彼女」が二重写しとなり、「彼女」は官能的な記憶の中で、現世と前世を往復する。このヒロインの名は「裕子」と書き、「ユウコ」と呼ばれている。江藤が次に同人誌に書く小説「沈丁花のある風景」では、ヒロインは「裕子」のままだが、「ヒロコ」と呼び名が変わる。「ヒロコ」だと江藤の生母の名「廣子」と同じ音になる。塩谷昌弘は「江藤淳生成――「沈丁花のある風景」の意味――」(「日本近代文学館北海道支部会報」10号)という論文で、その点に注意をうながしている。江藤淳の「母恋い」の証拠として。塩谷の見方にさらに付け加えるとすると、母は「江頭廣子」であって、「江頭広子」と書かれることはなかった。江頭廣子の「廣」と三浦慶子の「慶」は視覚的には通じ合いもする。

小説「沈丁花のある風景」のヒロインは川崎裕子であり、主人公は筒井順一である。二人はブルジョア子弟が多く通う創立百年に近い大学の英文科二年生で、「ひそかに婚約している」という間柄である。「筒井順一は、裕子と並ぶと弟のようにしか見えない、小柄で、いかにも虚弱そうな青年である。美しくはないが、笑うと子供っぽい魅力があって、その唇は肉感的に厚い。彼は文学の教授志望で、秀才だという評判があった。彼に求愛したのはむしろ裕子の方である。(略)裕子達の恋は、やがて一年になろうとしている。順一が卒業して、職を得なければ、彼らは結婚出来ないのであった」

一年生の時の級友たちの観察では意見が割れたが、小説の中では、「求愛したのはむしろ裕子の方である」と書かれている。そう断定していいのかは留保がつくが、小説はかなり現実の大学生活や人間関係を取り込んで書かれている。この同人誌「位置」はおもにキャンパス内で売られていた。「江藤淳」というペンネームが使われているにしても、ずいぶん思い切った設定になっている。「江藤淳」=「江頭淳夫」=「筒井順一」として読んだ方がむしろ興味を搔き立てる、とも言える。

「沈丁花のある風景」は書き手の視点が目まぐるしく変わる、実験的な作品である。そのため、「筒井順一」=「江頭淳夫」が級友の目にはどう映っていたかも、小説の中には描かれることになる。「この坊っちゃん臭い秀才ほど、つきあいにくい奴はいない。妙に人なつこくて、妙に冷たい」といったように。

小説だから、虚構も当然ある。わかりやすいところでは「順一」と「裕子」が二人とも英文科生になっているところだ。慶応の文学部は二年生から三田のキャンパスとなり、専攻学科に分かれる。三浦慶子は仏文科に進学したが、江頭淳夫は当初の仏文科志望から、英文科に行き先を変えた。自筆年譜には、志望変更の理由が書かれている。

「藤井先生より英文学専攻をすすめられ、これにしたがう。吉田健一『英国の文学』で英文学の魅力に開眼していたためと、休学したので仏文志望の日比谷高校の友人たちに置いて行かれたと感じていたためである」

随筆や対談などでも、受験の時には仏文科志望だったと必ず書いたり、話したりしている。であるから当然、自筆年譜の記述を疑ったりはしなかった。気になったのは『なつかしい本の話』での微妙な書き方であった。

藤井昇先生は江藤に、「君はまア仏文へ行っても、やって行けることはやって行けるだろうけれども、どちらかというと英文のほうが向いているんじゃないかな」と縷々《るる》説明をする。江藤は素直に先生の意見に従う。その時、藤井先生が意味ありげな、予言的言い方をしたように書かれているのだ。

「ただし、……ぼくがそういったからって、なんの〔将来の身分〕保証もありませんよ。（略）かりに英文科がつまらなくたって、英文学は面白いからね」

第十三章　隠蔽される主任教授「西脇順三郎」の名前

慶応大学二年進学時に、当初の予定だった仏文科志望をやめ、英文科へと変更したことは、江頭淳夫の人生行路を大きく歪めることになる。「文学の教授」志望という本人の野心は、四年後には不本意な形で決着する。指導教授との関係がこじれ、大学院をやめざるを得なくなるのだ。この挫折は、大学在学中に『夏目漱石』を出版した有望な新人「江藤淳」を、否も応もなくフリーランスの文芸評論家という「私立の活計」へと追い込んでゆく。福沢諭吉仕込みの生き方を実践するしかなくなるのだ。

先を急ぎ過ぎた。英文科時代の四年間は、江藤淳の人生にとってもっとも濃密な時期であるから、しばらく立ち止まって検討しなければならない。仏文から英文への志望変更は自筆年譜では、藤井昇先生の勧め、吉田健一『英国の文学』などの理由を挙げていた。

文学部以外は眼中になかった江藤は、受験科目に数学がある東大は予想通り落ちて、もう一つだけ受験した慶応の文学部に入った。「慶応を受けたのは数学がないのと、従兄に慶応の学生多く、親近感があったためである」と自筆年譜にはある。慶応の試験に備えて、『学問のすゝめ』と『福翁自伝』をせっかく読んだのに、面接の口頭試問では福沢に関する質問がなかったことは前章に記した。試験官の教授から聞かれたのは志望学科だった。仏文科ですと答えると、「塾の仏文科にどんな先生がおられるか、君は知っているかね」と尋ねられる。

「私はますますあがって、とっさに、

「サルトル研究の白井浩司先生がいらっしゃいます」

といった。白髪の紳士は、

「そのほかには？」

とたたみかけた。

「さあ……」

といいかけたまま、私は言葉を探したが、どうしても知っていたはずの名前が思い出せない。（略）

「君、白井君などはまだ若手だよ。塾の仏文科にはもっと偉い先生が何人もおられる。たとえば佐藤朔さんとか……」」（「佐藤新塾長のこと」「三田評論」昭44・7）

二人の試験官のうち、質問をせずにニコニコしていたのが当の佐藤朔教授だったというのがオチである。江藤の仏文志望が具体的に書かれていて、サルトルを研究するつもりだったと推定できる。英訳で読んだサルトル『ボードレール』論の影響圏内にいたのだろう。目の前の佐藤教授が『ボードレール』論の邦訳を出すのは三年先である。

このエッセイには、「あがっていたからなにを訊かれたか、一々覚えていないが」という留保がついているから、これが口頭試問のすべてではない。「朔先生には身に備った人徳があり、はたで見ていると仏文科には卒業生も含めてさながら「佐藤塾」とでもいうような温い雰囲気がただよっていた」ともある。これは言外に「私の出た英文科には温い雰囲気がなかった」と告白しているに等しい。慶応関係者が読む月刊誌「三田評論」で、こんなことを書いてしまうのが江藤淳らしい。

「三田評論」の随筆は連載物で、その第一回（昭44・4）は「劣情について」という刺激的なタイトルだった。折りからの大学紛争を入口に、「大学という場所そのものに、他の社会には見られないような劣情を蓄積する装置が仕掛けられている」と書き始める。

「世間の劣情が刺戟されているのだから、もちろん私の劣情も刺戟されている。三田の山は、私にとってこの上なくなつかしい場所のひとつであるが、だれでも多少はそうであるように、私も多分そこでいくつかの傷を受けているにちがいない。よその大学の騒動の話を聞いているうちにも、その傷が少しづつうずき出す。そして私は、そのうずきが劣情に変化しないうちに、いそいで記憶のある部分に蓋をしようとする。蓋はしばらく長火鉢の銅壺の蓋みたいな音を立てているが、やがて静かになり、三田の山は、私の記憶の中で、「丘の上」の歌詞にあるような秋の——それとも春だろうか？——清澄さを取戻すという寸法である」

書斎で原稿用紙に向かっている江藤淳の「蓋」は明らかに音を立てている。蓋が開いたなら、そこには一人の老教授のノーブルな顔が浮かび出る。英文科の主任教授であり、萩原朔太郎と並ぶ近代日本最高の詩人であり、ノーベル文学賞候補にもなる西脇順三郎である。

江藤淳が原稿用紙に「西脇順三郎」という字を書き記したことは、生涯を通じて極端に少ない。その数少ないケースが、日経新聞に連載された随筆「西御門雑記」にある。東工大教授だった江藤は「文学」の講義を持っていた。授業の中では、日本の詩を朗読して聞かせていた。

「早い話が、もし私が西脇順三郎の、中野重治の、伊東静雄や三好達治の詩を取り上げて、その美しさを語って聞かせなければ、先端技術の専門家たらんと志している私の学生の大部分は、一生詩歌に親しむよろこびを知らずに終ってしまうかも知れないからである」（『理工系大の人文社会科学』）

さりげなく書かれているので、見過ごしかねないが、ここに西脇の名が書かれている。西脇以外の名は、江藤が愛誦していることを公言してきた詩人たちである。中野の詩「雨の降る品川駅」を講義で朗読した時には、「ある感動が胸に迫って一瞬読みつづけられなく」なったこともある（『昭和の文人』）。伊東の詩集『反響』は絶望に襲われていた少年の日の江藤を救済してくれた。ここには名が挙がっていないが、中原中也や萩原朔太郎や北原白秋によく言及してきた。それらの詩人をさし措いて、西脇の名が突然トップに躍り出ている。

この原稿が書かれたのは昭和五十八年（一九八三）二月で、その前年六月に、西脇は八十八歳の大往生を遂げていた。いくつもの雑誌が追悼号を出し、追悼記事が新聞や雑誌に溢れ、『回想の西脇順三郎』という本も出た。それらに江藤の追悼文が載ることはなかった。西脇と江藤という師弟関係が犬猿の仲だったことは周知の事実だったからだ。その江藤が日経新聞の連載随筆で、西脇の名を詩人たちのトップに置いた。「詩人」西脇順三郎への江藤なりの追悼であった。

西脇の名を記したもう一つの例が「三田文学」（平8夏）にある。佐藤朔追悼の文章で、例によって受験の面接で名前を失念したことを回想した一文だが、最後に西脇の名が出てくる。佐藤朔先生が「イエール大学大学院から私の所に来ていた訪問研究員に会って下さり、西脇順三郎と日本のモダニズムの話をして下さったこともあった」。佐藤朔は西脇門下として出発し、フランス文学へと進んだ学者だった。

ここで驚くのは、江藤が西脇を研究する米人学者を引き受けたという事実だ。エドウィン・マクレラン教授が江藤のもとに送り込んできた研究者は、アメリカの日本文学研究を牽引しているといっていい。村上春樹を翻訳しているジェイ・ルービン、コロンビア大学教授のポール・アンドラなどがいる。彼らの研究対象は、漱石や谷崎、有島武郎や徳田秋声といった江藤が深く関心を寄せる作家たちであった。江藤が晩年になって、その中に西脇研究者を含めたのである。西脇のテキストをみっちり読み込んで、指導することを厭わなかったわけだ。

三田の「マンモス」たち

中上健次との対談で、「僕の大学時代の先生だった西脇順三郎が」と話し出すのは、昭和の終わりである。西脇があるパーティで見かけた作家の佐多稲子を料亭の女将《おかみ》と勘違いした話を披露している。

「西脇さんという人は、モダニズムだから、［プロレタリア作家の］佐多稲子も中野重治も知らないんですよ。（略）だけど勘はよかった。料亭の女将で、あんなきれいな人はいないと。あんな教養ありげの女将は、どこの料亭の人だ。こんど連れて行ってくれったって、行くわけにいきませんよね。あれは作家だと言ったら、作家に佐多稲子というのがいたかねって言ったって言うの。いいでしょう、これちょっと（笑）」（『文学の現在』）

恩讐の彼方という感じで、西脇先生の奇人ぶりを愉しんでいる。この逸話は文芸評論家の山本健吉から直接聞いたか、鍵谷幸信（英文科の四年先輩）の回想文を読むかして膨らませて作っている。銅壺の「蓋」はもう音を立てなくなっている。

「劣情について」を書いた昭和四十四年の講演「英語と私」にさかのぼると、「蓋」はかなりの音を立てていた。英語関係者に向けた講演で、慶応の英文科は「まことに退屈なところ」で、「出身校の悪口をいいたくはありませんが、慶応の英文科を通りすぎても英語は少しも上達しなかった」と聴衆の笑いを誘っている。役に立つ講義はあったが、近代英文学では収穫がなかった。卒業アルバムで、西脇教授が英文科生の写真の脇に英詩を寄せているが、卒業生は「those barren leaves」になっていて、「自分も一葉の不毛な病葉《わくらば》なのかと思うと、あんまりいい気持はしないのですが」と反撥している。

西脇存命中の江藤の文章で、西脇の名が出てくるのは、自伝『なつかしい本の話』の一節である。江藤が入学した当時の慶応文科の陣容を描いた部分だ。

「入れ替りといったようなかたちで亡くなってしまったので、折口信夫先生の謦咳に接することはできなかったが、そのころの三田には幾人もの巨大な存在が、いわばマンモスのように悠々と草を喰んでいた。奥野信太郎、西脇順三郎、厨川文夫、佐藤朔というような名前が、ここでは生身の教授たちの姿に化身して、私たちに接することになっているのであった」

江藤が受験を慶応文科一本にしぼっていた事情はこのへんにあったのではないか。「数学がない」という条件ならば、早稲田でも学習院でもよかった。日比谷の近研の仲間だった篠沢秀夫は、鈴木力衛教授のいる学習院仏文科に進んだ。立原道造と堀辰雄の魅力を江藤に教えた安藤元雄は、英語ではなくフランス語で受験して東大に入った。近研の仲間だった佐藤純彌、萩野弘巳、井村順一らは江藤が休学中に、一足早く東大に入っている。文化的な最新情報に敏感で、生意気な日比谷高校生が漫然と進学先を選ぶはずはなく、「従兄に慶応の学生多く、親近感があった」という理由は薄弱である。面接で仏文科志望を明言したことは間違いないにしても、仏文一本だったかというのは疑わしい。そこまで強固な志望が一年で簡単にひっくり返るとは思えないからだ。仏文か英文か、まだ決めかねていたのではないだろうか。

渡辺一夫の本を読み、渡辺教授に習いたくて東大に進んだ井村さんは、「江藤は西脇先生の謦咳に接したいという気持があったと思う」と語った。日比谷時代に江藤から西脇順三郎の名前をなんべんも聞かされていたからだ。

「三田のマンモス」のうちで、折口信夫（釈迢空）については、堀辰雄経由で、『死者の書』『古代研究』の偉大さを知っていただろう。しかし、江藤の中に日本文学を研究するという選択肢はこの頃はまったくない。奥野信太郎の中国文学もしかりだ。奥野はジャーナリズムで活躍していたから、高校生でも名前は知っていたろうが、江藤の視野には入っていない。厨川文夫はアカデミズムに籠る碩学であり、その巨大さを知るのは慶応に入ってからだ。「マンモス」の中で残る名前は西脇と佐藤朔である。

この二人の名前を江藤に強く印象づけた本があった。春山行夫の『現代世界文学概観』である。昭和十六年に新潮文庫から出た世界文学案内で、江藤は古本屋でたまたま入手し、この本によってプルーストやカフカといった二十世紀文学の世界に導かれた。江藤淳に世界文学の知識を与えた本である。今読んでも大変よくできた入門書で、日米開戦の五ヶ月前に出た本とは思えない、世界に開かれた書物である。巻末には邦文の研究書が紹介されているが、その数はごく少ない。ここに二人の名前がある。西脇の『現代英吉利文学』と『ヨーロッパ文学』、佐藤朔の『フランス文学素描』である。江藤は高校時代に京大に行こうと考えたことがあるが、伊吹武彦『近代仏蘭西文学の展望』、深瀬基寛『現代英文学の課題』と、二人の著名な京大教授の本が紹介されているのを見ると、京大志望もこの本に関係していそうだ。

第一書房の編集者で、文化雑誌「セルパン」で世界のカルチャー事情を紹介した春山行夫は、西脇の前記の著書も編集している。雑誌「詩と詩論」では、西脇が毎号巻頭で執筆した。イギリス留学中にモダニズム文学の最前線を身をもって経験した西脇は、モダニスト春山にとっては御本尊の如き存在であった。

英文科で江藤の同級生だった中新井《なかあらい》桂一郎は、江藤に教えられて『ヨーロッパ文学』など西脇の著作を図書館で読んだという。昭和八年に第一書房から出た『ヨーロッパ文学』は、菊判八百頁近くもある大著である。長短四十本余りのエッセイで構成され、やや雑然とした本だが、その指し示す世界は広大である。宣伝コピーには「我が国の新文学に決定的方向を与へる驚異的指導書!! 文学の思考に画期的変革を齎す時代のパイロット!!」とある。批評文として読むと大まかな感じは否めないが、西脇が蔵する文学の知識とその鑑賞能力には圧倒される。『ヨーロッパ文学』など西脇の著作を江藤が読んだのは、高校の時か、慶応に入ってからかは断定する材料を持たない。吉田健一の『英国の文学』よりは、さらに広い射程をおさめ、時代と地域を拡げていて、「マンモス」西脇の存在は英文科志望（あるいは志望変更）の大きな要因だったはずだが、それを江藤は「自筆年譜」などの記述で隠蔽したのだろう。西脇に学ぶべく慶応英文科に行ったのに、当の西脇に相手にされませんでしたでは、江藤淳の自尊心が許さないからだ。

江藤と西脇の複雑な関係を考える手がかりとして、大学一年の時の江藤の「創作ノート」がある。「大正大学研究紀要」九十一輯に山田潤治が翻刻したもので、山田の解説によると、「堀辰雄に関するノート」「ジョイスの恋愛詩」「〝K・マンスフィールド〟ノート」「長谷川潔論」と詩一篇からなり、「江藤淳の本質が凝縮されている」創作ノートである。

「堀辰雄に関するノート」は小説創作のためのデッサンで、ラディゲ『ドルジェル伯の舞踏会』や堀辰雄『聖家族』を検討しながら、自作の小説の設定をあれこれ探っている。江藤の後年の作品『一族再会』『昭和の文人』を想起させる記述が多く、江藤が一貫して関心を持続させていたテーマがここにあったことがわかる。

「長谷川潔論」はパリ在住の銅板画家を『ふらんす物語』の永井荷風や藤田嗣治と対比させながら論じた力編である。「時間と永遠が際会し、ことばが沈黙と接点をなす時を、ぼくらは「死」と名づけている」、「長谷川の芸術の厳しさは、こんな、死を経験したもののきびしさである」といった江藤の生涯を貫く「ことばと沈黙」というテーマが既に書き込まれている。ここにも生涯の関心の持続と一貫性が露わで、江藤淳という文学者の第一主題が提示されている。

当時、長谷川潔は日本ではほとんど知られていなかった。長谷川の日本初の個展は、この年昭和二十八年七月六日から十一日まで銀座のサエグサ画廊で開かれた（「美術手帖」昭28・9）。展覧会場に通ってじっくりと鑑賞した末の論考であろう。サエグサ画廊は未来の妻となる一年H組の同級生三浦慶子の父親・三浦直彦が経営する画廊であった。江藤がなぜ長谷川潔展に行ったかは不明である。パリ風景か、銅版画への興味か、それとも三浦慶子からの誘いだったか。偶然、会場で三浦慶子に出会ったのかもしれない。いずれにしても、この頃を境に、二人は単なるクラスメイトという関係ではなくなっていったのではないか。

「創作ノート」の分析から少し脱線してしまった。ノートを無理矢理分類してみると、堀辰雄と長谷川潔はフランス系であり、残る二つがイギリス系である。江藤の関心は英仏双方に向かっている。

「ジョイスの恋愛詩」は、二十世紀文学の巨匠ジェームズ・ジョイスが、小説を書く前に書いた詩集『室内楽』を自分で試訳しながら書かれている。その自分だけの発見に昂揚する感じがよく出ている。「ユリシーズの作家は、散文の筆をとる前に、先づ繊細な抒情詩人だった。これはぼくらの多くがあまり知らないことかも知れぬ。そんな頃——彼が、二十四、五才のころの美しい詩集をぼくはふとしたはづみで手にいれた。これから紹介しようと思うのはその詩集のことである。／この他にも、ジョイスは詩を書いていたのか、それが別の詩集に編まれているのか、ぼくはなにも知らない。だが、そんなことより、まず、この「室内楽」に耳を傾けた方がいい」

英詩のリズムや旋律に細心の注意を払いながら、江藤は「詩人の内部の歌声」を聴き取っていく。

大地と大気の中に秘められた絃が
優しい音楽をかなでる
柳の葉をかわす河の畔に
たてごとの絃が秘められている

河のほとりに楽の音がきこえる
かしこ外套に蒼ざめた花をかざり
髪に濃緑の木の葉をつけて
「愛」のさすらうあたりに

すべてのものは音楽にうなだれ

しづかにかなでうたう
そして両の手の指は
たてごとの上をさまよう

『室内楽』冒頭の江藤訳である。三十六篇の恋愛詩をとびとびに訳しながら、江藤は「期待をよろこびに、歓喜を悲しみに、悲哀を追憶へと変質させて行く、おそろしい魔術師、「時間」のうたを」聴いている。ノートはしかし、第五篇の詩までで未完になっている。江藤の興味が別の作家へと心変わりしたからとも考えられるが、それ以上に考えられる事情がある。『室内楽』は昭和八年に、他のジョイスの詩とともに邦訳され、『ヂオイス詩集』として第一書房から出ていたのだ。訳者はといえば、西脇順三郎である。
若き江藤淳の鼻をへし折る訳業が、戦争を間にはさんで、二十年も前に西脇教授の手でなされていた。本邦初訳の栄光は奪われたのだった。冒頭部分の西脇訳は以下である。

絃は地にも空にも
　美はしい音楽をかなでる、
河べりに絃はまた
　柳がすれ合ふところにも。

音楽が河に沿うて聞えるのは
　愛の神がそこをさまよふから、
彼の外衣《マント》の上には淡い花をつけ

彼の頭髪には暗い葉をつけて。
真にひそかに、かなでる
頭は調《しら》べに項垂れて、
指はさまようて
楽器の上を。

西脇が訳詩集を出すのは、昭和二十七年のエリオット『荒地』までない。戦前の西脇唯一の訳詩集が『ヂオイス詩集』であった。

江藤と西脇の愛誦する英詩人は重なっている。その当時の詩人で二人ともが一番高く評価していたのは、ディラン・トマスだった。江藤の小説「沈丁花のある風景」では、英文科生の主人公はジョン・キーツの長詩「エンデイミオン」を少しずつ訳し、かたわらキーツの評伝を原書で読んでいる。キーツと西脇の因縁はあまりにも有名である。やはり昭和八年に刊行され、西脇の名を轟かせた第一詩集『Ambarvalia』(アムバルワリア)でもっとも人口に膾炙する三行詩「天気」は、キーツ抜きにはありえない作品である。

「(覆《くつがへ》された宝石)のやうな朝
何人か戸口にて誰かとさゝやく
それは神の生誕の日。」

この「(覆された宝石)」こそはキーツの「エンデイミオン」から引用してきた詩語である。引用であると明示するために、西脇はわざわざ( )を使用したのだった。

強奪される「宝物」

「ジョイスの恋愛詩」の次に創作ノートに書かれた論文は同人誌「Pureté」創刊号（昭29・5）に発表された。「Pureté」は日比谷時代のライバルで、東大に進んだ安藤元雄が中心になった同人誌である。江藤は安藤に誘われて同人に加わった。同人には千葉大医学部の学生だった多田富雄（後の東大医学部教授。免疫学者、新作能作家）もいた。多田は江藤の評論に瞠目した。

「私はこの評論を読んでほとんど打ちのめされたように茫然としてしまった。何というとぎすまされた感性であろうか。それをすっぽりと包んでいる夕暮れのような孤独感。そして死の予感。乱雑にその日その日を生きていた、壮健な体だけを持った田舎の文学青年［多田自身のこと］とは比べものにならない完成した文体だった」（「夕暮れの終り」「新潮」平11・10）

江藤が論じたキャサリン・マンスフィールドは植民地ニュージーランドに生まれ、ヨーロッパに留学して傷つき、「生と死の割れ目から」短篇小説を生み出した、マイナーな女流作家である。「同時代の偉大な作家や思想家達、ジョイスや、ウィンダム・ルイスや、T・E・ヒューム」は「時代精神の使徒」として「問題」を提起したが、マンスフィールドは「決して問題小説は書くまいと決心した」作家だった。

「最も非思想的な作家の一人、マンスフィールドは、恐らく自らも意識せずに現代の最も思想的な課題をテーマにしていたのだ。彼女は、異常に鋭敏な病弱であった女性の感性でそれを捕えた——即ち自らの中に胚芽を持っていた「死」を通じて、現代の世界におおいかぶさっている「死」を観、自らの郷愁を通じて、崩壊せんとする機械文明に汚されていない時代への郷愁を描いたのであった」

江藤はマンスフィールドの短篇小説のみならず、日記を「傑作」と評価している。死後に刊行された「日記と書簡」は有名なのだが、「赤裸々に二十世紀の病患の代表者としての自己」をさらけ出している日記に注目し、彼女の短篇は生命の長い「佳作」だが、日記は疑いもない「傑作」であると書いた。「マンスフィールド覚書」は雑誌「詩学」(昭29・7)の同人雑誌評で取り上げられた。「珍しく広い展望に立った本格的な作家論である」と評価された。この時、江藤の論と並べられているのが、中島可一郎「ニシワキ・ジュンザブロウ論」である。まったくの偶然のなせるわざだが、西脇との因縁は、こんなところにも顔を出している。

西脇の『ヨーロッパ文学』は江藤がいうところの「問題」を提起したジョイス、ヒュームやT・S・エリオット、D・H・ロレンスに多くの頁が割かれている。マンスフィールドは一ヶ所に名前が出てくるだけで、ほとんど無視である。その扱いは当然ともいえる。ところが、この頃、西脇はマンスフィールドにさかんに言及するようになっていた。英文学徒の必読誌である研究社の雑誌「英語青年」に西脇はエッセイを連載していたが(担当編集者は外山滋比古)、そこで頻繁にマンスフィールドを称揚した。というのは一九五一年(昭和二十六年)に夫であるミドルトン・マリ宛ての書簡集が出て、西脇は読んだのだ。「全く個人的な実際の手紙であるが直ちに世界最大な恋愛文学といってもよい」、「これ等の手紙は、一大文学である。人間の心に直接にふれるような気がする」と何度も褒め上げている。連載を中心に本にした西脇の『メモリとヴィジョン』では八ヶ所で言及されている。しょっちゅう同じようなことを書いてしまうのは、西脇がノンシャランな書き手だったということも手伝ってはいる。ある回では、「このひとは小説家としては特に大なるものが書けなかったが」といった文句も入っている。

江藤がこの書簡集を入手できたかどうか定かではないが、江藤はマンスフィールドの短篇と日記を評価していた。手紙への言及はない。偏愛するマイナーな女流作家に関して、思いもかけないことに西脇が突然、評価を改めたことを知って、江藤はどう思ったか。ありがたい援軍の登場と感じたか、自分の宝物を強奪していかれるような不快感に襲われたか。

若き英文学徒の江藤にとって、西脇順三郎は、ただただ尊敬に値する巨大な存在では片づけられない。感受性の重なり合う部分が余計に摩擦を起こしかねない、厄介な巨人でもあった。江藤は一方で「巨大なマンモス」として尊敬して眺めつつ、年の差も立場の相違も越えて、不遜にもライバル視してもいたのではなかったろうか。

一年H組の級友たちは、江頭淳夫は英文科に進学すると感じていた。英語の授業での執拗な質問攻撃の姿が目に焼き付いていたからだろう。英語の成績も抜群だった。

江藤は亡くなる前年のインタビュー「文士の勘で政治家を斬る」（「正論」平10・3）で、まったく意外なことを語っている。二年生に進級する前に、経済学部への転部を考えたというのだ。

「慶応というのは、文系では経済学部が一番威張っているんです。一番秀才が行くと思っている。文学部は、だめなのが来ているところ。（略）私はべつに経済をやろうと思ったわけでもないんですけれど、しょっちゅうケンカをしていた父の顔を見ていまして、このへんで親孝行をしてやろうかなと思ったんですね。／それで父に、「幸い成績は悪くないので、経済学部へ代わろうと思ったら代われる。もしお父さんが経済学部へ代われというなら、代わります」といったんですよ。そうしたら、「このバカ野郎！　お前みたいなやつを雇う銀行や会社があるもんか。かりに間違って雇っても三日でクビになるに決まっている。好きなことをやっていればいいよ。よけいなことは考えるな」と叱られました」

文学一直線でここまで来た江藤の気の迷いはなんだったのか。父親に一喝されただけで引っ込めてしまう程度の提案である。それも決定の下駄を父親に委ねてしまっている。グラついてきた志望を、むしろ父の叱咤で立て直そうとしていたとしか思えない。

江藤が人生計画通りに慶応で「文学の教授」になるには、まだあと学部の三年間、大学院修士課程の二年間が必要だった。実力があって、運がよければ、すぐに助手に採用され、海外留学へと道は開かれる。必ずしもそんな風に順風満帆とはいかないことの方が多い。江藤に英文科行きを勧めた藤井昇先生自身がまだ頼りない状態だった。

「ただし、……ぼくがそういったからって、なんの保証もありませんよ。ぼくの学校での身分は通信教育部のインストラクターで、日吉の非常勤講師にすぎないんだからね。無責任のようだけれどね」(『なつかしい本の話』)

藤井先生と同じ立場に置かれるとすると、いつになったら経済的に一人立ちできるかわからない。定年間近の父、病気の義母、まだ小さい腹違いの妹弟。若くしてすでに、「文学」を生活者の視点によって相対化することを知っていた江藤にとっては、身を食むような不安があったことは容易に想像できる。順調に「文学の教授」になれるだろうか。

江藤よりも英文科で二年先輩の安東伸介は、修士課程修了と同時に英文科の助手に採用され、やがて留学し、英文科の主任教授となるという、江藤が思い描いた通りの人生を歩んだ学者だった。その安東が慶応大学を定年退職する際の最終講義「慶応義塾六十年」(安東『ミメーシスの詩学』所収)で西脇順三郎という人を語っている。その前に安東について、もう少し説明しておく。江藤と対比してみると、その「文化資本」の差が歴然とするからだ。

安東は江藤と同年の昭和七年生まれ。江藤は病気で二年遅れたが、安東は慶応幼稚舎からの生粋の慶応育ちだった。慶応普通部(中学)の同級生だった林光(作曲家)によると、英語は得意、ピアノも得意、「ベートーヴェンのソナタを弾くことを通して、音楽というものの奥底へじぶんの力で入り込んでいこうとしていた」(「もう電話はかかってこない」「英語青年」平14・8)。慶応高校の演劇部では、後の劇団四季のメンバー、浅利慶太、日下武史と一緒だった(ミュージカル「キャッツ」は、安東訳の台本で上演される)。

若くして「未来の塾長候補」とも目されたのが安東伸介だった。

江藤の書斎に「三田英文学」第二号という英文科生の雑誌が残っていた。昭和二十八年十二月発行で、江藤はまだ一年生である。ガリ版刷りだが、巻頭は西脇教授の「クリストファー・フライ」論で、あとは学部生たちの論考と翻訳である。江藤が大好きなマンスフィールドの作品「初めての舞踏会」(飯島敏宏訳)もある。三年の安東伸介だけは日本語ではなく、英文で「T・E・ヒューム論」を書いていた。

安東は最終講義で、英文科の最初のガイダンスでの西脇先生の浮世離れを語っている。音楽学校(芸大)に入ったと思って、「さしあたって君達は、ピアノ一台分、本を買い給え」と言い放ったのだ。ピアノは当時は高価だったから、新入社員の年収以上に相当する。

「西脇先生という方は、もともと新潟の素封家にお生まれになったのですが、それにしても非常識ですね。(略)その頃ピアノ一台いくらするのかということを、おそらくご存じなかったにちがいありません。まあ、かなり高いではあろうが、「親父のポケット・マネーをごまかせば買えるだろう」、そういうことをおっしゃった。ポケット・マネーではなく、お父さんの“pocket money”とクウィーンズ・イングリッシュで仰ったのを憶えています」(『ミメーシスの詩学』)

定年間際の江藤の父親には、そんな余裕があるはずもなかった。

第十四章　昭和二十九年夏の自殺未遂

「「文学的」なものへの嫌悪生ず」

昭和二十九年（一九五四）、江藤淳二十一歳の年の自筆年譜に特記されている一文である。「文学的」なものとは、日比谷高校三年生の時に結核になってから愛読していた堀辰雄、立原道造などの文学世界である。同じく結核で留年した日比谷の同級生の安藤元雄からの影響でのめり込んでいた。

「安藤君という人は非常な美少年で、いまでも美貌だけれども堀辰雄がよく似合う。又それを自分でも信じているかのようなのです。ぼくは美少年でもないし、どうもどろどろしたよけいなものがあるようで、堀辰雄は本当は自分に似合わないのではないかという疑いを持っていました」（「私の文学を語る」）

東大に進学した安藤が同人雑誌を始めるにあたり、江藤に声をかけてきた。同人誌「Pureté」である。誌名はフランス語で「純粋」を意味し、詩が中心の雑誌だった。安藤は江藤に巻頭のエッセイを依頼した。昭和二十九年五月に出た創刊号には、多田富雄がT・S・エリオットに影響された詩を書き、安藤は小品を書いた。江藤は「そのころ身体が熱っぽくて面倒なものを書く気になれず、アフォリズムめいたものを書いてお茶を濁すつもりで、いいかげんな原稿を送って責を果したことにした」（『なつかしい本の話』）が、安藤が許さなかった。安藤さんはもっと力のこもった原稿を要求した。

「最初に貰った原稿は堀辰雄的なというか、私に合わせて書いているのではないかと思えるもので、あまりよくないので、彼の銀行の社宅まで突き返しに行ったのです。お母さんが病気で寝ていました。それで書いたのが「マンスフィールド覚書」です。白金のぼくの家まで届けてくれました。ぼくが留守だったので、母に預けられた原稿は大変いいもので、すぐにお礼の電報を打ちました」

電文には「ミタ、スバラシ、カンシャ」とあった（江森國友「心」「三田文学」平16冬）。携帯電話どころか、電話がふつうの家庭にはまだ普及していなかった頃だから、家を行き来し、手紙をやりとりし、至急の件には電報が使われていた。

「マンスフィールド覚書」は、ニュージーランド出身の女流作家キャサリン・マンスフィールドの肖像画を描く試みである。まだ本名の「江頭淳夫」を使っているが、「江藤淳」が誕生しかけている。

「面白い本を読めば、これを書いた人間が、どこに住み、どんな暮しをし、何で食っていたかということを知りたがらぬ読者はあまりいない。そして作品の中に表れたドラマ以上に、作者と作品との間で演じられるドラマが深刻であるような場合、そこに極く素朴な批評の介入する間隙が生れる」

まもなく漱石や小林秀雄を評伝として描く、人間くさい視線がマンスフィールドにも向けられている。「何で食っていたか」とわざわざ書いているところは、福沢諭吉仕込みの「私立の活計」を重視する江藤淳の面目躍如といったところか。マンスフィールド自身は裕福な銀行家の娘として植民地に生まれ、イギリスに留学して、「当時流行のオスカア・ワイルドの信者」となり、乱脈な生活を送った。「何で食っていたか」はここでは後景に退き、病弱だった審美家が小説を「生と死の割れ目から生み出していた」内奥のドラマに注目する。

「マンスフィールドにとって、人生を稀薄なものにしたのは一つには病気だったが、一つには彼女がニュージーランド生れだという事実である。そして病気からは「死」のテーマが生れ——これは幾度も変奏されながらあらゆる作品に投影されている——、（略）二度と故郷を見ることのなかったその経歴から「過ぎ去ったものへの狂おしい渇望」が生れた。（略）「死」を自らの中に発見したものにとって「生」はしばしばしば限りなくその重量を失って行くかのように見える。しかし彼女が「死」に触れるのは「生」を通じて以外ではない。ここに彼女は作家としての唯一の存在理由を見出す」

鍾愛する短篇作家マンスフィールドを、江藤はあえてチェーホフと対比する。「人生からほんの少し丈離れ」て作品にしたチェーホフと、「人生が稀薄になって作家から遠のいて」いったマンスフィールド、といった具合に。また、「人生を眺め渡している」チェーホフと、「病室の窓から見える丈の人生を鮮かに書く丈」のマンスフィールド、といった具合に。

マンスフィールドはその早い晩年に「園遊会」「最初の舞踏会」などを書いた。その晩年の描き方は、小林秀雄の「モオツァルト」を髣髴とさせる。

「これ以後、彼女の制作生活は追いすがる死とのフウガを奏でるのだ。ぼくらは、最も感動的な記述を見出すだろう。モオツァルトが短調で歌っている時のような、急速な歌声がきこえて来る。(略)死がここでは殆ど彼女と一体になっている。「日記」の最後に、彼女は書いた。これは夫にあてられた言葉だ。《私は幸福な気持です――心の奥深くまで。すべては良しです。》」

江藤の自伝『なつかしい本の話』によると、この夭折した女流作家の魅力を教えてくれたのは日比谷高校の英語科の梶昣忢《しんご》先生だった。「いいですねえ、マンスフィールドは。……*Her First Ball* なんか、なんともいえないものね」。梶先生から借りた研究社の注釈本、続いてペンギン・ブックス版の短編集『園遊会』、大学生になってから銀座の教文館の洋書部で見つけたハード・カヴァーの部厚い作品集、と読み進めていった。マンスフィールドに深入りしたのは、その世界が「もっとも明晰なかたちに反時代的なものを切りとっているように思われたからにちがいない」と江藤は回想している。「反時代的」作品が書かれる前、マンスフィールドは世紀末文学の毒に侵された文学少女だった。

「その臭気ふんぷんたる世界が、次第に透明になり、やがて『園遊会』の見事な諸短篇に結実して行くのは、なにかが彼女の毒を吸収したからにちがいない。そのなにかは何だろうと思って読み進んで行くうちに、私は、それが彼女自身の死にほかならないことを知った。マンスフィールドの内部で死が育ちはじめるにつれて、彼女を侵していた時代の毒は次第にその死に吸い取られ、作品世界には際立って澄んだ雰囲気が漂いはじめる。つまり時代に出逢うことによって出発したこの文学少女は、人生に出逢うことによって小説を書きはじめ、自己の死に出逢うことによってはじめて彼女のみの書き得る世界を発見し得たのである」（傍点は江藤）

ひるがえって自分は、と江藤は自問自答したと回想している。「マンスフィールドとは逆に、死に出逢うところから出発して、人生に出逢うよりさきに実際に死ぬにちがいない。したがって、私が時代に出逢うことなどは、絶対にあり得ないにちがいない」。芳しくない体調、結核の既往症があるために就職も無理な状態である。「私は好きな本を――それはなぜかマンスフィールドをはじめとして、英国の女流作家であることが多かったが――読むだけで、自分に終止符を打つことができるにちがいない」。

江藤が回想で描く自画像は、光と影の双方を描くというより、影の部分をより強調して描くのが特徴であるのは、今までの江頭淳夫の人生を見てわかったことである。江藤は二年生になって英文科に進み、「文学の教授」を目指していたし、仏文科に進んだ三浦慶子との恋も順調に進んでいた。江藤淳の実像はその部分を補う必要があるだろう。

寝苦しい夜のチェーホフ

マンスフィールドへの傾倒は、自伝に書かれたとおりだった。江藤は育英会から奨学金を貰い、家庭教師を掛け持ちして小遣いを稼ぎ出していた。後に早大探険部の創立メンバーとなり、石油問題の専門家となる神原達《かんばらたつ》は当時、麻布高校在学中で、慶大生の江藤から英語を習った一人だ。そのテキストはゴールズワージーの「林檎の樹」とマンスフィールドの「園遊会」だった。「園遊会」は江藤が持参するペンギン・ブックスがテキストだった。研究社の注釈本ではなく、ペンギンで教えるということは、受験教材として扱うのではなく、文学作品として味読するという江頭「先生」の方針だったのだろう。

神原の家は田園調布駅の東口側にあった（いわゆる「田園調布」は西口側である）。神原の父は東工大教授で、家からは麦畑の向こうに大岡山の東工大の高い塔が見えた。後に江藤が東工大教授になろうとは、まさか誰も予想もしなかった。江藤を紹介してくれたのは、日比谷高校の近研（近代劇研究会）で一緒に芝居をやった小川登代だった。英語の成績が悪い息子のことを心配した神原の母が近所に住む小川に頼んだのだが、小川は自分の代わりに江藤を紹介した。江藤が友人たちに家庭教師の口はないかと声をかけていたのだろう。小川は聖心女子大の特待生で、同学年には正田美智子がいた（小川は都立大大学院に進み英文学者となったが、ヨーロッパで事故死する）。神原さんは江頭「先生」のことをよく覚えていた。

「毎週一回、二時間くらい習ったでしょうか。「訳してみなさい」と言われ、その場で辞書を引き引き、訳読をさせられました。おだやかな先生で、雑談はあまりしませんでしたね。半年くらい習ったのですが、途中から先生の家に私がうかがうことになりました。体調が思わしくなくて、駅への坂道の急なのぼりがつらいから、ということでした。「母が寝ているので、失礼かもしれませんが」と言われました。社宅の部屋は本とかはあまりなかったという印象が残っています。ある日、電話があり、「喀血したので、うつすといけないから」と辞退を申し出られ、後任は小川登代さんがやってくれることになりました」

江藤の自筆年譜では、「六月、ある朝喀血し、愕然とする。結核の再発なり。義母は依然として病床にありしため、ふたたび家に二人の病人ある状態となり、暗澹たる心境となる」とある。『なつかしい本の話』では、その朝、銀行に出勤前の父が、「馬鹿な奴だ。あれだけいっておいたのに注意が足りないからだ」と弱くつぶやく。それは江藤にもわかっていた。「病気になることは、私の場合、明らかに一つの悪をおかすことであった」。

　三年前と同じ自宅治療が始まった。幸いなことに高価だったストレプトマイシンは国産薬が開発され、健康保険の指定薬になっていた。自宅で安静にしている日々の慰めは、「枕元の古ラジオで進駐軍放送のクラシック音楽を聴く」くらいしかなかった。「いつ聴いても心が静まるのは、モーツアルトとショパンだけであった」。書物を開くことも減った。

「八月十五日前後の蒸暑い夜になると、日頃の重苦しさに十年前に日本は敗けたのだという想いがかさなって、私はこうしていることにどんな意味があるのだろうという、ふとした疑問にとり憑かれた。／『露西亜三人集』のページを開いてみたのは、そういう寝苦しい八月の夜半のことである。（略）私の眼は同じ病に悩んだことのあるチェーホフの短篇の字面を、いつの間にか追うともなく追いはじめた」

『露西亜三人集』とは昭和初期の円本全集である新潮社の「世界文学全集」の一巻だ。その夜、江藤が再読したのは秋庭俊彦訳の「退屈な話——或る老人の手記から——」である。「そこには軽々しくも仰々しくもない言葉があり、その言葉はあり来りの言葉を受けつけなくなっている私の心のもっとも深い場所に沁み入り、いつまでも消えない波紋を描きはじめたからである。（略）つまりそのとき、私はここにまぎれもない人生の真実が描かれていると思ったのである」。短篇小説の結末近くを引用した後、江藤は「その夜、私は深く眠った」という一行を記している。

　天井を見つめてまんじりともしない「眠られぬ夜」が来てもおかしくない精神状態のはずなのに、「その夜、私は深く眠った」というのは、考えてみれば、引っかかる表現である。この一行が「文学的」なものへの嫌悪の始まりであった。

　そのことを示唆してくれたのは、慶大一年生の江藤に英文法を教え、江藤の才能を愛し、英文科進学を勧めた「恩師」藤井昇だった。藤井は江藤の四年後に亡くなっている。江藤の年譜制作者である武藤康史と一緒に藤井昇から話を聞いたのは平成十一年九月で、江藤の死の衝撃がいまださめやらぬ頃だった。藤井名誉教授はその時七十三歳で、上越新幹線の上毛高原駅から車で三十分ほどの老人ホームに暮していた。

「今まで誰にも話さないできたけれども、もう言ってもいいでしょう。江藤君は学生のとき、自殺未遂をやってるんだ。慶子さんが真っ青になって三田（大学）へ来て、それで私は学校の仕事（通信教育部の講師）を放り出して、江藤君の家に一緒に行ったんだ。田町駅から一緒に電車に乗ってね……。王子（十条仲原）の三井銀行の社宅で、西陽のあたる八畳ぐらいの部屋にね、蒲団敷いて寝てましたよ。私が駈けつけた日にやったのか、その前か、そこまではわかりません。（手段は）薬だったんじゃないかな。その日、何を喋ったかは覚えていません。慶子さんの話では、遺書らしきものがあって、江藤君は自分の蔵書を大橋君（大橋吉之輔。一年の時の担任だったアメリカ文学者。後に慶大英文科教授）と私に全部譲ると書いてあったらしい」

昭和何年のことだったか、藤井先生にはっきりとした記憶はなかった。それが昭和二十九年の夏であることは、自伝『なつかしい本の話』で確認できる。というよりか、藤井先生の話を踏まえれば、江藤は自殺未遂の事実を『なつかしい本の話』の中に、かなりはっきりと書き込んでいるのだった。「その夜、私は深く眠った」と、大胆といっていい書き方で。

「チェーホフの『退屈な話』を読んでからというもの、私はしばらくのあいだ書物を手に取りさえしなかった。

それはかならずしも、私がこの小説に〝文学的〟に参ってしまったから、というわけではない。この世の先には、なにもないのだ、という恐しい啓示が、この小説を読んでいるうちに、私をしたたかに打ちのめしたからである。

その空間は暗く、寥々としていて、風が蕭々《しょうしょう》と吹きわたっていた。しかも、そこに佇む私は一人きりで、心は悲愁にみち、どんな光を見ることもできず、誰の顔を思い浮べることもできなかった。中有の闇、というものがあるとすれば、それはこんなものなのかも知れないとも思われた。

『退屈な話』は、そういう場所へ私を連れて行き、そこに私を置き去りにした。もう少し向うまで行けば、なにかがあったのか、それともあの空間がどこまでも続いているだけなのか。いずれにしても、私は、そこまでしか知らず、そこからどんな径路を辿ってか引き返して来て、茫然としていた」

「中有」とは仏教用語で、「中陰」とも言われる。死後四十九日、あの世に旅立つまでの間、この世の闇をさまよっている期間である。此岸と彼岸の間にある、不完全な「死」の時間といえばいいのだろうか。

「中有の闇」を体験（擬似体験）し、その闇から「どんな径路を辿ってか」帰ってきた。そのことを『なつかしい本の話』は告げている。

　江藤の生涯の主題となる『老子』についての言及が、先の引用のすぐ後にくる。「のちに私は、『老子』という古い書物を読んだ」。その第二十五章を読み、「私は、老子もあれを知っていたのかと思い」、「私は、もう少し辛抱していれば「天下の母」に包まれていたのかも知れない」と思う。「『老子』は単に黙示しているのではなくて、むしろあれを描写しているのだと思われた」（傍点は江藤）。「あれ」としか表現できないもの、そこに江藤はその夜、触れたのだった。以後の江藤の思索と文筆は、「あれ」への接近であり、「あれ」の感触を五感で官能的に確かめることであったのかもしれない。

「藤井昇先生が、私を見舞に来て下さったのは、ちょうどこのころのことである」と『なつかしい本の話』は続く。

「小柄で、色白で、いつも紺サージの背広を着ておられる藤井先生と、蒲団の上に坐り直して対座」する。藤井先生は原書のラ・フォンテーヌ『寓話集』を手渡して、「病気のときには、こういうものがいいと思ってね」とやさしく声をかける。江藤は「はい。本当に、病気のときにはこういうものがいいです」と返事をした、と。藤井先生に確認すると、『寓話集』のことは覚えていなかった。「江藤君の家を訪ねたのは、あとにも先にもあの時だけですから」とのことで、緊急の際にお見舞いの本を持参するとも思えず、江藤によるフィクションである可能性も高い。

藤井先生は『江藤淳著作集』の月報で、わずかにこの日について言及している。「この人の笑顔はいつも amiable なのだが、私の眼に、かならずそれと重なって映ずるのが、かつて健康をそこねて臥しておられた王子のお宅の、たとえば窓にさしていた夕陽の光だったりするのだ」と書き、江藤の笑顔に昭和二十九年夏のその日の江藤淳を重ねている。

「江藤君に suffice という単語の発音の間違いを指摘されたこともありました。授業が終ってから、「先生、ここんとこちょっとおかしいんじゃありませんか」って。「ああ、君の言うとおりだよ」って答えました。江藤君とはわりと気が合いました。文学というものの何たるかを感じている人だったし。別に家庭の話をしたわけじゃないけれど、江藤君も私も、マザコンでしょう」

藤井先生は妻妾同居の家で、「妾に育てられたため、実母を慕いてやまず。内攻的性格」になったという。実母の歿後、母と自分の短歌を収めた歌集を出版してもいる。「母恋い」の人であった。

「一年の教室では江藤君と慶子さんはいつも一緒でしたよ。結婚するつもりの人ですというニュアンスで、江藤君から紹介されましたよ。言われなくても、(見れば)わかりましたけど。慶子さんは母性そのものみたいに思えた。だから慶子さんが先に死んで、こりゃあ、カミさんが死んでやってけなくなったんだなと思った。むしろ(慶子夫人を亡くしてから)八ヶ月もよく持ったと思う。だから「やっぱり」が二回ですよ。一度目の時も、ついにやったか、というように受けとめた。死というものが絶えず頭の中にあったんでしょう。老荘的ニヒリズムだね。江藤君の本をいろいろ読ませてもらったけど、ほんとは弱い人です。それは最期まで変らなかったんじゃないかな。でも、頭で自殺を考えるのと、現実に自殺を企てるのとはちがいますからね。私も自殺したいと思ったこともあるけど、怖くてできなかった。ま、私はいろんなことがあって、こういう老人ホームに落ち着いちゃったけど、彼は老人ホームなんか絶対入らないだろうな」

江藤も藤井先生を同類と感じていたことは何回もエッセイで書いている。

「私は、藤井先生の最初の授業を受けたときから、この若い先生に強く惹きつけられた。この先生は只の語学教師ではない、言葉というものの重味や奥行きを知り、味わいや陰翳を愉しむことのできる人だということを、授業の終らぬうちに直観できたからである。（略）藤井先生は、敗戦このかたの世相にどうしても適合できずにいる人々の一人であり、少年時代に育くまれた感受性をどう変えることもできぬために、いつも必要以上に傷つき、しかもその傷をどう処理していいのかわからずにいる人々の一人にちがいなかった」（『なつかしい本の話』）

専攻学科を仏文にするか、英文にするかと迷っていた時に、藤井先生はサジェスチョンをして、英文学を勧めた。

「江藤君はいわゆる仏文的な文学青年ではなかった。メンタリティが英文的だと思ったから。ラテン語と同じで、英文学は理窟だけじゃわからない。向いている人がやらなければ、いくらやってもしょうがない、とも言ったんだ。フランス文学はお化粧した女の美しさ、英文学は素顔の面白さだともね」

藤井自身は哲学をやるか英文学か迷い、「『詩と詩論』誌や『ヨーロッパ文学』などを通じて西脇順三郎という先生に興味をそそられ」、結局、「現実生活上の配慮」もあり、英文科に進んだ。同級生には安岡章太郎がいた。ラテン文学に転進したのは大学を卒業してからだ。

江藤は藤井先生の還暦記念文集『ラテン文学の周辺』（昭60、わらび書房）に一文を寄せ、「公私ともども、筆舌に尽せないほどのお世話になっている」先生であると書いている。社交辞令ではない。英文科進学、卒業論文のための原書購入費用の立替えなどとともに、昭和二十九年夏のお見舞いも、その感謝の念には含まれているのだろう。

「中有の闇」に触れる

江藤はエッセイ「文学と私」で、「結局チェーホフほど怖ろしい作家はいないと思った」と書いている。「そのうちに私にある転換がおこった。ひと言でいえば、私はある瞬間から死ぬことが汚いことだと突然感じるようになったのである」。その突然の「転換」のきっかけとなったチェーホフの「退屈な話」は、チェーホフ二十九歳の時の短篇である。「文学と私」は端折り過ぎているので、また『なつかしい本の話』へと戻ろう。原稿を書く段になって、江藤の書庫にある筈の『露西亜三人集』が行方不明になってしまった。代りに神西清訳で読む。「おそらく語学的にも文学的にも、秋庭訳よりはるかにすぐれたものにちがいない」が、その訳では記憶が甦ってこない。新潮社の図書室から本を借り出し、ページを開く。「ここからあの夜の不思議な体験がはじまったのだと思うと、私はある感慨なしにはこの見開き二段組のページを眺めることができない。……

つまりそのとき、私はここにまぎれもない人生の真実が描かれていると思ったのである。人は長生きをして、名声を得、妻や子を持ち、安定した地位と業績とに恵まれたとしても、結局この小説の主人公であるニコライ・ステパーノヴィッチのようになる。いや、そんな言葉で要約されるようなことに、私は感じ入ったのではなかった」

「退屈な話」の主人公は、六十二歳の大学教授であり、枢密顧問官である。ロシアと外国の大学のたくさんの肩書と勲章を持っている。頭は禿げ、歯は抜け落ち、顔面神経痛に苦しんでいる。功成り、名遂げた「令名赫灼《かくしゃく》」の成功者だが、同時に「元気の衰えた醜い姿」である。妻と娘が同居している。目の前の

「骨張った醜い女」が「私と狂気のような恋」に落ち、可愛い赤ん坊を生んだあの繊《たお》やかなヴェーラと同じ女なのか。娘は恋人に夢中で父を邪険に扱う。役人になった息子はいまだ仕送りを要求してくる。不眠症により、教授はどんどん衰弱してきた。実の娘のように可愛がった亡友の娘カーチャは転変の人生を歩む。劇団に入り、恋に落ち、自殺を計画し、私生児を赤子で亡くし、四年後に戻ってきた。いま彼女の心には重荷があるのだが、それをどうしてやることもできない。カーチャから「助けて頂戴」と哀願されても、どう保護してあげていいのか、わからない。

江藤が描いていた望ましき未来像の残酷な末路を先取りしたかのような小説が「退屈な話」だった。名声も学問も勲章も家族も亡友の娘も、ここでは何の支えにもならないのだった。

この冷え冷えとした小説は、『悲劇の哲学』により昭和十年前後の日本で一世を風靡したシェストフが、チェーホフ論『虚無よりの創造』で中心的に論じた作品である。シェストフは小林秀雄や正宗白鳥が論じ、河上徹太郎訳の『虚無よりの創造』は昭和二十七年に角川文庫で再刊されていたから、江藤は読んでいたに違いない。昭和四十四年に出た江藤の評論集は『崩壊からの創造』と名づけられた。一見、大げさなタイトルに思えるが、『虚無よりの創造』の反響であろう。昭和二十九年の「虚無」に相当する「崩壊」が、昭和四十年代に入って江藤の人生にあったことを暗示しているのではないか。

「退屈な話」を読み、中有の闇に触れて「どんな径路を辿ってか」帰ってきた昭和二十九年の夏以後は、自筆年譜では次のように記されている。

「「文学的」なものへの嫌悪生ず。最も辛き夏を送る。九月、父高熱を発し、病臥すること数旬、ついに家に三人の病人ある状態となる。ひそかに父亡き後のことを考える。しかし安静度三度にて起つ能わず、切歯扼腕す。仕方なく天井を眺め、耐える。洋書のほかはなにも読まず。十一月、「Pureté」第三号に『マンスフィールド覚書補遺』を書く。この療養中に一転機を得る。堀辰雄、立原道造及びその亜流を贋物と感じ、ジョン・ダンの《Love's not so pure and abstract / as they use to say.》に共感す」江藤を魅了していた「死」が、憑き物が落ちたかのようになった。それが「文学的」なものへの嫌悪生ず、だった。

その間の過程を、江藤は評伝『小林秀雄』の中で、小林秀雄を手がかりにして検討したと思われる。『小林秀雄』は昭和三十六年に刊行され、新潮社文学賞を満場一致で受賞した代表作である。当の小林も選考委員の一人だった。江藤は雑誌連載中に、小林に二、三度会っている。「あれは、おまえさんの夢の入っている歴史小説みたいなもんだ、と思って毎回読んでる、私信でもなんでも、存分に使いなさい、といさぎよくいわれたので、安心して書けたんです」（「著者と一時間―江藤淳氏」「朝日新聞」昭37・1・7）。

小林が「存分に使いなさい」と言ったのは、江藤が大岡昇平から提供を受けた大岡所蔵の若き日の小林の「手稿」である。その中のひとつ、「遺書体の断片」は手蹟に乱れがある。江藤は昭和二年（一九二七）の初夏に書かれたと推定している。芥川龍之介が自殺する少し前である。「逗子の隠れ家で、錯乱したあげく疲れて眠ってしまった泰子の傍らで、この断片を書いている」二十五歳の小林秀雄を江藤は想像している。「泰子」とは中原中也から奪った神経症の女・長谷川泰子である。こんなところが「おまえさんの夢の入っている歴史小説」と小林は言いたかったのだろうか。小林の「遺書体の断片」の一部を引く。

「君は僕が少し昂奮してゐると思ふのか？　然し僕はもうぢき死ぬのだ。興奮してゐる暇なんか如何《どう》してあらう。これは僕の遺言だ。お祈りだ。お祈りに誰が嘘を吐かうか？」

「僕は今や最高の強烈性を帯びて生きるべき時かもしれない。ああ然し時は終つた。僕は丁度、あのパパイヤの葉が青空を吸ふ様に、色そのものを虐待した。この虐待したものが僕の血となり肉となるまで僕の心臓は鼓動をつづけてはくれないだらう。

僕はあさつて南崎の絶壁から海にとび込むことに決つてゐる。決つてゐるのだ。僕にはあさつてまでの事件が一つ一つ明瞭に目に浮ぶ。太平洋の紺碧の海水が脳髄に滲透していつたら如何《どん》なに気持がいいだらう」

「僕はまだ死なないでゐる。何故かといふと死ぬに決つた日には、曇つてゐたのだ。僕は晴れた美しい空を目に浮べてゐた。処が目をさますと曇つてゐたのだ。それで何もかもめちやめちやになつた。又僕はやり直す事にする。

ではさよなら。永久にさよならだ」

江藤はこの「遺書体の断片」に、小林の「自殺の理論」の完成を見、「自殺の理論」を所有することで、小林は「批評家」になった、とした。「自殺の理論」とは、小林が芥川の自殺を契機に書いた「芥川龍之介の美神と宿命」の中に出てくるキイワードである。

「自殺——これは芥川氏の生涯に於ける一つの劇である、洵《まこと》に凄まじい一つの行動である。が、それ以外の何ものでもない。彼の作品と彼の自殺とは何等《なんら》論理的関係はない。重要なのは自殺なる行動ではなく、自殺の理論である、つまり彼の自殺的宿命である、氏自身の言葉を借りれば彼の「星」である。少くとも僕には、批評の興味というものは作品から作者の星を発見するという事以外にはない」

若き小林秀雄によって、「自殺なる行動」をした芥川は決定的に批判される。

「恐らく画家の脳髄は美神より宿命に向って動くのだ。文学者の脳髄は宿命より美神に向って動くのだ。芥川氏にはこの方向がなかった。彼は美神の影を追い宿命の影を追って彷徨した」

江藤の描いた小林秀雄像は、「自殺の理論」をわがものにして、転変する「日本の近代という奇怪な時代」の帰結点である昭和前期を戦う人であった。

先ほど引用した小林秀雄の「遺書体の断片」は詩的イメージに溢れ、色彩は氾濫して、極楽のような官能性を帯びている。小笠原の「紺碧の海」に飛び込み、海水が「脳髄」に滲透するさまは、スポーツのような快感があり、まかり間違えば、コマーシャルフィルムの映像として消費されかねないものだ。それにもかかわらず、江藤は昭和二年の小林が「死」を所有したことを次のように描いている。

「小林秀雄の内面にこのときひらけたのは、おそらく深い、暗い夜の世界である。自殺者は虚無のなかに意識を抹殺しようとして、かえってこういう世界に出逢う。それは虚無でもなければ、彼岸でもない。ただ冷たく、暗く、荒涼とした風が吹きすさんでいるだけの世界――存在がその根をおろしている虚空の世界である」

この「深い、暗い夜の世界」は小林のものというよりは、江藤自身のものであろう。『なつかしい本の話』で描かれた昭和二十九年夏の夜、その時に出逢った「あれ」、「中有の闇、というものがあるとすれば、それはこんなものなのか」として書いていた空間の描写と瓜二つなのだから。小林が「おまえさんの夢の入っている」と言ったのは、まさにこの部分なのではないか。小林の「紺碧の海」と江藤の荒涼たる「黒」の世界とは余りにも隔たっているのだった。

「死を美化して、死と戯れるような」（「私の文学を語る」）堀辰雄的世界と訣別したのが昭和二十九年夏の江藤淳である。チェーホフから始まった自殺未遂だったが、自殺にまつわる出来事はそれがすべてではなかった。

第十五章　甦えった江頭淳夫、「江藤淳」への転生

慶大英文科二年生の江頭淳夫が死の淵から甦えったのは、昭和二十九年（一九五四）八月のことだった。結核の療養生活は続いているから、病いの床に臥せっていることに変わりがあるわけではない。「穢土」十条仲原の三井銀行社宅の西陽のあたる部屋で、「仕方なく天井を眺め、耐える」しかなかった。

私は前章で、昭和五十三年に出た自伝『なつかしい本の話』の記述をもとにして、自殺未遂の夜のことを記した。省略の多い記述の行間には、「隠蔽」という形で、江藤自身の「告白」が封じ込められていた。「文学的」なものへの嫌悪が生じた昭和二十九年夏に注目すれば、江藤自身は既にそのことに触れていたことに思い当たる。たとえば、昭和四十一年（一九六六）に書かれた野心的な文学史論『近代以前』の中にさらりと登場してくる。上田秋成の「狐」を論じる章の導入部で、サラリーマンの自殺を描いた永井龍男の名短篇「一個」に言及する。「一個」の主人公が電車の中で見かけた嬰児を、江藤は「非現実の世界の使者」が送ってくる「自分の内部にかかわりのある信号であることを直感」したと書く。

「もちろん私は停年間近のサラリーマンではない。私の家には柱時計もなければ、その振子のかげに隠してある睡眠薬の包みもない。だが、私は、日常生活が停年をひかえた老サラリーマンの前でなくても容易にひび割れるものであることを、その裂け目から非現実が顔をのぞかせるとき何がおこるかを、少しは識っている。（略）それはわれわれの日常生活のいかだが浮んでいる深い淵の存在を覗き見させ、われわれの生活がどんな脆弱な仮定の上にいとなまれているかを思い知らせる。『一個』の嬰児は、この短篇小説

に描かれたほかの何よりも強烈な実在感に輝いている。つまり、それは実在よりも一層実在感に充ちている」

江藤が「少しは識っている」と控え目に書いているのは、昭和二十九年夏に経験した、日常の裂け目から顔をのぞかせた「非現実」にちがいない。江藤は『なつかしい本の話』では、約一ヶ月かかって、「死」から「生」への転回が行なわれたと書いた。その間に父の重い病気があり、父と義母と自分の三人が床を並べる状態に追い込まれる。江藤は「実務的なこと」を考えなければならない。父の葬儀、残される一家の生活の算段、何よりも自分の健康の回復がまず必要だった。

「こうして二週間ほどが過ぎるうちに、父は幸いにも危険な状態を脱した。そのころには私も、あの茫然自失からいつの間にか一目盛だけ立ち直っていた。／今から振り返ってみると、昭和二十九年八月半ばから九月にかけての一ヶ月余りのあいだに、私のなかで確実になにかが一回転したように思われる。そのときから私は、それまでとは違った方向に歩きはじめた。チェーホフは、あるいははじめて鉄棒の逆上りができたときのようなこの回心の経験の、引き金になっていたのかも知れない。しかし、だからといって私は、チェーホフから〝文学的〟になにかを習った、というわけではなかった」

『妻と私』との符合

昭和二十九年九月二十日発行と奥付にある同人誌「Pureté」第2号に江藤は「小組曲」という小品を載せている。発行の時期からすると病臥中に執筆したと思われる。「小組曲」は「版画」「薔薇の笑い」の二篇から成っている。病床の江藤の心境が生々しく反映されているはずだ。

「病気が彼を不思議と回想的にしていた。窓に垂れている変色したすだれを時折美しく彩る夕陽のように、死が、あまり遠くない所から黄ばんだ光を送って来ているかのようであった。そんな光の中から、丁度伝説の中の「沈める寺」のように、幼い頃のさまざまな風景が浮び上っては消えていった」（「版画」）

病床の「彼」が反芻するのは、江藤の読者にとってはお馴染の世界である。若くして死んだ「母」、戦後になって死んだ「祖母」、戦争で焼かれた「古い家」。「母」も「祖母」も「古い家」も、ここでは日比谷高校時代に書いたメルヘンに通じる堀辰雄の「文学的」世界に染め上げられている。この筆致から判断すると、「版画」は八月中旬よりも前に書かれたものであろう。それに対してもう一篇の「薔薇の笑い」は八月半ば以降の執筆と断定できる。

「幾度も眼を閉じながら身を震わせて彼の接吻をのみこんでいるうちに、彼女は眼に見えて疲れ易くなっていった。豊かな頬が少しずつ落ちて行くのを、彼は目ざとく測っていた。彼女は彼と一緒に踊りに行くこともなくなった」

「彼」の結核は治癒したのに、不注意にも「彼女」に伝染《うつ》してしまった。「彼」は「この健康な美しい少女の未来と幸福をめちゃめちゃにしてしまった、自分のおろかさ」を悔やむ。「彼」は自分たち二人の中に潜む「死の影」に、「いら立たしいような怒り」を感じる。この「怒り」はそれまでの江藤にはなかったもので、「死」への感受性が「薔薇の笑い」にいたって著しく変容したことを告げている。設定の上で「彼」の結核が治癒していることになっているのは、江藤が結核菌を憎み、退治するしかないと決意している結果であろう。「彼女」は早慶戦のラジオ放送を枕元で聞きながら、突然、「ねえ、銀座に行こう」と微笑む。「彼」は「花びらのような、いい匂いのする彼女の身体に飛びつい」て、嗚咽する。「彼」は言う。「ぼくたち、結婚しよう、今日しよう」と。異様に輝く「彼」の眼は、「時と必死の競走をやってのけようとする人間の兇暴な意志をあらわしているかのようであった」。

江藤はここで明らかに「生」へ向かって出発しようとしている。この「薔薇の笑い」の「彼」と「彼女」の関係は、どこまでが事実でどこからがフィクションかはわからないが、「生」への強いベクトルはまぎれもない。江藤の全人生を見渡した上で「薔薇の笑い」を見直すと、晩年の作『妻と私』に符合するものがあるのに驚くしかない。『妻と私』は、末期癌で死の床にある妻と「生と死の時間」を共有する物語である。糟糠の妻である「家内」慶子が、「薔薇の笑い」のモデルだった恋人・三浦慶子の四十数年後であることは言うまでもない。

「あるいは、家内はこの頃、私をあの生と死の時間、いや死の時間から懸命に引き離そうとしていたのかも知れない。そんなに近くまで付いて来たら、あなたが戻れなくなってしまう、それでもいいの？　といおうとしていたのかも知れない。／しかし、もしそうだったとしても、私はそのとき、家内の警告には全く気付いていなかった。ひょっとするとそれは、警告であると同時に誘いでもあり、彼女自身そのどちらとも決め兼ねていたからかも知れない」（傍点は江藤）

『妻と私』の「生と死の時間」は、「日常性と実務の時間」とは切り離された「甘美な」時間であり、「流れているのか停っているのか定かではない時間」である。『妻と私』の江藤は、この「生と死の時間」の中で、自分もまた「死」に近づきつつあることに気づくが、「限りなく深い充足感」を味わっている。『妻と私』はたっぷりと我が身を浸した「生と死の時間」から、妻の死後、ひとり帰還することで幕を閉じる。それに対して「薔薇の笑い」では、「死よりは、生と一緒にいることになれている彼女は、その時、彼らがいつの間にかあまりに死のそばに足を踏み入れすぎていた」ことを知り、二人たずさえて「未来の生の方へ」と走り出そうとする。「生と死の時間」からの脱出である。

「薔薇の笑い」の「彼女」は、自分が結核にかかっているというのに、死への「誘い」ではなく、「警告」をする存在として描かれている。これは「薔薇の笑い」が「彼女」は結核患者であるというフィクションを採用したための計算違いであろう。しかし「彼女」は、若き日の江藤を「生と死の時間」から「日常性と実務の時間」へと引き戻すことが出来る力を持っていたのではないか。江藤は「薔薇の笑い」で書いている。「彼がどんなものの中にも死をかぎわける嗅覚を持っているように、彼女はどんな片隅からでも幸福を見つけ出せるという不思議な才能に恵まれた娘であった」。

二十一歳の江藤は「彼女」の「不思議な才能」によって救出されたのではないか。『なつかしい本の話』は自伝として書かれてはいるが、三浦慶子（後の慶子夫人）は一切出てこない。徹底して省かれている。その意味では、『なつかしい本の話』は自伝としては半身像でしかない。

そのことに気づいたのは、昭和二十九年夏について、慶子夫人が深く関与したと思える証言ふたつを得たからだった。恋人同士であり、すでに結婚も念頭に置いていた三浦慶子の存在を、江藤が簡単に無視できるはずもない。

慶子夫人の次兄・三浦雄次は四歳年上で、昭和二十九年には慶大工学部の四年生だった。中野区野方の三浦家には妹のボーイフレンド江頭淳夫がよく遊びに来ていた。雄次さんは大学を卒業すると、就職先が関西だったので家を出る。そのため当時の「淳夫くん」の記憶はすべて大学一年生か、二年生の江頭淳夫に限られる。

「淳夫くんは三浦家では公認の仲だった。よく家に来ていて、一緒に飯を食ったりしていた。淳夫くん以外の男友達を連れてきたことはないな。わしの大連一中時代の仲間で慶子のことを好きで狙っておる奴もおった。野方の家にはわしの友達も大勢来ていて、彼らは工学部なので、数学は得意、それで、試験が近いと、交代で淳夫くんと慶子に数学を教えてやっておったな」

江藤は二年生の六月に喀血したので、こうした記憶は二人の交際が始まった一年生の夏休み頃から翌年六月までのことと思われる。

「わしの見るところでは、淳夫くんも慶子も母親を亡くしているという共通点で引き合うものがあった。そこがベースにあった。そういう話がよく出ていました。結婚の話はまだ出ていなかったと思うよ。おやじは満洲時代から絵描きとのつきあいが多かったので、よほどの才能がないと食っていけないことをよく知っていて、文学でも飯を食っていくには相当（の力量）でないとダメとわかっていたから」

慶子夫人の実母は満洲からの引揚げ後、数年で病死していた。野方の家で三浦慶子は、銀座でサエグサ画廊を経営する元内務官僚の父、義母、長兄、次兄、そして義母の連れ子である義弟と義妹と一緒に暮らしていた。

「二人が引き合う要因としては芸術への関心が共通していたこともあったと思う。三浦家は、絵が好きで、芸術的なものに対する関心が強い。新京でも大連でも、おやじの官舎には日本からの絵描きがよく来ていた。満洲に行ったら三浦の家に行けということになってたらしい。林武、海老原喜之助、吉岡堅二、福田豊四郎など。吉岡、福田はまだ若くて、一ヶ月くらいわが家に居ったよ。おやじは半分コレクターで、鑑定とかも頼まれたらやっていた。引揚げ後にサエグサ画廊を開くと、満洲時代に知り合った絵描きさんが協力して一点ずつ描いてくれた。わしはおやじの手伝いで、藤田嗣治や奥村土牛の家にも貰いに行ったよ」

慶子夫人は余技で絵をたしなんでいた。江藤の著書『アメリカと私』の装画は慶子夫人の絵である。江藤の何冊かの犬のエッセイ集では必ず「江藤慶子」の名がカットや挿画でクレジットされ、愛犬達の「両親」が揃っていた。慶子夫人が制作した愛犬ダーキイ像は『犬と私』では写真版で口絵を飾っていた。アメリカ滞在中に日本で留守番役だった愛犬ダーキイのこのブロンズ像は今は神戸の次兄宅にある。雄次さんも退隠後は絵を描いている。

「慶子は文学に関してはそうわかっていなかったと思うよ。むしろ政治や行政に関心があって、そっちはおやじ譲りで、三浦家の中、全体がそうだった」

慶子夫人にとって、「文学」と「政治」の比重は、より「政治」にかかっていたというのだ。では、江藤淳の「文学」と「政治」の中に慶子夫人の影響はどちらに、どれくらいあったのだろうか。仲のよかった次兄の印象であるだけに、参考になる貴重な感想である。

藤井昇先生が証言した「昭和二十九年夏の自殺未遂」を雄次さんに確認してみた。雄次さんはよくは知らなかった。

「わしは数年後になって兄貴から聞いた。なんでも『あいつらな、死にかけた。死にそうになった』と。自殺だけじゃなく、心中未遂的なニュアンスだと聞いたんよ。それ以上は詳しく聞かなかった。若い頃の淳夫くんには自殺願望があったとは思う。自己否定ということをチラチラと会話の中で感じたから。慶子にはそうした傾向はないと思っとった」

「心中未遂」が本当ならば、淳夫と慶子の二人はその時、「生と死の時間」に入っていこうとしたのだろうか。雄次さんが記憶していることで、それに関係するかもしれないことがひとつだけある。夏休みに雄次さんは友人たち四人で一週間の北海道旅行に行った。その時に妹がホイホイとついてきた。旅程の途中で妹が高熱を出した旅だった。「旅行のことを淳夫くんが知って、慶子は淳夫くんにえらく怒られたというんだ」。この旅行が昭和二十九年であったかどうか、二十八年であった可能性もあるという。慶子夫人の長兄も姉も亡くなっていて、怒りも心中未遂も藪の中である。

自殺未遂に直接関連はしないが、慶子夫人のある親友は、当人の不可思議な感想を記憶している。「慶子さんに学生時代からの友人が、『うちの娘が彼氏とうまくいかなくなってしまって』と話したら、慶子さんは『自殺未遂でもすれば戻ってくるわよ』とアドバイスしたって言ったのです。私はびっくりしてしまって。子供を持っていないから、慶子さんはそんな恐ろしいことが言えるんじゃないか、と」。念のために付け加えておくと、この親友は、昭和二十九年夏のことは一切知らない人である。

「あの時は仕方なかったのよ」

次兄の証言は直接の記憶ではなく、江藤淳伝の中で、どう位置づけていいのかは難しい。江藤の文章ではっきりとした痕跡も確認できない。判断を留保するしかない。これから紹介するもうひとつの証言は、江藤がそれらしい文章を書き残している。小説という形と、回想という形の双方に痕跡がある。

慶大文学部の一年H組で、江藤夫妻と一緒だった友人たちの昼食会に私が同席させてもらった時のことだった。そのうちの一人の女性（Xさんとしておく）は江藤が大学三年の時に同人誌「位置」（「Pureté」から改題）に発表した小説のことをよく覚えていた。「沈丁花のある風景」という作品で、「江藤淳」の筆名が初めて使われた。長編になるはずだったが、二回目まで書いて中絶となった。第十二章であらすじは途中まで紹介した。舞台は三田のキャンパス、主人公の筒井順一とヒロインの川崎裕子は、知り合いが読めば、江頭淳夫と三浦慶子がモデルであることは疑いようがない。周辺の人物たちも級友が読めば、あれは誰がモデルだと特定できるような書き方になっている。

裕子の川崎家は田園調布にある。裕子の父は退職官吏の実業家で、母は継母である。川崎家をよく訪問する順一は裕子の家族から歓待される。二人は「ひそかに婚約している」。何もかもが順調にいくと思われていた矢先、順一は結核が再発する。悪い知らせを聞かされた裕子は、メンスが遅れていることに気づく。「赤ん坊が出来ていたら……裕子は突然軽い脳貧血におそわれた」。まどろみの中で、不安な夢を見るシーンで、小説は永久に「未完」となった。江藤が次に書くのは「三田文学」に発表される「夏目漱石論」だ。漱石を書いたことによって、「江藤淳」は小説家ではなく、批評家のペンネームとなった。

漱石論を書くにあたって、江藤は岩波版の漱石全集を所持していなかった。困って借りた先はやはり一年H組で同級生だった小池（川上）清子の家からだった。小池さんは三浦慶子ととても親しく、一緒に仏文科に進んでいた。英文科の江藤は講義が終わると、三浦慶子や小池さんのグループにいつも加わった。Xさんはある日、小池さんから「ちょっと、あの小説読んだ」とキャンパスで聞かれた。それが「沈丁花のある風景」である。二人もよく知っているクラスメイトが嫌らしく描写されているのに、まず違和感をもった。それ以上にショックだったのは、ヒロインの裕子が妊娠したのではと悩む姿だった。やっぱり、と二人は顔を見合わせた。

Xさんと慶子夫人のつきあいはずっと続いた。吉祥寺で新婚生活を始めた江藤夫妻のアパートを訪ねたこともある。まだ冷蔵庫がなくて、アイスボックスであった。お金がないので、「今日もおにぎり、明日もおにぎりなのよ」と慶子夫人はこぼしていた。初々しい新婚時代である。昭和五十年代に軽井沢で会った時には、千ヶ滝の別荘にどうぞと誘われた。Xさんは子供二人を連れて訪問した。その時、慶子夫人はうらやましそうにした。子供がいないので養女をとるつもりだったがうまくいかなかったと慶子夫人は話した（次兄の雄次さんの長女がその養女候補だった）。慶子夫人は「あの時は仕方なかったのよ」と大学生時代のそのことを匂わせたという。堕ろすより仕方なかった。そんな遠い過去のことを慶子夫人は述懐したのだった。

小池清子さんも慶子夫人と相前後して亡くなっているので、この証言者も一人しかいない。それどころか、この話を次兄の雄次さんに確認したところ、否定された。「いくらわしがニブいにしても、わしはまだ野方の家に同居しておったから気がつくと思うな。現実はどうか知りませんけど」。ただ雄次さんは、淳夫くんが結核で寝ていたことを当時知らなかったというから、蚊帳の外だったのかもしれない。

江藤淳の自筆年譜では、この昭和二十九年の秋は「洋書のほかはなにも読まず」とある。高校から大学にかけて、まだものを書きはじめる前の江藤にとって、洋書の読書と翻訳が自身の精神生活の表現となっていたことは今までにも見た通りだ。サロイヤンの「故郷へ帰る」、コンラッド・エイケンの「静かな雪・秘密の雪」、サルトルの「ボードレール」論、そしてキャサリン・マンスフィールドの「園遊会」と「最初の舞踏会」。昭和二十九年の病床で読んだ洋書のタイトルで、ひとつだけ江藤がエッセイに書き記している作品がある。チャールズ・ラムの『エリア随筆』の中の一篇「夢の子たち」である。「ばくだんあられ」という「週刊現代」連載コラムにそのエピソードが出てくる。

キャサリン・マンスフィールドの魅力を教えてくれた日比谷高校の英語の梶膨恧《しんど》先生が、「ラムは、いいですねえ。あの、『ドリーム・チルドレン』などはなんともいえませんね」とひとりごちたのは江藤が高校一年生の時だった。ラムの英語は高一ではとても歯が立たない。「多分大学にはいってから、それも私自身結核の療養をしているころに、読んだのだと思う」として、「病床のつれづれに、試みに訳してみたもののなかから、私の好きな『ドリーム・チルドレン』の結末の部分」を江藤は引用する。ラムの「夢の子たち」はラムにこんなことを語り出す。

「私たちは無です。無以下のもの、夢です。私たちは、もしあなたがアリスと結ばれていたら、そうあり得たかも知れないものたちです。私たちは、まだ冥府《レテ》の河の岸辺で、何百万年も待っていなければならない。そうしなければ、存在も、名前もあたえられないのです」

ラムはここで生まれなかった自分の子どもの無言の声に耳を傾けているのだった。病床の江藤がなぜ「この部分の惻々とした哀切さ」に反応したのか。週刊誌の連載コラムにはふさわしくない訳文を、なぜわざわざ引用したのか。種明かしは、江藤家の二代目の愛犬アニイが想像妊娠したので、ラムの古い随筆を思い出したというのだ。

「「アニイ、お前の子供たちはどこにいるの?」

と、私は彼女にきいてやった。するとアニイはソファの下にもぐりこんで、なにものかをかばうようにし、「キューーン」とひと声鳴いた」（「週刊現代」昭46 7 8、『夜の紅茶』所収）

いつもの愛犬エッセイの「親馬鹿ぶり」に収斂するのだが、訳文「夢の子たち」は、江藤の内密な声が封印されていると考えた方がよいだろう。

このコラムが書かれたのは昭和四十六年（一九七一）六月である。その半年前に江藤が書いた異様な文章がある。自伝『一族再会』第一部の最終章「もう一人の祖父」の中の「II　蜂須賀村」である。「もう一人の祖父」とは江藤が四歳半の時に早逝した母・廣子の父で、海軍少将で予備役編入となった宮治民三郎である。江藤は自らの母方のルーツを尋ねて、愛知県蜂須賀村へと足を伸ばす。父方のルーツは佐賀の下級武士であるが、母方は濃尾平野の農民であった。祖父は「おれたちは国を亡ぼした」と言って、「物置に毛の生えたような小屋」に逼塞して戦後を生きた。初めての著書『夏目漱石』を持参して、十年ぶりに最晩年の祖父を訪ねる「I　ひとつの再会」は『一族再会』の中で、もっとも美しい部分である。大学生の江藤は、祖父を誇らしく思って、陋屋を辞去する。祖父の葬儀で、江藤には祖父の声が聞こえる。「「君はおれの孫だ。おれの血が君の体内に流れるかぎり、おれの怒りもおれの誇りも、おれが断念したもののかずかずも、決して消滅することはない」」

私は祖父の魂魄が、景清のように舞うのを感じ、それがあの重々しいすり足で、次第に遠ざかって行くのを聴いた。それは母がいる昏い地底の世界に、静かに、重々しく遠ざかって行った」

一転して、「II　蜂須賀村」では、江藤は激しい悔恨に襲われる。江藤は宮治本家の当主に初めて会い、百年以上の時に耐えた屋敷に案内される。二人の海軍提督の子女が縁組みし、「この結合から生れた子供は私ただ一人である。その私はすでに中年に達しかけていて、売文を業とし、なにものかに追われるように——あるいはなにものかに呼びよせられるように父祖の地をたずね歩いている」。この後の告白があまりに異様なのだ。

「……私は還りたいのだ。どこへというなら、もっと健全で簡素な場所——そこで生と死の循環が動かしがたいかたちで繰り返されているような場所へ。私は還って触れたい。なににというなら、そういう場所の土に。そしてその土に、自分の不毛さを身を打ちつけて詫びたい」

常軌を逸したとしか思えない文章である。「生と死の循環」から外れてしまった自分を鞭打つかの如き激情がほとばしっている。江藤が詫びている「不毛さ」とは、この文脈で読む限り、江頭安太郎と宮治民三郎という二人の田舎秀才の優秀な血の「結合」が自分の代で絶えてしまうということであろう。子供が欲しかったのに、子供が出来なかったこと、自分の代で心ならずも、家の祀りを絶やしてしまう――。

重い原罪をひとり背負ったような罪悪感は、ひょっとすると、昭和二十九年の夏に原因があったのではないだろうか。単に「子宝」に恵まれなかったということではないとしたら。

ラムの「夢の子たち」は、「私たちは無です。無以下のもの、夢です」と語っていた。「無」と「夢」とは、デビュー作『夏目漱石』の中で、江藤が漱石という作家の最低音部で聴きとった音である。「薤露行《かいろこう》」「幻影の盾」「倫敦塔」「夢十夜」などの初期作品にあらわれた最低音部に江藤は「刑罰の意識」を読み取った。

ここで私が一番に思い出すのは「夢十夜」の「第三夜」である。毎夜「こんな夢を見た」で始まる「夢十夜」の中でも、もっとも罪深い感触を与える夢だ。背中に負ぶった自分の子供がいつのまにか盲目となり、重たくなっている。杉の根元にまで来て、子供が言う。

「「御前がおれを殺したのは今から丁度百年前だね」

自分は此の言葉を聞くや否や、今から百年前文化五年の辰年のこんな闇の晩に、此の杉の根で、一人の盲目を殺したと云う自覚が、忽然として頭の中に起った。おれは人殺《ひとごろし》であったんだなと始めて気が付いた途端に、背中の子が急に石地蔵の様に重くなった」

江藤が自分の批評文で何回か引用したこの「第三夜」は、江藤の「刑罰の意識」「隠微な罪悪感」を喚起したのではないだろうか。

「生命の恩人」杉下茂

慶大時代の友人で、江藤から誘われて、同人誌「位置」に入っていた中新井桂一郎は、ある日、「急に彼と話がしたくなって」江藤の家を見舞った。

「すると驚いたことに先客があってそれが慶子さんだった。予期していなかったことなのでどぎまぎしていると彼は笑いだして、「そんな顔をしていないでまあ座れよ」と私に言った。しかし慶子さんがいては文学の話もできず、学校の噂話などして早々に私は退散したのだが、その頃彼女は頻繁に彼を見舞っている様子だった」（「慶大生時代の江藤淳」「文學界」平11・11）

中新井さんによると、江藤は闘病中でも病人らしくなかったという。見舞いに行っても、ふだんと変わりなく、よく喋り、元気そうにしていた。三浦慶子という人はおっとりとしているが、時々、するどい人物評をやり、中新井さんもきつく言われたことがあった。文学の人という感じは持てなかった。「女性は文学がわからない」というのが、当時の江藤の持論だった。

病床の江藤には愉しみがひとつあった。ラジオでプロ野球を「聴く」ことである。昭和二十九年の日本シリーズは中日ドラゴンズと西鉄ライオンズで争われた。中日のエース杉下茂はシーズン中に三十二勝をあげ、防御率一・三九で、リーグ優勝に貢献していた。

「ことにアメリカまで出掛けて、フォークボールという〝魔球〟を習得して来た三十勝投手、杉下の冴えは、文字通り息を呑ませた。私は、枕許のラジオに耳を押し付けるようにして、その杉下の〝魔球〟が、捕手のミットにおさまる小気味よい音を、ただ陶然として聴いていた。（略）杉下がストライクを取り、三振を奪い、投げ勝てば、それだけ自分も健康になる。そして、その結果中日が優勝すれば、きっと自分もこのうだつの上らない状態を脱け出して、学友たちのところへ戻れるにちがいない。私は、そのとき、本気でそう考えていたのである」（傍点は江藤、「ピッチングを聴く」『西御門雑記』所収）

杉下の圧倒的な活躍で中日は四勝三敗で優勝した。杉下の戦績は三勝一敗である。「名投手の好投を聴いたおかげで、生きる意欲を取り戻した」のが二十一歳の江藤だった。その時以来、江藤は杉下と中日のファンになった。江藤がいかに中日ファンだったかという証拠がある。「東京中日スポーツ」に昭和のおわりから平成にかけ、五年にわたってコラムを連載したのだ。腰を痛めて連載は終了となったが、「これは今のところ空前絶後というスポーツ新聞向けの文章である」とおどけている（『渚ホテルの朝食』あとがき）。杉下を「生命の恩人」とまで書いている。スポーツ雑誌のアンケートの投手ベストスリーは、こんな顔ぶれにしたともコラムで報告している。「別所毅彦（力量抜群）、杉下茂（天才不世出）、江川卓（存在感）」。江藤が中日ファンであったのには、もうひとつの理由があったように私には思える。父祖の地、亡き母のルーツが愛知県だったということも大事だったのではないか。

杉下のお蔭と級友たちの協力で、江藤はほとんど登校しなかったにもかかわらず、無事、三年に進級できた。その療養中に書いたエッセイが「マンスフィールド覚書補遺」である。発表舞台の同人誌「Pureté」第3号は昭和二十九年十二月二十五日発行と奥付にある。江藤の二十二歳の誕生日である。このエッセイに注目したのが若き日の柄谷行人だった（「江藤淳論――超越性への感覚」『畏怖する人間』所収）。「『覚書』からほぼ半年後に書かれた『覚書補遺』では、あきらかに『覚書』とは異った音色、『夏目漱石』や『小林秀雄』を想わせる音色がひびきはじめている。『補遺』のなかでは氏は突然「マンスフィールド伝説」を破壊しはじめる。漱石の神話をまもなく破壊しようとしたように」

柄谷は江藤の「補遺」から、「子供を失った一人のみじめな女から、一人の作家が生れるのである。ぼくらは、キャサリン・マンスフィールドという作家の誕生をこの時期におきたい」という部分を引用した後で、「われわれもまた、江藤淳という批評家の誕生をこの時期におきたい。氏の批評家としての想像力は、「作者」と「作品」との「関係というよりは断層」に眼をすえたとき、はげしく醱酵しわきたちはじめた」と書いている。江頭淳夫は、「江藤淳」を名乗る直前に、すでに江藤淳に転生を遂げていた、ということだろう。柄谷はさらに、江藤の『小林秀雄』の中で、「マンスフィールド覚書」から「補遺」への、「江藤氏の内的確執を投影している」と見た部分も引用している。そこは前章で私が引用した部分と重なる。「自殺者は虚無のなかに意識を抹殺しようとして、かえってこういう世界に出逢う。（略）ただ冷たく、暗く、荒涼とした風が吹きすさんでいるだけの世界」。江藤の『なつかしい本の話』では、昭和二十九年八月の寝苦しい夜に江藤が出逢った「老子」の「あれ」のことである。

江藤の自筆年譜昭和二十九年の項では、「療養中に一転機を得る。堀辰雄、立原道造及びその亜流を贋物と感じ」、十七世紀の形而上詩人ジョン・ダンの詩の一節に共感したと記している。その英詩の江藤訳を参考までに掲げておこう（「現代小説の問題」「三田文学」昭32・3）。

「君らは恋というものが、ミューズにだけ仕える純粋で抽象的なものだというが、そんなのは嘘っぱちだ。恋だってほかのもの同様、ちゃんと五体をかね備えているんだ」

江藤はこの詩を「半ば粗暴なほどの男性的息づかい」と評した。

第十六章　山川方夫との『夏目漱石』論議

江藤淳が後年、昭和二十九年（一九五四）の自分を救ってくれた「生命の恩人」として挙げた名前は、中日ドラゴンズを優勝に導いた杉下茂投手だった。しかし、それ以上の「生命の恩人」がいたことは明らかである。病床の江頭淳夫を支えた三浦慶子、後の江藤淳夫人である。

翌昭和三十年に、江頭淳夫の前にもう一人の「生命の恩人」が出現する。慶応仏文科を出て「三田文学」の編集担当をしていた二十五歳の山川方夫《まさお》である。江藤にデビュー作『夏目漱石』を書かせたのが山川であった。作家としての山川方夫を高く評価した永井龍男との対談「文学の歳月」（「三田文学」昭62冬）で、江藤は「私が今日あるのは本当に山川方夫のおかげ」ですと語っている。

「不器用でしたけれども、真剣な作家で、どうしてあんなに早く死んじゃったのかと思います。／彼は結婚してから二宮に住んでおりましたけれども、五反田に家がありまして、五反田を通るといまだにつらいですね。（略）私を励まして、批評を書かせてくれたのも山川方夫ですから、もし彼に会っていなかったら、私は今、何になっていたかなあと思います。英語の教師か何かやっていたかなと思うんですけれども、山川方夫に会ったがために……」

戦後文学史の中でも伝説的な、山川と江藤の出会いについては、江藤は何度も書き、何度も語っている。その時々によって、回想のディテールは微妙に違う。その違いは必要に応じて検討することにして、もっとも詳細に語っている講演「三田文学の今昔」（「三田評論」昭60・8、9合併号）に沿って、話を進めていくことにする。江藤が山川に出会ったのは二十二歳の時だった。講演の聴衆もその年頃の学生が多い。若い頃を思い出しながら、江藤は壇上から語りかける。

ようやく進級できて三年生になった五月、成瀬正次という級友が、「三田文学の山川さんが君を呼んでますよ」と声をかけてきた。この級友は古いダットサンを持っていて、「三田文学」の配送を自ら買って出るという奇特な人物だった。山川は江藤が同人雑誌に書いた評論を読み、江藤の才能を見込んだのだった。当時の「三田文学」は慶応出身者にこだわらず、次々と新しい才能を発掘していた。安岡章太郎、遠藤周作、曽野綾子、谷川俊太郎、川上宗薫、佐藤愛子、その後に坂上弘、江藤、浅利慶太、有吉佐和子と続く。編集部員は手弁当だし、原稿料は出なかったが、特別な活気に溢れた、小さな「文学共和国」となっていた。

「ところで「三田文学」から声がかかるなどということは大変な名誉ですから、そのとき私が欣喜雀躍したかというと、これがそうでもなかったんです。なんだかちっともぴんとこない。実を言いますと、私は当時出てた「三田文学」が大嫌いだった。何故嫌いかというと、なんとも銀座のショーウィンドーみたいに見えたからです。（略）ただの金持ちのお坊っちゃんの道楽じゃないか、こっちは金持ちの坊っちゃんどころか、結核の病み上がりだ。そんな雑誌へ何か書けと言われたって、おいそれと書けるものかと思っていた。反撥と嫌悪にみちみちて、非常に身構えていた」

江藤の「自筆年譜」によると、「原稿の提示を求め」られるも、「これを一旦謝す」が、山川から「再度原稿の提示を求め」られた。それでやっと編集室まで足を運んだというわけだった。

「（山川は）鼻筋の通った端正な顔で、大変感じのいい人でした。何よりも初対面の、鬱屈したものを持っている私のような塾生をくつろがせて、存分に話をさせるという、兄貴分としての度量と優しさを持った人でありました。（略）そこでの一時間半かそこらの山川方夫との対話……。これはやはり私の人生にとって、ひょっとしたら一番大切な瞬間だったのかもしれないのです。もしあの一時間半がなければ、私はこんなところに立って、皆さんにお話ししていなかったかもしれない。あの一時間半がなければ、あるいは生きてさえいなかったかもしれない。別に自殺するという気はなかったけれども、生きる意欲がなければ、人間というものはだんだんしなびて、最後には死んでしまいますから、そうなっていたかもしれない」

大学生だった江藤が描いた漱石像のキーワードは「旺盛な生活欲」だった。漱石論の結論部分では、「生及び人間を嫌悪すべく生れついた」漱石の生涯は、「旺盛な生活欲を持った拙劣な生活者の悲劇」であり、「拙劣な生活者であるあまり、その憧憬は死に属していたが、その肉体はより以上に生に属していた男」が漱石であるとして筆を擱《お》いている。漱石の晩年の弟子だった芥川龍之介について、江藤は「師の持っていた旺盛な生活力を欠いていた」と批判し、「彼の芸術至上主義は、人生を旺盛に生き得ぬ者の遁辞にすぎない」と手厳しい。漱石が芥川宛てに送った忠告の手紙を江藤は引用してもいる。「馬」ではなく「牛」になって、「うん〳〵死ぬ迄押すのです。それ丈《だけ》です。……何を押すかと聞くなら申します。人間を押すのです。文士を押すのではありません」。若き江藤にとって、漱石論を書くとは「牛」になって押すことであり、漱石論というエサがもし与えられなかったら、芥川の二の舞いになりかねなかったのである。

山川との「一時間半の対話」の主題は誰を評論の対象にするか、ということだった。堀辰雄なら角川版の『堀辰雄作品集』を持っていて読み込んでいる。「堀辰雄なら書けるかもしれません」と言ったら、山川は「ふん、堀辰雄ねえ」と首をかしげ、「ほかに何かない」と却下した。もしこの時、堀辰雄を否定的に論じることになっていたら、「旺盛な生活欲」を持った江藤淳は存在していなかったろう。

江藤は思わず、「夏目漱石のことを書いてみたいという気も、少しはするんですけれど」と新しい名を出した。漱石は中学時代から読んではいたが、前年の療養中に読んだ『門』や『道草』に、「まくら元の古ラジオでよく聴いていたモーツァルトやバッハの音楽のあたえる慰め」に似た充足を感じ、「作者の痛ましい孤独な表情に心を惹かれる」ようになっていた（「現代と漱石と私」）。山川は「君、漱石がいいよ」とすぐに反応した。

「僕はその時初めて山川方夫という人の顔をまじまじと見た。（略）あの「春の華客」【山川が「三田文学」に載せた小説のタイトル】の作風から見れば、堀辰雄派だろうと想像していたらそうじゃなかった。都会趣味、ハイカラ趣味は、彼の文学のすべてでは決してなく、ごく一部分であって、山川の小説の本質はもっと野暮な、倫理的なものでした」

山川方夫没後三十年の特集企画が文芸誌「すばる」（平8・3）で組まれた時、江藤は桂芳久と対談している（「孤独の深淵をみつめて」）。桂は山川と一緒に「三田文学」の編集をしていた作家である。江藤は何十年かぶりに山川最晩年の佳編「最初の秋」を読み、山川という作家は、「ある意味じゃ、日々死をくわだてながら三十四年間生きていた人だったということがわかった」と語っている。

「最初の秋」は新婚生活に入った作家を主人公にした私小説である。「家庭の幸福」を描こうとしながら、その筆は十四歳の時の父の突然の死を回想し、「肉親の血の拘束」に囚われ、祖母と母と姉妹たちに「他人」（傍点は山川）を見、「屍体の安息と清潔」を渇望しつづけてきた過去の実在感のほうが小説の前面に滲み出た作品になっている。

江藤は再読で、漱石と山川の類似に気づいたと話を進めている。

「漱石というのは家族問題、これに非常に苦しんでいるんですね、複雑な生い立ちの人だから。（略）もう一つは、今度「最初の秋」を読み直して、不動産、骨董を横領されるでしょう、親類に。小説だからつくってあるのかもしれないけれども、類似の経験をしてるはずですね。（略）漱石の文学の中でも、刑法上の罪で言えば不動産侵奪や横領は大変大事なモチーフになっている。（略）「門」もそうだし、「こゝろ」

もそうで、（略）何で彼が漱石をやれと言ったのか。この江藤というやつに何か書かせてみたら、参考になるかも知れないと思ったのではないだろうか」

江藤は『夏目漱石』では、漱石最後の小説『明暗』を「真の近代小説といい得る作品」と最大級に評価している。その江藤に向かって、山川は「今に見てろ、『明暗』の後はおれが書いてやる」と意欲を洩らしていたという。

この対談で興味深いのは、江藤がほとんど言及することのなかった村上春樹を山川と対比させていることである。山川の小説は「青春を扱ってるようでいて、実は家族と孤独」を主題にしている。「華やかさと都会的な味わいは、村上春樹がどんなにしゃっちょこ立ちしたってかなわない。けれども、どこかで一脈相通ずるかもしれないと思って、若い読者が触れてみるというだけの魅力を持っていて、読んでみると春樹は絶対扱わない、文学の正道にあるテーマを見通すことができる」と。

モラトリアムからの脱出

「山川方夫との一時間半」の場には、山川、桂芳久と一緒に「三田文学」の編集をしていた田久保英夫も同席していた。江藤の記憶では、田久保は漱石論には反対した。漱石論は既にたくさんあるから新しいのを書くのは大変だ、という理由だった。田久保の記憶は違っている。「漱石は随分たくさん書かれているけれども、まだ盲点があるから、いいんじゃないか」である（「群像」平11・10）。どちらが正しい記憶かは判断しようがない。確認できるのは、議論をリードしたのが山川であったろうということだ。

田久保のその日の記憶で逸することができないことがひとつある。『現代日本文学大系』（筑摩書房）の江藤の巻（昭47）の月報に書かれた「『三田文学』の頃」にある。銀座八丁目の古いビルの一室に無料で同居させてもらっていた編集部は、返品の雑誌や投稿原稿などで雑然としていた。

「そんな殺風景ななかへ、江藤氏は、一種華やかな雰囲気で現れた。というのは、彼は一人の若く美しい女性を同伴していたからだ。慶応の女子学生で、三浦さんと私たちは紹介されたが、実はまもなく結婚にゴールインした江藤夫人だった。江藤氏自身、まだ英文科の学生だが、そういう妙齢のつれがいるにもかかわらず、テレずに落着き払っていた」

江藤自身は、エッセイ「私の原点」で、同級生の成瀬正次に部屋まで案内されたと書いている。それ以外の回想では、あたかも一人で編集部に乗り込んだように読める。女っ気は感じられない。山川方夫は夭折してしまい、その「一時間半」の証言を残していない。田久保の記憶が正しいとすると、江藤は有能な女性秘書を従えるが如くだったのであろう。

「山川と私は編集部へ寄贈された『位置』という同人雑誌で、江藤氏の「マンスフィールド覚え書」というエッセイにひどく感心していた。私たちはそうして雑誌を廻し読みし、たいてい意見が一致するのだが、山川の名編集者たるゆえんは、手が早くて、すぐ目ぼしい相手に電話をかけて会ったり、執筆を頼んだりする」

江藤が同人誌に書いたマンスフィールド論は「覚書」と「覚書補遺」と二つあった。江藤の回想では、そのいずれを山川が読んだのか、それとも双方を読んだのかは必ずしも判然としない。「覚書」ならば、三田文学編集部での会見の一年前の昭和二十九年五月、「覚書補遺」でも、半年前の同年十二月に発表されている。「手が早」い山川にしては初動がのろい気もするのだ。そこで慶大仏文科の教授だった白井浩司の江藤淳追悼文（「三田文学」平11秋）の記述に注目せざるをえない。

「彼と初めて会ったのはいつだったか思いだせないが、慶子さんと連れ立って拙宅に見えたのは、夏目漱石論を「三田文学」誌に載せる以前だったことはたしかである。この訪問直後、当時の編集長山川方夫君に、夏目論の掲載を進言した覚えがあるのだ。（略）とにかく、何回かの来訪時には、必ず慶子さんを伴っており、彼ひとりの場合は一度もなかった」

もしこの証言通りだとすると、山川は初対面の前から漱石論を期待していたのかもしれない。また、三浦慶子の存在がここでも大きな役割を果していたことになる。慶子夫人は有能な秘書という以上に、「江藤淳」誕生の影のプロデューサーだったのかもしれない。

漱石論執筆の約束をして銀座の街に出た江藤は、どうやら大変な約束をさせられた、と身震いした。

「とにかくこのようにして、私には当座やるべき仕事ができた。私は病気以来のモラトリアム、目的喪失状態からいつの間にか抜け出していたのです。（略）とにかくやることができたというのは、大きなことですよ、皆さん」。江藤は壇上でひと際調子を上げて、この部分を語ったであろう。「モラトリアム」は講演当時の流行語である。もともとは江藤が滞米時代に影響を受ける心理学者エリック・エリクソンが提唱した概念であり、この言葉を日本で普及させた精神分析学者の小此木《おこのぎ》啓吾は、山川の慶応幼稚舎以来の同級生であり、友人であった。江藤と小此木が初めて会うのは山川が事故死した時である。

漱石論を書くことにはなったものの、江藤の蔵書には『漱石全集』がなかった。今と違って、書籍、とくに全集類は貴重品だった。その『漱石全集』を貸してくれたのは、三浦慶子の親友の仏文科生・小池（川上）清子だった。ここでも慶子人脈が生きている。

「山一証券の小池厚之助社長の令嬢で、井の頭線の池ノ上にお屋敷があって、そこには『漱石全集』が二セットあるという。（略）三冊ぐらいずつ借りて来た。私は全然ノートやメモを作らないたちなので、ただ只管《ひたすら》読んではまた返す。いや、そんなに一々返しにこなくてもいい、あなたのところに置いておいてもいいと寛容に言ってくださったので大変助かりました」

江藤の親戚の家にも『漱石全集』はあったのだが、実はその親戚から借りることには失敗していた。三浦慶子、小池清子と同じ仏文科の同級生だった日能《ひよき》（宿谷）幸恵は、江藤の継母・千恵子の姪であった。

青山の日能家には『漱石全集』があり、江藤は義理のいとこの幸恵さんに、「原稿を書くので貸して」と頼んでいる。幸恵さんが父（継母・千恵子の兄）に伝えると、「私の父は淳《あ》っちゃんのことをあまりよく思っていなくて、大事な本がどこに行っちゃうかわからない。やめとけ、と言って断ったんです」。

江藤が継母とはうまくいっていなかったことは、日能家では周知の事実だった。「淳っちゃん」の心証は悪かったのだ。といって、江藤が日能家に出入りしていなかったわけではない。この昭和三十年の日能家でのクリスマスパーティの記念写真が残っていて、男女半々の仏文科生の中に、英文科の江藤がひとり混じっている。その日のことを江藤は「バルザックと私」（『バルザック全集』月報、昭35・1、『犬と私』所収）というエッセイに書いているが、パーティで会った少女と二年後に結婚したとある。まるで初めて会ったかのように読める文章なのだが、その時には既に、三浦慶子とは公認の仲になっていたというのが実情だった。

山川に漱石論執筆を約したのは五月だったが、夏休みの八月には涼しい信濃追分まで行って執筆をした。それまでに、小宮豊隆や森田草平といった漱石門下生の本、荒正人の研究書を読んでいる。それらは江藤の漱石論の中で生かされたり、批判の対象にされたりした。江藤の漱石論の最大の仮想敵は小宮豊隆であり、その「則天去私」神話を木っ端微塵に壊すことであった。

以下は臆説とあらかじめ断った上で、書き留めておく。江藤が中学時代から詩作を試みたことは本人も記している。その時に、詩の添削と指導をしてくれたのは中国文学者の辛島驍《からしまたけし》であった。湘南中学時代の親友・辛島昇の父君である。辛島驍の岳父は東京帝大教授だった著名な漢学者・塩谷温《しおのやおん》だ。江藤は「私の文学の最初の師でもあった」辛島先生から、詩作の参考として詩誌「詩学」を読むことを勧められた（『中国現代文学の研究』『西御門雑記』所収）。

その辛島驍が「詩学」（昭23・4）に随筆「漱石の漢詩」を書いている。「私は、漱石に嫌悪を感じる」

という一文で始まる過激な文章である。その嫌悪は「今を時めく漱石門下の終戦官僚各位」と、「則天去私」に向けられている。前者は文部大臣安倍能成と東京音楽学校校長小宮豊隆を指していることは間違いない。辛島は安倍とは京城帝大では同僚だったから、何らかの因縁がありそうである。小宮は「則天去私」神話の張本人である。そこが江藤の漱石論とつながる第一点である。もう一点は漱石の漢詩評価である。辛島の文章は、漱石の漢詩を通読して、「概念だけの文人生活の境地」に気取りを感じると批判する。初期と修善寺大患期の作以外は認めていない。江藤は漱石漢詩については、漱石論で英詩と俳句を大幅に援用したのに比べると言及は少ない。「私程度のごく初歩的な漢学の知識しかないもの」(『漱石論集』)と珍しく自重している(『漱石とその時代』が未完なので、『明暗』と並行して作った晩年の漢詩の評価も明らかではない)。つまり、「則天去私」神話破壊と漢詩評価に辛島先生の影響が残っているかもしれないのだ。一つは「出藍」の過激さとなって、もう一つは漢学の素養の不足の自覚として。「則天去私」に儒教の枠組みではなく、老荘の枠組みを当てたのが後年の江藤漱石論になっていく。

臆説はこのくらいにして、昭和三十年夏へと戻ることにする。講演「三田文学の今昔」は続く。「とくに結核の病み上がりの身に東京の八月は耐えられないと思って、信濃追分の農家の二階を貸してもらうことにしました。確か三食付で三百円ぐらいだったのじゃないでしょうか、まことに安かった。あの辺には学生にひと夏勉強部屋と質素な食事を提供してくれる農家があるということは、堀辰雄学のノウハウで知っていたのです」。

結核で二年前に亡くなった堀辰雄を知っていた友人がいた。日比谷の同級生・斎藤明である。斎藤は江藤の死の翌年「文藝春秋」の随筆欄で、その夏のエピソードを披露している。斎藤のその時の肩書は「毎日新聞社社長」である。

「やはり日比谷の同級生で、詩人の安藤元雄氏と、軽井沢駅に江頭を迎えに行った。列車の到着を待ちながら、安藤氏がぽつりと「おい、江頭は彼女を連れてくるよ」と言った。「本当か」とこちらはにわかに色めき立った。――こう記していて、隔世の感に打たれるが、当時は結婚する前の男女が一緒に旅行することは珍しいことだったのだ」

二人はその女性にふざけて「奥さん」と呼びかける。「すると、あの沈着な江頭が「いやいや、まだなんだよ」と真っ赤になって大いに狼狽したのである。慌てた江頭を見たのは、後にも先にもこの時だけだ。もちろん、その女性は、後の慶子夫人」だった。一緒にいた安藤元雄の記憶は少し異なる。駅に迎えに行った記憶はなく、江藤が慶子さんを連れてきたので、自分の部屋を明け渡し、別の狭い部屋に移ったというのである。安藤元雄は江藤に堀辰雄と立原道造を教えた友人であり、斎藤明の紹介で、堀未亡人を訪ね、堀家の書庫に出入りする関係になっていた堀辰雄信者だった。「江藤はどこへ行くのにもお慶さんを連れ歩いていたんです。同人誌の合評会を新宿の風月堂でやる時も、同人ではないお慶さんも来て、意見を述べるわけでもないのに座っていました」。「お慶さん」という安藤さんの呼び方に、江藤と夫人の関係性が垣間見える。江藤も自作の小説で書いていたように、「姉と弟」といった依存関係が周囲には感じられたのだろう。大正大学図書館の江藤淳文庫に残っている「夏目漱石論」の生原稿は、一部は女文字になっている。「お慶さん」が清書を手伝っていたと思われる。

安藤さんは江藤が漱石論を書くというので、新書版の『芥川龍之介全集』を江藤に貸している。漱石と芥川は師弟関係であり、芥川と堀も師弟関係である。「江藤は、漱石―芥川―堀とだんだん川の流れが細くなっていってしまう、と言っていました」。

T・S・エリオットへの敵愾心

江藤は夏の高原で漱石論の第一稿を書き上げ、山川方夫との約束を果すことができた。そのきっかけは行きの三等車の中にいた時にあった。

「列車は高崎を過ぎていたと思います。もう線路に勾配がついていて、碓氷峠《うすいとうげ》の方に信越線が登り始めたところです。その時私は鞄の中にT・S・エリオットの『Selected Essays（批評論集）』というペリカンブックの文庫本を一冊入れていた。漱石論を書く上では何の参考にもなりませんが、T・S・エリオットといえばなんていったって当時英国の大詩人、大文芸批評家ですから、英文科の同級生とやっていた読書会で、この本をテキストに使っていた。それを何の気なしに鞄に入れて来た」

「江藤淳」誕生のもっとも重要なポイントなので、この先は江藤自身の文章を引用したい。『江藤淳文学集成』に書き下ろされた「著者のノート」の一節である。

「そして一人切りで、一行一行を嚙みしめるようにT・S・エリオットの文章を読み進むうちに、私のなかには、敵愾心とでも呼ぶほかないような激しい感情が、にわかに堰を切ったように奔流しはじめた。／それはその通りかも知れない。しかし、だからといってこの英国に帰化したアメリカ生れの詩人批評家の言説を、お説ごもっともとおしいただいているわけにはいかないぞと、私は内心でつぶやいていた。私は思わず網棚から鞄を下し、書きかけの原稿を取り出してひろげた。そこには自分の内部で奔騰する感情とは、似ても似つかぬ文字が書きつけられていた。これは止めだ、全部屑籠行きだ、追分の宿に着いたら、第一行目から書き直さなければ駄目だと、そのとき私は断然決意を固めた」

この決意を口にしていたとしたら、その声を確かに聞いていたのは、隣の席にいた三浦慶子だっただろう。この文章でもまた影のプロデューサーの存在は消去されている。宿屋に着いてすぐに書き始めたのが、現行の『夏目漱石』の冒頭部分であり、批評家宣言となっている。

「T・S・エリオットによれば、批評家の任務は過去の作品を時代の要求に応じて再評価し、新しい秩序の下に再編成することにある。だが仮りにそうだとした所で、日本の批評家の任務には、どの作家のどの作品が文学で、どれが文学でないかを識別する必要がつけ加えられねばならぬ。このような仕事は元来文明批評のジャンルに属するもので、余程な物好きででもないかぎり容易に手をつけたがるものではない。（略）しかし、ぼくらは野暮な仕事からはじめねばならぬ。近代日本文学の生み得た寥々たる文学作品を拾い上げ、その系譜を明らかにすることがそれであって、これは同時に、この国で文学が書かれ得るためにはどれ程の苦悩が要求されるかを知ることでもある」

江藤は書いているうちに、「筆の先に過不足なく自分の体重がかかっているという確かな手応え」を感じて充実を覚え、自分が「書きたいことは、こういうことだったのだ」と得心する。モラトリアムはこの時に、終わりを告げたのだった。

江藤と山川との関係が深まるのは、信州で書き上げた七十枚の漱石論を送ってからだった。むしろこれからが本番だったといえよう。山川から「話がしたい」という速達が届き、江藤は出かけていった。待っていた山川は「ちょっと出よう」と言って、鷲摑みにした漱石論の原稿を持って、押し黙って銀座の街を歩いていく。向かった先は「サボイア」という喫茶店だった。

「彼が黙っていたのは興奮していたのです。そして「これは君、すごく面白い。大変に面白い」と言った。「大変面白いけれども粗雑なところがある。（略）少なくとも倍以上に書き伸ばさなければ、これだけの議論はできないはずだ」と言うので、それから議論が始まった。（略）自分の原稿に夢中になるのなら話はわかるんですけれども、私の書いたものの内容に対して、私以上に身を入れて一所懸命に考えてくれて、真剣に議論してくれる人なんてこの世の中にいるだろうか、と私は思った。しかしその人が眼の前にいるんです」

二時間余の議論の末に、倍増することになった「夏目漱石論――漱石の位置について」は、かくして昭和三十年十一月号と十二月号に分載された。

編集部でその漱石論のゲラの校正をした人がいる。昭和三十年の春から年末まで、編集部で無給のアルバイトをしていた佐藤恵美子である。兄の岡谷公二が山川と慶応幼稚舎時代からの友人で、岡谷は「三田文学」に小説も発表していた。佐藤さんは交通費だけ支給という約束で毎日通い、広告主探しや原稿取りのお使いや雑用をこなした。岡谷家は山川家と同じく、男の子は慶応幼稚舎へ、女の子は聖心へと通わせる家だった。佐藤さんは聖心女子大を出てブラブラしていた時にスカウトされた。同人誌「三田詩人」に属す詩人でもあった。

「山川さんが亡くなる前に一度だけ江藤さんに会った時に、「私がゲラを校正しました」と言いましたら、「あなたたちのおかげです」とお礼を言われてしまいました。校正をしていた時に、山川さんが「文章が論文みたいに固いなあ」と感想を洩らしたことを覚えています。書き直しの注文もしていました」

江藤淳というと、直しのない、きれいな原稿を書くことで有名だった。ゲラでも単行本にする時でもほとんど手が入らない。というよりも、手を入れないことをモットーにしているかのようだった。その江藤が、山川の要求と助言には何度も応じていたというのは、ある種の驚きである。ためしに単行本の『夏目漱石』と初出の「三田文学」を比較してみると、章によってはかなりの加筆、改変がなされている。「三田文学」の山川方夫と原稿を交えて向かい合った頃が、江藤淳の短い修業時代だったのだろう。

かたわらで見ていた田久保英夫には、二人の関係はこんな風に映っていた。

「その頃の江藤氏から、いちばん刺戟と影響をうけたのは、たぶん山川方夫だろう。山川は江藤氏を知って、人間も作品もひとまわり逞ましくなったようだ。二人は一種現実家の眼と、内に潜む孤立の生存感覚において、響きあうものがあった気がする」

「一卵性」の山川と江藤

山川から江藤への影響は漱石論の第二部である「続・夏目漱石論——晩年の漱石」（「三田文学」昭31・7〜8）に顕著にうかがえる。そこでは『行人』を論じながら、「他者」というキーワードが大きく浮上してくる。江藤は自伝エッセイ「文学と私」で、「もしこれまでの私の仕事に何かの意味があるとすれば、それは文芸批評に「他者」という概念を導入しようと努めたことだろうと思う」と書いた「他者」である。

江藤と同じく山川によって見出され、江藤と一緒に昭和三十一年秋から「三田文学」の編集に加わった坂上弘は、山川の口癖が「「他者」とは何かなんだよなあ」だったと書いている（「他者と文学」「三田文学」平11秋）。坂上は田久保との追悼対談では、江藤の「他者」「他人」を語っている（「群像」平11・10）。

「漱石論で彼が考えた認識というのは、自分にとっても漱石文学にとっても大事なことは、「他人」という問題じゃないかということだったと思うんですね。／他人をどうするか、他人とは何であるか、「他人をどうするかというのが、文学では一番大事な問題なんだよ」という言葉は、僕は、「三田文学」の中ではむしろ山川方夫からよく聞いていた言葉なんです。／だから、ある意味では、出発点にあるものは山川も江藤も一緒だったのかもしれません」

江藤の漱石論は失敗作『行人』に到って、劇的な緊張を孕む。漱石の中の「「我執」と「自己抹殺」の問題が、行き着くべくして行き着いた袋小路」が『行人』だとしている。狂気の沸騰で発狂せんばかりになっている主人公の「一郎」は妻の「お直」を打擲《ちょうちゃく》する。妻は抵抗も反応もしない。江藤は「お直」を「一郎」にとっての「他者の象徴」と見ている。この漱石と対極の世界にいるのが、『暗夜行路』の志賀直哉である。初出の「三田文学」で、江藤は「かの愚昧な大作家志賀直哉」と書いている。最初から「他者」を放棄して顧みなかった志賀の同類として、自然主義作家たちも槍玉に挙げる。彼らは「芸術家」という自負をもって「他者」を離れた。こうして近代日本の多くの作家たちは性急に否定される。漱石は例外的に、社会的責任を果し、平面的倫理を受け容れ、社会に座標を有する生活者であった。『道草』にいたって、「ぼくらは極めて寥々たる「生活者」である作家――「倫理的」作家を所有する」。江藤の文芸批評は、この「他者」という概念を拡大、深化させていくことになる。

一方、山川は小説を書くことによって「他者」を考えた。同世代によるシンポジウム『発言』（昭35刊）で、山川は大江健三郎の『われらの時代』と石原慎太郎の『ファンキー・ジャンプ』を「他者が存在していな」いと批判した。この主張に、江藤も『発言』の跋文で呼応した。その八年後、大江の『万延元年のフットボール』評価をめぐって、江藤・大江関係が決定的に決裂するのは、「他者」が描かれているか否かにあった（対談「現代をどう生きるか」「群像」昭43・1）。

江藤と山川は、批評と小説とジャンルが違っていたために目立たないが、おそろしく相似している。江藤は晩年、慶子夫人と自身を「一卵性夫婦」と名づけたが、江藤と山川は、それ以上に緊密な「一卵性文学者」だったのではないか。「三田文学」編集部での出会いは、格別のものであった。

第十七章　小林秀雄と正宗白鳥の影響

堀辰雄ではなく夏目漱石を書く。この選択は江藤淳ではなく、先輩の山川方夫によってなされた。昭和三十年（一九五五）五月、銀座の「三田文学」編集部での「山川方夫との一時間半」の結果だった。江藤の回想はその時々によって細部が変わるが、堀、漱石以外に、論じる対象としてもう一人の名を挙げたとする回想もいくつかある。その名とは小林秀雄である。結局、小林については六年後に評伝『小林秀雄』が書かれた。堀を書くのは、三十数年後の『昭和の文人』まで待たなければならない。

『小林秀雄』の書き出しは、「人は詩人や小説家になることができる。だが、いったい、批評家になるということはなにを意味するであろうか」という問いかけだった。自覚的に「批評家」を選び取った小林を、批評家となった江藤は問題にした。処女作『夏目漱石』の場合は、まだ批評家という自覚を持ってはいない。一学生の分際では当たり前である。その書き出しは、「日本の作家について論じようという時、ぼくらはある種の特別な困難を感じないわけには行かない」という近代日本文学の特殊事情への考察から入っている。この冒頭部から、すでに批評を書くという行為への自覚的な問いに目覚めている。

しかし、『夏目漱石』には、小林秀雄の名前は一度も出てこない。一番頼りにされ、肯定的に参照されているのは、漱石門下の作家・森田草平を除けば、自然主義作家の正宗白鳥の批評である。江藤自身、「おおむね漱石については苛酷な正宗白鳥氏」と書きつけた上で、何度も白鳥のシビアな感想を引用している。「小説の中に雑録がまぎれ込んだのじゃないか」と『それから』をクサし、遺作の『明暗』にいたって、「はじめて漱石も女がわかるようになったと思った」と書くのが白鳥であった。

秋山駿との対談「昭和の批評を語る」（「ポエティカ」七号、平4）では、小林が漱石を論じていないので、白鳥の『作家論』『自然主義盛衰史』などに影響されたと話している。

「ぼくは白鳥さんの批評は、創元文庫などで手にはいるのを古本屋から買ってきては、読み耽ったですね。あの人もヘンな人で、無遠慮なことをズケズケ言う人だけれど、おもしろいなあ、と思っていた。それはぼくだけじゃなくて、当時、慶応の学生の文学仲間に「白鳥、白鳥」と言ってるのがいて、白鳥が一番偉いんじゃないかと言っていた。小林も相当なものだけど、なんといっても大家は白鳥だ、と。今、慶応普通部の英語教師をしている中新井《なかあらい》桂一郎君という人ですが、彼はある意味ではぼくの文学の師です。白鳥を推賞して傾倒していて、白鳥みたいな文を書く。ぼくは彼のその確信に支えられて、ずいぶん白鳥は愛読した」

英文科の同級生で、同人誌も一緒だった中新井さんは、江藤が漱石論を書き出したら、「書けて書けて筆が止まらない」と話していたのを記憶している。江藤と漱石という結びつきは意外だった。ノイローゼになって参禅するとか則天去私とかの漱石と違って、江藤に宗教的なものを感じなかったからだ。江藤は内に向かうタイプではなくて、外に向かう行動派に思えた。「三田文学」に漱石論が出た時には雑誌を貰い、二時間ほども議論をしたという。

「江藤は小林秀雄については、まだ小林を読んでるのと言っていました。高校生の時に読んで、もう小林は卒業しているのか、早熟だなと。江藤は先生とかの噂が好きで、ヒューマンインタレストが強かったですね。英語が好きで、出来たから、将来は翻訳家とかになるのかと私は思っていました」

湘南中学時代の江藤の友人には作家の林房雄の息子や歌人の吉野秀雄の息子がいた。林は「文學界」の同人仲間、吉野は骨董仲間で、二人とも小林と同じく鎌倉に住んでいた。江藤は和服の裾をなびかせて鎌倉の町を歩く小林を畏敬の目で眺める少年だった。『無常といふ事』や『モオツァルト』は吉野秀雄の蔵書を借りて読んだ。日比谷高校の恩師・梶眕忢《しんご》先生も小林の信者だった。江藤が小林に違和を感じたのは、『ゴッホの手紙』が出た時だった。昭和二十七年、高三の夏休みに、江藤は新刊で買って、曾祖父が創立した海城高校の教室で、ひとり意気込んで取り組んだ。「実につまらなかった。『モオツァルト』を書いた人が、こんなものを書いていてはしょうがないなぁ、小林さん、どうしたんだろう、と思った」（「小林秀雄と私」「文化会議」昭58・9）。この時期、小林は戦後の日本と正面から取り組むのを避けていたのではないか、というのが江藤の小林評価である。江藤は確かに一度、小林を「卒業」していたのであった。

江藤は「昭和の批評を語る」で、小林と白鳥を比較している。

「正宗さんの批評なんていうのは、現場主義の印象批評だ、そこへ行くと小林秀雄の批評というのは、思想を濾過したうえでの言説だ、これはぜんぜんレベルが違う、と。小林さん自身もおそらく、（略）ご自分の批評的立脚点の優越性を疑わずに来たろうと思う。／ただ、問題は「思想と実生活論争」、ここにある。白鳥・小林論争。これは小林さんがかっこよくイナシちゃったので、一見、それで結着がついたと思ったところが、以後、戦争があって戦争に敗けて、小林さんも苦労して批評を再開するということがあった。その道筋の中で考え直してみると、この論争はそんなものじゃなかったということを、小林さん自身、ひじょうに深く感じたんじゃないか」

白鳥の歿後、江藤は小林から「だれが批評家で一番偉いか知ってるか」と聞かれたことがある。「さあ」と言うと、「正宗白鳥に決まってるじゃないか」と小林は断言した。ライフワーク『本居宣長』の後、小林の絶筆となったのは「正宗白鳥の作について」であった。その中で、小林は白鳥について、「永い間批評の仕事をして来た者として、本質的な意味合で教えを得た」と書き、白鳥の「裸」の文章と「文学とは何かという深い疑い」に無条件で敬意を表している。

江藤には自死の三年前に、白鳥と小林について語った「「思想と実生活論争」をめぐって」（『海燕』平8・3、聞き手・山崎行太郎）がある。その中で、江藤も小林に倣って、「もし時間があれば、「白鳥の批評について」という文章を僕自身が書きたいくらいです」と言っている。漱石論執筆時に、小林よりも上の世代で、批評家として存在感があるのは誰かと見渡したら、一人だけいた。それが白鳥だった。「白鳥の批評文には常に動きがある。精神の躍動があるんですよ」。その魅力は、江藤だけではなく、小林秀雄も感じていたというのだ。漱石論執筆当時を回顧的にふり返って話を続けている。

「僕らの中には、昭和初年の問題を回避することはできないという気持はあったけれど、しかしやはりひっくるめて日本の近代全部の問題を洗いざらい引き受けて、いちいち検証し検討して、その上で意味のある問題を背負っていかなければいけないという意識があった。それが僕が夏目漱石を書いた大きな理由の一つだったかもしれない。／だから僕の中には、批評といえば小林秀雄から始まった自覚的な「批評」であり、自分はさらにその延長線上で仕事を始めようとしているという自覚は十二分にありましたけれども、小林批評に戻るだけでは十分ではないと思っていました」

右記のインタビューの引用の中で、「僕」「自分」という一人称とは別に、「僕ら」という一人称が出てきている。これは偶然かもしれないが、興味をひく。「僕ら」――いや、正確には「ぼくら」は、江藤の『夏目漱石』では一人称として、全体の躍動感をつくり出していた。「ぼくら」が醸し出す、青年客気あふれる気負いが、偶像破壊の論調にあっていたからだ。江藤は「著者のノート」（『江藤淳文学集成』）で、漱石論の冒頭執筆の様子を、こう自己解説している。

「宿を借りることになっていた追分の農家にたどり着くと、私は、旅装を解くのももどかしい気持で、三田の大学の購買部で仕入れて来た原稿用紙をひろげ、自分のなかに湧き上って来る言葉をその儘に記しはじめた。「日本の作家について論じようという時、ぼくらはある種の特別な困難を感じないわけには行かない。……」。なぜ一人称代名詞が「ぼくら」なのか、そのとき私はその理由を考えてみようともしなかった。もし誰かに訊かれたとしても、おそらく「ぼくら」でなければならないから「ぼくら」なのだ、という程度の答しかできなかったに相違ない。

しかし、今となってみれば私は、ここで「ぼくら」が出て来なければならなかった理由を、ごく簡潔に示すことができる。それは、いうまでもない、「T・S・エリオット」に対しての「ぼくら」なのだ、と。（略）無論そのときの私は、「ぼくら」と「T・S・エリオット」とを対置するというこの選択が、英文学研究者を志望していた当時の自分を、やがて英文学から次第に引き離して行くような性質のものだったことには、全く気が付いていなかった」

三年後の大学院中退という、人生の一大決断の萌芽をここに見ているのは、江藤がいつまでも大学院中退にこだわっていたことをあらためて教えてくれる。その件は後まわしとし、今は「ぼくら」に注目する。江藤の回想は必ずしも正確ではない。大学一年の「創作ノート」でも、それから同人誌に書いた「マンスフィールド覚書」でも、江藤は既に「ぼくら」を愛用していたからだ。

江藤の「夏目漱石論」が載った「三田文学」（昭30・12）には、浅利慶太も「演劇の回復のために」という論文を書いている。「既成劇壇の先輩のかたがた。僕らと貴方がたの間には、或る決定的な断絶がありま す」と、「僕ら」のマニフェストを旧世代に突きつけている。浅利は昭和八年の早生まれである。浅利の「僕ら」とは劇団四季に集結した「一群の二十代の青年」とはっきりしている。勇ましさという点で浅利と江藤は共通するが、江藤の「ぼくら」はもっと非限定的である。

当時の「三田文学」を見ていくと、もうひとり「僕ら」の愛用者がいた。「近代批評の出発――T・E・ヒュームをめぐって」を書いている安東伸介である（昭31・9）。安東は英文科の二年先輩で、江藤が秘かにライヴァル視していた秀才であり、浅利とは後のミュージカル「キャッツ」に至るまで協力者だった（「キャッツ」はT・S・エリオット原作であり、浅利は劇団四季を始める時、劇団荒地と命名しようとした）。エリオットらに「決定的な影響を与えた」ヒュームの問題が、なぜに「今日もなお、僕らの懐疑——近代芸術に対する——の裡に生きているかを」考えたのが安東のこの批評である。

江藤の「ぼくら」の出自を考える上で安東の「僕ら」は参考になる。「或る夜の西脇先生」（「三田文学」平6冬）というエッセイで、安東は小林秀雄と西脇順三郎の酒席に同席した助手時代の思い出を書いている。酔っぱらった小林は西脇に向かって、一年だけ慶応の塾長をやってエリオットを慶応に呼べと無理を言う。安東ら西脇の弟子には、「君ら、ちゃんと勉強してるのか。イギリスの女をひっかけたこともないくせに、何が英文学だ」と毒づき、西脇先生のように西洋の女をものにしろとけしかける。安東は「すっかり堅くなってしまい口もきけない」のだが、それは「小林さんの著述を殆どすべて読んでおり、小林さんに尋常でない尊敬の気持を持っていたから」だった。

安東が「近代批評の出発」で「僕ら」と書きつけた時に、小林の批評文が念頭にあったことは明らかだ。小林秀雄は「様々なる意匠」でのデビュー時には「私」を使い、小説「Xへの手紙」では「俺」になるが、昭和十年代には「僕」と「僕等」を併用しながら文章を書くことが多くなる。それは「僕等の眼前には今私小説はどんな姿で現れているか」（「私小説論」）と書いた昭和十年から、敗戦直後の「モオツァルト」「ランボオⅢ」まで続く。「僕等は事変が何も彼も一新したという偏見から逃れる事が必要なのである」（「事変と文学」）、「歴史は決して二度と繰返しはしない。だからこそ僕等は過去を惜しむのである」（「歴史と文学」）、「思い出が、僕等を一種の動物である事から救うのだ」（「無常といふ事」）等々。

小林の「僕等」は、西洋近代と世界史の力が極東の日本にまで及び、「近代の超克」を迫られた昭和十年代の日本の緊張に見合っている。否応なく戦争へと向かっていく歴史の中で、社会と国民へ働きかける綱渡りの言論の魅力がある。「文學界」を編集し、社会時評に手を染め、外地に足を運び、講演で語りかける「行動家」の精神が「僕等」を生んだと言っていいだろう。小林の影響下にあった中村光夫や北原武夫もその頃の文章では、「僕等」に感染している。江藤は「小林秀雄と私」で、小林を「無産知識階級」のチャンピオンだったとし、「日本の知識人はみな大なり小なり」その階級に属していたとした。江藤の「ぼくら」を定義すると、この「無産知識階級」に相当するだろう。『夏目漱石』における江藤の「ぼくら」には、小林の影響が残っていて、「ぼくら」によって醸し出される文章のリズムを形成していたのではないだろうか。江藤は小林秀雄を「卒業」してはいなかったのである。

牙を剝く闘争精神

仏文科で三浦慶子と同級生だった高山鉄男は、江藤の評論や小説の載った同人誌をいつも買わされて、読んでいた。「熱心に読みはしたものの、私はそれほど感心したわけではなかった。才気はありあまるほど感じられたが、感傷的な脆弱さが気になった」。しかし、「三田文学」に載った漱石論には、「文字通り驚嘆した」。そこには漱石の「実存的不安」が発見されていたからである（『三田の文人』）。

高山は追悼文では、漱石論にはすでに「虚無と死の匂いがただよっている」と書いている（「三田文学」平11秋）。高山は江藤と話したことはなかったが、教室での秀才ぶりはよく知っていたし、「おびただしい量の原稿を書きためている」という噂も耳にしていた。江藤はいつも三浦慶子と一緒にいて、「慶子さんのそばには、級友の女子学生たちが何人かいることが多かったから、結果的に、江藤さんは美しい女子学生たちに囲まれている感じになる。そのまわりには、はなやかな社交的雰囲気があって、私をうらやましがらせた。だが、今にして思えば、はなやかな雰囲気にもかかわらず、江藤さんの内面にはすでに生と死の激しいせめぎあいがあったのだ」。江藤が漱石論の直前に書いていた小説「沈丁花のある風景」の舞台は三田のキャンパスである。「三田の山の東門を上ったあたりでは、今でも早春になると沈丁花が匂う。

学生にとってそれは新しい学年を予感させる春の匂いである。しかし江藤さんにとってそれは、死の床から生への復活を象徴する匂いだったにちがいない」。

「沈丁花のある風景」は江藤が漱石論にとりかかり、それから批評へと舵をきったため、連載二回で中絶になってしまった。高山はそれでも江藤の小説をずっと記憶にとどめていたし、当時の文学部の機関誌「文林」に厳しい評が載ったことも覚えていた。やはり仏文科で三浦慶子の同級生だった亀井淳の同人雑誌評「塾内の文学活動」（「文林」13号、昭31・6）である。

「同じく昨年、『位置』という雑誌（四・五号）に、江藤淳が「沈丁花のある風景」と題して塾文学部あたりの学生風俗を私小説的に描き、ちょっと話題になったらしいが、要するに、慶応が好きで、なかでも慶応の女子学生が好きで、愛しちゃって……といったご自分のへそのゴマをスミレと間違えたような、罪のないお話であった」

揶揄する調子丸出しの批判だが、公平に見て、この評は当っていない。前に検討したように、小説は江藤と三浦慶子との恋愛にたちはだかる深刻な内容を告白する意図を孕んでいたのである。江藤は、この評に猛然と反論した。「三田新聞」に投稿した文は、牙を剝く闘争精神が文壇生活を始める前からの生得の資質だったことを証明している。

「吹けば飛ぶような罵詈雑言を超然として無視し去るのは君子の美徳である。然し一旦この罵詈が公器を利して発せられた時、尚超然たるはもはや美徳ではない。このような態度を怯懦という。雑誌「文林」は我々文学部会員の会費によって維持されている公器であって、片々たる同人雑誌の類ではない。然るに「文林」編集部は、この公的雑誌の巻頭を亀井淳君の「塾内の文学活動」と題する、赤新聞の無署名記事と選ぶ所なき甚だ不愉快な文章をもって汚した。編集部の不見識を第一に遺憾とする」（「三田新聞」昭31・7・11）

「文林」の編集責任者は、やはり仏文科で三浦慶子の同級生だった山田彦彌である（亀井淳も山田彦彌も後に「週刊新潮」の編集者となっているのは興味深い）。まずはそこに一の矢を放ち、続いて本丸へと進む。「亀井君の文章には排棄さるべき悪意が充満している。その第一は君の批評の公正を欠き、稚気満々たる偏見に囚われていることにある」とし、逐一論駁する。自らに降りかかった火の粉には容赦しない。「さらに、「位置」に掲載された、中新井桂一郎、森正博、小川惠以子ら他の塾生の力作を無視してことさらに僕自身の、未完の小説を取上げた意図は奈辺にあるか。君は森から借りて、「位置」創刊以来の各号に目を通しているはづである。／敢えて江藤淳に触れる必要があるなら、また塾外の雑誌に触れるのであれば、同じく塾生の坂上弘の「澄んだ日」などと共に僕は「夏目漱石論」を「三田文学」に発表しているのである。つまりここにあるのは、故意に公正を避けた私怨ではないか。僕を憎むのは君の御随意だが、それを公器たる「文林」に発表して、恬として恥じざるは公私を弁えざる不徳義である。（略）これ程のことが判らぬ位寝呆けているなら、宜しく味噌汁で顔を洗って出直し給え」

筆者の署名は「江藤淳」であり、「本名は江頭淳夫、文四＝投稿」と注釈されている。この反論が掲載された時は、「三田文学」に「続・夏目漱石論」が出ていた時期で、江藤の批評への確信は深まっていた。小説続稿の意欲はすでに失せていたであろう。「筆の先に過不足なく自分の体重がかかっているという確かな手応え」は、小説を書くことでは得られないことに気づいたからだ。

「沈丁花のある風景」は小説としては失敗作であった。江藤淳としてはいまさら云々されるのは迷惑であろうが、もう少しだけこの小説に触れておきたい。小説の主人公「筒井順一」は誰が読んでも江藤自身と同一人物とわかるのだが、物語の語り手は次々と交替してゆき、主人公らしい特権的な地位は、相対的にしか与えられていない。恋人は順一を、「本当に子供なんだわ……彼女は人生の哀歓を知りつくした中年女であるかのような感慨をこめて」思う。左翼の同級生は、「この坊っちゃん臭い秀才ほど、つきあいにくい奴はいない。妙に人なつこくて、妙に冷たい」と批判的な視線を向ける。恋人の友人は、「小柄で、いかにも虚弱そうな青年である。美しくはないが、笑うと子供っぽい魅力があって、その唇は肉感的に厚い」と客観的に観察している。こうした小説作法はうまくいっていないが、江藤の漱石論を読むと、漱石の『道草』に通じるものだったとわかる。

「この小説の過程は、知的並びに倫理的優越者であると信じていた健三が、実は自らの軽蔑の対象である他人と同一の平面に立っているにすぎないことを知る幻滅の過程であるといってよいので、ここにある「主題」は、漱石の成功作がしばしばそうであったように、「自己発見」の主題である。他人も自分もともに同じ一つの平面に存在するとすれば、自らの「我執」を容認することは、そのまま他人の「我執」を容認することにほかならない」

ここに江藤は動かしがたい「他者」を見ている。江藤が引用する『道草』のシーンは、家計の不如意を補塡するために講義の口を増やした夫と妻の関係である。

「健三はもう少し働らこうと決心した。その決心から来る努力が、月々幾枚かの紙幣に変形して、細君の手に渡るようになったのは、それから間もない事であった。……其時細君は別に嬉しい顔もしなかった。然し若し夫が優しい言葉に添えて、それを渡して呉れたなら、屹度《きつと》嬉しい顔をする事が出来たろうにと思った。健三は又若し細君が嬉しそうにそれを受取ってくれたら優しい言葉も掛けられたろうにと考えた。それで物質的の要求に応ずべく工面された此金は、二人の間に存在する精神上の要求を充たす方便としては寧ろ失敗に帰してしまった」

『道草』の巧妙な描写とは比較にならないが、若き江藤淳も小説を試作しながら、手探りで「他者」をつかもうとしていたのである。

三浦慶子に捧げられた『夏目漱石』

「続・夏目漱石論」が出た頃、出版化の流れが「三田文学」編集部の山川方夫、桂芳久、田久保英夫によってつくられるようになった。

「「これは本になるな」／といい交しているのを聴いていると、ほとんど天を畏れざるもの、という気持にならざるを得なかった。（略）今度は田久保英夫が、今井達夫氏の紹介だという東京ライフ社の「作家論シリーズ」に入れるという話を持って来てくれて、これが驚いたことにバタバタと決ってしまった」（『昭和の文人』）

山川の入れ知恵で、序文を文芸評論家の平野謙から貰おうとなる。一面識もない相手であったが手紙を出すと、平野は快く引き受けてくれた。平野は「序――江藤さんの処女出版を祝う」で、「数おおくの漱石論のなかでも、もっとも独創的な論である」と書いている。この新人が近い将来に小憎らしい論敵になると予想もせずに、見ず知らずの大学生に塩を送ったのだ。それを思うと、平野お得意のボヤキ節が聴こえてくるようだ。

江藤の漱石論が最初に「三田文学」に載った時、平野はちょうど「暗い漱石」という評論を執筆中だった（後に『芸術と実生活』に収録）。「群像」の大久保房男編集長から、「この漱石論を知ってますか、まだ学生だそうですが、なかなか傑作らしいですよ」と評判を耳打ちされるが、ヘンに影響されてはいけないと、ぐっと我慢する。一段落したところで読んでみると、「その尖鋭な論の独創的なことに、私は厭世的にならざるを得なかったのだ。エライ青年が出てきたもんだ、と私は感嘆した」と、ボヤキ型の推薦文になっている。

漱石論は文芸時評などで華々しく取り上げられた形跡はないのだが、文芸編集者の界隈では話題になっていた。江藤は山崎行太郎とのインタビューで、「山川が平野さんを推薦したのは、平野さんが「群像」の大久保房男編集長に、江藤というのが何か書いたけれど面白かったといったというのが、白井浩司さん経由か何かで山川の耳に入っていたんで、平野さんといったんでしょう」と語っている。大久保は折口信夫門下の三田出身者だったので、そうした人脈で伝わったのかもしれない。

「白井浩司さん経由」の白井は、サルトルの『嘔吐』の翻訳者として著名で、慶大仏文科の助教授だった。白井が江藤追悼文で、漱石論の掲載を山川に進言したと書いていることは前章で紹介した。白井は三田で「文学概論」を講義しており、江藤は三年生だった昭和三十年に受講して、ノートを残している（大正大学図書館江藤淳文庫蔵）。

江藤の受講ノートでは、同じ昭和三十年の井筒俊彦助教授の「言語学概論」ノートが、三田文学展などで展示され有名である（同文庫蔵）。後に世界的なイスラーム学者となる井筒の「言語学概論」は、最先端の言語学と古今東西の哲学を摂取した上での圧倒的な講義で、学外からのもぐり聴講者も多かった。山川方夫も二年分の受講ノートを残している。江藤のノートも山川のノートも流れるような美しい字で、みごとに整理された内容となっている。江藤は井筒俊彦展の目録（「言語学概論のノート」平4）に書いている。

「とにかく私は、その頃井筒先生の言語学概論を聴くたびに、これが大学だ、この授業に出られるだけでも、慶応に入学した甲斐があったと、内心ひそかに歓声をあげていた。このノートは、日本中で、いや世界中で、井筒先生の講義を聴講した者だけに与えられる宝物である。だからこそ大切に保存し、一生読み返して自分の思索の指針としなければならないと、そのとき私は固く心に決めたのである」

その四年後に長編評論『作家は行動する』を書き下ろす時、江藤は井筒言語学を血肉化することになる。白井助教授の「文学概論」ノートは、サルトルが語られることが多いのは予想通りだが、意外なことに日本文学も頻繁に取り上げている。たとえば小島信夫の芥川賞受賞作「アメリカン・スクール」に一回分の授業を費やし、小説における「美と倫理」という視点で論じ、ボーヴォワールの小説よりも高い点をつけている。ここで注目したいのは、漱石についても二回ほど費やしていることだ。時期は六月で、江藤が山川に漱石論を書く約束をした直後である。

白井は講義の中で、漱石の『文学論』の序文「漢学に所謂文学と英語に所謂文学とは到底同定義の下に一括し得べからざる」や、鈴木三重吉宛ての「命のやりとりをする様な維新の志士の如き烈しい精神で文学をやって見たい」と書いた手紙を重視しているのが、江藤のノートからわかる。いずれも、江藤の漱石論で強調され、深められていく言葉である。井筒「言語学概論」といい、白井「文学概論」といい、大教室で行なわれる日常的な講義からでも、自分にとって必要な養分を貪欲に吸収し、自らの糧にしていく大秀才であったことがわかってくるのだった。早熟たる所以である。

江藤が鎌倉の稲村ヶ崎で過ごした少年時代に、隣りに住んでいた露木実は、江藤とは遠縁だった。隣りの「海軍大佐」の家が露木家であった。二人は同年輩で、同じく結核にかかったために、同病相憐れむで、親しくしていた。露木さんの手元に昭和三十一年十二月十六日付けの江頭淳夫からの葉書が残っている。住所は「練馬区関町」となっていて、これは前年に父・江頭隆が三井銀行を定年退職する際に、十条の社宅を出て、練馬の新開地に新居を建て、引っ越していたからだ。

「お葉書おなつかしく拝見いたしました。お訪ね下さるとのこと、小生相不変《あいかわらず》の多忙にて日夜共に不在がちですが、月・木の夜か、日曜日は大体在宅いたすことにしています。前もって、一寸お知らせ下されば、必ず家にいるようにいたします。最近、東京ライフ社という小さな出版屋から、「夏目漱石」という本を出しましたので、どうかお読みいただきたいと存じます。江藤淳、というのが小生の筆名で、二二〇円の本です。では又。匆々」

一橋大生になっていた旧友と久しぶりに連絡がとれたせいか、少し他人行儀な文面である。ちゃっかり自分の本を宣伝しているが、「小さな出版屋」というのは謙遜ではなく、自嘲交じりだろう。奥付に「昭和三十一年十一月二十五日　発行」とある初めての本は、初版二千部だった。なんだかんだと差っ引かれ、手にできた印税はたったの千六百四十円であった。

『夏目漱石』は「作家論シリーズ」の十二冊目で、唐木順三『森鷗外』、板垣直子『平林たい子』、吉村貞司『堀辰雄』といったラインアップが出ていた。東京ライフ社は他に、『岡本綺堂読物選集』とか、戦記物を出していたが、江藤の本を出す頃からは諜報物、お色気物へとシフトしていっている。営業担当の社長と編集担当の専務という二人だけの、まさしく「小さな出版屋」だった。

機械函入りのB6判軽装本で、やや小ぶりな本である。本文は二百頁強、目次はよく出来ているが、これは江藤が自ら工夫を凝らしたものである（おそらく漱石のある本に倣ったと思われる）。本文とは別紙の黄色い中トビラの裏には、「To Keiko」と英語で献辞が書かれている。恋人であり、漱石論の影のプロデューサー兼助手でもあった三浦慶子に捧げられている。二人が結婚するのは、本の出た半年後であり、この時にはもう婚約がととのっていたのか、まだ親の許しが出ていなかったのかどうかはわからない。

江藤は大学院の入試を九月に受けて、早々と大学院への進学を決めていた。結核の既往症があるので普通の就職はせず、大学の教員、それも母校の英文科の教授になる未来図を描いていた。江藤の友人で「文学の師」中新井桂一郎は、その頃のことで、二つの印象的なことを記憶している。ひとつは大学院の入試問題で、ある英詩集の冒頭「April is the cruellest month」が出題され、詩集名を答える問題ができなかったというのだ。エリオットの『荒地』の一行目である。英文科生なら当然正解できるはずが、江藤はつまずいた。面接官の西脇教授には「君はエリオットも読んでいないのか」とあきれられた。西脇は三年前に『荒地』の新訳で、慶応義塾賞をとっていた（西脇訳では「四月は残酷きわまる月だ」）。それなのに君は知らないのか。他は申し分ない成績だったから合格にはなったものの、西脇教授の御機嫌は損ねたであろう。

もうひとつは、新橋の第一ホテルで行われた『夏目漱石』のささやかな出版記念会の時である。江藤の卒論の指導教官である岩崎良三教授の挨拶があった。その時に、「英文科には安東伸介君という優秀な人間もいますので、よろしく」と岩崎先生が壇上で述べたのだ。安東の「近代批評の出発」が「三田文学」に出たのは前年のことであった。中新井さんは、それにしても江藤の出版記念会なのに、という違和感を拭えなかったので、その発言だけは記憶に留めた。

それから一年ほどたって、中新井さんは三田のキャンパス内の外国語学校で、西脇順三郎の門下で側近の鍵谷幸信の江藤非難の言葉を直接聞いた。

「江藤淳か、あいつは傲慢だ」

第十八章　漱石の帝大講義に挑んだ卒業論文

今でこそ文学全集や個人全集の価値は甚だしく下落し、古書市場では投げ値同然で出廻っている。江藤淳の学生時代にはそんなことはなかった。全集は古書店でも書斎でも輝いていた。漱石論を書くにあたって江藤は、岩波の『漱石全集』を「恋人」三浦慶子の友人から借りてすませた。昭和三十年（一九五五）当時、『漱石全集』の古書価がどれほどだったかは調べていないが、貧書生であっても、少し無理をすれば入手可能だったろう。その江藤が翌三十一年、大枚をはたいた全集がある。

「私の蔵書のなかで一番時代がかっているのは、一七八三年にロンドンで出版された十巻本のローレンス・スターン全集である。天金、モロッコ革装で、表紙と見返しにつかわれた瑪瑙紙の孔雀の羽根のような模様が美しく、Oswald Toynbee Falk という蔵書票《エクス・リブリス》がはってある。私は、この全集を、今から十数年前に神田の古本屋で見つけ、二万円を投じて自分のものにした。当時私はまだ慶応義塾の学生で、卒論にスターンをやるつもりだったのである」（「永遠を含んだ本」『犬と私』所収）

十八世紀英文学の異能にして難解な作家がスターンである。英文学史を紐解くと、スターンは『ガリバー旅行記』のスウィフト、『ロビンソン・クルーソー』のデフォーなどと並ぶ大作家である。江藤が卒論に選んだ時点では、スターンの主著『紳士トリストラム・シャンディの生活と意見』はまだ邦訳がなかった。スターンが日本に初めて紹介されたのは、明治三十年のことで、紹介者は熊本の旧制五高教授だった英文学者・夏目金之助である。漱石となる遥か以前、まだ英国留学前に本格的に論じていた。英文学者で東大教授だった中野好夫の講演「漱石とイギリス文学」（日本近代文学館編『日本近代文学と外国文学』所収）がその間の事情を的確に伝えてくれている。以下、その講演に拠りつつ、スターンを紹介する。

中野はスターンを十八世紀英文学の四大作家に入れている。スターンは「イギリス国教会の牧師なのですが、これがまた大変な色好み、まことに愉快な生ぐさ坊主でもあったわけですが、まさにそういう男が大変愉快な、この世界の文学にも類のないような小説を書いたわけです」。中野は終戦直後に翻訳に挑むが、冒頭部分で挫折する。「労多くして不満ばかり多いので絶望して中止した」。名翻訳家としても知られる中野にとってスターンは「苦い経験」であった。中野の「畏友」朱牟田夏雄東大教授が翻訳を完成させたのは昭和四十年（一九六五）だった。渡辺一夫東大教授のラブレー『ガルガンチュア』全訳に匹敵する大仕事と中野は評価している。質量ともに、「読むだけでも大変」な作家を、江藤はあえて卒論に選んだのだった。

十八世紀英国小説は、西洋の近代文学の「発祥地」であり、そこから十九世紀のフランス、ロシア、ドイツの文学が強く影響を受けたことを中野は指摘している。スターンが再評価されるのは二十世紀になってからなのだが、漱石がスターンに注目したのはそれ以前で、漱石の文学理解力と「英文読解力」は抜きん出ていた。漱石は十九世紀の「ロマン主義的感情優位の文学」よりも、「非常に理性的、理知的な合理精神の表出である十八世紀文学」にもともと強く惹かれていた、と中野は話している。

江藤がスターンを卒論に選んだのは、「ただ難しそうだからやってみよう、という知的虚栄心のなせる業であった」と「文藝随想」という重要な講演では話しているが、これは韜晦である。慶応英文科の恩師・厨川《くりやがわ》文夫への追悼文では、漱石の影響だったとはっきり言っている。「私は、漱石の『文学評論』の影響もあって、誰もやる人のいない十八世紀の小説をやろうと思い、『トリストラム・シャンディ』の作者スターンをとり上げて、「故ローレンス・スターン師の生活と意見」という題の、背伸びした英文の論文をどうにかこうにかまとめました」（「厨川文夫先生のこと」「週刊現代」昭53・2・16）。

大学の図書館になかったスターン全集を神田の古書店で見つけた江藤に、無条件で本代を貸してくれたのが藤井昇講師だった。江藤に英文科進学を勧め、「昭和二十九年夏の出来事」の唯一の証言者である藤井先生である。江藤は奨学金から毎月千円ずつ返却することにして、藤井先生の好意に甘えた。ピアノ一台分の原書を買えという西脇順三郎教授の言を実行したようなものだ。

全集を持って、江藤は大学の教室に現われた。自慢だったのだろう。友人の中新井桂一郎は、その日のことを覚えている。「これで卒論を書くのだとはりきった様子で私達に披露した。その後厨川教授のところへ持って行って見せたらしい。すると教授は「テキスト・クリティックは済んでいるのですか」と彼にきいた。それは彼にとっては予想していなかった言葉で、勢い込んでいた出鼻をくじかれてかなりがっくりしていた」（「慶大生時代の江藤淳」「文學界」平11・11）。

古代中世が専門だった碩学には、スターンの重要性はわからなかったのではないか。スターンを原書で読んだことのある英文学者はごく僅かしかいない時代だった。スターンの邦訳はもうひとつの代表作『センチメンタル・ジャーニー』しか出ていなかった。

江藤が言及している漱石の『文学評論』とは、東京帝国大学講師時代の講義録である。新帰朝者の夏目講師は明治三十八年（一九〇五）から一年半、「十八世紀英文学」を講じた。十八世紀英国の概観から入り、アジソン、スウィフト、ポープ、デフォーを鑑賞し批評した。今読んでも面白い、饒舌な名講義である。漱石が朝日新聞社に小説記者として入社したために中絶し、スターン講義は実現しなかった。スウィフトの『桶物語』を論じた際に、物語の「digression」（逸脱）については、「スターンを評する時機が来る迄取って置いて、其場合に比較研究をして御話をする」と予告していた。スターンについては、漱石は『吾輩は猫である』や『草枕』に名前を出している。江藤は『夏目漱石』の「「猫」は何故面白いか？」の章でスターンの名を出している。

「「猫」の粉本をスタァンの「トリストラム・シャンディ」に求めようとするのは、いささか早計であるといわねばならぬ。漱石がスタァンと共有しているのは、そのペダントリーと滑稽趣味だけで、スタァンにある独得な digression や sexual な偏執は「猫」の中には全く見られない。むしろ「猫」の作家は先程のべたようにスウィフトに近い諷刺家なので、そのヒューマァの質もスウィフトに近い」

スターンと自らの人生を重ね

江藤は漱石とスターンの影響関係は軽いと見做している。この見解は後に是正される。卒論でスターンを深く読み込んだ結果である。漱石論の完成と卒論は並行作業で行なわれていた。「一方で英文で書くことを義務づけられていた卒論を書きながら、東京ライフ社というそれまで聞いたこともなかった小出版社から送られて来る自著の校正に没頭した。テクストの校正ばかりではない。新たに章分けを立て直し、小見出しをつけるのも自分でした」（「著者のノート」）。

学者志望の江藤にとって、この時点では卒論の比重の方が重かった。元手は卒論の方がかかっていた。漱石『文学評論』の影響の痕跡は、東京ライフ社版『夏目漱石』の目次に色濃く残っている。本文にはない小見出しが目次に羅列してあって、目次を読むだけで一冊の全体像が摑めるように工夫されている。学術書にはままある形式だが、江藤は漱石にあやかったと思しい（現行の『決定版　夏目漱石』では目次は簡略化されている）。

「第四章　神経衰弱と「文学論」

——文学への疑惑——疑惑の文学史的意味——病人の精神は必ずしも病んでいないこと——文学は男子一生の仕事であるか？——「文学論」——ロンドン留学の意義」（『夏目漱石』

「諷刺家としてのスヰフト　文学は趣味の表現なり―趣味―好悪と真偽―（略）―スヰフトの不満足と十八世紀の時代精神―厭世文学の起る時代―（略）」（『文学評論』）

江藤が自作した目次と『文学評論』の目次をこうして並べると、江藤の処女作刊行への熱い思いが伝わってくる。本は昭和三十一年（一九五六）十一月末に出版され、アカデミズムに第一歩を記すはずの卒論は十二月下旬の締切りだった。無事提出した後には、西脇、厨川、岩崎良三の三教授による口頭試問があり、厨川先生から質問があった。

「「あなたは漱石についてだいぶ新しい意見を発表したようですけれども、これにもどこか、ここが新しいというところがありますか」／と、私の論文のページを繰りながらおっしゃったのをおぼえています。／「ああ、先生は『三田文学』の漱石論を読んで下さったのだなあ」と、思いがけないことなので、どきりとしました。文芸評論など書いていてはいけないと、叱られるのかと思っていたので、先生の優しい笑顔がことのほか嬉しかったのです。そこで、私は、／「いえ、これはみんな英国の研究書の継合せで、べつに新しいものはありません」／と正直にお答えしたものでした」（「厨川文夫先生のこと」）

恩師への追悼文なので、これはずいぶん謙遜しているのではないか。江藤淳らしくないな、と私には思える。卒論を点検するのが一番いいのだが、卒論はどこにも残っていなかった。さいわいなことに、日本語で書かれた卒論の下書きが大正大学図書館の江藤淳文庫にあることがわかった。部分的な欠落があるので全貌は不明だが、現存している分だけでも、質量ともに意欲的なものだったことは一目瞭然であった。四百字詰めの横書き原稿用紙で百枚強、「社会的、文学的背景」の章、「スターンの生涯」の章があり、次の章が脱落、その次が本論に相当する「スターン作品の批評的研究」となるが、その途中までしか残っていない。それでもアウトラインはほぼわかる。

「「時代、環境、及び人種」を以て文学作品を説明しようとするテーヌの決定論は陳腐なものである。しかし我々が一人の作家を研究しようという時、その時代の背景を閑却しさることは出来ない。それは、ある時代が一人の作家を生んだという意味に於てではなく、彼の吸った空気、彼の歩んだ町並、彼の毎日の生活の時代的特性を明らかにするという意味に於て不可欠のものである」

卒論下書きの一部である。一読して明らかなように、卒業論文というよりは、江藤淳の批評文である。文学史家イッポリト・テーヌが出てくるのは、同人誌に書いた「マンスフィールド覚書」と同じである。「我々」の代わりに、主語に「ぼくら」を採用していたら、当時の江藤淳の文章そのものである。「彼の吸った空気、彼の歩んだ町並、彼の毎日の生活の時代的特性」を具体的に再現した評伝『漱石とその時代』を江藤が書き始めるのはこの十年後である。

「スターンの生涯」の章では、「スターンの少年時代がおそらく孤独なものであったろうことは、その不幸な家庭生活、母親との別居からも容易に想像されるが、この中で、彼は、むしろ現実の人間よりも書物の中の人間を友とし、自らの fancy と、あの優れた sympathy の力をひそかに育てていたのである」とか、「彼は大喀血を経験した。それは“bleeding the bed full”というほどのものであり、彼と以後の半生を競争しつづける結核の最初の症状であった」とある。江藤が自伝エッセイで書く、母の「不在」と書物への逃避、さらに結核など、スターンの人生と自らの人生を重ねていたこともわかる。

本論の章に入ると、おや、という既視感に襲われる。読んだことのある引用や文章、テーマが頻出してくるのだ。江藤が「三田文学」昭和三十二年三月号に発表した「現代小説の問題――散文の特質をめぐって――」と同工異曲なのである。この批評は江藤淳論では見逃されがちだが、江藤にとっては『夏目漱石』に続く第二作目に相当する力作である。スターンが中心に論じられているので、卒論の副産物なのだろうとは見当はついたが、まさかここまで似ているとは思わなかった。江藤の卒論下書きの構想と合わせると、江藤は夏目講師の帝大講義「十八世紀英文学」の向こうを張るという鼻息だったことが想像される。「現代小説の問題」は雑誌の発表時期から判断すると、卒業証書を貰う前に卒論と同趣旨の批評文を「三田文学」に出したことになる。英文科の教授陣に了解をとったかどうかは不明だが、とっていなかったとしたら(その可能性大)、大学院に入ってくる江頭淳夫という学生は、ずいぶん不遜で、生意気な奴だと判定されたであろう。何様のつもりだ、と。

江藤は前年の十月号から「三田文学」の編集部員になっていた。従来の山川方夫、田久保英夫、桂芳久の三人組に、学部生の江藤と坂上弘が加わり、五人編集体制となった。英文学者志望の江藤は学業を優先して、編集部内では主に財務を担当することにした。原稿料の払われない「三田文学」に無理をして自分の原稿を載せる必要はなく、功名心に駆られたとは思えない。この「現代小説の問題」は『夏目漱石』と『奴隷の思想を排す』、『作家は行動する——文体について』との結節点にあたることから、卒論執筆の余勢を駆って、已むに已まれず書いたのだろう。

「現代小説の問題」で、江藤はその時点での自身の問題意識を全面展開している。副題にある「散文」である。十八世紀イギリスの作家たちにとって、「本来最も様式や規則に拘束されることの少い散文の機能を活用して、物語を語る——より厳密にいうなら、何らかの積極的な他人への働きかけを行なう、ということに意味があった」。それがたまたま「小説」であっただけで、「小説の技法とは、いわばいいたいことをより明瞭にいうための手段にすぎない」のである。散文の規範はキケロの演説とカエサルの「ガリア戦記」にあった。日常的な口語を駆使して、「空間的な伝達(説得)か、時間的な伝達(記録)」を果たし、他人と「倫理的」な関係を取り結ぶことであった。

二十世紀文学への異議申し立て

スターンの小説が二十世紀になって再評価されたのは、江藤の強調する観点とは別のところにあった。スターンはプルースト、ジョイス、ヴァージニア・ウルフなど二十世紀モダニズム文学の先駆者として復活した。ウルフはスターンの小説に「個人の心理のひだの奥底に流れ込」む文章の美を見ていた。こうした繊細で審美的な文学観に江藤は反対する。

「複数の個人」を書くことをやめ、文章が「人工的な美的言語」に近づき、「青白い、胃弱か結核患者のような唯一人の「個人」がいるだけ」の現代小説を江藤は糾弾する。小説は「衰退」し、「作家の自我崇拝」は信仰めき、作家は「小説のミューズや美のミューズに奉仕するのに汲々として」いるだけで、「彼の前にいる肉体と精神とその他諸々の夾雑物の集積である他人に触れあおうとはしない」。それは「人間的責任の放棄」ではないか。

江藤は二十世紀文学の本流への異議申し立てを敢行しているのだった。これはイギリス留学中にモダニズム文学を同時代として呼吸した西脇順三郎批判にも通じかねない、危険な議論であった。西脇が交流した文学者たちへの批判にもなったからである。『夏目漱石』の冒頭で、「ぼくら」と「T・S・エリオット」を対置したことが、「英文学研究者を志望していた当時の自分を、やがて英文学から次第に引き離して行くような性質のものだった」(「著者のノート」)と江藤は述懐しているが、『夏目漱石』以上に、「現代小説の問題」は――というよりも卒業論文の主旨は、挑戦的なテーマだったのだ。

『夏目漱石』のささやかな出版記念会が行なわれた時、「三田文学」に書いていた東大英文科出身の秀才たちも顔を出した。丸谷才一、篠田一士《はじめ》などである。丸谷は「三田の西洋かぶれも、ここまで来れば本物というほかありません」とスピーチしたが、江藤がこの時に攻撃を仕掛けていたのは、丸谷や篠田の御本尊である「世界文学」であった。江藤の「フォニー」批判はこの二十年後のことだ。

「現代小説の問題」は結末で、付けたしのように日本文学に触れる。明治以降の作家で、「真に散文的な文体を持っていた作家」は漱石であり、志賀直哉は散文詩に近く、三島や芥川は美術工芸品に堕落している。小林秀雄の批評は「一種の詩語」であって、「通常の生活人には理解しがたい」。翌年に書かれた「近代散文の形成と挫折」での、福沢諭吉の「本質的に口語的な散文」への最大限の評価を合わせると、江藤の散文観が集約される（『夏目漱石』では、「散文」は修善寺大患の章にしか出てこず、キーワードにまでは浮上していない）。

江藤はスターンの散文を、「忠実に当時の英語の口語を伝えたもの」と見なし、「話し言葉」で小説を書いた点を評価している。「このことを正確に証明しようとすれば、十八世紀の英語の口語が、どのようなものであったかを正確に推定する必要が生ずる。この仕事は大変困難な大事業であるから、ぼくはここで、自分の意見を断定的にいうことは出来ない。しかし、おそらく、スターンはかなり忠実に話し言葉を写しているのであって、同時にそれは、美的に、というより喜劇的に、まるで台詞自体がスローモーションに録音された映画のように誇張されて、この小説の根本的な主題を効果的に提示するのに役立っているのである」（傍点は江藤）。

この「大変困難な大事業」の一端が、卒論の欠落部分だったのかもしれない。稀覯本のスターン全集を買い込む必要があったのは、この「大事業」のためで、「おそらく」と傍点を打った仮説を大学院で本格的に追究する心づもりだったのではないか。というのは、西脇順三郎教授の学部での講義は「詩人」西脇というよりも、「英語学者」西脇の側面が強く、英語の文章における口語体と文語体を腑分けして、言語生活を明らかにすることにあった。昭和十一年（一九三六）には『口語と文語』という本を研究社から出している。その中に、「文語体の研究は口語体から出発することは理論的にも実際的にも当然のことであろうが、外国人にとっては勿論口語体の研究は非常に困難なことである。今日の英国人でも十六、十七世紀の口語体の性質を知ることは非常に困難なことと考えられている」とあり、十八世紀の口語を「正確に推定する」ことは「外国人」の江藤にとって、難易度の相当高い、チャレンジングな試みとなったことだろう。

江藤は『夏目漱石』では、漱石をスターンよりも「スウィフトに近い諷刺家」と見なした。その見解は、ライフワーク『漱石とその時代』第三部で修正される。第三部は二十年の中断をはさみ、平成の世になってから再開されたが、その冒頭に、「猫」が正月の雑煮の餅に好奇心をそそられてかぶりつくが、餅が歯に引っかかって取れなくなり、前足をもがいて踊り出すさまを延々と描写する有名なシーンが引用される。引用の後に江藤は書いている。「猫の踊りを故意にスローモーションで描写したようなこの一節の特異な叙述が、ローレンス・スターンの『紳士トリストラム・シャンディの生活と意見』に倣ったものであることは、疑うべき余地がない」。この一文は「現代小説の問題」の、「この奇怪な小説はスローモーションの映画で撮影された喜劇」であり、「極めて非小説的な発想で語られている」に相当する。漱石より後にロシア・フォルマリズムの理論家シクロフスキーが「異化」の典型例として挙げたのは、漱石が「トリストラム・シャンディ」で注目した同じ箇所であった。

「だが、彼［漱石］は、おそらく新手法が奇抜な新手法であるが故にスターンに倣おうとしたのではなかった。『トリストラム・シャンディ』が、「単に主人公なきのみならず、又結構なし、無始無終なり、尾か頭か心元なき事海鼠《なまこ》の如」き小説であったからこそ、換言すればそれが、西欧小説の伝統的手法を破壊し尽してやまず、アリストテレスからロックにいたる西欧の哲学を嘲弄し尽してなおやまない作品だからこそ、漱石はこれに惹き寄せられざるを得なかったのである」（『漱石とその時代』第三部）

若書きの『夏目漱石』とは違い、スターンの独得な「逸脱」に江藤は積極的価値を見出し、漱石がそこに反応したと見るようになっていた。スターンに触発されて、漱石は「言葉を顚倒させ、そこに風穴を開け」、言葉という「城壁に突破口を穿とう」とする。江藤には漱石は言語革命の徒に映るようになっていた。

「現代小説の問題」からもう少し、江藤固有のテーマを拾っておきたい。二十世紀の小説に批判的であったことは既に記したが、そこには二十世紀の小説家への批判も含まれていた。職業作家は十八世紀に誕生したが、その頃は作家はもう一方で職業を持っていた。スターンは牧師であり、「トリストラム・シャンディ」を書いて名声と富を得た後に行ったのは、「より収益の多い教区への転任を運動することであった」。しかし二十世紀に至って事情は変わった。作家は「intellectuals と呼ばれる特殊な cast の人間に占有される」。「つまり小説の書き手は、社会に座標を明確に有し、社会的責任を創作活動以外の職業で果たしながら小説を書いていた人間から、小説を書き、それを商品として売るという行為においてしか社会と積極的な関係を持たない、鋭敏な感受性と高い知性の持主へと明らかに移行して行ったのである」。

ここに退廃が入り込む余地が生まれると江藤は考えたのだろう。大学院へ行って学者になろうとし、評論家として売れっ子になった後でも、大学教授のポストに就く（昭和四十六年当時では考えられない選択だった）。そうした江藤の処世と職業作家批判は結びついていた。職業作家は「具体的な社会的生活者」というより、「抽象的な人間」であり、小説は「複数の個人を書く必要」がなくなり、「個人」の内部を描き、「閉鎖された静的な世界に自らを閉じこめるにいたる」（傍点は江藤）。江藤の文学批判のモチーフがかなり生な形で露出しているのだ。

漱石は「トリストラム・シャンデー」論で、シャンデーは人を馬鹿にした小説、人を泣かせ笑わせる小説であり、主人公は道化であり、作者スターンも道化であると書いている。江藤の「現代小説の問題」にも「道化」は出てくる。「読者はシャンディの世界に出没する風変りな連中を見て馬鹿な奴等だと笑うかも知れないが」、読者自身も同程度に馬鹿げているとスターンは言おうとしている。「人間がお互いを fool であると認めた時、はじめて世界は我慢の出来る場所になるに違いない」。この認識はスターンが与えるもののように江藤は書いているが、第九章で言及した教訓詩と劇を思い出してもらいたい。厨川教授の英語学で聴いて感動した中世詩「シシリーのロバート」は、全能の神を侮った王が天使によって道化役にされ、犬と同じ皿で飯を食う羽目になって、自らの高慢に気づくという教訓詩である。日比谷高校の近代劇研究会で江藤が演出したアンドレエフ「横っ面を張られる「彼」」の主人公がサーカスの道化だったように、江藤の中には「道化」という自画像が棲んでいた。スターンによって自らの内部の「道化」が刺戟されたのではないだろうか。道化が自らの愚かさと尊大さに気づいた時に見えるのが「他者」であった。

病身だった江藤は無事四年間で大学を卒業できた。文学部の卒業生は教職につくか、マスコミに入るくらいしかなかった。英文科の同級生では、田波靖男が東宝に入社し、植木等の日本一シリーズと加山雄三の若大将シリーズのシナリオライターとして娯楽映画を量産していく。金坂健二は松竹に入社し、後に前衛映画作家となる。青柳正美は中央公論社に入って江藤淳を担当する。「三田文学」を手伝っていた成瀬正次は岩波書店に入った。江藤は大学院に入り、三浦慶子との結婚がすぐに控えていた。

「学問が私を見離していた」

江藤が大学院中退の事情を格調高く綴った文章がある。中退の翌年に書かれたもので、中央公論社の『エリオット全集』に寄せた「推薦の辞」である。小林秀雄や中野好夫という大家、井上靖や山本健吉という第一線の文学者と並んでいる。江藤はまだ二十歳代の若手評論家である。大抜擢の昂奮を美文調で抑制した「エリオット全集を推す」は、妙に晴れがましい、芝居がかった文章だ。

「T・S・エリオットの名は、学生時代の私の前に立ちふさがった、巨大な教会堂のファサードの如きものであった。そこには、「学ばんとする者はこの門より入れ」と刻まれている。そこで私は、友人を語り、演習室の片隅に集って、あの朗々と響きわたる雄弁な批評を輪読することになった。そのとき私の胸に湧き起ったのは、殆ど敵意に似た尊敬である。彼の詩作に関しては、それをかつぎまわる模倣者流を遥かに見下して燦然とそびえる尖塔というほかはない。やがて私は西脇順三郎教授の『四重奏』に関する高踏的な講義を聞くはずであったが、私がエリオットを見離す前に、学問が私を見離していた。今、私は、若干の甘美な悔恨とともに、この大詩人批評家自選の邦訳全集をひもとこうとする。学んで学び得なかった私如き者に、これほどの貴重な贈物はない。私は不毛な学生生活に対する悔恨を嚙みつつ、今、その第一頁を繰ろうとする」

江藤淳は「西脇順三郎」の名前を忌避するかの如くにほとんど記さなかったと私は前に書いた。その数少ない例外がこの一文である。エリオットの詩集『四つの四重奏』の「高踏的な講義」とは、修士課程の二年目に西脇が行なったものだが、その時には江藤は学費だけ納めて、キャンパスに入ることを自らに禁じていた。西脇エコールの必読書がエリオットの詩と批評だった。

「不毛な学生生活」にも西脇教授の影が差していることは今になってわかる。江藤は「英語と私」という昭和四十四年の講演で、慶応の英文科は「退屈なところでした」、「特に近代英文学プロパーについては、ほとんど収穫がありませんでした」と述べている。そして卒業アルバムには西脇教授が英文科生の写真の脇に「May those barren leaves」で始まる英詩を寄せ、卒業生が「不毛な病葉《わくらば》」に喩えられていたことに憤慨している。「なにもわれわれ卒業生だけが不毛なのではなくて、学校のほうだってはなはだ不毛だったと思います」。推薦文の「不毛な学生生活」という言葉には、この英詩が反響していたであろう。

エリオット推薦の辞は、読みようによっては不穏な空気を漂わせたものであった。エリオットと西脇がオーバーラップしてくる。江藤の胸に湧き起った「殆ど敵意に似た尊敬」とはエリオットに対するものである以上に、西脇に対する感情ではないだろうか。

江藤は大学院中退の事情を「自筆年譜」でも、自伝回想「著者のノート」でも繰り返している。年譜では昭和三十二年の項で、「結婚せしも奨学資金（月額六千円）のほかに定収なく、大学院内規によってアルバイトに教職に就くことを禁じられたため、やむなく家庭教師をして糊口す。慶子も家庭教師をする」とあり、翌三十三年に、「三月、ジャーナリズムに寄稿することは大学院内規に抵触するとの注意を受く。ここに於て大学院にとどまるか執筆に専念するかの二者択一を迫られ、執筆に専念せんとし、旧知の中村光夫にそのことを相談し、激励さる」とあり、翌三十四年三月に「退学届を送付し、正式に慶応義塾大学院を退く」。

「著者のノート」では、ディテールが少し違う。叔父の経営する海城高校の非常勤講師になる許可を「指導教授に口頭で求め」たが、「大学院は学の蘊奥を究めるところであり、アルバイトなどしている暇はないはずだから」と許可されなかった。次に学年末試験の準備を始める頃、「私は慶応の英文科から、ものを書いているなら大学院を辞めるように勧告されたのである。勧告かそれとも不都合だから除籍するという教授会の決定かと問い合わせたところ、勧告だ」ということだった。「学問をするためには、大金持の子弟でなければならないのか」と憤慨し、「自主的に大学院を中退する」（傍点は江藤）決意をする。これらの回想には固有名詞はなく、「英文科」「指導教授」と曖昧で、「大学院内規」や「勧告」が大暴れしているのである。当時の慶応英文科といえばイコール「学匠詩人」西脇順三郎であり、江藤淳の前に立ち塞がった「巨大な教会堂のファサードの如きもの」は西脇順三郎としか思えない。

江藤の歿後には、江藤は西脇先生から蛇蝎の如くに嫌われていたという噂が定着していく。西脇と江藤という個性的な二人ならば、さもありなん、というエピソードが流布していく。大学院の教室に西脇教授がやってきて、そこに江藤の姿を見かけると、「あ、今日は江頭君がいるから、休講」と宣して帰ってしまう。それも一度や二度ではなかったというのだ。このエピソードを話した女性は、修士課程で江藤と同級生だった大学教授というのだから、信じざるを得ない。私はこの女性に話を聞きたかったが、突き止められなかった。

江藤と英文科の関係について、「いささか偏った印象による記述が流布されているようなので詳細に説明したい」という申し出が安東伸介名誉教授から巽孝之教授にあったのも江藤歿後だった。インタビューの段取りが出来たところで、安東が急逝してしまい、真相は藪の中になった。私は「幻の安東証言」を求めて巽教授に話を聞いた。江藤の書いているような「大学院内規」は存在していないことを安東は伝えたかったようだった。「だけども西脇先生は、いかにもそんなことを言いそうな人ではあるけれども」という注釈入りだった。

当事者取材を諦めた後に、巽教授から連絡が入った。昔からの知人と話す機会があった折り、その人がなんと「私は、英文科の大学院で江藤淳さんと同級生だったのよ」と洩らしたという。その人は大学教授ではなく、大学教授夫人だった。私はその女性に会うことにした。

第十九章　「悪役」評論家開業、大学院〝追放〟

「初めてお見受けしますが、どちらの大学のご出身ですか」

三田の慶応英文科の大学院に入った赤木康子に、気安く声をかけてくる男子学生がいた。昭和三十二年（一九五七）の四月のことである。その年には男三名、女二名が英文科の大学院に入学を許されていた。赤木さんは津田塾大の出身であった。「津田の方々は英語がよく出来ると聞いています」。ニコニコと愛想のいい同級生は「ぼくは江頭淳夫と言います。エトウでなくエガシラです。読み違わないで下さい」と名乗った。「ぼくは仏文科に彼女がいます」と、なんとなく誇らしげに自己紹介したのが印象に残った。この同級生が江藤淳というペンネームを持ち、『夏目漱石』という本を出していると知るのに時間はかからなかった。赤木さんはヴァージニア・ウルフとE・M・フォースターを研究する予定だった。津田塾大では文学研究会の三年先輩に大庭みな子がいた。後に江藤淳が高く評価する作家である。

英文大学院の主要スタッフは西脇順三郎、厨川文夫、岩崎良三の三教授だった。西脇は古今のヨーロッパ文学全体に通じた学者であり、詩人としてはノーベル文学賞候補の呼び声高い「学匠詩人」である。厨川と岩崎は西脇の教え子で、厨川は西欧でも著名な古代中世英語学の大家であり、岩崎は近代英米文学の研究家で、エズラ・パウンドの詩集の翻訳を前年に出していた。赤木さんの指導教授は岩崎先生になった。江藤の指導教授と論文のテーマについては記憶がない。江藤の卒業論文指導は岩崎先生であったが（卒論はほとんどが岩崎先生に提出された）、赤木さんに記憶がないということは、修士論文は岩崎先生ではなかったと考えられる。となると、西脇先生であろう。十八世紀の奇人作家ローレンス・スターンを引き続き研究し、十八世紀英語の口語を「正確に推定する」「大変困難な大事業」は、「英語学者」西脇が関心を寄せているテーマと重なるからだ。

赤木さんは慶応の内部進学の小松暢子と一緒に、どの講義にも欠かさずに出席した。男子三人は必ずしもそうではなかった。外語大出身の小川繁司は定時制高校で教えており、内部進学だが一年上級だった富永道夫は三省堂で辞書づくりの仕事をしていた。江藤は原稿執筆もあり、いつの頃からか教室に姿を見せなくなった。厨川先生が「今年はヘンな学年だな」と嘆息したことを赤木さんは覚えている。男子はみな忙しそう、女子二人は夏休みに結婚したからだ。赤木さんは都立大助教授の政治学者・赤木須留喜と、小松さんは住友グループの重鎮・日向方齊の長女で、住友銀行員と結婚した。結局二人は学者の道に進まなかった。男子二人は慶大と中大の教授となり、英語学者となった。赤木さんは出産のために一年遅れたが、江藤以外の四人は無事に修士課程を了えている。

「西脇先生が、『今日は江頭君がいるから、休講』と言って帰ってしまったという話が伝わっているのですが」。私の質問に対し、赤木さんは言下に否定した。

「そんなことは全然ありませんでした。私は講義には必ず出ていたので、はっきり覚えています。西脇先生にしたら私たちは孫みたいなもので、授業はご自身の思いつくままにお話が延々と続くのです。それが魅力でした。西脇先生も授業をするのを楽しみにしていらっしゃって。とにかく飄々と自由に飛び廻るという感じで、いつも上機嫌でした。途中から教室を出て、田町駅に向かう途中の東京機械会館の喫茶室に席を移して続けることも多かったです。清泉《せいせん》の尼さんが時々、聴講にいらしていて、その方はそうした場所に出入りができないので、私は気の毒に思いましたが、西脇先生は気になさらなかったです」

「幻影の人」西脇順三郎らしい、連想と飛躍の長丁場だったようだ。留学帰りの若き日の西脇教授は厳密な学問的訓練を弟子たちに課したが、いまや還暦を越え、自らの西脇ワールドに悠々と遊ぶが如くであった。学問の方は厨川と岩崎という二人の弟子に任せ切って、浮世離れをした大教授にして大詩人になっていた。

本籍は「英文科」でなく「三田文学」

江藤には「仏文科の彼女」三浦慶子との結婚が迫っていた。奨学金と、二人が家庭教師のアルバイトを掛け持ちすれば、なんとかやっていけるという計算だった。江藤は江頭家を早く出たかったし、三浦家でも二人の恋人関係は既成事実だったので、卒業を機に認めざるをえなかったのだろう。慶子夫人の父は画家たちの経済的苦境をよく知っていたから、新進の文芸評論家江藤淳との結婚を認めたのではなく、修士を出る二年後には大学教員になる筈の江頭淳夫の将来性を認めたのであろう。

結婚披露宴は五月十三日に新橋の第一ホテルで行われた。『夏目漱石』の小ぢんまりした出版記念会もこのホテルで行なわれていた。慶子夫人の慶応女子高時代からの親友・宮下敦子は結婚に賭ける三浦慶子の思い入れにびっくりした。「戴冠式は、こうしたい、ああしたい」と色々な案を練っているのを聞かされたからだ。

「戴冠式」という不思議な言い方に、過大な期待がこもっている。まず普通の平民の結婚式に「戴冠式」もないのだが、四年前のエリザベス女王の戴冠式の豪華なイメージが脳裡にあったのだろうか。それとも一年前にモナコ大公と結婚したハリウッド女優グレース・ケリーか。慶子夫人はハリウッドでいえば、グレース・ケリーというより、どちらかというとエリザベス・テイラーのタイプに思えるのだが。頼まれ仲人を務めた奥野信太郎が「ぼくの知るかぎり当時慶応に在学した女子学生のうち、一番うつくしいお嬢さんであった」と「婦人公論」で書いたのは、この日の気合いの入ったウェディング姿を眩しく思い浮かべたのかもしれない。

奥野信太郎は慶大文学部教授で、テレビや雑誌に引っ張りだこのタレント教授だが、中国文学者としても随筆家としても一流だった。奥野が仲人を引き受けたのは、当時、三田文学会会長だったからである。誰に仲人を依頼するか。そうした世俗のことには若い時から抜かりなさそうな江藤が、英文科の教授ではなく、中国文学科の教授に依頼したのは意外である。慶応英文科の教授を目ざしていた江藤なのだから、指導教授にお願いするのが筋のはずだからだ。頼まれ仲人とはいえ、奥野が仲人ということは、江頭淳夫の本籍が「英文科」ではなく、「三田文学」にあると大っぴらに宣言するに等しい。江頭淳夫ではなく、江藤淳としてやっていきます、と。しかし、この段階では英文科の教授を目ざしているのは明らかである。ひょっとして西脇先生に断られ、西脇とほぼ同格の奥野に依頼したのだろうか。西脇は由良君美、安東伸介など愛弟子たちの仲人は喜んで引き受けている。

新橋第一ホテルの出席者の中には西脇、岩崎の両教授もいた。江藤の友人・中新井桂一郎は、文学者では小島政二郎、中村光夫、伊藤整、遠藤周作がいたことを覚えている。「中村光夫さんが西脇さんのところまで来て、丁寧に挨拶していました。日本舞踊の披露があって、それを感動の面持ちで眺めていた伊藤整さんの顔も印象的に覚えています」。

一大学院生の披露宴としては豪華な顔ぶれである。小島政二郎は三田文科の最古参で、大衆文学の流行作家でありながら純文学への思いを強く持っていた。『夏目漱石』出版記念会にも顔を出していて、その時はチェスタートンの『ディケンズ論』以来の面白い批評だと絶賛した（江藤は後に『小島政二郎全集』の編集委員になっている）。遠藤周作は「白い人」で二年前に芥川賞をとった三田出身の新進作家である。山川方夫ら「三田文学」編集部員もいたから、全体に三田文学色が強い。その中で、中村光夫、伊藤整が来ていたというのは驚きである。どういう縁で呼ばれたかは不明だが、二人は江藤の『夏目漱石』をいちはやく評価していた。『夏目漱石』は平野謙が序文を書いた。「三田文学」の書評で山本健吉がいくつかの疑問点を記しつつ高く評価した。伊藤整は「文學界」五月号の座談会で、「文壇批評家に対しても批判的な」新人評論家として名を挙げて注目した。商業ジャーナリズムに「江藤淳」の名が出た最初ではないだろうか。中村光夫は「文學界」六月号で、平野謙と並べて江藤に言及している。平野、山本、伊藤、中村の四人は当時の文壇の目利きであり、影響力もある文芸評論家である（伊藤整は小説が本業だが）。『夏目漱石』は発行後半年にして、やっと具眼の士の注目の的になってきていた。今からするとずいぶんスローペースではある。

披露宴の三日前に発売になった文藝春秋の文芸誌「文學界」六月号（中村光夫の評論が載った号だ）で、「江藤淳」は文芸誌デビュー、商業ジャーナリズムデビューを果たしていた。

当時「文學界」編集部に在籍していた入社五年目の田中健五は、伊藤整から江藤淳という名を聞いたと記憶している。おそらく五月号の座談会で注目されたのだろう。田中は「東京ライフ社から出ていた薄っぺらい本もそれで読んだ」。「薄っぺらい本」とは江藤の『夏目漱石』のことである。「文學界」編集部の最初の担当者には、田中の一年後輩の青木功一がなった。

「私は、学部から大学院に進む春休みのあいだに、「文學界」編集部からの手紙を受け取った。なんでもいいから思い切った文芸評論を書いてもらいたい、ついては一度相談したいという、原稿執筆の注文であった。（略）原稿が載るということになれば、おそらく原稿料というものを支払ってくれるだろう。そうなれば、級友より一足遅れてとはいえ、私も人並みに社会人の仲間入りが出来るのだ。しかも、自分にできる唯一の労働、つまり原稿用紙に字を書くという行為を金に換えることによって。そう思って私は、学部を卒業したもののまだ大学院ははじまっていないという時期を利用して、六十枚ほどの評論を書いた。それが『生きている廃墟の影』であることは、いうまでもない」（「著者のノート」）

この時の原稿料は、吉祥寺での新婚生活の電気洗濯機に化けた。〆て二万数千円。奨学金四ヶ月分である。こんなに割りのいいアルバイトはないぞと味をしめただろう。思いもかけない二足のワラジ生活の始まりだった。

「そのときの原稿料は【四百字詰め原稿用紙一枚】四百円。これは覚えている。一生忘れない。高いとも安いとも思わなかった。原稿料というのはこういうものか、と思った。嬉しかったですよ、それは」。「四百字書くと、一字一円だ。(笑)「字が売れるんだからね」と思ったよ、本当に」(座談会「「文學界」五十年のあゆみ」「文學界」昭58・11)

まっさらの新人評論家にいきなり六十枚を書かせた編集部のほうも太っ腹というか、期待大だったのだろう。六月号の目次には遠藤周作「海と毒薬」、菊村到「硫黄島」(芥川賞を受賞する)、曽野綾子「婚約式」といった小説、有吉佐和子、石原慎太郎、小田実、小林勝、富島健夫という五人の昭和生れ作家の座談会「「新人」の抵抗」と並んで、江藤淳も大きく出ている。目次からも編集部の期待がわかる。そのリードにはこうある。「日本の近代小説は何故真の散文芸術たり得ないのか?新人批評家の野心的評論!!」。

英文科の中では、大学院の一年生がずいぶん派手な結婚式を挙げたらしい、という噂がすぐにたった。都心のホテルで、「三田文学」の仲間だけではなく、著名な文学者を何人も招待して、お披露目をしたのだから。学問に専念する気配もなく、商業雑誌にまで書き始めている。悪目立ちの院生である。

力作「生きている廃墟の影」を文芸時評で取り上げた評者はたった一人しかいなかった。時評はどうしても小説中心に論じられがちだが、江藤にとっては期待はずれだったろう。披露宴の四日後、読売新聞にその評は載った。

「江藤淳の『文学考察』(文學界)は、理論のための理論のようで、一通り読んだのでは、難解で、何が何やら分らない」

これだけである。いやに素っ気ない。それどころかタイトルも間違って記すというノンシャランぶりだ。英国の批評家ハーバート・リードの『英語散文の文体』のキーワード「散文」をふりかざす新人批評家にいい印象を持たなかったようだ。「文学考察」とは江藤の評論の副題「文学語としての散文の考察」を勝手に縮めたもので、正式なタイトルも記さず、副題から「散文」を勝手に省略したところに、筆者の無意識の悪意を感じる。この筆者は江藤の尊敬する正宗白鳥であった。白鳥翁は七十八歳だったから、このくらい許されるのか。福武書店版『正宗白鳥全集』の文芸時評の巻で確かめると、半世紀に及んだ白鳥の文芸時評はこの日をもって終わった。最後の最後に滑り込みで間に合ったのをもって良しとするしかない（二年後に白鳥との対談が「中央公論」で実現する）。

「生きている廃墟」西脇教授

「生きている廃墟の影」はけっして難解ではないし、理論的でもない。江藤の日本文学に対する批判的実感が「散文」という言葉に込められている。江藤が散文家として評価するのは、鷗外、漱石、有島武郎であり、福沢諭吉、武田泰淳であった。大学院進学という執筆時期を勘案すると、ドキリとさせられる一文がこの評論の冒頭すぐにある。

「たとえば、最も西欧的な教養の持主であると推定される、大学の外国文学教授の心の中にも、東北地方の農民の心にひそむそれと同様の廃墟が、生きている。生きているという以上、それはもはや廃墟とはいわれ得ぬかも知れぬ。しかし、「廃墟が生きている」という、一見はなはだしく矛盾した事実を前提としないかぎり、理解出来がたいような現象がわれわれの周囲には、数かぎりもなく存在しはしないか」（傍点は江藤）

江藤がここで述べようとしている「生きている廃墟」とは、言い換えると、「下等動物のように根強く生きかえって」くる「伝統」「血の濃さ」「民族的エネルギー」を指すと考えていいだろう。その限りでは現に存在していて、一概に否定も肯定もできないものである。若き日の江藤は幾分か否定的であり、後年の江藤はむしろ肯定的になった。その「廃墟」の例として江藤がまず挙げたのが「外国文学教授」である。この教授が西脇順三郎をあてこすっているだろうことは今読んでも想像がつく。リアルタイムで読んだ慶応関係者ならば歴然である。「最も西欧的な教養の持主」として本場の英国で一流の文学者たちと対等に交際し、肩を並べて英詩を発表したのが西脇であった。西脇は「東北地方」出身でこそないが、雪国越後の小千谷《おぢや》出身であり、この江藤の筆致から出来上がる「廃墟」像は西脇以外にはありえない。江藤にとって「理解出来がたいような現象」が西脇との間に起きたことを「推定」させる文章が、この「生きている廃墟の影」には混入していて、穏やかではないのだ。江藤はすでに西脇に対してなんらかの「怨」を持っていたに違いない。胸の中に「怨」を秘めておくならまだしも、よりによって「文學界」に発表する原稿に嫌味ったらしく書き、その発売日直後に披露宴が行われた。なんらかの物議を醸してもおかしくない文章なのである。

原稿の上で西脇教授及びその周辺を批判したと思われる表現は別の評論にも出てくるのだが、それらは後回しにして、江藤の文壇登場の過程に触れておきたい。「文學界」八月号の大座談会「日本の小説はどう変るか」は文壇の代表的作家・批評家十三名が一堂に会した「画期的討論」だった。戦前派の石川達三、高見順、伊藤整、戦後に登場した大岡昇平、野間宏、堀田善衞、遠藤周作、評論家からは中村光夫、福田恆存、山本健吉、荒正人、そして二十歳代の石原慎太郎と江藤である。文藝春秋社長室の隣りの会議室で行われた座談会には編集部員の田中健五も同席した。長時間にわたった座談会のハイライトは若造の江藤が高見順に嚙みついたことだった。「喧嘩をするような場ではないのに、江藤さんが高見さんに喧嘩を挑んだので、あの場面は忘れられない。別に血なまぐさいことではないのだけれども」。

　文壇で後々まで語り草になる「悪役」江藤淳の登場である。江藤の私小説批判に対して、高見が「憤然」として、「われわれ日本人の先輩が一生かけてやってきたことをあまり馬鹿扱いしないで、ほしいね」と声を荒らげる。江藤は「そう感情的になられると困りますが」と釘を刺し、「生きるのが大問題なのは文学者に限ったことではありません。大工だって左官だって同じです」と切り返した。大岡が仲裁に入ると、高見は江藤が『夏目漱石』で、近代日本文学は西欧文学の「脚註」に過ぎず、「本文」は数行しか書かれていないと書いたことに腹を立てていたことがわかる。「脚註なんかじゃないよ、冗談言っちゃいけませんよ。(笑)」。大岡が「だけどね、そういうふうにして若い評論家は誰でも出てくるものなんだ」と高見をたしなめた。高見は「昂奮してごめんなさい。(笑)」とも言っている。この辺、(笑)があるので、どこまで険悪だったのかはわからない。しかし、若い江藤の方は「それはわかりました」と頭を下げる気配もない。文壇初お目見えにして、すでに先輩作家の癇に障るような態度と発言を引っさげていたのだった。「私は当時よく父とどなり合いのけんかをしていましたから、怒鳴り合いそのものには、あまりおどろかなかった」(座談会「批評の理想と現実」「群像」昭48・8)。江藤は回想「著者のノート」ではこれで「悪役」キャラクターになったと書いている。

「私が発言していると、高見順が突然怒鳴り出すという一幕《ひとまく》があった。一瞬あっけに取られて高見氏の顔を見ているうちに、猛然と腹が立って来ていい返すことに決めた。休憩になったとき、たしか中村光夫氏がいった。／「これで雑誌が売れるぞ。編集長、大喜びだ」／上林〔吾郎〕編集長は相好を崩して、満足そうに、／「うェッヘッヘッへ！」／というような笑い方をした。(略) このとき以来私は、おおむね文壇で悪役を振られることになった」

　江藤淳は以後「高見順」に触れると、お定まりのように、必ず高見を容赦なくケナすことを心がけている。「悪役」の面目躍如である。初座談会の出席料は一万円だった。出席者諸先輩と横並びに扱われたので、破格の金額が転がりこんだのだった。

原稿依頼はぽつぽつと入るようになり、国文学雑誌に志賀直哉批判を書いたり、女性誌に女流作家論を書いたりとなった。夏休みには「文學界」のために「奴隷の思想を排す」七十枚を書いている。予想外の展開で、評論家開業となってゆくのだった。

慶應英文科の総意として

「赤木さん、ちょっとノートを拝借」

大学院の同級生の江頭淳夫が、昼休みに赤木康子に声をかけてきた。愛想のいい笑顔でせがまれると、赤木さんは断れなくて、ノートを差し出す。江藤は一生懸命に赤木さんのノートを読んで、頭の中に入れてしまう。一回や二回ではなかった。厨川教授の『ベーオウルフ』演習が午後一番にある日である。『ベーオウルフ』は八世紀の叙事詩で、日本文学でいえば『古事記』に相当する。古英語で書かれた難物中の難物である。厨川先生は西脇先生と違って、徹底した予習を要求する。辞書を丹念に引いて調べ尽していないといけない。搾りに搾られる怖い演習である。

「厨川先生が江藤さんを当てると、憎たらしいことに、予習してきた私よりも上手に答えてしまうんです。出来るんですね。その演習には助手になりたての安東伸介さんが同席していて、私たちが答えられないことがあると厨川先生が「安東くん、いかがですか」と尋ねる。安東さんはすらすらと答えてしまう。凄い秀才がいるんだと頭に残りました。江藤さんはお休みが多くて、厨川先生が一度教室で、「そんなに忙しい仕事があるなら、大学院に来なくていいんだよ」と皮肉をおっしゃったことがありました。厨川先生のことだから、江藤さんがどんなに上手にお答えになっても、誰かのノートを見ているとわかったのかもしれません」

江藤がいつ頃から大学院に姿を見せなくなったかの記憶は赤木さんにはない。一年の秋ごろだったかどうか。覚えているのは、厨川先生が授業中に事情を話したことだ。教室に江藤が来なくなったことを不審に思っているだろうからと説明したのだった。「江頭くんは執筆に専念することになりました。筆一本でやった方がいいのではないかと私が江頭くんに勧めたからです」。

厨川教授の学者としての厳格なスタイルからは当然のアドバイスであった。もうひとつ、厨川文夫は厨川白村の遺児であったという事情もあるかもしれない。『近代の恋愛観』、『象牙の塔を出て』、『近代文学十講』などの著者であった厨川白村は大正時代の人気評論家だった。京都帝大英文科教授の文学博士であり、かたわら著述に講演にと活躍して身体をこわす。健康のためにと新築した鎌倉で関東大震災に遭い、津波で命を落とした。長男の厨川教授はまだ中学生だった。学問と著述が簡単に両立するものではないことを、亡き父の姿を通して知っていたのが厨川だった。

厨川教授から引導を渡された後のことであろう、江藤は岩崎良三教授の三田の家を相談で訪ねている。先輩の池上忠弘がたまたまそこで江藤に出くわして、会話を聞いている。「岩崎先生は学生からすると話しやすかったので、江藤さんも相談に行ったのでしょう。西脇先生と厨川先生ははるか彼方の上の存在でしたから。西脇先生には私が助手になってもどう応対したらいいのか難しかったです。岩崎先生の江藤さんへの答えは「文壇の方でうまく書いて行けそうなのだから、大学院はやめるように」というものでした」。

以上の証言をつなぎ合わせると、西脇順三郎と江藤淳との関係は世に伝えられるほどのことはなかったことになる。それではなぜかくも江藤淳は西脇順三郎を意識し続けていたのか。その秘密の一端は、当時の文章の中に散見される。大学院退学を決めた時期は確定できないが、その頃に書いたと思われる「日本の詩はどこにあるか」（「短歌研究」昭33・4）には、「英語やフランス語で詩を書く日本人がいたとしても、それはその人の語学力や教養の証拠にはなるであろうが、詩人的価値には関係のないことである」とある。これも滞欧時に英語、フランス語で詩を書いた西脇を揶揄する一文であろう。ただし、この論考では、「私は、一つの民族の血と土に根ざしていない詩は、ことごとく無力な修辞にすぎないと考える」、民族も人間も「このいまわしい恥部なしには生きられない。その恥部との積極的な交渉が成立した時、あるいはこのいまわしい血と土を、一つの詩的表現に凝集させ、そうすることによって自らの中にある獣的なものを人間化することに成功した時、真の詩が生れる」と書いていて、「生きている廃墟」は一年前より肯定的色彩を強めている。

大学院退学を決めた後、意地で月謝だけ納めていた時期に書かれたある書評はさらに示唆的である（「現代芸術」昭33・10、『海賊の唄』所収）。まず当の書評本とは無関係な、イギリスの「怒れる若者たち」の作家が書いた小説が紹介される。その小説の主人公（大学講師）は、主任教授の家で催される音楽会に招待されて苦痛を感じる。育ちのいい教養人である教授たちの下手な音楽を主人公が我慢して聴くのは大学をクビになるのがこわいからであった。「しかし、ことごとに英国を引合に出して「今時の若い者」に訓戒をたれたがる教養主義者、大学教授、その気げんをとるのに汲々たる助手諸君その他、要するに我国の「文化」主義者たる優等生的人物たちには、あるいはこの程度の「諷刺」がちょうどてごろなものであるかも知れない」。当の書評とはほとんど無関係に、ここでは「教授」も「助手諸君」も一緒くたに臆病な「文化」主義者として軽蔑されている。

やむなく大学院を中退したがための自らの激情を抑えることができず、原稿用紙に向かうと激発する。そんな厄介な性情が江藤淳という文筆家には間違いなくあった。逆恨みに近い感情である。『エリオット全集』の推薦の辞で、エリオット（＝西脇順三郎）に対し、「殆ど敵意に似た尊敬」を抱いていることは前章で記した。「敵意に似た尊敬」なるものは、容易に「尊敬に似た敵意」に反転するものでもあったろう。西脇門下の鍵谷幸信が「江藤淳か、あいつは傲慢だ」と非難した言葉はおそらく英文科全体に共有されていた江頭淳夫への評価だった。厨川教授が引導を渡し、岩崎教授が最後の説得をしたのも、英文科の総帥であり、両教授の恩師でもある西脇順三郎の了承ないしは意向であろう。江藤の先輩にあたる安東、由良、鍵谷などの「助手諸君」も異存はないはずだ。いわば慶応英文科の総意として、江頭淳夫は大学院を〝追放〟されたのだ。

〝追放〟以前の時期、昭和三十二年十一月号の「文學界」に載った江藤の「奴隷の思想を排す」には単行本刊行時には削除された副題とエピグラフがあった。副題は「一つの機能主義的文学論として」であり、エピグラフは〝You are not here to verify.—T.S.Eliot〟とある。この引用は江藤が『エリオット全集』の推薦の辞で、「やがて私は西脇順三郎教授の『四重奏』に関する高踏的な講義を聞くはずであった」と書いた詩集『四つの四重奏』の第四章「リトル・ギディング」からのものである。

西脇による『T・S・エリオット』という本が昭和三十一年の十月に出ている。江藤が大学院に合格した直後に出た本で、研究社の「新英米文学評伝叢書」の一冊である。西脇によるエリオット研究の独得の啓蒙書で、西脇教授の講義とはこういった茫洋としたものだったのかと想像させる本である。院生の江藤は読んだはずだ。この本で江藤が引用した部分の前後の内容を確認すると、面白い記述にぶち当たる。西脇は原詩を西脇流に自由に要約し、散文化している。「リトル・ギディング」とは英国の寒村で、「この場所の象徴は完全な死の象徴である」。ここは最も近いところにある「この世の果て」である。ここでは「知識と観念を一時使わないことが必要である。こんなところへは研究やレポートを書くためには来るものではない。諸君はこゝでお祈りすることである。……」。エリオットの原詩には「知識と観念」の語はあるが、「研究やレポート」は西脇の脳髄にぽかりと浮んだイメージである（〝report〟という単語は原詩にあるが、後年の西脇の定訳では「報道」となっていて、三田のキャンパスの匂いはない）。

江藤がこの西脇の本を知った上で引用をしたとすると、この「奴隷の思想を排す」を執筆した昭和三十二年九月の時点で、江藤は自ら英文科の大学院に見切りをつけていたと判断せざるを得ない。大学院中退の条件は十分に揃っていたとしか思えない。

江藤が次に「文學界」に登場するのは、翌昭和三十三年の一月号である。この号から「文学共和国」というコラムが始まる。丸三年間執筆を続けるコラム欄なのだが、私は江藤の大学院〝追放〟を考える上で、この執筆を重視したい。「文学共和国」は、世界六ヶ国の最新文学事情を毎月紹介する情報ページである。ドイツを山下肇、ソ連を原卓也、中国を竹内実、フランスを白井浩司、アメリカを佐伯彰一が受け持ち、イギリスには江藤が抜擢された。他のメンバーは一流大学の教授、助教授である。その中にひとり修士課程一年生の江藤が混ざっているのだ。破格を通り過ぎて、それこそ「傲慢」そのものである。江藤とすれば、新たな原稿の注文を受けたに過ぎないのだろうが、アカデミズムの常識では許されない、掟破りの反則技だったのではないだろうか。江藤は第一回目には、「アングリー・ヤングマン」を取り上げている。「怒れる若者たち」である。日本でもやがて「怒れる若者たち」はブームとなり、江藤はその中心人物と目されるのだが、この原稿では「怒りっぽい若者」達という訳をつけている。昭和三十三年に入ると、江藤の活躍の舞台は拡がり、文芸誌では「群像」「新潮」、総合誌では「中央公論」など、毎月のように登場する。「日本読書新聞」では「文芸時評」の連載が始まる。堰を切ったように書き始めているので、おそらく大学院中退を決意したのは昭和三十二年のうちだったのではないか。

江藤はノーベル文学賞候補の西脇順三郎に対して、「尊敬に似た敵意」を燃やし続けて、吉祥寺のアパートの一室で原稿を書きに書いたのであろう。時にはお金が不足して、パンを齧りながら書いていたこともあったと当時を知る慶子夫人の友人は語っている。江藤淳の中に巣くう、ハングリーなものは象牙の塔におさまる性格のものではなかった。

「新潮」昭和三十三年十二月号に、江藤は「文学教えられた」という奇妙なタイトルのエッセイを書いている。やたらと威勢のいい文章である。内容は「私の読書遍歴」とでも呼ぶべきものなのだが、ここで大学の「文学部」に喧嘩腰で物言いをしている。「受けてきた教育を当方から願い下げにするとき人間ははじめて現実にふれるし、教えられた文学にのしをつけて返上しなければ文学者の行動のはじまる道理はない。大学の首席がなにより得意だという新人作家があらわれたそうであるが、こんなのは最初から言語道断である」。英文科の面々が読んだら、また江頭の奴がと舌打ちしそうな文章である。この号、巻頭グラビアが「文学部研究室」という企画で、東大仏文（渡辺一夫）、明大仏文（中村光夫）、早大露文（米川正夫）などの写真が載っている。慶大は英文研究室で、西脇、厨川両教授の前で、院生たちがかしこまって写っている。江藤はこの時、修士二年でまだ籍だけは置いていた。このグラビアを見た江藤は何を思ったか。この号の江藤のエッセイ「文学教えられた」を読んだ英文科関係者が何を思ったか。こちらの方はすぐに察しがつく。

第二十章　吉祥寺の鉄筋アパートで「退路を断つ」

「われわれ吉祥寺の住民にとって一番都合のわるいことは、中央線の線路によって町の南北が完全に断絶していることである。有名な「開かずの踏切」をまわらずにすまそうと思えば、金十円なりの入場券を買って駅の構内を通りぬけなければならない。なんのことはない関所か有料道路のたぐいであるが、北口のにぎやかな商店街にでようと思えば、いやでもこのばかばかしい通行税を払わせられるというわけである」（『東京味覚地図』）

いまは東京の代表的な「住みたい町」となった吉祥寺について、グルメ本に寄稿しているのは若き江藤淳である。江藤淳と慶子夫人は昭和三十二年（一九五七）五月から二年半の新婚時代を、この郊外の町で過ごした。南口の「駅前の鉄筋アパート」に住み、北口の洋菓子、うなぎを紹介している。森鷗外の娘・小堀杏奴《あんぬ》が週刊誌で推奨した広東料理の店「万福」にはまだ行く機会がない、と正直だ。つましい暮らしぶりを想像させる記述である。「吉祥寺の味のうちで最上のもの」には、「水」を挙げる。井ノ頭の湧き水が水道から供給され、「水の良い土地」に住む有難さが強調される。『東京味覚地図』は食物随筆の名手である奥野信太郎（編者）、檀一雄、池田彌三郎、高橋義孝らが書いていて、江藤は唯一の若手である。編者の奥野は江藤の仲人なので、その縁でだが、奥野が江藤の「舌」を認めての起用である。

江藤夫妻の結婚案内状が残っている。その文面には、「さて私共両名は此度漸く結婚いたすはこびとなりましたので奥野信太郎先生御夫妻の御司会により式と披露の意をかねたささやかな茶会を催したいと存じます」とある。「江頭淳夫（江藤淳）　三浦慶子」の二名連名になっていて、当時の常識だった江頭・三浦両家の結婚という形にしていない。奥野も仲人でなく、「司会」である。「ささやかな茶会」は、サンドイッチと紅茶という簡単な食事だった。「都心のホテルで派手に結婚披露をやった」という慶応英文科をかけまわった噂は、かなりの誤解を含んでいたのだった。

案内状に「漸く結婚いたすはこび」とあるのは、大学一年の時からの「永すぎた春」というだけでなく、両家の反対を押し切ってのニュアンスがある。江藤は結婚を機会に父と義母と腹違いの妹弟のいる家を出て、独立した生計を営むことに決めていた。大学院に通いながら、夫婦で家庭教師をして二年間を凌げば、大学教員のポストに就ける。その人生計画が狂ったのは、『夏目漱石』出版が引き金になって、文筆業を開業することになったからである。

吉祥寺の二年半の間に、江藤は三冊の本を出版している。文芸評論集『奴隷の思想を排す』（文藝春秋新社）、書下ろしの文学論『作家は行動する』（講談社）、評論集『海賊の唄』（みすず書房）である。それ以外に、単行本に入れなかった原稿も相当ある。対談、座談会などのお座敷、昭和三十三年十一月に「若い日本の会」を結成してからは、テレビ、ラジオなどへも進出している。文芸評論家という地味な肩書にもかかわらず、異例のスピード出世を遂げていく。

「夏目漱石論」を山川方夫の勧めで「三田文学」に書き、途中から編集部に加わった二年間を、江藤は「短い青春」と形容した。銀座八丁目日本鉱業会館三階にあった「三田文学」編集部が、その「短い青春」の場所であった。二十歳代半ばの江藤にとって、吉祥寺時代は、もうひとつの「短い青春」だったといえる。無名だった銀座時代は甘美な記憶として語り得たが、吉祥寺時代は「新人」「二十代」という役割を過剰に演じた気味があり、後年の江藤にとっては語りにくい二年半であった。

埴谷雄高家を訪問

新婚生活を吉祥寺で始めたのは、江藤の実家から近いというのが第一の理由だろう。練馬区関町の父の家は西武新宿線沿線だが、バスなら吉祥寺からすぐである。江藤は学費と生活費稼ぎのため、受験英語塾を父の家で開く計画があった。「夏目漱石論」の反故《ほご》原稿の裏を利用した、募集要項の下書きがたまたま残っていたのでわかる。定員は十名、週一回で、月謝は五百円、英文解釈は「小説及びエッセイの構文中心による講読」「現代作家の文章中から精選した問題集を研究」し、英作文は「生きた現代英語を書けるようにする」という方針だ（英作文の「生きた現代英語」には西脇順三郎の英語学の匂いがする）。定員が埋まれば月五千円の収入になる。希望者多数の時には、近所の都立石神井高校の教室を借りうけ、月謝を三百円に下げて、手広くやる皮算用だった。

吉祥寺には「近代文学」派の作家、『死霊』の埴谷雄高《はにやゆたか》が住んでいた。埴谷雄高は論争文「江藤淳のこと」（「文藝」昭52・4）の中で、江藤が引っ越し前に、埴谷家を訪問していたと書いている。

「まだ大学生であった江藤淳が私のもとを最初に訪れてきたのは、彼の『夏目漱石』が出版されたばかりの頃で、平野謙にほめられたことに触れたあとで、荒正人さんはどうして私の作品をけなすのでしょうと私に訊いた。ほめられたり、けなされたりするのは、何かを書くものの甘受しなければならぬ運命であるから、荒君は君と見解が違うだけでしょうと私は答えたのであった。その後、さらに一度訪ねてきたが、江藤淳が屢々私のもとを訪れるようになったのは、彼が吉祥寺へ越してきてからである」

平野も荒も「近代文学」同人の文芸評論家で、漱石を論じていた。江藤を「けなす」荒の書評は「図書新聞」昭和三十二年二月九日号に掲載されたから、江藤の訪問はその後のことであった。荒は書評で、「鋭い見解」もあるがと言いつつ、全否定に近い。「漱石神話」とは大げさな言葉であり、「原罪的不安」

「生体実験」といった「自由奔放な造語癖」に苦言を呈し、「則天去私」神話といった「二昔もまえの小宮豊隆説に喰ってかかるということは、若者の仕事としても余り立派ではない」とすげない。「文体にも小林秀雄ばりその他が織りまぜられ」古風すぎると散々である。

埴谷はしょげる江藤を初手からやさしく包みこんであげたのである。江藤は埴谷との間にあった短く濃密な交流を、「自分の意志によってとはいえ、大学と師とを同時に失うことになったその頃の私は、単に対坐すべき年長者を身近かに求めていただけだったのかも知れない」（「著者のノート」）と振り返っているが、これはどう見ても過小申告である。教え子よりは「幻影」の方に顔を向けていた西脇より、埴谷はずっと身近な存在であり、百戦錬磨の「人たらし」であった。同じ吉祥寺南町の埴谷宅まで歩いて十分足らずの距離に引っ越したのは、江藤の無意識の選択だったかもしれない。

江藤が「文學界」に書く原稿をいち早く誉めてくれたのも埴谷だった。「図書新聞」（昭32・10・19）の文芸時評で、埴谷は丸々一回分を江藤の「奴隷の思想を排す」に費やしている。

「さながら数学の証明のような文章を系統的に提出しているこの若い筆者は、吾国で珍らしい体系的な文学論の建築をなし得る批評家となるかもしれない。そのような期待のもたれる批評家とすれば、作家の内部に於ける操作について、ここにイメージ、思想、フィクションなる単一の用語で示唆されている以上の精密なつぎの研究を期待したい」

この埴谷の「期待」に江藤が応えたのが、翌年に書き下ろす『作家は行動する』といえるのではないか。埴谷はその一方で、江藤にクギを刺すことも忘れていない。江藤が「四分の三世紀の間に三度の大戦争をやってのけた日本民族のエネルギー」に作家は文学的な表現を与えよと主張するのに対し、埴谷は「三つの戦争にそそがれたエネルギイは肉迫戦によって半ばを遂行されてきたことを思えば、そこにはまだなお軀をはる半面の陥穽があって、われわれの未来を何処へひきゆくか、さだかにはわからないのである」と半身で待ったをかけている。ここに既にふたりの決裂の予兆が潜んでいる。

江藤の埴谷家訪問は慶子夫人を伴うこともあり、交際範囲を拡げていった。

「そして、夫人を同伴した江藤淳は、その頃幾度か催された「埴谷家の舞踏会」へきて、武田泰淳夫妻、竹内好夫妻、丸山真男夫妻などをはじめて知ったのであった。江藤淳夫妻は仲がよく、ホールに仕立てた私の家のさして広からぬ応接間で何時も二人だけで踊ったのである」（「江藤淳のこと」）

当時の左派系の一流知識人と面識を得たのが埴谷家でだった。この頃、竹内と丸山は吉祥寺駅の北側に住み、武田は近くの高井戸に住み、四人は頻繁に行き来していた。六〇年安保で立ち位置をかえるまで、江藤の中に丸山と竹内の影響は残った。江藤は丸山と武田のダンスを当時、こう評している（「人物歴訪　丸山真男氏」「日本読書新聞」昭34・2・9）。「（丸山が）ダンスを本で覚えようというのはまことによくない」。「その点ぼくは武田泰淳さんの八方破れのチークダンスをはるかにダンスの要諦に達しているものとみたい」。ダンスひとつにしても、文学者同士はそこから何事かを観察してくるのだから、文学者の交際も容易ではない。

埴谷家のダンス・パーティでは「まだ童顔をとどめた青年」にも出会っている。新人作家の開高健である。「ダンスをはじめてから四五年になるのに、いたって不勉強でタンゴもまだろくすっぽ踊れない私とくらべると、開高氏の運動神経は大分上等にできているようにみうけられた」（「むかし大将　いま小説家」「別冊文藝春秋」昭33・4）。開高と大江が芥川賞を争っていた頃である。

江藤が大学院を中退した時期は確定できないが、昭和三十二年のおわりから三十三年の初めにかけてであった。埴谷家で踊っていた頃である。大学院を辞めるか、やっと軌道に乗ってきた文筆の仕事を止めるか、二者択一を迫られ、江藤は決心する。勧告には従わない。授業料をあと一年納めるが大学院には行かない。「一年経ったら配達証明付きで慶応義塾に退学届を送付し、自主的に大学院を中退する」（傍点は江藤）。自分の意志を英文科に突きつけるという、喧嘩腰の選択である。
「そして、私は内村直也氏を訪問し、事情を話して、エラリー・クイン・ジュニアー・ミステリーのうちの『黄金の鷲の秘密』というのの下訳をまわしてもらった。三百ページほどの本を一週間で訳し、内村氏から三万六百円の現金を手渡してもらったときの気持を、私はいまだに忘れることができない。私は、そのとき、この金で退路を断つのだ、あとは筆一本で生きるほかないと、そう自分に向っていったのである」（「著者のノート」）

江藤が訳した内村直也訳『金色の鷲の秘密』は昭和三十三年九月一日に早川書房から出版されている。ジュナ少年を主人公にしたシリーズの一冊である。シリーズには福田恆存、福原麟太郎、石井桃子、村岡花子、大久保康雄といったビッグネームが訳者として名を連ねている。訳者本人が手がけているかどうかはともかく、それらの名前は若い江藤の虚栄心を満足させるに十分である。その上に、同日に刊行されたシリーズのもう一作『黒い犬の秘密』の訳者は、なんと西脇順三郎であった。西脇の著訳書目録には掲載されていないから、西脇は名義を貸しただけである。それでも江藤が溜飲を下げたであろうことは間違いない。

この翻訳は江藤にとっては、「退路を断つ」だけではなく、慰みでもあった。ジュナ少年がいつも従えている愛犬チャンプは黒くて長い毛に被われたスコッチ・テリアだったし、船に乗るシーンがふんだんに書かれていた。

「ジュナという少年は非常におとなしくて礼儀正しく、一見弱々しい子供のように思われます。しかし、この小さな体のなかには、強い正義心と、そして誰にも負けない大きな勇気が宿っています。彼がこの正義心を爆発させ、勇気をふるいおこすまでには、彼は鋭い推理力を働かせます。素晴らしい少年です」
「この物語では、海の描写が見事だと思います。小さな漁村から、モーターボートに乗って、島に行く時の少年たちの表情が、目の前に浮かびでるような思いがします。（略）新鮮な海の空気がどこからともなく胸の中に吹きこんでくるような気持になります」

訳者から「この本の読者へ」のことばである。おそらく江藤の筆になったもので、フリーランスの生活への期待が滲んでいる。江藤は『夏目漱石』のあとがきで、執筆の過程を「地球というものに全く無知だった近代初期の西欧の航海」に喩えていた。『海賊の唄』の「序」では、自らを「粗末なぼろ船」の海賊に喩え、「嘆きのうたのかわりに勇ましい海賊たちの唄をうたおう」と宣言している。この海には父方の祖父・江頭安太郎海軍中将と、母方の祖父・宮治民三郎海軍少将の「海」が反映している。しかし、海軍ではなく「海賊」であるところに、陸地の生活に縛られた近代日本という国土への不信が籠っている。

名義上の訳者の内村直也は「三田文学」の編集委員の一人で、会社経営のかたわら、劇作家として活躍していた。ラジオドラマ「えり子とともに」と挿入歌「雪の降るまちを」の作詞で有名である。「江藤君が最初に私のところに現れたのは、彼の学生時代で、雑誌「三田文学」の会計係としてであった。その当時私はこの雑誌の会計監査役のようなことをしていたので、数ヵ月めに持ってくる江藤君の帳簿をチェックしては、健全財政をふきこんだものである。／江藤君の会計係は、非常に正確だった」（「人物スケッチ　江藤淳」「日本読書新聞」昭34・6・1）

内村のところに江藤がフィアンセを連れて現れたのは卒業式直後だった。「同級生が、学校を卒業すると同時に結婚をし、しかも親の厄介にならない、ということは、全く日本には珍しいような近代的な話だと思った。結婚に対する新しい合理的な設計を実行に移そうとしているのであった。／この結婚生活は、あのとき私に語ったとおり、甚だ美しく合理的に進行しつつある。（略）評論ではなかなか毒舌をふるうが、日常生活における彼は、学生時代に帳簿をもってやってきたときと、その態度が全然変らない。こういう人も珍しいと思う」。

人間には内ヅラと外ヅラがあるように、夫婦生活にも内ヅラと外ヅラがある。内村の見た外ヅラの江藤夫妻は「近代」を実践する理想的な新世代だったが、家計のやりくりを含めて、モデル家庭のような生活を営めるわけではなかった。

「私は近頃はやりの鉄筋アパートというやつに住んでいるが、アパート暮しも二年余りになると少々鼻について来る。とにかく狭すぎるのが頭痛の種である。／六畳に三畳に四畳半の台所兼食堂といっても、たたみが小ぶりにできているからとても額面通りの広さはない。三畳を書斎に使っているが、天井まである書棚をつくりつけてもまだ本がおさまり切らず、あたり一面につみあげてあるので足の踏み場もない有様である」（「動物的」「婦人生活」昭34・8）

この小さな城に籠って毎晩徹夜で原稿を書く。慶子夫人から見ると、「ねるときと、床屋に行くとき以外はほとんど仕事」をし、「彼の頭の中には無数の歯車が複雑にかみ合い、ものすごい速度で回転しているらしい」（江藤慶子「夫のこと」「婦人生活」昭36・4）。友人だった大江健三郎はこの仕事場を一目見て、「江藤さん、こりゃ健康に悪いや」と口走った。「多分大江の鋭敏な神経には、この仕事場に充満している「文字の霊」の毒気がありありと感じられたのだろう」ということになる（「引越し」「ヒッチコック・マガジン」昭34・12）。

江藤の〝告白的夫婦論〟

江藤が吉祥寺時代に書いた〝告白的夫婦論〟とでもいうべき一篇がある。「婦人公論」（昭34・3）に載った「日本は女性の論理が支配する」である。漱石『道草』の夫婦口論の引用から始まる戯文調のエッセイなのだが、「われわれ男」が「カンカンガクガクの論陣をはったあげくのはてに、気がついてみると相手は話をはじめたときとすこしもかわらぬ姿勢でニヤニヤしている」。「この敗北感。この徒労感。この不条理！」を痛感しているのは「すべての男性」であると言いつつ、年若い夫婦の例はわが家庭の描写だろう。「なによ、あなたったらほんとに失礼な方ね。朝から晩まで仕事のことばっかりいってらして。すこしはあたくしの顔でもごらんになったらどう？」。食卓で新聞にかじりつく夫に、「柳眉をさか立てている若夫人」には慶子夫人の像が重なる。類型的といってしまえばそれまでだが、確信をもった筆致が夫婦の日常を連想させる。

「なぜなら、この夫は決して彼女を愛していないわけでもなければ、その美しく粧った顔をみるのがいやさに新聞をひろげているわけでもないからである。ただ、そこに、女性という自分の論理の歯がたたない「実在」がいることを、ほんの一瞬間忘れていたいだけなのだ」

恋人時代には、髪を撫でてくれる指の感触に亡き「母」を重ねられたが、「若夫人」はいまや「母」でも恋人でもなく、「妻」という「実在」としてそこにいる。江藤の批評用語に翻訳すれば、この「実在」とは「他者」である。漱石という男は、「新聞のかくれみのにかくれたり、本来自由を求めるという男性の論理を実行にうつして適当に浮気をするなどという便法を講じなかった」。自分の論理で説得しようとして、かえって「孤独」を抱き、「かんしゃく、または肉体的暴力という非常手段」に訴えた。エッセイには書いていないが、癇癪持ちを自認する江藤も、狭い部屋と息苦しい空気の中で、漱石のように爆発した。妻も黙ってはいない。時には取っ組み合いにまで発展した。それが夫婦の内ヅラの一面だった。

ある種張りつめた「退路を断った」生活は慶子夫人の身体にも影響を与えている。中原弓彦（後の小林信彦）が編集する「ヒッチコック・マガジン」は江藤の愛犬エッセイの舞台になる雑誌だが、その創刊号（昭34・8）の江藤のページには編集部からの注記がある。「若手評論家中のナンバーワン、江藤淳先生の連続随筆の第一回。奥様が御病気でお忙しい中を御無理願いましてどうもスイマセン」。この年の三月に、慶子夫人は胆嚢炎で一ヶ月の入院を余儀なくされていた。福沢諭吉の教えを実践した「私立の活計」は、仕事こそ順調だったが、試練にさらされていた。
「退路を断った」時期に時計の針を戻す。新人時代の江藤淳が批評家としての自覚を持ったと思える時期がある。それはとても早い。退路を断ってから二、三ヶ月しかたっていない頃、吉祥寺に暮し始めてまもなく一年になろうとする時期であった。昭和三十三年六月号の文芸雑誌に江藤は二本の原稿を書く。「文學界」には原稿用紙百二十枚の力作「神話の克服――反ロマン主義的考察」、「群像」には「現在における批評家の役割」である。

後者では文壇の現状診断をして、そこで通行している批評を、「実感」批評、「解説」批評、「鑑賞」批評、「抒情」批評、「社交辞令の交換」批評などと辛辣に分類し、「私をも含めた大多数の批評家」はこうした「擬批評」を行なって浮遊している。「文学と社会的、政治的な問題との正確なプロポーションは見失われ」、文壇周辺の文学的現象に関心が片寄り、「批評家はいても、批評はない」と告発する。批判の矛先が小説と詩にとどまらず、批評にまで及び出した。批評家の役割は「いまだに一度も日本の近代文学に確立されたことのない、真の行動的なリアリズムの確立だ」というのが結論である。

「現在における批評家の役割」はまだ威勢のいい批評であるが、もうひとつの「神話の克服」はその批評の刃を江藤自身にも突きつけてゆく。「生きている廃墟の影」「奴隷の思想を排す」は残滓ともいえる過去の「呪縛」をサディスティックに裁断して、見得を切ってみせた大技だったが、「神話の克服」は違う。「文運隆盛」といわれる文学ブームの底にある予兆を取り出そうとする。「文運隆盛」は昭和文学史の「文芸復興」という用語にスライドされて考察される。戦争になだれ込んでいく前のつかの間の賑わいである。原田康子『挽歌』、三島由紀夫『美徳のよろめき』、井上靖『氷壁』といった最近のベストセラー小説、さらには石原慎太郎、大江健三郎といった有力新人の作品に顕在化しつつある傾向を、「ムードとしてとらえられた強烈な危機感だ」として注意を促している。三島の『美徳のよろめき』のヒロインが、「にわかに革命や反乱の幻覚にとりつかれるような場所に噴出している切迫した危機感」（傍点は江藤）に読者が反応していると分析している。この「切迫した危機感」は大多数の読者のものである以上に、江藤自身が感受した切迫感であった。その切迫感があるために、裁断調ではすまされない、過去の「呪縛」との対峙へと筆が進む。

「神話の克服」を書くにあたって直接の影響とヒントを与えたのは、原稿の中でも触れられている岩波の雑誌「文学」（昭33・4）の特集「昭和の文学　その一　日本浪曼派を中心に」、特にその中の橋川文三の論文である。昭和八年（一九三三）の小林多喜二の獄死から始まる「転向」、意識的なロマン主義運動であった保田與重郎らによる「日本浪曼派」、戦争の時代となった昭和十年代における民族の「血と土」に根ざした「神話」の噴出。「文運隆盛」の繁栄に、「神話」の復活の傾向を察知し、過敏なまでに反応したのは、江藤淳が「遅れてきた日本浪曼派」だったからだった（第七章参照）。

都立一中三年生で、鎌倉からの転校生だった江藤淳がもっとも影響を受けたのは日本浪曼派に近い詩人・伊東静雄だった。昭和三十五年（一九六〇）に『伊東静雄全集』が出た時に推薦文を書いたのは、三好達治、井上靖、三島由紀夫、そして江藤だった。「神話の克服」で論じた井上、三島と並んでいるのは偶然だろうか。江藤は伊東の詩集『反響』には、「敗戦と同時に砕け散ってしまった白刃のような「美」があり、私はその「美」によってわずかに窒息をまぬがれていた」と告白している。後には、もしあの時『反響』に出会わなければ、「ひょっとすると生きてすらいなかったかも知れない」と書いた。その事情は中学三年の時のノートに書かれた創作「なかなおり」（大正大学図書館江藤淳文庫蔵）で想像がつく。

「その日、私は少し興奮していた。東京へ越してからというもの、ひしひしと身に没落の悲しさがしみこんで来て、現在の生活に否定的になるのをどうすることも出来ず、それを医すものといったら只鎌倉へ行って友達に会う以外になかった」

休日を利用して鎌倉に向かったのは大学教授を父に持つ親友Ｋとの気まずい関係を修復するためだった。Ｋも私と同じ没落階級だった。Ｋの父は植民地の大学教授だったので引揚げてきてアパート暮しで、探偵雑誌に投稿して家計の足しにするといった生活だった。Ｋは私を訪ねて東京に行っていた。行き違いだったが、夜になって会え、Ｋの家に泊まる。

「ねえ君。」と私は少し語調を変えてＫに言いかけた。

「うん。」

「君は自殺しようとしたことがあるかい。」

「あるよ。二三度…」

「本当に危機一髪という所まで行ったかい。」

「そいつはないね。」

「僕はあるんだ。」

「へえー何時だい。」Ｋは寝返って聞耳を立てたようであった。

「夏、去年の夏だよ、東京へ越してそう間のない頃だ。」

私は何故こんな話題を提出したのか自分でもその気持に解釈がつかなかった。

だが、実際私は、自殺しようとしたことがあった。

その日、私は一人切りだった。今こうして書いている窓の所によりかかって何か本でも読んでいたように思える。

風通しの良い部屋だったが、その日は、蒸し暑くて汗がにじみ出て来るような日だった。二三日前、いや、もっとずっと前から私は一つの強迫観念に悩まされていた。――何かが突然やって来て幸福と美の絶頂にある私をこなごなに打ち砕き踏みにじって行く――それがきっと来る、近い内にやって来るに違いない。ひょっとしたらその〝何か〟はもうそこまで来ているかも知れない。

こういった想念が、絶えず何か考え出すと頭を突き出して来るのだった。

その強迫観念がその日は特に強く私を恐怖させた。それ丈ではない。派生して来るいろいろな想像は、私に死ね、死ねとささやいては次から次へ通りすぎて行った。(略)

私はそれ「安全カミソリ」を手にとった。そして眼の前まで持って行った。細くついた刃は、冷いというよりも寧ろ数千度の高温に白熱しているような凄味があった。さぞよく切れることだろうと私は思った。

もう一思いにのど笛をかききってしまえばよい。刃は私を誘惑する、血々……

その時何か機関車のような音で規則正しく鳴動しているのが耳にはいった。大きな音だった。部屋一杯に金だらいをたたいた位の大きさで響き渡っていた。

何だろう……その音は。

そう、それは私の心臓の鼓動だった。

いぢらしいような死への反抗、私の中にある若い生命が懸命なたん願を絶叫している。

私の内部では二つのテーゼがからまりあって力かぎりの戦争をやっていた。眼をつむると又心臓の鼓動が生を主張した。

眼をあけば刃が死の平安にいざなった。

瞬間私は茫然として何も判らなくなった。

若し私がこの時、刃を動かしていたら死んだに違いない。しかし手は動かなかった」

親友Kとの「なかなおり」を綴る過程に出てくる告白である。Kは湘南中学以来の生涯の友だった辛島昇。インド学の大家で、カレーの権威でもあった東大教授だ。辛島の尽力で江藤の蔵書とノート類が大正大学図書館に収まり、中学卒業間際に書かれた創作は、偶然遺された。

文中の「私に死ね、死ねとささやいて」くるのは伊東静雄の絶唱「水中花」の「すべてのものは吾にむかひて／死ねといふ、／わが水無月のなどかくはうつくしき」の反響である。この詩「水中花」（「日本浪曼派」昭12・8）の引用を冒頭に掲げた「石原慎太郎論」（「中央公論」昭34・12）は、「神話の克服」の再論とでもいうべき作家論である。「太陽の季節」は「水中花」とは「似ても似つかぬ作品」ではあるが、「美しいものはすべて滅亡に、したがって死につながる」という、日本人に根深く巣くう「死の思想」の表現では似ている。伊東は詩に見事に結晶させたが、石原の小説は未完成だとしても。その石原は近作では同世代を道連れに、「全的な破壊」を実現する実行家になろうとしていると江藤は警告する。

「石原慎太郎論」より前に書かれた「永井荷風論――ある遁走者の生涯について」（「中央公論」昭34・9）では、荷風の中にも「死の論理」は隠されていて、「死の論理」は石原、大江、橋川、吉本隆明らの中に、「変質しながら復活しかけている」と指摘した。現実からの遁走を実行しつづけた荷風の「死の論理」の行きつく先は、「母親の子宮のなかでなければ死以外にない」という荷風の「倒錯」を批判したものである。さまざまな事象や作品から「死」を嗅ぎとり、それを「生」のほうへと向け直すこと――「神話の克服」に顕著にあらわれた江藤の方法は、この時期の批評や文章にくりかえし現われている。

その中でも、もっとも直截に自らの方法論を語ったのは読売新聞紙上で平野謙との間にかわされた「意見と異見――作家論のあり方」という往復論争である（昭34 9 29〜10 7）。『夏目漱石』の序文を書いた平野が、江藤の「永井荷風論」の「遁走者」という規定に納得がいかず、荷風の「倒錯した論理」が大江、石原らに復活しかけている、というのに至っては、「私には全くわからない」と批判した。六回の応酬で議論は深まらないのだが、江藤は平野の無理解に業を煮やす。「奥座敷まで開けはなしてある」のに玄関先で入ろうとしない平野に対して、「奥座敷」どころか、江藤は書斎の奥の奥の秘密までさらけ出してしまう。

「最初から、私は、荷風の作品の華麗な空白にひかれる自分のことを書いた。そこにあるのは墓のなかのひややかさであり、それが喚び起すのは私のなかにある孤独と死への欲求である。私はこの欲求との戦いを根本的なモチーフとして「夏目漱石論」を書き、散文論を書いて来た。いわば私は、自分のなかの死や無葛藤への憧憬をひとつひとつ圧し殺すことによって、批評して来ている。そのことを私はいったのである。さらにそれが、肉体的にも虚弱な私にとって、現実を回避したがる自分の弱さや幼さを克服しようとする努力をも意味している、と私はのべている。

このような私が、自分のひそかな憧憬の対象の崩壊を見て、そこにあったものを確認しようとしたことに何の不思議があろうか。荷風の「空白」が醜悪な屍骸によって埋められた以上、私は私のなかにある「空白」をもう一度摘発し、埋めなければならぬ。それが拙論の「主体的モチーフ」であることぐらい、平野氏に看破できぬ道理もあるまい。平野氏は私の「永井荷風論」に論理操作をみて江藤淳をみていない。論理操作があるから、あとはみないというならなにをかいおう。しかし、もし平野氏に眼があるなら、その論理操作によって自分の内部の「空白」を圧しつぶそうとし、自らの退路を断とうとして「残酷な感激」にふるえている筆者のいくばくかがみえぬはずはない」

荷風論に限らず、漱石論以来、書くことによって「退路を断つ」江藤の自画像を白昼公然と、ここまで公開した文章はない。勇み足への強烈な自己嫌悪があったのだろう、この論争は単行本には収録されず、捨て置かれた。

第二十一章 〝主査〟埴谷雄高と〝副査〟井筒俊彦に導かれ

江藤淳が書下しの長編評論『作家は行動する――文体について』を世に問うたのは、昭和三十四年（一九五九）一月だった。二十六歳（公称は二十五歳）になりたて、書類上はまだ慶応英文科の大学院在学中であり、「退路を断って」筆一本の生活に突入して一年目である。執筆期間はわずか七十日間、全力疾走で長丁場を乗り切った。江藤は六年後、吉本隆明の画期的な文体論『言語にとって美とはなにか』の書評を、往時を少し振り返ることから書き始めている。

「吉本隆明氏は、この本の序文で拙著『作家は行動する』にふれ、そこで私が試みようとした文体論が、当時氏のなかで熟しつつあったこの労作にひとつの刺激をあたえたと書いている。もしそうならこれは喜ばしいことである。私は数年来この旧著を全面的に改稿増補したいと思いながらいまだに果せずにいるが、前述の序文は発表当時文壇的にしか問題にされなかった私の不完全な旧著に対して、少くとも吉本氏が文学的な関心を示してくれたことを物語っているからである」（「週刊読書人」昭40・6・28）

『作家は行動する』は、湘南中学で江藤の一年先輩だった石原慎太郎が装幀・装画を引き受け、中村光夫、武田泰淳、大江健三郎が帯に推薦の評を寄せている。「期待の大型新人」の扱いであるが、「文壇的」には規格外の原理的批評であり、上の世代からは厳しい書評が多く出た。その中で「文学的」に高い評価をしたのが、吉本、大岡昇平、埴谷雄高の三人、なかんずく埴谷であった。

「これは大胆な価値転換の書である。通常の文体論にとどまらず、行動によって実在に迫る謂わば文学の認識論を展開することによって、これまでの文学作品の強烈な否定と新しい基準による文学史の書き換えを大胆率直に要求している。

恐らく戦後文学の批評家達があの瓦礫と荒廃のなかで部分的になそうとしたことが極限まで追求されるとき築きあげられるだろう謂わばミケランジェロ風の一筋の雄渾な線と構図がここに確然と示されていて、そのあまりに大胆な切り捨て作業と前進姿勢に、或るものは驚き、或るものは困惑するであろうが、しかし、ここにうちだされた、爽快な主導音は私がいまここで聞きとるよりさらに後代に強まり大きくなるだろうことを思うとき、江藤淳が何ものにもひるまずにこの書を提出した意味は思いがけぬほど大きい」

(「日本読書新聞」昭34・1・19)

本の発売日(奥付)よりも前に発表されているから、おそらく一番初めに出た書評だろう。埴谷はここで、江藤を自分たち戦後派の正統的後継者として認定している。大江らの推薦文よりも高らかに謳い上げ、若き走者にバトンを渡さんとしている。「志賀直哉と小林秀雄を近代日本文学を圧殺したところの「負の文体」として取りあげる彼の価値転換の凄まじさ」に称賛を惜しまない。埴谷と江藤がもっとも蜜月だった瞬間である。

埴谷は強烈な弾劾文「江藤淳のこと」(「文藝」昭52・4)で、吉祥寺のアパート住まいの江藤との文学的交流がいかに濃密だったかを記している。「文学的出発をしたばかりの江藤淳は屢々私のもとを訪れてきて、やがて、彼が『作家は行動する』を書きはじめ、またその後、「若い日本の会」を彼がつくる時期がやってくると、より頻繁に私のもとを訪れてくることになったのである」。江藤の自筆年譜には、「近所のため訪れてときどき文学談を聴いた」とあるが、「ときどき」どころか「屢々」「頻繁」であったと訂正を求めている。『作家は行動する』の「あとがき」も揺るがぬ証拠として引用される。「しばしば私を激励し、有益な示唆をあたえられたのは埴谷雄高氏をはじめとするすぐれた先輩、友人諸氏である」。「しばしば」

と当時の江藤が書き、埴谷の名前を「先輩、友人諸氏」で唯一あげている。二人は「文学的姿勢」を同じくし、政治的には江藤のほうがより「左翼的」だったというのが埴谷の判断である。世上言われ続けた、江藤の所謂「転向」問題を、埴谷は当事者として体験したことになる。埴谷は「怖ろしい自己陰蔽であり、自己偽瞞であり、自己偽造である」と告発した。「或るひとにあまりに心をこめて感謝を表明したため、その相手を却って生涯憎悪することになる人間の不思議な心理」を埴谷は江藤に見ている。

その当否を検討する前に、『作家は行動する』時代の二人に接した編集者の証言を紹介する。書下しの担当だった講談社の川島勝が「江藤淳の「のらくろ時代」」という回想を残しているのだ（「三田文学」平13冬）。古い手帖を見ながら書かれていて、日付けなど具体的だ。川島が江藤に初めて会ったのは昭和三十年（一九五五）十二月十日、山川方夫から紹介された。江藤はまだ慶大三年生である。文芸誌「群像」の編集者だった川島は北原武夫からまず、「三田文学」の山川を紹介され、その山川が「こんど『三田文学』で、なかなか読みごたえのある新人評論家を出したんです。いちどお会いになってみませんか」と売り込んだのだった。「どこかの銀行か商社のキャリアといった風」のこの大学生は、「自分としては、他人が踏みあらした路は踏まないつもりです」と自負を覗かせた。川島の目には、山川が「向っ気のつよい弟を温かくつつみこんでいる」と感じられた。川島は真近かに見た江藤の顔が田河水泡描く「のらくろ」に似ていると直観した。江藤「のらくろ」は、孤独な少年期を過ごし、「階級章の星の数だけでは癒されることのない」憤怒を抱えていたが、「それを人に気づかれないように振舞った」。

出版部に異動になった川島は、文壇で頭角を現わしてきた江藤に書下し執筆を持ちかけた。企画の段階で二つの候補が出た。文体論と小林秀雄論である。どちらも捨て難かったが、小林論は「じっくり時間をかけたい」という江藤の意向で第二候補に廻した。この時、小林論が先に書かれていたらどんな本になったかは興味が尽きないが、川島の回想からではわからない。「三田文学」で漱石論を書いた時も、小林論は候補のひとつだったから、江藤の中で持続的な関心対象だったことは間違いない。企画会議では一度目はハネられたが、再提出であっさりと企画は通った。「江藤の評価が徐々に上っていた」にしても、一冊しか本を出していない新人文芸評論家が、大手出版社で書下しに挑むのは異例中の異例である。企画が通るだけでなく、間髪を容れずに執筆、完成させた。江藤はこの書下しに背水の陣で臨んだ。

「最大の敵」小林秀雄

「これは当然、物心両面の試練を意味した。三百枚の書き下し評論を書くことは、六、七十枚の雑誌向きの批評文四、五篇を書くことと、決して同じ作業ではあり得ない。しかもそれを、私は比較的短い期間のうちに書き上げなければならない。なぜなら、書き下しの場合、原稿料を期待できないので、この仕事にいつまでも関っていれば、生活に窮することが眼に見えているからである。

しかし、それだからこそこれは、やはり何といってもやり甲斐のある仕事であった。私は川島氏に印税の前借りを申し入れ、最初は生活費に当てるつもりでいたその金の一部を投じて、まず筑摩書房刊の「現代日本文学全集」全九十九巻を購入した」(「著者のノート」)

卒業論文執筆のために、洋書の『ローレンス・スターン全集』を藤井昇先生から前借りして揃えたように、今度は文学全集一揃いである。書生的律義さで「物心両面」、自らを精神的にも経済的にも追いつめたのであろう。「「文体論」を書き下すからには、少なくとも逍遙・二葉亭以来の、日本の近代小説百般の文体に通暁していなければならない」。書下しという腕試しの機会に、開業したての文芸評論家という職業の基礎工事もすませてしまおうという、なんとも欲張りな覚悟であった。

川島勝は埴谷と江藤の文学的交流をも書き留めている。埴谷の「アドヴァイスを受けるために、二人で埴谷家を訪れることになっていたが、当日になって埴谷はわざわざ江藤の新居に自分から足を運んだ。／

そのとき埴谷は焼酎かどぶろくの瓶を下げていたように思ったが、江藤の新居をみたい好奇心があったのかも知れない」。その時二人が喋り合った野間宏、武田泰淳、椎名麟三、大岡昇平、坂口安吾、埴谷の作品は、どれも『作家は行動する』第二部で論じられる対象である。

　川島の回想には出てこない小林秀雄については、江藤の回想で特記されている。「埴谷氏の小林秀雄に対する関心の熾烈さには、私は少からず驚かされた。超えるべき目標としての小林秀雄、最大の敵としての小林秀雄……そういう〝小林秀雄〟について、私は何度埴谷氏が熱弁を振うのを聴いたか知れない」。

　埴谷たち「近代文学」グループの超えるべき目標はまず二人いた。プロレタリア文学の理論的支柱で、非転向を貫いた共産党員の評論家・蔵原惟人と、左翼に対する最強の批判者と見られた小林秀雄であった。敗戦直後の「近代文学」創刊時に、同人たちが蔵原と小林をそれぞれ囲んで誌面が作られた。小林の伝説的な戦後第一声「僕は無智だから反省なぞしない。利巧な奴はたんと反省してみるがいいじゃないか」はその時のものである。「利巧な奴」とは小林をぐるりと囲んだ埴谷たち「近代文学」同人六人だったのではないか。埴谷は大岡昇平との対談『二つの同時代史』では、その小林の啖呵は「座談会のときは言ってなくて、あとで書いたものなんだよ」とウラ話している。この対談で埴谷は、「〔江藤は〕『作家は行動する』のころは数日おきにぼくのうちにきていて、ぼくといろいろ話をして、『作家は行動する』を書きあげた」が、その後に小林秀雄のほうへ行った、と苦々しそうに語っている。

　江藤の『夏目漱石』は、小宮豊隆ら漱石門下によって定着された「則天去私」神話を破壊した。『作家は行動する』では、埴谷が書いたように志賀直哉と小林秀雄が攻撃目標にされている。「小説の神様」と「教祖の文学」が一緒くたに「負の文体」として、憎悪を込めて串刺しにされる。

「文学史家は、彼らにおいて最高の批評があり、最高の小説があるというであろう。しかし、そのような評価は、価値を完全に逆立ちさせている。われわれはむしろ、彼らにおいて文学が完全に圧殺された、ということを証明しなければならない。（略）便宜上、私はこの場合も特に小林秀雄氏について話を進めたいと思う。なぜなら、近代日本文学の主流をなしていたあの「非行動」の文体――「負の文体」のメタフィジックを論理化し、しかもその論理を意識的に展開してみせたのは彼だけだからである。彼はいわば、非行動の論理を行動してみせている」（傍点は江藤）

「行動」とは一見すると、サルトルの「アンガージュマン」（政治参加）と混同しかねないが、全然別の、江藤独自の用語である。デモやビラ貼りや政治演説をすることが行動と考えるのは「迷妄」であり、作家とは、現実を断念することによって現実を超え、イマジネーションによって「主体的な行動」を行なう存在であるとされる。

それでは、小林の「非行動」とは何かというと、ことばを「機能的な記号ではなくて神秘な寓意にみちた象形文字」として語るニヒリズムであるとして、厳しく糾弾する。江藤の小林批判には、前作「神話の克服」に強く滲み出た昭和十年代への先祖返りの危機感と連続する江藤の問題意識がある。「行動に絶望しかけていた当時の日本のインテリに、非行動の価値を正当化してみせた論法」が小林の「非行動」「負の文体」であるというのだ（江藤は日本浪曼派の評論家・保田與重郎にも小林に似た評価を下している）。『作家は行動する』での小林批判は、意余って言葉足らずで、必ずしも明瞭ではない。同世代の大江や石原、先輩の戦後派作家の「文体」を分析している部分のような冴えはない。

江藤のこの時点での小林への苛立ちを探るには、小林歿後の江藤の発言からアプローチしたほうがいいかもしれない。たとえば福田和也との対談「小林秀雄の不在」（「文學界」平8・4）では、高校三年の時に新刊で出た『ゴッホの手紙』を期待して読んだ時の感想を洩らしている。「なんかがっくり折れているよう」で、「悲しいような感じがした」と、失望を率直に語ったのだ。「戦後的言語空間と真っ向から対立することを発言して、そこに自分の戦後の起点を定めた人の戦後というのはどんなに大変だったか」と小林に同情を寄せているが、『作家は行動する』の江藤は、その「戦後的言語空間」に与《くみ》する立場を鮮明にしていた。

西尾幹二との対談「批評という行為―小林秀雄歿後十年」（「新潮」平５・５）では、戦中の「西行」や「実朝」を高く評価しつつも、小林は歴史を印象的に批評したが、「歴史を描かなかったでしょう。無時間的だよ」と批判し、正宗白鳥の融通無碍と比較している。「小林さんという人は、散文を書いているんだけれど、本当は詩人なのじゃないのかな」。若き江藤の立場は一貫して「散文」を称揚し、「詩」が無意識に浸潤している日本の文章を克服すべき対象としていた。

『作家は行動する』に描かれる小林像は、江藤が批判、攻撃するのに都合よくトリミングされている。その際に援用されたのは、丸山眞男の「日本の思想」（初出は昭和三十二年）と、『坂口安吾選集』で読んだ「教祖の文学――小林秀雄論」だったのではないか。小林の「Ｘへの手紙」から抽出した「究極の選択は２＋２＝４か、それとも文体の問題か」（傍点は丸山）という丸山の問いかけは、『作家は行動する』でもリフレインされる。「生きた人間を自分の文学から締め出してしまった」小林は骨董を愛で、死人の国を信用し、「孤独という詩魂」になったと安吾は毒づく。「文学は生きることだよ。見ることではないのだ。生きるということは必ずしも行うということでなくともよいかも知れぬ。書斎の中に閉じこもっていてもよい。然し作家はともかく生きる人間の退ッ引きならぬギリギリの相を見つめ」よ、という安吾の「生きる」は、江藤独特の「行動」へとつながっている。

江藤は開高健との対談「政治と文学」（「文學界」昭50・10）で、埴谷の人物について、「人を操作する人」「天性の指導者」と批判した。対談の中では別の文脈で話されているが、この判断は「最大の敵」小林についても熱弁した埴谷にもあてはまるだろう。江藤が『作家は行動する』執筆当時に感じていた「墜ちた偶像」としての小林秀雄像は、埴谷の熱弁によって、「指導」「操作」され、強化されたのだろう。江藤は開高対談の十四年前に埴谷の「政治家、あるいは教育家としての非凡な才能」を認め、その「非凡な才能」に疑問符をつけている（「現代小説断想」「新潮」昭36・4）。

「二年ほど前まで吉祥寺に住んでいたので、住居の近い埴谷氏とはしばしば往来する機会があった。埴谷氏は会話の面白い人で、教えられるところも多く、新世代に寛大なので若輩には頼り甲斐がある。私も時々おだてられたが、（略）その激励を聴きながら、私はどこか自負をかき立てられる快感と同時に、一種の空虚さを感じてはいなかったか。（略）それにしても、この政治家、あるいは教育家のなかで、文学はどういう位置を占めているのか」（傍点は引用者）

埴谷は「江藤淳のこと」で、文学者同士であれば、「自己の目的のため」に他を「操作」することは不可能であり、文学的姿勢が変る（小林評価において転向・変節する）のは、その文学者の「私自身」の責任であり、それを認めないのは、江藤の「自己陰蔽」と「文壇的姿勢」（江藤の小林への擦り寄りを指すのだろう）にすべて帰せられると反論した。まさに正論であるが、埴谷が吉祥寺時代の江藤を紹介した文章（「読売新聞」昭33 11 17夕）を読むと、必ずしも正論と言ってすませられない。

「彼が吉祥寺へ越してきてから少くとも一週間に一度は会うようになった。各ジャンルを横断した文化擁護の連帯をつくらねばならないとの意見を彼は日ごろからもち、私もいささかセンドウしていたが、警職法改正反対をきっかけとして彼が世話役になり「若い日本の会」をたちまちに結集してしまったのには感心した。（略）江藤淳はいよいよ忙しい」

埴谷は「センドウ」と表記して韜晦している。「センドウ」は「煽動」だろう（「先導」のニュアンスも含むか）。埴谷が江藤を「センドウ」したのは、ここでは著作ではなく、現実の政治行動だが、二人にとっての「文学と政治」は不可分に結びついている。江藤はそれ以前から「センドウ」＝「おだて」「激励」＝「操作」「指導」を肌身で受けとめていたにちがいない。江藤は開高との対談で、埴谷の「指導」について述べている。

「私は教師ですから〔東工大教授になっていた〕、学生にはある程度、感奮興起してもらわなければ困ると思うこともある。だけど感奮興起させた結果、自分の価値観を実現させようなどと考えたら、教師の本分を逸脱してしまう。それは、学生の自由を奪うことになるから。／埴谷さんは、感奮興起させるということについていえば、良師というべき人です。ところがその一歩先がいけないんです。（略）私が私の運命をたどり出したとき、「きみ、それは違う」ということになる。（略）それ以来、埴谷さんのところへ行かないし、埴谷さんという人の魅力は十分認めるけれども、私はおつき合いしてないんです」

江藤は「物心両面の試練」を自分に課して、七十日間の書下しに挑んだ。いくら講談社で企画が通ったからといって、そこまでの無理をして書かねばならぬというものでもない。書下しは締切りがあってないようなものである。延期もできるし、ウヤムヤにもできる。父親譲りの銀行員気質を強く持つ江藤は、そうした約束違反は我慢ならず、期日までに元本と利子を揃えて返却する律儀さを具えていた。しかし、それだけでは説明のつかない切迫感が『作家は行動する』執筆にはある。昭和三十三年の夏から秋に執筆し、翌年一月に本になる。このスケジュールは、江藤が順調に英文科大学院に通っていたならば、修士論文を執筆、提出する時期である。江藤としては意地になっても、幻の論文を書かねばならなかった。指導を受け、提出するのがノーベル賞候補の「学匠詩人」西脇順三郎教授ではなくなっていたが、「西脇ロス」を補塡して余りあったのが、吉祥寺の埴谷だったのではないか。新たな「良師」を得て発憤して書かれたのが『作家は行動する』であり、埴谷はいわば修士論文の主査の役割であった。江藤の中の埴谷への傾倒と反撥は、エリオット（=西脇順三郎）への「敵意に似た尊敬」とその反転である「尊敬に似た敵意」が再発したのではないだろうか。

江藤の文章を読んでいると、不思議なキーワードに突き当たる。「宣長がここで思いいたり、その自己証明の支えにしようとしている言葉とはひとつの虚体だからだ。だが、その虚体が彼の存在の核心にある」（『近代以前』）。「さりとて人生に意味があるとは依然として思えなかったので、私には逃げ場がなくなり、自分を一個の虚体と化すこと、つまり書くことよりほかなくなった」（「文学と私」）。どちらも昭和四十一年に書かれた代表作だ。すこしさかのぼって昭和三十七年の「作家の「生活」」では、「いいかえれば、これは、他人の間にしかいない自分の姿を見出すということだ。何がそれを見出すというのか。今まで「自己」という観念にとじこめられ、今そこから解放されて、文章という虚体に変身するにいたった渇望がである」と出てくる。「虚体」とはどう定義されているか国語辞典や哲学辞典、百科事典にあたってみたが、「虚体」は立項されていなかった。その「虚体」を江藤は愛用している（とくに『近代以前』で）。「虚体」は埴谷の『死霊』で、主人公の三輪与志が精神科医の岸博士から「貴方は何を求められるんです」と聞かれてきっぱりと答える。「虚体です」。『死霊』の最も核心的な概念が「虚体」であった。江藤は原稿用紙に「虚体」と書き込むたびに、「Ⓒ埴谷雄高」を意識したはずなのである。

井筒「言語学概論」を消化

埴谷が『作家は行動する』の「指導」教授であり、主査だったとすると、副査に相当する人物が考えられる。イスラーム学の世界的権威である井筒俊彦である。井筒は当時、慶大文学部の教授で、江藤は三年生の時に井筒の「言語学概論」を受講した。井筒の講義がいかに素晴らしかったかについては、江藤は若い時から何度も何度も書き、語っている。

「これほど毎回のように知的昂奮を覚える授業はなかった。これが大学だ、この言語学概論が聴けるだけでも、慶應に入学した甲斐があったと、私は毎時間ひそかに歓声をあげていた。（略）只先生の頭脳があり、思考が回転し、それがそのまま講義になったり黒板の上の文字になったりする。その思考の回転ぶり

がいるという事実を、毎回確認できるのが頼もしいのであった」（『井筒俊彦著作集』第3巻月報）

江藤は教室で出会ったこれはという先生に近づく学生だった。登校拒否児だった小学生時代はさておき、湘南中学以来、先生方に愛され、また質問攻勢で怖れられてもきた。学識にかけては先生に劣らないという自負が鼻につくこともあったろう。その江藤が、井筒教授には近づこうとしなかった。畏敬の念で遠くから眺めるだけであった。その大きな頭脳から「火星人」という尊称を思いつき、ひそかに奉った。

「だが、そうはいうものの井筒先生の言語学概論は、知的刺戟に充ち充ちていた。それまで漠然と、言語学といえば歴史主義的な比較言語学しかないと思い込んでいた既成概念がたちまち破られて、メルロオ－ポンティ、コージュフスキー、ソシュールからB・L・ホーフにいたる耳馴れない名前が、速射砲のように毎週耳朶を打ち、ノートに書き込まれ、気が付いてみるといつの間にか、数週間前には思いも及ばなかった学問の地平線を望み見ているという体験がつづいていった」

『作家は行動する』第一部で、江藤は井筒言語学概論のエッセンスをどうやって文芸批評に架橋するかに多くを費やしている。その試みは『奴隷の思想を排す』ですでに始まっていて、井筒の講義に名前が出た学者の本を図書館や丸善で探して読んでいたことがわかる。第一部の悪戦苦闘は読んでいても伝わってくる。硬派の文芸評論なのに、冒頭から消音銃を持った殺し屋を登場させて「ことば」を説明しようとしたり、「文体と時間」の章では、水泳千五百メートル自由形の山中毅とコンラッズの力泳が持ち出されたりする。サルトルの『嘔吐』（井筒の格別な愛読書でもあった）のマロニエの木の根っこのシーンでは、江藤はブリジッド・バルドオや岸信介を配している。あの手この手で、最先端の言語学を消化していこうとする。

「問題は、いうまでもなく、文体を言語の問題から考えはじめようとしたことにあった。（略）受講しているあいだに触発された、言語についての批評的自覚を、私はほとんど徒手空拳で、少しでも深めようとあがきつづけた」（「著者のノート」）

大学三年の学期末に井筒教授に提出したレポートの課題は、「言語の形式と思惟の形式の関係について（常に〔言語を〕ものとしてではなく、process の形式として取り扱うこと）」だった。江藤の「言語学概論」ノート（大正大学図書館江藤淳文庫蔵）に挿まれたままになっていたレポートの下書きは、『作家は行動する』の下書きでもあるといえよう。

「過去の言語学では、言語をものとして、換言すれば把握し得る実体として把えて来た。これは、言語が世界を映している、という考え方であり、（略）しかし、この考え方は果して正しいか？」

「いわば、言語は、人間と客体である世界の出会う場所であり、その独自な存在領域は、世界と人間の生々しい dialectic な場所なのである」

「こうして、人間は、言語を使用し、記号を自らに任意に発信することによって、自由に思惟することが出来るが、同時に、先にのべたように、言語の形式のクモノスにひっかかって、身動きがとれなくなり、現実からますます離れて行くようになるという悲劇的状態においやられる」

このレポートで江藤は、妹の本棚にあった伊藤整の小説タイトル『典子の生きかた』を言語学的に分析している。「生き方というのは、一つのものではなく、（略）瞬時刻々、彼女が主体的に恋愛したり、ヒステリーをおこしたり、化粧をしたり、万引をしたりする dynamic な行動を表した言葉に他ならない。いわば「生き方」とは一つの実体（substance）ではなく、一つの過程（process）にすぎない」。昭和五十七年（一九八二）のインタビュー「風化の中の現代批評」（「早稲田文学」昭57・8）では、言語学者の丸山圭三郎と竹内芳郎が岩波の雑誌「思想」で最先端の学問として議論していることは、二十七年前に教室で学んだことの枠内に全部収まってしまうと豪語している。「私が『作家は行動する』を書いていたときに思い知らされたのは、井筒先生の言語学概論がいかに深く私の身体に入りこんでいるかということでしたけれどね」。

江藤は井筒の学恩に対して、後年、素直に感謝を捧げた。江藤にしてはまことに珍しいケースである。ひとつは井筒のロシア文学論『ロシア的人間』（昭28）を江藤が関係の深かった出版社（北洋社）から昭和五十三年（一九七八）に再刊したことである。井筒は昭和三十四年から研究の拠点を海外に移してしまったので、日本では岩波文庫の『コーラン』の訳者として知られる程度の、知る人ぞ知るといった存在だった。「ともかく、もう一度出してみようという気になったのは江藤淳氏の勧誘による」と井筒は北洋社版の「後記」で感謝している。井筒は翌五十四年のイラン革命勃発で日本に帰国し、以後は英語ではなく日本語の著作を次々と出していった。江藤は「井筒ブーム」を先取りしていたのである。

もう一つは、帰国後の井筒を一般読書人に広く知らせるのにも一役買っている。井筒の『イスラーム文化』（岩波書店）が毎日出版文化賞を受賞した時の選考会で、江藤は「この本のユニークな価値について舌足らずに陳述した」。選考委員を代表して江藤が推奨の弁を書いている。

「本書の内容については、門外漢の私ごときに論評する資格はないが、イスラーム文化の普遍性と地域性を、アラビアを背景とするスンニー派の「外面への道」と、イランに根づいたシーア派の「内面への道」のダイナミズムのなかに洞察している点など、まさに井筒教授の真骨頂といってよい。それは単にイスラーム文化を解き明かすのみならず、人間そのものの精神の秘儀を解き明かしているのである」（「毎日新聞」昭57・10・28）

井筒俊彦教授が江藤の修士論文『作家は行動する』の副査だったという充て込みは、もちろん私の冗談である。井筒自身はこの本の存在すらおそらく知らない。しかし、この書下しに井筒が与えた影響は、埴谷の「指導」にけっして劣るものではなかった。江藤はこの本をいつまでも「改稿増補」したいという気持をもっていた。その表れとして、昭和五十七年には東工大で「ソシュール講読会」を発足させている。江藤の井筒からの影響に気づかないと、江藤が突然、はやりの記号論に目覚めたように見えてしまうが、むしろ井筒言語学概論の痕跡が根強く残っていたのだった。このソシュール講読会は小林秀雄歿後に、江藤の発案で、「宣長研究会」に改組された。小林が十年以上取り組んだ最晩年の代表作『本居宣長』に触発されて、プリンストン大学留学から二十年後に、江藤が宣長をあえて選んだところに、小林秀雄に対する熾烈な関心、というか、対抗心が感じられよう。

井筒俊彦は江藤の中で、例外的に「尊敬と憎悪」のねじれた感情とは無縁だった。五十数ヶ国語をマスターし、原書で哲学書も文学書も宗教書も読み砕き、日本の枠をはるかに超えてしまった井筒には、江藤は正直に兜を脱いでいた。「私は決して〃井筒先生の弟子〃ではない。いつまでたっても、あの言語学概論を受講していた学生の一人に過ぎないのである」。

井筒は慶応英文科卒業と同時に、師の西脇に見込まれて、助手に採用されたが、「己れの心の赴くまま、勝手気儘な道」を歩き、イスラーム、神秘哲学、言語学を吸収していった。その結果、慶応からも離れ、カナダ、イランで教え、世界の最前線の学者として西欧でも尊敬された。西脇の門を出て、はるか遠くに行ったのが井筒だった。これは江藤にとって及び難いが、貴重な先達だったのではないか。その井筒は、「西脇先生を生涯ただひとりの我が師と思っている」と西脇追悼文（井筒『読むと書く』所収）に書いている。

江藤が『作家は行動する』を脱稿したのは昭和三十三年十月六日で、刊行は翌三十四年一月二十日だった。その三ヶ月の間に、江藤淳のおかれた状況は激変する。埴谷が「いささかセンドウ」して、江藤が中心になって出来た「若い日本の会」で、江藤は文壇の狭い垣根を越えて、大江、石原、開高といった人気若手作家と肩を並べる「二十歳代の旗手」として、各方面に顔を売ってゆく。お堅い論壇誌、新聞の社会面、テレビの討論番組、芸能週刊誌と渡り歩いて、時の人となっていく。

その三ヶ月間でのもうひとつの大きな変化は、小林秀雄評価の変化であった。江藤論では引用されることが多い『小林秀雄』の「あとがき」で述懐している。

「昭和三十三年の秋に、文体論を書き上げた直後、私は小林秀雄氏に対して不公正な態度をとっているのではないかという疑いに、突然とりつかれた」

昭和三十三年秋とは、『作家は行動する』が公刊される以前である。自らの書下しを世に問う前に既に、自著を否定しかねない事態が江藤には起っていた。

第二十二章　「若い日本の会」と怒りっぽい若者たち

「この法案は戦前の治安維持法をはじめとする一連の暗黒法に通ずるものである。私たち世代はそれらのものから直接の被害を受けず、体験を持たないが、戦争によって言いつくせぬ苦痛を味わった。この法案のもたらす危険を恐れることについては個人的体験を越えた重大かつ深刻なものを感じる。私たちはこの法案に絶対反対、その完全な撤回を要求する」

昭和三十三年（一九五八）十一月一日に発表された声明である。この日から、江藤淳は一介の若手文芸評論家から、「私たち世代」のオピニオンリーダーになっていく。声明を発表した「若い日本の会」の世話人として、メディアへの露出が激増していった。

岸信介内閣が一ヶ月前に国会に提出した警察官職務執行法（警職法）改正案には、広範な反対の声が国民各層からあがった。「デートもできない警職法」というキャッチーなスローガンは、戦前の「暗い時代」を知らない世代までをも巻き込んだ一大国民運動になっていった。

吉祥寺の〝指導教授〟埴谷雄高に「センドウ」（煽動・先導）されてもいた江藤が中心になり、二十代の芸術家たちにより結成されたのが「若い日本の会」である。命名者は詩人の谷川俊太郎、作家では石原慎太郎、開高健、曽野綾子、大江健三郎、演出家の浅利慶太、作曲家の武満徹などが主要メンバーである。事務局の中心となる青柳正美は「中央公論」編集部員で、江藤の慶大英文科での同級生である。発表された声明文は江藤を中心に練られた。

警職法反対の大波は、「六〇年安保」を睨んだ岸内閣の警察官職務権限強化の企図を挫く。改正案は廃案となり、大衆運動は勝利の昂揚を味わうことができた。反対運動の盛り上がりに途中から加わった「若い日本の会」は、いわば不戦勝であった。それでも、会が作ったポスターを見ると、ことばもデザインも斬新なもので、新しい波を確実に感じさせる。

「お巡りさんは／よい人ばかりなのに／悪い法律をつくるもの／がいるから／犬になって　人に／かみつくのです／鬼になって　わたしたちを／苦しめるのです／お巡りさんは／ほんとうは／よい人ばかりなのに…」

江藤は「世界」（昭34・1）の座談会「統一の芽をどう育てるか」に、日高六郎、石田雄といった進歩派学者や労働組合幹部に交じって登場し、自らのスタンスを開陳している。

「これはぼく個人の意見ですが、言論表現の自由を抑圧しようという法案が出されている時に、本来まっ先に反対するのは、フリーランサーのジャーナリスト、作家、俳優、音楽家というような連中でなければならない。（略）ぼくらは原稿料や出演料をもらって食っているのですからたちまち生活の根底が危うくなる。（略）それと文化人懇談会の、一回目の集りだかで若いジェネレーションは戦前の恐しい時代を知らなくて心配だから、これに向ってPRしようという申し合わせがあった。僕は、それはとんでもない誤解だと思ったのです。そんなばかな話はない。むしろ体験していないから反対しなければならないので、われわれもいっちょうやろうじゃないか、ということになったのです」

個人の声にあくまでもこだわる、経済生活という視点を手放さないなどといったところに、江藤が影響を受けた福沢諭吉流の「私立の活計」の精神が滲んでいる。江藤はデモにも加わらないことに決めていた。既成の運動形態とはちがった表現を「若い日本の会」に持ち込もうとしている。

「国民会議〔警職法改悪反対国民会議〕から印刷物がまわってきましたが、こちらでは何もきめたはずがないのに、なんの断りもなくわれわれの会が国民会議に参加するように書いてある。これはおかしいと思う。一点で一致したらすべてが一致するという論理をふりまわされると困る。自発的な参加、共和的な精神での参加でなければ意味がありません。（略）「空飛ぶ円盤の会」という意外な団体までが警職法反対運動に参加しているのがよいので、そういうものが国民会議に関係なく出て来られるチャンネルを作っておいたほうがよい」

東大助教授の日高六郎が「江藤さんの方は一番異質物かもわからないですが」とまさしく述べたように、江藤の存在は運動の中で埋没することはありえなかった。共産党を含める人民戦線方式の闘争に懐疑を示し、会は警職法反対を出発点に「総合芸術運動」への発展を視野に入れている。「憲法を侵害するような法律案に反対するということは憲法によって解放された現実のなかで行動してきた若いジェネレーションの責任だ」という江藤の発言には、「一九四六年憲法」を「拘束」と見る後年の江藤淳はまだいない。上の世代の指導をむしろ「拘束」と受けとめ、「われわれの妹や弟たち」ティーンエイジャーと連帯したいと表明する。

岩波書店の「世界」は進歩派の牙城の論壇誌である。その一方でティーンエイジャー向けの芸能誌にも江藤は登場し、歌手のペギー葉山とにこやかに対談している（「週刊明星」昭34・1・25）。ペギー葉山は「ケ・セラ・セラ」をヒットさせ、この年には「南国土佐を後にして」が大ヒットする。

ペギー「「若い日本の会」って名前からしてステキね。いかにもフレッシュな感じじゃない？　わたし、お仲間入りさせていただいて嬉しいわ」

江藤「有馬〔稲子〕さんに限らず、石原裕次郎さんなど、入っていただきたい方がたくさんいます。同時に地方の会員もどんどんふやしていって、ちぢこまって生きるのはいやだという全国の若い人たちの気持が、会に結集できたらとおもっています」

ペギー「ぜんぶ大サンセイのことばかり。(笑)」

世相を辛口に斬り続けた評論家の大宅《おおや》壮一は「若い日本の会」を、「新しいマス・コミがつくり出した〝文壇芸能人〟のグループと思えばまちがいない」とこき下ろしている（「マスコミの産物「若い日本の会」――多角経営的な〝文壇芸能人〟たち」「週刊朝日」昭34・1・11）。大宅に言わせると彼らは、「いずれも早熟で、頭がよくて、良家の子弟が多く、世に出てからも比較的順調なので、強いエリート意識をもっている」、「打算的で、チャッカリしていて、世わたりがうまく、何でも利用しようとし、また利用できるものと思っている」連中ということになる。

大宅の江藤評はこんな感じだ。「最近メキメキと売り出した慶大出の評論家で、妻子もある。会をつくる話が出るとすぐ、文部結成の連絡に京都までとんでいったりしたくらい、会には力コブを入れている。小説家とちがって、ものの考えかたが実際的で、活動的でもある」。江藤に「子」がいることになっているから、記事の正確度には欠けるが、上の世代の典型的な見方がわかる。

朝日新聞の学芸欄は昭和三十四年（一九五九）の新年三日から、「二十代の発言」という五回シリーズを掲載している。大江、有吉佐和子、開高、曽野といったメンバーが執筆しているが、その第一回が江藤だった。人気作家たちを差し置いて、地味なはずの評論家がトップバッターに指名されているのだ。「もともと私は世代論というものをあまり好まない」という書き出しである。「世代」の声を要求されているのに、挑発的な肩透かしを喰らわしている。

「おそらく、最近、数年間における世代論的な考え方の復活の裏には、私たちがともにつくりあげていくべき新しい社会のビジョンを見失ってしまったという事実がある。たとえば戦争中、それがいかにゆがめられたものだったとはいえ、私たちは共通のビジョンを実現しようとして力をあわせていた。また戦後の数年間、私たちは民主主義社会の建設という共通目標を持っていた。このような時に問題になるのは「世代」というような閉鎖的な単位ではなくてビジョンを実現させるためのおのおのの役割である。しかし一たんそのビジョンが消え去ると、私たちはおおむね自分の果すべき役割までも見失って、あなたまかせのその日暮しにおちいってしまった」

「若い日本の会」の活動と並行して、江藤は文壇でもその地歩を固めつつあった。文芸評論集『奴隷の思想を排す』は昭和三十三年十一月に文藝春秋新社から刊行され、同社から『海と毒薬』を出した遠藤周作との合同出版記念会が行なわれた。会場に早く着き過ぎてしまった江藤夫妻に、「縞の背広を瀟洒に着こなした痩型の初老の紳士」が近づき、「江藤先生でいらっしゃいますか？」と丁重に挨拶をした。文春の佐佐木茂索社長であった。大正時代の有望な新人作家であり、銀行員出身であったため数字にも明るく、菊池寛から一目置かれた佐佐木社長が、わざわざ現われ、「若輩の一批評家の仕事にすら、こまやかな視線を投じることを忘れない」気魄に江藤は打たれた（「著者のノート」）。

この出版記念会が行なわれた時期を勘案すると、佐佐木は江藤を「若輩の一批評家」としてではなく、影響力のある若手言論人が出現したと注目をしたのではないだろうか。この日が十二月八日だったことは三島由紀夫の公開日記『裸体と衣裳』で確認できる。三島は剣道の稽古と雑誌編集長との会食の間をぬって、「七時から新橋倶楽部で、遠藤周作氏と江藤淳氏の祝賀会」に顔を出している。一千枚の書き下ろし長編『鏡子の家』執筆中のこの三島の日記には、警職法のことなぞは出てこない。私生活では遅い結婚があり、長女に恵まれる時期である。パーティにはこまめに出席している。江藤の会の九日後には、小林秀雄『近代絵画』の野間文芸賞授賞式に参列して、感想を記している。「小林氏の受賞の挨拶の、ぶっきら棒の内にある何ともいえないイキな味わいを喜んだ」。

大江健三郎を主人公にテレビ番組を

江藤が「文壇」を踏み越えた仕事の領域を模索していたことは、この時期に顕著である。「若い日本の会」が自主制作したテレビ番組「半常識の目」は、三十四年三月末の改編期の空白に、日本教育テレビ(現、テレビ朝日)で八本が放送された。江藤はそのうち三本に出ている。二十七日夜に放映されたフィルムドキュメンタリー「見る前に跳べ」は、大江健三郎が主人公である。

「スタッフの気持が合っていれば、十六ミリとデンスケによるドキュメンタリーは、ほとんど個人的な仕事といっていいだろう。書斎が幾分広くなり、手元と頭脳の労働が全身と頭脳の労働になり、原稿用紙とインクのかわりになるものが、若干複雑になっている点をのぞけば。だから当然、私どもがこのドキュメンタリーで試みるのは、一種の批評でなければならない。／スタッフは作家の山川方夫、カメラマンの大辻清司、私の三人で構成された」(「テレビ・その散文的可能性」「CBCレポート」昭34・6)

江藤・大江の蜜月時代を記録したこの作品は現存していないようなので、出来は確認できない。学生作家・大江の日常や書斎、恩師・渡辺一夫、大江が批判した防衛大なども出てくるらしい。「映像と音楽や現実音の効果、およびナレーションが、全部等価で互いに反撥しあう」構成を狙っている。カメラの指示力を言語学と対照させ、テレビの「散文的な性格」にその可能性を見ている。「テレビを実証的に識ることは、私のようなフリーランスのジャーナリストにとって不可欠の要請である」。

この「フリーランスのジャーナリスト」という自己規定は、今となっては意外な言葉であるが、当時の仕事を見ていくと、その活動に見合っている。岩手県の貧困地帯を歩いて「文藝春秋」にルポを書いたり、ラジオ番組を構成したり、貪欲に仕事の幅を拡げている。大学院を飛び出して筆一本で行くことになったものの、文壇に囚われることはない。「若い日本の会」で得た知名度も利用した。

岩波の学術誌「思想」(昭34・4)に書いた「皇太子妃とハイ・ティーン」は、リサーチともルポともつかぬ奇妙な文章である。間近に迫った皇太子の御成婚について、「個人的に識りえた範囲」の、「多くは東京生れの中流の子弟」、主に女の子たちと雑談しながら意見を聞いてまとめた一文である。

「私の知り得た限りでは、正田美智子さんの人気はハイ・ティーンの間では下落の一途をたどっているようにみえる。それは十一月二十七日において最高だったが、その日の午後の記者会見で微妙に震動し、今日では清宮《すがのみや》〔昭和天皇の末子。現、島津貴子〕の人気にくらべてかなり劣っているだろう。（略）比較的好意的なのは下層中流程度のもの、中学卒業程度で〔中村〕錦之助や〔美空〕ひばりなどの日本映画のファンたちである。反感を示しているのは中流以上、上層中流にいたる比較的教育程度の高いもの、あるいは外国映画のファンたちである。（略）なぜ反感を持たれるか。それは十一月二十七日にはともかく一個の「平民」だった「ミッチイ」が、次第に見えない糸に引かれるように規範化され、自分でも規範的人間になろうとしているからだろう。（略）すでに私は記者会見の直後に、かならずしもハイ・ティーンとはかぎらぬ数人の人々から、まるでもう皇后さまになったようだ、という声を聞いたことがあった」

十一月二十七日の記者会見とは、正田美智子嬢が皇太子の人柄について、「御誠実で、御清潔で……」と答えた、その日の「典型的な優等生」ぶりのことである。ここでは調査対象外の大人の「声」まで勝手に援用していて、ルポでもリサーチでもなくなり、評論家が顔を出している。この原稿を書いている時には、まさか自分の従妹の長女が次代の皇太子妃に選ばれるとは想像だにしていなかっただろう。小和田雅子も徳仁《なるひと》親王もまだ生れてもいないから当たり前だ。

おそらくこの頃のことだろう、昭和三十年代に江藤が口走った「妄想」を安岡章太郎が記録している（「熱血児」『江藤淳著作集5』月報）。「山川方夫によれば、江藤淳という男は、奈良が京都の東にあるか西にあるかさえもわきまえず、皆が笑うと、「箱根から先のことは知らねえよ」と、ひどく古風なタンカを切って、平然としている。かと思うと、自分は本当は宮様に生れついているはずだったのに、赤ン坊のころ乳母車を取り違えられたために、平民に下落したのかもしれない――と、これまた戦後のご時勢に奇特な妄想をたくましくしたりするという。山川は、こんな話をするとき、まるで身内の弟分のことでも言うように、頬を赤くそめ、小鼻と口のまわりをシワだらけにして笑ったものだ」。安岡は山川に答えた。「そうかねえ、おれにも江藤はエチオピアの皇太子みたいに見えることはあるんだがねえ、日本の大学へソロバンか何かを勉強にきている……」。

この挿話を単に笑ってすませることができないのは、江藤が「取り替え子」となる宮様が誰かという問題があるからだ。江藤は昭和七年十二月二十五日生まれだが、公称では昭和八年（一九三三）で通してきた。その江藤淳生誕の二日前、昭和八年十二月二十三日に生まれたのが明仁親王である。天皇家にやっと生まれたお世継ぎの男子は、サイレンで日本臣民に知らされ、奉祝された。乳母車に乗っていたもう一人の赤ン坊が大きくなって、晴れて正田美智子嬢と結ばれる。そこまで妄想を拡げることも辞さない。そうした江藤淳像が安岡の描く姿からは自然と思い浮かぶ。

「皇太子妃とハイ・ティーン」で一番注目すべきなのは別のところにある。江藤は書いている。

「「ミッチイ・ブーム」は警職法改正反対運動が一応の成果をおさめた直後におこった。「納采の儀」は、自民党の主導権争いが最高潮に達したときにおこなわれた。それはいずれも危機感と政治に対する不信が充満している時に、突然くりひろげられた華かなショウであって、国民を積極的な非政治性にかりたてるという役割を果した。私はこのペイジェントそのものについてよりも、むしろその演出家に対して関心を抱いたのである。／「彼」は巷間つたえられるように小泉信三氏であるかも知れず、そうでないかも知れないが、とにかくきわめて鋭いジャーナリスティックな感覚と、マス・コミの操作技術を身につけた人物である。すべてが巧妙に計算され、演出されている。私はこの隠れた権力者に対して強い敵意と敬意を感じた」（傍点は江藤）

「彼」は衆目の一致するところ小泉信三であった。「皇太子婚約かげの人」「新皇室のプロデューサー」小泉は、身分違いと反対する正田家を説得し、美智子嬢をかき口説いた。マスコミには婚約報道の自主規制をお願いに回り、環境を整えた。小泉は父子二代にわたって慶応義塾塾長をつとめ、福沢諭吉の身近で育っている。戦後はすべての公職を辞退し、東宮《とうぐう》御教育常時参与として、皇太子の「帝王学」に全精力を傾けた。新憲法にふさわしい「開かれた皇室」の象徴といえるのが「御成婚」であった。その「彼」に、江藤は「強い敵意と敬意を感じた」。このフレーズで想起させられるのは、T・S・エリオット（西脇順三郎）への「敵意に似た尊敬」「尊敬に似た敵意」であり、小林秀雄に対する「不公正な態度」への疑い、である。小泉への「強い敵意と敬意」は後に、敬意の方へと目盛りが動く。平成の世になって江藤が語る皇室論は、小泉が拳拳服膺し、帝王学の副読本とした福沢の「帝室論」に主眼が置かれることになるからだ。

江藤は昭和末に「皇太子妃とハイ・ティーン」に言及して、「敬語まじりで〝ミッチー・ブーム〟を批判しているとからかわれたことがある」と話している（『天皇とその時代』）。これは江藤の記憶違いで、この原稿には敬語は使われていない。同時期に書かれた「毎日新聞」のコラム「憂楽帳」（昭34・4・11）では、「皇太子のご婚約が歓迎されたのは、皇太子が恋愛という「偏見」をもちうる人間であることを自分の行動で立証されたからである」と最小限の敬語を使用している。これは発表媒体を意識しての（あるいは制約での）敬語だったのかもしれない。三ヶ月後の朝日新聞文化欄（昭34・7・9）の「虚像の復活について」では、長嶋茂雄がサヨナラホームランを打った巨人阪神戦を、「天覧試合」という「時代錯誤的な名前」で呼ぶことに抵抗を感じ、「私の内部に天皇が侵入して来てほしくない」と書いている。敬語は使用していない。事情が変わったとはっきりわかるのは、それから五年後、東京オリンピックの開会式の時である。「テレビに映っていたのは、九十四カ国を代表する運動選手たちが、自分の国の国旗をおし立てて国立競技場の貴賓席の前を行進する光景にすぎない。しかしその貴賓席には日本の君主がおられた。その人の前で、世界がそれぞれの旗を垂れて敬礼して行く。そんなことがおこり得るものかと、私はおどろいてわが眼をうたがっている。だが次の瞬間には、私は家内にみつからないように少し横をむいて涙を流している」（「日本と私」）

五年の歳月のどこかで、もうひとつの「転向」も起こっていたことを、この文章は伝えている。

シンポジウム『発言』と『近代の超克』

御成婚から一ヶ月近くがたった五月初め、復刊された「三田文学」を編集している詩人の足立康のもとへ、江藤からの速達はがきが届いた。

「……座談会のプラン、面白いと思います。どうせやるなら野心的に、一大シンポジウムにしてしまったら如何。Angry Young Men の〝Declaration〟の向うをはって、一冊全部つぶす位の特集をして下さい。六人位の各ジャンルの人々のペーパーを事前に出してもらって（各二十枚）ゲラにし、それを回覧した上で座談会をやる。座談会は連載にしてもいいでしょう。準備に少くとも三ヶ月はかけていいです。うまくいけば本にすることができるし、雑誌も売れます。明三日午後四時に渋谷東急ビル一階〝ユーハイム〟でお逢いしましょう。くわしくはその折に。別に君と御相談したいことあり」

江藤が司会をして、同世代の論客を網羅し、物議を醸したシンポジウム『発言』の企画はここから出発する。周到に準備し、派手にぶち上げ、経済的な収支も考える。娑婆っ気満々に、企画者として腕を撫している。はがきの文面に出てくる〝Angry Young Men〟とは、「怒れる若者たち」と訳されて日本でも知られることになるイギリスの文学者たちだ。戯曲『怒りをこめてふり返れ』のジョン・オズボーン、『アウトサイダー』のコリン・ウィルソンなど、一九五〇年代に登場した闘争的な若者たちである。江藤はその〝Declaration〟をいちはやく紹介していた（「文学共和国　世界文学展望」「文學界」昭33・3）。「これら英国の新世代に共通しているのは――実際には彼らはそれぞれきわめて個性的であり、ひとまとめにするのは便宜上の話であるが――「英国の伝統」や「良き趣味」に対する激しい反逆的姿勢である」。彼らの特徴である「旧世代への不信、現在の状況に対する危機意識の存在、政治的意識の強烈なこと」は「若い日本の会」に集まる江藤たちとも共通項が多い。

「英国の「怒りっぽい若者たち」は、その最良の部分においてはきわめて人間的であり、社会主義的である。つまり彼らのうちのある者はそのエネルギーをあきらかに過去にではなく未来にむけようとしている。(略)オズボーンはちょっと石原慎太郎氏に似たセンセーションをおこした作家で、その戯曲「怒りの中で回顧する」は、旧世代の批評家の総攻撃を浴びた」

江藤、石原、浅利、大江の四人が「戦中派」代表の橋川文三、村上兵衛と対決する座談会「怒れる若者たち」が「文學界」(昭34・10)で開かれるなど、この言葉は流行語になった。メンバーと目されるのは「若い日本の会」とほぼ重なる。英語の語感はわからないが、江藤は「怒れる」ではなく、「怒りっぽい」の方を愛用し続けた(時には流行語に屈して「怒れる」とも書くが)。江藤の訳語が定着しなかったのは、「怒りっぽい」では、その「怒り」に正当性が感じられないためだろう。「怒りっぽい若者たち」ではいまどきの「すぐキレる若者」の兄貴分といった感じしか湧かず、軽佻浮薄気味で、有難味がない。英文学徒として江藤が「怒りっぽい」に固執したのには理由があるのだろうが、「怒れる若者たち」への不信は、初期から萌《きざ》していたことは間違いあるまい。それでもすぐに丸善に注文して原書を取り寄せて、一時は「訳出したいとさえ考えていた」ほどだった。「真似するわけではないが、近いうちに日本の「怒りっぽい若者たち」のシンポジアムがおこなわれて、本になることになっている」と前宣伝で煽ったりもしている(「若き世代の発言」(宣言)について」「不死鳥通信」昭34・9)。

シンポジウム『発言』の出席者は江藤、浅利、石原、大江、武満、谷川、山川、羽仁進などの「若い日本の会」の面々。それにＮＨＫの演出家・吉田直哉、直木賞作家の城山三郎が加わった。当初の構想どおり、あらかじめ各人がエッセイを書き、その上で、一堂に会した。八月三十、三十一日の両日、高級料亭の「なだ万」の大広間でシンポジウムは開かれた。「三田文学」としては、ずいぶん身分不相応な会場だが、それには理由があった。編集部員の足立の青山学院中学時代の社会の先生が俳人の楠本憲吉だった。楠本は「なだ万」の息子だったから、格安で引き受けてくれた（楠本は遠藤周作と灘中時代からの友人である）。石原慎太郎は赤いスポーツカーで会場に乗りつけ、仲居さんたちが浮き足だった。楠本は会場に畏まって陪席した。新潮社に入社し、「新潮」編集部に配属されたばかりの坂本忠雄（後の「新潮」編集長）も同じく陪席していた。

あらかじめペーパーを提出し、二日間の討論を重ね、二ヶ月にわたって雑誌に分載する。この形式は十七年前のやはり暑い夏のシンポジウムを思い出させる。「なだ万」は冷房完備だが、あの戦争中の夏には冷房はなかった。出席者のひとり林房雄はやがてもろ肌脱ぎになり、猿又一つになった。河上徹太郎、小林秀雄たちの「文學界」が行なった『近代の超克』である。江藤の念頭には、イギリスの「怒りっぽい若者たち」の“Declaration”だけではなく、この『近代の超克』があったことは間違いない。江藤は一年前の論文「神話の克服」で、すでにこの座談会に言及している。

「さきほど私は、昭和八年以後、「文学」が後退し、「神話」が前進しているといった。一人の革命家〔小林多喜二のこと〕の死によって、「神話」をしたがえたロマンティシズムが顕在化した瞬間をこの劇の序幕が開始された瞬間だったとすれば、この座談会においてそれは悲劇的なカタストロフィにおわる。（略）この座談会の終了と同時に、「文学」は破壊され、審美家はある悲愴な苦渋のうちに「神話」と秘密結婚をおこなう」

シンポジウム『発言』は『近代の超克』ではなかった。二度目は二度目らしく、「悲劇」ではなく、「喜劇」だった。座談会が活字になるのと前後して、江藤はこの企画の敗北をあちこちで語り始める。
「私は以前から、日本の近代の思想史に一種の不幸な回帰現象があるのではないかとうたがっていた。作家や詩人や思想家たちは自らの周囲の現実を嫌悪し、そこに自分の欲するところの芸術や思想を開花させる土壌がないことに焦立ちながら仕事をはじめる。彼らはつねに嫌悪すべき日本の近代に対する反逆者である。反逆者は新しいものを求め、その新しさに自分をかける。それは自然主義であってもよい。あるいはトルストイでもよく、マルクス主義であってもよいが、皮肉なことには、伝統と断絶した虚空に一歩踏み出したと信じた瞬間に、逆に伝統に一歩足をすくわれている。あるいは、自分がもっとも革新的だと信じた瞬間に、もっとも古いものに支えられている。（略）

ところで、これは別に昔話ではない。このような悲喜劇が、現に、かなり大規模にくり返されようとしている。私は、明治以来くりかえして演じられて来たこの劇の最新版に立ちあうというめぐりあわせになったらしい。登場人物はちがうが、演出がいかにも現代的だという点をのぞいては、脚本はほとんど変っていない。私のいうのは、もちろん、同時代の作家や芸術家たちの「反逆」についてである。

先ごろ、私は、『三田文学』でおこなわれた同時代の作家たちの討論の司会をした。ここでおどろいたことは、討論に参加した人々の大多数が、自分の「新しさ」についてなんのうたがいも持っていないらしいということだった」（「今はむかし・革新と伝統」「朝日新聞」昭34・10・8）

同世代への愛想尽かし

これはもうほとんど、同世代への愛想尽かしであり、「いちぬけた」宣言である。「転向宣言」に限りなく近づいている。『奴隷の思想を排す』と威勢よく「歴史」や「伝統」を廃墟であると宣言した面影は早くもうすれている。「三田文学」編集部員として企画の当初から伴走していた作家の高橋昌男は、江藤のシンポジウム批判を読んで、担当編集者として出席者に申し訳ないという気持に襲われた。苦労して出席者を集め、原稿をとったのに、司会者の江藤によって一刀両断にされていたのだから。

「江藤さんとしては大江、石原を持ち上げていた時期があったけれど、二人にくっつき過ぎている自分に危機感をもったのじゃないかなあ。討論を司会したら案の定、内容が空疎なので、よし、自分は離れようと。むしろ最初からそうしたたくらみがあって、シンポジウムを利用したのではないかとも思えてしまう」

　高橋が現場で感じていた不満を、江藤は「幻滅」というもっと強い言葉に凝縮させている。江藤は『発言』の「跋　討論の結果について」で書いている。「私が批評家としての夢を託してきたのは他のどの年代に対してであるよりも同時代者たちに対してであったから、失望は当然私自身の夢にかえるのである。私はかつて『夏目漱石』のなかで、漱石が幾度もその生涯に経験し、好んでその作品の主題とした「幻滅」を論じたが、このとき「幻滅」は主題ではなくて体験であった」。

　江藤は自分自身も含めての現代の「知的」青年のチャチさの遠因を「歴史」に求めることもしている。

「人は、自己の知らない自分を他人が識っていることに耐えられないのである。なぜそうなのかという反問に対しては、あるいは、彼らが総力戦という巨大な力によって知らぬ間に陵辱されて女性化し、さらに外国軍隊の占領という外圧によってそのことに無感覚になったためだろう、と答えることもできるかも知れない。が、この答はやはり一面的であって、原因はひとりひとりが尋ねるべき性質のもののようである。(略)討論の司会をしながら、私はしばしば青春というものの醜悪さについて考えた」

　江藤の批判がもっとも過激に向かったのは石原慎太郎にだった。「日本浪曼派」の復活を思わせる新進作家、健康な肉体で摑み取る実感、不遜な自信。「逆にいえばこのおどろくべき自己省察の欠如。それが石原氏におけるほど徹底している例はほかにない。／このような文学者が存在しうると知ったら、たとえば「行人」の作者夏目漱石などは、たちどころに憤死するだろう。彼は、「神は自己だ、僕は絶対だ」と叫ぶ主人公を狂人にせずにはいられなかった」（「文学・政治を超越した英雄たち」「新潮」昭34・11、傍点は江藤）。「文学・政治を超越した英雄」石原への批判は続く。石原は「彼の幻影の中の理解者たちのために叫びはじめる」。石原は「僕」と書くかわりに「僕ら」と書き、「私」と書くかわりに「我々」と書くようになった。大江がこの年に発表した長編小説は『われらの時代』だった。「僕ら」と「われら」の奔流にはもう耐えられない場所に江藤は来ていた。『夏目漱石』を書き了えて、江藤は文章上では「ぼくら」を卒業した。『奴隷の思想を排す』と『作家は行動する』では、「われわれ」と「私」が混淆していた。「若い日本の会」では、会としては「われわれ」であり、個人の声としては「私」であった。そのどっちつかずにも結着が迫られていた。「私たち世代」はもう重荷であった。

第二十三章　新〝指導教授〟大岡昇平と「愛娘」ダーキイ

昭和三十四年（一九五九）の江藤淳は「若い日本の会」のスポークスマンという遠心的な活動が目立った。華やかな立ち回りに目を奪われがちだが、その間に温められていた文芸評論の仕事がある。二十代の代表作『小林秀雄』である。第一部は大岡昇平の勧めにより、「小林秀雄論」として大岡、三島由紀夫、中村光夫、福田恆存、吉田健一たちの季刊誌「聲」に連載された。六〇年安保のさなかに書き継がれていたのである。第二部は翌三十六年、「文學界」に連載となり、同年十一月に講談社から刊行された。

単行本の「あとがき」は江藤淳を語る時に必ずといっていいほど言及される問題の文章である。江藤淳の「転向」、「変節」の重要な結節点だからだ。煩を厭わずに引用する。

「昭和三十三年の秋に、文体論〔『作家は行動する』のこと〕を書き上げた直後、私は小林秀雄氏に対して不公正な態度をとっているのではないかという疑いに、突然とりつかれた。その頃創刊された雑誌「聲」の編輯同人の一人大岡昇平氏から、文体論についての好意ある長文の批評を記した手紙をいただき、同時に執筆の依頼を受けたとき、直ちに小林論が書きたいという返事を出したのはそのためである。以後約一年ほど、私は下絵を描くようなつもりでいくつかの作家論を書きながら、資料を集めて漫然と日を送った」

ほとんど全否定に近い小林秀雄評価からの転換が、「突然」起こり、「不公正な態度」が是正された、という自己解説である。時は安保の季節、舞台の「聲」は非左翼の文学者が結集した感のある豪華な同人商業誌（丸善発行）で、大岡と中村という小林秀雄の弟子筋がいる。そのお座敷にさっさと鞍替えしたかに見える転進である。当の小林は戦後第二次の『小林秀雄全集』が新潮社から出され、『近代絵画』が野間文芸賞を受賞し、「文藝春秋」では「考えるヒント」が始まり、あたかも文壇を睥睨するかの感があった。

江藤の回想では、大岡からの手紙は昭和三十四年二月五日付けであった。その中で『作家は行動する』に触れ、「小林、志賀を仮想敵とされる必要はないのではないか」「彼等はもう実質的に神様ではありません」と意見し、「（小林も『批評家失格』の頃までは行動者でした。芸術は実行であるが、彼のモットーだったのですから）」と注されていた。三月二十九日付けでは、「聲」への執筆要請が、六月八日付けでは、「小林秀雄論」のために、「材料はよろこんで提供します」と協力を約している。同月中旬、大岡の常宿である六本木の国際文化会館を江藤は訪ねた。

「おさまりかえった」小林秀雄

「大岡氏は、埴谷雄高氏とは、一見全く対照的な人のように見受けられた。なによりも大岡氏のまわりには、成功した人気作家特有の華やかな雰囲気が漂っていた。（略）要するに大岡氏は、典型的な都会人であって左翼ではなかった。／しかし、それにもかかわらず大岡氏は、深刻な左翼体験の所有者である埴谷氏と、いくつかの特徴を共有していた。その第一は、饒舌なまでに座談を好む、という性癖である。そしてその第二は、若い世代に対する興味、第三はダンディズムそのものであり、最後になによりもあの小林秀雄に対する熾烈極まる関心であった。／このような大岡氏が、左翼でないだけ、私にとって埴谷氏より話し易い相手と感じられたのは不思議ではない。私はたちまちこの年長の作家に親しみを感じ、文学的青春について語りつづけてやまないその歯切れのよい東京弁に酔った」（「著者のノート」）

江藤の前に魅力的な〝指導教授〟がまた新たに出現していた。「左翼」か否かがこの時の江藤の重要な評価基準であったとは思えない。むしろ「華やかな雰囲気」と「歯切れのよい東京弁」こそが、吉祥寺よりは六本木（夜の街のイメージはうすく、ハイカラな印象の町だった）が、若い江藤を惹きつけたのだろう。かといって、大岡の示唆を江藤がストレートに受け入れたわけではない。江藤はけっして従順な優等生ではなかった。

「小林秀雄氏の批評が内側から大正文学の楽天主義に対する刃をつきつけたとすれば、菊池寛の生涯は外側からする文学懐疑の刃を昭和文学につきつける結果を生んだ。昭和文学は腹背にこの二人の非凡な敵を持っている。／今や必要とされるのは、「小林秀雄と菊池寛を表裏一体と観ずる成熟した文学眼」である」（「菊池寛」「東京新聞」昭34・5・2）

小林の実人生の二恩人のうち、志賀直哉ではなく菊池寛にまず肩入れをしている。志賀に傾倒する小林ではなく、菊池に傾倒する小林に共感する江藤の姿勢は『小林秀雄』に一貫している。いま引用した文章を読むだけだと、小林評価が順調に転換したように思えるが、次の書評を読むと、江藤の小林評価の転換は「突然」ではなく、曲折の後に訪れたのだったと了解できよう。小林の最新刊エッセイ集『感想』（東京創元社）の一風変わった書評である（単行本には未収録）。

「この本を開くと、まず著者の写真が目につく。ロッキング・チェアかなにかに腰かけた小林氏は、粗織の上衣を着て、ネクタイをつけず、組んだひざの上の書物に見入っている。（略）部屋はおそらく書斎であって、暖炉の上の焼物と本のつまった書架がみえる。焼物は徳利のようでもあり、花瓶のようでもあるが、これもなんだかわからない。おさまりかえったものだ、というのが私の印象である」（「日本読書新聞」昭34・8・17）

江藤は『小林秀雄』の「あとがき」に、小林に対する「神経的な反撥」が「私の批評文にあらわれがちだった」と書いている。この書評はその最たるものといえるが、「あとがき」の記述は『作家は行動する』

を書き上げた後は、「神経的な反撥」がおさまったかに読める。どっこい、反撥は沸々と湧き起っていたのだった。書評の続きを引用する。

「十何年か前、鎌倉の若宮大路を吉野壮児〔湘南中学の同級生。父は歌人の吉野秀雄〕と歩いていると、髪の毛をとさかのように振り立てた小男がすれちがって、吉野にお父さんはいるかときいた。あれは誰だというと、小林秀雄といって一番偉い批評家だという。そうか、あれが一番偉いのか、なぜ偉いんだ、といいかえすと、なにしろ頭が良いんだ、というようなことをいった。その時小林氏はたしか酔っていて、どことなく殺気立ってみえた。私は頭のいい人間がきらいなので、それじゃつまらないなと口の中でいった。おさまりかえったというのは、その時にくらべてもこの著者が柔和になった、というほどの意味である」

湘南中学在学中の江藤が、小林の姿を見かけるシーンは何度も回想されている。たとえば『小林秀雄』の「あとがき」では、「私が、最初から批評が文学の最高の一形式であることを疑わなかったのは、このような体験の故であるかも知れない」と書いている。後年には「ひとりの壮年の、なんともいえない魅力のある人が、（略）かたわらに人なきがごとき」（「小林秀雄の魅力」）とか、「着流しの和服姿で、段葛《だんかずら》のあたりを風のように通り過ぎて行く」（「鎌倉文士」）と回想される小林は、この書評では「髪の毛をとさかのように振り立てた小男」である。著者近影の写真撮影のために不承不承カメラの前でポーズをとったに違いないのに、「おさまりかえったものだ」とは悪意さえ感じられる。江藤の中には、「一番偉い」とか「頭が良い」に猛烈に反応するセンサーがあった。小林が愛玩する骨董や余裕ありげな書斎風景に対しても、江藤の敵意はあまねく向けられている。

「が、とにかく、私に批評というのはこういうものだということを教えたのは小林秀雄氏の批評である。同時に、批評はこういうものではないということを教えたのも小林氏の批評であった。氏の批評は、すべて歴史の正体は見通しであるという発想からおこなわれていて、「感想」に収められた三十篇あまりの随想、エッセイのたぐいは例外なくこの認識から生れているが、もともと歴史の正体を見通したら歴史に克てるというのがひとつの空想にすぎない。歴史は人間を超えて人間をわなにかける「運命」ではない。家常茶飯、夫婦喧嘩のうちにすらひそむ人間の権力意志のあらわれであって、運命的な「歴史」を遠望して「美」によってこれを超えたと信ずるものは、もっとも身近な他者に寝首をかかれないとも限らないのである」

この書評では『作家は行動する』執筆時の小林秀雄観への揺り戻しが起こっている。攻撃対象は小林の「歴史」と「美」である。小林を攻撃するために、なぜか「夫婦喧嘩」まで動員している。「この文章は書評の体をなしていないが」と江藤自ら認めているから、確信犯の所為である。大きな駄々っ子がむずかっているような「神経的な反撥」は書評依頼者への甘えもあったのではないか。『小林秀雄』の「あとがき」では、「この仕事を見守っていてくれた二人の知己の死」に触れている。その一人が日本読書新聞の東野光太郎であった。「東野氏は私の小林論の計画を聞き、何冊かの入手し難い蔵書を持って来てくれた。それらは今も私の座右にあるが、氏はまだ私の仕事が一行も活字にならぬうちに急逝してしまった」。書評を依頼したのは最晩年の東野だったのだろう。江藤の小林論の行方を、その激しい振幅も承知の上で見守っていてくれたのが東野だった。

江藤の小林評価に疑義を呈したのは大岡昇平と東野光太郎だけではなかった。もっと身内にも批判者は存在していた。「三田文学」の仲間だった田久保英夫である。江藤の追悼対談で、昭和三十四年正月、吉祥寺の江藤家の新年会で、江藤の小林秀雄論に文句をつけたと話している（「群像」平11・10）。

「僕は、『夏目漱石』のあと、『奴隷の思想を排す』『作家は行動する』という彼の一連の初期の活躍のころの言葉の展開に、何かちょっと違和感を持っていたのね。僕自身が若くて、何もしていないくせに生意気だから。（笑）これは著作集に入っていないと思うけれども、その後の長編の『小林秀雄』ではなく、五、六十枚ぐらいの「文學界」に書いたもので、小林秀雄を軸にした「『現在』の二重性」という評論に、僕は違和感を感じて、つい我慢できずに彼にいった。（略）山川〔方夫〕もいて、そんなに広くない部屋ですけれども、その評論の小林秀雄について文句をいったんですよ。／それは僕が生涯忘れられない時間ですが、そこでは小林秀雄を「非行動の論理」といい、『作家は行動する』の中にも、「負の文体」と呼んで否定の厳しい表現が出てきます。僕には否定は構わないんですが、そこに二元的な排中律みたいな論理が働いて、ディアレクティックという言葉を使っている、それに欠けてると思えたんですね。（略）悪い雰囲気の対話じゃなかったんです。穏かだけど、論議の軸はごくはっきりしていた」

田久保が批判した江藤の論文「『現在』の二重性──リアリズム確立への道」（「文學界」昭33・12）は、『作家は行動する』書下ろしの余勢を駆って、その論旨を状況論的に応用したもので、小林批判は『作家は行動する』と同工異曲である。田久保の批判は刊行直前の書下ろしに対するあらかじめの批判にもなったわけだ。同席していた山川方夫の意見が不明なのは残念である。田久保の対談相手の坂上弘はその場にはいなかったようだが、別の時の江藤の言葉を披露している。柳橋の鮨屋で二人だけの時、江藤が「坂上君、僕は小林秀雄になれるだろうか」と真剣に質問してきた。

「僕はおっちょこちょいだから、大して考えもせずに、そのとき言下に「もちろん、江藤さんなれますよ」と答えたと思うんですよ。（笑）だけど、その言葉はずっと残っている。今でも鳴っているんです。気のつよい彼が何者かになりたいということをいったのは初めてだったですね」

おそらく昭和三十年代の発言である。『小林秀雄』執筆以前か以後かははっきりしないが、「三田文学」の仲間に気を許しての問いかけだったのだろう。「小林になれるか」という自問は、五十歳になってからの鎌倉回帰をうながす一因ともなるであろう。

田久保の批判は昭和三十四年の正月だった。江藤の「あとがき」では「三十三年の秋」に転換が起きている。田久保の批判以前だ。とすると、江藤は自発的に小林評価の再考を迫られたのか、ということになる。おそらくそうではない。「『現在』の二重性」を苛烈に批判した文芸時評が東京新聞に載ったのは十一月二十九日だった。見出しには「新人批評家の功名心」「キナ臭い江藤淳の『現在の二重性』」とある。

「例えば、今月の『文学界』に載っている江藤淳のひどく景気のいい評論『現在の二重性』などがそのいい例で、小林秀雄の『無常といふ事』の一節を引用し、『私のいわゆる〝霧の思想〟とはこのようなもののことをいう』などと簡単にキメつけている個所にぶつかると、論旨の正確さや不正確さというより、論旨の立て方そのものに早くも一種のキナ臭さを感じこの種の評論に僕などはもう素直についてゆけなくなるのだ」

時評の書き手は作家の北原武夫である。宇野千代の年下の夫であり、純文学を信奉する心理小説家、はたまた官能小説の大家ともなった北原は、小林秀雄の影響を強く受けた批評家の顔も持っていた。江藤の繰り出す「屍体崇拝」「非行動の論理」といった小林批判を北原は一蹴する。

「この闘志盛んな新人批評家が、いつこんな珍説の唱導者になったのか、同じ三田出身ながら僕は今日まで全く知らなかったが、更にこの論者は、これと全く対照的な文学者として坂口安吾を挙げ、(略)ここにこそ「〝存在〟を美しいとする」「卓越したリアリスト」の「行動の論理の萌芽」があるのだと礼賛している。

「無常といふ事」は無論のこと、他の場所でも小林秀雄がつとめて言おうとしたことは、「社会が混乱して来ると人間の頭はいろいろ妙になるものだが、肉体の方は決して妙にならない」(「手帖」)という人間存在のギリギリのリアリティであり、「文芸における人間紛失」こそ彼の嘆きだったのであって、屍体崇拝などという奇妙な美学の信奉者などでないことは、だれだって知らぬ者はない。

また坂口安吾が、一種そう快な独断家であり、自己を健康な常識家だと固く信じていた程度にファナティックなイデアリストであって、(例えば彼はここでは、美の形などが問題なのではなく、彼の発見した小菅刑務所という一語に何よりもいい気持で酔っているのだ) リアリストなどからはおよそ遠い精神だということも、坂口を愛した人間ならだれでも知っている。そして恐らく、そんなことをこの俊敏な新人批評家が知らぬはずはない。

ただ彼をかり立てている目下の功名欲、闘争欲、自己主張欲が、何よりも目ざましく敵を倒して見せたいあまり、自分の一番戦いいいような位置に論敵を立たせておいて独断の刃を振り回すという、自負に満ちた新人にありがちなあの快い陥穽に、彼を落し入れているのであろう」

この評論「『現在』の二重性」が単行本に収録されず、さらに江藤がこの後は安吾にあまり言及しなかったことも勘案すると、この北原の酷評は江藤には応えたのだろう。北原は「三田文学」の編集委員七人衆のひとりで、合評会にも熱心に顔を出し、会がお開きになった後は、銀座のバーに若い連中を連れていったりしていた。若い江藤が夜の銀座に初めて行ったのも、北原の手引きだった。北原の文学に対する信仰は少年のように熱く、揺るがなかった。新人の作品に対しては是々非々で、誉める時は徹底的に、批判する時は容赦なかった。かつて安岡章太郎という無名の新人の生原稿を高く評価し、「ガラスの靴」というタイトルを付けたのは北原だった。この月の時評では、江藤の僚友である山川方夫の小説にも手厳しい評価を下している。北原の「無私」の批判には、鼻っ柱の強い江藤もたじろがざるを得なかった。

それでも江藤が簡単には「回心」できなかったのは、この時期の小林を江藤が「言葉を失った人」と見ていたからだろう。「少くとも小林さんの仕事は『モオツァルト』で一段落し、それ以後の十年、いやそれ以上にわたって、何ごとかの準備運動であるかのような観を呈していた。要するに、戦後は、小林さんにとって苛酷な試練の時代であったように見えた」(「小林秀雄没後十年」「日本経済新聞」平5・2・27)。

大岡に約束した「小林秀雄論」は締切りに間に合わず、掲載は延期となった。締切り厳守は江藤が遵守する職業倫理だから、これは並大抵のことではない。江藤はその理由に引越しをあげている。吉祥寺のアパートを出て、「下目黒の元競馬場に在る、ある屋敷の留守番にはいらなければならなくなったからであった」（「著者のノート」）としているが、八月末の締切りの段階では、小林秀雄を書く態度がまだ定まっていなかったに違いない。

二十六歳の「パパ」

「今までアパート住いをしておりましたが、近いうちに引越しますので、犬を飼いたくなりました。聡明、がん健であまり大きくならない小犬をおゆずりいただければ幸いです。雑種でも結構です。武蔵野市吉祥寺二七〇〇まで御一報下さい」

「週刊新潮」（昭34 9 14）の「掲示板」欄に載った江藤淳の「求犬広告」である。週刊誌の効果は覿面《てきめん》で、犬譲りますの手紙は全国から一ダース以上が届いた。「見合いというものを一度もしないうちに結婚した妻などは、娘にかえったつもりで、毎日まだ見たことのない犬をあれこれと想像しては、大いに娘一人にむこ八人の気分を味っていたかのようであった」（「引越し」「ヒッチコック・マガジン」昭34・12）。犬は黒のコッカー・スパニエルに決まる。江藤の犬随筆でお馴染みになる「愛娘」ダーキイである。ダーキイは伊勢湾台風上陸の前日に江藤家にやってきた。

「犬を飼うということが、これほど大きな変革を私の家庭にあたえるものとは思ってもみなかった。私に子供がない故かも知れない。とにかく彼女は私の外側に存在する一個の動物にとどまってはいない。私の内部にはいりこみ、愛情を要求し、自分を主張する。（略）彼女はいつも私ども二人の間にいようとする。私の夫婦の雲行きが険悪になると、行ったり来たり家中を走りまわって顔をのぞきこんで歩いてはしきりとなだめようとする。果ては顔を長くのばして泣きっつらになる。雲行きがもとに戻ると顔は普通のサイズに戻るのである」（「仔犬と私」「同」昭35・1）

ダーキイの存在は江藤家の雰囲気を一変させる効果があった。ダーキイは文筆家江藤淳に新境地を開かせてくれる。中原弓彦（小林信彦）が編集する「ヒッチコック・マガジン」の江藤の連載エッセイの主人公はいつしかダーキイとなり、随筆集『犬と私』が生まれるきっかけにもなった。強面《こわもて》の評論家と弱みを隠さない随筆家が一身に同居することになる。慶子夫人は「夫のこと」に、「ダーキイが来たときからわたしは、彼をパパと呼ぶことにした」と書いた。パパはこの時、二十六歳である。

引越しは犬を飼うためではなかった。江藤の父・江頭隆が勝手に決めてきたことだった。「当時父は、銀行を停年退職して以来、兜町の大手の証券会社の関連会社に勤めていた。屋敷というのは、その本社の社主の三男の家である。その会社の役員であるこの人の一家が、ニューヨークに在勤することになり、九月早々には赴任することになった」（「著者のノート」）。その留守番代わりに住むのである。江頭隆は日興証券の遠山一族の資産管理会社である遠山興産の支配人になっていた。この再就職は江藤の後年の歩みに少なからざる影響を与えてゆくことになる。日興証券の創業者・遠山元一の長男は音楽評論家の遠山一行である。遠山と語らって総合芸術誌「季刊藝術」を創刊するのは昭和四十二年である。「季刊藝術」は十二年半も続く雑誌となる。屋敷の主は美術出版のダヴィッド社をやりながら父の事業を引き継いだ遠山直道である。直道は日興証券副社長時代の昭和四十八年、欧州出張中に飛行機事故で死亡するという運命に見舞われる。

「私の知らないところで父が決めて来たこの引越しの話に、そのまま乗ることにした一つの理由は、家内の健康にあった。狭いアパートで、夜を徹して原稿書きをしていれば、一緒にいる者の健康に、悪影響を生じぬはずはない。現に家内は、この年の春、肝臓を害してしばらく日赤病院に入院しなければならなかったのである」（「著者のノート」）

江頭家を捨てるという結婚当初の秘かな決意は、この引越しで脆くも崩れている。父の「愛情」によって、父の圏内に引き戻されたのだから。江藤の仕事場である書斎は三畳から六畳に昇格した。だだっ広い家は朝晩の雨戸の開け閉めもひと仕事であるが、犬を飼い、広い庭で犬を遊ばせることもできた。待望のワンちゃんは「かすがい」となってくれた。慶子夫人の入院は一ヶ月にも及んだことは前章で紹介した足立康宛ての速達に書かれている。速達では病名は「胆ノウ炎」となっていた。慶子夫人は昭和三十五年の早々にまた入院するが（「犬馬鹿」「ヒッチコック・マガジン」昭35・4）、環境の劇的な改善は仕事への新たな意欲も生んでいる。「週刊新潮」の「掲示板」では、求犬告知は前半で、後半は仕事がらみである。

「左記の書籍、雑誌をおゆずりいただけませんか。三木清著『パスカルに於ける人間の研究』。昭和十七年九、十月号の「文學界」。小林秀雄の「山繭」「ポンキンの笑い」「富永太郎」それぞれ所載の本か雑誌」

現在の図書館の充実、インターネットによる古書探し、雑誌の復刻版出版、コピー機の普及などからは想像不可能だろうが、当時は文献探しがまず大仕事だった。「掲示板」欄には江藤のような探求書の告知が多い。林房雄などは自著『壮年』第二部を知人が返却してくれないので、続きを書こうにも書けないと泣きを入れている。江藤の探求書リストを見れば、「小林秀雄論」執筆に本腰が入ってきたことがわかる。三木の本は若き日の小林の愛読書である。「文學界」の当該号は『近代の超克』座談会が掲載された号である。座談会は既に何らかの形で読んでいたが、手元に置く必要が生じてきたのだろう。小林の初期作品は相当難易度の高い捜しものである。

小林が同人として主要な役割を果した戦前の「文學界」を、江藤は結局、古本屋から揃いで入手した。「週刊読売」（昭34・12・6）の「書斎訪問」コーナーで、きれいに整頓された書斎で、江藤は主人然と煙草を吹かしている。「文學界」二百九冊で、「値段が1万8千円と聞いて、思わず女房の顔をみてしまった」という。卒論のスターン全集二万円には及ばないが、意気込みはその時と変わっていない。

「江藤氏はいま「小林秀雄論」の書きおろしに取りかかっている。「昭和文学には小林さんだけがあって、あとの作家は彼にささえられているのではないでしょうか。小林さんとは一度も会わないで、作品だけのつきあいで書くつもり。もっともぼくらにとっては、小林さんは歴史的な存在になっている。それだけに、論じてもいいと思うのです」（略）「偉い人は常に壁となって立ちふさがっている。この壁を、ぼくはぼくなりに乗りこえて前進したい」と〝怒れる若者たち〟の一人である江藤氏は、意欲的である」

この「週刊読売」の取材時に書いていた「小林秀雄論」は昭和三十五年（一九六〇）の年頭に出た「聲」第六号に掲載された。今回は無事、原稿を間に合わせることができた。「偉い人」小林秀雄に立ち向かう「怒れる若者」江藤淳という構図は、もう崩れていた。八月末に「三田文学」で行なったシンポジウム『発言』を契機に、江藤は既に同世代には見切りをつけていた。その心情は「小林秀雄論」にもはっきり反映されている。

「「自然主義」、「白樺派」、「怒れる若者たち」という強い自己主張をもった文学的集団の出現した時代に、問題の核心を皮膚に感じながら、それから宿命的に逸脱した自分の存在の位置を自覚していたものはなにをなしうるか。このことについて夏目漱石や小林秀雄はおのおの解答をあたえる。いうまでもなく彼らはこの場所から全く逆の方向におもむいた。つまり、漱石が終生背負いつづけたものを小林は次々と切り捨てることで自己証明をおこなったのである」

自然主義の時代から「逸脱」した漱石、白樺派の圏内から「逸脱」した小林、彼らに続いて、「怒れる若者たち」の隊列からの「逸脱」を「自覚」したのが江藤自身であった。江藤は処女作『夏目漱石』で、嫌悪する現実を「旺盛な生活欲」で引きうけようとした漱石を描いた。いま漱石とは「逆の方向に」おもむく小林の生涯を追いながら、江藤は「人はなにを代償として批評家になるのであろうか」という問いを

「小林秀雄論」冒頭に設定し、その解答を希求したのである。同世代の芸術家たちに伴走することが批評家の任務ではない。「怒れる若者たち」は後景に退き、「一番偉い」でも「おさまりかえった」でもない、小林に向かいあうことができたのだった。

「聲」第六号の「小林秀雄論」は文末に「(未完)」とあり、その後に小さな活字の断り書きがある。「(筆者付記・この「小林秀雄論」は、今後書きつがれるべきものです。筆者の意図は、小林秀雄の影響を昭和の、したがって現在の文学全体のうちにたどるところまで行きたいのですが、その枚数や形式については予見出来ません。主題の発展がかたちを決めてくれることを願っています)」。

江藤の「小林秀雄論」は目次での扱いは単発の論文であった。おそらく講談社の書下ろし第二弾の冒頭部分を一挙掲載するという約束だったのではないか。三島由紀夫の書下ろし長編『鏡子の家』がそうした形式で「聲」創刊号に発表されているからだ。「聲」第六号巻末の「同人雑記」欄で、大岡は江藤の「筆者付記」に応答している。「江藤氏は無論連載である。「聲」の寄稿論文は連載になるのが特色である」。大岡の判断で次号にも掲載、と決まったのだろう。大岡は江藤の原稿に高得点をつけた。〝指導教授〟の大岡は江藤を見込んで、特待生扱いにする。大岡は秘蔵していた小林のとっておきの未発表草稿を江藤に提供したのだ。

「それ［「小林秀雄論」］が「聲」第六号に掲載された直後に、大岡氏からまことに貴重な資料が届いた。ここまで書くとは思わなかったので、黙っていたが、思い切って見せることにした、という手紙が添えてある。それは未発表の、小林秀雄の初期断片であった。(略) 引用の許諾を求めた私の手紙に対する小林氏の返書の葉書の文面を、最後に紹介して置きたい。／《御手紙拝見どうぞ御遠慮なくわざ／＼御丁ねいに恐縮に存じました　小林秀雄》」(「著者のノート」)

大岡から提供され、小林から「どうぞ御遠慮なく」と承諾された初期断片を手にして、「小林秀雄」という存在はにわかに江藤の中に入り込み、江藤にとって「反撥するには親しすぎるイメイジになって行った」(あとがき)。江藤によって「遺書体の断片」と名づけられた未発表原稿については既に第十四章で紹介した。再度、ハイライト部分を引用する。

「僕はあさつて南崎の絶壁から海にとび込むことに決つてゐる。決つてゐるのだ。僕にはあさつてまでの事件が一つ一つ明瞭に目に浮ぶ。太平洋の紺碧の海水が脳髄に滲透していつたら如何なに気持がいいだらう」

「聲」連載時には、「遺書体の断片」ではなく、カギ括弧つきで「遺書」と書かれていた。「次の「遺書」の文体が私に喚起するのは初夏の感触である」といったように。

「聲」第七号(昭35・4)の大岡が書いた「同人雑記」を読むと、この未発表断片が江藤に託された事情には、大岡の単純な好意とはいえない、複雑な影が感じられる。

「江藤氏の「小林秀雄論」は好調で、小林についての最も根本的研究になりそうである。小林も感心している。引用された小林の未発表の断片が、私の手許にあった事情について、江藤氏の註記がないので記しておく。これらは昭和三年五月、小林が奈良に行った時、長谷川泰子の手許に残ったものである。そんなものがあることを、われわれも知らなかったのだが、昭和二十二年私が中原中也と富永太郎の原稿を探しに行った時、一括して泰子がくれた。

小林の手稿はすぐ小林に返してもよかった。しかし、「返せというなら返すけど、その前に写しを取りますよ」と脅迫されては、小林だってやけである。「勝手にしろ」ということだったので、以来私の手許にあった。(略)こんど江藤氏が引用している二十二葉も、小林の承諾を得て、私が選んで渡したものである。任せられた以上、発意は私の責任である。(略)これらの文献が残ったことについて、長谷川泰子に感謝しなければならない。（略）江藤氏の分は今の調子では、いつまで続くかわからないが、「ドストエフスキイの生活」あたりで、十分一冊の本の分量に達するであろう。次号はもう私から出る情報を必要としないだろう」

大岡が読者に向かって未発表原稿が変則的に発表される事情を説明しているものだ。弁明と読めないこともない。小林と大岡はフランス語の家庭教師と教え子という関係で始まった。年は七歳違うが、「君僕の間柄」の師弟関係である。大岡は「中原中也の思い出」（「新文学」昭24・2）で、自分よりも「卓《すぐ》れた人」と認めた文学仲間は中也のみであったと告白している。大岡には小林の「直弟子」という自覚もある。復員兵の大岡に「俘虜記」執筆を勧めたのも小林である。小林と大岡の関係を見ていると、大岡もけっして「従順な優等生」ではなかった。小林への「熾烈極まる関心」は、江藤淳というクッションを通して顕在化するしかなかったのだろう。資料を渡した大岡は、「江藤氏がどう処理するか、正直、少し意地の悪い好奇心があった」（『小林秀雄』書評、「朝日ジャーナル」昭37・1・28）ことを認めている。

第二十四章　六〇年安保の「市民」江藤淳と「大衆」吉本隆明

埴谷雄高と大岡昇平の二人は、大学院を飛び出して「文芸評論家」の看板を掲げた若い江藤にとって、頼り甲斐のある〝指導教授〟であった。安保の年である一九六〇年（昭和三十五年）、江藤にとっては「小林秀雄論」の連載が一番の仕事だったから、埴谷よりは大岡に傾いていたが、埴谷への敬意も持続していた。埴谷と大岡の老人性言いたい放題の対談『二つの同時代史』（昭59）では当然、江藤も話題になった。若い江藤を身近に見ていた二人は、江藤の転向が「なしくずし」だった、ということで一致している。

「ハガチー事件で、左翼が羽田でやっているのを見たときからだんだん左翼がいやになってきたんだよ」と埴谷が言えば、大岡は「ハガチーを見て、こりゃいけねえって思ったわけじゃない。前から寝返る気があって、きっかけに使ったんだ、とおれは思うよ」と応じている。埴谷は「右傾化の現在を先取りしたわけで、皮肉にいえば、非常に先見の明があるとも言える」と言い、大岡は「目先に従っただけだよ」と突き放している。

江藤自身は「自筆年譜」では、安保を以下のように総括している。昭和四十二年（一九六七）に執筆したものだから、六〇年安保の七年後の時点だ。

「五月、所謂安保問題おこる。先年の「発言」の参加者たち〔若い日本の会〕と独自な立場で行動することを申し合わせ、危機感にかられて国会の機能回復、反岸政権の実現のために奔走す。自民党反主流派、社会党、全学連両派〔主流派と反主流派〕の人々と接触す。ときあたかもハガティ事件おこり、九仭の功を一簣にかくと感ず。進歩派内部におけるファナティシズムの跳梁と現実認識の欠如に憤りを発すること多く、反政府運動家の眼中に一片の「国家」だになきことに暗然とす。事件後疲労甚しく、喀血少量、一時的なものと診断され愁眉を開くも快々として楽しまず、病を那須高原に養う。十月、時事論集『日附のある文章』、筑摩書房より刊行さる」

六月十日に起ったハガティ事件を一転機とする点では、江藤も埴谷、大岡と共通している。六〇年安保の節目はふつう、自民党が衆議院で強行採決した五月十九日か、東大生樺美智子《かんばみちこ》が国会議事堂前で亡くなった六月十五日とされている。そのどちらでもない六月十日、江藤は「朝日ジャーナル」の特派記者として現場で取材をしていた。アイゼンハワー米大統領の新聞係秘書ハガティが羽田空港に着いた時の混乱を一部始終目撃できた。「権力者の無責任を抵抗すべき側の指導者が知らずに真似だしたとき、退廃がはじまった」と江藤は書きつけた。江藤のルポ「ハガチー氏を迎えた羽田デモ——目的意識を失った集団」（「朝日ジャーナル」昭35・6・19）に立ち入る前に、江藤の「一九六〇年」を少しさかのぼってふり返っておく。

昭和三十三年（一九五八）秋の警職法改正問題が落着した後、一旦、大衆運動は沈静化した。政治日程に日米安全保障条約改定が控えていることに変わりはない。江藤は昭和三十四年十月の「安保批判の会」の申し合わせ（「世界」昭34・12）に名を連ねている。「若い日本の会」では江藤と開高健の名が四十名の連署の中にある。この申し合わせは「我々は、日米安保条約改定の強行に反対し、平和のための多面的な活動を政府に要請するものである」と結ばれている。

江藤は安保闘争終了後の評論「政治的季節の中の個人」（「婦人公論」昭35・9）では、「安保反対の会」と名づけられず、「安保批判の会」となったことを歓迎したと書いている。「「批判」は個々人の自由意志から行われるもので、多様な立場が承認されていなければ意味がない。自分の言葉に責任を持とうと努めるのは文筆家の倫理であるが、この倫理は多様な立場の併立が認められていなければ成立しえないのである」。年があらたまり、慶子夫人の入院、手術があり、「家族の世話にかまけているうちに会は社会党の支持団体となり」、「批判」から「反対の会」に変質した。「この変質に気づいてから」、会を事実上抜けていく。

江藤の六〇年安保での目立った発言は、まず三月にあった。「不愉快な感想」（季刊誌「論争」四号）という短いエッセイである。出版社の知り合いから電話があり、一月に羽田で逮捕された全学連主流派の学生たちの救援運動の発起人に名を連ね、救援運動に加わってくれと言われ、声を荒らげて「お断りいたします」とカンパをも拒絶した経緯を綴った文章である。

「いやしくも革命家をもって任じる青年たちが、逮捕の危険も計算に入れずに行動して、こんなはずではなかった、助けて下さいでは甘えもひどすぎる。いくらなんでも戦後の新教育を受けた独立心旺盛な青年がそんな馬鹿なことはいうまい。そこにおせっかいにも顔をつっこんで救援活動をやるとは、学生諸君を子供扱いにするのもはなはだしい。（略）私の常識は全学連の学生諸氏の行動を非とする。彼らに欠けているのは人間学であり、生活である。彼らが「純粋」であることは何の理由にもならない。私は「純粋」な革命家などという愚にもつかぬものを信じない。それにしても、実行をするわけでもなく、愚挙を叱るわけでもなく、只「同情」している知識人というものは何と不潔ではないか」

学生も進歩的知識人もなで斬りにし、電話口での剣幕を再現したこの文章は「かなり評判になった」と、後年の開高健との対談集『文人狼疾ス』で回想している。武田泰淳からは「きみね、ああいうときは金を出して名前を出さなきゃいいんだ」と言われた。昭和十年代の中国では、「蔣介石が来ても、毛沢東が来ても、汪兆銘が来ても、金を出して名前は出さない」。金は初めから三分の一に割っておけばいい、「それですべてまるく収まる」というのが武田の諸行無常な助言だった。政党の「名幹事長」のような武田の目配りに江藤はいたく感心した。

発起人の一人だった埴谷雄高の反応はストレートだった。「全学連と救援運動――江藤淳氏の発言に思う」（「読売新聞」昭35・3・26夕）を書いて、「日ごろから私の敬愛している優れた批評家」江藤淳をたしなめた。江藤の考え方は「若い世代のかなり大きな部分を代表している」が、「救援の原則はつねに階級性という大きな基準によってはかられる」もので、「救援活動が行なわれるのは不平等な階級社会という条件ゆえに行なわれるのであり、連帯性はその最初にして最後の保証である。救援が行なわれるのは被救援者が甘えているからでも、子供扱いされているからでもない」。

江藤は夕刊を読み、ただちに埴谷に手紙を書いた。二百字詰め原稿用紙六枚の手紙（神奈川近代文学館所蔵）は、まず書評のお礼を述べ、本題に入っている。

「どうも全学連問題についてはよく納得が参りません。暗黒の未組織層をこそ重視すべしとのお考えには、かねがね同感ですが、全学連を是認することは――それがどのようなかたちであろうと――ほかならぬこの暗黒の傍観者を反対者にし、運動を孤立させるだけではないでしょうか？　この未組織層にある唯一の論理――実生活の論理と、全学連のあの悲劇的な茶番とがどうつながるのでしょうか？　埴谷さんのお考えについては、私は自分なりに納得もいくのですが、日高六郎氏らの行動は尚もって奇怪とせざるをえません。（略）尚、私は階級社会における連帯の原理が全学連救援というかたちで実証されるということにどうも懐疑的ならざるをえません。全学連の過大評価はむしろいましめるべきではないでしょうか。（略）羽田デモ〔一月十六日の逮捕劇〕のごときは、パークス英公使の行列に斬りこんだ、攘夷派の志士の行動を、全く「無思想」的に、しかもややこっけいに、くりかえしているのにほかならぬように思われます。彼らの知性が、あの程度に止っていることが、私にはなによりも歯がゆいのです。残念ながら、「救援」はむしろ「つきはなす」という逆説的なかたちでしか成功しないのではないでしょうか」

江藤の文面には埴谷への歩み寄りは一切見られない。この手紙には「小林秀雄論」を掲載した雑誌「聲」を郵送したので、次に訪問する折に、「小林論の御批評などもうかがわせていただきたい」という丁重な言葉も記されている。礼儀は尽しつつ、埴谷の「指導」からは飛び立とうとしている。

吉本隆明が認めた「対立者」

同じ発起人であっても別の反応をしたのは吉本隆明であった。吉本は全学連主流派と行動を共にしていたから、江藤とは対極の立場に立ってもおかしくないが、なかなかやるぜと感心した。吉本の四年後の感想を引く（「いま文学に何が必要か」「文学」昭39・5）。

「安保闘争の最中、全学連救援のカンパが組織されて、その勧誘が江藤淳に及んだとき、それはいわれなき進歩的知識人の劣等感に根ざすものだとして、これを拒否し、雑誌『論争』にその理由を書いたのは、江藤淳であった。わたしは〈敵〉ながらその態度を立派だとおもい、せめてわが味方にこれだけの文学者がいたら、と羨望に耐えなかった」

江藤の「不愉快な感想」が載った雑誌「論争」には、吉本の「埴谷雄高論」も載っていた。「すぐれた対立者はいないか、対立者はいないか、わたしは、こんな呪文を、一二年来、胸のなかでくりかえしてきた。現在では、どこをさがしても、敵になにかをあたえうるすぐれた対立者は、存在しなくなっているという書き出しで始まる作家論である。吉本は「すぐれた対立者」を同じ雑誌の中に発見したのだった。吉本の「埴谷雄高論」は『死霊』の中心概念「虚体」を論の軸に据えている。「《虚体》とは、埴谷が矛盾領域に肉迫するためにあみだした概念であり、かつてなく、また決してありえないがためにかえって存在しうるものである。超理性ともいうべき認識が、人間にとって可能であるならば、それは《虚体》の概念に到達しうるはずである」。しかし、『死霊』で、埴谷は「虚体」を展開することに失敗したと断じた。江藤が埴谷の中で一番注目したのも「虚体」であった。

吉本はカンパ趣意書の発起人としてリアルタイムでの証言も残している。「日本読書新聞」(昭35 3 14)の「読者の声」欄への投書である。「文学者のはしくれとしてのわたしは、みずからの仕事、みずからきずいた思想の経路によって自立しているのであって、大衆運動や学生運動や政治運動によっかからなければ思想的にあんよできないほど馬鹿ではないし、文化的徒党をくまねば物の云えないほど卑屈でもない。／わたしは、救援カンパに参加、不参加というたかが金の問題で、人を判断するつもりもないし、また、救援カンパに反対ならば黙ってそっぽをむいていればいいので、余計なちょっかいをかけて邪魔するな、などとけっしていわない。(略) わたし一個人は原理的に羽田デモを正しいとかんがえている。大衆運動がもっとも効果的な方法で大衆意志を表示するのは、あたりまえのことであり、べつに自慢すべきものでも、非難すべきものでもないのである」(傍点は吉本)。

この投書は江藤の「不愉快」に直接答えたものではないが、事実上、江藤への答にもなっている。江藤はデモには警職法の時から一貫して加わらなかった。その点では、二人の大衆運動への評価は百八十度違う。それでも、吉本が「グルリと一まわりばかり違って一致している」(江藤との対談「文学と思想」「文藝」昭41・1) と語った二人の関係は、生涯にわたって続いていく。

江藤が安保闘争の過程で描いた運動形式は「多声部のフーガ」であった。闘争の盛り上がりの中で執筆された「〝声なきもの〟も起ちあがる」(「中央公論」昭35・7) には、江藤の昂揚が記録されている。江藤は五月初旬、動労が用意した宣伝カーに乗り込んで郊外の団地をまわる。「安保批判の会」の車が流すのは軍歌調の「安保反対の歌」である。「批判」ではなく「反対」になっていることが江藤にはおそらく不愉快だったのだろう。スピーカーから流れる歌と演説に抗議する若い母親を登場させる。「せっかく赤ん坊が眠ったところなのだから、あまり喧しい音を立てないで下さい」。江藤はこの母親に共感する。「このエゴイズムを単純に「悪」として、頭からきめつけることができるだろうか。騒音をやめてくれといって来た若い母親の自発的な意志、それを主張する積極的な態度、これもまた貴重なものではないか」。

江藤がここで確認するのは、「私は一個の市民としての一身上の利益のために」運動に参加するのであり、「内閣と国会は、私たち市民の利益を六割方ぐらいは代表していなければならない」という微温的な立場だった。「政治を律する機軸には、「善悪」の道徳的機軸のほかに、「利害得失」の功利的機軸がある。この後者を無視した反権力運動は息切れせずにはいない」。江藤は自らを「全学連の諸君がアバンギャルドであれば、僕は最後衛のリベラリスト」（藤田省三との対話「運動・評価・プログラム」「思想の科学」昭35・7）と自己規定したが、まさに「最後衛」の面目躍如である。

その江藤が豹変するのは、五月十九日の強行採決という「クウ・デタ」だった。「私と私の妻が投票した議員が、私どもの利益を代表している社会党の国会議員が」、踏んだり蹴ったりの目にあっている姿をニュースで見る。「岸信介氏とその一党」の横暴許すまじ。「私は問題がすでに安保条約の可否を超えて民主主義の、つまり、私たちの生活がその上に成立っている最低限の約束の存否にかかわる問題であることを悟った」。この日以前の江藤は意識の高い「市民」というより、昔気質の「生活者」に近いといえる。五月十九日を境に、江藤は「生活者」でも「市民」でもない、強いていえば「最前衛の有権者」として行動しはじめる。「若い日本の会」で培った知名度を十分に生かし、情況を変えようとする。「政治が市民の常識によって試みられようとしたとき、私の夢想していた多声部のフーガによる大衆運動の実現する、ひとつの可能性が生れたのである」。

江藤は休止状態だった「若い日本の会」を再活性化させ、つづいて政治家たちに接触して、合従連衡の可能性を探っていく。全学連主流派と共闘する吉本隆明とも、広範な市民運動で倒閣、反安保を目指す進歩的文化人とも違う道を模索していく。江藤のとりあえずの目標は、「強行採決の不承認、内閣総辞職と衆院議長の引責辞職、国会の早期解散」であった。岸首相が「声なき声」は自分を支持している、と言明した二十八日からは、自民党反主流の政治家たちに会見を求め、三十日から三十一日にかけて三木武夫、松村謙三、石橋湛山《たんざん》に会う。「政治家に逢うのははじめて」のことだった。六月六日には社会党大会で喋っている。自民党反主流派は「国民の「声なき声」が自分たちを支持するだろうという自信」がなく、怯懦《きょうだ》にして怠惰であった。社会党は大衆運動に過大な期待をかけるだけで、「政治的なキメ手」を持っていない。薩長連合を画策する坂本龍馬の如くに動くが、結果がまったくともなっていない。龍馬とは大違いのピエロであった。

「若い日本の会」の一員だった石原慎太郎はこの頃、江藤と行を共にすることが多かった。石原は江藤追悼文で、当時の江藤から聞いた言葉を記録している。「安保を巡る今の様子はとても危険なものだと思う。危険というより、浅はかだよ。君ももう一度安保の新旧の条文を読み比べてみろよ、つまり、てっとり早くいえば日本はこれでようやく独立国になれようとしているんだからな」。江藤は日比谷高校時代には外交官になろうかと思ったこともあり、後には東大法学部の教授に論戦を挑む、法学部的感性を併せ持つ文学者だった。石原は条文を読んでいなかった。「私を含めてあの運動に乗り出した仲間の中で日米安保条約なるものに精通、とまでいかなくともその条文を読んだことのある者が江藤淳を除いて他にいたとは思わない。ましてそれが何のためにどう改定されようとしているのかまで知っていた人間なんぞいはしなかったろう」（「さらば、友よ、江藤よ！」「文藝春秋」平11・9）。

「若い日本の会」は五月三十日に赤坂の草月会館ホールで集会を持った。政治家に初めて会ったその日に、江藤は壇上で進行係をもつとめた。翌日の朝日新聞には長い記事が載っている。

「集会の重点は、組織されていない人間の声をくみあげて、具体的な運動を打ち出そう、というところにおかれた。新安保については、必ずしも反対に一致してはいない。「岸首相に対する怒りが、安保反対、さらに反米闘争にまですすむことは困る」という『月光仮面』の作者川内康範氏の意見が一方の極なら、「中国人にとって、明確なことは、新安保は日本とアメリカの軍事同盟であるということだ。新安保をもっとも必要とするのは基地をほしがっているアメリカであり、そうした現在の政治的状況を考えるなら、こんどの抗議がアメリカに対する抗議にまで進むことは、論理的に明白ではないか」という作家大江健三郎氏の意見が、他方の極になっていた。／だが、「神を信じるものも、信じないものも……」というフランスのレジスタンス詩〔ルイ・アラゴン〕を引用して、評論家江藤淳氏は、「民主主義よ、よみがえれ、という点では一致しているから」と、まとめ、「単独議決をみとめない、ということにまず第一に焦点をしぼり、この点で一致するあらゆる人と協力してゆこう」と、映画演出家の羽仁進氏は提唱した」

江藤と大江はこの四日前に対談して、対立点を明確にしていた（「週刊明星」昭35・6・12）。そこでは大江が「集団的なテロ行為」で岸から引退の言質を引き出せと言い、江藤は次のプログラムもなしに国会に乱入する方法を批判した。デモについても大江の賛成、江藤の反対と分かれた。大江は解散総選挙で社会党の勝利を期待し、江藤は「社会党のやってることは一種の政治的オナニズム」で、総選挙では勝てないと厳しかった。最後に大江が「今の時点で安保に無関心な人というのは、やはり将来大成しないと思う」と笑いを誘えば、江藤は「大江さんはずいぶん教育家になっちゃった。大江易断だね」と（笑）で締めている。意見の大きな相違にもかかわらず、二人の蜜月時代はまだ続いていた。

江藤のデモへの警戒は、異様なほどだった。六月十一日に平河町の都市センターホールで抗議集会が行なわれた。小林信彦は、江藤の盟友である山川方夫から「会場の空気が突然変り、全員が国会にデモに行くことになりそう」になっているが、「この会はデモまでは持っていかない趣旨なので、きみ、反対の意見を述べて欲しい」と頼まれる。承知して「会場に入ると、空気が異常に昂奮している。／いざ発言しようとすると、さすがに身体がふるえたが、羽仁進らがハナ肇とクレイジー・キャッツを舞台に上げた。意外な展開に、会場の緊張は緩和された」（小林信彦『テレビの黄金時代』）。江藤の原則はあやうく貫徹できた。デモ行進が「多声部のフーガ」でないにしても、江藤の「夢想」する「多声部のフーガ」の実現も手がかりは見つからなかった。デモという「ユニゾン」をここまで忌避する運動体も珍しい。この日の集会を朝日新聞はたった五行という短い記事として扱っている。記事の見出しはというと、「芸能人も抗議集会」であった。

誰よりも早く終わった安保闘争

江藤にとって安保の転機点となる六月十日は、蒸し暑い日だった。江藤は朝日新聞社の車に乗って、羽田に赴き、ルポルタージュ取材を行なっている。日米安保条約調印のため来日予定のアイゼンハワー大統領の先陣として新聞係秘書のハガティが羽田に到着することになっていた。学生、労組、右翼、自民党学生部などが動員され、旗が乱立している。小競り合いも起こっている。自民党も社会党も共産党も来ていた。警官隊の無表情な姿もあちこちにある。江藤の筆致はドキュメンタリー映像のように、反対派と賛成派双方の群像を、アップとロングを併用しながら捉えていく。

反米、反アイゼンハワーのスローガンが書かれたプラカードが乱立する羽田空港にハガティが到着する。ハガティとマッカーサー大使が同乗した車が走り出すと、その後を朝日の車も追う。途中で停止してしまい、車を降りて走る。「弁天橋の手前、地下道を出たばかりの所でハガチー氏とマ大使の車はデモ隊にとりまかれ、立ち往生していたのである。労組員と学生が次々と熱にうかされたようにかけ寄って来て、車にとりついている。間をぬって先頭車に近づくと、マ大使の興奮した顔がこちらをふりむいて、歪んだ。／ハガチー氏が首をすくめて煙草をすっているらしいのは、頭の上にデモ隊がかけ上がったからか。投石するものがいる。窓ガラスにひびが入る。プラカードをぶつけるもの、棒をもって車をたたくものがいる。

警官の姿はよく見えない。車の扉は開かない。完全な無秩序、異常に興奮した群衆——これはすでに「労働者」でも、「学生」でもない。無定形な、物理的な運動の法則以外に規制するものを持たぬかたまりである」。

江藤が間近に目にしたのは、幕末の攘夷派と変らぬ国辱的な暴力行為と、二年前の論文「神話の克服」以来ずっと危惧してきた、日本人のロマン的衝動がアナーキーに全的解放された姿だった。その醜悪さをクローズアップで見せつけられた。「生きている廃墟」からしみ出る情念の奔出であった。やがてヘリコプターがマ大使とハガティを救出して、一件落着となった。

江藤は取材者という特権的な位置を利用して、事件全体を俯瞰してしまった。「この陰惨な茶番——「無責任の体系」が支配し、進歩派指導者の退廃と無能を露呈した茶番は終わりをつげたのである。政治感覚などというものは、まったく欠如していた。国際的影響、この決定的な瞬間におけるハガチー氏への働きかけの意味するものについての反省などはどこにもなかった。非礼と愚鈍だけがあった」。

政治における「善悪」も「利害得失」も考慮されず、ただただ「悪」と「害」と「失」だけが積み上がった無残な光景であった。江藤のルポは「絶望してはいけない」と自らに言い聞かせてはいるものの、「あらゆる意味で、自己を偽るまい」という内部の「常識の声」のほうが大きくなって終っている。江藤の中での昂揚はあっけなくしぼんだ。

江藤の安保闘争は、誰よりも早く六月十日をもって終わったといっていい。先述した翌十一日の「若い日本の会」は八百人を集めたものだったが、すでに会の店仕舞いを考えていた。「われわれは資本的にまず行詰まった。延べで十七、八万円、実質的にはおそらく十万円くらいの赤字、みんながポケット・マネーを出す以外ない。その上過労がたたって病人が続出しだした」。それを機に、「いちおう打切ったわけです」(前掲「思想の科学」対談。6月17日収録)。物心両面の赤字が膨らみ、「息切れ」しないうちに、という

「私立の活計」がここでも算盤をはじいた。「たかが金、されど金」である。

六月十五日の夜は、江藤は国会前の混乱をラジオの実況中継で聞いた。吉本はデモの中におり、埴谷は国会前の現場に行った。ここでも、その位置する場所と思想によって見え方は違ってくる。読売新聞の「流血デモをこう思う」という電話アンケートに、江藤は他の十二人の識者とともに答えている（昭35・6・16）。

「テレビのニュースで見たが余りのショックに何といっていいのか暗たんたる気持ちだ。それにしてもひどすぎる。これまで原則的に全学連のやり方には反対だったがこうなったら一概に全学連だけが悪いとはいえない。まず第一にあらゆるぎまんの限りをつくしてイスにしがみついている政府、与党がけしからん。次いでアイク〔アイゼンハワー〕訪日ときまると問題をはぐらかしにかかり、変な道徳論をふりかざしはじめたマスコミがけしからん。第三には、これが最も大きな問題なのだが、羽田のハガチー事件いらい大衆運動を指導、それに政治的な効用を与える責任をもつ進歩派の指導者たち——つまり社会党議員、総評や国民会議の幹部たちがなっていない」

これではお気楽な評論家が高みに立って、あれも悪いこれも悪いと言い募っているのとあまり変わらない。江藤淳らしくない。ハガティ事件を重要視している点が他の識者たちとは違うが、視聴者という安全圏からの無責任なものいいという印象は如何ともしがたい。

吉本隆明の「押しあいへしあい」

この夜、吉本隆明は国会前の隊列の中にいた。江藤を一貫して評価し続けた吉本は、江藤の安保をめぐる議論には「否」を突きつけている。たとえば「情況とはなにか」（「日本」昭41・5）では、江藤の仕事を高く評価し、「かしこい唯物論の立場から」学びうる有効性を持つ作品として、「『日附のある文章』を除いた全著作」を挙げる。「一個の知識人、あるいは文学者として発言するかぎり、それが政治的発言であっても、また、支配者を擁護する主観につらぬかれていても、けっして支配者になりえないし、また支配者のイデオロギーにゆきつくはずがないからだ」。六〇年安保論を含む時事論集『日附のある文章』だけは大衆の一人として安保を闘った身として認めるわけにはいかなかった。

吉本は「思想的弁護論」（昭40）では、「穏健な市民民主主義の立場で、「若い日本の会」の主宰者の一人であった文芸評論家」の江藤淳は、「六・一五国会構内集会の思想的な意味は理解」していないと批判した。江藤が「十五―十六日に、右翼に挑発されたという直情径行の学生たちが、激情にかられて国会構内に乱入したのはいかにも非常識であろう」（「産経新聞」昭35 6 17）とするのは、「文芸批評家の常識的な感想であるとしても、ひとつの大衆行動は単なる直情や激情にうごかされるのではなく、はっきりした思想にもとづいていて表現されることを理解していない点で致命的な文章である」とした。

吉本はこの夜、日本政治の最中枢地帯で「押しあいへしあい」をしていた。「息が苦しく、胸部はへしおれそうで、ああ、おれもここで死ぬなと一時は観念せざるをえなかった」（「去年の死」「日本読書新聞」昭36 1 1）。吉本は自問自答した。「自分はここで生命を失うかもしれない。しかしこの行動の結果がもたらすものは、最大限に見積って岸政権の退陣と条約改定批准の阻止ということが限度であることは、全体的な情況の分析から明白である。おまえはおまえの生命をこの限界つきの政治的効果と交換しうるか？（略）自分の生命をとりかえるわけにはいかないと考えたとき、少なくともわたしの主観の内部では安保闘争は敗北していたのである」（「思想的弁護論」「週刊読書人」昭40 7 19〜10 11）。

この夜、吉本は逃げる時に誤まって警視庁内に迷い込み、逮捕された。警察ではのらりくらりと対処した。「はじめ警察では、学生のなかにまじった氏を、威勢のいいオヤジぐらいに思ったのか、少しばかりの〝同情〟さえしめし、氏ももっぱらヤジ馬をよそおっていたが、それも翌日になると国会構内で演説していたことが知れて、取調べは急にきびしくなったという」（「国会デモで逮捕された評論家　吉本隆明氏」「週刊読書人」昭35 6 27）。やっと釈放され、無数のカスリ傷に赤チンを塗った吉本は、この人物紹介記事では安保闘争の見透しを聞かれている。「ぼくの考えでは五月二十六日〔デモのため、岸首相が国会内に閉じ込められた日〕が最大のピークだったと思います。あの闘争に失敗した後は、もう今日の事態は当然予想されていたんです。これからは長期の見透しのもとに、いままでの運動の総括をふまえて、既成指導部への思想的批判を徹底的にやらなければならないと思います」。

吉本はこの後、谷川雁、村上一郎と三人で同人誌「試行」を創刊し、『言語にとって美とはなにか』以下の原理的考察へと沈潜していく。吉本は六〇年安保闘争を知識人としてではなく、あくまでも「大衆」として終始した異質の存在だった。国会構内での「演説」もアクシデントで、急遽、行なったものだった。

江藤淳はかねがね吉本に注目していた。戦中派の評論家の中では、例外的に高く評価していた（「「体験」と「責任」について」）。一九六〇年に、江藤と吉本が交錯した形跡は、一箇所だけ残っている。月刊誌「自由」（昭35・2）の座談会「〃知識人の責任〃とはなにか」である（実際の座談会は前年末だろうが）。ここでは竹山道雄、平野謙、林健太郎という諸先輩評論家を前にして、江藤も吉本も言葉少なにしか語っていない。そこで江藤は、「日本浪曼派的な論理と美学」が同時代に現れた危惧をまたしても語っている。石原慎太郎、三島由紀夫だけでなく、「若干吉本さんの中にもそういう要素はあると思うのです」と。江藤の大衆運動への危惧は、吉本の場合は、六月十五日に明らかに克服されていた。太平洋戦争の時には死んでもいいと十代の吉本は思っていたが、もみ合いの最中には「死ぬ覚悟」はなかった（「頽廃への誘い」『6・15／われわれの現在』昭36・6所収）。吉本は座談会で江藤に安保反対は知識人としてではないかと問いかけている。江藤は、「根本的な動機は市民とその利害得失によっている」とし、安保は「僕は絶対に改正しちゃいけないとは言わないんで、いい方向に改定するということはあり得ると思う」とも語っている。

安保「批判」であり、必ずしも「反対」ではないことを、この時に既に言っていたのだった。

安保は六月十九日に自然承認となった。二十一日には批准手続きも完了し、二十三日に岸は辞任を表明した。江藤はその四日後の読売新聞で武田泰淳について書いている。放送局の帰り、夜の青山墓地を車で通り抜けた。その時、「大小の過去の権力者たち」が墓から立ち上がって、押し寄せてくる幻想に襲われる。この権力者たちを書けるのは武田泰淳だ。「下からの抗議の視線」だけでなく、「上からの微笑」も泰淳にはある。「氏の人間観の複雑さ——なかんずく政治的人間に対する洞察の深さは、氏が権力者たちと共有する「悪」の、その「暗さ」のみならず「美しさ」の自覚に発している」。

江藤は現在の権力者にダブらせて、「政治的人間」を発見しかけていた。

第二十五章　一九六〇年の「転向」と、小林秀雄の素顔

江藤淳の人生にとって二度の結核療養が、本人の語り以上に重大な転機だったことは既に記した通りである。日比谷高校三年の時の喀血、慶大英文科二年の時の再度の喀血は、鼻っ柱の強い秀才・江頭淳夫を「江藤淳」に変えた事件であった。東京の場末の三井銀行王子社宅で、西陽のあたる部屋に横たわり、擬似的な「死」に向かい合った。貴重な二年間であった。その江藤が三たび喀血したのは、六〇年安保が終息し、日本全体が虚脱状態に陥っていた時期だった。江藤は療養先の那須温泉から埴谷雄高に手紙を出している。昭和三十五年（一九六〇）八月十六日付け、四百字詰め原稿用紙六枚に書かれた埴谷宛て書簡は、療養中の江藤の心境を如実に伝える渾身の「作品」といえる（神奈川近代文学館所蔵）。

「拝啓、御無沙汰申上げております。

一度お目にかかってお話する機会を得たいものだと思いながら、五、六月頃の心身の過労の故か、先月下旬には喀血するという始末で、果せませんでした。幸い、この喀血は、新しい病巣の出現をものがたるものではなく、古傷の剝離に由来するものだそうで、一、二ヶ月養生していればよいらしく、愁眉を開いたところです。そのために那須に来ていますが、今朝の「朝日」で久しぶりに埴谷さんの論文を拝見し、お便りすることを思いつきました。」

原稿用紙六枚が一気に書かれている。体調はかなり回復し、気力も充実してきていると思しい。「埴谷さんの論文」とは、朝日の文化欄に載ったエッセイ「若い文学者に望むこと」である。埴谷のエッセイよ

りも江藤の手紙の方が分量はやや多い。エッセイの中に江藤の名前が出てくるわけではない（大江健三郎の名前だけは出てくる）。名指しこそされていないが、「若い文学者」が江藤と「若い日本の会」を指していることは明瞭なので、一言なかるべからずと筆を執ったのであろう。三月の「読売」に載った埴谷のエッセイ「全学連と救援運動——江藤淳氏の発言に思う」への反論の手紙は前章で紹介した。埴谷との距離は拡がりつつあった。

埴谷は、「戦後の新しい教育のなかで成長したこれらの若い文学者達の政治への参加は、その個人的自由と生命をまもるために一市民として積極的に参加した点」を評価する。しかし、文学者や学者や文化人の「市民」の立場は、「目に見える大きなプラスとともに、また目に見えぬ大きなマイナスをもその明るさのなかに含んでいる」ことを指摘する。悲愴な犠牲者を出した先行世代として、埴谷は「屈折した暗い心情」からあえて忠告をする。「事物の変化の自覚がなければ、支配体制の保持のためにとりきたった政治の巧妙な利用の歴史に、新しい暗い一ページが付加され」かねない。埴谷の〝教育的指導〟が発揮された一文で、発表されたばかりの江藤の安保総括文「政治的季節の中の個人」（「婦人公論」昭35・9）への批判でもあろう。

江藤の手紙は、まず埴谷への同感を綴ることから始め、すぐに逆襲に出る。

「お書きになった文章のなかで、一番心を惹いたのは、「屈折した暗い心情」云々の言葉でした。というのも、埴谷さんのそれが、「『整然たる』市民意識が発生する以前」のものだとすれば、現在私のなかには新しい「屈折」と新しい「暗い心情」がどうやら日ましに強まる一方だからです。つまり、「市民主義」は唱えられたが、「自由市民」はいなかった、「市民主義」の旗をかかげた政治参加はあったかも知れないが、「市民」が政治に参加したわけではなく、依然として日本の近代は近代になり切らぬ薄明のなかであえいでいるという考えが、私をとらえています。」

手紙は私信による反論といった性格になっている。そのまま朝日の紙面に反論として掲載されても十分に通用する内容である。「市民主義」という立場、「市民」という看板をおろしかけている江藤にとって、「市民」は幻影であった。「政治的季節の中の個人」では、「市民」は理想主義の匂いを剝ぎ取られ、一人一人バラバラの「個人」となる。江藤淳の「私」はその中で、「私は政治の奴隷にだけはなりたくない」、「私の主人は私以外にはない」という「暗い心情」で不愉快に耐えている。江藤は埴谷に対し、認識の違いを求めるべく手紙を続ける。

「薄明のなかにはいろいろな亡霊がいます。あの二ヶ月にだって、この亡霊たちはいろいろな衣裳をまとっておどり出して来ていたようです。最近の事物の変化は、果して「事物」の変化なのか、幻影の変化なのか、私にはよくわかりません。早い話が、新しい教育はそれほど人間を変えはしなかったし、人間が変らぬ以上、「市民主義」も合言葉の域をどれほど出ていたのか疑問です。どこもかしこもやり切れぬほど暗いのです。政治的革命が人間の革命と連結しているという楽天主義を持てぬからには、フクロウみたいに眼を見開いている努力をするほかはありません。埴谷さんは、あたかも「市民」が現実に存在しはじめたかのようにお書きになっている。これは私たちへの御好意ですが、実は、埴谷さんの「革命」がひとつの「虚体」であるように、「市民」もまたこの国ではまだまだ「虚体」です。「虚体」を実体にしようとする努力より、「虚体」が実体だと錯覚するものを権力の具にしようとする政治の力が圧倒的に強く、だからなおさら「虚体」でありつづけるというふうな悪循環がくりかえされています。道具にされてしまう例としては、われわれの仲間でいえば、石原君と大江君という対照的な人々が両極にいながら共通しているいと思います。勿論、私の所にもこの力はいつも押し寄せて来ますし、よほど眼を見開いていないといけないぞと自戒もしているつもりですが、遁世しないで眼を開いている——そして政治に自主的に参加するということは、余程むずかしいことが、骨身にしみてよくわかりました。どうも、これはひとりでするほかなく、仲間と一緒というふうにはいかぬもののようです。自分の認識に忠実であろうとしつづけながら、二人以上の人々と、政治的にではなく、人間的に、連帯しようというのは、超人的な仕事のようです。私の身体がこれについて来てくれません。理想主義というものはひとりでするほかないというのは、埴谷さんの身をもって示されているところですが、これも時代をこえた真で、私は今後会の世話はやめるつもりです。」（傍点は江藤）

「会」とは「若い日本の会」のことである。六月中旬の段階で江藤の中では既に「会」は終了していたが、はっきりと公に言明してはいなかった。「若い文学者」達にまだ期待を繋いでいる埴谷への私信で、「会」の終焉を告げたのであった。「市民」もまた「虚体」であるという言葉には、埴谷への訣別を滲ませているのかもしれない。手紙はこの後から、安保闘争の最高潮の時期に毛沢東の中華人民共和国からの招待で旅立った大江健三郎、開高健への批判となる。

「それにしても、お書きになっている通り、大江、開高君らの、中国見聞記にはどうも淋しくなります。私も、この二月に文芸家協会からさそいがあったとき、訪中を断りました。そのときの堺〔誠一郎〕事務局長の不思議そうな顔を「朝日」を読みながら思い出しました。開高君たちが北京放送で安保反対を叫んだのも、いやでした。私は格別の愛国者でもないつもりですが、北京局から演説しているこの人たちが、毛沢東の人形芝居の人形にみえてしかたがありませんでした。ピープルズ・レパブリック政府の宣伝放送に参加することと、ピープルの友であることと何の関係があるかといいたくなります。どうも、本質にかかわりなく時流のみが激しくて、大江君ともずい分離れたものですし、ほかの諸君ともずい分離れたものだと思います。批評家もまた、つねにひとりでぶつぶついうものだということをあらためて肝に銘じています。

時に、ここに来て、ドニ・ド・ルージュモンの「愛と西欧」という本を読んでいて、全学連の諸君のことを考えました。これは、トリスタン伝説の系譜を調べた本ですが、トリスタン神話の背景に、死崇拝の「カタリ派」というクリスト教の異端があることを指摘しています。全学連主流派の諸君の直接行動的理想主義に、いわばカタリ派的な現実拒否（変革ではなく）がありはしないでしょうか。カタリ派は、婚姻を否定し、死における人間の神との合体を唱え、純潔を体現した「完全者」のまわりに集ったのだそうで、アルビジョア十字軍はこの思想が人間社会（単に既成秩序のみならず）の破壊を目ざすものだといいます。この異端が戦争を否定しているのも面白いことです。この異端が、トロッキズムに含まれたマンコーイックな要求とどこかで呼応しているような気もしますし、それが、キリスト教というインターナショナルな価値の語彙による、ケルトの土俗信仰、マニ教、といった、土地にねざした思想の復活だということも興味深く、全学連の人々の心情の底にあるナショナリズムと関係があるかないかなどということを莫然と考えたりしています。そうすると、さしづめ埴谷さんはカタリ派の「完全者」というところかな、とも考えます。

健康が回復して帰京しましたら一度お訪ねします。小林論の二以下をその時持参します。お元気でおすごし下さるよう、祈り上げます。／敬具」

以上が手紙の全文である。文中で言及されている『愛と西欧』（邦題『愛について』）は「聲」に連載中の「小林秀雄論」の中でも引用され、「この本には示唆されるところが多かった」と注記されている。「小林論」では、「「死」への情熱を「生」への情熱と誤認し、孤絶への意志を連帯への意志と誤認するような錯覚」を持ったのがプロレタリア派のロマンティシズムであり、そのロマンティシズムに「禁欲の鎧」をおわせたのが「様々なる意匠」で登場した若き小林秀雄だったと腑分けしている。全学連主流派そして埴谷を前者に、江藤自身を小林になぞらえて、昭和初年の「革命」と六〇年安保を対比的に捉えていたのは今になってみると明らかである。江藤は井上靖を論じた際（「政治と純粋」）に、『愛と西欧』を再び持ち出し、井上の抒情的恋愛小説とカタリ派を結ぶ要素として、「『日本浪曼派』周辺の気分」を挙げている。「神話の克服」（昭33）以来の江藤の現状認識を補強したのがルージュモンの『愛と西欧』であった。

大江健三郎の江藤批判

埴谷の「若い文学者に望むこと」に対し、朝日の紙面で応答したのは、江藤ではなく、大江健三郎であった。九日後の紙面に大江は「市民の論理と文学者——埴谷雄高氏に答える」を発表した。大江は中国招待旅行中の「〝屈折した暗い心情〟」を認め、埴谷の批判も受け容れる。その上で「市民の論理」を批判し、「東洋のおなじ危機的状況下の同胞的存在として」中国人民との「連帯」を「人間の論理」として主張する。「江藤淳が代表した」市民の論理は、「この現実社会を主体的にとらえることのできなくなった精神が仮のやどりとして、市民の権利というあいまいな言葉をもちだしたのではなかったか」と疑義を呈し、「若い文学者の市民の論理に、早くも芽ばえた戦後世代の保守党支持層の論理を発見し、これを排撃する」と告発した。

大江は「戦後青年の日本復帰」（「中央公論」昭35・9）で、江藤と「若い日本の会」を既に批判していた。「江藤淳は会の指導的な理論家であるが、かれがハガティ事件について書いた《朝日ジャーナル》の文章は、結局かれが日本の一九六〇年の現実にたいして主体的に立ちむかう能力をもっていないことをあらわしたものであった。（略）江藤の論理は文学の領域では創造性をもっているが、一九六〇年の日本の現実を動かした労働者、学生にたいしては、結局、無力であったのだ」。大江が江藤を批判したのは、江藤の方針にしたがった自身への自己批判でもあった。「一般市民の無関心層にまで広くアッピールすることをめざしていた」運動方針は、六・一五の直接制民主主義の時代に「遠くとりのこされた」。「一般市民の無関心層とは単なる幻影にすぎなかった」（傍点は大江）。大江の批判は「若い日本の会」内部からの強力な糾弾であった。

この大江の文章で興味深いのは、「六・一五のデモに参加した若い日本人」にとって最も重要だったのは、「日本人の政治がすべて日本人の手によっておこなわれる状態をつくりだしたい」ことだったと述べている点である。これは「あらためて論じる必要がない」とまで書いている。大江の認識は糾弾相手の江藤と意外に近い位置にあったのである。「十五年前までそれは日本でおこなわれた状態であり、新安保が今後十年のあいだそれを不可能とするであろう状態である」と大江はいう。「日本がアメリカの支配下にあって、日本を動かすものが日本人の意志でないという事実である」。

「日本人の意志で日本を動かす」ために、大江は安保を廃棄し、米軍基地を撤去することを強く願望していく。市民運動にも積極的にコミットし続けていく。一方の江藤が「日本人の意志で日本を動かす」ために志向したのは大江とは別コースとなった。大江に言わせれば「逆コース」ということになるかもしれない。江藤は運動とは絶縁し、埴谷宛ての手紙に書いたように「ひとりでするほかない」道を選ぶ。その最初の宣言が「文藝春秋」（昭35・11）に書いた「〝戦後〟知識人の破産」である。江藤はちょうど二十年後、単行本『一九四六年憲法――その拘束』を刊行する際に、「〝戦後〟知識人の破産」をわざわざ再録した。

「あとがき」でその理由を書いている。

「これを書いたとき私は、その年の五月から六月にかけて日本を揺がせた、いわゆる〝六〇年安保〟の疲れでいささか健康を害し、数カ月間の療養生活を送ったばかりであった。（略）そのとき私は、〝六〇年安保〟の内側で、身をもって体験した反安保勢力のファナティシズムとオプティミズム、なかんずく現実認識の欠如に対して激しい憤りを発し、同時にその内側にいた自分に対して深い責任を感じていた。私は当時革新派ですらなく、自民党反主流派に事態収拾を期待して動いた一人にすぎなかったが、〝六〇年安保〟の体験が自己満足的革新派の専有物でないことを明らかにするためにも、私は書かなければならなかった。

（略）ワシントンで『一九四六年憲法――その拘束』の原型となった英文論文を執筆していた今年の三月ごろですら、私は〝六〇年安保〟のとき二十代後半だった自分をかり立てたものが、敗戦以来当時も今も、依然として制限されつづけている日本の主権に対する哀しみと怒りであったことを、何度も感じていたからである」

引用文の最後の部分だけを取り出せば、そのまま大江が書いたとしてもおかしくない文章である。「制限されつづけている日本の主権」の源流に江藤が見出すのは、アメリカはアメリカでも、基地や安保である以上に、憲法と検閲の問題であった。その萌芽は、「〝戦後〟知識人の破産」にはっきり現われている。

江頭家の経済的リアリズム

江藤が批判の標的にし、知的破産を宣告したのは、東大教授の丸山眞男と学習院大教授の清水幾太郎という二人の「進歩的文化人」であった。前頭筆頭の江藤が論壇の東西両横綱に挑んだ大一番だった。丸山の「復初の説」（「世界」昭35・8）と清水の「安保戦争の『不幸な主役』」（「中央公論」昭35・9）がともに「事柄の本源」を昭和二十年（一九四五）八月十五日におき、そこで「理想家の時計」は停止し、「思想的鎖国」を完成させたと江藤は批判した。「戦争に負けたおかげで憲法が変った」のなら、戦争は「道徳的価値」を争った「思想戦」だったことになる。それは妥当だといえるのか。

「私に確実に見えるのは、太平洋でぶつかりあった二つの力、つまり戦の経済的要因であって思想的要因ではない。／今世紀の十年代には早くも日米の利害は対立しはじめていた、と歴史家はいう。対立が全面的になり、衝突がおこれば、そして戦争が利益擁護に役立つという判断が下れば、戦はおこるであろう。判断の誤りは非難されるべきであろうが、私には、この過程で明治以来の日本が必然的に体験しなければならなかった力の伸長とそれに対する物理的な反撥という事実だけが疑いようのないものにみえる。（略）

憲法に「ものの本性」までもを求めるという仮構が信奉されつづけて来たのは、歴史をつくろうとしているはずの「思想」家が、実は歴史を拒否し、歴史からおりていたからではないか」

　ここには『奴隷の思想を排す』『作家は行動する』で、「戦後」に肩入れした若手評論家の姿はもはやない。むしろ日米開戦時に日本の敗戦を本気で心配した、大人びた登校拒否児童の成長した姿がある。戦時下の銃後で、「うっかり敗けると言っちゃいけない」と学習させられた少年は、二十年間の抑圧を解き、江頭家の家庭環境から習得した、帝国海軍と銀行員の経済的リアリズムに戻ろうとするかの如くである。

　早逝した評論家の日沼倫太郎に「江藤淳は転向したのか」という文章がある（「南北」昭42・3）。日沼は三島由紀夫と顔を合わせるたびに、三島に文学者としての「論理的自殺」を勧告した、三島と同年生れの「戦中派」生き残りだった。文学者は自殺しない、「武士の自刃しかみとめない」というのが三島の立場だった（三島「日沼氏と死」）。三島事件の二年前に日沼は急死している。その日沼が、江藤に対しては、江藤自身の「転向」について直接質していた。おそらく昭和四十年のことで、江藤の自宅マンションで「訪問記的作家論」（「新刊展望」昭40・6下）の取材をした時のことだろう（日沼は「無作法な質問」を幾つかぶつけたと書いているが、江藤との「転向」のやりとりをその時の訪問記には書いていない）。

「すると江藤氏は次のようにこたえた。もともと自分は批評家にはなりたくなかったが、「夏目漱石」をかいたあとひょんなきっかけで批評家になる機会を某文芸誌（「文學界」）からあたえられた。当時は体もよわく、就職するにも出来ないような私的事情が重なったので、この機会を失いたくなかった。ものをかいて生活することが出来れば、自分をとりまく病気と経済的貧困からのがれることが出来る。そのためには時勢に見合う文章をかくよりほかはない。それが以上の作品（『奴隷の思想を排す』『作家は行動する』を指す）をかかせた最大の理由なので、もとより自分はそれらの文章を、最初から不本意に思っていた」

　日沼によって要約された江藤の昭和四十年の言葉なので、正確なニュアンスを伝えているかどうかはわからない。日沼は『夏目漱石』と『作家は行動する』は不連続で、『夏目漱石』と『小林秀雄』が連続しているという自分の江藤評価を述べた上で江藤に質したと思われる。そのへんを多少は勘案するとしても、経済的要因を挙げたのはいかにも江藤らしい。「転向」の「最大の理由」かどうかはともかく、「若さ」と「反抗」という「時分の花」を最大限にアピールした面はあったと認めたのだろう。三度目の療養を送るうちに、「若い日本」の代表者といった時世粧《よそお》いはきれいに洗い出された。

「〝戦後〟知識人の破産」に戻れば、江藤は「進歩的文化人」「知識人」といった「理想家」に対比させるべく、「実際家」という人間像を持ち出してきている。「戦後」という仮構を生きたのが「理想家」であり、「米軍が日本にやって来たのは占領地を征服するためで、それ以外のなんのためでもないことを直観していたのは政治家という実際家たち」であった、というように。「政治家や大小の実際家たち」という書き方もしているので、「実際家」には官僚や経済人、もろもろの生活者が含まれている。端的に言えば、安保反対の声をあげなかった人々ということになろうか。江藤が戦後論、憲法論を構築していく過程で出来た本に『もう一つの戦後史』（昭53）という対談集がある。おもな対談相手は敗戦から講和までの占領期に要職にあった官僚たちである。まさに「実際家」に話を聞いて、戦後批判を醸成させていったものだ。

江藤の「実際家」の原イメージは、徳川幕府の「最後の総理大臣」勝海舟であったと思われる。「〝戦後〟知識人の破産」で、「絶対平和」を求める知識人の平和主義運動を批判して、平和とは何かを書いている。「平和」とは「単に戦争の回避の連続という綱渡りを意味するにすぎず、絶対の静寂といったようなものではない」。これこそ江藤が後に「政治的人間」を描いた史論『海舟余波』（昭49）における主人公の生存の姿である。

江藤の描く海舟は「誰を味方にしようなどと云うから、間違うのだ。みンな、敵がいゝ」とうそぶく。敵と味方、善と悪といった二分法をとらず、「みんなを「敵」としておいて、そのどの「敵」とも時と場合に応じて「正心誠意」合従を企てる」。海舟がその先に見ていた「国家」とは、徳川幕府でも朝廷でもない。「その両者を超越した全体――国際社会のなかに位置づけられた日本」だった。江藤は「〝戦後〟知識人の破産」で、「明治の知識人が外国の現実にふれて感得したような他者の存在」を昭和の知識人は失っていると指摘し、国際連盟脱退以後の日本の「孤立主義」は、占領下の温室の後にも続き、「日本が今日冷戦の内側にいて、そのなかにほとんど身動きも出来ぬほど骨がらみ」になっていて、「危険な綱渡り」をしている事実を無視していると呆れている。

池田勇人内閣発足後に「月刊社会党」（昭35・8）に出した談話で、江藤はハガティ事件は戦前ならば「国交断絶、あるいは戦争」となる重大事態だったこと、国際問題にならずにすんだのは、「逆説的にいえば日本がアメリカの従属国だから」だと警告している。「過度の政治的理想主義」から脱却し、国民の生活感情を重視する「経済主義」へ変身せよというのが江藤の社会党への注文だった。無理と見越しての、社会党への最後の注文であった。

江藤の「政治的人間」海舟観に影響を与えたと思われるものに花田清輝「「慷慨談」の流行」（「中央公論」昭35・4）がある。花田は福沢諭吉が『瘠我慢の説』で、海舟を「転向者」として批判した時の海舟の返答「行蔵《こうぞう》は我に存す、毀誉《きよ》は他人の主張」を重視する。政治的責任をとり続けてきた海舟を道徳的責任の名で批判するのはおかしいではないか、と花田は福沢に逆襲して「転向」を擁護した。福沢贔屓の江藤も『海舟余波』では海舟に軍配を挙げる。海舟は福沢に「貴公のごとき批評家に、局に当らねばならぬ者の「行蔵」の重苦しさがわかってたまるか」と返事したのだと。「福沢は、このことに関するかぎり、終始海舟よりはよほど幸福な批評家であった」と、「知識人」福沢よりも「政治的人間」海舟に共感を示した。

江藤の「政治的人間」に武田泰淳の影響があることは前章で少し触れた。泰淳の『司馬遷――史記の世界』と『政治家の文章』が描く政治的人間である。江藤の「政治的人間」は『海舟余波』に明らかなように、「日夜自分を奮い立たせて」「継ぎ剝ぎ細工《バッチ・ワーク》」をする存在である。あまり景気はよくない。「〃戦後〃知識人の破産」でいえば、「散文的な努力」を営々と続けるしかない「実際家」たちなのである。

江藤はまもなく「中央公論」で、「実務家の人間研究」という連載人物ルポを始める。何人もの経営者をオフィスに訪ね、その「散文的な有能さ」を探ったものである。「実務家とは、明後日はともかく、明日の午前中までは確実に見通している人間」と江藤は定義する。実務家、政治的人間、官僚、それらを一括りにしたのが「実際家」なのであろう。

「実際家」に似た言葉として「実行家」がある。江藤は「聲」に連載中の「小林秀雄論」の中で、「後年にいたるまで小林の偏愛する概念となる「実行家」は、泡鳴訳シモンズ〔岩野泡鳴訳『表象派の文学運動』〕に源泉を有していた」と書いている。詩を捨てて砂漠へと出発したランボー、「実行家的性格」の志賀直哉、そして菊池寛の「常識」を経由して、小林はこの頃には、知人だった有能な実業家にも「典型的な実行家」を発見していた。「無私の精神」(「読売新聞」昭35 1 3)で、「御尤《ごもつと》も」「御覧の通り」が口癖の知人である実行家を、「自己主張より物の動きの方を尊重し」、「物の動きに順じて自己を日に新たにする」無私を体得していると称賛した。小林の「実行家」に江藤の「実際家」は近似している。

江藤が療養の時期に書いていた「小林論」の一節を引く(「聲」九号。昭35・10)。

「こうして、小林がその切望した「近代」を半ば断念して単に一個の「個人」となったとき、彼の前には事実ひとりの「他者」もいなかった。インテリゲンツィアはマルクス主義の「掟」にじゅずつなぎになっていて、たかだか自意識に一般的な理論を対立させるだけである。(略)このようなとき、彼はあの喪失感――ランボオに対する負債を何によってつぐなえばよいか。彼にのこされているのは「属辞」の思想である。周囲のインテリゲンツィアがとうてい「他者」になりえないとすれば、彼はすでに思想的にランボオに返済する術を奪われている。しかし、実践的に返済することは可能だろう。社会の青写真をつくる人々ではなく、現に社会的に生きている人々――それを、「庶民」と呼ぼうが「実行家」と呼ぼうが同じことであるが――この人々のところに、文学と絶縁したランボオは赴きはしなかったであろうか」

天ぷら屋の「達人」小林秀雄

小林論を書き上げるまでは、当の小林には会わないつもりだったはずなのだが、その禁は破られた。虎ノ門病院に入院中の大岡昇平に送った十月十九日付けの手紙（神奈川近代文学館所蔵）の中で、江藤は小林論の最大の協力者である大岡に報告をしている。

「小林さんのところにうかがったのは浅沼事件の前日で、大洋が第一戦に勝った日（十一日）です。小林夫妻、新潮菅原氏〔「新潮」編集部の菅原國隆〕などみな大毎びいきで、小生ひとり大洋に賭けていたのでいい気持でした。刀のつばの話などして下さり、天ぷら屋に連れて行かれて御馳走になりながらずい分長いこといろいろな話をうかがいました。もっと恐い人かと思っていましたが、優しい人で、しゃっちょこばらなくて済みました。しかし昔のことは記憶が不正確で、「仏蘭西文学研究」のボードレール〔若き日の小林が発表したボードレール論「『悪の華』一面」のこと〕は「君の書いたぼくの論ではじめて読んだよ、あんなのがあったけねえ」というような始末です。「聲」の拙論は、でもよく読んで下さっているようでした。批評家には二つの型がある、一つはアナリティックでもう一つはディアレクティックだが、その一方の型にはいってしまう奴は面白くない。お前にはどうやら両方があるようだから楽しみだというようなことをいわれたのは、やはり嬉しく、大岡さんの御好意にも少しはこたえられたかと気をよくいたしました」

鎌倉の山の上にある小林宅を訪れたのは十月十一日だった。大洋ホエールズと大毎オリオンズの日本シリーズが始まった日であり、日比谷公会堂で演説中の社会党委員長・浅沼稲次郎が十七歳の右翼少年・山口二矢《おとや》に刺し殺されるという衝撃的なテロの起きる前日だった。テロ事件では江藤は相変わらず識者としての発言をマスコミから求められたが、「大ていはノーコメントで押し通しました」と大岡に報告している。「それにしても厭な時代の気配がいたします。文士の幸福を思っております」。

この「文士の幸福」とは、小林や大岡といった「ひとり」で生きる文学者の系譜に連なり始めた自身の立場を噛みしめ、「若い日本の会」のスポークスマンとしての「連帯」の役割を放擲した解放感をも感じてのことだろう。小林家の来客は小林行きつけの天ぷら屋か鮨屋に行くのがおきまりのコースだった。親子ほど年が違う江藤を前にして、酒を飲みながら天衣無縫に語る小林に、わずか一年前に持っていた「おさまりかえったものだ」という感想はこっそり撤回された。デパートの特売場で血眼になって自分の服を探す奥さん連について「美を生活的に自然によく知っている」と語り、音楽は絵と違って「文章に響いてくる」という文学論を話す自然体の「達人」小林秀雄がそこにはいた。

執筆中の批評対象に直接会うことが、書くものにどう影響を与えるか、与えないかはわからない。この時点で「小林秀雄論」はまだ半ばにも達していなかった。小林論はちょうど昭和十年（一九三五）前後、「社会化された私」を論じた「私小説論」を小林が書くところにさしかかっていた。小林は編集を担当していた「文學界」で「政治と文学に関する座談会」という特集を企画し、昭和九年八月号に掲載した。マルキシズムからの転向作家が何人も出席した座談会である。

江藤はこの頃の小林の発言に、「故郷」を失った批評家の「日本回帰」の兆しを発見する。小林の「私小説論」が載った同じ雑誌には、中野重治の転向小説「村の家」も載った。「村の家」は江藤が長編評論『昭和の文人』で共感をこめて取り上げることになる短篇である。

「つまり、転向作家がそれぞれの「村の家」に求めた「故郷」への回帰を、小林秀雄は「万葉集の精神」

である「健康な叫び」に求めようとしはじめていたのではないか、という推測が可能である。マルクス主義者たちが外側からもたらそうとした「近代」がこの頃「故郷」に出逢って挫折したように、小林秀雄が内面に確保しようとした「近代」もまたこの頃「故郷」を求めはじめていた、といえば問題を単純化しすぎるであろうか。それが「挫折」でなく、ひそかな転回であるのは、終始小林にあっては問題が文学的に提出されているからである」

「聲」十号（昭36・1）と単行本『小林秀雄』（昭36）では、小林の「ひそかな転回」とあるのが、普及版『小林秀雄』（昭40）以降は、「ひそかな転向」と変わる。意図的な書き換えなのか、単なる誤植のいたずらなのか。どちらなのだろう。

第二十六章　埴谷雄高との訣れ、「天皇」小説の季節

六〇年安保を契機に、江藤淳との距離が拡がりつつあった埴谷雄高が、またも江藤に教育的指導の批判をしたのは、「週刊読書人」（昭35・11・21）紙上でだった。

「先頃から私の机の隅に二冊の書物が置かれていた。福田恆存の『常識に還れ』と江藤淳の『日附のある文章』の二つの政治にかかわる文章であって、それらはともに書評を専門とする新聞からもたらされたものであった。けれども、この二冊の本の書評を依頼されたのではなく、いわゆる進歩的陣営に対する古くからの批判者として、一つの辛味をもった刺激を与える以上に固定化し硬化した姿勢をもちつつあるといわれる福田恆存と、安保闘争以来いま急速に右傾化しつつあるといわれる江藤淳について私の考えを述べ、できれば痛烈な批判をして欲しいとの要望のもとに、この二冊の書がもたらされたのであった」

「現代的知性の構図――福田恆存と江藤淳の新著にふれて」と題された埴谷の書評エッセイは、もってまわった言い方だが、要は、不承不承に引き受けたというポーズである。「痛烈な批判」ではなく、「この若い批評家の未来を親愛の感情をもって期待していた」立場から書かれる。言及の力点は明らかに若い江藤に置かれている。「多くの知識人の急進化が起るとき他方の極に必ず生ずるところの見解の謂わば典型」として江藤が論じられる。それは「小林秀雄がマルクス主義運動のなかへ雪崩れこんだ知識人達に対して効果をおさめた簡明で皮肉な方式の直接な延長線上にあるといえる」ので、小林の克服を目ざしたはずの江藤が、「却って深い影響をうけてしまったのは私のひそかに懐いた危惧が当ってゆくような思いがして

感慨なきを得ない」と、嘆き節である。

埴谷は『日附のある文章』だけでなく、江藤の「転向」宣言といえる最新の論文「〝戦後〟知識人の破産」をも視野に入れていて、「実際家」批判となって現われている。江藤が進歩派の「理想家」に対比して持ち出したのが「実際家」であった。埴谷は江藤が傾倒する福沢諭吉の系譜に「実際家」の末路を見る。「〔敗戦による変革と同じく〕上からの革命である明治維新は、自らの創意と工夫をもって一歩を踏みだすべき産業家を、時の権力へ這い寄る政商たらしめたのであって、権力の庇護のもとに彼等がいかに巨大なブルジョアジイへ成長したかを知るためには、藩閥をあれほど敵視した福沢諭吉の弟子達のそれぞれの歴史を辿ってみれば明らかである。実際家とはその目的を手早く達するものの謂いであって、権力との野合のみが眼前にあった。いますぐ実際に役立つこと、それが時の権力へ這い寄る彼等の合言葉であり、そのとき、官僚主義と素町人根性は相許さるべき双生児となったのである」

この時期、「実際家」を称揚する文学者がもう一人いた。三島由紀夫である。三島はヤジ馬として国会前のデモを見物した。闇の中に浮かぶ首相官邸にいる岸信介が「小さな小さなニヒリスト」でしかないことを民衆が直観していると気づき、「小さなニヒリストを忌避しているうちに、大きなニヒリストを受け入れる危険」を感知する。三島は次の選挙では、「夢想も抱かず絶望もしない立派な実際家」に投票したいと思う（「一つの政治的意見」「毎日新聞」昭35・6・25）。ただし、埴谷の「実際家」批判が三島ではなく、江藤を標的にしていることは明らかだ。埴谷は「時の権力に近づくことによって実際家となる」道を警戒する。「つねに現在だけを見る政治家の眼をもって政治を見るのではなく、長い努力の過程を透視する文学者の眼をもって政治を見るという鉄則がつねに想起されているならば、単なる落差〔憑かれた理想と実証的な現実のあいだの大きな落差〕の指摘に江藤淳がとどまり得ないことを私は期待する」

埴谷はあらかじめ江藤に批判の文章を書いたことを伝えたようである。江藤は十一月二十一日に埴谷に返事を出した。

「お葉書有難う存じます。「読書人」の御論文拝見いたしました。私に寄せられた批判のなかで最も気持のよいもので、お考えはよくわかりました。苦闘しているのは私も同じことです。小林秀雄のとりこになったとおっしゃるのは、もう少し御覧になってからにしていただきたいと思います。平野〔謙〕さんに対する私の不満は、危険をおかしておられないということです。平野さんのおっしゃる現実に架橋するということにともなう危険は、階級と個人の間に位置を定めるということでしょうか。私は今、痛みを感じたいのです。こういう苦しい時はしょっちゅうはありますまい。誰かのひいた座標の上にのっていてはだめなのです。そこから停滞か、あのくりかえしが生れるのです」(神奈川近代文学館所蔵)

八月の時に比べて、文面は短い。手紙ではなく葉書である。「私に寄せられた批判のなかで最も気持のよいもの」と書きながらも、切り口上である。葉書で述べた内容に近い発言は座談会「現代文学の問題点」(「文學界」昭36・1)でも述べられている。「批評家は自己解放しなければしようがない。(略)生きているんだから、社会主義国家じゃあるまいし、誰かの敷いたレールの上をいつまでも走っているわけにはいかないしね」。このレールを江藤が「中央線の線路」にたとえているのは、吉祥寺の住人である埴谷を意識しているのだろう。

埴谷宛ての江藤の私信を三通紹介してきたが、それらはあくまでも私信であった。江藤が埴谷を活字の上で論じるのは約三ヶ月後の「現代小説断想」(「新潮」昭36・4)である。埴谷の新刊である短篇小説集『虚空』を取り上げ、「言葉の重い感触」を伝える円地文子『女坂』の対極に埴谷を位置づけた。江藤の文壇デビュー作「生きている廃墟の影」では、円地の「名人芸」は「極度に感覚的」で、「倫理性」を欠いた文章として批判の槍玉にあげられていた。

埴谷は「一切の記憶を拒絶したところに小説をつくろう」と「異常な努力」を試みている。これは文学を「不具」にしないか。江藤は『虚空』巻末の吉本隆明の解説から、埴谷の独房体験が「もっとも優れた自殺の方法はじぶんが生れて来たはずがないと確く思いこむことだという現実体験」だったという部分を引用してくる。吉本と江藤が重視する埴谷のオリジナルな概念「虚体」はこの独自の「自殺の方法」に関わるであろう。

記憶を拒絶し、記憶をタブゥにした埴谷の小説集の中で、表題作の「虚空」だけは異質の感触を与えると江藤は論じる。「ここでは埴谷氏が記憶をタブゥの彼方に封じこめる瞬間を描いているからにちがいない。タブゥはおそらくマルクス主義運動の体験から生じているから、この作品を昭和八、九年以後に続出した「転向文学」の最後の収穫だと考えるのには理由がある」。

ここでの埴谷論は、十四年後の江藤の埴谷批判を連想させずにはおかない。埴谷の「夢魔の世界——『死霊』五章」が発表された時の江藤の「文芸時評」である。二十六年ぶりの『死霊』復活は文学的かつ文壇的事件として迎えられた。その時に、江藤は「不思議な眠気におそわれて困惑した」と平然と書いたのである。埴谷は「周到に肉声のリズム」を「抹殺」し、「両手両足を縛りながら、小説を書いていいる」（傍点は江藤）。作者は肉声を避け、「真の問題を奥深く隠蔽しようとしている」。

その江藤が唯一リアリティを感じ、「睡魔におそわれることがなかった」と評価した箇所がある。三輪高志が警察のスパイとなった仲間を、「簀巻にして海に放りこみ、私刑にする部分である」。江藤は埴谷の「関心の所在が、「革命」や「存在」についての思弁的なやりとりにはなく、実は秘密組織内の私刑に対する倫理的な反省」にあるのではないかと指摘する。

「もし埴谷氏が小説家であり、文学を試みようとするのであれば、氏は、倫理的なイメージを思弁的な記号に置換するのではなく、逆にむしろ倫理的なイメージのみを引き受けて書くべきではないか。〝思想家〟埴谷雄高は私には無縁の人であるが、『死霊』完成の過程で万一小説家埴谷雄高が誕生するのであれば、

私は他の一切を無視して、この私刑の躍動するイメージの発展をこそ見守りたいと思う」（「毎日新聞」昭50・6・26夕）

江藤はここで短篇「虚空」と同じ感触を私刑のシーンから得ている。埴谷への見方は十四年前と寸分も変わっていない、と言うべきであろう。「師」埴谷雄高との訣《わか》れは、昭和三十六年には済んでいた。その余震が昭和五十年からの数年間に起こったのだった。

さらに付け加えるなら、江藤の吉祥寺時代のエッセイ「良心とヘソクリ」に私は注目したい。思想の科学研究会編『共同研究　転向（上）』（昭34・1）の月報の文章である。この本には鶴見俊輔の力作「虚無主義の形成――埴谷雄高」も載っている。「良心とヘソクリ」は「若い日本の会」にいた劇作家・福田善之の芝居「長い墓標の列」を観ての感想である。主人公のモデルは東大経済学部を追放になった自由主義者・河合栄治郎教授である。江藤は芝居の筋とは無関係に、教授が「転向」を拒否できたのは、舞台の片隅にいる夫人のおかげだったと思い当たる。「ははん、このカミサンがヘソクリをやりくりして頑張っているから、学者先生は必然論の自由意志のといっていられるのだな」、「教授の「良心」はある意味で奥さんのヘソクリによって守られた」。この教授夫妻に江藤が埴谷夫妻を重ね見ていておかしくない。埴谷の生活が夫人によって支えられていることは周知の事実であった。鶴見も埴谷論の中で、「戦後の病中の生活は、夫人が働くことによって支えられたと言う」と書いているくらいである。福沢直伝の「私立の活計」を信奉する江藤にとっては、埴谷は饒舌で親身な〝指導教授〟であり、男前で高級なヒモにも映っていたのであろう。

論壇時評から文壇時評へ

江藤の「〝戦後〟知識人の破産」（「文藝春秋」昭35・11）は、「最近、久しぶりに綜合雑誌をすみずみまで読んだ」と始まっている。政治の季節で疲弊した後に、御苦労なことであるが、それには理由があった。毎日新聞の「論壇時評」を引き受けたのである（昭35・9・21）。全国紙という大舞台への抜擢である。文壇デビュー四年目、年齢はまだ二十六歳（実際には二十七歳）である。カナダの大学に教えに行った加藤周一の後任なので、代打での起用に近いが、それでも大抜擢であることに変りはない。江藤の感想は毎日の紙面よりも「〝戦後〟知識人の破産」のほうに生々しい。

「思考が底をついている。ドラムカンに一滴も油がはいっていないというような不毛が「論壇」という場所に端的にあらわれているのである。（略）つまり、それは、一種の知的破産のあとの空虚さだからである。／破産したのはなにか。多分、戦後の日本のインテリゲンツィアが信奉して来た規範であり、思考の型であろう。それがあの異常事の連続のなかではじめて現実に触れ、残酷に試みられ、崩壊していったのを私はまのあたりに見た。このことを自認するのは苦々しい。私もまたあの異常事の内側にいたからである」

江藤は結局、論壇時評を二ヶ月しかやらなかった。永井道雄（当時は東工大助教授。後に三木武夫内閣の文相）が後任となった。交代の理由は紙面に出なかったので、読売新聞の論壇時評を書いていた田中美知太郎（京大教授）は懸念を記した。「わたしの記憶に残る論壇時評では『読書人』に出た埴谷雄高、『毎日新聞』の江藤淳両氏のものが、特におもしろかった。両三回〔正しくは二回〕で終わってしまったが、江藤氏の場合など、中断に何らかの圧力があったのではないかと、残念に思っている」（「読売新聞」昭35・12・22夕）。田中が「圧力」を心配したのは、安保の後のテロと言論抑圧が表面化していたからである。浅沼稲次郎社会党委員長の刺殺、そして深沢七郎の小説「風流夢譚」を掲載した「中央公論」に対する右翼の激しい抗議などである。田中が「圧力」を想像したのは、江藤の「論壇時評」（昭35・10・20）に、「テロリズムの汚らしさは人間生活を死で解決しようと考える異端の汚らわしさである」といった強い言葉があったからだろう。田中の心配は杞憂だった。毎日学芸部の高野正雄記者からの手紙で田中の疑問は氷解した（田中『古典学徒の信条』）。

「私どもは、江藤氏に一年間の月評を依頼しました。ところが、その二回目のとき、朝日新聞で中村光夫氏のあとの小説月評を江藤氏に「引受けてくれないか」と申込んだのです。私どもは江藤氏に「論壇」を依頼したさい、執筆期間中は他紙（朝日・読売）の〝月評〟は引受けないこと、を約束しました。しかし朝日からの申込みをうけた江藤氏は「約束して引受けたものの論壇はたいへん疲れる。自分としては本職の方の文壇をやりたいのだが」と担当者の私に相談しに参ったのです。（略）江藤氏との約束をタテにとれば本紙への執筆はつづけられました。しかし御本人が「変わる」ほうをのぞまれたのですから仕方がないと思います」

江藤の身勝手な要求を、毎日新聞が呑んだというのが中断の事情だった。毎日はこれに懲りずに、十年後に江藤の「文芸時評」を始めるのだから、寛容な新聞社であった。契約をタテに毎日が頑張れば、江藤の朝日での「文芸時評」抜擢も不可能だったのだから、江藤の文壇でのポジションは違っていた可能性が高い。「文芸時評」執筆は江藤家の経済基盤を固め、文壇内での強面の裏付けにもなった。江藤の同年十二月十一日付けの大岡昇平宛ての手紙（神奈川近代文学館所蔵）は、その頃の江藤の心境が率直に綴られている。「小林秀雄論」第一部の脱稿を伝える手紙である。

「調べだすと勝手な夢想を楽しむ時間が多く、一日四、五枚がいいところで、なかなか先に進みません。それに登場人物が次第にふえて来て、今や大長篇小説のように間口がひろがり、小説家の苦労がわかる気持です。（略）昨年春、国際文化会館で「聲」の論文のお話をしてから、ほぼ二年になり、いろいろなこともありましたが、小林論を書いているおかげで耐えられたような気がいたします。この次「第二部のこと」あたりから、対象を他人にして見て行けそうな気がしますが、これから自分の文学観とぶつかる所が多くなり、又難所続出で、相当傷い目にあうだろうという予感がします。精神は洗濯しだすと切りがなくなり、汚れたところばかり目について、しかたがありません。（略）来年も、新聞の時評と書評を書く位にして、小林論に没頭するつもりです。雑用が多くなりそうになったら適当に病気をしたいものだと思います」

この手紙の文面からは、埴谷宛ての葉書での「小林秀雄のとりこ」云々について、江藤の意欲がうかがえる。「自分の文学観とぶつかる所が多くなり」と予想し、小林との対決、超克の姿勢を漂わせているからだ。翌昭和三十六年は「小林秀雄論」第二部と朝日の「文芸時評」が江藤の主戦場となる。

大新聞の「文芸時評」の権威と存在感は今とは比べものにならない。作家たちは各紙の月旦を気にかけていた。朝日の紙面を例にとれば、現在は四百字詰原稿用紙約三枚分しかないが、当時は二日間にわたり、原稿用紙十三〜十四枚の長丁場だった。判定される作家に劣らず、時評家にとっては、作品評価、読解力、訴求力、表現力といったあらゆる要素が試される場であった。毎日は平野謙、読売は河上徹太郎が執筆していた。朝日の前任者は中村光夫であり、中村が最後の回で論じたのは深沢七郎の問題作「風流夢譚」だった。江藤は時評家として「問題作」の季節に遭遇することになった。小説と現実との間に血腥い関係が生じ、表現の自由が激しく問われる事態が立て続けに起こっている時期だったのだ。「天皇」とテロリズムという厄介なテーマが交錯し、右翼が出版社に押しかけ糾弾する。フィクションと現実が衝突し、言論・表現の自由が問われる。戦後の天皇制の分岐点となった、「天皇」小説の季節である。浅沼事件と嶋中事件、十七歳の二人の元愛国党員が起こしたテロルの刃は、政治と言論の心臓部にまで達した。

江藤が小林秀雄と会って酒食を共にした翌日、昭和三十五年十月十二日に浅沼事件は起こった。野党第一党の社会党委員長浅沼稲次郎が日比谷公会堂で演説中に十七歳の右翼・山口二矢《おとや》に刺殺された。山口は犯行の三週間後に、少年鑑別所で縊死《いし》する。その山口に触発されて書かれるのが大江健三郎の「セヴンティーン」（「文學界」昭36・1）と第二部「政治少年死す」（「同」昭36・2）である。大江は十七歳の右翼に「純粋天皇」の幻想を見させる。浅沼事件の衝撃がまだ冷めやらぬ時、深沢七郎の「風流夢譚」（「中央公論」昭35・12）が発表された。右翼が蠢動《しゅんどう》を始め、宮内庁は不快感を表明し、文学作品が政治問題化される。「風流夢譚」は夢の中という設定とはいえ、皇太子夫妻と天皇皇后が革命で殺されるという尋常ならざる作品だった。深沢のこの原稿を生原稿で読んだ作家がおそらく二人はいた。武田泰淳と三島由紀夫で、二人は深沢の「楢山節考」を中公新人賞に強く推した選考委員だった。三島は短篇「憂国」を書いて「風流夢譚」との併載を提案した。「風流夢譚」発表の毒を薄める配慮からだった。しかし併載は実現せず、「憂国」は少し遅れて、「小説中央公論」新年号に発表される。

深沢、大江、三島のそれぞれの問題作は別々の運命をたどることになる。「憂国」は三島の自他ともに認める代表作となり、三島自身の自作自演で映画化もされる。その切腹シーンは三島の実人生を先取りすることにもなった。一方で、「風流夢譚」と大江の「政治少年死す」は出版社側が「お詫び」「謹告」を出す事態になり、いわくつきの作品として封印された。「政治少年死す」は平成三十年（二〇一八）から刊行の『大江健三郎全集』に収録されることがニュースとなり、やっと封印が解かれるが、「風流夢譚」はずっと封印されたままだ。嶋中事件のためである。「風流夢譚」を読んで怒った、もう一人の十七歳の右翼が、翌昭和三十六年二月一日の夜、中公の嶋中鵬二社長宅を襲い、雅子夫人に重傷を負わせ、手伝いの丸山かね夫人（嶋中社長の赤ん坊時代からの女中さんだった）を刺殺した事件である。言論と何の関係もない無辜の庶民の犠牲、出版社に対する暴力を伴う解散要求、天皇に関する表現の自由不自由と自己規制、あまりにも多くの問題を抱えたまま、恐怖感は増幅される。「風流夢譚」の亡霊は、作者の死後もいまだにメディアに生き続けている。

江藤はこれらの問題作を朝日の「文芸時評」で正面から論じ（「風流夢譚」は地方紙の時評で論じていた）、さらに偶然にもその時期の三ヶ月間、「群像」の「創作合評」の出席者だったため（花田清輝と寺田透が同席）、詳しいコメントを残している。大江、三島、深沢の三人への関心も深い。「群像」が行なったアンケート「戦後の小説ベスト5」（昭35・8）で、江藤が挙げていたのは以下の五篇だった。大岡昇平「野火」、武田泰淳「ひかりごけ」、大江「芽むしり　仔撃ち」、林芙美子「晩菊」、深沢「笛吹川」。このうち、大岡、武田、大江は『作家は行動する』で文体分析し、評価した（三島の「金閣寺」については否定的に論じている）。

深沢の「夢」に反応する

江藤が「風流夢譚」を取り上げた時点では、まだ騒ぎは表面化していない。社会的事件としてではなく、純粋に作品として論じている。「奇想天外な革命幻想を描いた小説」だとし、「夢独特のあの、稠密《ちゅうみつ》なリアリティー」に欠けるが、「日本人のなかにある一種の滅亡衝動のようなものは、実に鮮明にとらえられている」と評価した。「これは天皇制否定の小説でもなければ、革命待望の小説でもない。むしろ革命恐怖、滅亡への憧憬をうたったファンタジーで、「海行かば」をロックンロールにしてジャズバンドで演奏したらかくもあろうという作品である」（「信濃毎日新聞」昭35・11・26）。

後年、英国のパンク・バンド「セックス・ピストルズ」に「God Save the Queen」という国歌と同名で物議を醸した曲があったが、その破天荒な試みを髣髴とさせる評である。「風流夢譚」の作中では、軍楽隊が「キサス・キサス」や「アモーレミヨ」を演奏するから、そこからの連想だろう。作中には出てこない「海ゆかば」は信時潔《のぶときよし》の名曲だが、支那事変と大東亜戦争の戦死者への鎮魂曲であり、ほとんど第二の国歌であった。

「風流夢譚」はさまざまな論者に論じられるが、それらは天皇制肯定か否定か、革命待望か恐怖か、といった語られ方をした。その中で江藤が独特だったのは、「滅亡小説」として読んだことであった。

「革命というより滅亡を描きたかったのじゃないですか。天皇の歌の解釈をきいているうちに自分も辞世の歌かなんか詠んで、もう死んでもいいと思う。そういう感じはとてもよく出ている。安保のデモなどの中にも何か滅亡的衝動みたいなものがずいぶんふくまれていたと思うんですが、そういうものを割にうまくつかんで描いてあって面白かった」(「創作合評」「群像」昭36・1)

「滅亡」といっても、「風流夢譚」は明るい。江藤は「この明るさは滅びちゃうものの明るさだと思う」と述べている。おそらく「アカルサハ、ホロビノ姿デアラウカ」(『右大臣実朝』)と書いた太宰治が、江藤の念頭には連想されていたと思う。祖母・江頭米子の死と江頭家の没落と太宰の情死が重なった昭和二十三年(一九四八)に中学生の江藤を襲った、「私は滅びようと願った」という衝動である(「太宰治の魅力」昭34)。ロマンチスト太宰とニヒリスト深沢では異なるが、江藤は太宰の心情の向うに「日本浪曼派」のみを見たように、安保の騒動の中に類似の衝動を感じとっていたから、深沢の「夢」に反応したのだろう。

江藤の深沢理解に周到さを感じるのは、一年前に発表された深沢の短文「これがおいらの祖国だナ日記」を「合評」で紹介していることだ。

「天皇のことに関しては、前に深沢さんは「群像」に一ページのエッセイを書いた、ナマコみたいになっちゃうほうがいいといってね。あのほうが抵抗感があった。これ〔「風流夢譚」〕は夢だということで割合調子にのって書いている」

深沢のエッセイは短いものだが、考えようによっては、「風流夢譚」よりも「不敬」で、グロテスクなものだ。「皇太子妃が民間から選ばれたことには僕は反対だった。皇室だけは血族結婚でなければ困ると僕は思う。せっかく、今まで血族結婚が続いて、ようやく効果が現われて来たのだと僕は思っていたからだ。何故なら、天皇陛下や皇太子殿下が賢明な頭脳の持主だったら皇室にとっても、国民にとっても不幸なことだと思うからだ」と書き始め、「僕の精一杯の祖国愛」について「一言」弁じていた（「群像」昭34・10）。江藤が「抵抗感」を持ってでも記憶に留めたのは、江藤の皇室と深沢への関心の感度の高さを物語っている。「風流夢譚」から、この奇怪なエッセイを想起できた人は江藤ぐらいだった。「合評」者のひとり花田清輝は江藤と同じく深沢の『笛吹川』を高く評価しているが、「風流夢譚」に対しては、「もっと念をいれて書くべきだ」、「ぼくは深沢七郎にもっと自重してもらいたい」と苦言を呈している。花田は左翼だが、大人の反応であった。

江藤が御成婚に際して書いた「皇太子妃とハイ・ティーン」については第二十二章で紹介した。天覧試合の「スタンドの観衆には貴賓席を無視する自由があたえられているのにテレビの視聴者にそれがない」と批判し、「天皇」という虚像が、「国民」や「大衆」といった虚像と同じく復活することを警戒していた（「虚像の復活について」「朝日新聞」昭34・7・9）。御成婚と翌年の安保騒ぎが、深沢の発想のもとにはあった。やや時代はずれるが、深沢の証言がある。「ミッチー・ブームがあり、皇太子の結婚パレードがあって、まるでお祭りみたいな様子がテレビで中継されたでしょ。一方、安保騒動のてんやわんやもテレビで見た。（時代相が）滑稽なような、怪しいような、殺伐のような気配でね。……小説を書くってのは盆栽を作るようなもので、あれこれ考えていたら、なんとなく、ああいう構図が出来上がっちゃったの」（石田健夫『戦後文壇畸人列伝』）。

大江にも「セヴンティーン」創作の衝動を語ったと思える「没になった文章」（「群像」昭36・1）がある。短文なので全文を引く。

「最近、私の書いた文章の一章を、ある新聞社で発表を拒まれ、言葉の一節を改めることを要求された。発表されなかった文章は、《天皇よ、天皇よ！》というタイトルで、暗殺および自殺をおこなった右翼少年が、つねにこの叫びをあげていたのだと書き、天皇の精神的責任を考えた一章であった。／戦後世代は天皇に無関心の筈であったが、なかの一人の娘がその家にとつぎ、一人の若者は天皇の名においてテロをおこなった。若い読者層をもつ週刊誌が天皇家のグラビヤを毎号のせることとこれらはいうまでもなくつながっている。そして私はこれに反対だ、《天皇よ、天皇よ！》の叫びは人間的でない。／さて私は文章について、文法および言葉のえらび方について編集者に教示をうけることを感謝している、それは私に必要だった。しかし《日本人民共和国》という一節を改めよという要求は私を暗い感情の淵におとした」

大江の中でもミッチー・ブーム、御成婚からの流れが創作のモチーフとなっており、メディアの「自粛」の空気は大江の文章にも及んでいた。

大江と三島については、江藤は「同時に同じ主題をとりあげているのは、資質の類縁による暗合だろうか」と驚いた。「エロティシズムと政治の関係——大義名分に殉ずることがそのままエロスの頂点をきわめることになり、逆にエロスの頂点に至福をあたえるという行為が「大義」への献身に通じるというような、人間の根源にひそむ二つの衝動の相互交渉の秘儀である」と、ジョルジュ・バタイユ『エロティシズム』からの影響を見た（「朝日新聞」昭35・12・20）。「セヴンティーン」は「久しぶりの快作」、「憂国」は「氏の数ある作品のなかでも秀作のひとつ」と評価した。「合評」では、新婚の三島が夫婦のことをよく書くのは、三島美学と夫婦がうまく結びつかないからで、三島は小説で「夫婦から男のほうを救い出さなければならない」のだという卓見を述べている。

大江については、第二部「政治少年死す」で期待が裏切られ、「腰砕け」に終ったと評した。「大江氏は、自分の政治的理想と自分の中の「セヴンティーン」との落差におびえはじめたのかも知れない。あるいは逆に、一種の功名心に燃えて、ジャーナリスティックな素材にひきずられたのであろうか」（「朝日新聞」昭36・1・21）。「合評」では、刺殺事件をやるところまで書かずに、「短刀を呑んで朝家を出るところまで書けば充分」で、右翼を「無用に挑発してますよ」と述べた。この発言は大江と発表誌の「文學界」が右翼からの抗議に曝されていることを知ってのものかもしれない。

不幸な嶋中事件は二月一日夜に起こった。二日の読売新聞夕刊で、江藤と大江が長めのコメントを出している。江藤のコメントは文学者というよりは、「識者」のご意見である。

「〝国体〟とか〝天皇〟とか実際のものとはまったくかけはなれた観念をファナチックに信じて行動したものだろう。最近、天皇という観念が変な意味で生き返りつつあるようだ。これは安保騒ぎのあと表面は静かだが、底流は二つか三つに割れている。だから割れていなかった昔をなつかしがり、中心を求めたいという空気が出てきている。右翼は国体、左翼は革命、穏健派は議会主義というように。

この国体という〝観念〟を傷つけられたように思った肉体的にも心理的にも最も不安定な十七歳の年齢がカッとさせられたのだろう。そうしていかにも戦後派少年らしいやり方でやった。また山口少年の父親の〝軍人〟こんどの副検事という法律家。共通した妙な正義感をもつ家庭が想像がつくようだ。しかも副検事という傍系のヘイソクされた立場だから一そうその感が強い。山口少年のときいいつくされたことが、すべての面でそっくりあてはまるのではないか」

大江のコメントも長いが、その一部を引用する。「私自身、十七歳のころ身辺に右翼がいたら右翼になったかもしれない。私は性欲や名誉心など暗い情念に苦しめられた十七歳の左翼少年が右翼に飛びこんでスッキリするという小説を最近書いたら右翼から抗議がきた。（略）作家も一市民だから身辺をおびやかされると恐怖感がはげしくなるのは当然だ。だからといって書くことをやめる筋合いではない」。

嶋中事件直後、警備の失態にあわてた警察は相当多くの文学者、評論家に護衛をつけた。大江も江藤もそのリストに入った。江藤が中村光夫に宛てた絵葉書は、二月九日に伊豆の下賀茂温泉のホテルから出されている。

「家人がまたまた健康を害したりいたしまして（略）テロ事件このかた、警察が護衛に来たりして神経がつかれますので、当地に休養に来ております。全く奇妙な時勢になって来たもので、この分ではまだ一、二度はおこりかねないと思います。下手なモデル小説が文学作品に無用な外圧を加えまいとは口〔口実？〕を作っているのではないかと考えたりいたします」（神奈川近代文学館所蔵）

文面は最後が乱れていて、意味をとりにくい。いつもの明晰な江藤らしくない。

平野謙は毎日新聞の文芸時評（昭36・2・23）で、嶋中事件を大きく取り扱い、「文学者と編集者との緊密な共同防衛が必要であろう」と訴えた。「近代文学」派の平野らしいねばり腰である。江藤の「文芸時評」に嶋中事件への言及はなかった。

第二十七章　三島由紀夫との急接近

三島由紀夫が江藤淳に送ったラブレターのような手紙がある。昭和四十五年（一九七〇）十一月二十五日の三島の衝撃的な死から十年ほどして、三島瑤子未亡人の許可を得て、江藤が自著で紹介したものだ。

「此度の御解説を拝読して、しかし、小生には勇気が蘇った感があり、真の知己の言はかくの如きかと銘肝いたしました。もちろん以前「群像」に書いて下さった「鏡子の家論」〔「三島由紀夫の家」のこと〕の時も、感銘甚だ深いものがありましたが、今度の御解説の冒頭の部分に、特に心を搏《う》たれた気持はわかっていただけると思います。

どうも小説家が批評家に御礼を申上げる図は、へんに漫画的に卑屈な感じで、口ごもるのですが、これだけは、あらゆる政治を除外した真情としてきいて下さるようお願いいたします、冗いようですが、本当に御文章のおかげで、小生は勇気を得ました」（『落葉の掃き寄せ』）

昭和三十七年（一九六二）二月二十七日付けの礼状の後半部分である。サービス精神旺盛な三島のことだから、とりたてて驚くには及ばないかもしれない。三島自身は「政治」、つまり文壇政治のための手紙と思われることを懸念し、「真情」だと念押ししている。三島の「真情」は手紙の前半部分で縷々告白されている。

「あの作品（『鏡子の家』）が刊行されたときの不評ほどガッカリしたことはなく、又、周囲の友人が誰も読んでくれず、沈黙を守っていたことほど、情なく思ったことはありませんが、それも今だからこそ告白できることで、女々しい愚痴は言わないつもりでいましたが、あの時以来、大げさに言えば、日本の文壇で仕事をすることについて、それまで抱いていた多少の理想を放擲する気になった位でした。以後小生が戦線を後退させ、文壇に屈服する姿勢に出たことは、おそらく貴兄も御賢察の通りです」

「流行作家」三島由紀夫の孤独と悲憤の私信を江藤はどう受けとめただろうか。三島が感謝している江藤の「御解説」とは『新日本文学全集』(集英社)の三島の巻のために書かれたものだ。三島が解説者に江藤を指名したと見て間違いない。この三島の巻は、昭和三十四年秋に出た書下ろし大作『鏡子の家』を中心に編まれていて、解説も当然、『鏡子の家』が中心になる。となれば適任者は、「三島由紀夫の家」(「群像」昭36・6)で、『鏡子の家』を共感をもって論じた江藤を措いてないと思っただろう。

江藤はその依頼に当惑したはずである。文芸雑誌で書いた三島論から、まだ一年もたたないのに、同じ作品をまた論じなければならないのだから。文芸批評家の仕事ではなく、これでは解説屋だ。『新日本文学全集』の編集委員には文芸評論家五人(荒正人、江藤、瀬沼茂樹、十返肇、平野謙)が名を連ね、江藤は最年少で、断りようがない。案の定、「御解説」は「三島由紀夫の家」の二番煎じ、というか、セルフリメイクでしかなかった。『鏡子の家』を再び論じるとなると、どうやっても、同じ引用文から同じ論点を提示するのが、最善の道なのだから。三島のいくら真情こめての礼状でも、内心忸怩たる思いの江藤としては苦笑するしかなかったろう。

三島と江藤はもともと文学観と文章観を大きく異にしていた。三島由紀夫『文章読本』の書評を江藤は書いている(「週刊読書人」昭34・8・3)。『鏡子の家』発売直前の時期だが、江藤はかなり否定的な評価を下した。様々な名文のサンプル帖も兼ねる『文章読本』だが、夏目漱石も正宗白鳥も出てこない。漱石の小説と白鳥の批評は江藤が最も高く評価する近代日本文学だが、三島は一顧だにしていない。江藤は不審を隠さない。

「文章論の根幹は言語論にある。三島氏の言語観は、要約すれば、言語実体説であるということができる。著者は小説は「言語の織物」であるといい、「小説の唯一の実質」である文章を「味わう」習慣がすたれたといって嘆じていう。「あなた方は絵を見るときに色彩を見ないでしょうか。ところが言葉は小説における色彩であります。あなた方は音楽を聴くときに音を聴かないでしょうか。ところが言葉は小説における音譜なのであります」。しかしこのような議論ほど強引なものはない。言葉そのものは色彩ではなく、音譜は決して音ではない。言語が実体ではなく、虚体でしかないところに文学者の表現の特異性がある、と私は考えている。／よき文体は一種の運動神経のごときものを要求する。三島氏も文章のリズムの重要性を説いているが、氏の文章論はあくまでも静的であって運動神経を欠いている」

　江藤は書下ろし評論『作家は行動する』で、三島を自身の文体観の対立者として取り上げていた。三島の『金閣寺』を「ナルシシズムの文体」と規定し、「他者との連帯を拒絶し、無時間的」であり、「ことばの鏡に映った私小説である」と批判した。江藤は三島文学で特筆すべきこととしては、「確信をもって、にこやかに、「世界よ、滅びよ！」と三たびくりかえす」点を挙げた。『作家は行動する』の江藤は「世界よ、あれ！」という立場にいるが、三島の「世界よ、滅びよ！」だけは「珍重」したのであった。

『鏡子の家』が出版されて、孤立無援の三島に、江藤は救いの手を差し伸べた。まず読売新聞のコラム（昭34 12 16夕）で、武田泰淳の『貴族の階段』と並べて、失敗作ではあるが、「才能ある作家が、自己の文学観に誠実に執しながら現代と闘った作品だ」として、凡百の失敗作と差別化した。「論破するにせよ支持するにせよ、及び腰の批評ではこの失敗を匡《ただ》すことはできまい」と沈黙する文壇を挑発した。六〇年安保を挟み、「小説中央公論」（昭36・1）の一頁作家論では、三島を「戦後の生んだ偉大な反私小説家」であるとした。

「……世阿弥の「花」が乱世の血の匂いから咲き出たように、三島氏の古典的な秩序を支えているのは激しく滅亡を希求する浪漫的な熱情である。彼にとっての「文学」とは、この二つの相反する衝動の間には り渡された綱を渡る曲芸師の平均棒のようなもので、この困難な芸当をやってのけようとする勇敢さが三島氏をつねに魅力的な作家にしている」

この一頁作家論が載った雑誌には、三島の新作短編「憂国」が発表された。「彼女は力を得て、刃先を強く咽喉の奥へ刺し通した」で終わる「憂国」の次のページに江藤の文章が載っている。雑誌の企画上からは、これも解説者の役割である。江藤に依頼したのは、三島か、三島の意向を汲んだ編集部であろう。三島が江藤を重用し、二人の急接近が始まる。江藤の中でも、安保が終わった後の、論壇と文壇の荒廃をしたたかに感じながら、「戦後」の再検討を始めようとするところだった。その時、三島の『鏡子の家』は一足早く「戦後」を対象化した小説として浮上してきた。昭和三十六年という年は、江藤は「小林秀雄論」第二部に全力を集中していた。その間に書かれた重要な作家論が「三島由紀夫の家」（「群像」昭36・6）であった。

伊東静雄の推薦者

昭和三十五年には、三島と江藤を結ぶ、もう一つ重要な因縁があった。人文書院から『伊東静雄全集』が刊行されることになり、三島と江藤が、井上靖、三好達治と並んで推薦の辞を書くことになったのだ。江藤にとって、伊東静雄の詩集『反響』は格別な詩集であった（第七章参照）。中学三年の夏に、『反響』に出会わなければ、「ひょっとすると生きてすらいなかったかも知れない」、それほど大事な詩人である。

三島は戦時下の遺著という意識だった処女小説集『花ざかりの森』の序文を乞うために、河内の伊東家まで訪ねている。小説と散文では不一致だった三島と江藤の感性が、伊東静雄という詩人を介してピタリと一致していたのだった。戦時下に愛唱した三島、戦後の混乱期に心の支えにした江藤と、受容した時期は少しズレるが、それは二人の八歳という年齢差によるものだった。

「日本の近代詩人のなかで、伊東静雄氏は私のもっとも敬愛する詩人であり、客観的に見ても、一流中の一流だと思う。その煮えたぎって煮つまった抒情の底から、一粒一粒宝石をひろい出すような作業は、おそろしいほど自虐的な苦業だったと思われるが、作品の上には完全な悲痛の静謐だけが現われている。伊東静雄氏の詩は私の青春の師であった。氏は浪漫派に属しているように言われているが、その一面をゲエテ的な明朗な古典精神が支えているのである」（「果樹園」昭35・10）

三島の「推薦の辞」は、伊東の中の「日本浪曼派」と古典主義の均衡に注目している。伊東が十九歳の三島の熱烈な序文依頼を断った事実を知っていて読むせいか、三島の「推薦の辞」はやや公式的なよそよそしさが感じられる。それに対して、江藤の「伊東静雄全集を推す」は、文学少年そのままである。

「伊東静雄の名は、私の少年の日の渇仰の的であった。猥雑を極めた戦後の生活のなかで、私は幾冊もの詩集を次々と手離さねばならなかったが、この未知の詩人の『反響』だけは持ちつづけていた。そこには、敗戦と同時に砕け散ってしまった白刃のような「美」があり、私はその「美」によってわずかに窒息をまぬがれていたからである。一度だけ詩人に呈した手紙に、令息からの訃報の返書をいただいたほかには、私は詩人と何の交渉をも持ちえなかった。しかし、今、その全集の編まれるというときに、一文を草して渇仰の詩人の業績をたたえる機会をあたえられたのは、どういうめぐりあわせであろうか。乞う、読者よ、ここに集められた珠玉の詩篇を窓を清くして読まれよ。そこに秘められているのは、喪われた日本の美である」（同右）

伊東が結核で亡くなったのは昭和二十八年（一九五三）三月十二日だった。詩人の死が関西の新聞に出たのは死の半月も後である。東京の新聞には訃報が載らなかった。伊東は「日本浪曼派」系の戦争協力詩人と見なされたからかもしれず、それ以前に、大阪の府立高校の一国語教員でしかなかったからなのかもしれない。現在の伊東静雄の文名からいったら考えもつかないことである。

江藤は四月に慶応大学文学部に入学するというタイミングだった。伊東が四十六歳で亡くなった時、長男の夏樹はまだ九歳だから、「令息」からの返書とは、四十九日の挨拶状のようなものだったのだろうか。一ファンでしかなかった江藤が全集の推薦者に選ばれたのは、「石原慎太郎論」（「中央公論」昭34・12）のためとしか考えられない。「石原慎太郎論」の導入部で、江藤は伊東静雄の絶唱「水中花」を引用し、「すべてのものは吾にむかひて／死ねといふ、／わが水無月のなどかくはうつくしき」に結晶された「死の思想」を取り出した。この導入部から論ずるにふさわしいのは、石原慎太郎よりも三島由紀夫だった。そこに気づいて、『鏡子の家』に焦点を合わせて論じたのが「三島由紀夫の家」なのだった（三島の最新作『宴のあと』は、都知事候補だった有田八郎からプライバシー裁判を起こされていた）。

『鏡子の家』とは、「実はこの家の家霊であり、又鏡子自身でもある「戦後」の緩慢な崩壊と、それに対する作者の覚悟を主題」にしていると江藤は書いた。「戦後」の崩壊である。ヒロイン鏡子の家に集まってくる四人の主人公（商社員、画家、俳優、ボクサー）はいずれも三島の分身である。「三島由紀夫の家」でも「御解説」でも引用される、商社マンが鏡子に言うセリフがある。

「君も本音を吐けば、やっぱり崩壊と破滅が大好きで、そういうものの味方なんだ。あの一面の焼野原の広大なすがすがしい光りをいつまでもおぼえていて、過去の記憶に照らして現在の街を眺めている。（略）足の下に焼けただれた土地の燠《おき》の火照《ほて》りを感じなくては、どことなく物足らず……」「建設を謳歌したり、改良したり、より一そう立派なものになろうと思ったり、（略）そういう一連の行為に対する、どうにもならない趣味的な嫌悪がある筈だからね。君は現在に生きることなんかできやしないよ」

彼らが生きられない「現在」とはどんな時代か。商社マンの説明は続く（この部分も「御解説」で引用される）。「君は過去の世界崩壊を夢み、俺は未来の世界崩壊を予知している。そうしてその二つの世界崩壊のあいだに、現在がちびりちびりと生き延びている。その生き延び方は、卑怯でしぶとくて、おそろしく無神経で、ひっきりなしにわれわれに、それが永久につづき永久に生き延びるような幻影を抱かせるんだ」。

「現在」への嫌悪と侮蔑に満ちた商社マンの発言は、多くの読者に迎えられるには、余りにも「三島氏の主調音が強く響きすぎ」である。江藤が引用するのはそうした部分ばかりなのだ。

本章冒頭で紹介した三島の江藤宛てラブレターの中に、三島が「御解説」で「心を搏たれた」と述べた箇所がある。それは江藤が『鏡子の家』を「正当に評価していたのは、おそらく真の「戦後」派と古本屋である」と書いた一行だと思われる。その「真の戦後派」とは、戦中に世界崩壊を夢み、商社員のこのセリフに共感し、崩壊と破壊が大好きな種族であり、三島自身の自画像であった。安保後に（というよりも安保批判の中途から）「戦後」を疑い始めた江藤も、「戦後」を謳歌する知識人の枯渇をいやほど知ってしまったあとでは、自分が本来は三島と同じ種族であり、「真の戦後派」の一員であると悟ったのである。この認識は「戦後」を獲得ではなく、あくまでも喪失の時代と見る江藤のエッセイ「戦後と私」に繋がってゆくだろう。

「三島由紀夫の家」は、まず十五歳の時に書かれた詩「凶《まが》ごと」の冒頭五行が引用される（「御解説」では中間部でこの五行がやはり引用される）。

わたくしは夕な夕な
窓に立ち椿事を待つた、
凶変のだう悪な砂塵が
夜の虹のやうに町並の

むかうからおしよせてくるのを

三島はこの時、学習院中等科三年生である。江藤はこの詩に三島の「主調音がかくされている」と断定する。「自分の基本旋律を聴いてしまった過敏な中学生が、外界との間に超えがたい距離を感じるようになってもいたしかたがない」。

「凶ごと」は昭和三十二年から新潮社で刊行された全十九巻の『三島由紀夫選集』第一巻の巻頭に置かれて、初めて公にされた。三島自身が「選」んだ正真正銘の処女作ということだ。三十歳を過ぎ、「戦後」の終焉を確信した三島が、「凶ごと」という詩を「基本旋律」として意識したゆえの選択であろう。その「凶ごと」をクローズアップさせた三島論の嚆矢が「三島由紀夫の家」だった。三島も三島で、江藤淳という同類の士を得たと感じたことは疑いえない。

江藤が自らの「基本旋律」を初めて自覚したのは、伊東静雄の詩集『反響』だった。昭和二十三年（一九四八）の夏、江藤も十五歳となっていた。三島と同じく「詩を書く少年」だった江藤のその頃の心象風景は自伝『なつかしい本の話』に書き残されている。

「緑のほとんどない十条仲原界隈で、美への渇きを癒してくれる自然といえば、夕方の一刻、西の空に展開される豪奢な残照の饗宴以外にはなかった。／十条銀座で買って来た西陽除けの簾ごしにその夕焼けを眺めていると、変動による混乱と解放感の底でうずいているものを、確かめることができた」（傍点は江藤）

三島の詩「凶ごと」で江藤が引用しなかった部分を抄録してみよう。引用の少し先では、こんな風に続く。

「薔薇輝石色に／夕空がうかんできた……／／濃沃度丁幾《ヨードチンキ》を混ぜたる、／夕焼けの凶ごとの色みれば／

わが胸は支那繻子の扉を閉ざし／空には悲惨きはまる／黒奴たちあらはれきて／（略）わたしは凶ごとを待つてゐる」

「豪奢」さで比較すれば、三島が勝るのはいたしかたない。三島と江藤の資質の違いからいって当然である。のみならず、三島の十五歳はまだ大陸での戦争に勝ち続けている時期であり、江藤の十五歳は敗戦国の、それも東京の引っ越し先での逼塞した暮らしである。江藤は祖母の死の後に、鎌倉の稲村ヶ崎の家を引き払って、東京都北区の社宅に移っていた。太宰治の死に触発され、家の没落を目の当たりにし、「私の価値が崩壊したように、一切の価値もまた急速に崩壊すべきだ、という焦燥」（「太宰治の魅力」）を抱えて、「椿事」を待っていた。その荒ぶる呼吸を整えてくれたのが伊東静雄だった。

江藤の中の「椿事」への期待は戦争中にもあった。「石原慎太郎論」で引用された伊東静雄の「水中花」では、「堪へがたければわれ空に投げうつ水中花」が「六月の夜《よ》と昼のあはひに」浮かんでいるのだった。「伊東静雄の詩は、私の脳裡に刻みつけられていた敗戦直前の空の碧さの意味を教えた。そのころ、天は地上に降りて来ていた。時間は停止していた。いっさいは欠伸がでるほどのどかで、無責任で、性的な甘美さにみちみち、銀色の翼をかすかにふるわせて航跡を描いていく敵機の軽快な爆音が官能に媚びていた」。この天上的な光景は、「真の戦後派」の「一面の焼野原の広大なすがすがしい光り」と隣接している。

江藤の「三島由紀夫の家」は、三島の「失敗を匡す」という意欲をもって書かれている。「文学」という「曲芸師の平均棒」で危うく均衡を保ってきた三島の「古典的な秩序」と「浪漫的な熱情」に微妙な狂いが生じてきていることを、江藤自身の内部の「平均棒」を巧みに操りながら、抉り出したものだった。

「同志　三島由紀夫より」

以後しばらく、三島と江藤の蜜月時代が続くことになる。「憂国」と同じく二・二六事件外伝である喜劇「十日の菊」（「文學界」昭36・12）と、SF仕立ての自己破壊衝動の小説「美しい星」（「新潮」昭37・1〜11）を高く評価した。後者については、「今年の収穫であるのみならず、三島氏が大きな視野から氏の一貫した主題に取り組んで新境地を拓いた成功作である。作者は終始誠実に根元的な問いを問いつめていくが、そこにはなお或る軽みがある。私はこの軽みが好きだ」と朝日の文芸時評で評した。

江藤は昭和三十七年（一九六二）秋から二年間、アメリカのプリンストン大学に滞在している。その間に三島が江藤に送った書簡六通が残されている（『三島由紀夫全集　別巻』月報に所収）。手紙を読むと、三島は『美しい星』英訳出版への協力を江藤に依頼し、江藤はレジュメを作って動いたが、結果は不首尾に終わった。三十八年十一月の手紙では、「ナショナリスト江藤氏よ！　早く日本に帰って来て下さい。／同志　三島由紀夫より」とあり、三十九年一月の手紙でも帰国を待ちわびている。三島の手紙だから、少し割り引いて読んだほうがいいのかもしれないが。

「東京の文学的状況は、一九六三年もついに井上靖の大勝利におわり、つまり「やりきれない平和」がつづいています。（略）貴兄もアメリカ仙人になられ、俗界を羽扇で撫でられる心境でしょうが、桃源から早くかえって来て下さい。愛国者たる貴兄を失ったら、わが日本民族の将来は暗黒ですぞ。お帰りのときは、何卒文学的爆弾、文学的カービン銃、文学的軽機等、新兵器をうんと仕込んできて下さい。われらは竹槍で戦っているんですから」

帰国した江藤は、朝日の文芸時評を昭和四十年一月号の分から再開する。そこでまず取り上げたのは、他ならぬ三島の諸作品だった。「三島氏がある重要な転機を経験しつつあることは、疑う余地がない」。その中で短編「月澹荘綺譚」に触れ、その美文による海の描写を、「氏の文体が今は産卵を済ませたサケのようにやせたものに感じられる」と手厳しく評した。

「見ることしかしない大沢侯爵を殺して、その死体から両眼をえぐりとった白痴の娘の話である「月澹荘綺譚」から推測すると、三島氏はあるいは行為者となることに一方の活路を求めようとしているのかも知れない」と、怖ろしいまでに予言的な一文が記される。三島の自衛隊体験入隊はまだ二年も先のことである。

三島と江藤との間に決定的な亀裂が入るのは、三島の小説「英霊の声」（「文藝」昭41・6）が書かれた時である。能の修羅物の様式を借りていて、小説として読むより、劇詩と見たほうがふさわしい作品である。降霊術によって呼び出された二・二六事件の青年将校の霊と、神風特攻隊の霊が、「などてすめろぎ（天皇）は人間《ひと》となりたまひし」とリフレインする問題作である。江藤は文芸時評で、ちょうど三島自作自演の映画として公開中の傑作短編「憂国」と対比した。

「氏の『憂国』という小説もやはりセンセーショナルであったが、そこではまだ文体の緊張がある美を凝固させていた。しかし「英霊の声」から感じられるのは露出された観念である。言葉をかえれば『憂国』が審美的なのに対して「英霊の声」はイデオロギー的である。さらにいえばエロスを主題にした『憂国』が意外に清潔だったのに対して、この「英霊の声」は妙に猥褻である」

江藤は「鬼面人をおどろかす」提出の仕方に「いやなもの」を感じ、「作者が死者の口をかりて、イデオロギーを語らせ」ることに嫌悪感を隠さない。これには江藤独特の霊の感じ方とは背反するものがあったのが大きいと思われる。

「私自身、以前ラングーンの空港に降り立ったとき、あるいは最近比島上空を飛んだとき、突然鬼哭とでもいうべきものを聴いたような幻覚にとらわれて胸をつかれたことがある。だが、私はこのいわくいいがたい体験をどんな観念によってもつたえることができない。生き残った人間には死者をどんなふうに利用する資格もない。それは第一に不遜であり、死者の沈黙の重みは決して観念の枠の中に要約できるはずがないからである。／だから私は、「英霊の声」に作者の機知を見てもその胸のうずきを聴くことができない」

三島事件の後に読むと、引用最後の一文は、江藤らしくない読みの誤りだったと判断せざるをえない。江藤はアメリカから一時帰国した昭和三十八年夏の霊体験を「お化けの話」だと断って、すでに書いていた（「最初の鎖」「読売新聞」昭40 1 3）。友人に連れていかれた銀座の軍歌酒場で、「ある濃密な死者たちの実在」を突然感じる。酒場の扉を開ければ、外には死んだ兵隊たちが汚れたままで整列しているのではないか。「前の戦争で死んだ三百万の死者たち――日本のために死んで、いまでも日本にとどまり、見てくれの急速な「近代化」から生じたその日暮しに追われている人々からは忘れられているあの死者たち」こそが現在の私を支えている。江藤は死者たちから「沈黙」をしか聴かない。

「義戦なら死者に栄光をあたえ、不義のいくさならこれを犬死にとみなし、それを「平和」と「民主主義」の口実につかうのが死者を「未来に生かす」ことで、そうでないのは「反動」だというのは、しみたれた根性である。（略）そこに日本人が全力を傾けて戦った戦争があり、その戦争でかくも多くの日本人が死んだという事実は変わらない」

この文章で江藤が批判の対象にしているのは「平和と民主主義」を掲げる革新勢力であるが、反対の立場に立つ「英霊の声」の三島をもイデオロギー的だと批判する。この時、三島にとって、江藤は「同志」でもなく「真の知己」でもない存在に格下げとなった。

例年八月十五日に行なわれている「全国戦没者追悼式」が毎年行なわれるようになったのは、江藤が軍歌酒場を訪れた昭和三十八年からである。江藤は終戦記念日の前にアメリカに戻ってしまったので、追悼式の存在を知ったのはアメリカ滞在をおえた翌三十九年であった。この年の会場は靖国神社だった。「やっと日本人は自分の過去というものにいま直面しつつあるなあ」という感慨にとらわれて、江藤は喜んだ（「滞米二年の所感」「世界と議会」昭39・11）。江藤は臨席する天皇の姿をテレビ画面で確認して、昭和天皇および皇室についての江藤なりの「和解」のきっかけをおそらく摑む。三島の「英霊の声」は、その「和解」を打ち砕こうとする「英霊」たちの呪詛のこだまだった。

三島事件に「困った」を連発

昭和が終焉した直後、江藤は「昭和天皇と文学空間」（『離脱と回帰と――昭和文学の時空間』所収）で、三島のことは「いずれ書いてみたいと思っている」と語った。「三島さんの自裁という極端な事件は、いわば精神的な原爆投下のようなもので、その光にまだみんな目がくらんで」いる。「三島さんが天皇という問題を抱えて死んだから」、天皇の光芒と三島の悲壮な最期が二重写しになり、直視できないでいる、と話した。

三島事件当時の江藤の反応は、三島を冷たく突き放す発言が目立った。とくに小林秀雄との対談「歴史について」（「諸君！」昭46・7）で、三島事件を「一種の病気でしょう」と言い、小林が「日本の歴史を病気というか」と火花を散らせたことが余りにも有名になってしまった。事件直後の江藤の談話を読むと、その印象はずいぶん違う。「困った」を連発しているのだ。

当日の朝日新聞の座談会では、第一印象として、「僕は、困ったことが起ったなと思いました」と述べる。この「困った」とは、三島の私兵組織に過ぎない「楯の会」を自衛隊、防衛庁、政府が容認していたという問題である。「治者」の立場からの「困った」といえる。二度目には「私は、この事件に打〔搏〕たれないどころか反発を感じた。非常に激しく困るなと思う」と述べた。三島の唯美的なナショナリズムが「古典主義の秩序」を突き破って噴出したことに怯えている。三島の思想と行動に共感することを拒否し、三島の中に「深い疲労」と「深いけん怠感」があったのではないかと推測している。三度目は「戦後二十五年たっても日本が自分の運命の主人公になっていない」という苛立ちに関わる。この認識は江藤の批評活動の大きなテーマで、後年になるほどクレッシェンドで強まっていった。「同じようないらだちがいろいろな思想的ボキャブラリーのもとで起ることは考えられる。そういうことがひん出するのは困りますね」と自戒を込めるかのようである。「週刊現代」（昭45・12・12）の談話では、「私は、たいへん困ったことが起きてしまったな、としばらくぼう然としてしまいました」とまず心中を吐露している。「あの大戦争で、あれだけ徹底的にダメージを受けた日本が、二十五年間で、完全に回復できるはずが」ないのだから、「私たちの世代は、耐えてゆかねばならない」と警告をした。

江藤の自死の後に、この「困った」の連発を考え直すと、江藤は三島の死に誰よりも衝撃を受けたのではないかと思われる。「古典主義」と「浪漫主義」の激しい振幅の中で、江藤は何とかバランスをとり、かろうじて態勢を立て直して、「秩序」の人として、座談会や取材の場に赴いたのではないだろうか。

そう想像できるのは、江藤が死の前年に刊行した『南洲残影』の中で、三島由紀夫をなつかしい人として思い出しているからだ。江藤は西南戦争の激戦地である田原坂の取材で、蓮田善明のささやかな文学碑を見つける。蓮田は十六歳の三島の才能を認め、自分たちの雑誌「文芸文化」に「花ざかりの森」を載せた。三島の恩人である。蓮田は伊東静雄と親しい評論家兼古典学者で、終戦直後、上官の聯隊長を射殺した後、拳銃で自決を遂げた陸軍中尉でもあった。

最晩年の三島は、小高根二郎の『蓮田善明とその死』に序文を寄せている。「やさしい目をした、しかし激越な慷慨家」だった蓮田には「激しい怒り」があった。「氏が二度目の応召で、事実上、小高根氏のいわゆる「賜死」の旅へ旅立ったとき、のこる私に何か大事なものを託して行った筈だが、不明な私は永いこと何を託されたかがわからなかった」と三島は己を恥じた。江藤は三島を思い出し、蓮田の碑に刻まれた短歌を読む。

「ふるさとの　駅におりたち　眺めたる　かの薄紅葉　忘らえなくに」

『南洲残影』の前半のクライマックスシーンである。「西郷隆盛と蓮田善明と三島由紀夫と、この三者をつなぐものこそ、蓮田の歌碑に刻まれた三十一文字の調べなのではないか。西郷の挙兵も、蓮田や三島の自裁も、みないくばくかは「ふるさとの駅」の、「かの薄紅葉」のためだったのではないだろうか？／滅亡を知る者の調べとは、もとより勇壮な調べではなく、悲壮な調べですらない。それはかそけく、軽く、優にやさしい調べでなければならない」。

『南洲残影』は「エピローグ」でも三島の影がさしてくる。江藤は鹿児島で南洲墓地に佇む。二千人を超える西郷軍将兵が眠る墓である。ここで江藤は幻想の進軍を視る。西郷軍がのっしのっしと動き出す。「桜島をはるかに越え、遠い南溟の海に向って、その幻の大軍団の進軍はつづけられる。／「拙者儀、今般政府へ訊問の廉有之《かどこれあり》……」／という西郷の声も、聞えて来る」。

西郷たちが向かう「南溟の海」はゴジラが眠る海だが、「英霊の声」の設定では、二・二六の将校と特攻隊の霊がいる場所であった。『南洲残影』で執拗にリフレインされる「拙者儀、今般政府へ訊問の廉有之……」は、「英霊の声」のリフレイン「などてすめろぎは人間となりたまひし」と重なってゆく。江藤はこの西郷が訊問する「政府」を天子と皇族を戴く政府として描いているのである。

晩年の江藤は意外にも、三島と「真の知己」として相まみえようとしている。昭和三十年代後半の時とは逆に、今度は江藤から三島への急接近である。

第二十八章　小林秀雄との対決、アメリカでの「仮死」

漱石夏目金之助が官命を帯びて単身、イギリス留学に赴いたのは明治三十三年（一九〇〇）九月のことだった。「夏目狂せり」の噂が立つなかで帰国するのは明治三十六年（一九〇三）一月である。漱石留学中の日本では、昭和天皇と江藤の父・江頭隆が明治三十四年に、小林秀雄が明治三十五年に生まれている。小説家「夏目漱石」の誕生は、この留学抜きには考えられない。

江藤淳がアメリカ留学に旅立つのは、昭和三十七年（一九六二）八月である。批評家「江藤淳」はすでに活躍中だったが、江藤の後半生を決定したのは、漱石同様、二年間の海外体験であった。漱石は文部省から「英語研究」を命じられ、年千八百円が国家から支給された。江藤の金主は日本国ではなかった。アメリカのロックフェラー財団である。文学者を派遣するプログラムがロ財団にはあり、オブリゲーションなしで、一年間のアメリカ生活が保証された。江藤は慶子夫人を伴って、東部の名門プリンストン大学にロ財団研究員となって行った。

ロ財団から江藤に接触があったのは、アメリカ出発の一年以上前にさかのぼる。昭和三十六年四月十三日付けの中村光夫宛ての手紙で報告している。中村は文芸評論家の先輩であり、ロ財団研究員としてアメリカに行っている（夫人の病気のため、たった一ヶ月で帰国した）。

「拝復、お便り大変嬉しく拝見申上げました。おかげさまで身体も元気になって参り、疲れると暇さえあれば昼寝をしております。アメリカ行きの話、丁度今朝ファーズという人に逢い、五月半ば頃までに決まるようです。どうなることかわかりませんが、もし行くことに決れば、すこしゆっくり勉強して参ります。学校でやりかけておりました十八世紀の英文学、とくにスターンはイエイル大学にいい本がそろっているのだそうで、そういう本をゆっくり読んで来られれば、そのうちに少しは身になりはしないかと思ったりしております。（略）家内も幸い昨今は健康を回復し、これでやっと一人前の身体になるのではないかと思いますが」（神奈川近代文学館所蔵）

「ファーズ」とはロ財団の文化部長で、プロジェクトの発案者であった日本学者チャールズ・B・ファーズである。ファーズは、ハーバード大学教授の日本学者エドウィン・O・ライシャワーが駐日大使になると、駐日大使館の参事官に任命される日本通であった。江藤は大学院を中退したために放棄したローレンス・スターンの研究を念頭においている。アカデミズムへの未練は残っていた。二ヶ月後の六月十六日付けで、中村光夫に続報を送った。

「ロックフェラーのこと、昨日ファーズ氏から手紙をもらい、一応内定（略）来春に最終決定となるそうです。ひとまずプリンストン大学に行くことになりました。おかげさまで、勉強のやり直しが出来ます」（神奈川近代文学館所蔵）

「勉強のやり直し」という殊勝な意欲が盛り上がってきたそんな時に、洋行の話がもうひとつ舞い込んでいた。バイロイト音楽祭などを鑑賞するという、西ドイツ政府からの願ってもない招待である。話は急転直下に決まり、江藤は昭和三十六年夏の二ヶ月間、ドイツを手始めに六ヶ国を廻った。前半は野村光一、柴田南雄らと一緒に廻り、後半は気ままな一人旅となった。初めての海外旅行は、軽妙な紀行文「六週間ヨーロッパの旅」（『世界の旅』第4巻、昭37・3）と、評論集『西洋の影』（昭37・10）第一部の芸術エッセイ群として記録されている。アメリカ滞在記『アメリカと私』に比すと知られていないが、自称「西洋かぶれ」の江藤が、初心で西洋に向かい合った旅だった。

小林の直観と江藤の実証

『西洋の影』所収のエッセイ群には隠されたモチーフがあったと考えられる。江藤は「文學界」に連載中の「小林秀雄論」第二部執筆を中断して旅に出た。旅の最中もずっと小林秀雄のことは念頭から去っていなかった。その顕著な事例は、旅の途中で書かれた「ザルツブルクにて」(「朝日新聞」昭36・8・21〜23)である。

「ザルツブルクに来た私の一つの目的は、モオツァルト館にあるヨゼフ・ランゲの描いた肖像画を見ることだった」と江藤は書く。小林の戦後第一作『モオツァルト』で、小林が原画ではなく写真版で見て、「自分の孤独を知らぬ子供の様な顔」をした「肖像画の一傑作である」と評した作である。観光客の行列に混じって一瞥し、江藤は「ギクリ」とした。小林が感動した写真版は原画とは違っていた。原画のモオツァルトはピアノに向かっているのだった。「人間は、人前で、こんな顔が出来るものではない。……世界はとうに消えている。ある巨きな悩みがあり、彼の心は、それで一杯になっている。……ト短調シンフォニイは、時々こんな顔をしなければならない人物から生れたものに間違いはない。僕はそう信じた」という小林の直観は覆されたのだ。

江藤は「異様なショックを受けてしばらくその前に立ちつくしていた」と書くが、その後の行動はドライである。売店で、肖像画全体の絵葉書と、顔の部分の絵葉書とを一枚ずつ買う。「売店の婆さんが変な顔をしたが、そんなことはどうでもいい」。物証を取り押さえた江藤刑事といった図である。

「小林氏は間違えたのだろうか。ある意味ではそうである。だが、この誤解を通じてしか、氏は彼自身の詩に到達出来はしなかった。(略)日本の文学者が、西欧語で「精神」と呼ばれているものを掌中にするためには、これ以外のすじみちはなかったのだ。ショックはそのことからやって来た」

この発見は「小林秀雄論」の大団円で再び語られる（「文學界」昭36・12）。肖像画の実物は「平凡な絵」であり、「あらゆるピアノ演奏者の演奏中の表情」にすぎない。別に江藤がこの発見に有頂天になっているというわけではない。江藤が強調するのは、このエピソードに典型的に表われる「小林のものの見方のある急進的な観念性」であり、「極端なリゴリズム」である。

小林は江藤の「発見」ごときには「ギクリ」ともしなかった。小林は『モオツァルト』の中ですでに書いていた。「原画はザルツブルグにあるのだそうだが、一生見られそうもないものなど、見たいとも思わぬ。写真版から、こちらの勝手で、適当な色彩を想像しているのに、向うの勝手で色など塗られてはかなわぬという気さえもして来る」。後生の小癪なふるまいなど、とっくに織り込み済みというわけだ。

『西洋の影』第一部は、江藤がヨーロッパ現地で接した音楽、美術、演劇の批評的エッセイである。文学少年であると同時に、江藤はかつて芸術少年でもあった。作曲家を目ざした時代もあったくらいだ。このエッセイ群の中で、江藤は小林に別の形でも対抗しようとしている。「オランジュリーにて――モネの見た闇――」（「芸術新潮」昭36・11）は、パリのテュイルリー庭園にある小さな美術館訪問記である。モネ晩年の睡蓮の大壁画八枚が飾られている。

「これほど人気のない美術館というものを私は知らない。二つのほとんど楕円形に近い広間の中央には円形のソファが置いてあって、そこに腰をおろしてしまうとたちまち周囲をモネのとらえた光の波動でとりまかれる。光はいわば沈黙の音楽であり、音楽は一種名状しがたい鬼気にみちている」

江藤が座ったソファを、八年前に定位置にしていた日本人がいた。朝日新聞特派員として、友人の今日《こんひ》出海《でみ》と一緒に欧米を半年間漫遊した小林秀雄である。江藤は一言も触れていないが、小林は『近代絵画』のモネの章で、オランジュリーに何度も通った経験を書いていた。

「ルーヴルは混雑しているが、ここは何時《いつ》行っても人気《ひとけ》がなく、私は、中央の椅子に坐って、長い間ぼんやりしていたものだ。実際、絵の方も、全く人気のない絵と言った感じがする。光の戯れというものは、これほど淋しいものか、と見入っているとぼんやりして来る。すると、親しい友達にも笑われながら、一人で池ばかり眺めているモネの姿が思われる。彼は第一次世界大戦も知らずにいたかも知れない、そんな風に思われて来る。世界には光だけしか見えない、だから光だけがある、よくもそんな道を、狂人の様に一筋に辿れたものだ」

江藤は同じ席に座って、「達人」小林に透明な果し状を突きつける。モオツァルトの肖像画は、親子ほどの年の差ゆえの、西洋体験の違いと言ってしまえばそれまでだ。ここオランジュリーならば、対等な立場である。同じ条件下で何を見るか。日比谷高校三年生の江藤は小林の新刊書『ゴッホの手紙』に否定的評価を下した。『近代絵画』は野間文芸賞を受賞し、小林の戦後の復活を強く印象づけた本だ。道場破りとなって、『近代絵画』に向かって「頼もう」と発する江藤の内部の声が聞こえてくる。

「私は最初奥の広間に坐って、壁がゆらぐような睡蓮に映じる光の波を呆然と眺めていた。(略)しばらくそうしていて、入口に近いほうの広間に移動したときである、私の眼の前に異様に暗い画面がひろがったのは。はいって来たときにその絵があることに気がつかなかったわけではないが、二つの広間をみたしている光の跡の不安定な美しさに目を奪われて、この絵の不思議さを看過していたのである。/もうそこには砕け散る光の波などはない。睡蓮も、空も、あらゆる自然がかたちを失って、名づけようのない混沌とした暗い複雑な色調の奥へ奥へと呑みこまれて行く。(略)モネは光を追いつづけてこの闇に達した。光のあらゆる飛沫をのこりなくとらえようとする彼の技法上の精進が円熟に達したとき、逆に彼の内部から闇が噴出して光をかき消してしまった。その闇が、たしかにワグナーの闇と和音を奏でている。噴出してきそうな闇の気配は、そういえばほかの七つの壁画の背後にもたゆたっている」

江藤はモネの「光」の向こうに「闇」を発見した。睡蓮を見て、バイロイトで聴いたワグナーのオペラ

「パルジファル」の幻覚に囚われる。江藤が西欧文化の底にあると考える「すかし模様」(ドニ・ド・ルージュモン)を見るのだ。「すかし模様」とは、「愛と自己破壊との合一を希求する危険な闇の情熱」であり、「死の自覚」とも言うべきものであった。江藤の資質のなかに強くある「官能」が、全開されていくようなヨーロッパの芸術体験がここにはある。

江藤はオペラ、美術館だけでなく、劇場もたくさん訪れて、よく芝居を観ている。『西洋の影』では、シェイクスピアを愉しみ、イオネスコの反演劇《アンチ・テアトル》「禿げた女歌手」をも愉しんで、批評エッセイを書いている。全身で西洋を吸収する旅なのだった。

江藤の「もう一人の指導教授」といえる大岡昇平に、『ザルツブルクの小枝』という本がある。大岡がやはりロ財団の研究員になった時に、欧米を廻った紀行文である。その中に欧米漫遊から帰ったばかりの小林秀雄が大岡に教えたことが出てくる。「外国の芝居というものは、わかりっこのない代物だ」「みんなわかったような気になって、劇場に二時間坐って来るだけだ」。大岡はなるほどとは思うが、五分の一でも理解できればいいと考え、芝居を観ることにした。『ザルツブルクの小枝』を江藤は当然読んでいた。江藤の芝居エッセイは、自分はシェイクスピア劇もフランスの前衛劇も十分に味わい得たという報告書だった。小林の「教え」に大岡以上に逆らったのが江藤だった。

大岡は後年になって、徹底的な江藤淳批判に転じる。その頃の福田恆存宛ての手紙で、「江藤のインチキについては「小林秀雄」が出来上がった頃から油断してなかったのですが」と書いている(福田逸『父・福田恆存』)。大岡いうところの「江藤のインチキ」とは、批評家の先達としての小林を持ち上げて評伝に書きながら、同時に小林を秘かにライバル視し、超えようとしていた江藤の憎々しい根性を指しているのではないだろうか。

江藤淳の『小林秀雄』は欧州旅行から帰国後に、連載が完結し、年内に講談社から刊行された。A5判箱入りの重厚な本に仕上がっている。帯には平野謙が、「江藤さんは私のしたたかな論敵といってもいいのだが、敵に塩をおくるのは私の本懐とするところである」として、長文の推薦文を寄せた。「錯綜し、動乱する昭和文学史をつらぬく虹のような一文学者の詩魂を、江藤さんは見事にここに定着した」。本の口絵には、小林秀雄の特写写真が掲載された。撮影日は発行日のわずか半月前である。カメラはやや上から小林をソフトフォーカス気味にとらえている。ジャケットを着て、腕を組む小林は自然体である。二年前に江藤が小林の書評でカラんだ、「おさまりかえったものだ」という形跡はどこにもない。江藤の小林への苛烈なライバル意識を知ってか知らずか、いい表情で撮影に応じている。

小休止に忍び寄る虚無

『小林秀雄』の刊行は、江藤にとっては一区切りだった。文壇デビュー以来五年間、走りに走ってきた疲れが出たのか、昭和三十七年（一九六二）の仕事のペースは極端に落ちている。朝日の「文芸時評」は続いているし、毎月のように雑誌に顔を出してはいるが、全力投球といった原稿が見当たらない。夏からのアメリカ滞在に備えての小休止、と位置づけていたのだろうか。ここまでの五年間は半年刻み、いや三ヶ月刻みのペースで新しい仕事にチャレンジしてきていた。五年間で優に他の著述家の十年分の仕事はしている。

文壇では、折りからの純文学論争が続いていた。平野謙、大岡昇平が火付け役になったこの論争を、江藤は「文学の現状が荒廃し切っているからである」と一刀両断している（「青春の荒廃について」「群像」昭37・4）。江藤はこの批評文の中で、山本健吉の「十五年ひとむかし」を引用して、明治の文学者は「若さの主張者としての役割」を終えて三十代で、「別の方面に生きる道を見出す」か、筆を折るか、抹殺されるか、自殺するか、そのいずれかだったことを確認する。山本が「中年の敗北と甦生」と書いたところを、江藤はわざわざ「成熟」と言い換える。自分と同世代の大江、石原のみならず、五十代に達した平野謙が「成熟の放棄」をしていることを厳しく問い質している。二十九歳の江藤が「成熟」に舵を切ろうとしていることは明らかだ。江藤もまた明治の先人のように「別の方面」を模索しなければならないところにさしかかっていた。

私生活では、江藤家にまた住宅問題が再燃していた。「本と犬と引越しと」(「成城大学新聞」昭37・5・17)という随筆に、三月一日に下目黒から麻布笄町《こうがいちょう》(今の西麻布)へ、続いて四月十五日に代官山のアパートへと目まぐるしく引越さざるをえなくなったと書いている。下目黒も麻布も立派な邸宅だったが、屋敷の主が外国にいるので、「留守番」をしていたまでで、主が帰国すれば家はすぐに明け渡す。今度はアパートなので、蔵書の処置に困る。

「他人の本の評判を書き、自分でも本を書くというのが私の主な商売であるから、知らぬ間にずい分本がたまった。その本をぼんやり眺めているうちに、ふとあの本はなくてもよいなというようなことを思った。そう思うと、あの本も、その隣りのも、なくてもいいような気がしはじめ、いっそこの書棚に一冊も本がなかったらどんなにいいだろうというような気持がしはじめた。そういえば、書棚もないほうがいいのではあるまいか。この邸もなくてもいい。私も、……私だってここにいるのはただの偶然で、これもなくてもいいなという気がする」

小休止のゆるみに忍び寄る虚無なのか、引越し窶《やつ》れなのか。エッセイの軽いタッチに紛れているが、江藤は深い疲労感に襲われている。結局、本は「三田文学」以来の友人である山川方夫に預けることに決まる。箱づめにして、アメリカから戻るまで、山川家の神奈川県二宮町の別荘の納戸に預けっぱなしとする。本を詰める箱三十五個が届いた。それはまるで「白木の棺桶」だった。「あのどれかのなかに、ひょっとしたら私自身がはいっているのではなかろうか。そういえば、家内も、ダーキイも、かならずあのなかにいるにちがいない。棺桶はおそらく誰にもとがめられずに、友人の別荘の納戸におさめられるだろう」。自分も夫人も愛犬も、「質量のない影」になってしまっていて、「空中に浮かぶ」。そんな幻覚を書いているのだ。

　この時期の江藤の原稿でもっとも熱がこもっているのは、日本文学を論じたものではなかった。イギリスの作家ローレンス・ダレルの話題作『アレキサンドリア四重奏』を論じた「現代と小説」（「文學界」昭37・8）である。江藤は純文学論争を批判しながら、問いかけを発する。「人々は、現代日本のジャーナリズムのなかで、どんな小説が相対的に可能かということを論じはしても、そもそも文学がなにをなしうるかということを自問しようとはしない。だが、第一義的な問題というものは、いつもこういう野暮くさいかたちをしているものである」。江藤がこの評論で論じていることは多岐にわたるが、この大長編小説の中で「唯一の評論的な章」で、ダレルが芸術観を語った「とんまな兄弟《ブラザー・アス》との会話」を中心に据えている。その章には、「芸術の根本目標は、究極の治癒力にみちた沈黙を喚起すること以外にはない」とか、「そのとき、抱かれた赤ん坊のように、君は「一息ごとに世界《ユニヴァース》から乳を吸う」ことができるだろう！」とある。文学とは「自他のなかにある渇望と、それを充たす本質的な浄福感を与える」ことではないか。

　ダレルの文学から江藤はさまざまな命題を引き出している。高い次元の功利性、死と想像力の類縁性、ケルトの霊、現代においてロマンティシズムは可能か、「絶望」と連れ添った「時間」——。小説世界の豊饒に身をゆだねながら、「しかし」と江藤は書く。「私には、この引喩に充ちた該博浩瀚な作品——しかも外国語で書かれている作品を、「一時代の傑作か真の傑作か」軽率に判断する自信がない」。アメリカ留学を目前に控えて、外国文学を日本人が真に味わい得るのか、という懐疑に襲われている。同時期に行なった座談会「日本文化と外国文化」（「群像」昭37・8）では、こんな言い方をしている。

「ぼくが痛切に感じることは、どんなにヨーロッパが好きになろうとアメリカが好きになろうと、われわれ一人々々の問題として考えれば、小説も批評も日本語で書くしかないということ、それがやはり一番痛切な問題じゃないかと思うな。東西文化の交流とかなんとかいうけれども、われわれは英語や仏語で文学になるような文章は書けませんよ。やっぱり一番よく知っている言葉は日本語で、これがすべての根本だと思いますね」

猛禽のごとく、芋虫のごとく、蝶のごとく

江藤夫妻がアメリカに旅立ったのは八月二十四日だった。羽田空港には大江健三郎ら十数人の友人が見送りに行った。江藤の随筆「あごのはずれた話」(「ヒッチコック・マガジン」昭38・1)では、吉祥寺時代のアパートの管理人のおじさんと、池之端の呉服屋の主人という毛色の変わった見送り人のことが書かれている。呉服屋の主人は、「先生、アメリカなんてえ野蛮な所へ行って大丈夫ですかい。あんたぁよくったって、奥さんが気の毒でならねえ」と、「春風亭柳橋みたいな眼をしょぼしょぼさせた」。

呉服屋の主人の心配はすぐに的中する。ロサンゼルスで慶子夫人は腹痛を訴える。あいにく労働祭の休日で医者が見つからない。『アメリカと私』冒頭の著名なエピソード、江藤が「一度は米国の社会と寝ていた」(傍点は江藤)と表現した「手荒な洗礼」である。病人は不適格者であり、「悪」であること、夫人の入院費用は自己を主張して合法的に取り戻すこと、米国社会はソーシャル・ダーウィニズムが依然として通用していることを江藤は体得する。「適者生存」の論理である。

『アメリカと私』では、米国社会の第一原理を知る契機だった夫人の病気は、随筆「あごのはずれた話」では、落語のまくらのような笑話として語られる。こちらでは退院直後に、夫人の顎がはずれて大騒ぎになった一件が書かれる。本格的なアメリカ論である『アメリカと私』には必要のないエピソードなのでカットされる部分である。江藤淳のアメリカは、練達の書き手らしく、事実が巧妙に取捨選択してある。こ

れはほんの一例に過ぎない。夫人の入院は『アメリカと私』では三日間、随筆では六日間と違っていたりもする。プリンストンで江藤を迎えた経済学者の鈴木光男夫妻は、プリンストン到着が遅れた江藤が、「あごがはずれた話」を面白おかしく披露したことをいまだに強く記憶していた。慶子夫人の「過労と馴れぬ風土に来たための単純な胃けいれん」(『アメリカと私』)を、江藤は「適者生存」の世界での「悪」として、大っぴらにはしたくなかったのだろうか。

江藤が東部のニュージャージー州プリンストンに到着したのは九月十七日だった。朝日の「文芸時評」で日付が明記してある。まだ三ヶ月間は「文芸時評」の任期が残っていたのだ。江藤は西海岸でも日本のジャーナリズムの仕事をこなしていた。サンフランシスコで「週刊朝日」(昭37・9・21)のために取材し、特派記事を書いた。太平洋をヨットで単独横断して、一躍「若い英雄」になっていた堀江謙一青年会見記である。

インタビュー開始前、堀江青年は同席した慶子夫人に、自分が持っていたカメラと同じですと話しかける。「私はそのときほとんどひとりのジュリアン・ソレルが目の前にあらわれたような気がして、舌を巻いた。これはまるで外交官の口のききかたではないか」。堀江青年の目の「輝きは頭のよさを、よく変る表情はぬけめのなさを、[目の]動きは内心の落着きのなさをあらわしているであろう。しかも、ある瞬間には、はっと胸をつかれるような虚無的な、さびしそうな目をすることもある。それは陰惨といってもよいような感じで、いったい君は大丈夫なのかと、どやしつけてやりたいような気持にさせられるほどだ」。この会見記の特異さは、江藤が堀江青年の中に自らの影を見つけたからであったといえる。江藤は「戦後青年の特徴であるなにかが欠け落ちた心」を堀江青年に発見し、「その欠落した部分はたしかに私のなかにもあり、私はそれを埋めるのに自分なりの苦労をして来た」と書いた。目の前の堀江青年は、タイム・ラグのある自画像だった。

堀江青年は帰国後すぐに『太平洋ひとりぼっち』を出版した。ベストセラーとなり、石原裕次郎が堀江青年となる映画もつくられる。本は発売直後に朝日新聞（昭38・1・5）で、「今日の世代を表現した代表的文学」「三十七年度の文学的一事件」と絶賛された。「堀江青年の文章の発想には、だれにも見誤る事の出来ぬ一つの性質がある。それは、自分には功名心も無論あったが、それより自分はヨットが好きだったという事の方が根柢的な事であった、という主張である」。そう書いた人物は、当代の文学には発言しなくなって久しい小林秀雄であった（本のゴーストライターは村島健一）。

プリンストンで江藤夫妻を迎えた鈴木光男は「プリンストンと江藤淳」（『アメリカと私』講談社文庫版「解説」）で、初対面の印象を綴っている。「何から何まで眼にふれる一切のものを批評してゆくこの若い人の話を、狙った獲物は決して逃がさぬ猛禽を見るような思いで、ただただ畏れをなして聞き入った」。江藤と鈴木は専門分野こそ違っていたが、歌舞伎の話、ヴェルレーヌやリルケの詩の話で意気投合した。プリンストンのような大学町では「どこから来て、何をしていますか」と聞くのは、一種の礼儀であった。「私も江藤さんに「何をしに来たのか」という大変失礼な質問をした一人だが、私が聞いたときには、「フィツジェラルドを研究するつもりです」という返事であった。しかしそれはどこかうつろな返事であった。フィツジェラルドと江藤淳とは私のような門外漢が聞いても全くなじまぬ関係のように思えたし、また何よりもそのことを本人がよく知っての上での返事であることが、その言葉のニュアンスによく現われていた」。

この頃の自身を江藤は『アメリカと私』で、「社会的な死を体験していた」と書いている。大学の象徴であるナッソオ・ホールの鐘が響くと、江藤には「その荘重な、どこか清教徒的な響きには、大学という「城」が場違いなものたちに向けている嘲笑がこめられているように感じられた」。一日の終わりを告げる鐘に「嘲笑」を聞く状態とは、ロンドン留学中に神経衰弱に陥った漱石にも近い精神状態である。このままの状態が続けば、「夏目狂せり」ならぬ「江藤狂せり」ともなりかねない。江藤は「あーあ、ナッソオ・ホールの鐘が鳴るう、か」と流行歌にもならぬ文句を口ずさむ。夫人が「何をいっているのよ。おかしな人ねえ」と、「それでも少しは安心したような声でいった」。単身留学だった漱石との違いに、江藤は救われるのだった。

江藤が「仮死」状態から脱するのには、二ヶ月近くがかかった。鈴木光男から見ても「死と蘇生の様子は傍目にも明らかであった」という。その変化は「猛禽のごとく現われ、芋虫のごとくひっそりとしていて、蝶のごとく変身したかのよう」に目まぐるしく鮮やかであった。江藤は『アメリカと私』では、「大小の事件が、たてつづけに私におこったからである」と冷静に書きつけている。黒人学生入学をめぐってのミシシッピ大学での流血事件、世界大戦の悪夢が現実化したキューバ危機といったアメリカ国内の大ニュースは、「米国という国の輪郭と構造を、にわかに手にとるように浮び上がらせて見せた」。

この発見の最大の収穫は、エドマンド・ウィルソンの新刊書『憂国の血糊』と出会ったことであろう。ウィルソンはプリンストン時代のフィッツジェラルドの親友であり、日本でいえば「小林秀雄と中野重治を足して二で割ったような存在」(『批評家の気儘な散歩』)の文芸批評家である。『憂国の血糊』は南北戦争の文学的研究であるが、江藤にとっては大事な問題を「序文」から受け取る。「北部の勝利が南部に対する北部の倫理的優越を物語るものではないように、米国の日本に対する勝利も米国の倫理的優越の証明にはならぬ。太平洋戦争は膨張する二国間の物理的・生物的衝突」であるという認識である(「『不安な巨人』日本について」「東京新聞」昭38・1・12)。

個人的な大事件は、『小林秀雄』が新潮社文学賞を受賞したことだった。朗報は十一月十四日に伝えられた。直後に書いた朝日新聞(昭37・11・25)への原稿が喜びを手放しに表わしている。賞と名のつくものは初めての体験だった。

「今夜、私は家人とふたりでとっておきのブドウ酒の封を切り、いささか自祝してから、ブラックマー教授の講義に出かけるつもりである。そこには、極東の日本に小林秀雄という強靱な精神がいて、フランス象徴主義の果汁を万葉以来の日本文学の持続のなかに注入し、近代日本という稀有な実験の時代を、自己の宿命を生きることによって生きぬいて来ているという事実を知る者は、おそらくいないであろう」。しかし、『無常といふ事』がいつか西欧の読者に読まれる日は来るのではないか。『小林秀雄』を「なかじきり」にするつもりでアメリカに来たが、これでしきりがぴたりとしたという感じもする。もうあと戻りは出来ないのである」（傍点は江藤）。

さまざまな事件の中で、この朗報が最大の「事件」だった。江藤は「なかじきり」という言葉を使っている。『小林秀雄』は一年前に擱筆、刊行したものである。その仕切りが中途半端のままの一年だった。その一年は江藤にとっての低空飛行の一年間であった。「しきり」の向こうには、新しい挑戦の対象も姿を現してきていた。巨大な相手に不足はない。自軍の陣地を固めるものが「万葉以来の日本文学の持続」であることとも、受賞の原稿に書かれている通りだ。受賞は三十歳を目前にしていた江藤に、「別の方面に生きる道」を指し示す合図となった。

江藤は「私の日本回帰」（「東京新聞」昭41・1・20）というエッセイで、アメリカで世阿弥の「風姿花伝」をたまたま開いて、涙したことを回想している。いつの間にか音読し、「自分の血肉にひびく切実な言葉として」受け取る。江藤が感動したのは「年来稽古条々」の「二十四五」歳の一節である。「たとひ、人も褒め、名人などにも勝つとも、これは一旦珍らしき花なりと、思ひ悟りて、いよ〳〵物まねをも直ぐにし定め、名を得たらん人に、事を細かに問ひて、稽古をいやましにすべし。されば、時分の花をまことの花と知る心が、真実の花に猶遠ざかる心也」。江藤は自らの二十代は「時分の花」に過ぎなかったことを、声に出して読みながら思い知ったのであろう。「芋虫」の時代の涙である。江藤と「風姿花伝」はあまり結びつかないが、小林の『無常といふ事』の「当麻」が世阿弥の「花」をめぐるエッセイであったことは言うまでもない。小林秀雄という先達の存在は、日本にいた時よりも大きく見えてきていたのだろう。

新潮社文学賞の銓衡《せんこう》委員だった小林は、他の委員と同じく『小林秀雄』に選評を寄せた（「新潮」昭38・1）。論じられた対象が評するというのは珍しい。

「批評というものが、新しく何かを創り出そうとする動機のうちにある、少くともそういう時勢に生活を強いられているとは、いつも私が考えていたところであるから、江藤氏の批評的作品が、私自身を素材としているという事を特に考えようとは思わない。江藤氏自身のヴィジョンは延び延びとしている。私は、自身のヴィジョンが延ばせない否定的な批評を全く無意味と考えているから、こういう批評的作品をよいと思う」

銓衡委員八人全員が江藤を推した。他の候補作には安部公房『砂の女』を始め、木山捷平、野間宏、花田清輝、安岡章太郎の小説がひしめいていた。

第二十九章　日米架け橋の「優等生」か「反逆児」か

江藤淳は自らのアメリカ体験を反芻して、後年、挑発的な問いかけをした。

「いずれにしても、小島〔信夫〕氏や私のような、あるいは安岡章太郎氏や庄野潤三氏や有吉佐和子氏のような、ロックフェラー財団研究員とは、いったい何だったのだろう？　これらは後世の批評家や文学史家が、解き明さなければならない一つの興味深い宿題である」（『自由と禁忌』）

ロ財団の文学者派遣プログラムは昭和二十八年（一九五三）の福田恆存と大岡昇平から始まり、三十七年（一九六二）の江藤まで十人が派遣された。江藤の『アメリカと私』はその中でもっとも目立った成果であった。安岡の『アメリカ感情旅行』、庄野の『ガンビア滞在記』、また有吉の『非色』、阿川弘之の『カリフォルニア』などの作品が派遣から直接生まれた本だが、アメリカ合衆国に対し、息苦しいほど真正面から対峙したのが江藤だった。

江藤の挑発への応答は着々と積み重なっている。ロ財団のアーカイブ資料まで調査した金志映（東大博士論文『戦後日本の文学空間における「アメリカ」――占領から文化冷戦の時代へ』等。現在は『日本文学の〈戦後〉と変奏される〈アメリカ〉』として単行本化）と梅森直之（「ロックフェラー財団と文学者たち」等）の研究があり、一方で、『アメリカと私』ただ一冊に絞り込んで論じた廣木寧『江藤淳氏の批評とアメリカ』という作家論も存在する。江藤の「アメリカ」と村上春樹の「アメリカ」を、フィッツジェラルド、プリンストン、フォニイなどの共通項を手がかりに対比させた坪内祐三『アメリカ――村上春樹と江藤淳の帰還』もある。

「アメリカ」には江藤淳という批評家の秘密の鍵があると考えられるのだから当然である。上記の成果を参考にしながら、江藤の「宿題」に取り組むのが礼儀であろう。

大岡昇平、五年間の「自粛」

戦勝国アメリカの「贈与」で、敗戦国日本からアゴ足つきで一年間派遣されることにこだわりを強く持ったのは、第一陣に選ばれた大岡昇平だった。「ロックフェラー財団の奨学資金を受けたので、或る進歩的評論家は「大岡は戦争の俘虜になっただけでは飽き足らず、こんどはアメリカの文化的俘虜を志願した」と書いた。何て了見の狭い野郎だと呆れ返り、貧乏文士の収入では追っつかない外国旅行を、ただで来る機会を捉えたのが何が悪いと力み返」った、と書かずにいられなかった。帰国の一年後の文章である（「旅の初め」『ザルツブルクの小枝――アメリカ・ヨーロッパ紀行』所収）。晩年の埴谷雄高との対談では、ロ財団に感謝しつつも、掌を返したことを認めている。

「オブリゲーションはなしの約束だった。福田〔恆存〕は帰ってから『平和論のすすめ』という例の論文を書いてアメリカのために大いに貢献したんだけれども、おれは何もしない。ま、前にもいったが五年間アメリカの悪口いわなかった。それだけだよ（笑）」

毒舌の大岡にして、五年間もの「自粛」期間があったというのだ。大岡の言う福田恆存の論文とは「平和論の進め方についての疑問」（「中央公論」昭29・12）を指す。岩波の「世界」などに拠る空想的な平和論者たちを批判し、進歩派全盛の論壇で、福田が保守反動として、栄光ある孤立を選んだ評論である。「ロックフェラー財団から金をもらって外国へいったのだから、アメリカびいきになるのはあたりまえだ」と福田は陰口を散々叩かれた（竹内洋『革新幻想の戦後史』）。江藤をロ財団に推薦したのは、他ならぬ福田恆存であった。

「私のレポートでは、江藤淳について書いた。近いうちに彼に会いたいと思っている。福田は、新人たちの中で彼が最も優れていると考えている。彼もまた慶応ボーイであり、その思考様式は活動的で実際的である。しかしながら、彼の書いたものを注意深く読んでみたが、まだ彼の方向性がわからない」（梅森直之訳、「インテリジェンス」十四号）

この文章は評論家の坂西志保からロ財団のファーズ文化部長に送られたものである。日付は昭和三十四年（一九五九）一月三日である。江藤が実際にファーズに会うのは二年後の昭和三十六年四月であり、アメリカ行きが内定するのは六月であった。二年間にもわたる内偵期間があったことになる。江藤に至る十人すべては、ファーズと坂西の慎重な審査を通過した文学者であった。

坂西志保という名はいまや忘れられた存在だが、当時のジャーナリズムでは際立っていた。「文藝春秋」（昭35・12）が「現代日本のオピニオン・リーダー」十人を選んでいる。小泉信三、丸山眞男、花森安治、大宅壮一などと並んで、坂西は紅一点で登場している。

「明治二十九年生　東京女子大卒　二十六歳で渡米　開戦時まで二十年間にわたりアメリカに生活した女性には珍しい鋭い知性の持主であり　海外事情に通じていることからも　女性評論家の第一人者である現在憲法調査会　外交調査会など政府の諮問機関の多くに女性代表という形で名を連ねている」

六〇年安保の新聞記事などを見ると、若手代表の江藤と並んで、女性代表の坂西がコメントを寄せていたりする。江藤の著作のみならず、こうしたコメント類にまで目を通して、アメリカに迎えるにふさわしい人物かどうか江藤を鑑定していたのが坂西だった。坂西は昭和三十六年三月三日付けファーズ宛て書簡で、「過去三年にわたり、私は彼を注意深く見守ってきた。彼は成長しており、とても見込みがある」（梅森訳）とした。合格である。福田恆存のような優等生になるか、大岡昇平のような反逆児になるか。文学者は手なずけ難い人種である。江藤の場合にはどうなるのだろうか。

坂西は庄野潤三の『ガンビア滞在記』に解説を寄せ、「始めてアメリカに行く人に、老若男女を問わず、私は『ガンビア滞在記』を読みなさいと勧める」と書いた。アメリカ中西部オハイオ州の小さな大学町の日常生活を描いた庄野は、理想的な優等生と判定されたのだろう。この解説で坂西は、文学者派遣の当初の目的を書いている。「当時の日本にとって海外事情を詳細に書いてくれる人たちこそ、ほんとうにこれからの日本の民主主義の手本を示してくれることになると思ったからである」。昭和三十二年に出発した庄野は単身ではなく、夫妻で行くことができた。「民主的生活様式を学ぶということなら家庭から出発しなければならない」、「夫妻で一年留学ということになると、新しい経験を分け合い、終生いろいろ効果があがる」というのが「民主主義」の伝道者坂西の主張だった。そう語る坂西自身は生涯独身を貫き、たくさんの猫と暮した。遺産は日米文化交流の拠点である国際文化会館と殉職警察官遺児育英基金へと寄贈された（『坂西志保さん』）。

江藤は昭和五十一年（一九七六）の坂西の死に際して、「ほんとうに誠実なアメリカの友だった」と追悼した（「週刊現代」昭51・2・12）。プリンストンの江藤のもとに、坂西が来たことがあった。二十一年ぶり、戦後初の訪米だった坂西は自動車、電気冷蔵庫、電気洗濯機の普及にびっくりした。民主主義の啓蒙書を何冊も出し、「アメリカ的生活の学ぶべき所以を日頃力説して」いた坂西は、ケネディ政権下の「繁栄をきわめていたアメリカの自己満足をズバリと批判」したという。坂西と戦後のアメリカとの距離をわざわざ強調したのが江藤の追悼文である。

春名幹男の『秘密のファイル――CIAの対日工作』では、坂西を「日本外務省への情報提供者」と断定している。同書では、坂西「二重スパイ」説も紹介している。しかし、インテリジェンスの観点で坂西の人生を切り取るのは誤解のもとではないだろうか。石川啄木『一握の砂』や与謝野晶子『みだれ髪』の英訳者、斎藤博大使の飲み友達、米議会図書館東洋部長、ワシントン在住日本人の中心人物という多面体として見るべきだろう。昭和十七年（一九四二）、日米交換船で帰国すると、「この戦争は敗けるよ」と戦争の早期終結のために動き、居丈高な軍部とやりあうことも辞さなかった。安岡章太郎は坂西について、「独立した個人の強い姿勢」を感じたと追悼している。

坂西は戦後すぐ、マッカーサーから直々に呼び出され、ＧＨＱのＣＩＣ（米諜報部隊）に二ヶ月ほど配属された。当時の坂西をよく知る朝日新聞の杉村武は、治安維持法撤廃、新憲法成案などに重要な役割を演じたとする。杉村は坂西から聞いた「嘘のような話」を書き留めている。近衛文麿がマ元帥を訪問した時、政治改革の抱負を質問された近衛が「制度の改革」と答えた。その通訳が咄嗟に institution という単語が出ず、間違って constitution と訳してしまった。「かくてぞ帝国憲法改正は動かぬものとぞなりにけるで、つまり新憲法を生むきっかけを作った」というのである（杉村『随想酒中花』）。坂西が国家公安委員に内定した時には、社会党は「坂西は親米だ」と反対した。男言葉を話す「紅一点」は、「バッカな奴ですよ」というのが口癖だったとも杉村は記している。

プリンストンの住人たちと米国人の友人たち

江藤は出発前に東京で何人ものアメリカ人を坂西から紹介された。プリンストンの経済学者ロックウッド教授夫妻とは大磯の坂西の家に招かれ、昼食を一緒にしている。坂西は「アメリカ人と少しも変わらないみごとな英語」を話した。『アメリカと私』の中で、「出来るだけ多くの人と交わり、アメリカを知るのが何より肝要だ」と言って江藤を送り出した「財団のアドヴァイザー」とは、坂西のことと思われる。

『アメリカと私』にはたくさんの人物が登場する。「私」と「家内」のまわりには実名、仮名、イニシャルの人物が配されている。実名で出てくるのはプリンストンの教授陣や他大学の日本学者などである。江藤の身元引受人となる東アジア学科のマリアス・ジャンセン教授は『坂本龍馬と明治維新』の著者であり、ファーストネームで呼び合う関係になる。日本で一度会っただけだが、江藤夫妻のアパートを準備してくれていた。漱石の研究者ヴィリエルモ助教授は、ことあるごとに江藤の感情をかき乱す。彼は「phony（わざとらしい）」として江藤から嫌われる。狭い大学町で実名なのだから、本の出版は筆誅そのものである。

学生たちや町の住人はおそらく仮名である。親切だが意志薄弱、成績不良の大学院生ビル・ネルソンは鷗外の短編「蛇」を論じた小論文の書き直し事件を起こした。「この事件を、私はだれにも口外しなかった」と書くことで、江藤はこの劣等生を罰している。他にも日本語を読めたら江藤を許せないと思いそうな描かれ方の人物が何人もいる。江藤は「私の文章を読んで傷つく米国人もいるだろうと思うと胸が痛むが、そういうとき、私は、彼らに傷つけられた自分自身の傷が痛むのも、同時に感じているのである。といっても、私は腹いせに書いたのではない。その痛みの実在を確かめるために書いたのである」と「あとがき」に記している。

留学中の日本人学者はイニシャルである。彼らの実名をいま記すと、武者小路公秀（後の国連大学副学長）、綿貫譲治（後の上智大教授）、柳瀬睦男（後の上智大学学長）、東工大に江藤を呼ぶ役割を果たし、同僚となる鈴木光男などである。

不思議なのは、かなり重要な二人の「米国人の友人」の名が明かされていないことだ。一人は国務省の外交官、もう一人は精神科医である。前者は仕事がら名前を出せなくてもやむを得ない。後者は『アメリカと私』の冒頭で、「外国暮しの『安全圏』も一年までだね。一年だとすぐもとの生活に戻れるが、二年いると自分のなかのなにかが確実に変ってしまう」と江藤に向かって述懐する人物である。江藤はこの言葉を折りにふれて思い出す。江藤のアメリカ体験を支配する言葉を発した人物なのである。江藤は「安全圏」を踏み越えて、ロ財団の「贈与」のない滞米二年目を、大学に職を得て「私立の活計」（福沢諭吉）

の道に入る。「安全圏」に留まらず、身を危険にさらす江藤の生き方を引き出した言葉である。江藤が「仮死」状態から復活する時も、この友人は重要な役割を果たす。

「その晩、私は、二時ごろまでかかって、一本の指でタイプライターを叩きながら、ニューヘヴンの郊外に住む米国人の友人に、長い手紙を書いた。彼は精神分析医であった。そうしているうちに、戸外では雨が降り出し、そのしめやかな音は、いつか自分が大研究に没頭しているような幸福な錯覚のなかに、私をくるみこんでいった。あるいは、それは事実そうだったかも知れない。なぜなら、手紙を書くことによって私が無意識のうちに捜し求めていたのは、結局自分の核――プリンストンに来て以来、無限に気化して行くように思われた、自分自身の核だったからである」

万年筆で原稿用紙に向かうのではなく、不器用に英文タイプを叩くのであっても、江藤は「書く」ことによってしか「仮死」から自己回復できないことに、この時気がついたはずである。この友人は「職業柄もあって人の話をよくきいてくれる」頭の鋭い医師であり、「なにかに挑むようにして、むきになって生きていた」。ジャンセン教授と外交官と精神科医、江藤にはこの三人が「それぞれ私の違う部分に触れるものを持っていた」。

プロフィールを確認すれば、この友人がエール大学のロバート・リフトンであると簡単にわかる。それなら実名を出して何の問題もないはずである。『アメリカと私』という本は、帰国直後に「朝日ジャーナル」に連載された第一部と、米国滞在中に日本の新聞に送った「アメリカ通信」の第二部という構成になっている。実はリフトンの名は第二部の最後、謝辞に相当する部分には他の日本学者と一緒に名前が出てくる。滞米中の講演を活字化した「近代日本文学の底流」「明治の一知識人」の謝辞でも名前があり、帰国後の『成熟と喪失』『批評家の気儘な散歩』の「あとがき」にも登場する。『成熟と喪失』に大きな影響を与えた『幼年期と社会』の著者エリック・エリクソンが、「友人ロバート・リフトン教授の師であることを知って、私はこの精神病理学者を単なる抽象的な名前と思うことができなく」なるのである。

リフトンは一九二六年ニューヨーク生まれのユダヤ人で、朝鮮戦争の時に米空軍付きの精神科医として訪日した。その後、中国における洗脳を研究して『思想改造の心理』を出す。昭和三十五年から二年間は、京都と東京で日本青年の心理研究をし、引き続き五ヶ月半、広島で七十人の被爆者から長時間の聴き取り調査を行なった。江藤の在米期間は被爆者の研究をまとめている時期であり、昭和四十三年に『ヒロシマを生き抜く』という大著となり、全米図書賞を受賞する。四十六年に出た邦訳を読むと、広島大教授の桝《ます》井迪夫《いみちお》の「訳者あとがき」に、「土居健郎博士〔『「甘え」の構造』の精神科医〕、江藤淳氏が御多忙のなかを校正刷に目を通され、御指導と御助言を与えられた」とあり、友情に応えたとわかる。

原爆投下という「禁忌」

ロバート・リフトンという固有名詞が『アメリカと私』で消去されたのは、原爆投下という禁忌の前面化を避けるためだったとしか考えられない。それ以外に名前を出さない理由はないのだ。大岡昇平が五年間アメリカの悪口を自粛したように、江藤はリフトンとの約束か、あるいはロ財団への遠慮かで、「米国人の友人」としか記さなかったのだろう。

『アメリカと私』に原爆の記述が出てこないわけではない。真珠湾の話題に比べればささやかなものだが、二箇所に出てくる。一つはヴィリエルモ助教授との二人だけの会話の場面である。日本人への不満を述べるヴィリエルモに向かって、日米関係の根本的改善はわけもないと江藤は言い放つ。「それには、合衆国大統領が特使を送って、公式に原爆投下に遺憾の意をあらわし、併せて沖縄県を返還すればよい」。「とんでもない」とヴィリエルモは声を上げて反論する。「原爆を落したのは、戦争中ですからね。アメリカ兵の生命を助けるためには、仕方がなかったのですよ。それに、沖縄は、アメリカが大きな犠牲をはらってやっととったのですからね。とてもとてもかえせませんねえ。（略）日本は無条件降伏をしたのですよ」。『アメリカと私』の中では、江藤はこの議論に反対を述べていない。現実には、江藤がここであっさり引き下がったとは思えない。江藤の猛烈な再反論は割愛されているのだろう。

佐藤栄作内閣時代に沖縄返還が実現したにもかかわらず、米軍の基地がずっと残ったことを江藤は問題にした。最晩年の「日本・第二の敗戦」（「文藝春秋」平10・1）では、「日米防衛協力のための指針《ガイドライン》」によって「もう一度日本が軍事的な空間として、全面的にアメリカの空間に取り込まれる」ことを危惧した。オバマ大統領は平成二十八年（二〇一六）、広島平和記念公園にまで自ら足を運んだ。「死が空から降ってきた」で始まる長い演説は原爆投下の責任の所在が不明確な、白々しい美文調であった。江藤が納得できる「遺憾の意」とはほど遠いものでしかなかった。

『アメリカと私』の中でのもう一つのヒロシマは、お茶の会で出会った「湯川秀樹博士の「親友」だというふれこみの」物理学者J・A・ホイーラー博士である。博士は「原爆製造の「マンハッタン計画」で、重要な役割を果した人」だった。「原爆製造の当事者」と世間話をすることに江藤は抵抗を感じ「辛かった」と書く。そうした記述は書けても、原爆の倫理的問題を被爆者の証言に基づいて追及中だったリフトンの名前は書けなかった。

広島に生まれ育ち、昭和三十年にロ財団から派遣された阿川弘之のケースも研究した金志映は、阿川の原爆についての表現の変化に注目している。阿川の長編小説『魔の遺産』は金志映によれば、「原爆投下の人道的責任を回避するアメリカへの痛烈な批判が含まれていた」。坂西志保はファーズ宛て書簡で、「〔阿川は〕広島の主題から距離を置く必要があり、アメリカへの訪問は彼をこの主題から自由にすると思われる」（金志映訳）と記した。ロ財団の内部評価では、阿川のケースは留学制度のもっとも成功した事例と評価された。阿川は昭和四十年には原子爆弾は「もはや許していい時」になったと原爆文学アンソロジーの解説で書くようにまでなる。阿川ケースの「成功」をどこまで江藤が知っていたかはわからないが、原爆が危険なテーマであることは当然察知していただろう。

阿川の留学動機はロ財団資料によると、原爆とは別の「新しい文学の主題を探すため」だった。江藤の場合は「フィッツジェラルド研究」を放り出して、いくつかの「別の方面」にテーマが拡がっていった。それにはプリンストンという環境が大きく左右していた。江藤が到着した昭和三十七年の秋に、ジャンセン教授を主宰者とした「日本・その将来と期待」という小規模な学会が開かれた。『アメリカと私』では、その学会は「東京にいたときには思いもよらなかった角度から、日本という国の輪郭を、眼にしみるような鮮かさで描き出していた。私は、ひとつの力(power)である日本が、はじめて他者との明確な関係のなかに置かれているのを見た」と書いた。

この学会に関する感想はリアルタイムに近い「アメリカ通信」(『アメリカと私』の第二部)に詳しい。「現在の米国の日本研究がもっぱら政治的要請から行われている」こと、米国の識者の対日観はかつて「東亜の盟主」を自任し自信過剰に陥っていた日本が、いまや「不安な巨人」になったと見ていること、その「巨人」の部分が摩擦を引き起こしかねない経済的競争関係であること、などであった。議論には日本の外交官も対等に参加していた。その中では朝海《あさかい》浩一郎大使が取り澄ました随員たちと違って、「ドテラで朝酒をひっかけても似合いそう」な風貌で、主張にはユーモアと説得力があるのに江藤は感心する。「ブロードウエイのミュージカルから村垣淡路守の日記まで引用して上手にしゃべり」、ついには米国の通念的な日本観にまで警告を発した。

江藤はこの時、日比谷高校生時代に外交官志望だったことを思い出したのではないだろうか。父親・江頭隆の反対でその志望はすぐに引っ込めたが、何人もの同級生が東大に進んで外務省に入っている。アメリカに来てしまったので結婚式に参列できなかった従妹・江頭優美子の結婚相手は、小和田恆という名のやはり東大出の有望な若手外交官であった。

プリンストンは東部の名門校らしく、現実政治と密接に関わる象牙の塔であり、ウッドロー・ウィルソン、ジョン・フォスター・ダレス、ジョージ・ケナンなど近代日本の命運を握った巨人たちを輩出していた。江藤が行った時には、ジャンセンが中心になって、「近代日本研究会議」がフォード財団の多額な援助を得て活発に行なわれており、その成果がプリンストン大学出版会から刊行されていくことになる。日本の「近代化」研究のメッカといえる地だったのである。

江藤の身元引受人のジャンセンの業績については、歴史家の三谷博が『明治維新を考える』で一章を割き、本人への取材をもとに記述している。三谷は「アメリカにおける学問的な日本研究の確立に貢献したもっとも重要な学者の一人である」と評価している。外国人として最初に文化功労者に選ばれるのは江藤が自裁した年であった。

ジャンセンはオランダ生まれで、江藤よりは十歳年上である。日本研究を選んだのは同世代の研究者と同じく日米戦争がきっかけであった。陸軍で日本語の速成教育を受け、「陥落直後の沖縄に上陸、十一月になって本土に移動した」。翌年七月には帰国、ハーバードの大学院に入り、ライシャワー門下となった。『坂本龍馬と明治維新』について、三谷は内外の維新の歴史書でただ一冊を推薦せよと言われたら、ためらうことなく挙げるという。「高度の学問的著述であるが、司馬遼太郎の『竜馬がゆく』と同じように読みやすく、知的な魅力ではるかに上回っている」、「国境を超えた、不朽の価値を持つ」。

母校プリンストンに招かれて、親友ジョン・W・ホールとすぐに企てたのが「近代日本研究会議」だった。日本の第一線研究者も正式メンバーとし、会議に日本語を採用するという画期的なアイディアに、丸山眞男は「日本史始まって以来の出来事」と評した。「異文明の徒にしてかつての敵国人を対等の知的パートナーとして処遇しようという志は極めて高い」と三谷は評する。ジャンセンが編者となった『日本にける近代化の問題』の邦訳は日本で大きな反響を呼ぶ。「経済優先の発想に飽き足らなかった文学研究者は、ジャンセンの「態度の変化」の研究に比較文化史の良い手本を発見し、丸山眞男門下の政治学者たちも比較政治への関心から「近代化」という用語を常時用い始めたのである」。

ジャンセンたちライシャワー門下の「日本近代化」論は、それまで左翼が描いてきた「暗い」近代日本像とは違う、「明るい」優等生の成功譚を提供した。江藤はその像に反撥していくのだが、米国内で反旗を翻したのはベトナム反戦世代のジョン・ダワー（『敗北を抱きしめて』など）たちだった。彼らはマッカーシズムの犠牲になったハーバート・ノーマンを顕彰し、「駐日大使として外交に直接タッチしたライシャウアーは無論、政府とは無関係であったジャンセン」たちを批判した。ダワーらがイデオロギー闘争に勝利し、米国の日本研究は現在に至るまで大きく歪んでしまった、と三谷は結論づけている。

江藤の「近代化論」への違和感はダワーたちよりもはるかに先行するが、その理由はまったく異なっていた。江藤はエドマンド・ウィルソンの『憂国の血糊』によって、アメリカの南北対立と近代の日米関係をパラレルに観察する視点を獲得していた。

「南部人の北部に対する憎悪には、奴隷制という自分たちのウェイ・オヴ・ライフを強制的に変えさせられたものの恨みがこもっており、北部人の南部に対する恐怖には、同化を拒みつづけ、自分のウェイ・オヴ・ライフに固執しつづける者への焦立ちが、隠されていた。（略）したがって、南北対立の本当の根は、むしろ、ひとつのウェイ・オヴ・ライフが、力によって他のウェイ・オヴ・ライフを征服しようとしている、というところにあるのかも知れなかった。（略）一方、ウェイ・オヴ・ライフの問題についていえば、北部からの影響にファナティックに抗しつづけている南部とはちがって、提督ペリーの来航以来、日本人は、欧米列強の圧力に対して独立を保つために、自分の手で自分のウェイ・オヴ・ライフを破壊しつづけて来ていた。人はそれを「めざましい近代化」と呼び、ウェイ・オヴ・ライフが自在に変えられるという幻想に頼って生きている。こういう悲惨さは、おそらく南部にはなかった」

江藤は昭和三十八（一九六三）年の正月を南部で過ごした。新潮社文学賞の賞金を充てて、夫婦で『憂国の血糊』が描く南部を旅行したのである。サウスカロライナ州チャールストンから始まる南北戦争の故地めぐりである。古い豪奢な館、落魄をきわめた黒人街、鈍い無表情に塗りつぶされた黒人たちを見て、「正しい」北部との落差を感じ、むしろほっとする。

「プリンストンに来て以来、何か物足らぬものがあると感じていたのが、このアイロニイ、一種の官能の澱《お》りのようなものであることがはっきりしたからである。社会的不正義もこれほどはっきりしていると堂々たるものに見える。それは、正義をかかげて隠微に自分を「生」から遠ざけて行く清教徒のカルヴィニズムより、私の感覚にぴったりする。少なくともここに偽りはないからだ」

優等生の「めざましい近代化」が光の領域だとすれば、そこには当然のことながら、影の部分が存在する。それはペリー来航以来、強いられてきた日本の制度であり、歪められた日常の感覚であり、何よりもうずいている日本人の傷痕である。夏目漱石をはじめとする文学者の近代との戦いは、それを抜きにしてしまっては何も語らないに等しい。

江藤は三月にフィラデルフィアの米国東洋学会で「近代日本文学の底流」という講演を行なった（邦文は「群像」昭38・6）。ジャンセンからの依頼であった。「日本の近代文学が、その西欧への志向にもかかわらず、あるいはむしろその故に、強固に持ちつづけている日本への復帰の衝動を論じ」た講演である。その結論部分で江藤は、「日本文学は西欧文学の圧倒的影響の下に近代化して来たが、かならずしも西欧化されて来はしなかった、ということでしょう。もしこの「近代化」と「西欧化」の間に横たわる基本的な相違を日本の作家たちがはっきり自覚しはじめるようになれば、日本の作家は今までよりも自由に、自信をもって語れるようになり、真の自己認識に到達できるのではないか」と語った。江藤の本格的な米国学会デビューだった。

講演の後にパネルディスカッションとなった。その場にはコロンビア大学に客員教授で来ていた中国文学の世界的大家、吉川幸次郎京大教授がいた。吉川はその時、「援護射撃的な質問」をした。江藤が終了後に御礼を言うと、吉川は「なにわかっていたのですがね、西洋人が〝近代化〟〝近代化〟と自分たちの専売特許みたいにいうのが面白くなかったものだから」と答えたという（江藤「吉川幸次郎」『新訂中国古典選第二巻』月報）。吉川という強力な援軍がどんな発言をしたのかは、これ以上はわからないが、江藤は当時のアメリカ学会の主流である「近代化」論者に逆らうことも辞さなかった。

講演会場にいた慶子夫人は柱の陰からOKサインを出した。江藤はこの時、アメリカで単なる訪問研究員ではなく、「批評家―文学者としての自分の署名入りの痕跡」を残すことに成功したと安堵した。これはかなり特異な反応である。そんなことをロ財団は要求していなかったからだ。有吉佐和子は坂西志保の追悼文で、坂西からの忠告の言葉を書いている。「外国へ行けば、もうあなたはNOBODYなのです。日本でどんなに有名であろうとも、外国で暮すとなれば誰もあなたが有吉佐和子だとは気がつかない」。有吉はNOBODYの一年間を、「私には青春であった」と坂西に感謝した。坂西が江藤に同じアドバイスをしたかどうかはわからないが、江藤は「NOBODY」に耐えられない人間であった。日本出発に際して、江藤は「日本のサルトルになる」と友人たちに宣言していた（柄谷行人「江藤淳と私」「文學界」平11・9）。

江藤にはアメリカで「別の方面」が一挙にいくつも開かれた。第一に現実の日米関係へのコミットであり、第二に「近代化」論批判であり、第三に日本古典の発見であった。スコット・フィッツジェラルドは遠いところに行ってしまった。それは江藤にとって望むところであった。

帰国から五年後、江藤は英語遣いで自民党知米派の宮沢喜一と対談する（「その次に来るもの」「季刊藝術」

昭44春)。ここで二つ大事な発言をしている。一つは日米関係についてである。「今日の日米関係が、むかしなら二度ぐらい戦争でもしなければ解決できないようなところまできているということを、政府はなぜはっきりと国民に言わないんでしょうか」。かなり大胆な提言だが、それをヤボではなく上手に知らせるべきだと言うのである。ここでの江藤の話しっぷりは、朝海浩一郎、下田武三という二代の駐米大使の発言を例にしていて、自分を駐米大使に擬するかのようである。江藤の発想のあり方がわかる。

もう一つは、アメリカの友人たちの話である。二年間の滞在でできた友人たちとの個人的な関係はいまでも貴重だがと前置きをしてから述べている。「私を一個の個人ではなくて、主として日本人の一インテレクチュアルとして扱おうとする人々もかなりいるわけですね。私はジャーナリズムで仕事をしている、そういう職業の人間ですから、私を通じての世論操作のようなことをすら考える。これはもちろん善意に考えるのでしょう。別に情報機関にたのまれてやっているというのでもなくて、アメリカ市民としての国家に対する義務感から、アメリカに友好的な人間をつくったほうがいいというような気持でやってくる。しかしそのたびに私はいたたまれないような反撥を感じたものです」

江藤には「吉祥寺の指導教授」埴谷雄高の「教育的指導」に反撥して、埴谷と訣れた前科があった。その事実を思い出させる発言ではないか。

第三十章　「もう一年、日本のために二人で頑張ろう」

昭和三十八年（一九六三）七月十八日、江藤淳は単身、アメリカから戻ってきた。プリンストン大学で日本文学の客員助教授に就任し、アメリカ滞在が一年延びたために、公私の所用を兼ねて一時帰国となったのである。

羽田の東京国際空港の出迎え陣の中には、意外な人物がいた。二年ほど前から江藤に急接近していた三島由紀夫である。新作長編『美しい星』の英訳刊行に動いてくれた江藤への感謝の気持ちも三島にはあったのだろう。スター作家の出現は一年間の不在を補って余りあった。

江藤は三週間の東京滞在の間に、一人アメリカに残った慶子夫人に五通のかなり長い手紙を書いている（大正大学図書館江藤淳文庫所蔵）。そのいずれもが興味深い内容である。三島のことは第一信で報告されている。「山川、菅原、片岡、川島、足立にまじって三島由紀夫夫妻が来ていたのには、おどろいた。あれも利口な人だ」。山川方夫や各社の担当編集者と一緒であった。「新潮」編集部の菅原國隆は三島と江藤双方の担当者なので、三島にも帰国の情報が入ったのだろう。第五信では、「〔八月〕一日に三島さん菅原さんとめしをくったが、あとで三島さんが、「江藤さんも立派になったなあ」と嘆息したそうだ」とある。

三十歳の「新帰朝者」の鼻息は「〝巨大な日本〟に自信を」というインタビュー記事（「週刊読書人」昭38・8・5）に如実に表われている。日本という国は「日本で日本人が思っているほど、小っぽけなものぢゃない」ことを、江藤は相撲に譬えて話している。「つまり青ノ里みたいなんだな。大鵬を倒し、努力次第では将来三役から大関を狙う実力がある。ただ本人の気の弱さからその自信がもてない」。宿泊先である新橋第一ホテルのロビーで取材した記者は、「氏は、心もち痩せたようで、顔の円味が以前よりおちている」と描写し、「外国へ行くと、多かれ少かれナショナリストになるのかも知れないが、敗戦で失われた〝精神〟を取戻せとは、つまり根性をもてということでもあろう」と結論づけている。

妻の愛称は「トンチャン」

慶子夫人宛ての手紙では、エッセイに発展していく感想を綴る評論家と、英語が苦手な若い妻を気遣う夫の顔が交互に出てくる。第一信の冒頭は夫の顔である。

「トンチャン、無事に東京に着いて、時差で狂った睡眠をとりかえし、今朝から電話をかけつづけて今しがたやっと一段落したところ。まずダーコのニュースから。至急電報をうったところ、すぐ折返して鈴木さんから連絡あり、湿シンはもうカサブタもとれ、ほとんど全快したとのこと。田園調布、金町、その他の都内有名獣医を歴訪して対策をききまわってくれたらしく、原因はダーコが発情期に子供をその後つくっていないので、ホルモンのアンバランスがおこり、そのためアレルギーが出たのだろうということだった。何とダーコらしいエッチな理由ではないかね。日曜日（二十一日）に訪ねることにした。これは鈴木さんが忙しいからで、彼の都合で決ったことだ」

手紙は五通とも「トンチャン」への呼びかけで始まっている。慶子夫人の夫婦間の愛称はどうもトンチャンらしい。ずいぶん可愛らしいニックネームである。強面の評論家と違う内ヅラの素顔である。江藤は自身のことを「パウ」と呼んでいる。トンチャンとパウ。結婚七年目にしては甘い空気が漂っている。

「ダーコ」とはコッカー・スパニエルの愛犬ダーキイである。子供のいない夫婦が溺愛する愛娘は、葛飾柴又の犬の調教師「鈴木さん」の家に預けられていた。

江藤の実家は二十三区のはずれの練馬区関町にあるのだが、東京滞在中は都心のホテルに陣取っている。結婚を機に、長男ではあるが江頭家からは出たという江藤の意思表示だろうか。さすがに実家へ挨拶には行っている。

「関は相変らずで例の調子、親父は少し神がかって来たから、多分長生きするだろう。関ママはこれまた相変らず、坊やはウエスタン・クラブに熱中していてこれもどうもあまりゾッとしない」

江藤の父・江頭隆が「関パパ」、義母の千恵子が「関ママ」である。江藤の税金の件で、「関パパがドナリ込んで全部チェック」させ、税務署の計算違いが判明した。「税務署の役人がトンの税知識が深いといって感心していたと〔関パパが〕いっていた」と江藤は伝えている。慶子夫人は計算には明るい、しっかり者のタイプである。父の家では、妹の初子はイタリア留学中、弟の輝夫「坊や」は中大法科の一年生になっている。

第二信もダーキイの近況が中心である。

「トンチャン、元気ですか？（略）ところで昨日（二十一日）、ダーコに逢って来たよ。朝早く起きて（実はワクワクでよく眠れなかったんだが）山手線京成線と乗りつぎ、関ママの教えかたが悪いので、小岩まで行ってしまい、また戻り、鈴木家の玄関先に立って「ゴメン下サイ」というと、スダレのかげからガサガサガサと黒い頭が持ち上り、「ダーコ！」と呼んだら一瞬キョトンとして、次の瞬間に抱きついて来て、ペロペロペロペロペロペロペロ十分位なめ合った。（略）ダーコは決して忘れるということはない。ママがいなくて物足りなかったろうが、鈴木さんの犬には決してなっていない。自分は偉い犬で（！）お客に来ているという意識でいるよ。こんな高尚な、頭のいい犬は見たことがないと夫婦ともいっていた」

ダーキイに一番会いたがっていたのは慶子夫人であった。江藤はいわば代理人として、ダーキイの元気な姿を確かめている。慶子夫人は滞米中にコーンスターチと塩で作ったダーキイ像を制作している。記憶の中の愛犬を両手の感触を手掛かりに復元したものである（『三匹の犬たち』あとがき）。その像は帰国直後の随筆集『犬と私』に写真版で掲載されている。江藤が犬の随筆集を作る時には、夫人が必ず協力した。『犬と私』のカットは夫人が描いたものだ。滞米中の「週刊新潮」（昭37・12・24）のグラビア「プリンストン大学の江藤淳」は五枚の写真で構成されているが、うち一枚は、ジャンセン教授宅のコッカー・スパニエルの愛犬サンディとなめ合う慶子夫人が写っている。

手紙の続きで江藤は、ダーキイを一緒に連れて帰ることも考えたが、羽田での検疫のことや機内では「荷物扱い」なので、「可哀そうだからやめた」としている。この結論はいくぶん弁解めいている。というのは、江藤不在の間に行なう引越し先も動物を飼うことは禁じているからだ。ダーキイと同居するには、さらにまた引越しが必要になるのだ。

江藤はわが家の財務状況も具体的な数字を挙げて報告している。三井銀行の預金、日興証券の有価証券、那須の土地、それらが「財産のすべてだからあまり楽観は出来ない」と気を引き締めている。一文無しの結婚からたったの六年間で蓄え込んだ額はここでは記さないが、驚くべき数字である。同世代のサラリーマンが知ったら、羨望のまなざしを注ぐこと間違いない。大いに楽観できる蓄えなのに、それでも油断しない。銀行マンを父に持ち、福沢門下を自称し、「私立の活計」をモットーにする江藤はかなりの締まり屋であった。

「昨日山川と生田さんと三人で稲川さんに築地の吉兆に招ばれ、トンチャンには悪いが、うまい料理をくった。床の間に酒井抱一の本物の葵の軸がかかっていて、オッタマゲた。日本の料理屋というものは大したものだ。日本の文化も外側がいくら荒れても、ちょうど荒れた都心にこういう家があるように、内側はチャンとしているのだろうか」

慶子夫人に匹敵する「江藤淳」の発見者だった山川方夫とは、帰国中に何度も会っている。この日は山川の婚約者である聖心女子大生の生田みどり（後に「芸術新潮」編集長）も一緒に、銀座のフランス料理店「レンガ屋」の女主人の招待である。第四信では、「二十九日二宮に行き、山川夫妻（というにはまだ早いが、来年春挙式の由）、中原弓彦など手伝ってくれて、暑い中を本をより出し」とある。神奈川県二宮町の山川の家に預けた江藤の蔵書からプリンストンの講義に必要な書籍を抽出に行ったのだ。

前年の秋、中原弓彦（小林信彦）の結婚披露宴用に、山川は日本を留守にしている江藤夫妻をサカナにした祝辞を寄稿した。そこでは江藤の夫婦観を紹介しながら、江藤夫妻を「理想のカップル」と煽《おだ》てていた。

「女性はこわい。何故なら女性のほうが男性よりはるかに頭がよく、いつも正しく、たとえばいくら男性がダマしたつもりでいたところで、じつはそれは女性がたんにダマされたフリをしてやっているにすぎず、所詮男性はおシャカ様の掌の上の孫悟空でしかないのだから。……これは、われわれのうち結婚に関しては最も先輩にあたる江藤淳の意見で、彼自身、しょっちゅう口惜しがりながらこの事実の確認をくりかえして喜んでいるありさまですが、僕はこういう「通俗」な夫婦が好きです。妻には、夫にダマされたフリをしてくれるやさしさを、夫には、つねに妻の掌のあたたかさを忘れない孫悟空の勇気を、というのがどうやら僕の理想みたいですが、思うにこの新郎新婦は、江藤淳夫妻などとともに、僕の理想のカップルの一つになってくれるでしょう」

第二信からは朝日新聞学芸部の二百字詰原稿用紙に書かれている。第二信は十二枚、第三信は九枚、第四信は十三枚、第五信は十枚ある。相当なヴォリュームである。第三信では、慶子夫人の父・三浦直彦がかつて経営していた銀座のサエグサ画廊に立ち寄ったことが報告されている。そこで見た山口薫、続いて見た海老原喜之助の絵画については滞京中に書いたエッセイ（「海老原喜之助の回顧展」「芸術新潮」昭38・9）に発展していく。山口も海老原も「今という時代」に属していないが、「確固として実在するひとつの時代、すなわち物質的繁栄と浮薄な obsession に満ちた戦後にではなく、敗戦の悲愁にみちた戦後に生きつづけてきたし、今も生きている」。そのことを確認し、江藤は「胸をつまらせ」「不覚にも目をにじませ」た。三年後に書かれるエッセイ「戦後と私」のプレリュードとなっている。

その一方で、「俗」にもどっぷり足をつけている。第三信の続きである。

「『群像』八月号が作家、批評家の人気投票を行い、小生は「最も読みたい批評家」の第五位にはいっている。一位小林秀雄、二位中村光夫、三位平野謙、四位亀井勝一郎、五位江藤淳、六位山本健吉、エトセトラで、票数は小林の三百数十票に対し小生の二百二十五票だった。今年四、五月の集計というから、まだ一年ぐらいいなくともなんということはないだろう。読者は人間の努力を評価する健康な基準を持っているものだ」

江藤はこの後、オリンピックを一年後に控えて「普請中」（森鷗外）の東京の町の頽廃を嘆く。それにもかかわらず、「小学生はいい顔をしているし、道行く人もおだやかな顔をしている（少くともニューヨークにくらべれば）のが多い」と、重点は「健康なしぶとい」東京に置かれている。

この手紙を読んだらますます望郷の念に駆られるだろう慶子夫人の心中を思ってか、江藤はここで帰国後の計画を語り始める。「来年帰ってからの家の見通しはよくないが、なんとかして小さな日本家屋をさがし、なかをキチンとして、反時代的なくらしかたをしたいものだね」。ずっと「普請中」の近代日本とは一線を引いた暮しぶりの提案である。そこには和服を着こなした慶子夫人の姿が必須だった。江藤は贔屓にしている上野池之端の呉服屋宇美乃《うみの》で、慶子夫人の一式を自ら見立てて揃えている。これはプリンストンで慶子夫人がお花を教えているので、そのためにも必要なのだった。

「とにかくいいのが買えた。帯上げ、帯じめ、足袋、すべてパウがととのえた。慶子の顔と身体を遠く想いうかべて、それに着物を着せて行くと、まるで君が谷崎の「蘆刈」の女主人公のように見えて来る。そしてそのイメイジが、アメリカの荒野を背景にして夢のなかでのように妙になまなましく浮んで来る。パウはもうすぐそういう君のいる場所に、新しい力を持って帰って行く。淋しいだろうが、元気で、無理しないで待っていてくれたまえ」

江藤が谷崎潤一郎の世界に魅せられたのは小学生の時であった。それが百人町の家の納戸の中だったのか、鎌倉の義祖父の隠居所だったのかは回想により異なるが、春陽堂版の『明治大正文学全集』の谷崎の巻のトリコになる小学生というのは異常に早熟である。江藤は谷崎の「母を恋うる」作品群に特に惹かれている。『蘆刈』は谷崎の関西移住の数年後、『吉野葛』『春琴抄』と同時期の小説である。父子二代が思慕するお遊さんは、「ゆたかな頬」をし、「蘭《ろう》たけた」、「品のよい上﨟型」の女人である。『蘆刈』には、吉野の花見に出かけた折りに、お遊さんの乳を茶碗で受けてなめるといった情景も描かれている。谷崎文学の女人は、江藤にとって「母」であり「恋人」であった。谷崎が関西移住を機に復活したことを、江藤は関西が震災後の東京とは「〈異質〉」であり、かつ「過去」をあたえてくれる場所」であったこと、「これを女性にたとえれば娼婦の快楽と「母」の安らぎを同時にあたえてくれる」(「谷崎の故郷」)からであったと考察している。

やはり東京滞在中に中原弓彦が編集する「ヒッチコック・マガジン」(昭38・9)に書いたエッセイ「迎え火」では、「今年は青山墓地に詣るのもつい忘れてしまった。そこには、私に最も親しかったものが二十五年前から埋まっていて、命日はもう一月も前に過ぎているのである」と書いている。その死者とは江藤が四歳半の時に死に別れた母・廣子である。母の歿したのは二十七歳の時であり、この時、慶子夫人は二十九歳である。

「迎え火」には、江藤が滞在中のホテルで、従業員から日本人として扱ってもらえず、英語で尋ねられるという笑話も書かれている。「かねがね「本当の自分」などというものはない。あるのは「他人にそう見える自分」だけだということをいいたてて、批評家渡世をしている私である。香港の支那人に間違えられたのか、五人に一人はいるとかいうラオスの殿下に買かぶられたのかは知らないが、日本人以外のなにものかに見えるというのは、ホテル側の私に対する批評だと観念するほかはない」。江藤の中の「日本人」はナショナリストと見做されるほど堅固になっているのに、外見は「日本人」喪失の体をなしているという悲喜劇である。

「このままではアメリカにしてやられてしまう」


第四信は八月一日に出されている。書き出しは「トンチャン、元気かい？」である。インタビューを受けたり、ＮＨＫの座談会に出席したりと忙しい。

「しかし平野謙、中村光夫、大岡昇平氏らには逢えた。昨夜は亀清で講談社の会あり、野間社長の招待で舟を向島まで出してもらった。大岡・中村氏が一緒。福島には那須の土地の鍵を渡しよろしく頼んだ」

柳橋の老舗料亭「亀清楼《かめせいろう》」は江藤がよく通ったお店である。この夜はとびきり豪勢な宴会だった。『追悼野間省一』で、江藤はこの夜の感激を書いている（「稀有な出版人」）。講談社から出版された『小林秀雄』の新潮社文学賞受賞の時期遅れのお祝いだったのである。主賓は三十歳の江藤であり、大岡、中村の大先輩はゲストだった。

「宴が進むと、言問団子《こととい　だんご》を一つ、ということになり、美妓を擁して（当時はまだ柳橋にも美妓というべきものがいた）小松屋から舟を出させることになった。（略）このときが皮切りで、病に倒れられたその日まで、私は本当に数え切れぬほど野間社長の御厄介になった。没後にはじめて知ったことだが、生前野間社長は、斎藤稔氏〔講談社役員〕に、／「江藤さんの頼みなら、なんでも聴いてあげなさい」／といっておられたという。私のなにがそんなに気に入られたのかいまだによくわからないが、講談社と私との深い

御縁は文字通りこの一言からはじまったことになる」（『追悼野間省一』所収）

講談社からは後に『江藤淳著作集』が出、芸術総合誌「季刊藝術」の発売元も引き受けてもらっている。江藤は「このときが皮切り」と書いているが、事実はもっとさかのぼる。その辺を知っていたのは、那須の土地の面倒を頼まれた「福島」という人物である。福島徳佑は亀清楼の七代目になる跡取りで、江藤との縁は格別に深い。慶応大学文学部一年生の時、フランス語の家庭教師として永戸多喜雄教授から紹介されたのが新婚早々の慶子夫人だった。慶子夫人の中野方の実家や時には吉祥寺のアパートでフランス語の特訓を受けた。慶子先生は「おっかない」家庭教師だった。

江藤とは日吉の教室でも出会っている。病気がちの池田潔教授の代講として、院生の江藤が二度ほど教室に現れたのである。江藤は教室で、「女とトラブルなく別れる方法を教えてやる」と言って男子学生から喝采された。やけにくだけた代役だったのだ。試験のヤマ賭けも伝授してくれた。池田教授は体育会と内部進学者には特に厳しく採点することで有名だった。福島さんは相撲部にして慶応高校出身で双方が該当するのだが、江藤のヤマは的中し、「B」の成績が取れた。

福島さんの記憶では、江藤は池田潔先生と亀清楼に来たことが何度もあり、野間社長には受賞祝い以前からよく連れてこられていた。池田教授の父・池田成彬は三井財閥の首脳で、戦前は総理大臣候補として名が挙がる大物財界人だった。江藤の父は三井銀行に入行した若い頃、池田成彬の秘書を務めたことがあり、その縁ゆえかもしれない。野間社長との強い絆がなぜ生まれたのかはよくわからない。いずれにしても二十代から敷居の高い亀清楼に出入りしていたことは確かである。

江藤の遊び人としての資質をよく知っているのも福島さんである。福島さんのフランス語の家庭教師が慶子夫人なら、江藤の「夜の家庭教師」が六歳年下の福島さんであった。江藤は男性としては、漱石型ではなく、谷崎・荷風型であった。一時帰国中には、福島さんの案内で、「浩然の気」を養っている。それはともかく、第四信は続く。

「朱牟田〔夏雄〕さんが中野好夫に逢えといっていたから逢ったら、彼がスタンフォードでやっていた日本文学なんて、チャチなもので、やはりパウが一年間コン畜生とやって来たことは相当なものだったような気がして来た。みんな覇気がなく、アメリカに対して変なコンプレックスを持ち、日本人としての誇りが足りぬ。岩波の吉野源三郎編集局長にNHKで逢ったとき、少しひどいことをいってやった。このままでは日本はアメリカにしてやられてしまうという気がする。（略）とにかく、東京は働きさえすればアブク銭はとれるところだし、帰ったあとも慶応に先生の口がありそうで、朝日も講談社、新潮社もみな特別に親切だから、少々頭金が減っても心配はあるまい。那須の土地は現在一万からしていて、来年夏には一万四、五千円にはなるだろうとのこと。これは君のおかげで本当にいい買物をしておいたと思う。この間山川としみじみ話したが、もしトンマチャンがいなければ、パウはどうしていただろう？　十日いないだけで有難味が倍増した」

東大英文科教授から評論家に転身した中野好夫も、岩波文化人の総元締めの吉野源三郎も、江藤の鼻息にかかっては形無しである。父親と同世代の進歩的文化人なにするものぞ、だったのだ。三島が「立派になったなあ」と感心したのは、江藤の怪気炎を目の当たりにしたからだろう。

「慶応に先生の口がありそう」と書いたのは、仏文学者で慶応の文学部長だった佐藤朔を訪ね、いい感触を摑んだからのようだ。「あの人は実にいい人だね」と仏文科卒の慶子夫人に伝えている。夫人は結婚の時に、江藤が学者になることを望んでいた。この「先生の口」はぬか喜びで、専任ではなく非常勤講師でしかなかった。

評論家稼業の方は、就職の口に比べ、順調だった。第五信で書かれるが、朝日新聞学芸部長の扇谷正造に会って、帰国後の「文芸時評」再開が決まった。プリンストンの日本文学講義を本にする話は、「河出、筑摩からあったが、片岡〔久〕君にたのむことにした」とあり、新潮社に決まった（結局、未刊行）。「そのほか出版企画の顧問格を売り込んだり、いろいろ帰ってからの生活のめどはたっている」と、二年の「空白」の後の生活設計をしっかり固めている。

江藤は「トンチャン」をこの手紙の最後で「トンマチャン」と誤記している。誤記というのは正確でないかもしれない。「トンマチャン」が約《つづ》まって「トンチャン」となったと見るべきだ。江藤がアメリカに来る直前に最も身を入れて読んだ小説はローレンス・ダレルの『アレキサンドリア四重奏』だった（第二十八章参照）。その中に「とんまな兄弟」（brother ass）という言葉が出てくる。自殺した外交官・作家のパースウォーデンが遺したノート「とんまな兄弟との会話」に江藤は注目して論じていた（「文学界」昭37・8）。パースウォーデンが「とんまな兄弟」と何度も呼びかける未完成な作家ダーレイは小説の語り手である。江藤はパースウォーデンもダーレイも作者の分身であると書いている。「なあ、二人合作で、四重層か五重層の小説を書こうじゃあないか」（高松雄一訳）とダレルは書く。パースウォーデンには「財布の番人という意味がある」と江藤は注しているが、江藤の自称「パウ」とは、「パースウォーデン」を約めたものではないか。「トンチャン」は慶子夫人の性格を指しながらも、二人のスウィートな生活を感じさせ、さらには夫婦の一心同体的な同志感覚が込められた呼び名だったと考えられる。

江藤は『アメリカと私』の「パーティー」という章で、妻が社交の責任を受け持つアメリカの夫婦形態について書いた。「二人が力をあわせて所帯をはらねばならないのは、愛情とか性欲とかいう問題であるよりもさきに、むしろ生活の必要の問題である。アメリカ社会のなかに存在する家庭は、夫婦が四本の手で内側から支えていなければ、たちどころに消滅してしまうシャボン玉のようなものだからである」。トンチャンとパウを構成員とするプリンストンの江藤家は、江藤の手紙で確認できる限り、強固な同志愛によって支えられた盤石なカップルであった。

江藤の自負と激情

「かわいいトンチャン！　先日は電話で声がきけて本当に嬉しかった」と始まる第五信は八月六日に発信されている。当時の国際電話はべら棒に高額で、おいそれと電話をかけるというわけにはいかなかった。電話は江藤がかけたのか、アメリカからコレクトコールでかかってきたのかわからない。電話の内容も同様にわからないが、手紙の文面から察するに、江藤の手紙が何かの行き違いで到着が遅れたこと、そのために慶子夫人がかなり不安な精神状態に置かれていたらしいことが想像できる。

「手紙がそれほど喰い違っているとは知らず、本当に可哀想なことをしたけれど、パウはいつでも君のものだ。何の心配はいらない、山川や中原は、パウがトンの話しかしないので呆れているぐらいだ。「週刊新潮」のグラビアにとった写真の残り（といってもいっぱいあるが）のうちいいものを伸してもらい、そのトンの顔を毎晩見ている。そうすると朝から晩まで人に逢いづめに逢い、その合間に本のリストを集めに出、雑用を片づけ、という暑い湿気の多い東京の疲れがすうっととけて来る。それからベッドにはいり、トンのことを思い、トンのオッパイやあそこを思い出しながら、毎晩（でもないけれど）自分でする。トンしかパウには愛している女はいないよ。トンのいない東京なんか、やかましいばかりで何の未練もありはしない。パウの帰る場所は君のところしかないんだから。（略）トンの着物はさっき宇美乃が届けてくれた。（略）お納戸色の訪問着（白地でなく、これは宇美乃のすすめ）は、なるほどいい着物だ。もうひとつ琉球紅型のチョクチョク着もよく、彼は、「奥さんはなにしろ着物が似合いなさるんだから」とくりかえし目を細くしていた。（略）もう帰ったらどこかに日本式の家を見つけ、トンには夏でも着物を着せておくことに決めた」

江藤の手紙はアメリカに一人取り残された夫人をなだめ、慰さめることに集中している。全身全霊、あらゆる言葉を尽くしている。切迫感さえ感じさせる内容だ。五日前の第四信の文末は英語で書かれ、慶子夫人からの英文の手紙を褒めながら揶揄《からか》っていた。そんな余裕はまったくない。

プリンストンの大学社会特有の巷説のあれこれが慶子夫人の耳に入ったのだろうか。後半は一転して、江藤の自負と激情が丸出しになる。

「プリンストンの毛唐どもが何といっていようと、パウが真剣に考えていることの価値は君もよく知ってくれているはずだ。ぼくは一知半解の毛唐の表面的な判断ぐらいで自信をぐらつかせることなどはない。ヴィリエルモの如き、あるいはジャンセンの如き、いくらでもとりかえのきく人間だが、パウはとりかえがきかぬ。それはトンがパウにとってとりかえがきかぬのと同じだ。パウは自分が日本の文学のためになし得ることの大きいのに、自分に寄せられている敬意が意外に深いのにおどろいている。われわれがもう一年がんばることの意味は、日本の文学者やジャーナリストの間の友人たちが、誰よりもよく知っていてくれるし、支持し、感心してくれる。野間講談社社長以下、君がよくパウを助けてがんばっていることに感嘆の声をもらさぬ人はない。そのたびにパウは、国際電話で知らせたくなるけれど、なにしろあれで一万円では一寸そうもいかないけれどね。本当に君はよくやってくれた。もう一年、日本のために二人で頑張ろう。日本にいる日本人はみなの人気だ。しかし、ぼくら二人でしか出来ぬことのために、もう一年なんとかがんばってみせよう。君が口惜しいことはぼくも同じように口惜しい。しかし、ぼくは今安易な文壇人の道をたどりたくはない。日本文学と、この美しい日本のために（略）今はもう一日も早く帰りたい。元気でいてほしい。君を抱いて、ナメまわしたい。

パウ

慶子どの」

残りの「もう一年」は、江藤にとってはロックフェラー財団の給付ではなく、自分で稼いで、自分の努力でアメリカの大学社会に足跡を刻む勝負の一年であった。物書きとしては先行投資の一年である。慶子夫人にはその「もう一年」がかなり負担に感じられていたようだ。「もう一年、日本のために二人で頑張ろう」という励ましと、「ぼくは今安易な文壇人の道をたどりたくはない」という覚悟を披瀝して説得につとめている。トンチャンという愛称は消え、いつしか「君」という呼びかけに変化している。

第五信の「追伸」は慶子夫人への朗報を記している。

「ところで雄ちゃんが九月初旬プリンストンに来る。出張（一ヶ月半）の途中だ！　それから来年の五月頃、名古屋のお父さんとママが見えることは本決まりになった」

仲の良い次兄・三浦雄次と、名古屋女子短大の学長になっていた三浦直彦夫妻の訪問である。慶子夫人がホームシックにかかっていたとすると、この知らせは何よりの支えになったであろう。愛犬ダーキイのいない「もう一年」がこれから始まろうとしていた。

江藤は八月十日に日本を離れ、アメリカへ戻った。『アメリカと私』によると、ニューヨーク空港に到着したのは深夜だった。

「ガランとした深夜の空港の荷物引取所に降りて行くと、折りしも出入口の回転ドアをおして、黄色い服を着た東洋人の女があらわれ、だれかを捜しているのが見えた。日系か中国系かはよくわからなかったが、彼女の歩きかたは、とにかくアメリカ女の弾みのある歩きかたであった。女は、私のほうにつかつかと歩みよって来ると、驚いたことには、／「昨日、とにかく引越すだけは引越したわ」／と日本語でいった。それは家内であった。挨拶もなにもとばして、前後の脈絡にはおかまいなく、結論だけをポツンというのは彼女の癖であった」

江藤の五通の手紙では、東京のホテル暮しの中で、毎日毎晩、トンチャンのことを思っていた。トンチャンの和服を見立てる時には、谷崎の『蘆刈』の女人を思い描きながら、夫人の顔と身体を思い浮かべていた。そのトンチャンと三週間ぶりに会った時に気づかないということがあるのだろうか。

「家内を一瞬東洋系の米国人と見誤った私自身は、東京で泊っていたホテルの番頭に、外国人と間違えられて下手な英語で話しかけられる、という奇妙な経験を味わわされていた。私の身に刻印されて、知らぬ間に眼つきや顔つきを鋭くし、動作を微妙に変えていた米国生活の影響は、当然同じように家内をも変えていたのである。それに今まで気がつかずにいたのは、私たちが一緒に暮していたからである。異質な文化のなかで、日本が自分のなかに蘇って来るのと逆比例して、自分の外側がどこか非日本人化して行くという皮肉に、私は突然一種の恐怖を感じた。だが、人は、何も支払わずに外国暮しをするわけにはいかないのである」

『アメリカと私』の中での江藤の分析である。一見もっともらしいのだが、ホテルマンが宿泊客の国籍を誤解するのと、相思相愛の相手に気づかないのを同日の談で語れるはずはない。苦しい自己納得である。

慶子夫人はもうトンチャンではなかった。「妻」でも「母」でもない。ひとりの女がそこには立っていた。「他者」としての妻が江藤淳の前にいた。

第三十一章　日本文学史を貫くプリンストン講義

昭和三十八年（一九六三）秋からのプリンストン大学での講義は、江藤淳の大学教員初仕事ではなかった。渡米直前の昭和三十七年春から初夏まで、江藤は成城大学文芸学部で非常勤講師を務めた。前任者は慶大教授のフランス文学者・白井浩司である。

成城大学の上原和（美術史家）のもとへ白井から手紙が届いたのは昭和三十六年の暮れであった。「慶応の方で、仏文の佐藤朔さんが十月から文学部長になったので、なにかと小生まで多忙となってきました、できれば新学期から江藤淳君に代ってもらえまいか、と思っておりますが、というお手紙を戴いた。江藤君には一応話をして快諾をえています、彼は、彼の死んだ母上が成城の卒業生でもあったりして、その雰囲気が好きなんだそうです、と書き添えられていた」（上原和「成城の銀杏並木の下で」「群像」平11・11）。

夏からの留学が決まっていたのだから、講義の期間はわずかであり、変則的な人事である。白井が慶子夫人の仏文科での恩師だったことを考えると、この講師就任は江藤夫妻が望んだのではないだろうか。江藤は「成城大学講師」の身分でアメリカへ行き、最初の学会発表もその肩書を使った。「少しは学校〔成城大〕のPRに役立つのではあるまいかとうぬぼれています」と江藤はアメリカから上原に報告した。アメリカの大学社会への着実な一歩を印すためには、フリーランスの文芸評論家では不足と考え、大学講師の箔付けを欲したのだろう。さらに推測すれば、プリンストンで教える場合、日本での講義の実績が有利に働くという計算もあったかもしれない。不審な成城大学講師就任である。

不審なのはそれだけでない。上原和は非常勤講師になったばかりの江藤に招かれて麻布笄町《こうがいちょう》の江藤宅を訪問した。その時、やがて再婚することになる教え子を同行した。「その麻布のお宅で、はじめて慶子夫人にもお目にかかった。お宅を辞したあとで、夫人は江藤さんに、あのふたりはいつ結婚するの、と聞き、お坊ちゃんがおありになるのが、おふたりの結婚の差し支えになるのなら、うちでお預りしてもいいわ、とまで言われたそうである。私には、十歳になる男の子がいた。江藤夫妻、わけても慶子夫人の優しさが、心にしみるおもいであった」。

女の直感で二人の仲をすぐに見抜いたのである。しかし四ヶ月後にアメリカに行くのに、他人の子供を預かるというのは余りに現実離れした提案である。愛犬ダーキイでさえ調教師に預けての訪米なのに、十歳の子供はどうするつもりだったのだろう。慶子夫人の単なる「優しさ」ではすまない、子供への執着が滲むエピソードである。

『アメリカと私』には、慶子夫人が主役をつとめて江藤家で開いた「パーティー」という章がある。慶子夫人の二十九歳の誕生日パーティーである。教養、宗教、人種などを勘案して招待者リストを作り、部屋に飾り付けをし、料理を整え、和服姿でホスピタリティを発揮する。招かれたのは六組の夫婦と一人の神父だった。その章は思わせぶりなエンディングで締めくくられる。

「お客たちは、また一組ずつの孤独な夫婦に戻って、凍てついた深夜の道を帰って行った。マリアスとジーンが「本当にいいパーティーだった」といって帰って行くと、すべてが終わった。私たちは、そのとき、二組——ジャンセン夫妻とM夫妻——をのぞいて、今夜招んだ夫婦のすべてに子どもがないという偶然の符合にはじめて気がついた」

子供がいないことが強調されているのだが、江藤夫妻も含めて七組中の五組を「すべて」といっていいのか。別の章を読むと、五組のうち一組は妊娠中とわかるから、七組中四組という計算も成り立つ。「すべて」には程遠いのが実情であった。江藤夫妻にはついに子供が出来なかった。養子か養女を貰うという話はこの後、江藤家では何度となく繰り返される。その事情を予見させるような一文なのだが、慶子夫人の不審な「優しさ」を知ると、「偶然の符合」には何かが託されているのだろうか。

小島信夫は江藤追悼文で、「あの留学中、夫人は無念にも子供がもてない手術をうけておいでだった」と書いた（「江藤さんと『抱擁家族』」「群像」平11・10）。小島証言は必ずしも事実に基づいたものではないようなのだが、「パーティー」の先ほどの引用と併せ読むと、とても気にかかる記述である。

教師という職業

成城大学での江藤の講義は「欧洲文学論」であったが、プリンストン大学では日本文学を教えることになった。身分は成城大講師から出世して、「客員助教授」である。プリンストン大学の一九六三年の名簿を見ると、江藤は東洋学科の Visiting Lecturer として登録されている。東洋学科の教員二十六人中では二十三番目に載っている。若手中の若手である。東洋学科は中近東研究が主で、日本研究や中国研究は傍系であった。

「学科長の職にあったカイラー・ヤング教授はペルシャ語学者で、老いたる山羊のような朴訥な人柄であった。このヤング教授が、／「君はどこの大学から来たのかね？」／と訊くので、正確にいえば慶應との縁はとうに切れていたのだったが、一々説明するのも面倒だと思って、／「慶應から来ました」／というと、老いたる山羊はにわかに顔を輝かし、／「それじゃあ君は井筒先生の弟子か。井筒先生はお元気かね？」／と質問しはじめたので、私は少からずびっくりした。（略）私は井筒先生の学恩を、このときほど痛切に感じたことはなかった。（略）慶應といえば井筒と応えるというこのプリンストンの東洋学科長の反応に接した瞬間に、私は学生時代の自分の直観が誤っていなかったことを確認し得て、この上なく嬉しかった。／いうまでもなく私は、このとき〝井筒先生の弟子〟を僭称しはしなかった。そんなことをして、アラビックやペルシャ語で話し掛けられでもしたら、たまったものではない。だが、それにもかかわらず私は、いつの間にか井筒先生の大学から来た若い者として、プリンストンの東洋学科に受け容れられていたのであった」（「井筒先生の言語学概論」『井筒俊彦著作集』第3巻月報）

イスラーム研究の世界的権威である井筒俊彦の学問の一端に江藤が触れたのは、大学三年時の井筒教授の「言語学概論」だった。江藤は慶応英文科では得るものは少なかったと感じていたが、「この言語学概論が聴けるだけでも、慶應に入学した甲斐があったと、私は毎時間ひそかに歓声をあげていた」。井筒は英文科出身だから江藤の先輩にあたるが、英文科という枠も、イスラーム学という枠も超える「東洋学」「哲学」の巨人だったことは後年、日本でもやっと知られることになる。江藤にとっての井筒先生とは、超えること不可能な天才であり、具体的には、「言語は自分と不可分で主体的ななにものかにほかならない」という認識を与えてくれ、文芸批評家とは「言葉」を生きる存在であることに思いを巡らしてくれた恩師であった。「言葉」とは江藤にとって日本語に他ならない。日本文学を講じる過程で、その思いは強まっていく。

江藤の東洋学科での採用に井筒俊彦は関係しない。江藤はプリンストン一年目に「特別講義」の形で数回、日本文学について英語で話していた。東洋学科のモート教授（中国思想史）が東アジア学科のジャンセン教授（日本史・中国史）と一緒に聴講しているので、その段階で合格点が出ていたのであろう。江藤は三人の大学院生とはセミナーで、鷗外、荷風、白鳥、有島武郎などを日本語で読んで、英語で討論した。学部での講義では秋学期に「古典日本文学」、春学期には「近代日本文学」を、原文ではなく英訳をテキストにして、英語で講じた。講義は毎回、タイプした原稿を読み上げる形で行なわれた。一年間で記紀万葉から三島由紀夫までの「日本文学史」を英語で鳥瞰するという講義である。アメリカの大学ではごく普通のカリキュラムなのだが、近代文学はともかく、古典文学についてはまったく不案内の江藤は、睡眠時間三時間というハードスケジュールで英文の講義ノートを作った。「私は、生れてからそのときまで、これほど集中して学問をしたことはなかった。しばしば、私は、それが学生に講義する目的のものであることを忘れた」（『アメリカと私』）。

講義ノートを整理してタイプに打つのは慶子夫人の役割だった。「家内はといえば、このころまでに頼まれてYWCAの成人教室で、週一回無料奉仕で日本の生け花を教えていた。それと同時に、彼女は、同僚の中国思想史家フリッツ・モート教授夫人の才色兼備の中国女性シャオランの推薦で」ボランティア活動にも力を入れた。「私たちの家庭は、こうして、ほぼ完全に米国の大学教師の家庭の標準に近づいて行った」。妻は「口に出してはいわなかったが」、夫が大学教師という「まともな職業」につき、「生活費を得るようになったことを、喜んでいるように見えた」。順風満帆の二年目のアメリカであったと言えようか。

江藤も教師という職業に、「新しい生き甲斐のようなもの」を感じていた。「私が、講義するという行為を通じて、過去から現在までの日本文化の全体に対して、自分を捧げているという感覚である。思えば、私はある確信をもって自分を捧げられるものの到来を待っていたのかも知れない」。

江藤の講義を受けた約二十名の学生たちは別に日本文学を専攻しているわけではなかった。さまざまな専攻、さまざまな人種が入り乱れていた。たとえば、生物学専攻のビル・マクリーンは特に目立つわけではない、WASPの学生だった。ビルの父親は外交官で、在ポルトガルの一等書記官だった。江藤が欧州経由で帰国することを知ると、ビルはリスボンのわが家に二、三日滞在して下さいと申し入れてきた。「実は先生の授業に一番興味を持てたと、父にいってやったところ、是非その先生を招待したいといって来たのです」。江藤夫妻はポルトガルで一家の大歓待を受ける。そのビルが二十年以上たってから、江藤に連絡をしてきた。癌になった病床で、ビルは学生時代を振り返り、最も忘れがたい「江藤先生の日本文学史」を思い出したからだった（「マクリーンの手紙」「新潮」平4・1）。

日系二世のダニエル・沖本は当時のプリンストンに在学する数少ない日系アメリカ人だった。キャンパスはリベラルな雰囲気だが、隠微な人種差別は現に存在していた。沖本はジャンセン教授の講義で、東アジア文明に興味を持った。「日本の江戸時代が、それだけでアメリカ合衆国政府の歴史よりも長いという史実を読むことは驚嘆すべき〝天啓〟であった」（『仮面のアメリカ人』山岡清二訳）。沖本は日米開戦の翌年に生まれ、両親とともに三年間を日系人強制収容所の中で生きている。スタンフォード大学教授となった沖本がオバマ政権のアジア担当アドバイザーとなった時、共同通信特派員の会田弘継は沖本にインタビューした。沖本はプリンストン時代に影響を受けた先生としてジョージ・ケナンと江藤淳の名を挙げた。江藤の名が不意打ちで出て来たので会田特派員はびっくりした。会田は、漱石の「こころ」の英訳者で、江藤の親友でもあるエドウィン・マクレランと江藤の双方に関心を寄せていたからだ。「凄い先生で、仰ぎ見ていました。あらゆるものが目を開かれる思いでした。日本の奥深さに初めて触れることができ、日系人であることに自信を持てるようになりました」と沖本は語った。

『アメリカと私』の中で、沖本は「ダニエル・河本」の名で、暗殺されたケネディ大統領の追悼式のシーンに登場する。印象の強い学生だったのだろう。日系アメリカ人は五人くらいしか在学していなかったというから当然かもしれない。沖本には「なぜ日米が戦争をしたのか知りたかった」という知的欲求があった。江藤と問題意識を共有する学生なのだった。

沖本やマクリーンに強烈な感銘を与えた日本文学史講義は新潮社から刊行する約束ができていたが、結局実現しなかった。英語の講義をあらためて日本語に直すことは、江藤にとっては満足のいくことのない、退屈な仕事だったのだろう。講義録を読めないのは今となっては残念だが、講義の発展形として江藤は帰国直後に刺激的な文学史論を書いている。「日本文学と「私」――危機と自己発見」（「新潮」昭40・3）と「文学史に関するノート」（「文學界」昭40・6〜41・7。二十年後に『近代以前』と改題して刊行）である。それらと江藤自身の証言を参考に、江藤の白熱講義を復元してみたい。

『近代以前』の問題意識

江藤は「あり得べきひとつの文学史」について『近代以前』の「はじめに」で語っている。江藤講義が目ざしたものである。

「そういう文学史を、私は米国にいるあいだに、幾度となく想った。それは、八世紀以来今日までの日本の文学史をひとつの連続体としてとらえ、古くは中国の、近くは西洋の圧倒的な影響にもかかわらず、日本文学に日本文学としての特性をあたえて来たものは何なのか、という問いに答え得るような叙述である」

プリンストンのカリキュラムでは、「古典」と「近代」は別単位になっていた。幕末維新を境に文学史を二分するのは、文学全集しかり、日本の高校、大学の教育しかり、であった。その常識に逆らって、日本文学を貫く棒の如きものを発見することは、「死者との共生感、ないしは現存する過去の感覚」を確認するために必須な作業だった。

江藤が座右の書として大きな恩恵を蒙ったのは、折口信夫とジョージ・サンソムの著作であった。『折口信夫全集』とサンソム卿の『日本史』『西方世界と日本』が頻繁に参考にされている。江藤の独特な点は、自らが知悉《ちしつ》する文学者を拠りどころに文学史を徹底的に考えていることだろう。当たり前過ぎる名前になるが、夏目漱石と小林秀雄の二人である。少ない手持ちを駆使して自陣を固め、欧米の日本評価に異議を唱えようとしている。百科全書的な教養人の構えではなく、鋭い感受性を武器に性急に斬り込むための布陣である。

「日本文学と「私」」の漱石像が、そのもっともわかりやすい見取図を提供してくれる。キーワードは「朱子学的世界像」である。江藤は「江戸期の日本を特徴づけた安定とその安定を支える社会的・心理的・美的秩序」を、仮りに「朱子学的世界像」と名づけてみた。「江戸期の日本人の世界像を決定したのは、幕府が公式のイデオロギイとして採用した朱子学であったと考えざるを得ない。それは一言でいうなら、価値の源泉である「理」を天におき、人間を「理」＝「人性」と「気」＝「人欲」の混合体とする整然たる体系であって、その著しい特色は、客観的世界の秩序が主観的・内面的世界の秩序と整合しあうというところにあった。この世界像のなかでは、人は「天理」から切りはなされれば何者でもなくなる」。

この朱子学的秩序は十八世紀には完成し、武士のみならず町人の趣味や美意識までをも支配した。日本の近代とは、西洋という「他人」の出現によって、朱子学的世界像の「崩壊とそこからもたらされる混乱」の時代である。欧米人の日本の「近代化」評価と真っ向から対立する歴史像を江藤は提示するのだ。

朱子学的世界像の崩壊にもっとも誠実に直面したのが漱石であった。町名主という士分に準じる世襲行政官の家に生まれ、漢学の教育を受け、御一新のせいで没落する階層の子であった漱石は、慣れ親しんだ漢学から英文学に転じることで時代の要請に応えようとした。しかし官命を帯びて留学したロンドンで神経衰弱となり、「朱子学的世界像の体系からの、苦痛に充ちた解放」を体験する。「孤独な近代人が儒学的士大夫の屍骸から誕生した」。英文学者夏目金之助は、作家夏目漱石となって蘇生する。それでも朱子学的世界像の残像が漱石にはあった。近代日本文学の第一走者・坪内逍遙の「小説神髄」が退けた「勧善懲悪」を堂々と正面にすえたのが「坊っちゃん」や「虞美人草」だった。明治天皇崩御と乃木将軍殉死の後には「こころ」を書き、主人公の「先生」は「明治の精神」に殉じた。江藤は漱石が「旧い自己抑制の倫理にくみすることを宣言した」と「こころ」を読んだ。

江藤は講義の準備のためにプリンストンの研究室で「こころ」を読み返しているときに、「ある名状しがたい感動にとりつかれて」涙を流している（「夏目漱石小伝」）。世阿弥の「風姿花伝」に涙を流したのはプリンストン到着の二ヶ月ほど後のことだった。「風姿花伝」と「こころ」は江藤の中で特別な作品となった。江藤がアメリカで読んだ古典で特別な作品になったものは他にもあった。本居宣長の「紫文要領」と荻生徂徠の「弁名」である。これらの古典の「発見」には小林秀雄の言葉が影響を与えていた。

昭和三十七年の春、小林に会った時に米国行きを告げると、小林は「それじゃ日本の古典を読んできたまえ。どうせほかにすることはないんだろ、批評なんか勉強したって仕方がない」とアドバイスした（「国家・個人・言葉」『アメリカと私』所収）。その言葉が身に沁みてわかったのは、プリンストンの「仮死」状態から抜け出た時であった。

宣長と徂徠といえば、丸山眞男の名著『日本政治思想史研究』の影響下で読むのが、当時のインテリの読書傾向だった。藤原惺窩、林羅山に始まる江戸幕府の正統性を保証する体制イデオロギーとしての朱子学、その批判者としての徂徠、さらなる批判者の宣長という構図だ。「徳川封建体制の崩壊の必然性を思想史的な側面から最も確実に実証する」（傍点は丸山）のが丸山の研究だった。丸山が主に論じたのは徂徠では「政談」「弁道」など、宣長ならば「直毘霊《なおびのみたま》」「くずばな」「玉くしげ」などであった。丸山が朱子学の教学化を十七世紀に想定したのに対し、江藤は十八世紀としている点も違う。江藤が丸山に依存していないことは明らかである。

江藤は宣長若き日の源氏物語論である「紫文要領」との出会いについて、在米中に文章にしている。「私は、プリンストンのゲスト東洋文庫の片隅で、あまり人の読んだ形跡のない本居宣長全集のページを繰りながら、宣長の言葉が異様に新鮮に響くのにおどろき、この大批評家の姿が異様に孤独に見えるのにさらにおどろいた」（「日本文学の顔」「文學界」昭39・1）。この感動は小林のライフワーク『本居宣長』出版時に行なわれた小林・江藤対談（「新潮」昭52・12）でも繰り返されている。
「私は、不勉強で「古事記伝」は全く読んだことがありませんが、宣長のものを、身近かな感じで読んだのは、アメリカの大学で日本文学の教師をしていた時でした。（略）「源氏」ならとにかく「紫文要領」を読もうと思いました。幸い、設備のいい図書館があってちゃんと原典がありましたので、戦前に出た「本居宣長全集」を引っ張り出してきて、下宿の自分の勉強部屋で読み始めたのです。／そのとき今度の御本の中にも引用されている、「人のみかどの、ざえ、つくりやうかはれる、おなじやまとの国のことなれど、むかし、今のにかはるなるべし」に始まる有名な一節ですね、「蛍の巻」の評釈のところ、あそこを読んでいまして、異様な感動を覚えた覚えがあります。（略）その物語の本質を、宣長は、漢才《からざえ》に対比させられた物のあはれという言葉で説き明そうとしているのですが、さあこの物のあはれを私は自分の言葉で何といっていいのかわからない。いわんや、それを英語でどう説明していいか皆目見当がつきませんでした。したがって、学生には何が伝わったのか、いまでも自信がありませんけれども、そのとき自分の心の中に大きな動きが起こったということは間違いのないことで、それは、ある意味では私がアメリカで経験した、一番深い経験の一つだったともいえるような気がします。（略）あのとき私は物のあはれを感じている自分を見ていたのかな、とあらためて感慨を催したりもいたしました」（傍点は江藤）
江藤が宣長に「大批評家」の「孤独」を見ていることからも明らかなように、江藤の宣長発見には小林の影響が感じられる。小林は昭和三十五年に「本居宣長――「物のあはれ」の説について」（新潮社『日本文化研究』第八巻所収）を発表していた。その中で小林は「紫文要領」を「宣長の最初の文学論と呼んで差支えない」と述べ、「源氏物語」蛍の巻の有名な「源氏と玉鬘《たまかずら》との間にかわされた物語に関する会話を見よ」と指示していた。儒者流の「勧善懲悪」の観点から「源氏物語」を読むことを批判した宣長は、この時数え三十四歳であった。

徂徠の「弁名」については、江藤は『考えるヒント2』の文庫解説（昭50）で、プリンストンでの出会いを書いている。

「かつてこの国に遊んだ永井荷風が、やがて江戸風俗の残照を恋うたように、異国の大学の一隅にあたえられた研究室の孤独な時間の折々に、私はしきりに江戸時代を想った。それは、いわば父母未生以前を想うような切なさを伴う経験であった。そして、いきおいその想いは、この時代の人々の生き方の基盤をなしていたと思われる、儒学の周辺を彷徨せざるを得なかった。／そんなときである。私が図書館の東洋文庫に届いていた月遅れの「文藝春秋」で、小林氏の『哲学』、『天命を知るとは』、『歴史』などを見出したのは。これらは、江戸時代の儒学に関するユニークなエッセイであった。それらを読むうちに、私はさらにバック・ナンバーを溯って、まだ読んでいなかった『学問』、『徂徠』、『弁名』などをも味読するようになった。／そこから私は、ほとんど名状しがたいほど豊かな教えを受けたように感じていたが、なかでも当時、目から鱗が落ちるような啓示を受け、いまでもその喜びを忘れられないのは次のような一節である」

江藤はここで小林の「徂徠」（「文藝春秋」昭36・8）から引用する。徂徠の学問の根本にあった「格物致知」の「格物」とは、「物の理を窮めて知を致すと解する通説は全く誤り」で、「元来、物来るの意であると説く部分だ。さらに徂徠の原典に遡って、「弁名」下巻の「物」から一頁分の文章をも江藤は引用する。

「私が、煩を顧みずに『弁名』のこのくだりを引用したのは、小林氏の文章を読んだときの自分の心のわだかまりを、正確に思い出したかったからである。結局私は、「物格《キタ》リ、知致《イタ》ル」という言葉に含まれた真実の重さに、胸を衝かれていたのだ。（略）もし、この一節にめぐりあっていなければ、私はことによるとそのままアメリカにいつづけて、研究者としては恵まれた環境をあたえられながら、自分の言葉の源泉が風化してしまうのを体験していたかも知れない」

江藤は『近代以前』連載中に行なわれた吉本隆明との対談「文学と思想」（「文藝」昭41・1）で、連載の構想を話している。「硬文学のほうまで手をひろげてしまったので」、さらに宣長、徂徠を取り上げるのは勿論のこと、伊藤仁斎にも触れたい。洒落本、滑稽本、人情本、「ことに読本はおもしろいと思うのです。近代小説の問題に通じるものがありますから」と意欲を語っている。江藤の「あり得べきひとつの文学史」の未発の構想であった。

江藤がここで「硬文学」と言っているのは、『近代以前』が通常の江戸文学史とは大いに構成を異にし、朱子学者の藤原惺窩・林羅山に三章を費やしているからだ。元禄期の近松に三章、西鶴に二章を充てていることと比較すれば、朱子学者重視の姿勢は明らかだ。惺窩と羅山は重要な文学作品は残していないから、江藤の独自の判断であった。「私見によれば、江戸時代の中期以降は、このうちの漢文学的要素が、儒学、ことに朱子学を根底とする社会秩序のすみずみにまで浸透して、日本の文学史に一種の古典主義時代を現出した時代である。（略）もし、この試論が、江戸期における漢文学定着の過程が明治における西洋文学摂取のパターンを先取りし、その基礎をつくっていたことを明らかにできれば」と江藤は目論んだ。

江藤が米国で読んだ小林秀雄の別のエッセイ「天命を知るとは」（「文藝春秋」昭38・3）には、こんな一節がある。

「徳川三百年を通じての出版物のベスト・セラーは、と聞かれれば、それは「四書集註《しっちゅう》」だと答えざるを得まい。凡そ本というものが在るところには、武士の家にも、町人の家にも、必ずこの本は在った。広く買われ、読まれた点では、小説類も遠くこれに及ばない。そういう意味の言葉を、いつか吉川幸次郎氏の著書で読んで、成るほどと思った事がある。言われてみれば、当り前な話なのだが、私達は、自分達の文学を語り、思想を談じながら、ついうっかりしているというところもある」

「四書集註」とは朱子学の大成者であった宋代の朱熹《しゅき》が「大学」「中庸」「論語」「孟子」に新たな注釈を施した本だ。「論語集註」は今でも平凡社東洋文庫などで入手できる。その本が「一家に一冊」といったイメージで普及していたというのだ。吉川幸次郎は江藤の学会発表時に援護射撃をしてくれた京大教授で、「儒者」を自称していた。『近代以前』には、渡明を志しながら、船が難破して叶わなかった惺窩が、薩摩の地で運命的な出会いをしたのが和訓本「四書新註」（「四書集註」）であったと書かれている。三十一歳の惺窩は「内心の鬱勃たるものに秩序をあたえるべき言葉を得たのである」。

小林・吉川説は江藤にとって大事なヒントになったであろうが、それだけで文学史を大きく組み替えるのはリスクが大き過ぎる。むしろさらに参考にすべき先達がいたと考えるのが自然である。その時に浮かび上がる本が一冊だけある。「現在までのところ英文で書かれた唯一の文学史である」と江藤が紹介しているW・G・アストンの『日本文学史』である。英国公使館でアーネスト・サトウの同僚だったアストンは、幕末に来日し、明治二十二年まで日本に駐在した。外交官であり、日本学者であったアストンが一八九九年（明治三十二年）に出版した『日本文学史』について、江藤は「はなはだ魅力的なビクトリア朝的偏見によって書かれ」た本だが、見識があり、「風格のある学者であることは明瞭であった」と評価を下している。

アストン文学史は江戸時代を「学問の復興」期とし、十七、十八、十九世紀に三区分している。十七世紀は漢学（朱子学など）、大衆文学（西鶴、近松など）、詩歌（俳諧俳文狂歌）、十八世紀は漢学、和学、十九世紀は平田篤胤、石門心学、小説を中心に記述している。我々の知る文学史よりも「文学」(literature) の幅が広い。いわゆる文学だけでなく、「硬文学」も「文学」として扱っているのだ。アストンは序文で「日本文学史の本筋の概略を見失うことのないようにした」、「日本文学を公平に評価して紹介するつもりである」と宣言する。十七世紀の漢学では、「藤原定家の子孫」惺窩と、「宋の学者達の哲学的な文学を日本の同胞に知らせた」羅山を高く評価している。「江戸時代の文学にはすべて、この朱子学の思想体系に基いた道徳原理と思想が、完全に深く滲み込んでいた」(川村ハツエ訳)からである。アストンは惺窩、羅山だけを取り上げたわけではなく、貝原益軒、新井白石、室鳩巣にもかなりのページを割いている。惺窩、羅山に特化した江藤文学史とその点は違うが、江藤が学びとったことは多いだろう。江藤文学史は惺窩、羅山の人物像を深く彫り込んでいるので、アストン文学史を超えて、文学作品となっている。一番の相違点だ。

アストンは十八世紀の宣長について、「和学者〔国学者〕の中で最も偉大で、日本が生んだ最も注目すべき人の一人」とし、十九世紀の平田篤胤について、師の宣長よりも「ずっと排他的な神学者」で、文体は「力があって簡潔であるが、卓越さと魅力の点で本居の文体には遥かに及ばない」と分析している。アストンは「日本書紀」の英訳、『日本口語文法』『日本文語文法』『神道』などの著書もあった。「自分で文法書を作り、自分で日本史の年表を作成し、翻訳や注釈書の助けもなく、独力で日本の文献を広く且つ深く」読んだ先駆者であるとアストンを顕彰したのがジョージ・サンソムである(萩原延壽『遠い崖』)。サンソム卿はアストンとサトウよりも一世代下の英国の外交官で、日露戦争の翌年から太平洋戦争開戦の前年まで、おもに日本に勤務した。

江藤は『近代以前』で、サンソムの本を読んで畏敬の念を感じ、「文字通り絶望的になった」と書いている。「彼の日本理解があまりに深く、その史眼によって輪郭づけられた日本の歴史の姿が、あまりに鮮明なかたちを描いていたからである」。江藤は滞米中の文章で、サンソムの日本観について触れている。明治維新の結果について、「そのかたちが仮に西洋化したとしても、その色彩と実質について完全な日本的な」ものが出来上がったというのがサンソムの見方だった(「アメリカの古い顔」「朝日新聞」昭39・5・3)。

江藤は「儒教が外来思想であったからこそ、それは二百五十年後に新しい西洋思想でおきかえられることとができた」（『近代以前』）として、江戸と明治を架橋する。その際に重視したのが、東京大学のお雇い教師として明治十一年に来日したアーネスト・フェノロサである。フェノロサは日本美術の保護者、紹介者として有名だが、江藤にとってのフェノロサはハーバート・スペンサー流の社会進化論を日本にもたらした学者である。その点につき、サンソムは書いている。

「スペンサーの影響はとくに強かった。それは彼が十九世紀後半のヨーロッパ思想を席捲していた科学主義運動の、予言者であり、哲学者であったからである。彼の『発展仮説』は、突然に過去に背を向けたばかりの日本人の間に楽観主義的信念を鼓吹し、他方彼らの血の気の多い性格は『進歩――その法則と原因』によって励まされた。（略）彼の哲学はヴィクトリア朝イギリスでも、さらに一そうひろくアメリカでも受けいれられたのであったから、日本人が彼の福音に熱をあげたのも、当時の状況からすれば当然考えられることだったのである。／つけ加えるまでもないことだが、ハックスレーやダーウィンも日本思想に大きな影響を及ぼした。政治学や社会学に応用された進化論は、日本人の前途に魅惑的な眺望をひらいてやり、またおそらく彼らに、彼らが国の発展に尽すのは宇宙の進化を助けることになるのだと感じさせもしたろう。適者生存の論はもっとも敏感な反響を呼んだ言葉で、それの日本訳の「優勝劣敗」という言葉は、政治の議論の上で自分が嫌いなものを打倒したり、考えうる敵に対して自力を強化したりするのに、いい口実としてさかんに使われたのであった」（『西欧世界と日本』芳賀徹訳）

一世を風靡した社会進化論が若き漱石にコース変更を迫ったことは、江藤のハーバードでの講演「明治の一知識人」、さらには帰国後に書き下ろす『漱石とその時代』の重要なエピソードである。漢学を捨てて洋学へ、朱子学的世界像から社会進化論へ。明治の表街道を進むべきエリートには当然の選択であった。社会進化論の衝撃について、江藤がコンパクトに書いた文章があるので、以下に引用しておく（「漱石の生きた時代」江藤編『朝日小事典　夏目漱石』）。

「フェノロサは、ダーウィンの進化論を文明史に適用したハーバート・スペンサーの社会進化論を中核として、哲学の講義をおこなった。これは儒学から洋学への転換を決定的なものにした事件であった。社会進化論は、儒学の体系にかわるべき包括的体系を提供していた。しかもここでは過去に向かっている儒学の時間とは逆に、過去から未来へ向かって滔々と流れる「進歩」の時間が約束されていた。それまでは漠然たる西洋模倣の謂《いい》であった「文明開化」は、社会進化論によって積極的な思想的背景をあたえられた。このとき以後、「文明開化」は、世界史への参画であり、ひいては「宇宙の進化」への参画であると考えられるようになったのである」

　江藤文学史の核心部分はプリンストンで構築されていった。古典に親しむことで「日本」を引き受け、前近代と近代の断絶を埋めることで、「日本」はひとつの連続体を成していることが証明される。江藤の全力投球の痕跡は『近代以前』に最も濃厚である。「朱子学的世界像」を中心に据えて『近代以前』を検討してきたが、それは必ずしも正しい読み方ではないかもしれない。まず「朱子学的世界像」という言葉が誤解を招きやすいということがある。江藤もその言葉には固執せず、様々な言い替えを試みている。

　批評として読めば、『近代以前』の最重要部分は近松を論じた章である。江藤によれば、近松とは「江戸期の古典主義社会の内側に、どうしても自分の場所を見出せぬ人間」（傍点は江藤）である。武士から隠者へ、さらに人形浄瑠璃作者となった近松は、「儒教という外来思想の上に築かれた秩序のなかから、「やまとたましひ」という王朝以来のエロティックな美的原理につながる反・社会に、人々をいざなう」存在であった。江藤が着目するのは、隠者のように「生き埋めにされかかった人々」であった。

「日本の歴史で、時代を転換させて来た主動因はほとんどつねに外圧であり、新時代は外来思想の導入によって成ったから、文学の持続が落伍者によって保たれたということは、それが外圧、あるいは外来思想に対するある恨みを含んだ反撥を母胎としたということを意味する。（略）生活様式や思想の次元でどれほど外来の要素に適応できても、人は言葉という虚体を活かしている呼吸——その呼吸を息づかせている深い情緒を捨てることはできない。それを守ることは自分の存在の核心を守ることであり、「こころ」を守ることであった」

　江藤の白熱講義に学生たちが感銘を受けたとしたら、こうした筆致に籠った江藤の「こころ」にであったろう。江藤文学史は日本のジャーナリズムでは不幸にも迎えられなかった。「文壇ジャーナリズムが「現場の批評家に要求しているのがこの種の仕事ではないことに気付くためには、いくらアメリカぼけの身とはいえ、さしたる時間はかからなかった」(『近代以前』あとがき、傍点は江藤)。江藤文学史の野心は心ならずも中絶となった。中絶の後も、野心は伏流水のように、あるいは射精不全の如く江藤の身体に残り続けた。

　昭和四十六年(一九七一)、江藤のデビュー以来、「群像」編集部での担当者だった徳島高義が「群像」編集長に就任した。徳島は江藤に連載のテーマを求めた。江藤は「第二部的なものでよければ」と申し訳なさそうにプランを話した。おそらく「文学史」の続きだった。プランは結局、実現に至らなかった。

　江藤は最晩年、大正大学大学院の教授であった。「履修要項」を見ると、江藤の追究するテーマは三つに集約されている。漱石、アメリカ、そして、近代以前である。

第三十二章　「帰って来た」男の「日本」と実生活

江藤淳と慶子夫人が帰国したのは、昭和三十九年（一九六四）八月四日の夜だった。江藤にとっては一年ぶり、夫人にとっては二年ぶりの祖国である。二人はプリンストンを六月十九日に発ち、ヨーロッパをゆっくり廻った。予定よりも帰国が一日早まったのは、慶子夫人の病気のせいだった。西ドイツのミュンヘンに到着して、慶子夫人は腹痛を訴え、三日間ほど入院を余儀なくされていたのだ。

江藤は帰国後すぐに「朝日ジャーナル」に『アメリカと私』を連載する（昭39・9・6〜11・8。単行本は昭40・2刊）。その第一回は「適者生存」と題された。ロサンゼルスで慶子夫人が「激しい腹痛」を訴え、入院する顛末の中で、「適者生存」というアメリカ社会の論理を身に沁みて江藤は体得する。アメリカ入国の恰好の通過儀礼が夫人の病気なのだった。「合衆国はおそらく今日まで依然としてソーシャル・ダーウィニズムが暗黙の日常倫理になっている唯一の国である」。明治初期の知識人に大きな影響を与えた社会進化論そのままの国が江藤の捉えたアメリカだった。「病人は不適者であり、不適者であることは「悪」である。「悪」は当然「善」であるところの適者に敗れなければならない」。不適格、不適応から「善」なる適格、適応者へのサクセス・ストーリーとして『アメリカと私』を読むことも可能である。当時はまだ珍しかった「洋行」帰り、しかも東部の名門大学で教鞭をとった若き評論家の胸張った報告書として受けとめる読者も多かった。「わが著書を語る」（「出版ニュース」昭40・4上）で、江藤は書いている。

「帰国したとき、定住所がなかったので、あちこち引越しながら「朝日ジャーナル」の連載を書きましたが、意外に広い層の読者に読まれたらしく投書をたくさんもらいました。今まで概念的に紹介されることの多かった米国の生活が、「私」的に描かれてあるのが興味をひいたのかも知れません。「精神の冒険小説」だといってくれた人もいました」

『アメリカと私』には続編が存在する。同じく「朝日ジャーナル」に連載となった「日本と私」である。昭和四十二年の新年号から三ヶ月にわたった連載は十二回で「未完」とされ、結局書き継がれることなく捨ておかれた。その「日本と私」は帰国した江藤夫妻の半年間に及ぶ不快な彷徨の記録である。住む家が決まっていなかったので、まず番町の「福田家」にしばらくいて、その後、渋谷南平台の東急アパート、千葉県市川市の取り壊し寸前の家を転々とし、十二月には新宿区市谷左内町の分譲アパート「市ヶ谷台グランドマンション」を購入して、やっと落ち着く。それでも精神の安定を得ることはできない。「家内」を何年ぶりかで殴った直後に、「友人Y」(山川方夫)の突然の無残な死が覆いかぶさる。「日本と私」を読む限りでは、祖国に戻った江藤はまたも超低空飛行に突入していた。『アメリカと私』を書く江藤淳の実生活が「日本と私」に描かれた「私」そのものだったとするなら、その落差はあまりにも大き過ぎるのである。

江藤の当時の精神状態を推察させてくれるのは、漱石生誕百年を記念して朝日講堂で行なわれた講演であろう(昭41・1・14)。その中で、滞米中に読んだ「こゝろ」に涙したことに続いて、「日本に帰って来て間もなく」に、「道草」を読み直したことを語っている。

「この「道草」という小説は、時代は違いますけれどもちょうど漱石がロンドン留学から帰ってきたときのことを書いた小説です。「道草」も私はそれまでに何度も読んでいました。現に十年前に「夏目漱石」という本を書いたときも「道草」についてはかなり綿密に読んでいたつもりでいたのですが、久しぶりにまたべつな気持で読みなおしてみると、この「道草」という小説に含まれている問題——つまり「帰ってきた」人間の問題が非常に大きいことがわかるようになりました」

漱石の自伝的小説「道草」の冒頭を江藤は読み上げる。「健三が遠い所から帰って来て駒込の奥に世帯《しょたい》を持ったのは東京を出てから何年目になるだろう。彼は故郷の土を踏む珍らしさのうちに一種の淋し味さえ感じた」。留学からの帰国直後の江藤の胸に、「道草」はどう響いたのだろうか。江藤の講演は続く。

「これは読めば読むほど味がでてくるようなうまい書き出しであります。この書き出しの数行が、私にはあたかも漱石の全作家的生涯を象徴的に要約しているように思われる。そのなかでさらに鍵になる言葉はなにかというと、「遠い所から帰って来て」という一句です。(略)この「遠い所から」という一句は、文字どおり解釈すれば、ロンドンからという意味になります。しかしそこにはロンドンとか英国とかいう限定詞をつけられないような深い響きがある。それを一言でいうのは容易なことではありませんけれど、あえていえば自分に執着し自己追求するというような生き方から、人と人との間に帰ってくるということではないかと私は考えます」

「道草」と「明暗」について語った別の講演(昭40・7・9、読売ホール)でも、江藤は「帰って来た」漱石を強調していた。健三は「日本の社会の複雑な人間関係のなかに帰って来た人間」であり、私小説の主人公が東京に「出て来た人間」であるのとは対照的である。「生れ故郷の東京に帰って来」て、「もう逃げ場がない」のだ、と。

昭和の「新帰朝者」

江藤は「日本と私」の連載第一回を「帰って来たとき」と題した。明らかに「道草」の漱石を念頭においたタイトルである。「私はやはり帰って来てから、もっと深い意味で「変ら」なければならなかったのかも知れない」という一文が、帰国後二年半たっての江藤の認識であった。「日本と私」の沈痛なトーンは「道草」に通じ、事あるごとに過去の人生の陰鬱な断片が回想されていく。構成からしても、江藤版「道草」といったおもむきがある。江藤が「道草」を論じる時にたびたび言及するシーンがある。お産婆さんが間に合わずに、健三が細君の出産に立ち会い、「生命の根源に対する怖れ」を感じるシーンである。もうひとつのシーンもよく引用する。赤ん坊をあやす細君のそばにいる健三に「やさしさの感覚」がおとずれるラストである。漱石が描き得たそうした曙光がさすこともなく、中絶してしまったのが江藤版「道草」であった。

江藤の念頭には「道草」に先行する「帰って来た男」を主人公とした小説があった。漱石の推挽で明治四十四年(一九一一)に東京朝日新聞に連載された徳田秋声の「黴《かび》」である。江藤の解説(「日本の文学10徳田秋声(二)」昭41・7)によれば、漱石と秋声は「幼時の異常な悲哀感」を共有し、似た体質であったが、「漱石とは秋声プラス精神」であるとしている。つまり、「漱石マイナス精神」が秋声ということになる。「「黴」における秋声の視点は「道草」における漱石の視点よりはるかに低いところにおかれているのである」。江藤の「日本と私」にも「黴」の影響が滲入していたかどうかは速断できないが、江藤にとって秋声という作家は漱石に匹敵する巨大な存在であった。この江藤の解説文は、江藤が中公の「日本の文学」編集部に自ら書きたいと執筆志願したものである。「月報」では広津和郎と対談している。情報局からの掲載禁止で連載小説「縮図」の筆を折ったまま死んだ秋声について、広津は戦時下に「徳田秋声論」を書いた。広津との対談の中で、江藤は「黴」と「道草」の二作品を「夫婦がぎくしゃくする話」と括っている。「帰って来た」男が、妻と「ぎくしゃく」している——「日本と私」とは、帰国直後の江藤の自己認識とは、意外にもそんな姿をしていたのである。

『アメリカと私』には「日本と私」の作品世界を覆う執筆中の江藤自身の心象は投影されていない。完璧なパートナーである妻に支えられた、意義深い滞米生活がクリアに描かれるばかりだ。『アメリカと私』

執筆時点のとまどいはわずかに「適者生存」の章に顔をのぞかせるだけだ。「私は、いま自分のうちのなにかが変ったと感じている。それは、どんな親しい友人ともわかち持てない一部分が、自分のなかに出来てしまったような感覚である」（傍点は江藤）。その感覚は漱石ではなく、荷風と鷗外という二人の明治の新帰朝者と類比される。

「私と同じ年ごろに西洋から帰って来た永井荷風が、『監獄署の裏』で、「閣下よ、私は淋しい……」と絶句したとき身内に覚えていたのは、私のそれに似たものではなかったろうか。あるいは、森鷗外の『かのやうに』の主人公五条秀麿が、「附合に物を言っている」ような男になり変って帰朝したのも、つまりはあのなにかのせいではなかったろうか。（略）どうやら私は、かつて空気のように自然なものと感じていた日本の社会をどこか「異質」と感じるほど深く米国の社会につかってしまっていたらしい」

『アメリカと私』では、これ以上具体的には記されない。後年の対談では、少しだけその頃の感覚が洩らされる。蓮實重彦には、「アメリカじゃタバコ買いに行くんでも車に乗るんだということがどうとられるか、それは不便だぞと言おうとして言っているんだけれども、そうはとらない人のほうが多い。いわんやアメリカの占領政策はかくかくしかじかだぞと言っても、ああそうですかと素直にとるわけがないということは先刻ありありとわかるんですね」と帰国数日にして痛感したと話している。中島誠には、一番親しい友人だった山川方夫との間にさえ通じないという「孤独」を感じたと話している。「（山川は）私の留学みやげ話に、一生懸命耳を傾けてくれた。にもかかわらず、フッと彼と話が通じないところが出来てしまったなあ、と思った。それは優越感でも劣等感でもなく、一種絶望的な感じでね」（「諸君！」昭53・6）。

批評家「江藤淳」誕生に重要な役割を果したのが慶子夫人と山川の二人であることは既に書いてきた。その二人にさえ、ある懸隔を感じ始めていたとしたら、江藤にとってかなりの「危機」が訪れていたことになる。江藤の場合、四歳半で生母を喪って以後、「肉親」が安息の場所には決してならないからだ。肉親嫌悪は「日本と私」にむしろ強烈に露出している。

帰国当夜の羽田の出迎えロビーには山川ら友人たちだけでなく、父と義母と大学生の弟が待っていた。「この三人のまわりには、ほかの出むかえの人々のまわりにあるのとは全く異質な、ある濃密な雰囲気がただよっていた。それは血縁だけが感じることのできる、暗く、重い質感を持った空気である」（「日本と私」）。江藤の「永井荷風集」解説（昭42）では、「監獄署の裏」で、帰国した主人公が出迎えに来た「大学の制服をつけた」弟と対面した時の感想を引用している。

「……ああ、人間が血族の関係ほど重苦しく、不快極るものは無い。親友にしろ恋人にしろ、妻にしろ、其の関係は、如何に余儀なくとも、堅くとも、苦しくとも、それは自己が一度《ひとたび》意識して結んだものです。然るに親兄弟の関係ばかりは先天的にどんな事をしても断ち得ないものです。断ち得たにしても堪えがたい良心の苦痛が残ります。実に因果です。ファタリテーです。閣下よ。人の家の軒に巣を造る雀を御覧なさい。雀の子は巣を飛び立つと同時に、この悪運命の蔭からすっかり離れて仕舞います。其の親も亦道徳の縄で子雀の心を繋ごうとは思っていないらしい」

「日本と私」ではここまでは書き得なかった肉親嫌悪を、荷風の「監獄署の裏」に託した引用であろう。出迎えの「大学生の弟」をわざわざ強調するところに荷風との重ね合わせが巧まれている。「日本と私」では、「あの恥ずかしく悲しいもの、重く暗いものをすべて引受けてくれていた」父の重荷を肩がわりしなければと自覚しつつも、父を避けようとしている。「私に「自由」というものがなおあるとすれば、それは進んで拘束されることのなかにあるにちがいない。それがなにを捨てることになるだろう。もともと私が、言葉と皮膚の色によって、この日本という国に結びつけられているのだとすれば」（傍点は江藤）。日本語の持続を自らの体内に感じて日本に帰ってきたはずの江藤は、そう書いて父から、肉親から身を逸らしてしまう。江藤は父の車ではなく友人の車に乗り、練馬の父の家ではなく、都心の高級旅館に旅装を解くという選択をする。宿屋の女中さんから「御両親のお宅は遠いんですか」と訊かれ、江藤は「ひどくうろたえた」。

江藤がなぜ「日本と私」を途中で放り出したのかはわからない。この連載には不愉快な思い出があると、本にすることを忌避していた。その原因が、「日本と私」で江藤の筆によって書かれた側からの強い反発、拒絶であったと仮定することができる。『江藤淳コレクション　第2巻』に「日本と私」を収録した編者の福田和也は、「解題」で書いている。

「本書を江藤が上板するのを躊躇したのは、理解できないこともない。文章が普段の江藤の文章には見る事の出来ないぶれを、生さを、つまりは感情による揺らぎを見せているからである。「日本と私」において、江藤は、帰国してからの生活の困難、とくに住むべき場所を見つけだすことのできない苦境を、かなり率直に描き、その中での妻と父親との確執をも克明に書いている。(略) つまりは、父との距離感、父を「他者」と見ようとする傾向とその罪悪感であり、さらに父が象徴している日本という国、あるいは土地にたいする距離感が、この文章には、かなり生々しく書かれている」

福田は中絶の事情を一旦は「妻と父親との確執」と書くが、妻との確執よりも、父親との確執に比重をおいている。父親からの抗議と推定したのだろうか。「日本と私」をいま読み直すと、父親以外のもう一人の抗議者を想定せざるを得ない。江藤にとっての最も身近な存在、江藤慶子である。私小説でもなく、フィクションという体裁を一切とらず、生々しい近過去の家庭の事情を、かなりあからさまに描き出したのが「日本と私」である。漱石の「道草」は「帰って来」てから十二年の後に書かれた小説である。秋声の「黴」は「帰って来」てから九年後に書かれた私小説である。「道草」は虚構も少し交えている。野口冨士男の名著『徳田秋聲伝』『徳田秋聲の文学』によれば、「黴」は事実そのままが書かれている。それでも主人公は「笹村」であり、子供の出産後にようやく籍を入れる妻は「お銀」である。「日本と私」は

「帰って来」てからわずか二年半後に書かれた。「私」と「家内」は、そのまま江藤淳と慶子夫人と受けとられるのを当然としている。「私」は「家内」を怒鳴り、頬にあざができるほど「家内を殴った」ことも書かれている。私的なエッセイとしては、あまりにも危険な内容なのではないか。

親族の意思によって、単行本にも全集にも収録を許されなかったというケースがある。森鷗外が家庭内の不和を描いた「半日」（「スバル」明42・3）という短編である。鷗外全集に入るのは、鷗外夫人しげの歿後であった。「半日」は森家の姑と嫁の確執がテーマだった。鷗外は続編も書いたが夫人の希望で破棄されたという（平野謙『藝術と実生活』）。鷗外は家庭内に美人の検閲者を抱えていたのだ。「半日」について、江藤は講演「鷗外と漱石」（昭41・7・18読売ホール）で「道草」と並べて触れている。二人の文豪はクサンティッペに悩まされたという、聴衆が喜びそうなエピソードである。

「クサンティッペはもちろんソクラテスの細君で、悪妻の見本みたいな人です。鷗外夫人しげと漱石夫人鏡子が悪妻だったかどうか、見方によっていろいろにいえるでしょうが、この二人の夫人がヒステリー症気味だったことは客観的に証明できるでしょう。そういう細君に対する漱石と鷗外の態度のちがいに、二人の人間観というか、人間に対する要求のちがいがはっきりと見てとれる。（略）「半日」の主人公はもちろん鷗外の分身ですが、細君に対して非常に細心に、低姿勢に対しています。細君の機嫌をとるためには宮中の儀式を欠席してまでデリケートな神経をはたらかせている。（略）相手の心の底まで計算して先まわりをしてヒステリーを抑えていこうとする。ものごとを爆発させないでうまくまとめようとするのです。（略）しかし漱石の「道草」や「行人」の主人公は、逆に爆発させまいと思っていても自分のほうから爆発させてしまう。しかも非常に陽性に爆発させてしまう。陽性といってもおもしろおかしいわけではない。漱石は主人公をいつも寂しい人間に描いています。その寂しい人間が悲痛な叫びをあげて怒りを爆発させる。「行人」にはそういう主人公が細君に暴力をふるい、そうすることによって一層みじめに、孤独になって行くところが描かれています。（略）自分のすぐわきには細君というものがいるのに、どうして心が触れ合わないのか。なぜこんな不条理なことになっているのか、といって漱石は怒っている。（略）こういう怒れる漱石の姿は人間的な、あまりに人間的なものです」

帰国から「日本と私」執筆までの二年半の間に江藤が行なった三つの漱石講演は、「帰って来た」江藤淳の一面をも伝える貴重な注釈である。江藤にとっての漱石は、滞米中は「こゝろ」であり、帰って来てからは「道草」であった。

二足の草鞋を履いた批評家

『アメリカと私』では、慶子夫人の病気は、「禍転じて」プラスの札に変じたが、日本ではそううまくはいかなかった。いつまでたっても「家内」の体調は良くならない。旅館ではノミの大群に襲われる。それ以来、しつこいジンマシンにおかされる。愛犬ダーキイと一緒に暮し始めた渋谷の部屋は、「拭いても拭いてもほこりが降りつもって来る」。オリンピック直前の東京は水不足と断水で干上がってしまっていた。柳橋「亀清楼」の福島家が所有する市川の二階家に落ち着けた後も、「家内」のジンマシンとしもやけは治らない。ダーキイは「まるで家内と連動装置がついているように、日ごとにおとろえていくような気がする」。ダーキイは「婦人科の病気」にかかっていた。

「手術をして子宮をとり出してしまえば助かる見込みがあるという。家内は血相を変えているが、犬には生きていてもらわなければならない。二年ぶりで主人に出逢ったので気がゆるんで病気したのかも知れない。そうだとすれば犬の病気も家内のジンマシンも、日本のせいではなくてアメリカのせいだろうか。「アメリカ」が私たちのなにかを破壊してしまったのだろうか」

乾坤一擲、江藤は家を買う決心をする。「なにもこうして江戸川の向う岸でじっとしていることはない。

私はやはり東京に戻ろう。私の「故郷」はどうしても東京以外にないからだ。(略)頭脳が猛烈に回転しはじめて、私はほこりと壁土にまみれて一心に借金の方法を考えている。(略)たしかチャールズ・ラムのモットオが、「誰からも借りず、誰にも貸さず」というのだった。ラムはこのモットオを守って、東インド会社につとめながら狂人の姉を看護して一生を終えた。ラムがどんな家に住んでいたのかよく知らない。私もできることならラムのような暮し方がしたかったが、いまではむしろ彼の生きかたのほうがぜいたくに感じられる」。

「日本と私」では、「貯えというほどのものがない」と何度も強調している。昭和三十八年夏の江藤から慶子夫人への手紙で明らかなように(三十章で紹介)、「貯え」の記述は事実に反している。貯えありなどと書かれたら読者は白けるから、それはいいとしよう。貯えの一件は、「日本と私」の記述がノンフィクションであっても、かなり負の方向に潤色されていることの証左とはいえよう。江藤が購入する新築マンションは、若い夫婦の棲家としては、当時の東京ではかなり贅沢なものだ。

「分譲アパートは外濠を見おろす牛込の坂の上にあって、エレベーターと暖房がついている。四部屋とバルコニイという間取りはプリンストンのアパートに似ているが、こちらは鉄筋コンクリート六階建で、家内が見つけて来た区画はその五階にある。アメリカ式というよりは、まるで香港あたりにでもありそうな建物だ」

自嘲気味に描写される新居を入手できたのは、江藤の稼ぎではなく、父親の「信用」ゆえだった。相互銀行の課長と係長は不安定な原稿料収入には一顧だにしない。保証人の判を押す父親の仕事と職名がものをいうのだった。「「信用」を得ようと思えば、大会社や官庁のような組織のなかに組みこまれるか、血縁とのつながりを認めるかしかない。それだけが日本人にとっての現実だからだ。「個人」などというものは虚構にすぎない。(略)それは私の存在が、社会的には虚構にすぎないということだ。そんなところでは誰も生きていないのだ。生きていないのに生きているようなふりをしてさまざまな「思想」をふりまわすから、「思想」も少しも生きはしないのだ」。父が喜んで保証人を引き受けたことで、江藤には「濃い敗北感」が湧き上がる。

昭和の新帰朝者である江藤は、「道草」の漱石にならねばと観念はできても、所詮は「監獄署の裏」の荷風でしかない自分を発見する。それは「日本」への屈服なのだろうか。

この時期、昭和三十九年の秋から冬にかけて江藤が発表した文章は、『アメリカと私』以外にもたくさんある。新聞各紙には帰朝報告ともいえるエッセイを書いている。朝日に「明治の精神」、毎日に「明治の文学」、読売に「最初の鎖」、地方紙に「影をなくした日本人」といったようにである。そこでは戦後日本を批判し、「朱子学的世界像」の残像が生きていた明治という時代の偉大を語り、自己喪失に陥った日本人を厳しく問い詰める。この保守的文化人の姿勢は、「日本と私」に描かれる当時の江藤の暗さと弱みを微塵も表わしていない。江藤はまもなく、若手の「危険な思想家」として指弾を浴びることになる。

社会評論で最も力がこもっているのは、十月に開催された東京オリンピックを論じた「幻影の「日本帝国」」(「文藝春秋」昭39・12)だ。タイトルからしてなにやら物騒である。国家的大行事だったオリンピックには、著名な文学者がマスコミに動員されて観戦記事を書いた。三島、石原、大江、開高はせっせと会場に通っている。江藤の原稿はテレビ桟敷からのオリンピック論である。

「オリンピックが済んで、私は、それがわれわれの意識の底にうずまいている欲望の、いかに完璧な象徴であり得たかということにおどろいている。/それは、まず、戦うことを自らに禁じている(あるいは何者かによって禁じられている)われわれが、平和の祭典という名の下に、安んじて戦い得る場所であった。(略)人々は、外側からみれば僅か二週間で終ってしまうスポーツの祭りにすぎぬものの名をかりて、見えない敵に対して挑んでいるように見えた。/その敵とは、大きくいえば提督ペリーの来航以来、日本人の肩の上にのしかかっている宿命という名の敵である。歴史家のいわゆる日本の「近代化」が開始されてこのかた、われわれはつねに不幸であった。（略）われわれは、この不幸の補償を戦争に求め、日清戦争以来の相次ぐ勝利は、その道の果てに自己完結的な世界の回復を約束するかに見えたが、十九年前の敗戦が決定的にこの可能性を奪い去った。しかし、それにもかかわらず不幸は何らかのかたちでつぐなわれなければならない。しかも、このたびは、不幸は敗戦のおかげで二重になっていたのである」

『アメリカと私』ではソフトにしか表現されていない江藤の世界観、歴史観、悲憤と慷慨が、オリンピックの昂奮に呼応して、ここでは闘争心を剝き出しにして表現されている。近代オリンピックの歴史よりも半世紀近くさかのぼるペリー来航という物差しを江藤は持ち出す。明治改元よりも十五年前がペリー来航である。「明治百年」と「戦後二十年」の双方を相対化し、武器なき戦争状態を描き出すことで「八月十五日」をも相対化する。オリンピックは「国際親善」を名目に、「日本人が安心して愛国的になれる機会をあたえた」と江藤は書く。江藤は開会式の日に、「戦後はじめて自分の手で」日章旗を掲げた。その旗は「日本と私」によれば、市川の江藤家の世話を焼く「頭《かしら》のおかみさんが持ってきた」から買ったに過ぎない。それでもはためく日章旗を確かめながらテレビ観戦している。

開会式で江藤が感動した大きなポイントは二ヶ所あった。「貴賓席には日本の君主がおられた。そして、今、世界は日本の君主の前に各々の旗を垂れて、敬礼していた。（略）敬礼はあいついで行われ、観衆は、今、日本こそが世界であり、その中心が国立競技場の貴賓席にあることをいささかの疑いもなく信じることができた。開国以来その日までの、日本人の深い怨み——自己完結的な世界像を外圧によってつき崩された者の不幸と怨恨は、少し誇張していえば、この儀式のなかではじめて象徴的につぐなわれたのである」。江藤はここであくまでも「君主」と書いて「天皇」とは書いていない。江藤は祖父・江頭安太郎が御前講演で、「我皇《ワガ》帝陛下」と呼んでいることを明治日本のリアリズムとして肯定している。「つまり天皇は唯一絶対の「天皇」ではなくて、世界に幾人か存在する「皇帝」という君主の一人であった」(『一族再会』)。

国立競技場の観客席で、この「君主」の所作を、隣席のドイツ人から借りた双眼鏡で注視していた取材者がいた。江藤の友人の大江健三郎である。「――テンノーヘイカ！　とドイツ婦人が叫ぶ、ぼくはもういちど双眼鏡をかりて、ロイヤル・ボックスを眺める。おそらく、そのドイツ製の双眼鏡のおかげで、ぼくは自分自身、異邦人のような単純さで、この初老のきれいな紳士を眺めていることに気がつく。(略)行進は北入口からロイヤル・ボックスのまえを通りすぎ(そこで唯ひとり緊張して立ちずくめの天皇陛下に挨拶し)南入口のまえをひとめぐりし、火炎太鼓のところまで進んで行って、そしてグリンの芝の上に整列するのである」(「七万三千人の《子供の時間》」「サンデー毎日」昭39・10・25)。

二人が期せずして焦点をあわせたもう一つは、美しいフォームで聖火台へ駈け上がった早大競走部一年生の坂井義則クンであった。大江は書いている。「かれが聖火の最終ランナーに選ばれたとき、日本在住の米人ジャーナリストは、それが原爆を思いださせて不愉快だといった。そこで、われわれは、あらためて、かれが原爆投下の日、広島で生れた青年であることを意識したのだった。(略)ヒロシマの悲惨を背後にひかえて、なお健康にみちあふれた広島生れの青年が、いっさんに聖火台に駈けのぼる光景に、ぼくは感動する。ぼくは愉快だ」。大江は天皇のいる貴賓席の時のように、聖火ランナーもあえて外国人の目を一度通してから、用心深く感動している。江藤はもっと直情的である。

「「聖火リレー」の最終走者が、一九四五年八月六日、最初の原爆が投下された日に広島郊外で生れた学生に決ったとき、「聖火」は二重の意味を賦与されることになった。つまり、それは、原爆という西洋の火を自分の出生にうけた青年が、「平和の祭典」の名においてその火を日本人の手に奪いかえすことを意味したからである。／この最終走者の選考を、日本人の「自己憐憫」のあらわれだといった米国人批評家の嗅覚はかなり鋭かったが、むしろ彼はそれを「報復」のもっとも優雅な表現だというべきだったかも知れない」

坂井クンは原爆投下の二時間後に生れた。場所は広島県ではあるが、広島市の爆心地からは七十キロも離れた三次《みよし》町である。JOCはすったもんだの末、運命の日に生れた坂井クンをあえて選んでいる（「表紙の人　坂井義則」「週刊朝日」昭39・9・28）。ヒロシマと広島県の違いは外国人にはわからない。この人選は江藤が書いたように、「優雅」なる「報復」であった。

オリンピックが戦後日本のナショナリズムの解放だったことは多くの論者が指摘した。大宅壮一、司馬遼太郎、三島由紀夫の座談会「敗者復活五輪大会」（「中央公論」昭39・12）でも、ナショナリズムは話題の中心になっている。この座談会は、流行語造りの達人だった大宅が、大東亜戦争で負けた日本の「敗者復活戦」と見立てることから始まっている。大宅は戦後の「ナショナリズム不感症」にカンフル剤を打つ効果があったと見た。有史以来、日本のナショナリズムが最高潮に達したのは「この間の戦争のとき」だという三島は、「日の丸は〔戦争で〕よごれてもなおきれいである、というナショナリズムが出てきたんじゃないか」と話している。司馬は「あまりナショナリズムということを宣伝すると、こわいことになりそうに思う」と警戒を隠さなかった。大江は閉会式のルポで「愛国心」について、「わけてもオリンピックの二週間に昂揚した愛国心などテレビのスイッチがきられればブラウン管の一瞬のきらめきみたいな結果をたどるだろう」と楽観視している（「お祭りの教訓は現実生活では役に立たない」「サンデー毎日」昭39・11・8）。

江藤は「ナショナリズム」という言葉を使っていないが、上記の四人の中では年齢の一番高い大宅に近いところに立っているといえる。「幻影の「日本帝国」」の結末で書いている。「自分の欲望を明晰に知っている者は、より高い利益のためにそれを制御することもできる。が、自分の欲望がどんなものかすら知らぬ者は、どんな愚かさにも溺れられるのである」。この議論は、国家理性と国民感情の問題として、『海舟余波』、「二つのナショナリズム」などに発展していくことになる。

江藤の「幻影の「日本帝国」」はオリンピックを論じて、構えの大きい批評文であった。観客席ではなく、千葉県市川市の「建物疎開の跡」と「焼け跡」を嫌でも思い出させる場所で見た功徳かもしれない（「遁走者」荷風終焉の地はここから京成線で二駅しか離れていない）。華やかな祭典と江藤の視覚との距離感はそれだけでは説明がつかない。江藤は帰国途中に立ち寄ったラングーンの空港で、戦死者たちの「実在」を感じている（「最初の鎖」）。インパール作戦の犠牲となった将兵たちであろう。その死者たちの遠くからの視線も、江藤の文章には確実に入り込んでいる。

江藤は年末から再開となった朝日の「文芸時評」を、アメリカ滞在中には、日本の現代小説は読まなかったと書き出している。「そのかわりに、私は、アメリカという巨大な作品を読み、日本の古典を読み、史書を読んだ」。その伝に倣えば、江藤はアメリカから戻ってからは「日本という疵ついた作品」を読むことに集中していく。「幻影の「日本帝国」」はその第一作だった。江藤は日本文学を批評する仕事と並行して、その「日本」という国家を批評する仕事にのめり込んでいく。文芸批評家というより、二足の草鞋を履いた批評家となるのである。

第三十三章　山川方夫の急死

「友人山川方夫が、去る二月十九日昼すぎ、神奈川県二宮の自宅にほど近い東海道上の横断歩道で、制限重量を一トン半も超過した鋳型を満載した（しかもブレーキの甘い）小型トラックにはねられ、翌二十日午前十時二十分ついに死んだ。山川はまだ三十四の若さであった。いや二月二十二〔二十五〕日で三十五になるところであった。しかもうら若い夫人と結婚してから僅か九か月と四日目に逝ったのである。それも交通事故という、降って湧いたような愚劣な災難で殺されたのである。

　山川は作家であった。幾度も芥川賞の候補にあげられ、昨秋日本の作家としてはじめて米国の世界的グラフ雑誌「ライフ」に作品を掲載されて、将来を期待されていた。家庭生活の上でも、可憐な新夫人を得て「怖いほど幸福だ」といいくらしていた。しかも山川は、戦後の若手作家にはめずらしく律義な、自他に厳しい潔癖な作家であった。そんな山川が、私は好きでたまらなかった」

　江藤の盟友であり、批評家「江藤淳」の発見者であった山川方夫が死んだ。日本に帰って来てから半年後、江藤を襲った大きな危機である。江藤は亡き山川に向け、美しい追悼文をいくつも手向けた。その最初の文章が産経新聞の連載コラム「思うこと」欄に載ったこの「山川方夫の死」である。昭和四十年（一九六五）二月二十三日夕刊であるから、二十二日の葬儀の前後に書いたのであろう。匆々《そうそう》の間に書かれ、江藤の激情は抑えきれずに、やがて溢れ出す。訃報を伝える筆致は一転し、やり場のない怒りが爆発していく。

「彼は雑誌の原稿を二宮の駅まで鉄道便で出しに行った帰りに事故に遭ったのである。目撃者の話では、彼は買って来たハガキを振って左右に合図し、疾走する車の切れ目を待って横断歩道を渡ろうとしたのだという。それを重量制限を無視し、横断歩道を渡る人間の存在を無視した暴走トラックがはねとばし、あまつさえ作家の生命の源である脳を粉砕した。警察はこれを業務上過失致死だという。だが「過失」とは何事か。山川は法律を守り、人力の及ぶかぎりの注意を払って正しい場所を渡ろうとし、トラックの運転手は法律を無視し、人間として当然の注意を怠って彼を殺した。これは殺人ではないか。山川は正しく、運転手は不正である。すなわち山川は「善」であり、運転手は「悪」である。「悪」には報復がなければならない。これは山川が友人だからいうのではない。彼と同様に無残な最後をとげた幾多の被害者のためにもいうのである。しかし、この点で現在の日本の法律は、報復刑主義が励行された江戸時代の法律にはるかに劣っている」(傍点は江藤)

加害者と警察に向けられた江藤の激情は留まることがない。「極刑」とか「九族《きゅうぞく》」とか古風で危険な用語をも駆使し、国政批判にまでエスカレートさせる。

「交通事犯は、情状の如何にかかわらずそのもたらした結果の大小によって厳罰し、遺族への補償は民事上の問題にとどめず刑法上の強制力のある義務としなければならない。加害者は極刑をもって罰し、なお補償金支払いのために九族が飢えねばならぬ。これを野蛮といいたければいうがよい。自動車という文明の利器を日夜殺人の具につかって恥じぬ野蛮人が充満しているのが今日の日本ではないか。今日の日本人に車を運転する資格のある人間が何人いるかを私は疑う。車がなければ国の経済が立ち行かぬなら、せめて法律を野蛮な現状にあわせるべきである。それが文明である。佐藤首相のいうところの「歩行者優先」の政治ではないか」

友人としての言葉で始まったコラムは、警世、憂国の弁論となって終わっている。前年の暮れには、かつての象徴派詩人で、「中原中也、三好達治を予見して」いたと江藤が評価した三木露風が同じような事故で亡くなっていた。江藤は「老詩人の孤独な、不遇な一日の散歩を、心ないダンプカーの疾走は無残に切断したのである」（「文壇クローズアップ」「小説新潮」昭40・3）と追悼したばかりであった。モータリゼーションの急速な発達による交通事故の多発は当時の社会問題であった。映画監督の成瀬巳喜男はこの前後、「女の歴史」「ひき逃げ」「乱れ雲」など、交通事故が重要な役割を果たす作品を撮った。遺作「乱れ雲」は、加害者側の加山雄三と被害者の未亡人・司葉子の抑制された恋のドラマだった。現実には成瀬映画のようなドラマは起こらない。山川の事故では、江藤の呪詛が通じたかのような後味の悪い後日譚が控えていた。四ヶ月後に加害者の運転手が不審な死を遂げるのである。

事故直後の「週刊新潮」（昭40・3・8）の特集記事「作家山川方夫さんの惨死」には、事故を起こした小型トラックの写真と事故現場の横断歩道の写真が載っている。「今月だけで、あの辺は山川さんで三人目の死亡事故でしてね」と語る大磯警察署長と、横断歩道上での山川の動きを説明した上で、「左にハンドルを切ったのですが、間に合わなかったんです……」と語る加害者のコメントも載っている。その記事には江藤のコメントも出てくる。前に一緒に横断した時に山川が「ここはとても危ないんだよ」とこぼしたことや、事故を目撃した地元の人の証言を紹介し、「決して彼が不注意ではねられたのでないことは分かる」と力説している。

万年芥川賞候補作家から、全世界に紹介されたショートショート作家となり、二階級特進といった注目を集める、まさに有望作家の劇的な死であった。「三田文学」の編集者山川の手によって世に出た同輩、後輩の文学者も多い。山川の社交的な性格を反映して、多くの作家、編集者が山川危篤の報で二宮に向かった。江藤はいち早くに駈けつけることができた。先輩の安岡章太郎が入院先の大磯病院に着いたのは夜だった。そこには異様な空気が流れていた。安岡は追悼文に書いている。

「病院では、まず、あんまり多勢の人間が玄関のロビーに集まっているのに驚いた。夜、九時過ぎの病院といえば普通は寝しずまった真夜中に当たるわけだろうに、ここには出版記念会の会場か何ぞのように顔見知りの連中がたくさん、立ったり、坐ったり、歩きまわったりしているのだ。（略）見舞客世話人格の江藤淳は、昂奮した口調で山川の病状をつたえた。（略）「生かしておきたいですよ、何とかして……。いや命は取りとめても、どうせ頭脳労働はもうムリだというんですがね」／と江藤は切々たる情のこもった声であった」（「人の生き死に」「学鐙」昭40・3）

事故の状況を江藤から聞かされた安岡は、「そんなトラックは運転手にも経営者にも、厳罰を加える必要があるね」と感想を述べると、江藤は得たりやおうと語り出した。

「江藤は、／「勿論。われわれも絶対に許す気はありませんよ。ところが警察の連中ときたら、その運転手の取りしらべを一応すませると、すぐ帰しちゃってるんだな。彼等には交通事故で人が大怪我しようが、殺されようが、それは単なる事故であって、殺人でも傷害でも何でもないという観念があるんだな」／と、まるで私が当の警官であるかのようにはげしい言葉でのべはじめた。それは江藤が警察でいかに舌鋒鋭く担当官たちと渡り合ってきたかを推察させるのに充分であった」

仲間内の憤懣の言葉を、江藤はそのまま新聞の紙面に叩きつけたのだろう。江藤としては、自ら責任を持つ言論として直球で勝負したのが産経新聞のコラムだった。被害者がこのコラムを読んだかどうかはわからないが、コラムに代表される文学者たちの風圧は感じたであろう。

安岡言うところの「見舞客世話人格」の江藤を冷静に見ている文学者もいた。というより、作家たちの視線と感情が激しく交錯する場が、湘南の海辺に突然立ち現れたのだった。動揺した文学者たちはお互いに見られ、見るという関係の中に投げ込まれた。お互いの社会性のなさや幼児性や恥部を露出させながら、山川方夫という稀有な作家の痛ましい消滅に立ち会うことを余儀なくされた。江藤は回想文で、葬儀の場で山川の宿痾を噂した人間や、「異様な躁狂状態ではしゃぎまわる」人物を苦々しく告発している。彼らが山川にとっての「親しい友人たち」だったのかと。そんな江藤の「見舞客世話人格」のありようも、見方によっては目ざわりな躁状態であった。

山川がもっとも信頼を寄せた後輩は、江藤と坂上弘の二人だった。二人は山川に見出され、「三田文学」に作品を発表して、十代の芥川賞候補作家となり、新進の文芸評論家となった。二人とも山川の死を何度も書いている。江藤には「日本と私」（昭42）、「山川方夫と私」（昭45）等があり、坂上には長編小説では『故人』（昭54）と『近くて遠い旅』（平14）、その他に短編、エッセイなど多数がある。坂上の裡ではいまだに山川が生きている。『故人』には少壮の批評家「萩元」が出てくる。明らかに江藤をモデルにしている。山川は「上條栄介」として、坂上自身は「修吾」である。名前こそ変えてあるが、『故人』はほとんど事実そのままを記したと思われる。

『故人』の主人公である修吾が病院に駆けつけると、萩元が廊下を「摺り足で走ってきて、修吾の両腕をにぎり、また誰かに連絡をするといって行ってしまった」。そのうちに「萩元と、先輩作家の矢作〔遠藤周作〕が、怒った顔で立話をしていた」。病室の廊下では「萩元夫人〔江藤慶子〕と上條の教師だった黒田教授〔白井浩司〕がじっと立っていた」。翌日、上條は死んだ。

「医師の出てきた歩き方で上條が死んだことがはっきりわかった。泣き声はつづいていた。やがて、上條の母親が出て来た。誰もどこへ行くかを問わなかった。／萩元がちらりと腕時計を見た。それから廊下の椅子に坐りこんで、オットセイのような声を上げて泣いた。（略）肩をゆすり、萩元は突然眼鏡を外して両眼をくしゃくしゃにして泣いていた」

腕時計を見る江藤の事務的な動作と、続いておきる手放しの嗚咽を坂上は見逃していない。江藤の切り替えのあざやかさに対して、違和感を隠していない。「友人代表には萩元がきま」る。お通夜には加害者とその雇用主が弔問に現れた。親族たちは半狂乱の態になる。葬儀の日にも二人はやってくる。騒ぎを避けるために、修吾は二人に引きとってもらう。「死を怒りにかえることはできない。どのような怒りも死に価するものはない。怒りの論理は人の死に結びつかない。怒りそのものは人間の狂気であり、死は静粛である」。坂上は江藤の怒りの論理についていけなくて、むしろ加害者に身を寄せたことを『故人』の中で何度も書いている。

「一卵性友人」への追悼

江藤の山川追悼は続いた。産経のコラムの三日後、朝日新聞の文芸時評（昭40 2 26夕）では、一回分丸ごとという異例の長さで、山川の人と業績を私情を交えて綴っている。

「「風景」に山川方夫の「Kの話」が載っている。それは、敗戦と時を同じくして喪われた少年時代への惜別を語った好短編であるが、この小説を書いた山川はもういない。このことが信じ切れない。山川、君はどうしてさよならもいわせずに、つきあいのよかった君にも似合わずさっさと先に逝ってしまったのか。しかし、私は知っていた。つきあいのよかった彼が、実はいつも自分の暗い孤独だけを見て生きていたことを。

突然の死は「演技の果て」、「その一年」以来の山川の小説のライト・モチーフであった。が、それにしてもその最後の作品を自分の身体で書くやつがいるか。葬式のとき、私は彼の棺をかつぎながら言葉にならぬ言葉でそうくりかえしていた」

小林秀雄が中原中也に語りかけた追悼詩「死んだ中原」を思い出させる。漱石にとってなら子規の存在に匹敵したのが江藤にとっての山川であった。「いつも自分の暗い孤独だけを見て生きていた」山川に江藤は「一卵性友人」とでも呼ぶべき同類を見ていた。華麗なる山川と、戦闘的な江藤では見た目が余りに違っているが、二人はお互いの中に自身の影を見ていた。「山川方夫と私」で江藤は、死に立ち会った時の自身を書いている。「私は魂が抜けたように廊下のベンチに坐りこんだ。／にわかに悲しみがこみあげ、私はどうしてもそれをおさえることができず、声をはなって号泣した。（略）しかしそのとき私は痛いように感じていた。山川方夫という男がどれほど深く自分のなかにはいり、その不可欠の一部分になっていたかということを」。

江藤は山川のことを別の追悼文（「月刊東海テレビ」昭40・3、4合併号）で、「私が文芸時評で安心してけなしつけることのできる唯一の親しい友人であった」とも書いている。その意味では、江藤は生前の山川を過小評価し過ぎていたかもしれない。朝日の文芸時評に戻る。

「山川方夫は未完成な作家であった。もし彼が、ひとつでも真の自己発見に到達した作品を残していたら、私にはあきらめのつけようもあったのである。それを妨げていたのは、ほとんど倦むところを知らなかった彼の観念癖である。（略）これは、ひとつには彼がどこかで自己に対する感傷を捨て切れなかったからであるが、ひとつには「死」の観念に狎れすぎて自己を正面からうけとめることができなくなった世代――戦争末期の中学生の世代に共通の特徴である。（略）敗戦の日のうつろに澄んだ青空から生れたこの閉鎖的世代のファナティシズムと幼児性を、山川方夫もまたまぬがれてはいなかった」

「第三の新人」と石原、大江の「純粋戦後派」に挟まれた世代である。江藤自身はデビューの時期が重なった「純粋戦後派」の同伴者と見做されたが、あまりに早熟だったために、山川の世代に近い戦時期の生と死を経験していた。江藤は山川を「本質的にロマンティックな作家」「着実に成長する作家」であり、「彼の感覚はつねに様式を求めていた」とも書いている。代表作として挙げるのは「海岸公園」と「最初の秋」という、山川が家族、血縁を正面から描いた私小説の佳編である。山川の「成長」はこの線上にあると江藤は（そして山川も）考えていたのであろう。その点を確認すると気になるのは、「最初の秋」の続編として書かれた「展望台のある島」（「新潮」昭40・2）という作品である。江藤は文芸時評を書くために、この短編を読んでいるが、前月の時評ではまったく取り上げなかった。宇能鴻一郎の「不倫」という作品を「愚作の標本」としながら延々と字数を費やしているのに。それなら山川の「展望台のある島」を論ずべきではなかったか。作品を評価できないのなら、なおさら「安心してけなしつける」べきだったのではないか。生前の山川が、江藤の公に表明される批判を読める最後のチャンスだったのだから。「友達甲斐のない奴だ」という山川の声を江藤は聞き、悔悟の念がよぎったのではないか。

江藤は「山川方夫と私」で、世評の高かった山川の「愛のごとく」という短編の読後感をプリンストンから送ったことを回想している。かなりの酷評を率直に綴り、山川も了解の返信を寄越した。だが、と江藤は悔やんでいる。「私は彼がこれほど〔生活上で〕悪戦苦闘しながら書いていることをさだかには知らずにいた。そのことが今は悔まれてならない。やはり私は彼をいたわるべきではなかったろうか？　よく書いた、頑張れ、とこそいうべきではなかったろうか？」。江藤が「展望台のある島」を論じなかったのには、なんらかのこうした逡巡があったのではないだろうか。山川の短編集『愛のごとく』（新潮社）は加筆改稿の途中で著者が急逝した不運な本である。あらかじめ書かれていた「後記」で、山川は「最初の秋」と「展望台のある島」を、「一つの作品として読んでいただきたい、そう読まれるべきだ」と書いたが、改稿を果たす前に事故に遭った。江藤は『愛のごとく』の巻末に「追記」を書き、山川の改稿の腹案が実現しなかったことを報告している。江藤は書いている。「やむを得ず、われわれは、むしろ雑誌に発表された当時のまま、『最初の秋』と『展望台のある島』を、それぞれ独立した作品として収録する便法に拠らざるを得なかった。冀《こいねがわ》くは読者及び作者の霊が、これを諒とせられんことを」。この結びが江藤の遺書「乞う、諸君よ、これを諒とせられよ」と通じていることを指摘したのは坂上弘である（「三田文学」平11秋）。

江藤の朝日の時評は、最後に「編集者山川方夫」に触れた。

「自分のことをさておいて他人の面倒を見たがるという山川の作家としての気の弱さは、編集者としてはその批評的直観の鋭さ、的確さとあいまって、まれに見る天分として作用した。私もまた山川編集長によって発掘され、批評家に仕立て上げられた人間である。もし昭和三十年の五月のある日、山川が私に、「夏目漱石」を書くことを熱心にすすめてくれなければ、私はこうして文芸批評など書いてはいなかったであろう。／山川、君はひとをひっぱり出しておいて、自分はいったいどこへ行ってしまったのだ」

江藤が市ヶ谷の書斎で、この時評を書き上げた時に、ある異変が起こった。その事態については「山川方夫と私」で簡単に触れているが、より具体的に書いた別の文章がある。「三田文学」（昭42・3）が山川の三回忌に組んだ「山川方夫追悼」特集に寄せた江藤の「山川方夫のこと」である。

「徹夜で時評を書きあげて、原稿を読み直していると、私は背後になにものかの気配を感じた。私の背筋をつめたいものが走ったが、私はすぐそれがなんであるかを理解した。そこに立っているのは山川にきまっていた。山川、君も気の毒なやつだ。そんなにいろいろのことを我慢していなくてもよかったのだ。もっと拒否すればよかったのだ。斜にかまえないで、真直に向いていればよかったのだ。「感じのいい」人間になろうとする必要はなかった。「愛されよう」とする必要もなかった。君はもっと威張っていてよかった。君の耐えて来たものは優にそれに価した。……気がついてみるとなにものかの気配は消えていた。

そのときにわかに犬が吠えた。寝室から出て来た家内がカーテンをあけて、ひとりごとのように、

「山川さんは成仏したわね。あそこをとんでいくわ」

といった。彼女の指さすほうをみると、空は一面の朝焼けで、「ピノキオ」の看板がそれを背景にして黒く浮びあがっていた。家内はどうして山川が来たことを知っていたのだろう？　どうして「ピノキオ」の看板のところに、かつての恋人が下宿していたことを知っていたのだろう？　私はそのいずれをも彼女

に話していなかったからである」

霊感の強い慶子夫人の面目躍如だが、普通の読者には一笑に付されかねない現象である。それを他ならぬ「三田文学」の山川追悼で書いているのである。この追悼文執筆の時期は「日本と私」の「朝日ジャーナル」連載の期間と重なっている。「日本と私」では、朝焼けの荘厳も、「ピノキオ」の看板も、事故に遭う直前の山川の疲労する姿も、より緻密に、より抒情的に、より劇的に描かれている。「三田文学」のこの原稿ではそれらは後景に退き、山川の「かつての恋人」が前面に出ている。事故の半月ほど前、山川が江藤のマンションに泊まった時に、山川は「暗い眼をして」、外濠の向こうにある看板を見、「あの下のところにおれの女友達がいたんだ」と告げる。江藤は山川の長編小説『日々の死』に描かれた十年前の恋愛だとすぐに気づく。『日々の死』では、主人公が無理やり別れてしまう恋人は市ヶ谷のアパートに住んでいる。

「月刊東海テレビ」に書いた江藤の追悼文で、「山川が死んでから、私は彼の唯一の長編「日々の死」を読み直し、これが山川方夫の事実上の処女作だったという感をあらためて深くした」と書いた。作家の訃報を聞いて、遺されたどの作品を読むかは大事な選択であり、「喪の仕事」である。江藤は『日々の死』を選んだ。「日々の死」が「三田文学」に連載された時、山川は編集の第一線を退き、後輩の江藤と坂上にバトンタッチしている。江藤と坂上が山川の小説のゲラに真剣に向き合ったのも「日々の死」であった。「「日々の死」で山川ははじめて自分の本質的な問題——解体しつつある「家」のなかに生きる個人の問題に直面したのである」と江藤が書いたように、自伝的題材をすべて注ぎ込んだ大作である。高名な日本画家（作中では書道家だが）の父が急逝し、母と姉妹に囲まれて、十四歳で家長となった主人公は大学卒業前後である。主人公も恋人も昭和五年生まれで、十五歳で敗戦を迎えている。主人公から別れを言い渡された恋人は、主人公の友人にたまたま出会う。友人は彼女との会話を主人公に伝える。「なんの気なしにこないだお前の話をしたら泣き出してね。びっくら。……でも、気になんかするなよな。（略）一生、お前を恨むわっていってたよ。それだけ」。主人公は「彼女に傷をあたえたことの不快」を責める。彼女の言葉を知った後、主人公の乗っていたバスは小型トラックと衝突する。

「突然、彼は屍体になった自分を空想した。……バスが衝突する。窓硝子が割れバスはみっともなく顚覆して、道路にころげ落ち俺は醜く唇をひきつらせる。空をつかみそのまま白眼を剝き、あとは夕暮の近い梅雨空が俺をみつめ、白い埃りを運ぶ風に吹きさらされ俺は頭から血を流しころげている。（略）俺は枯れた草のような色の肌を硬くし、腕を曲げたまま人びとに扱われる意味のない重みとなり、人びとは俺を裸にして一応傷をしらべ煙草を吸う……」

　小説の最後で主人公が見る幻想の「屍体になった自分」である。「いやだ、死んで行くのなんていやだ」という主人公の叫びも記述されているが、圧倒的な印象は事故の描写にある。自動車事故による「死」は山川が小説の中ですでに何度も描いてきた最後だった。

　死の一ヶ月前に「新潮」に発表された「展望台のある島」は「最初の秋」とともに、山川の「仕合せを書く文学」の試みの第一歩であったろう。坂上弘は歿後五十年に編んだ作品集『展望台のある島』の解説で、山川が晩年、「仕合せを書く文学、があっていい、と呟くように語りはじめていた」と書いている。山川は江藤には「怖いほど幸福だ」と語っていたが、その「幸福」には仕合せに匹敵するほどの不幸が雪崩れ込んでいる。「最初の秋」であれば、父の急逝の日の記憶であり、一家心中の夢であり、青酸加里を舐めた感触である。新婚生活の朝の幸福がむしろ過去を喚起させる。「展望台のある島」では、婚約中の恋人とのデートの渦中に、Ａというかつての恋人を思い出す。十年の間に何度もＡに別離を言い渡してきた。結婚式の前にも仕方なくＡに逢い、結婚することを告げる。Ａの衝撃を目の当たりにし、Ａへの「残酷な裏切り」を感じ、「死の床にまで、Ａへの罪の意識を引きずって行くのではないだろうか？」と覚悟する。それが山川の結婚という「賭け」であった。江藤の見た山川の「暗い眼」とは、結婚という「賭け」が必ずしも成功していないことを告げるものだったのだろうか。

死後も続く友との対話

江藤が寄稿した「三田文学」山川方夫三回忌の特集の巻頭に、阿部優蔵「後日」という原稿が載っている。阿部優蔵は、戦前の「三田文学」の精神的主幹といわれ、財政的な援護者でもあった作家で、明治生命専務でもあった水上滝太郎（本名・阿部章蔵）の一人息子である。山川の下の妹と結婚し、事後処理で山川家を代表する役を果たしていた。後には『東京の小芝居』という本を書く文筆家の面もあるのだが、ここでは実務の報告に徹している。

「義兄《あに》山川嘉巳の三回忌も近いというのに、損害賠償問題はまだ片附いていない。それだけではない。夏以来、暗礁に乗上げたままの状態になっている。／損害賠償の請求は、山本健吉さんや江藤淳さんが御心配下さって、文芸家協会の顧問弁護士藤井幸先生に一切をお任せすることになり、百ヵ日も近い昨年「昭和四十年」五月十日、私は義兄の母と妻とに附添って、当時産経ビルにあった文芸家協会の会議室で、はじめて藤井先生にお目にかかった。この日は江藤淳さんと坂上弘さんに御同席願い、また協会事務局の堺誠一郎さんにも側面から、援助していただくことになった。／それからひと月、目撃者の話や、新聞、雑誌の記事など資料集めと要求額の検討に費し、六月八日、藤井先生、堺さん、坂上さんと私の四人が集って交渉方法を検討した」

江藤が産経のコラムで提起した「補償金支払い」の問題である。山川ともっとも親しかった江藤と坂上が加わっている。コミットの濃度は坂上のほうが強い。請求額は「ホフマン方式による計算上では一億円を上廻るのだが、それでは現実的でなさすぎるので、一千万円以上ときめ」るのだが、交渉に入る前にアクシデントが起こる。加害者の死亡である。坂上の『故人』が詳細に描いている。

「矢寿子〔山川みどり夫人〕は吉田〔阿部優蔵〕が交渉の通知を出したことへの黒沼製作所からの返事を読み上げた。交渉には七月に入ってから応じるとあり、それに続いて、「……なお、運転手咲山は去る六月二十六日事故死しましたので同行できません」とあった。彼〔修吾＝坂上弘〕はアアッ、と思わず呻いた。（略）一体、この事故死という言い方は、何を意味するのだろう。自殺だろうか。飛びこみ自殺。彼にはこれいがいに考えられなかった。（略）小説家の知覧〔安岡章太郎〕がかいた追悼文のなかに、運転手も被害者となるときがくる、という言葉があった。修吾が、咲山運転手の死をきいて、咄嗟に思いうかべたのは、この件だった」

坂上はすぐに地方紙を調べて、「事故死」を確認する。会社での作業中に高圧線に接触したための感電死であった。「自殺でなくてよかったわ」と山川の母も妻も安堵した。江藤がこの報をいつ誰から聞いたかはわからない。江藤が運転手のその後を筆にすることはなかった。

運転手の死だけでなく、会社も経営難に陥り、交渉は難航し、翌四十一年春には二百七十万円を支払うと相手側は申し入れてきた。義弟・阿部優蔵の報告は続く。「江藤淳さんに意見を求めたところ『調停の件、まことに残念ですが、一括払で二百七十万払わせて手を打つ以外にないのではないでしょうか』と返事が来た。坂上さんも致し方ないと思うといわれるし、吾々は金額的にはどうにもならないと見極めをつけた」。ところが、その後、会社側は分割払いを主張し、そのうちに社長の交通事故入院があって、調停は流れた。「加害者の感電死、そして小林社長の交通事故、因縁めいたものが頭をかすめた」。

この先の交渉がどうなったかはわからないし、また知る必要もないだろう。「二百七十万で手を打つ」と江藤は相当弱気な判断を下した。江藤は事故直後に書いた「補償金支払いのために九族が飢えねばならぬ」という産経のコラムを事実上撤回した。産経のコラムの多くは随筆集『犬と私』（昭41）に収録されたが、山川追悼文は「月刊東海テレビ」に発表したものに差し替えられている。江藤のコラムは現実からの復讐を受けたといえるが、ただそれだけだろうか。山川の「成仏」を確信するかのような「三田文学」のエッセイの書きぶりはなぜだろうか。

山川が編集する「三田文学」に「三島由紀夫論」を書いた哲学者の伊藤勝彦に『三島由紀夫の沈黙――その死と江藤淳・石原慎太郎――』(平14)という本がある。その本の「あとがき」に興味深い記述がある。「山川方夫は昭和四十年二月二十日、交通事故のために死去した。「痛恨きわまりなし」と江藤淳は書いている。山川の死は自殺だったという説もあったようだ」。この後、江藤が編集者の山川によって発見された経緯を述べ、こう続く。「もう一人の『三田文学』の編集者、桂芳久と江藤とぼくの三人で山川の追悼会をやろうということになった。山川はぼくの友人の奥さんの弟で、不思議な縁があった。江藤の奥さんの友人が経営する銀座のレンガ屋で、ワインを飲み、豪華なフランス料理を食べた」。さしあたって必要な部分は以上である。これだけの記述から類推されるのは、山川の「自殺説」がレンガ屋での追悼会で出たのではないかということだ。「自殺説」の真偽はわからないが、一笑に付すものではなく、一考に値する説だったのだろう。「突然の死」を「自分の身体で書くやつがいるか」というのは江藤が文芸時評で書いた嘆きだった。

山川の死の直後に出た遺作集『愛のごとく』に収録された短編「街のなかの二人」は五年前に別れた「男」と「女」の会話で成り立った小説である。「女」には市ヶ谷の恋人がやはり強く投影されている。その小説の中で、「男」は別離の後に自殺を試みて失敗したと「女」に語る。「原因はあんまりかんぐらないでほしいな。おれにだって、正確にはもう思い出せない」。「女」は「男」のかつての言葉を思い出す。「あなたったら、どこからか、蛇はどこかに棘みたいな引っかかりのあるものがないと、自分の殻を脱げなくて死んじゃうんだって話を聞いてきたの。それで、だからおれも生きるための引っかかりが要るんだって、……そうそう、そして夢中で、成長する自分を、固い甲羅みたいな自分の殻が窒息させてしまう。この蛇の死の原因は生命だ。とするとこれは自殺かね。他殺かね。自然死か、それとも事故死かしら、って、しきりに考えこんでいたわ。（略）三日目の朝が来かけたころ、とうとう、わからねえ、ってしょんぼり私の横に来たのよ。とにかく死は死だ、それを分類することなんて空しいって。私、笑っちゃったわ」。

江藤の中で、山川について「とにかく死は死だ」と納得がいったのはいつからだろう。山川の死の四年後、『山川方夫全集』全五巻（冬樹社）が編まれた。監修は井伏鱒二、佐藤朔、山本健吉、編纂は江藤淳と坂上弘、装幀は山川みどり夫人である。その最終巻のために、江藤の回想的作家論「山川方夫と私」は書かれた。原稿用紙七十枚の力作である。江藤は「ピノチオ」の看板の思い出から書き始めている。市ヶ谷のマンションに泊まった夜、「山川は私たち夫婦を相手に、午前三時ごろまで家族関係の苦労をうったえていたのである。その内容について、私はいまここに繰り返そうとは思わない。結婚以後の新しい生活が、彼のこれまで背負って来た重荷を少しも軽減せず、むしろ倍加していることを知って暗然とせざるを得なかったというだけである」。山川はぐっすりと眠れた。「山ちゃん、可哀そうによほど疲れているのね。寝かせておいてあげましょうね」と「家内」が言う。「とにかく山川に必要なのは休息だ」と思った江藤は、交通事故の一報を聞いて、「遭わなくてもよい交通事故などに遭った」のはその疲労が原因だと推測した。新婚家庭を江藤夫妻が訪問したことも回想される。「彼はいつに似合わず沈鬱な顔をしていた。その晩私たちは二宮に泊めてもらったが、なにも知らずに私が眠っているあいだに、彼は二階で遺書を書いていたのである。それが机の中から発見されたのは彼の死後である」。宮崎取材で飛行機に乗るので万一に備えてなのだが、しかし山川は、「むしろ飛行機が好きで」と遺書執筆の理由をやんわりと否定している。

この遺書は坂上弘の『故人』に出てくる。原稿用紙四枚に書かれた山川の末妹（阿部優蔵の妻）と坂上の二人に宛てた「書置」だった。『故人』はここでは江藤の「山川方夫と私」への反論でもある。「書置は不思議に上條がふだん書いていることと変りなかった。遺言によってはじめてかかれたような事実や、考え方といったものはなかった。万一のことを考えていたにはちがいないが、上條はどうしてこんなものを書く気になったのだろう」。書置の文面は出されないが、「奇妙に仕合せと若々しさが入り混っていた」という。書き出しだけは『故人』に引用されている。「意識のなくなった今、」という不思議な書き出しだった。

「死んでから開かれるはずの書置には、ただ言い遺す条項のみを書かないだろうか。しかし、栄介は、死後という言い方に対して、意識がなくなった今、という言い方をしている。それは、余りに、現実に彼が交通事故で意識不明の状態になったことと一致している。栄介は、自分の意識が杜絶えたあとで、周囲の、彼の言うところの他者の意識が、どううごくかを予想しながら書いていたのだろうか。修吾はその栄介の意識に思い至ったとき、まるで子供のようないじらしさに、もう少しで涙がこぼれそうになった」

江藤の「山川方夫と私」に対する関係者の反論はもう一つある。江藤の歿後に出た筑摩書房版『山川方夫全集』全七巻の月報に書かれた山川みどり夫人の回想である。この時、みどり夫人は「芸術新潮」編集長であり、亡き夫について長い沈黙を破って、月報に回想を連載した。その最後の回「三十三年目の二宮」である。みどり夫人は新婚生活九ヶ月で十キロ太り、次の一年で二十キロ痩せた。

「それにしても、身近な人に死なれると、どうして罪の意識にとらわれるのだろう。(略) まして、あまりにも突然すぎた山川の死。私はひたすら罪の意識にうちのめされた。「ごめんなさい」という気持がふくらみ、私の中に居すわった。／葉書を買い忘れていてごめんなさい。もし山川が郵便局に寄らなかったら、そして時間が一分でも違っていたら——、事故に遭わなかったのに。私は姑の前に膝をつき、あやまった。なんだかみんなにあやまってまわりたい、そんな気持でいっぱいだった。

人の一生の幸、不幸の量が決まっているとしたら、一生分の幸福をたった九ヶ月で使いはたしてしまったと、当時の私は思いこんだものだ。そんな状態の私に、追いうちをかけるような心ない方もいた。電話してきたある友人の夫人に、山川が生活にとても疲れていたといわれてしまう。そういえば、死の十日程前、山川はその友人宅に泊まっていた。帰宅した彼から、彼らの夫婦喧嘩にまきこまれてよく眠れなかったこと、新婚とはいえ我が家も同じと、いろいろ話してなだめてやったときいていたっけ。サービス精神旺盛な山川のことだから、私たちのことを面白おかしく話したに違いない、そう思ってはいたけれど……。夫人の言葉を聞かされているうちに、頬の皮膚の内側を、血がチリチリと降りていった感覚は今も忘れることができない」

今まで縷々書いてきたことから明らかなように、この「心ない方」は江藤慶子夫人である。江藤宅での会話の内容は真っ向から対立している。どちらが正しいか、どちらも正しくないのか、どちらも正しいのか。今となっては知りようもない。傷心の未亡人に電話して伝えることかという疑問は残る。江藤は「日本と私」で、「まるでY〔山川〕が、事故で死ぬことで夫婦喧嘩を収拾してくれたような気がする」と書いてはいる。

事故直後の「週刊新潮」の記事には、慶子夫人の談話も載っていた。事故後三日目、放心のみどり夫人を見かねて、慶子夫人は「いっしょに添い寝するようにして、二時間ほどの仮睡」をとらせたという。「ご遺体の顔から頭にかけて包帯がまいてあったんですが、夫人は（略）ご主人をなでさすったり、包帯の顔に顔をすりよせて、何か問いかけたり……きのうはお通夜がはじまったのに、とうとう立てなくなってしまって。と思っていましたら、弟さんとご主人のお母さまに抱きかかえられてお部屋を出てまいりまして、しばらくして戻られたら、おサラにビフテキを持ってこられて、そしておっしゃるんです。〝よく焼けたから食べてちょうだい。たくさん食べてね。お茶も飲んでね……〟」

慶子夫人は冷静に取材に答えているようだが、事故の衝撃はやはり並みのものではなかった。江藤の文筆生活スタートに際して、エラリー・クイーンの下訳を世話した劇作家の内村直也は、死の翌日の弔問を追悼文で書いている。「江藤君夫婦と電車で一緒になり、現場の様子をきかされた、問題の国道を歩くのがこわいと、江藤夫人が言いだし、僅かの距離だがタクシーに乗った」（「山川方夫の死」「芸能」昭40・4）。二宮駅から山川宅までは歩いて五分とかからない。批評家「江藤淳」のもう一人の発見者である慶子夫人の神経も、とても過敏になっていたのだった。江藤に精神の均衡を与えてくれる大事な存在のうち、一人はすでに奪われていた。

江藤は「山川方夫と私」を、再び山川への呼びかけで了えている。山川の死から五年たっても、江藤の中で山川との会話は続いている。切実な声がそこにはある。

「君の死後、新聞の時評に君のことを書いているとき、君は私の書斎にあらわれたね。私だけでなく、家内もダーキイもそのことを知っていた。しかしそのダーキイも、昨年八月七日に死んだ。それも突然にだ。もし中有の闇をさまよっている黒いコッカー・スパニエルがいたら、昔のよしみで可愛がってやってくれ。私はまだ当分、意地を張ってみるつもりだ。君がいなくなってからいろいろなことがおこり、私の確信はますます強まらざるを得ない。つまり、生きるにあたいするから生きるのではない、なにものかへの義務のために生きるのだ、という確信が。そのなにものかとは、なんだろう？　山川、それを私に教えてくれないか。今、君こそそれがなんであるかを知っているはずだから」

第三十四章　昭和四十一年、もうひとつの「妻と私」

「むしろ彼の生命のリズムそのものが、このころ人間の意志の及ばない力に引かれて頽潮しつつあったのではなかったろうか」（「山川方夫と私」）

神奈川県二宮町の国道一号線を横断中の事故で急死した作家・山川方夫を悼む文章に江藤淳は書いている。単なる悲惨な交通事故ではなく、事故と必然が撚り合わさったのが、江藤にとって最も「親しい友人」の死であった。文芸批評家「江藤淳」の生みの親は山川方夫と慶子夫人の二人である。二人のどちらか一人を欠いても「江藤淳」は誕生しなかったろう。その一人が「不在」となった喪失感を、江藤はどう癒しようもなかった。

山川が死んだ昭和四十年（一九六五）という年は、江藤の「生命のリズム」も山川のように「頽潮」しつつあったのではないだろうか。本来ならば、「日本のサルトル」となって凱旋する筈が、その当の「日本」を見失いかけていたからである。山川が新婚生活を機に思い描いた「家庭の幸福」も、江藤の手からはこぼれていっていた。ローンで購入した市ヶ谷のマンションでの新生活はギクシャクとしていた。自筆年譜にはこの年、山川の死以外に、「義母千恵子、脊髄カリエスを再発し、病臥す」、「夏頃より痔疾昂じ、十月にいたってついに手術のやむなきにいたる」といった事項が記された。

朝日新聞の文芸時評が再開し、『アメリカと私』が刊行され、仕事の方は一見順調であった。そんな新帰朝者に対して、論壇と文壇の目は厳しかった。三月にカッパ・ブックスから出た山田宗睦《むねむつ》の『危険な思想家』で、江藤は「戦後民主主義を否定する人びと」の若手代表としてヤリ玉に挙げられた。元「思想の科学」編集長である山田の標的は、林房雄（『大東亜戦争肯定論』）、三島由紀夫、竹山道雄（『昭和の精神史』）らであり、若手では石原慎太郎、高坂正堯《こうさかまさたか》（『宰相吉田茂』）と江藤だった。「戦後反動に手をかす度合」によって山田は危険度を判定した。六〇年安保前後に江藤は「転向」し、「小賢しい」「家計簿的な計算で、たくみに収支を決算して」、「共同体文学」の批判者から「民族の魂」派に変身した、というのだ。江藤の新知識「identity」を山田は民族の「魂」と和訳し、危険度大と見做した。

　京大生だった竹内洋は、『危険な思想家』を発売直後に買って読んだ。その「中身よりも、『危険な思想家』という告発本の刊行それ自体が事件」（傍点は竹内）だったと、竹内は『革新幻想の戦後史』に書いている。カッパ・ブックスというベストセラー商法の鋳型の中に、硬派スキャンダリズムを流し込んだ異色作が『危険な思想家』であった。一年半後の光文社の書籍広告では、「14万部」とあり、『英語に強くなる本』１０８万部、『点と線』50万部に比べると数字は地味だが、影響力はかなりのものだった。

　江藤はすぐに「明治百年と戦後二十年」（「朝日新聞」昭40・4・19）を書いて、憎まれ口を叩いた。

「まことに今日の日本は天下泰平である。といえば、人はベトナムの戦争はどうか、世の中は不景気ではないか、というであろう。しかし、戦争は他人の戦争であり、不景気は街を行く自動車の数を減らしてはいない。そして現実に日本人の命を奪っているのは、ベトナムの戦争ではなくて街を行く自動車のほうである。こういう有難い世の中で、論壇は、「明治百年か戦後二十年か」という奇怪な閑文字をめぐって口角泡を飛ばしている。この状態を私は「天下泰平」というのである」

　山川方夫の死の記憶を揺曳《ようえい》させながら、山田宗睦の名前は一切出さずに、揶揄に徹している。「私は、血相を変えた「安全な思想家」に、お前は唯一絶対不可侵の新しい国体として「戦後民主主義」を信じるかとつめよられても、黙って首を横に振るほかはない」。といって「明治百年」に与するわけではない。

「明治百年」には「近代化」による「自己喪失」という一面があり、「人も国も生きのびるためには善のみを」行うことではすまされず、「罪悪の跡」もあるだろう。衛生無害は通用しないというのが、外部の風に触れて帰ってきた江藤の当然の認識だった。

自身への個人攻撃については、勝海舟のひそみに倣うとしている。「行蔵は我に存す、毀誉は他人の主張、我に与《あず》からず我に関せずと存候」。福沢諭吉から「瘦我慢の説」で変節を批判された海舟の返答だ。江藤自身の「行蔵」なら過去十年間の十冊の著書に記録されている。「そこにあらわれた混乱は、「危険」な試行錯誤を選んだ者の支払うべき代償である。だが、「安全」なイデオロギーのレールを走って自己混乱も知らぬ者の目に、いったい何が見えるというのであろうか」。

文壇からの批判も、呼応するかのようにこの年に起こっている。評論家の小田切秀雄、松原新一などの批判である。江藤が帰国後に打ち出した「朱子学的世界像」とか「治者の文学」といった主張への反撥、反論であった。「近代文学」派の小田切は、「近代以降においては治者は文学者であることができない」、「江藤は、〝政権が身に降ってくれれば〟即日に統治者になれるつもりでいるのだろうか？」と大上段に疑問を呈した（「文学的立場」3号）。「政治と文学」という近代日本文学特有の対立軸からの反論である。二十代でデビューしたばかりの松原は、「江藤さんがこのごろずいぶん力を入れておられるらしい「文学史に関するノート」（文學界連載）などを拝見いたしますと、インスタント的国文学知識を、少しばかり安易に放出しすぎていらっしゃるのではあるまいか」（『沈黙の思想』）と皮肉った。プリンストンでの日本文学史講義から発展した連載「文学史に関するノート」は、「文學界」六月号から始まっていた。江藤が渾身の力を込めて書いている新しいタイプの野心的な文芸批評であった。風当たりは連載中から強かった。当の「文學界」は現役の作家が月替わりで「文芸時評」を執筆していた。九月号で堀田善衞が、十一月号で松本清張が、連載中の江藤の論を、他の小説をさしおいて、真っ先に取り上げ、ページ数を費やして鉄鎚を下している。目障りな連載だったのであろう。単なる新手の文芸評論ではなく、山田宗睦言うところの「民族の魂」派による、日本文学史の「危険な」組み換えと映り、正当に評価される以前に、芽のうちに摘もうとしたのではなかったか。

堀田善衞は、朱子学者の藤原惺窩が弟子の林羅山を愛して「林秀才」と呼んだことを真似て、江藤をわざわざ「江藤秀才」と書く。惺窩のことばがすらすら納得できるのに、「江藤秀才」が教えてくれようとすると躓《つまず》いてしまう、と。「江藤氏の文章にある一種の軽薄さ、あるいは性急さ、強引さ」を指摘し、「一昨日読んだものを今日はもう書かねばならなかったか、などというあらぬ疑いまでを起しかねない」とやんわりと否定する。これが松本清張になると、もっとストレートになる。江藤の考証に疑問を呈し、「高踏的評論」でところどころ意味がよくわからない「仰々しい文章」だが、「このような論文（？）は美文調にしないほうが説得力があると思う」と批判し、結論する。「どうやら、この「文学史ノート」は、文字通り、氏のノートとして、もうしばらく机底に入れておくべき性質のもののように思われた」。

さすがに江藤も見過ごすわけにはいかず、次号で「附記」として、「事実関係」の疑問に根拠を掲げて、松本清張に反論し、さらにこう付け加えた。「以上、簡略に論拠を明かにして自註に代える。なお他の「疑問」については、この「ノート」の継続的な読者に対してあらためて解嘲を試みる必要のない性質のものと考える。私は、私のこの「ノート」についても他の作家・批評家の労作についても、今後連載中の作品について中野重治氏のいわゆる「運転中の運転手には話しかけない」という原則が厳守されることを期待する者である」。

この連載が『近代以前』と改題されて本になるのは、連載の二十年後だった。そのために、たとえば江藤の「朱子学的世界像」については誤解されたまま時が過ぎたという面がある。江藤はこの連載では「朱子学的世界像」という用語をなるべく避け、むしろ「江戸期の古典主義的秩序」といったより適切な言葉を使用している。『近代以前』で最も重要なパートは近松門左衛門を論じた三つの章だが、それは堀田、清張という二人の作家の批判の後に書かれた章であった。連載は全体を読まれることなく葬られた感がある。江藤は『近代以前』の「あとがき」で、この困難だった仕事の執筆当時を回顧している。

「しかし、文壇ジャーナリズムが、三十代になったばかりの現場の批評家に要求しているのがこの種の仕事ではないことに気付くためには、いくらアメリカぼけの身とはいえ、さしたる時間はかからなかった。その上、この連載中、家族に病人が続出したりして、身辺もまたどちらかといえば落着きが悪かった。昭和四十一年（一九六六）五月号と六月号の二ヶ月間、心ならずも休載を余儀なくされたのは、もっぱらそのためであった」（傍点は江藤）

自筆年譜では、義母と自身の病気が記されているが、「病人が続出」という事情には、年譜には書かれなかった事項もあった。慶子夫人の病気である。慶子夫人にフランス語を習った福島徳佑（第三十章参照）は昭和四十年の半ばころに、浅草田原町の永寿病院に慶子夫人を見舞ったことを覚えていた。福島さんは父親である柳橋「亀清楼」の主人と一緒であった。江藤家と福島家は家族ぐるみの付き合いになっていて、その関係は江藤の死までずっと続くことになる。病室の慶子夫人は意外と元気だった。

「子宮筋腫で、子宮を全摘し、卵巣も卵管も全部とったとのことでした。きれいサッパリになったから、これでもう病院に通わなくてもすむということらしいのです。江藤先生のお宅が目黒の大鳥神社のそばにあった頃から、奥様は具合が悪いといってよく入院されていましたから」

フランス語の教え子に見せた明るい表情は、本音だったのだろうか。江頭家の長男である江藤淳にとっては、家の跡継ぎができないという事実に直面させられる事態であった。すでにその予感はあったにしても、事実として突きつけられるのは、自ずと違う。入院の時期は「昭和四十年の半ばころ」とはっきりしないが、江藤は戦後二十年たった昭和四十年五月のある日に、大久保百人町を再訪して、その変貌に衝撃を受けた。エッセイ「戦後と私」に書いてある通りである。母・廣子の記憶が残る百人町の家は空襲で跡かたもなく焼失した。江藤にとっては唯一の「故郷」であり、「胎内」であった。おそらく江藤は慶子夫人の手術の必要を知らされた時か手術後に、百人町を再訪せずにいられなかったのではないか。それは「喪失感の深さ」を確認する儀式でもあったのではないだろうか。

「私はある残酷な昂奮を感じた。やはり私に戻るべき「故郷」などはなかった。しいて求めるとすれば、それはもう祖父母と母が埋められている青山墓地の墓所以外にない。生者の世界が切断されても死者の世界はつながっている。それが「歴史」かも知れない、と私は思った。しかしどう思おうと私のなかでなにかが完全に砕け散ったことに変りはない。私は悲しいのかも知れなかったが、涙は少しも出なかった」(「戦後と私」)

「危機」の本番

江藤にとって、それでも昭和四十年とは「危機」の序曲に過ぎなかった。むしろ昭和四十一年(一九六六)こそが本番であった。先ほど引用した『近代以前』の「あとがき」にあるように、「五月号と六月号の二ヶ月間、心ならずも休載を余儀なくされた」頃である。『小林秀雄』刊行までを江藤淳の第一期だったとすると、訪米から昭和四十一年一月までが短い第二期であり、この休載の直前に、江藤の第三期が始動する。それも爆発的な仕事量となって推移してゆく。きっかけは、自筆年譜には書かれなかった、もう一つの「家族に病人が続出」である。

江藤は古風なほど律義なところがあり、原稿は締切り厳守、美しい文字で書かれ、ほとんど訂正はない。手紙や葉書をしたためる時も、原稿用紙に書くように丁寧に書かれることがほとんどだ。その数少ない例外が、昭和四十一年二月十五日に書かれた大岡昇平宛ての書簡である(神奈川近代文学館所蔵)。便箋を使用せず、ノートブックを切って、三ページ分にわたって書かれている。全文を引用する。

「拝啓、御無沙汰申上げております。先日は叔母様の御遺稿集お贈りいただきまして有難う存じます。二、三日前に吉川〔志都子・三月書房主〕さんが来てお噂をしました。吉川さんは何だか過分にお礼をいただいてしまったといって恐縮していた様子でした。今度随筆集を出させていただくとき、印税でお返しするそうです。

家内は七日にとうとう入院いたしました。女子医大病院で、千谷《ちたに》七郎教授の治療を受けておりますが、一進一退というところで、相当永くなるかも知れません。入院させてから一週間はなんだかぼんやりしてしまって、何もできずにいました。病院の枕元に直通電話があり、気分のよくないときかけて来ると、こちらが力づけようとする言葉が全部裏目に出てしまうのでかないません。しかし、入院費もかせがなければなりませんので、気をとり直して仕事をしております。

先日中村光夫さんにお逢いして、いろいろ激励していただき、大変嬉しく感じました。今日の「朝日」では、臼井吉見と覚しき書評家が糸魚川〔浩〕の「宴」をほめていたりして、ますますおかしなことになりつつありますが、何とかのり切る覚悟です。「朝日」も百目鬼《どうめき》〔恭三郎〕君がいびり出されてからいっそうだめになりました。困ったものだと思っています。「小林秀雄」が六版になり、「夏目漱石」の方も同じかたちで普及版を講談社から出してもらえることになりましたが、この印税は借金で消えます。借金と税金と病人とで、まったくうまく出来ています。幸いジャーナリストたちはまだ気がついておりませんので、胆のうやらリウマチ熱やらで実家に帰して保養させているというふうにつくろっております。そういう状態の中で「犬と私」〔慶子夫人が愛犬ダーキイのカットを描いて協力した随筆集。三月書房から四月刊〕の校正をしていますと、妙な気持になります。「去年《こぞ》の雪、いずこ」という気持です。まったく人間の日常生活が、どんな脆弱な仮説の上に成立しているかということを痛感しています。おかしなもので犬も異常さを敏感に感じとり、変にしょんぼりしているのでやり切れません。そういう犬をつれて市ヶ谷八幡に行き、しばらくぼんやりして帰っては上田秋成を読んでいます。西鶴はどうも偉くなさそうに思いますが、秋成という人は偉いと思います。月末にでも東京にお出かけになれば、お目にかかりたいと存じます。少し運動でもしようかと思っています。何だか支離滅裂な手紙になりましたが、御容赦下さい。

末筆ながら奥様によろしくお伝え下さいますよう。

敬具

二月十五日

淳拝

昇平様」

子宮摘出手術から約半年後、慶子夫人はまたも入院していた。永寿病院ではなく、今度は新宿区河田町の東京女子医大病院である。江藤の市ヶ谷のマンションからは近い。主治医の千谷七郎は精神神経科の教授であり、かたわら夏目漱石の研究家でもあった。前年の六月に出た勁草書房版『夏目漱石〔増補版〕』の「新版へのあとがき」で、江藤は千谷の『漱石の病跡――病気と作品から――』に言及して、「特異な業績」という評価を与えている。渡米中に刊行された本だが、新潮社出版部の担当者である片岡久がプリンストンの江藤にこの本の存在を伝えていた。

『漱石の病跡』は精神科医の立場から漱石の作品や書簡を読み解いている。漱石の「神経衰弱」とは内因性鬱病だったと診断し、漱石の『行人』、とくにその「塵労」の章が、治療でいえば医師と患者の話し合いに相当し、漱石が医師と患者の役割を兼ねて自問自答し、作品化したと見て、『行人』を分析、読解したユニークな本である。千谷は「内因性鬱病と診断することは、狂気と診断することでもないし、また漱石の人格の価値を少しも傷つけることにはならない」とし、「『行人』は、鬱病中でも、無論その軽重度にもよるが、その人の性情や天分次第で、これだけのものが書けるという貴重な資料でもある」と書いている。

江藤は安岡章太郎宛ての手紙でも慶子夫人の病気に触れている。四月六日にニュージーランドから出した航空便である（神奈川近代文学館所蔵）。江藤は三月から四月にかけてニュージーランド外務省の招待で、同国を公式訪問していた。江藤が鍾愛《しょうあい》する女流作家キャサリン・マンスフィールドの故国であり、彼女の生家も訪問している。同人誌に書いたマンスフィールド論を「三田文学」の山川方夫が目にとめたことが漱石論執筆の始まりであった。安岡宛ての手紙を抄出する。

「当地に来てから彼女の「園遊会」という短篇集を読み直しましたが、うまいのであきれました。マンスフィールドもおそらく鬱病で、これは母親からの遺伝らしいと思われますが、のちにニュージーランド銀行の頭取になった父サー・ハロルド・ビーチャムの姿が母親と対比的に描かれていて（いくつかの短篇で）、それがあまりsubtleなので、ギョッとします。

作家の生れた国に来てみてわかることは会話が肉声にきこえて来ることとです。マンスフィールドという作家は、小作家ですが何とも魅力のある作家で、日本の女流作家に少し見習わせたいような気がします。

東京はもう桜が散ったでしょう。時々帰ってからのことを考えてゾッとします。仕事をする意欲は十二分にあるのですが、一度日常生活のassumptionが崩れてしまうと穴がどれほど深いのかわからないので、自分にどれだけの力が残されているのかわかりません。旅に出て見てよくこっちが変になり切らずに変なことを我慢しつづけていたものだと呆れています。よほど「みなし児」的に出来ているのかも知れません。まあとにかく帰ってやってみます」

「マンスフィールドも」と手紙に書かれているので、慶子夫人もおそらく鬱病だったのであろう。大岡昇平といい、安岡章太郎といい、後に関係が疎遠になってしまうことを思うと、なにがしかの感慨がおきる親密な文面である。親密な、というのは無防備な、と言い換えが可能かもしれない。江藤は身近にいる誰かに知らせ、訴えることでしか、自分自身の精神の均衡を維持できなくなっていたのであろう。「みなし児」という自らの宿命に対する諦念には、母を喪った四歳半の時の我が身を憐れんでいる気配がある。「日常生活の assumption」とは、大岡宛てでは「人間の日常生活が、どんな脆弱な仮説の上に成立しているか」と書かれていたことに相当する。日本語から離れ、旅先で英会話を呼吸していて出てきたことばが assumption であった。「脆弱な仮説」ならぬ「脆弱な仮定」なら、「文學界」四月号の原稿の中に既に出てきていた。「上田秋成の「狐」」と題された連載第十一回である。

『近代以前』はこの第十一回に至って、突然変調する。江戸の古典主義空間を作るのに影響を及ぼした二人の朱子学者——惺窩と羅山から筆を起こし、近松、西鶴を論じた後が秋成となる。文学史を順番に辿っていると考えれば不自然ではないが、江藤の構想は本来違っていた。吉本隆明との対談「文学と思想」(「文藝」昭41・1、対談日は昭40 11 10)では、伊藤仁斎、荻生徂徠、本居宣長といった硬文学、それから「天明以後、秩序の枠組が完成されたなかでおこった文学」である洒落本、滑稽本、人情本、読本をやりたいと雄大な構想を話していた。順番でいくとしたら、元禄期の仁斎と徂徠のはずである。それが宣長の論敵である秋成にまで一足飛びに行ってしまった。第十一回は導入部も異例である。七年前に発表された永井龍男の名作短篇「一個」を頭に振っている。現代文学を意識的に取り込んで「アメリカぼけ」を封じたともとれるが、それ以上に、「文学史」を踏み外してでも書くという姿勢が顕著である。

「一個」発表時に江藤は読売新聞のコラム「発射塔」(昭34 8 5)で作品を絶賛していた。「「一個」はひとりの初老のサラリーマンを描いた作品である。(略)だが、この男の真の不安は停年になって社会的機能を失ったとき「一個」の存在と化した自分に直面しなければならぬということにある。(略)作品は、このことに耐えられぬと思う主人公が、電車の連結器の向うに見える若い母親に抱れた赤ん坊に「天使」を見ながら隣席の男と架空の対話を交すところにはじまり、看病に行っている細君から来た娘危篤の電報をみて、停年までの時間を冷酷に刻みつづける柱時計にかくした毒をあおいで死ぬところで終る」。「一個」は期せずして、死んだ山川方夫も高く評価した作品であった。江藤は「上田秋成の「狐」」（『近代以前』）に書いている。

「もちろん私は停年間近のサラリーマンではない。私の家には柱時計もなければ、その振子のかげに隠してある睡眠薬の包みもない。だが、私は、日常生活が停年をひかえた老サラリーマンの前でなくても容易にひび割れるものであることを、その裂け目から非現実が顔をのぞかせるとき何がおこるかを、少しは識っている。それは「天使」の顔をしているとはかぎらない。しかし、何の顔をしているにせよ、それは我々の日常生活のいかだが浮んでいる深い淵の存在を覗き見させ、われわれの生活がどんな脆弱な仮定の上にいとなまれているかを思い知らせる。『一個』の嬰児は、この短篇小説に描かれたほかの何よりも強烈な実在感に輝いている。つまり、それは実在よりも一層実在感に充ちている」（傍点は江藤）

　大岡宛ての手紙に出てきた「仮説」はここでは、永井の「一個」に重ね合わされて、「少しは識っている」と言及されている。この連載原稿を書いたのは締切りの時期から推定して、二月の下旬であろう。追いつめられた状況の中で、朝日の「文芸時評」（昭41・2・24、25）もほぼ同時期に執筆している。「ぼんやり」状態から抜け出して、入院費を稼ぐためにも筆を執っている。時評の冒頭は、「群像」の特集「文学は何のためにあるか」についての江藤の感想である。「何のために」という問いかけは、しっくりしない。「何故書くか」なら答えようがある。「書かなければ生きて行けないと感じる人間は、やはり書く」、「何かの理由で書かなければならぬところに追いこまれ、そこから自己を解放しようとして書いている」、「書いて行かなければ生きられないと感じる、ひとにぎりの悔恨にみちた人間がいる」。江藤が列挙する作家たちの「何故書くか」である。これらの答えはすべて作家たちのみならず、江藤自身の「書く」に当て嵌まっていると考えねばなるまい。

慶子夫人の「引揚げ体験」の傷

文芸時評、「上田秋成の「狐」」とほぼ同じ時期に書かれたもうひとつの文章がある。短い文章で、こちらは単行本未収録である。昭和四十一年二月に、文藝春秋から『現代日本文学館』という文学全集がスタートした。文学全集ブームに遅れて参入した文藝春秋が、「小林秀雄単独編集」を謳って特色を出した全四十三巻である。戦後になって文壇に登場した作家は、大岡昇平、井上靖、三島由紀夫、幸田文の四人しか収録されないという大胆な人選になっていた。第一回配本は漱石で、巻頭に江藤が長文の漱石伝を書いている。江藤はそれとは別に「月報」に、「小林秀雄の眼――編集者の横顔」という一頁コラムを連載している。小林秀雄の名文をまず引用し、小林の言葉を手がかりに小林秀雄像を自由に書きつけるといった態のものだ。『小林秀雄』の著者なのだから、うってつけの役である。その第二回配本（昭41・3・18発売）の月報では、小林の『ドストエフスキイの生活』の序「歴史について」からまず引用して、小林の独特の歴史観を紹介する。その先である。

「これは、いうまでもなく歴史を科学と見ることに馴れた現代人への警告である。科学はつねに法則を求めようとする。しかし、科学に馴れすぎた現代人が、自然ばかりではなく歴史までをも法則の枠のなかに閉じこめてしまったとき、われわれは皮肉にも自分を過去につなげるきずなを切断してしまった。そしてそのかわりに荒涼とした文化を得たのである。

私は、かつてひとりの神経を病む女性を知っていた。彼女の情緒は涸れ果て、美しかった顔には荒廃した孤独が刻印されていた。夫も兄弟も、子供さえも彼女をその孤独地獄から救い出せない。女にはもうその誰をも信じられなくなっていたからである。彼女を親しい者たちと結びつけていたさまざまな記憶は、もう女には実感をもって思い出せぬものになっていた。

　しかし、それでもなお女は、この暗い閉ざされた世界のなかを、必死に手さぐりしつづけた。そういう女が「お母さん！」という叫びをさぐりあてたのは、単なる偶然だったかも知れない。しかし、その叫びが口をついて出た瞬間に、彼女のなかにはにわかに堰を切ったように情緒があふれはじめ、それは大粒の涙となってやさしい表情の戻った頰をぬらした。われにかえったとき、女はいつのまにかあれほどかたくなに拒んで来た夫の両手を握りしめていた。彼女の叫びに、亡母へのどんな「恨み」がこめられていたかは知らない。しかし、母の記憶がよみがえったとき、あきらかに彼女はもう一度生命力をとり戻していたのである」

　執筆の時期はやはり二月下旬頃、遅くとも三月の初めではなかろうか。だとすると、少しの虚構を交えてはいるが、おそらくリアルタイムでの江藤の経験であろう。「かつて」とか「子供さえも」とかが虚構の部分である。「日本と私」が、漱石の「道草」や秋聲の「黴」よりも性急に作品化されたことは指摘したが（第三十二章参照）、江藤はかなり強引な展開になるのもおかまいなしで、この時点で妻の入院と回復の端緒を書かずにはいられなかったのである。「書いて行かなければ生きられないと感じる、ひとにぎりの悔恨にみちた人間」とは、他ならぬ江藤淳自身であった。亡母への「恨み」とは、小林の「歴史について」からの一文「歴史は人類の巨大な恨みに似ている」に拠っている。江藤の先の引用部分は個人的な体験から一般論に戻って、以下のようにして、終わっている。

「われわれは、おそらく歴史に関して彼女とほど遠くないところにいるのかも知れない。われわれは歴史を疑うことを覚え、その不信を「科学」への軽信でおきかえて来た。われわれは自分を嘲けることを覚えたが、いまだに母の名を呼ぶことができずにいるのである。その結果の荒廃は、今日の日本のいたるところにひろがっている。いったいいつわれわれは、どんな涙を「妣《はは》の国」に注ぐことができるのであろうか？」

慶子夫人の母・滋子は昭和二十四年（一九四九）に亡くなっている。父・三浦直彦は和歌山県出身で、東京帝大卒の内務官僚だった。敗戦時には関東州庁長官・関東局総長という要職にあった。植民地統治の文官としてはトップ・クラスである。慶子夫人は大連の官舎に住んでいた。高級官僚のお嬢様としての豪奢な暮らしを一変させたのは、ソ連の突然の宣戦布告だった。父と二人の兄は残り、母と姉と一緒に十一歳の少女は日本を目指した。

「終戦の何日か前に、家内は母や姉と女子供ばかりの避難民にまじって満洲から朝鮮経由で引揚げようとしたが、平壌で終戦になって学校の講堂を転用した収容所に入れられた。／そこは階段教室のように床が傾斜しているので、たいらに寝ることができない。衛生状態も食べるものも悪いので、病人が次から次に出てついに女子供ばかりの難民団の半分以上が死んでしまった。朝起きてみると、隣に寝ていた人が冷くなっているのにもあまりおどろかなくなって、小学生だった家内は毎日お葬式ゴッコをして遊んでいた。（略）家内が母や姉につれられて、夜にまぎれて収容所を脱走したのは、そのままじっとしていたら助からないと思ったからにちがいない。この母子は幸い三十八度線をこしたところでアメリカ軍に救助された」（「日本と私」）

慶子夫人は引揚げ途中、ひと冬を平壌に留まったため、学校は一年遅れになる。それゆえに二年遅れで大学に入学した江藤と同級生として教室で出会うことになった。苛酷な引揚げ体験がなければ、江藤とは無関係の人生である。慶子夫人の「お母さん！」の叫びには、その引揚げ体験の、今でいうなら「ＰＴＳＤ」が反映しているとしか思えない。

五木寛之はたった一度だけ慶子夫人と会話したことを『運命の足音』で回想している。夫人はエッセイを愛読していることを小声で五木に伝えた。「とくに、外地での思い出を書かれたところとか、引き揚げのことに関しては、非常に共感するところがありました」。着の身着のまま、ひもじい冬を同じ平壌で五木が過ごしていたことを知っていたのだ。「五木さん、私たちは『時代の同期生』みたいなものじゃありませんか」。五木はこの時に、賢夫人、名門の令嬢といった慶子夫人に対する漠然としたイメージを訂正せざるを得なかった。慶子夫人の中で、引揚げ体験はいつまでも重く錨を下ろしていたのである。

江藤の「上田秋成の「狐」」に戻ると、江藤は永井龍男の短篇「一個」の「天使」と秋成が「狐」と呼んだもの、「この実在以上に濃密な実在感を持つ非実在」を同じものとして捉えている。「狐」とは狐憑きの狐である。儒学、朱子学の世界は「怪力乱神を語らず」で、狐狸妖怪の居場所はない。儒者ならば「病気」として説明することを、秋成は「濃い実在感に満ちた姿態」とみる。「秋成はそうした「狐」の見えない儒者たちを、「道に泥《なず》」んだ「嗤ふべ」き人間だといった。『一個』の老サラリーマンなら「天使がねえ、いたるところにいますよ。ごらんになりたくはありませんか？」というところであろう」と江藤は書く。秋成は江戸の文化秩序の中に位置づけられる「役割」を信じず、代わりに、秋成には「一尾の「狐」を棲息させた孤独な個人の内面があった」（傍点は江藤）。秋成における近代の出現を江藤は確認したのだ。「秋成にとっては「狐」は肉感と血の暖かみをかねそなえた内的な現存であった。それを狂気といってもよい。しかし、その狂気はあくまでもひとつの症例として扱われることを拒み、それが解放してみせた感情を一々正面からうけとめることを要求するのである」。

現実の江藤は、夫として妻を入院させ、千谷教授の治療に委ねている。その一方で、文学者としての江藤は、「医学」にまかせることを拒み、「狐」と正面から向かい合う道を選んでいる。漱石が自問自答しながら、医者と患者の二役をこなして『行人』を書いたように、原稿用紙の上で、「狐」と内面の会話をかわし、五里霧中のなかを書き継ぐ道を選択したのである。連載は二ヶ月の休載を挟んで、秋成論の続編「月は朦朧の夜」を書いて一応終了した。続いて、「ほとんど休む間もなく「文藝」のこの仕事に取りかかった私は、日本の批評家はやはり現代文学を論じなければだめなのだと、骨身に沁みて感じていた」（「説明しにくい一つの感覚」講談社文芸文庫版『成熟と喪失』所収）と書いた「成熟と喪失――〝母〟の崩壊について――」が始まる。「文學界」の連載が七月号で終わり、「文藝」は八月号からである。「次号完結」の予定が結局は八回の連載となり、一冊の本にまとまった。戦後日本の家族の変容を「第三の新人」たちの小説を分析することで明らかにした江藤の代表作である。ただ、視点を少しずらし、『近代以前』の秋成論の二回と『成熟と喪失』を一続きの批評として読み直すことも可能なのではないだろうか。その時、これら一連の文章は、江藤にとって、もうひとつの『妻と私』となるのである。現実の『妻と私』は慶子夫人の死をきっかけに最晩年に書かれたが、その三十年前に、プレ『妻と私』が書かれていたのだった。『成熟と喪失』はまず安岡章太郎の『海辺の光景』が取り上げられる。母親が「狂気に侵されて崩壊して行く話」であり、「母から解放され、はじめて「個人」になることを強いられた男が、そのことによって無限に不自由になって行く話」である。「狂気」について、江藤独自の考察が顔を出している箇所を引用してみよう。文脈からしても、突然のように現われる部分である。

「狂気は人をはねのける。そして現代医学は狂気がそれにとりつかれたものの体質に、つまり狂人に内在しているという。それはおそらくそうであるにちがいない。しかしここで重要なことは、かりに客観的には拒否するのが狂人の側だということになるにしても、かならず拒否された者の心に自分こそが相手を見棄てたのだという深い罪悪感が生じるということである。母と息子、夫と妻というような親しい関係においては、「正常」な側に生じるこの罪の意識はもっともはなはだしい。それはひとつには狂気が急速に進行して相手を変えてしまうからである。だから親しい者たちは、相手の狂人から切断される心の準備がないままに拒否に直面させられ、自分がいたらなかったために相手に拒まれていると思い、そういうみじめな相手を今自分は見棄てようとしているという自己告発の叫びを内心にあげるのである。／母を入院させた

信太郎は、もちろんこういう罪悪感に心のもっとも深い部分を冒されている」(傍点は引用者)

「母と息子」の関係に生じる罪悪感は『海辺の光景』の世界だが、なにげなく並列される「夫と妻」とは江藤自身の主題であろう。「夫と妻」をも併せて読み込むことで、小説の読解は粘着力を帯びて深まってゆく。慶子夫人とは、江藤淳にとって「文学の女神」であり、「批評の母」なのであった。

第三十五章　ポップアートとしての『成熟と喪失』

昭和四十一年（一九六六）当時の「文藝」編集長だった寺田博は回想録『文芸誌編集覚え書き』で、「私の全編集者生活の上位を占めると自ら思う収穫」として、江藤の『成熟と喪失』と吉本隆明の『共同幻想論』を挙げている。

「江藤・吉本両氏に対しては、新年号で「文学と思想」という長い対談を実現した前後から、両氏の長編評論を「文藝」の柱に据えられないか、という思いがあって、しばしば両氏に企画の案を持ち出して話題にしつづけてきた。これは既述したように、新人編集者の頃に北原武夫氏に植えつけられた、文芸誌編集の秘訣第一条にあたるべき企画案であって、それが二人一緒に実現するかしないかという好機が巡ってきている感があった」

寺田の編集者生活は、宇野千代・北原武夫夫妻が経営するスタイル社から始まった。北原の秘訣第一条とは「毎号必ず力のこもった評論を掲載する」というものだった。北原は若き江藤淳を初めて夜の銀座に連れて行ってくれた先輩作家であり、江藤の小林秀雄批判を「新人批評家の功名心だ」と厳しくたしなめた文芸時評の筆者でもあった（第二十三章参照）。寺田はまた山川方夫とも奇《く》しき縁があった。山川が交通事故に遭う当日に電話し、翌日の午後三時に新橋の喫茶店で会う約束を取りつけた。寺田は山川に会ったところで、「代表作となるような」長編小説を依頼する心づもりでいた。山川の死は寺田の編集者生活での「最初の大きな挫折」であった。寺田の江藤への執筆依頼は、「江藤氏のこれまでの仕事は『夏目漱石論』をはじめ作家論的なものが多いので、できれば、日本文学原論のようなものを書いていただけないか」というものだった。

連載が始まった「文藝」八月号の「編集後記」に、寺田は「江藤氏の論文は、氏が「文芸時評」以外に久々に発表する現代文学論で、次号にまたがって完結することとなった」と記している。『成熟と喪失』は日本文学原論であり、現代文学論でもあったのである。次号の「編集後記」では、新編集長の杉山正樹(日比谷高校で江藤と同級になった)が「江藤淳氏の本格的な文芸評論」と紹介し、連載は八回続いた。「文学史に関するノート」では得られなかった手応えを江藤は感じることができた。単行本の「あとがき」で、「当初の計画では三、四十枚のエッセイにすぎないはずのものが、一冊の本にまで発展したのは、自分のなかで半ば無意識のうちに発酵しつつあった主題が根源的なものだったからにちがいない」と振り返っている。「あとがき」をさらに引く。

「文学にあらわれた日本の「近代」の問題を、「父」と「子」の問題としてとらえようとする発想は、大分前から私のなかにあった。それはたとえば『永井荷風論』（一九五九）にあり、『小林秀雄』（一九六一）にある。しかしそれを「母」と「子」との、あるいは母性の崩壊の問題としてとらえようとする視点が定ったのは、一九六四年の夏に二年ぶりで米国から帰って来てからである。

そのときの私には、一面であまりに急激に進展する日本の産業化に対するおどろきがあり、半面この過程で日本人の心理に喰い入って行く「アメリカ」のイメイジの大きさに対する再認識があった。この現実を直視しようとしない理論はすべて有効性を失っているように見えた。

しかしそういう私が、「〝母〟の崩壊」という主題をさぐりあてたのは、「朝日新聞」の「文芸時評」担当者として、小島信夫氏の『抱擁家族』、庄野潤三氏の『夕べの雲』以下の一連の現代小説に触れる機会を得たためである。これらの作品から受けた新鮮な衝撃を反芻するうちに、私は滞米中に読んだエリック・H・エリクソンの著作、特に『幼年期と社会』をしばしば思いおこした「モチーフを過不足なく言い尽くした、江藤による完璧な自作解説の「あとがき」である。いささかの違和を催すとしたら、文中の「理論」という言葉である。「文学原論」は求められていても、理論は求められていなかっただろうからだ。江藤の中には『作家は行動する』のような理論欲求がまだ残っていたのだろうか。

寺田博が江藤と吉本を並べて回想したように、同時代の江藤の読者には全共闘などの大学生も多かった。京大在学中の二十歳の女子学生もその一人だった。彼女は四半世紀の後に、『成熟と喪失』を「涙なしに読めませんでした」と告白している。涙なんかとても似合いそうにない、フェミニストの社会学者・上野千鶴子である。「へえー。すごい」「いったいどういう涙ですか？」と同席した富岡多恵子と小倉千加子はアキれている。上野は照れずに答えた。「江藤があれを書かざるをえなかった切実さがひしひしと伝わってくるんです」。『男流文学論』というおっかない鼎談集の中での異色の発言であった。吉行淳之介、谷崎潤一郎、村上春樹、三島由紀夫ら「男流」文学者の身勝手な小説の数々を俎上に載せ、上野たち「かしまし三人姉妹」が怪気炎で成敗してゆく。そのとげとげした中に置くと、異例のやさしい言葉なのだ。上野は社会学を学ぶ学生としてエリクソンの読者でもあった。エリクソンは江藤の『成熟と喪失』によって広く知られたが、当時でもけっして新知識ではなかった。『幼年期と社会』は昭和三十年には既に日本教文社から翻訳本が出ていた。日本教文社は『フロイド選集』を出していたから、その流れで紹介されたのだろう。

『男流文学論』で、上野は『成熟と喪失』を、「六〇年代の日本が産んだ文芸批評の最高傑作のひとつ」という自説を撤回しない。

「読み直してみて思うのは、やっぱり「母の崩壊」という一語ですね。女が壊れたという認識ですね」

「この人、フェミニズム以前にこんなこと言ってるぜっていうんで、いくつか目についたせりふがありました。たとえば「近代産業社会というものは、女に自己嫌悪を余儀なくさせるものだ」。えっ、こんな気のきいたせりふ言ってたの？　とかね」

『成熟と喪失』で集中的に論じられる小島の『抱擁家族』は、「妻のアメリカ兵との姦通にきわまった混乱、無秩序から家庭を再建しようとする話」（文芸時評での江藤の要約）だが、『男流文学論』の中で珍しく読むに堪える小説と、三人によって認定されている。富岡の整理に従えば、「ひとつの問題はアメリカね。それからもうひとつは家族、それからいやなことばだけど姦通」で、富岡はアメリカに重点をおき、上野は夫婦・家族・姦通に重点をおいて読んでいる。世代の差による受け取り方の相違であろう。上野は『男流文学論』でサカナにするために『抱擁家族』を初めて読んだと正直に喋っている。ずっと江藤の眼鏡を通して読んだつもりになっていたが、「江藤が論じた以上に、もっと気持ちの悪い豊かさがこの作品の中にはあるということがよくわかりました」と高く評価した。

富岡たちに義理立てしてか、フェミニスト上野千鶴子は「変節」した言論人江藤淳批判も忘れていない。「江藤のなかに、取り戻せない失策をなんとか糊塗しようとする家長子どもというか、子ども家長、つまり俊介的存在に対する、なんともいえないいたましい共感があるでしょう？　そうは書いてないけれども、江藤が「三輪俊介〔『抱擁家族』の主人公〕は私だ」と思っていることの表われですよ。ちょうど「ボヴァリー夫人は私だ」とフローベールが言ったように」

「子ども家長」というのは、『成熟と喪失』で庄野潤三『夕べの雲』の「家長」を「治者」として論じている部分への当てこすりであろう。さらにきつい一発もある。「私は、江藤はこの本までで、死んでくれたらよかったと思うの（笑）。そうしたら、ずっと尊敬できた」。

江藤は上野による生前葬に、講談社文芸文庫版『成熟と喪失』の解説依頼を以て報いた。『男流文学論』

の一年後のことである。「一面識もないわたしを解説にご指名くださった」「批判した当の本人からのご依頼には、その大胆さと懐のふかさに感じいった」と上野は殊勝にへりくだった（『近代家族の成立と終焉』あとがき）。その後には、二人の対談「日本の家族」（「群像」平7・2）が実現した。上野はまだ「死んでてくれ」ない江藤と歓談する羽目になった。江藤の自死の四年半前である。

上野は「恋愛結婚でいらっしゃいますか」と、わかりきったことを江藤に聞いている。結核が治りたてで、職がない大学院生だったから、「ご両家」の結婚式にならず、サンドイッチと紅茶の披露宴をやって、「親類の老婦人に冷笑された」と江藤は語る。エンゲージリングをいつもはめていたら、『危険な思想家』を書くことになる戦中派の山田宗睦から、「江藤君は結婚指輪などしておって、僕らは江藤君のようなチャラチャラした世代じゃないからなァ」と嫌味を言われた。そんな昔語りを披露している。戦前の「家」制度の呪縛を逃れた、ヌーベルバーグな夫婦だったのである。上野は江藤の『成熟と喪失』へのもう一つの評価点として吉行淳之介批判があったことを話す。意気投合する部分である。

上野「私が『男流文学論』をやったのは、率直にいって、私怨、特に吉行に対する私怨を晴らすためでした。（笑）」

江藤「それはそれは」（略）

上野「私が何のために社会学をやっているかというと、近代に対する私怨を晴らすためなんです。学問って、やっぱり私の恨みを晴らすためにやるんですよ。（笑）」

江藤「それがなかったら、学問に迫力なんかでるわけないですよ」

上野「文学もたぶん私怨を晴らすためにやるんだと思うんです」

江藤「もちろんそうです」

上野は本人を前に「涙なしには読めなかった」とは語ったが、『成熟と喪失』までの人だ、あそこで

「死んでてくれたら」と語った様子はない。もし上野がその言葉も持ち出していたらどうだったろう。江藤は喜びこそすれ、怒ることはなかったのではないか。『成熟と喪失』には、こんな「迫力」のある文章が潜んでいるからだ。タイトルに関わる重要な部分である。

「「そこにひとりの女がいる」。それは時子が、「妻」の役割からも「母」のイメイジからも解放されて、単にひとつのものとして存在するということによってほかならない。それは「まぶしく」、「重く」、かつ俊介から「独り立ち」しているが、そのことによって彼を「圧倒」する。この変容はもちろん俊介の「変化」に、つまり彼の「成熟」によってもたらされたものである。だが彼にそれが変容と見えることに変りはない。彼女はまるで狐になった葛の葉のようだ。そういう「まぶし」く、美しい女が、彼のかたわらに、しかし無限の彼方に、いる。これは完全な解放であるが、同時に「死」でもある。そういう「まぶしい」存在を眺めながら人は生きつづけることができないから。生きつづけるためには、人は何らかの「役割」を引受けなければならないから。

俊介はもちろんここで現実に死んでもよかった。ジョージが彼から断ち切って「女」に変容させた時子に「圧倒」されて、たとえば自殺してもよかった。そうなれば『抱擁家族』という小説は成立しない。しかし私はかならずしも小説を成立させることが作家にとってなにより大切なこととも思わない。小説が書けても人は救われない。どんな傑作もある意味では作家が人生の些事から得た悔恨を癒すに足りない。しかし『抱擁家族』の主人公が死ななかったのは、おそらく彼がほとんど本能的に、自分の記憶の奥底から聴えて来る声を聴いたからである。

《恋しくば訪ね来てみよ和泉なるしのだの森の恨み葛の葉》

彼はかつて「母」に拒まれ、今「母」の影である妻に拒まれた。しかし彼が生きつづけようとするのであれば、俊介はもう一度「母」に捨てられた「子」という役割を引受けて、「しのだの森」の奥深くに葛の葉の行方を探らなければならない。その日常的な表現は、「家の中をたてなおさなければならない」という俊介の散文的な決意に要約される。こうして彼は存在するものの次元からふたたび日常的な人と人のあいだの次元に戻るが、すでに単純な「子」にはなり切れない。それは今や彼が意志的に引受けた「役割」だからである。彼のなかにはあの「成熟」と「喪失」の、あるいは「悪」と「自由」の感覚が澱んでいる。そして「たてなおさなければならない」「家の中」には、すでに「母」の影だった時子はいない。しかし俊介は、どうしても彼がたずねる葛の葉を、つまり「母」を「家」の外に思い描くことができないのである」（傍点は江藤）

引用が長くなってしまったが、主人公の俊介が妻の時子からアメリカ兵ジョージとの姦通を知らされた後のシーンを分析するくだりである。江藤独特の「迫力」が表出されているのは、引用の第二段落部分である。「俊介はもちろんここで現実に死んでもよかった」、「たとえば自殺してもよかった」、「小説が書けても人は救われない」。唐突に表明される「死」「自殺」といった選択肢は、小島の小説から導き出されたものだろうか。けっして悲劇には至らない悲喜劇が、むしろ小島信夫の真骨頂ではないだろうか。

小島信夫は『昭和文学全集』（昭62）で自作解説をし、自分の家族をモデルにした『抱擁家族』が江藤の文芸時評によって発見されたことを認めている。「江藤さんは国家とか治者とかの立場、父の立場、母の位置など、それからアメリカとの関係などについて書いていたのですが、私は大よそ当っていると思いましたし、今もその考えは変りません」。しかし小島はむしろ主人公夫婦の「精々がダラシがない、模範にならない」生活ぶりを書こうとしたと述べている。江藤の『抱擁家族』論への異議申し立てだろう。この自作解説は、奇妙なおわり方をしている。吉行淳之介が小島について書いたエッセイに引用された小島自身の発言を引用するという、ねじ曲がった手続きを経た小島自身の風貌である。吉行と小島によって引用されるのは小島、吉行、大江健三郎による鼎談「現代文学と性」（「群像」昭45・10）の言葉である。

小島「どうか知らないが、とにかく娼婦なりそれに類した人といろいろ交渉を持つくらいなら、どちらかというと、ぼくはひとの家庭にもぐり込む可能性がある」
吉行「家庭にもぐり込むという意味は性的関係を含めてですね」
小島「もちろんそうです。たとえばよその家へ行って、よその女をつねったってしょうがないでしょう」
（略）
吉行「それはそれぞれの好みの問題だね。ぼくは、これから対象としようとする女のたとえば親とか兄弟の顔を知っていると、もういやなんです。亭主の顔を知ってるのももちろんいやだ。ところが、それを知っていることが何ともいえない複雑な味わいになるという人もいる」
小島「ぼくなんか、どっちかというとそっちのほうだね、下手をすると。それに子供がいなければおもしろくない」
吉行「これはかなり悪質な人だね」

男女関係にかけては達人とされる吉行も「意味深い」と、位負けを認める小島の発言である。「かなり悪質な人」小島から見れば、江藤淳なぞは、複雑な味を嘆賞できない、かなり純情な善人と映ってしまっていたのではなかろうか。

「不寝番の見張り」として

遠藤周作編集長のもとで「三田文学」がリニューアルされて始まったシリーズ「私の文学を語る」の第一回は江藤淳だった（「三田文学」昭43・1）。その中に、半年前に出た『成熟と喪失』への批判に江藤が答えた箇所がある。聞き手の秋山駿が、まるで小説のように、「材料を自由に使って、自分だけの世界を作って」いる、これでも文芸批評かという批判の声を紹介し、江藤に水を向けた。江藤は批評家とは機能

（役割）なのか存在（表現）なのかという問題だとし、「自分の存在が責任をとった表現」だけが批評の自律性を獲得できると述べている。「もし「成熟と喪失」のような試みによって、創作のほうが踏みぬかれてしまうのなら、それは単に創作が脆弱だということを証明するにすぎないと思う。ぼくは批評というものを、それくらい緊張した行為だと考えたいのです」。

小林秀雄が出現して「近代批評文学」を確立してから四十年近くたったのに、批評への誤解は消えていない。そのことに江藤は苛立っている。このインタビューでも、小説を書きなさいという好意的アドバイスには迷惑顔だ。小説家の後塵を拝する批評家では我慢ならないのだ。江藤は『成熟と喪失』について自作解説風に語り出している。

「ぼくはたわむれに「成熟と喪失」を挿絵評論といっている。つまり挿絵なんです、引用文とかそういうものは。あるいは一種のポップアートみたいなものだといってもいいかも知れません。そういう意味ではちょっと新しいのかも知れない。（略）あの中に出て来る「海辺の光景」、「抱擁家族」、あるいは「沈黙」といったような作品の一節は、挿絵といってわるければひとつの色、またはポップアートのひとつの素材のようなものなんです。小説を素材にして自分の夢を語ること、それが古典的近代批評の要諦なら、それを一歩進めただけでもこういうかたちは可能です」

「挿絵評論」とすれば、引用された部分が挿絵という添え物扱いになり、江藤の本文が主となってしまう。それではさすがにまずいと思ったのか、ポップアートと言い直している。それならマリリン・モンローがヒロインであり、アンディ・ウォーホルの作品である。ウォーホルがいくら素材のモンローを加工しても、モンローはモンローである。批評的彩色は施されるが、モンローの魅力は保持される。どちらが主であるとも言えない。先ほどの『成熟と喪失』からの長い引用でいえば、その第二段落がポップアート部分に相当する。モンローが極端にウォーホル化してしまっている。「しのだの森の恨み葛の葉」の声を聴くことができたのは、『抱擁家族』の作者ではなく、読み手なのである。その声を江藤がうつつに聴くのは数年後のことである。亡き母・廣子の父祖の地である尾張国（愛知県美和町）の宮治家の墓所を訪ね、その声をまさしく聴く。

「この、ほこりをかぶり、参詣する者とてない淋しげな祠が葛の葉稲荷なのか、そして、この貧相な小藪が私の「信太の森」なのか、という想いが湧きあがり、胸の底にわだかまっているあの悲哀とまざりあって、身内をひたひたと充たして行く。だが、それでもいいのだ。いま、私の耳に聴えている故郷の土地のささやきが、聴えつづけているかぎりはそれでいいのだ」

『成熟と喪失』連載終了の直後から書き始められた長編エッセイ『一族再会』の「もう一人の祖父」という章からの引用である。上野千鶴子は『『一族再会』で、彼は変わりました」と、江藤の変節の作品として批判している。江藤にとって、そんな批判はどうでもいいのだ。「「母」に拒まれ、今「母」の影である妻に拒まれた」三輪俊介（江藤淳）が「生きつづけようとするのであれば」、書かねばならない作品だったのだから。

　江藤は「私の文学を語る」で、小林秀雄の「批評とは竟《つい》に己れの夢を懐疑的に語る事ではないのか！」（「様々なる意匠」）というマニフェストに触れていたが、それを「一歩進めただけ」の『成熟と喪失』とは、「己れの夢」ならぬ「己れの悪夢」を、懐疑的にではなく、ポップアートとして造型する事だった。『成熟と喪失』で評価されるのは「悪夢」を回避しなかった小島信夫と庄野潤三であり、「悪夢」をいつも周到に回避する吉行淳之介は批判の標的にされた。吉行の『星と月は天の穴』の主人公は、記憶の底にある「妻の不貞によってうけた心理的な傷」を封印し、抹殺する。女を「道具」としか見ないことで、女の中の「自然」、母性を否定する。「彼〔吉行〕の姿は積木細工をつくる子供に似ているが、そこには実は子供の自足した孤独も安息もない。彼にはすでに「母」はなく、「父」もまたないからである。／この姿はいうまでもなくわれわれ自身の姿に酷似している。（略）「父」と「母」を抹殺し、「父」にも「母」にもならぬことを自己証明にしようとする涸渇した「子」というものが、いったいどんな生命力を回復できるだろうか」。江藤は吉行文学に戦後日本の似姿を見て、嫌悪を隠さないのだ。

それに引きかえ、庄野潤三の『夕べの雲』の主人公に、江藤はありうべき姿を発見する。東京郊外の新開地に移り住んだ一家は「ひげ根」を断たれたような日常生活を送っている。主人公の大浦は、かつて「妻の自殺未遂」に直面し、妻は不可解な「他者」になった。「事件はすぎ去ったのちもつねに現存」していて、大浦は「事件を決して再現させないという責任を引き受ける」。大浦はそのために「ハムレット」に出てくる「不寝番の見張り」を続ける。

「私が以前『夕べの雲』について「治者の文学」といったのは、大浦が存在証明にしているこの怯えの感覚と「不寝番」の意識を指してである。もしわれわれが「個人」というものになることを余儀なくされ、保護されている者の安息から切り離されておたがいを「他者」の前に露出しあう状態におかれたとすれば、われわれは生存をつづける最低の必要をみたすために「治者」にならざるを得ない。つまり「風よけの木」を植え、その「ひげ根」を育てあげて最小限の秩序と安息とを自分の周囲に回復しようと試みなければならなくなるからである」

江藤の悪名高い「治者」の概念が語られる部分である。しかし、この引用から明らかなように、大浦の役割は「治者」といった武張ったものではなく、「不寝番」という卑小で、不恰好な務めである。「治者」は勇み足だったと認めて、「不寝番」と訂正すれば済むものを、意地を張って「治者」と「不寝番」を並列させてしまっている。アクシデントや病気の再発を見張ることが「治者」だろうか。「不寝番」こそが適切な表現なのに。

「なにものかの崩壊や不在への「恐怖」のために、人は「治者」の責任を進んでになうことがある。しかし「治者」の、つまり「不寝番」の役割に耐えつづけるためには、彼はおそらく自分を超えたなにものかに支えられていなければならない。（略）彼は露出された孤独な「個人」であるにすぎず、その前から実在は遠ざかり、「他者」と共有される沈黙の言葉の体系は崩壊しつくしているかも知れない。彼はいつも自分がひとりで立っていることに、あるいはどこにも自分を保護してくれる「母」が存在し得ないことに怯えつづけなければならないのかも知れない。だが近代のもたらしたこの状態をわれわれがはっきりと見定めることができ、「個人」であることを余儀なくされている自分の姿を直視できるようになったとき、あるいはわれわれははじめて「小説」というものを書かざるを得なくなるのかも知れない」（傍点は江藤）

「不寝番」の役割に耐えつづける庄野潤三の主人公は、江藤が大岡昇平宛ての手紙に書いた、「脆弱な仮説の上に」日常を送る姿にそっくりである。その姿は「治者」という家長ではなく、世界に露出された孤独な「不寝番」であり、上野千鶴子の用語に従えば、威厳のない「子ども家長」に過ぎない。

前章で、「上田秋成の「狐」」から『成熟と喪失』を一続きと見做せば、それは昭和四十一年の二月から書かれた、もうひとつの『妻と私』ではないかとした。江藤のいう「ポップアート」としての『成熟と喪失』とは、このもうひとつの『妻と私』のことにちがいない。この一連の『妻と私』の終着点が『一族再会』の「もう一人の祖父」の章となるのは明らかである。『成熟と喪失』の先ほどの引用に括弧付きであった「小説」に相当するのが『一族再会』である。『成熟と喪失』の結末近くに至って、江藤は次作を予告しているのだ。この括弧付きの「小説」は既存の小説とは別物である。「たしかに作品であるが、小説とも、エッセイとも、評論とも、どのジャンルの枠にも、そのままではおさまりがたい性質のもの」（『一族再会』あとがき）だからだ。

『抱擁家族』の出現

江藤は『成熟と喪失』の「あとがき」で、「母性の崩壊」という視点が定まったのを昭和三十九年の夏に帰国した時だったとしている。慶子夫人の入院は昭和四十一年二月であるから、そうすると二年の時差が出てしまう。これをどう考えればいいのだろうか。その時、ヒントになるのが『アメリカと私』の「あとがき」に出てくる「地獄めぐり」という凶々しい文字である。

「結局、私は、自分にとってのアメリカが、ひとつの死とひとつの蘇生のようなものだった、とでもいうほかはないのかも知れない。その地獄めぐりのあいだ、私はある人を好み、ある人を好まないという自分の好き嫌いの激しさが、実に救いがたい域に達していることをあらためて知った。しかし、これでも私はまだ随分我慢しているほうであって、幾分の我慢を覚えたのも、あるいは外国生活の収穫だったかも知れないと考えている。私の文章を読んで傷つく米国人もいるだろうと思うと胸が痛むが、そういうとき、私は、彼らに傷つけられた自分自身の傷が痛むのも、同時に感じているのである。といっても、私は腹いせに書いたのではない。その痛みの実在を確かめるために書いたのである」

アメリカに見事に適応するサクセス・ストーリーとして読めてしまう『アメリカと私』を、江藤淳は「地獄めぐり」と書いているのだ。「城（死と蘇生、及び自動車のこと）」という章があるので、「仮死」状態にあったアメリカ到着から最初の二ヶ月が「地獄めぐり」とつい思ってしまうが、この書き方はアメリカ滞在の全期間を覆っているように読める。江藤の「傷」は『アメリカと私』では明示的には書かれなかったのだろうか。入国早々の慶子夫人の入院から、それは始まっていたのか。それとも慶子夫人が、「黄色い服を着た東洋人の女」として、「家内」という身内ではなく、「他者」である「ひとりの女」としてニューヨークの空港に出現した昭和三十八年の夏に何らかの兆候が示唆されていたのだろうか（第三十章参照）。

小島信夫は『アメリカと私』が出た時に書評を書いた（「朝日ジャーナル」昭40・3・21）。時期からして『抱擁家族』執筆中であり、ロックフェラー財団からアメリカに派遣された先輩文学者ゆえに書評者に選ばれたのだろう。その中で小島は「あとがき」にも言及し、作家らしい直観を語っていた。

「（あとがきは）いわくいいがたいものがあり、それは書けるものではない、といっている。私はこの言葉がとてもよく分るような気がする。／なるほど、私はこの旅行記ぜんたいを読んで、多くを語りのこしているとか、もっと深くつかんだものがあったにちがいないという感想をもった。（略）江藤氏のなかに何かが生れてきていることは確かだが、それはむしろ、氏に沈黙をしいる性質のものであると私は信じる。そして、そういったことが、この著書のほんとうの意図であるように思う」

江藤が小島を読み解くように、小島も江藤を読み解こうとしている。小島が江藤追悼文に書いた、「あの留学中、夫人は無念にも子供がもてない手術をうけておいでだった」という誤解は、小島の深読みから生まれたのだろうか。手術は帰国後だったのだから、あたらずといえども遠からずの部類である。

小島が江藤の本を書評するのは、これが初めてではなかった。江藤の『作家論』の書評を「三田文学」（昭35・3）に書き、江藤は次号に「小島信夫氏の書評を駁す」を書いている。江藤は「世迷言の標本」、「私に対する莫然たる不快の感情」と決めつけ、「氏の事実感覚の脱落と曲解の才能については驚くほかはない」と反論した。小島は江藤を見事に「はしか」にかかる優等生と揶揄していた。「はしか」とは、先達の意見をあたかも自分の意見の如くに述べる才能とのことである。小島は同時期に書いた「批評家というもの」（「図書新聞」昭35・1・16）というエッセイでも、江藤への嫌悪を露わにしている。ある座談会で江藤と同席した時の、江藤のオフレコ的発言をすっぱ抜いたものだ。「大江は三年もちますよ。三年もてば大したものじゃないか」「（もたなかったら）そのときには、すてるより仕方がないさ。批評家というものは、自分がくいつける作家にくいつくのが当然だからね」。江藤の発言に「しばらく啞然」とし、「自分の身をかけているところ」に感心もしたと書く。小島のすっとぼけた悪意には、「若い日本の会」で今をときめく軽薄な才子への侮蔑が滲んでいた。江藤は『抱擁家族』以前の小島については「すぐれた作家」(「日本読書新聞」昭33・5・26)とは一応認めても、個別の作品は評価していない。二人の険悪な関係が想像されるところだ。

それを一転させたのが『抱擁家族』の出現だった。小島の古稀を祝した本(『小島信夫をめぐる文学の現在』)に寄せた江藤のエッセイでは、「時として、私は、この小島信夫という作家にめぐり逢うために、文芸批評を書きはじめたのかも知れない、と思うことがある」とまで書いた。「ひとつの国の敗亡と、その国に生きる人間たちの倫理的・感覚的崩壊の過程を、小島氏ほど独特な視角から、なまなましく小説化しつづけている作家を、私はほかに誰一人として知らない」からだ。江藤は『抱擁家族』の後日譚である小島の大長編『別れる理由』については、『自由と禁忌』でみっちりと論じた。「私の本のなかから、一一二ページはもぎ取らずに置かない作家だ」と江藤は書いている。『抱擁家族』も『別れる理由』も百十二頁分の批評に価する問題を含んでいるというのだ。これは賛辞だろう。『自由と禁忌』では「人倫の大本」という大時代に聞こえる言葉を江藤は提出し、『別れる理由』の基本主題だとする部分を、傍点を付して引用する。

《「……他人のは盗ってもさ、自分のは盗られたらいやだというのは、エゴイズムだけどさ。……」》

江藤の交友関係は多くの場合、親密ではじまり阻隔へと至るコースを辿った。大岡しかり、安岡しかり。大江しかり、埴谷雄高しかり。その中で小島との関係は、阻隔から親密へという逆コースであった。『別れる理由』は昭和四十三年(一九六八)から十二年半にわたって「群像」に連載された。江藤は連載中には読んでいないので、連載初期に小島と対談(「「衰弱の文学」を排す」「文學界」昭48・1)する機会があったが、『別れる理由』には触れていない。当時活躍を始めた「内向の世代」の作家たちへの不満を糸口に江藤は話を進めている。作風の根本には作家の「怨み」があるが、怨みに魅力がない。時評家だから仕事として読むが、普通の読者だったとしたら読むだろうか。

「およそ一般性がない。自分に応用できないようなことばかり書いてある。他人の人生の上に自分の人生を重ね合わせるという楽しみがなければ、小説というものは少しもおもしろくないでしょう。他人ごとじゃないと思うところがなければ。それは「ボヴァリー夫人」でも「アンナ・カレーニナ」でもいい、誰が読んだって人ごとじゃないという感じがあるから、もともと縁もゆかりもないはずの話を、われわれは、一所懸命読む。そういう読者を惹きつける術や芸を持っているからこそ、作家は作家なのだと思う」

これは江藤がよく引用する、漱石が「彼岸過迄」の序文に書いた読者像「教育あるかつ尋常なる士人」の確認であり、作家と読者の乖離によって、文学が衰弱していることへの警告であった。「幸か不幸か、ある時期までは、自分個人の怨みと、世の中全体の怨みとが、どうやら一致している時期があったんです。これは早い話が、戦争なんていうものがあって堂々と自分の怨みを全般の怨みに置き替えられた」と小島は応じている。

江藤のいま一つの警告は、最近の小説家が〝妻君気がね派〟になっているという指摘である。私小説から「第三の新人」への流れは親子兄弟妻子、なかんずく細君を書いてきた。「しかし、家族制度なんてもうありゃあしないですからね。核家族になって、妻君は、手前の不利なことを書かれたら、亭主の収入がどのくらいあるか知ってるから、その収入の最大限をせしめるような離婚訴訟をおこさないともかぎらない」。新しい作家たちは作品の中で細君をおだてている。読者はしらけてしまう。一世代前の作家たちは一方で、「身内から反乱が起こらないと確信している」。これも不思議だ。肉親は絶対に反乱をおこさないだろうか。

江藤のこの問いかけは、『成熟と喪失』執筆と同時期に「朝日ジャーナル」に連載され、未完のまま生前は刊行されなかった「日本と私」を想起させるものだ。遠い所から「帰って来た」男が妻とギクシャクするという題材は、漱石の「道草」、秋声の「黴」という二傑作に倣っていた(第三十二章参照)。「日本と私」には「家内」を殴るシーンが描かれるが、『抱擁家族』でも三輪俊介は妻を殴る。俊介は妻に「そんな大事なものを、何故なぐったりなんかしたんだ」と逆襲される。『抱擁家族』も遠い所から「帰って来た」男が妻とギクシャクする小説だ。ギクシャク度は一番激しい。江藤は「日本と私」を書きながら、どんな結末を与えようと考えていたのだろうか。江藤版の『抱擁家族』だったのか、それとも江藤版の『夕べの雲』だったのか。いずれにしても「日本と私」は、昭和四十一年のもうひとつの『妻と私』の系列に含まれる作品なのである。

同じ時期、書下ろしで始まったのが『漱石とその時代』である。その「あとがき」には、「この作品を書きはじめたのは、昭和四十一年の十一月であった」と明記されている。「月単位で区切られている日本のジャーナリズムのなかで、書き下しの評伝を書きつづけて行くのはかならずしも容易ではなかったが、この期間を通じて私の生活はまったく『漱石とその時代』を中心に回転していた。つまりこの稿をつづけることが、私の生きる意味であった」。何と大げさなと思える書き方だが、この言葉に偽りはないだろう。『成熟と喪失』を連載し、「日本と私」と『一族再会』を準備している時に、書下ろしにとりかかる。まだ三十三歳という若さであっても、余りにハードな仕事量である。そこまでしても取り組まなければならなかったのは、『漱石とその時代』もまた昭和四十一年のもうひとつの『妻と私』と切っても切れない関係にあったからである。

第三十六章　『一族再会』と「家庭の幸福」の狭間で

江藤淳は小林秀雄との対談を生涯で五回行なっている。そのすべては『新編江藤淳文学集成2　小林秀雄論集』に収録されている。三回目の対談「歴史と文学」は小林の一巻本選集『古典と伝統について』（講談社）の巻末対談である。本の発行は昭和四十二年（一九六七）十二月だが、対談を読むと、その年の初めに行なわれたとわかる。『漱石とその時代』、「日本と私」、『一族再会』がほぼ同時にスタートした時期である。編集同人として参加する「季刊藝術」の発刊も間近だった。ハイな状態にあったためか、聞き手の立場にありながら、自らの当面の仕事についてもかなり語っている。

「たまたま私自身今、「季刊藝術」という雑誌を出そうとしているところですので、伺っておきたいと思いますが、それではどういうきっかけで、「文學界」という雑誌が出現したのでしょうか……」

小林は昭和八年（一九三三）に同人誌「文學界」の創刊に参加し、昭和十年からは編集責任者になって、文壇に大きな影響を与えた。座談会を積極的に企画し、特集を考え、新人発掘に力を注いだ。自身の作品としては評伝「ドストエフスキイの生活」の連載を始めている。小林はその時、三十代前半で、対談時の江藤と同じ年恰好だった。小林は答えている。

「「文學界」だって、何とか戦線の文学を作ろうなんていう考えではない。（略）第一、今度はドストエフスキイを書きたいと思っても、誰が書かせてくれるのか。長ったらしくてどうにもなるものじゃない。とにかくそんなものを、勝手なことを書きたかったんですよ。だから、いちばん先きに書き出したんです、そういう自分の欲望があるでしょう。欲望が満たされるような雑誌が手元にないということはおかしなことでね」

江藤は小林の「ドストエフスキイの生活」に相当する連載について小林に語っている。今朝、書きかけたが、「うまく言葉が見つかりませんでした」と。「一族再会」第一回「母」の章のことである。

「ぼくはこの頃、自分の肉親のことを書いたり考えたりしていますが、因果ということを考えるようになりました。（略）たとえば、私の肉親に起こったある事件を考えてみますと、それをいいとも悪いともいうことが出来るわけです。道徳的判断もしようと思えば出来る。誰が悪かったからあの時ああなったというい方も出来るのです。それは今流行っているいい方です。しかしよく見るとみんな必然性があって生きているので、何か事件が起きる時は、かならず必然性と必然性の葛藤が生じています。（略）そしてその根を辿って行きますと、どんどん古くまでいってしまう。逆にその一方の端には私自身の存在が現に葛藤の余波を受けて生きている。こんなことは人の目から見ればつまらないことかもしれないけれども、当人にとっては非常に切実なことなんですね。（略）そうなりますとぼくの立場から誰を断罪するということも出来なくなります。あれがああなってきて、現にこうなっているんだなということをただだまって悟る以外にない。これがぼくは本当の歴史じゃないかと思いますが、違いましょうか」

江藤がここで語っているのは母・廣子の病死と深く関わる祖母・米子の存在であろう。宮治廣子は日本女子大英文科の優等生で、国際聯盟の理想に共感し、女学校の教師か Secretary 志望の「モダーンな」娘だったが、海軍提督の家庭同士の通婚圏の中で、江頭家の古風な嫁におさまる。幼児の江藤は母の乳を吸い、「安息と満足感」にひたり、「言葉を必要としない理解」を得ていた。その時の「沈黙」を喚起しようとしても江藤には出来ない。手がかりとなる母の声を覚えていないのだ。母の声の記憶は祖母が母を呼ぶ「廣さん」という声に邪魔されてしまう。といって、事実上の一家の主だった海軍中将未亡人の祖母は、旧式一点張りの女だったわけではない。明治のお嬢様たちが通う虎ノ門女学校（東京女学館）に学び、スコットランド人女性の教師から可愛がられ、英国留学を勧められたハイカラ娘だった。祖母は曾祖父・古賀喜三郎が始めた海軍予備校（現・海城学園）の事業を助けるために、英国どころか、女学校も中退しなければならなかった。二人は時間差はあっても、眩しい「近代」を夢見たことでは変わらない。祖母と母との間の「必然性と必然性の葛藤」によって、母は亡ぼされたのではないか。江藤が小林との対談の日、書こうとして書きあぐねていた母と祖母の「近代」である。江藤は『一族再会』でまず母の死を書き、引き続いて第二章「祖母」で、江頭米子の呪詛に満ちた「一代記」も書かなければいけなくなるのである。

江藤の「本当の歴史は」という問いかけに対して、小林は本居宣長と上田秋成の論争を例に出してくる。江藤が『近代以前』で取り上げた論争である。江藤は秋成に近代の「狂人」の不幸を見ていた。その秋成は、宣長を「やまとたましひ」という「臭気」を発する「健康なイデオローグ」に過ぎないと批判した。江藤は宣長批判の論陣を張る秋成の「比較文化的視野」を評価した。

「あなたが書いている上田秋成という人は非常な秀才で、宣長はあなたが書いていらっしゃる通りなんです。秋成の方が正しいんです。何故正しいかというと、それは秋成がそこまで宣長の考えている所まで思い遣らないでですからね。それだけの話しなんです。秋成は秋成で自分の穴に落ち込んでいるんです。秋成自身知らないんです。宣長も知らないんです。歴史というものはそういうものなんですね。到るところに、充分に自己表現を行った人々の間にも暗い穴が開いているんです」

「本居宣長」を「新潮」で連載中だった小林にとっては、江藤の秋成論は小林への挑戦であった。この件は二人の四回目の対談（昭和四十六年）でも小林が蒸し返す。小林は『本居宣長』では何度も秋成との論争に立ち返って宣長を論じた。『本居宣長』完結後の五度目の対談（昭和五十二年）に至って、江藤は「はじめてなるほどと得心がいきました」、「積年の疑問を氷解させてくれたことに感謝しております」と述べた。

昭和四十二年の対談では、小林の言葉に納得していなかったのだ。この対談では江藤は話頭をやや転じている。

「ぼくは、文藝春秋の「現代日本文学館」のために、小林さんがお書きになったものから引用させていただいて、短い文章を月報に書いておりますが……」

この月報での連載「小林秀雄の眼」については第三十四章で触れた通りである。「小林秀雄名言集」という形の中に「隠蔽」された江藤のリアルタイムの「告白」が紛れ込んでいるということを。慧眼の小林がそのことを見抜いていたかどうか。「本居宣長」執筆に没頭していた小林にとっては、秋成の「狐」には関心がなく、秋成と江藤の宣長批判には受けて立たねばならなかった。小林は月報連載について、「あなた書いていますね。今度は何を書いたんですか」と江藤に尋ねる。江藤はソクラテスの「不知について」(連載第十三回)書いたと言っているので、対談の行われた時期が特定できるのである。

「出て行かなかった」漱石、「出て行った」小林

三十四章で問題にしたのは連載第二回「歴史ということ」であった。第三回「女と成熟」(昭41・4)も江藤の「隠蔽」と「告白」の色が濃い。「女と成熟」というタイトルからすぐわかるように、小林の「Xへの手紙」の引用で始めている。「女は俺の成熟する場所だった。書物に傍点をほどこしてはこの世を理解して行こうとした俺の小癪《こしやく》な夢を一挙に破ってくれた。と言っても何も人よりましな恋愛をしたとは思っていない。何も彼も尋常な事をやって来た。……」

江藤は「Xへの手紙」を「小説」とカッコ付きにしている。「この「小説」に現実的事件はほとんどなにひとつ語られていない。しかし、そうかといって、この部分の独白的な、個人的な調子は決して単なる批評文のものとはいえない。小林氏には、小説と批評文のあいだを縫うような文体で語らなければならな

かったある深刻な体験があった」。文学史上であまりに有名な長谷川泰子、中原中也との三角関係である。江藤がこの引用部分で注意を喚起するのは、「女は俺の成熟する場所だった」と過去形になっていることだった。「つまり、この一節は「かつて自分は女によって成熟し、そののちに女から去った」と読まなければならない」(傍点は江藤)。その事実を確認した上で江藤は書いている。

「「Xへの手紙」の背後に隠されている伝記的事実が明らかにしていることは、小林秀雄氏の批評と思想が、女のところから「出て行った」人のものだということである。以後の氏の「成熟」は、女以外の何によってなしとげられたとしても、一種孤独な成熟にならざるを得ない。これが氏と、同じヒステリー症の夫人に悩まされながら「出て行こう」とはしなかった夏目漱石との根本的なちがいである。漱石も小林氏も同様な非凡な人物であったが、彼はあえて凡庸な生活を選んだ。小林氏の場合には、非凡な人物が非凡な生活を選んだのである。そういう氏の孤独は、今日の円熟した名文の行間にもうかがわれるのである」

ここで小林と長谷川泰子は、唐突にも、漱石と鏡子夫人に対比される。ヒステリー症の女を捨てたか、捨てなかったか。漱石の「夫婦」という関係と、小林の「同棲」という関係の違いを捨象してしまっていいのかといった問題は大いにあるが、江藤はそんなことにかまってはいない。江藤が「女と成熟」を書いた時期は、慶子夫人の入院中であった。

その時期を八年後に回想した文章「漱石と鷗外」(「太陽」昭49・6)では、江藤は「私は自宅に戻らず、上野池の端の旅館に泊っていた。家人は、私が旅行〔ニュージーランド取材〕に出かける前から入院していた」と書いている。「思いが屈することが多くて、原稿は遅々として進まなかった」とも。上野本郷界隈に散歩に出ると、「明治というよりはむしろ江戸の匂いが漂っている」。界隈は漱石のというより、鷗外の「雁」の舞台である。江藤は「東京のこのあたりには過去の時間が澱み、西洋の浸蝕をまぬがれたなにものかが息づきつづけている」のを感じ、「私はしばしば父母未生の時である江戸を激しく恋うた」。

この感情が書下し『漱石とその時代』に発展していく。江藤は「1　慶応三年」に書いている。「彼が育ったのは不動の秩序に守られていた江戸時代ではなくて、その秩序が日に日に崩れ落ちて行った「文明開化」の時代であった。しかし、それでもなお金之助の感受性の一端は、意識がはっきりととらえたことのないこういう過去に根ざしていた」

江藤は『漱石とその時代』執筆の意図を、「評伝というジャンルへの興味」「明治という時代への深い愛着」から始まり、「漱石という人間と明治という時代との相互交渉をたどるような仕事になった」と「あとがき」に書いた。ただ、それがすべてだろうか。それだけが「この稿をつづけることが、私の生きる意味であった」とまで言わせるだろうか。

「漱石と鷗外」には評伝取材のために松山や熊本に旅行したことも回想されている。熊本に行ったのは昭和四十二年の暮れだったという。熊本には漱石が住んだ家がまだ何軒も残っていた。旧制五高の建物も残っていた。江藤はここで「まだ三十一、二歳の少壮教授夏目金之助が、どこか心に屈託のありそうな顔をして、足早に眼の前を通りすぎて行く」幻影を見た。熊本で新婚生活を送る漱石は「流産以来ときどきヒステリーの発作をおこす病妻」を抱えた一家の主だった。

江藤は「漱石と鷗外」で、「道草」の漱石夫妻と「半日」の鷗外夫妻を比較している。江藤はこの二作をクサンティッペ対決として、かつて講演で比較したことがあった（第三十二章参照）。今回は二文豪の妻への対し方を読み込んでいる。「道草」の主人公にとって夫人は「細君」であり、「半日」の主人公にとって夫人は「奥さん」である。鷗外の主人公は奥さんに「お前は精神が変になっているのだ」と言って、奥さんからも義父からも不興を買うような夫である。江藤は二つの小説を比較して、鷗外の「奥さん」という書き方は「敬するかのごとくに見えて実は主人公はこれを見下している」。それに引きかえ、「道草」の「細君」は、夫と「対等の存在」として描かれる。漱石は彼女を「第一義的に女として規定してはいず、人間として規定しているように思われる」。フェミニスト上野千鶴子も納得する江藤の分析である。漱石にとって「細君」とは、「石のように重く、ときには全身の怒りをふりしぼって引き受けなければならぬものであった」と江藤は断定する。江藤による漱石と鷗外の比較、さらに先の漱石と小林秀雄との比較には、江藤の女性観、夫婦観が強く反映されていると見て差し支えないだろう。

江藤の書下し『漱石とその時代』は昭和四十五年（一九七〇）の夏に第一部と第二部がほぼ同時に刊行された。一冊本の予定が増殖していって二部作になったのだが、第一部と第二部の切れ目には必然を感じさせる。第一部は熊本で「鏡子の精神状態がふたたび不安定になり」、漱石を「茫然と佇立《ちよりつ》させるようなひとつの深遠」を予告して、第二部に引き継がれる。書下し執筆途中の段階で行なわれた中村光夫との対談「現代文学のあり方」（「群像」昭44・1）では、このシーンへの自負を語っている。

「たとえば熊本の五高教授のときに奥さんが川に身を投げた。たまたま夜網を打ちにきている人が近くにいたから助けられた。これは新聞ダネにはならなかったけれども、周知の事実ですね。五高の浅井という舎監が熊本の人で、事件をもみ消してくれた。漱石はそのとき何を考えたか。どんな気持だったろうか。（略）ところがそういう説明や推測をぬきにして、その事件を直接喚起してみたい。描写をするというのではなくて、事実の直叙がそのまま描写になるように書いてみたい。（略）ぼくの眼に浮ぶ情景は、ぼく自身にとっては嘘ではない、ある一つのインタープリテーションなわけですね」

中村は昭和四十一年二月に江藤を励ましているので（第三十四章の大岡昇平宛て手紙参照）、慶子夫人の入院を知っていて、江藤の話を聞いている。中村は大人だから、そんなことはおくびにも出してはいないが、鏡子夫人の事件で江藤が何を物語ろうとしているかには気づいているだろう。江藤にとって、中村はずっと文壇に於ける保証人のような存在の先輩であった。江藤の自信の描写シーンは第二部の「１　事件」に、すぐ出てくる。

「鏡子がなんの幻影にさそわれて、雨季の濁流が滔々と流れる白川に投身したのかはわからない。しかし金之助はこの事件によって、彼の過去に繰り返された「突然喪失される女」の主題が、まさに彼の生のただなかに刻印されていることを知った。発作がおさまって眠りかけた鏡子を見守る金之助が、疲労のためについうとうととしかける。ふと気がついてみると、鏡子の寝床はもぬけのからで、彼女はオフィーリアのように川に浮び、流れて行く。川は白川であるが、彼の存在の深奥を流れる河のように昏く、鏡子はその暗黒の流れの上をすべって行く」（傍点は江藤）

江藤が描く漱石が浅い眠りの中で見ているのはラファエル前派の画家ジョン・エヴァレット・ミレーの「オフィーリア」である。漱石の熊本時代を題材にした「草枕」を取り込んでの「情景」であろう。江藤のさらなる自信のシーンはこの後に来る。そのシーンを書くことは『漱石とその時代』の一つの大きな目的であったろう。第一部と第二部とを繫ぐ重要なクライマックスである。江藤は、「毎夜細い紐で自分の帯と細君の帯とを繫いで寐た」という「道草」の文章を引用した後、続けている。

「この紐は、一面からいえばいつ夢遊病者のようにさまよい出るかわからない鏡子をつなぎとめるための実際的装置であるが、半面金之助の必死の求愛の象徴である。そこには彼の妻に託した夢が賭けられ、家庭生活の崩壊を喰い止めようとする意志が注がれた」

『漱石とその時代』が『成熟と喪失』と地続きの作品であると考えれば、この時の漱石の役割は明らかである。庄野潤三の『夕べの雲』の主人公のような「不寝番」そのものである。江藤にとっては、この「細い紐」は、「日常生活の仮説」がかろうじて崩壊していないことを必死で確認する、「もの」の手触りであった。

中村光夫と大岡昇平は、「小林秀雄単独編集」と銘打たれた『現代日本文学館』の編集を実質的に補佐した。二人は小林が編集した戦前の「文學界」からデビューした、小林の弟子筋の文学者である。そのことを考え合わせると、江藤の月報連載「小林秀雄の眼」については、自分の文章がダシに使われていると小林は承知していた可能性が高い。

　江藤は『漱石とその時代』第一部に「19　「ドメスチック・ハッピネス」」という章を設けている。「ドメスチック・ハッピネス」という語の出所は漱石の子規宛ての書簡である。中根鏡子とのお見合いのために上京する直前に出したものだ。「小生は教育上性質上家内のものと気風の合はぬは昔しよりの事にて、小児の時分より「ドメスチック　ハッピネス」抔《など》いふ言《こと》は度外に付し居候へば」云々とある。幼時以来の不幸な家庭生活とは訣別し、漱石が鏡子との結婚に「家庭の幸福」という夢を託したのではないかと江藤は想像している。小林との対談をした頃に連載していた「日本と私」にも、「家庭の幸福」という一章がある。

「「家庭の幸福」という言葉には、実際ほれぼれするようなひびきがあるものだ。「お買物上手はご家庭の幸福」という三越の広告の文句を、私は何度もあこがれにみちた眼で見上げたことがある。それは多分、私が「家庭の幸福」というものがどういうものか、よく知らないからにちがいない。（略）私は考えてみれば、母が危篤になって親類をたらいまわしにされた四歳半のころから、「家庭の幸福」というものにあこがれていたのかも知れない」

　江藤は自分が「家内」と結婚をしたのは、「家庭の幸福」が醸し出す甘え合う関係にあこがれたからだろうかと「日本と私」では自己分析している。漱石の「ドメスチック・ハッピネス」も、江藤の「家庭の幸福」も幻影に過ぎなかったのだろうか。それが明治三十一年六月の熊本における漱石と、昭和四十一年二月の江藤だった。

　だいぶ遠回りしてしまった。小林秀雄との対談「歴史と文学」に戻らなければいけない。対談では江藤の当時の仕事についてのもうひとつの重要な証言があるからだ。二人の話題は宣長からフランスの詩人たちへと移る。小林が「ボードレール論では、エリオットの方がいいですね。ヴァレリイのボードレールよりいいと思います。エリオットの方が真剣ですね」と語ると、江藤は「エリオットという人はなかなか面白いと思います」と応じる。

「「荒地」などという詩は、文学史的に有名ですけれども、ぼくにもよくわかりません。ただぼくは詩劇がすばらしいと思います。「カクテル・パーティ」とか「ファミリー・レユニオン」とか……。「ファミリー・レユニオン」というのは、先日新潟に旅行したとき汽車の中で読んで、こんなによかったのかなと思いました。やはり、暗いものをみているのですね。非常にこう、狂おしいもの、暗いものをちゃんと見ている。そして、その上で何かやろうとしているということがよくわかるのです。ぼくが学生の頃は、エリオットという人は、伝統主義とか何とか、そういうことで説明してしまわれるので、よくわかりませんでした。しかしこの間、詩劇を読み出したら、やめられなくなるほど面白かった。(略)そして残酷なものに突き当ろうとするところで、すっと戻って来る。(略)この人も、「私」のことはいわなかった人でしょう。そういうことをいわないのが正しいということをいい出した人なんだけれども、エリオットの「私」は実に豊富なものだったろうと思います」

江藤の口からエリオットの名前が出るのは意外である。江藤とエリオットとの相性はよくなかった。大学三年生の江藤はエリオットの評論集に激しい「敵愾心」を持ったことで、「三田文学」に載る「夏目漱石論」を書き出すことが出来た(第十六章参照)。エリオットは「学生時代の私の前に立ちふさがった、巨大な教会堂のファサードの如きもの」であり、「殆ど敵意に似た尊敬」というべき存在であった(第十八章参照)。日本に於けるエリオットの最高権威が慶大英文科教授で、ノーベル文学賞候補の詩人・西脇順三郎であることは言うまでもない。英国に留学した西脇は、エリオットと並んで英詩を発表している。西脇は不遜といってもいい態度で、エリオットを詩人としてよりも批評家として第一流と見做していた。西脇は「ファミリー・レユニオン」を「家族の再会」と書くが、一般的には福田恆存訳のタイトルである「一族再会」と呼ばれる。訳者の福田を始めとして、高い評価をしてはいない。エリオットの中では、目立たない作品である。韻文の芝居であるため、邦訳で読むには適さない。江藤は当然、原文で読んだ。『抱擁家族』を読んだのは新潟県高田市に行く車中だったが、偶然にも「ファミリー・レユニオン」も新潟旅行の車中であった。

エリオットは一九六五年（昭和四十年）一月に亡くなった。その報が日本に届くや、信奉者が集ってお通夜が行われた。場所は代々木の西脇順三郎邸である。鮎川信夫、黒田三郎、中桐雅夫、木原孝一、加島祥造といった詩誌「荒地」の詩人たちと村野四郎、伊藤信吉、鍵谷幸信が集まり、酒をあおった。当時の雑誌では「英語青年」「無限」「本の手帖」がエリオット追悼の大特集を組んでいる。その中心には必ず西脇がいた。「英語青年」で中桐雅夫はエリオットの詩に寄与したものとして結婚を挙げている。「エリオットの存命中は、ふれる人もなかったと思われる彼の最初の夫人との不幸な結婚生活の影響がある。（略）この人は長い病気ののち1947年になくなった。しかもmentally illだったとどこかで読んだことがある」。そう書いて、中桐はザ・タイムズの死亡記事を引用する。「彼の中期を陰鬱なものにした長期にわたる個人的悲劇」は詩集「聖灰水曜日」と詩劇「一族再会」にその「痕跡」がある、という記事だ。慶大英文科教授で江藤の師の一人であった岩崎良三は「無限」で、「神経を冒され」た妻と「何度かノイローゼになっている」夫の「不幸な家庭生活」がエリオットの詩の背後にあったことを指摘した。

昭和四十八年（一九七三）に江藤の『一族再会』が刊行された時、タイトルは「T・S・エリオットの詩劇にヒントを得てつけた」と江藤は明記した（「公私相関」と「生死循環」「週刊現代」昭48・6・16）。「ただし、私のファミリー・リユニオンに集うのは、すべて死者ばかりでなければならなかった。（略）〝文学〟など犬に喰われろ、という心境の私に、文芸の大道を濶歩するためなら、肉親などはいくら傷つけてもよいという〝作家魂〟など、ひとかけらもあるはずがなかった。むしろ私は、死者について書けば必然的に触れざるを得ない生者のなかに、かならず傷つくであろう者がいることに心を痛めた。その者たちに、私はひそかに詫びつづけなければならないと思った。／死者たちについて書かなければならないと思ったのは、私が祈らなければならないと感じていたためである」。

エリオットの詩劇「一族再会」は英国北部に住む貴族の館で、女主人の誕生日を祝うために一族が久しぶりに集う一夜の劇である。十年ぶりに戻ってきた主人公は妻を殺したと思い込んでいる男であり、その死んだ父は子供（主人公）を孕んだ妻（現在は女主人）を一度は殺そうとした男として設定されている。エリオットの「一族再会」とは、妻を殺そうとした二代にわたる夫という、特異な題材の詩劇だった。

江藤は『一族再会』執筆の動機については漠然とした書き方しかしていない。「そのころの私は、ただ自分をひどく重いものに感じていた。それを一種の危機といってもいい。ただ私には、文章を書くこと以外にこの危機から立ち上る方法がなく、もし書ければその文章はおそらく文学になり得るだろうという、漠たる予感があるにすぎなかった」。この「危機」の時期とは昭和四十一年から四十二年にかけてであろう。江藤はその頃、小林との対談とは別に、エリオットについて触れた文章を残している。『成熟と喪失』の中の「抱擁家族」を論じた章で一ヶ所、エリオットが顔を出す。「ファミリー・レユニオン」の名は出てこない。

「私はまだ「スワニイ・レヴィュー」のT・S・エリオット特集を通読する機会を得ないので、エリオットが妻を離別するにいたった経緯をくわしくは知らない。しかし、そこにどんな奇怪な悲劇がかくされていたにせよ、T・S・エリオットは自分に妻の狂気に対する無限の責任があるという傲慢にはおちいることができなかったであろう。あるいはまた、その故に彼こそが妻を救えるとも到底思えなかったであろう。もし救えるものがあるとすればそれは「神」であり、人間である彼自身には有限の責任と「神」の視線の

下での人間としての救助の努力が許されていると思うほかなかったであろう」（傍点は江藤）

先ほどの岩崎良三教授の文章では、エリオットは妻が死ぬまで、「毎週木曜日には必ず彼女を見舞ったという」とあったが、死後に明らかになってきたのは、妻の死の十四年前にエリオットは妻を捨てていた、という事実だった。「ファミリー・レユニオン」は妻を捨てた八年後に上演された。エリオットは、妻を捨てなかった漱石とは別の道を選んでいたのである。

江藤淳氏の「息抜き」

ここまで昭和四十一、二年に書かれた作品について、江藤が生前には「隠蔽」してきた私生活に即し、もうひとつの『妻と私』という「告白」として読み直してきた。これは余りにも行き過ぎた読み方だったかもしれない。内的モチーフである「妻と私」を秘めつつも、実際に書かれた作品はもっと拡がりがあり、自由に享受する余地が多い。別の見方をすれば、『漱石とその時代』と『一族再会』は明治の文豪と明治の海軍一家の輝かしい年代記と受け取ることも可能である。「文」と「武」の両面から見た明治時代である、とか。しかし、ここで注意しなければいけないのは、文豪も提督も、あくまでも結果にしか過ぎないということだ。江藤の祖父・江頭安太郎は貧乏下級士族の倅であり、安太郎が海軍兵学校を選んだのは官費で行ける学校だったからだ。当時はまだ「帝国海軍が後年獲得したような栄光」はなく、「二流の就職先」に過ぎなかったと『一族再会』に書かれている。その海軍も薩閥が幅を利かす海軍であり、佐賀出身者は凋落の過程にあった。漱石は両親によって捨てられた子供であった。「金之助は町名主の子として、新時代がうながした階層的没落を経験しつつあったが、同時に町人の出身者として新時代の四民平等の理想に共鳴する立場にあった」（『漱石とその時代』）。超エリートの東京帝国大学卒といっても、「有用の人」である法学士ではなく、「無用の人」と「有用の人」の境界線上にいる文学士であった。

江藤淳のこの時期の爆発的執筆は確かに尋常ではないが、といって生身の江藤淳がすべて「妻と私」に捧げられていたと考える必要はないだろう。江藤淳氏の「息抜き」は怠りなく実践されていた。目撃者の証言を二つ挙げておく。

ひとつは岡谷公二が書いた新潮社の編集者・片岡久の追悼文である。その中に江藤が剽軽に登場する（「飛火」四十九号、平27）。片岡は新潮社出版部で江藤の『西洋の影』『文芸時評』を担当し、『漱石とその時代』の初代担当者だった。『正宗白鳥全集』、小高根二郎の伊東静雄伝『詩人、その生涯と運命』といった江藤好みの本も作っていた。岡谷は山川方夫の親しい友人であった。片岡が声をかけて、江藤、岡谷とフランス文学者の岩崎力で、神田の「藪蕎麦」で忘年会となった。

「蕎麦で浅酌して、二次会に繰り出す段になった時、江藤さんが「どこか怪しげなとこへ行きましょうよ」と言い出した。特に誰も反対しなかったので、私たちは、「あやしげな」店の立ち並ぶ上野の御徒町までゆき、客引きに誘われるままに、一軒のバーに入った。（略）そのテーブルの一つに坐るや、すぐ四人の女が各人の傍につき、ビール瓶とつまみが運ばれてきた。女たちは私たちの職業の見立てをはじめ、片岡さんと岩崎さんはなんだったか忘れてしまったが、江藤さんは呉服屋、私は学校の先生だった。「岡谷さん、もててるじゃないの」と江藤さんは言ったものだ。／しかしとても長居のできる雰囲気ではなく、ものの三十分も経たないうちに私たちは立ち上がった。勘定台に行った江藤さんは、出された勘定書きを見て、「ファンタスティック！」と叫んだ。ビール四本で、十万円を超えていたのである。しかし三人ほどの筋骨逞しい男たちがすでに不気味な笑いを浮べながら私たちをとり巻いており、言われた通りに払わなければどんな目にあうかは予想がついた。江藤さんが主になり、三人も有り金を出し合って払いを済ませ、私たちは無事放免された」

歳末の一夜に起きた、よくある失敗談である。リーダーシップをとる江藤が、四人の中で一番遊び慣れた感じがある。呉服屋に見られた江藤はすぐ近くの上野池之端にある江藤夫妻ご贔屓の呉服屋「宇美乃」の主人を巧みに演じてみせたことだろう。日常に抱え込んだ鬱屈を夜の街でパーッと晴らそうという姿勢が感じられる。山川の死後で、片岡が編集していた『人類の美術』刊行の頃という時期なので、おそらく昭和四十一、二年と思える。それにしては十万円が高額過ぎて、「ファンタスティック！」だが。

もうひとつの証言は、大塚英子の『夜の文壇博物誌』である。大塚英子は吉行淳之介の『暗室』のモデルとして有名な女性である。大塚は昭和四十一年の四月から丸四年間、銀座の文壇バー「ゴードン」に勤めていた。『夜の文壇博物誌』は「ゴードン」の客たちの人物月旦の趣きがある。江藤にも一章が割かれている。江藤はお店の「優秀など常連」だった。一人で来店することが多く、「真面目で律義で、酔ってふざけるようなことも殆どなく、うるさいことは一切おっしゃらず、我儘も言わない。その上お金払いもまことにキレイ」だった。江藤のお目当ての女性が欠席がちだったので、代わりに「私がおそばに寄らせて頂くという程度の親しさ加減」だった。「あるとき江藤氏がポケットから、一枚の写真を取り出し、両手で覆うようにしてパッと見せ、すぐにお隠しになった。黒い毛のようなものが見えた。並んで座っていたマダム古川も私も、咄嗟に猥雑なものを想像し、それが江藤氏のイメージとあまりに合わず、どぎまぎしていると、氏はお笑いになりながら、今度はゆっくりとその写真を手渡して下さった。それは、江藤氏の黒い愛犬の写真であった。／「いま、変なことを考えたでしょう。僕がそんなものを見せるわけがないでしょう」」。

大塚英子は江藤の「戦後と私」を読んでいたので、江藤をかなり生真面目な人物と決めてかかっている。江藤が後に吉行を「文壇の人事担当重役」と批評したことを吉行への悪口と受け取り、何かの誤解、誰かの「中傷的陰謀」ではないかと本の中で心配している。吉行文学への最強の批判者であった江藤に対して、「いつもおやさしい、常に正しい眼をお持ちだった江藤氏」と点は甘い。銀行員の息子らしく、お金にルーズでない点が「優秀」という評価に貢献しているだろう。

大塚英子は「季刊藝術」の創刊パーティにもマダムの古川裕子と一緒に出席している。「季刊藝術」は昭和四十二年四月に創刊号が出た。編集同人は遠山一行、江藤、高階秀爾、古山高麗雄である。銀座のキレイどころも出発を祝ったのだから、華やかな同人誌である。「季刊藝術」が豪華な誌面づくりを出来たのは、資金が潤沢であったことが大きい。創刊号に限らず、どの号も一流企業の広告がたくさん入っていて、驚くほどである。原稿料も当時の文芸誌の相場を上回っていた。創刊号の編集後記に江藤は書いている。「遠山一行から一緒に雑誌をやらないかという相談をうけたのは、私がアメリカから帰って来たての一九六四年夏のことである。それから遠山一行、高階秀爾と三人で、ああでもないこうでもないといいあっているうちに時間が経ち、話もだんだん大きくなって、漸くこういうかたちで雑誌が出ることになった。出すからには少くとも五年、できれば十年はつづけるつもりである」。江藤の抱負を超えて、雑誌は十二年半、五十号まで出すことになる。発行人である音楽評論家の遠山一行は、「一応同人雑誌の形をとっているが、これはあくまでも編輯の責任を明らかにするという意味で、別に一党一派をつくって、かたよった芸術運動をやるつもりはない」と編集後記に記した。

遠山は江藤が芸術院賞を受賞した時に、江藤の人物評を「三田評論」（昭51・7）に書いた。そこでも「季刊藝術」に触れている。同人四人で一番若いのは江藤だが、「この多彩なクワルテットの指導者は明らかに江藤氏であって、そのことに我々三人はまったく異存はない」。遠山の念頭にあったのは大岡、三島たちの季刊誌「聲」だが、江藤がそこに小林秀雄編集「文學界」の特性を加味して「季刊藝術」となった。遠山は「筆者が氏を知ったのは、すでに十五年ほども前である。氏はすでに大きな未来を約束された新進の批評家だった」とも紹介している。江藤の自筆年譜によれば、昭和三十三年（一九五八）に「遠山一行と識る」とある。そこには江藤の父・江頭隆が関わってくる。

江頭隆は昭和三十年（一九五五）に三井銀行を五十五歳で定年退職し、すぐに再就職したのが遠山偕成という会社だった。遠山偕成は日興証券の遠山家の資産管理会社である。遠山一行は遠山家の御曹司だったが、家業を継がず、音楽批評の道を選んだ。江藤が早くに遠山と知り合うのは、そうした関係があったためだ。

季刊藝術出版株式会社は昭和四十一年秋に設立された。創刊の半年前である。「芸術に関する書籍の出版及び販売」と「不動産の賃貸」が業務である。資本金は一千万円、遠山が約三分の二を出し、遠山の父・遠山元一、野間省一（講談社社長）、有木勉（講談社役員）等が各五十万円を出資している。講談社は江藤が野間社長に頼みこんで、発売元となったからであろう。やはり各五十万円を出資している名前には他に、江頭淳夫と江頭隆がある。江藤は父子で株主に名を連ねていたのだった。江藤自身はともかく、父の隆も出資しているのは、遠山偕成総支配人という役職ゆえであろうか、それとも江藤淳の父としてだろうか。それはわからないのだが、「季刊藝術」で江藤がまず書いたのが「一族再会」であることを思うと、不思議な感を持たざるを得ない。江藤は「一族再会」で死者を書けば、「傷つくであろう」生者がいることに、「心を痛め」、「詫びつづけなければならない」と知っていた。第一回の「母」を読んだら誰よりも傷つくのは、父の隆である。江頭隆にとっては自らの母と妻の「必然性と必然性の葛藤」が描かれているのだから。江藤は念を押すように、「一族再会」に書いている。

「祖母は母を亡ぼすことによって自分の不幸の代償を得ようとし、母は亡びることによって父を雪折れの状態におとしいれた。そしてそういう父を私はいつからか引きうけなければならぬものと感じ、その重さに耐えている。このようなことを書くことによって私はおそらくさらに世界の崩壊を促進させているであろう。だが、それなら書くとはいったいなんだろうか。それが私を生きつづけさせるために必要だということは、なにを意味するだろうか」

「季刊藝術」の滑り出しは順調だった。売切れ店が続出し、「雑誌には珍しく増刷ということになったが、増刷分も売り切れた」（古山高麗雄「第二号編集後記」）。江藤にとっては嬉しい出版が続く。七月から『江藤淳著作集』全六巻がやはり講談社から出始めた。『アメリカと私』までの主要な仕事がまとまったのである。『著作集』には最後に詳しい「自筆年譜」が書き下ろされた。その最後の数行は独特な調子で終わっている。

「九月、米国より帰朝後健康を害しありし妻慶子に漸く回復の顕著なるものあり。これを喜ぶ。義母千恵子、小康を得。十一月、父急性心不全にて倒れるも二旬ののちに再起す。これを喜ぶ。十二月、漱石伝取材のため松山、熊本及び京都に旅す。『江藤淳著作集』第六回配本「政治・歴史・文学」を以て完結す」

家族の回復、小康、再起。祈るが如くに「これを喜ぶ」が繰り返される。文語体による簡潔な記載は、「喜び」を人工的に浮き立たせている。「漱石と鷗外」によれば、この年譜は松山空港の待合室で、二百字詰の原稿用紙に書かれたものだった。「私は、これからさき何年経ったら『漱石とその時代』ができあがるのだろうかと、重苦しい孤独な気持になっていた」。飛行機の次の行先は、「ドメスチック・ハッピネス」を夢見る漱石が、屈託を抱えた姿でいる熊本であった。

第三十七章　大江健三郎との「絶交」

伝統ある文芸誌「新潮」の昭和四十三年（一九六八）四月号に、格調高からぬ、衝撃的タイトルの文章が掲載された。

「江藤・大江絶交始末記」

十八頁にわたる力編で、筆者は文芸評論家の秋山駿であった。大江健三郎の三年ぶりの長編『万延元年のフットボール』の谷崎賞受賞直後に行なわれた江藤と大江の対談「現代をどう生きるか」は「群像」の昭和四十三年一月号に掲載された。三十四頁もある長丁場の対談は二人の対決、論争に終始したが、友好裡に終了した。この対談が場外乱闘を生んでいく。「三田文学」で始まったシリーズ「私の文学を語る」でまず江藤が、続いて大江が、「群像」の論争を蒸し返すことになった。その時のインタビュアーが秋山駿だった。秋山は江藤・大江論争の第三の当事者となった。秋山の質問がきっかけとなって二人とも語り始めた。その時点では、対談の載る「群像」一月号はまだ発売にもなっていない。本人を目の前にしての真っ向からの批判と、本人不在の場での批判とでは、同じ趣旨であっても意味することが違ってしまう。喧嘩するほど仲がいいともいえる二人の不思議な関係に、匿名実名入り交じったジャーナリズムの雑音が混入して、亀裂は深まる。秋山の「江藤・大江絶交始末記」の本文には「絶交」という言葉は出てこない。秋山は単行本収録に際し「幻影の時代」と改題している。刺激的なタイトルは「新潮」編集部がつけたものであった。二人の「絶交」は既成事実となっていく。

秋山は二人の著作の熱心な読者ではなかった。その秋山の目にも、「彼等二人は文学のスター」であり、「この十年来、文学的な長距離マラソンのレースを展開している」と映っていた。対談を後になってきちんと読んだ秋山はこれは論争でもないと思う。「一方は問い、他方は答えようとしたのだから」。この「現状は問うことに適している。答えることは辛いだろう。大江氏の才能をもってしても困難であろう」。

秋山のいう「幻影の時代」とは何か。江藤、大江、さらには参院選に自民党から立候補する石原慎太郎、かつての「若い日本の会」の「文学と政治との混淆から生じた」「何かわけのわからぬ意外な、奇妙な、異常なもの」が幻影を生む。「政治」という言葉が、「幻影のように横行する化物になってしまっている」。ベトナム戦争の泥沼化、七〇年安保を控えて、学生運動は過激化していた。江藤・大江対談の前日には、佐藤栄作首相のベトナム訪問を阻止すべく、羽田に三派全学連がデモをかけ、京大生の山崎博昭が死ぬというアクシデントがあった。絓《すが》秀実の一九六八年論『革命的な、あまりに革命的な』によると、この日は「ニューレフトが大衆的にヘルメットとゲバ棒スタイルで登場した最初」であり、「一〇・八羽田闘争は、潜在的に「万延元年」的騒擾《そうじょう》と見なされ」たのである。羽田事件は二人の対談ではホットな対立点となった。

朝日の「文芸時評」(昭42 12 25夕)で小島信夫は、小説作品をさしおいて、この対談に一番分量を割いている。それだけ注目の対談であった。小島は「大江氏の論拠の弱点」があらわれた箇所として、羽田事件の部分を挙げている。大江は山崎クンの死を知ったら、首相の佐藤はベトナム訪問をやめて引き返すべきだと主張する。江藤は学生に迎合する「センチメンタルな議論」だと反撥する。六〇年安保当時のお互いの言動を批判しあった後で、江藤は言った。「死者の権威を政治的に利用してはいけない。あなたの鷹四という人物を例にとってみましょうか。鷹四というのは非常に政治的にヒロイックな行動者たらんとしている。しかし鷹四をそうさせているモティヴェーションは何ですか。政治とは関係のない個人的記憶の不安じゃないか。そういうことのわかっているあなたが、政治問題についてそういうことを安易にいってはいけない」

『万延元年のフットボール』は、兄・根所蜜三郎と弟・根所鷹四が四国の森の中のふるさとへ帰り、再生を模索する小説である。語り手の「僕」である蜜三郎は大江自身を彷彿とさせる設定になっている。

鷹四は、幕末の一揆と六〇年安保闘争を交錯させて、「想像力の暴動」を企む。全編を覆うフレーズは谷川俊太郎の詩の一節「本当の事をいおうか」である。友人の自殺、近親相姦、妹の自殺、妻の姦通と極彩色の出来事が二人を取り囲んでいる。鷹四がアメリカで出会った蜜三郎の友人は、六〇年六月に国会議事堂前にいて、警棒で頭を割られ、躁鬱症となっていた。友人は「朱色の塗料で頭と顔をぬりつぶし、素裸で肛門に胡瓜をさしこみ、縊死《いし》した」。ゴダールの映画にでも出てきそうな死に方である。

江藤は対談でまず小説の登場人物の名前を問題にする。初期の作品にはこんな「グロテスクな名前」はついていなかった。蜜三郎とか鷹四とかといった「名前を認めるか認めないかがいわば読者に対する踏み絵になっているのです。認めなければなかにはいって行けない。しかし認めた人間は客観性の問題を棚上げにして大江さんの主観的な世界にコミットすることを強要されてしまう」。蜜三郎や鷹四ではなく、太郎や次郎ではいけないのか。小島信夫は「文芸時評」で、「大江氏をつくのに、この名前にこだわるのはうまい入り方ではなかったと思う。反論は可能でもなくはないからだ」と書いている。確かに思いがけぬ攻め口で、議論は嚙み合わない。

名前への違和感をそもそも問題にしたのは、江藤も語っているように、安岡章太郎だった。小島・安岡・大江の座談会「作家と想像力」（「文学」昭42・9）で、安岡は『万延元年』を認めた上で、名前のつけ方にひっかかったと喋った。「つまり君自身の想像力と、いわゆる日常われわれがふだん生きている場との結びつけ方だね。それは名前のことで言えば、名前というのは、僕はその主人公、名前つけられた当人をあらわしているのではなくて、名前をつけたやつの、つけた人間をあらわしているんだろうと思うのだな。（略）彼らの親父が出てこないで、それでそういう名前だけが存在している。そんなことはないだろうということだ」。安岡の実作者独得の観点に、大江は「反日常的な奇妙な名前」は、「小説の本体の外側に建築する足場のようなもの」と、「自己弁護的に思う」と素直に応じていた。

名前については、堀田善衞は書評で、「……弟の鷹四。／よい名である。この名が思いつかれたとき、この作の半分がたは出来たものであったろう」と評した。堀田の書評が載ったのは江藤が編集同人だった「季刊藝術」（昭42秋）である。「季刊藝術」には堀田、呉茂一、宮内豊の『万延元年』の長文書評が載った。編集者江藤は『万延元年』を問題作として最大限に遇しているのである。堀田の評価にも、江藤は一言いいたかったろう。江藤の名前批判の要点は以下に集約される。

「作者が読者と対等の関係を措定しないで、読者をまず服従させて走り出すという書き方。閉鎖的な作品世界の中に入ってくる、あるいは無理やりに入れてしまった読者だけとの関係を措定して書くという書きかたの客観性を問題にしているわけです。（略）この議論を敷衍させますと、それは社会性という問題に通じる。（略）社会というのは他人の集合でしょう。その社会を、あなたの創作方法はある閉鎖的操作で自分に味方する社会とそうでない社会に分けるんです。（略）じゃあ本当のことをいいましょうか、なぜ読者が「蜜」や「鷹」を理解しようと努めるのか。ぼくは「大江健三郎の社会性」といいましたが、まさに読者は、大江健三郎が書いている小説だから、これはいったい何だろうと思って読むんです。社会性のある実在はあなたのほうなんです、あなたの人物たちというよりも」

江藤は「絶交」以後は、文芸時評で読む羽目にならない限り、大江の小説を読むことはなかった。もし読んでいたら、後期大江の「閉鎖的操作」による「創作方法」にも、例によってずけずけと苦言を呈したことだろう。過去の自作を読んでいる読者を前提にして、「想像力」に頼って自作をセルフ・リメイクしていくような方法を大江は得意とするのだから。江藤の死後、その方法はさらにエスカレートしていくことになる。

江藤はスキャンダラスすれすれの批判の名手だった。この大江との対談でいうと、始まってすぐの強烈な言葉がそれに当たる。『万延元年』は「存在しなくてもいい」という御託宣だ。

「どうも深く自分にかかわるという感じがしない。空虚なのです。だからはっきりいえば、ぼくにとってはあれは存在しなくてもいいような作品です。小島信夫さんの「抱擁家族」はさしあたりぼくには必要な作品といえるでしょう。また夏目漱石のいくつかの作品は絶対存在しなければならない。しかし大江さんのこんどの作品はそういう感じをあたえない。なぜかというと世界の実在感というものがない。本当のものだという感じが稀薄なのです」

強烈な否定なのだが、比較の対象にしているのは、漱石であり、「抱擁家族」である。江藤にとってもっとも「必要」な作品が尺度になっているのがミソだ。「三田文学」のインタビューでも、「このままのかたちなら「万延元年」は存在しなくてもかまわないといった。われながらひどいことを言ったものだけれど、べつに反省はしていない」と秋山に述べている。ただここでも、漱石と「抱擁家族」と対比しての評価となっている。キャッチーなコピーで、にべもなく否定はしても、救済の余地を大きく残しているのだ。

江藤が『万延元年』を論じたのは大江との対談だけと思われているが、対談日と同時期に『万延元年』を論じた文章を書いている。「小説新潮」（昭42・12）の連載コラム「文壇クローズアップ」である。「谷崎賞の二作品」と題して、安部公房の戯曲『友達』と『万延元年』を論じ、二作とも「作者の心の歌は私の耳には届いて来ないのである」と受賞にケチをつけている。対談での発言と重なるところは多いが、文章の方が江藤の批評はより明確である。

「私にはどうも作者がいずれの場合にも「本当のこと」に対する姿勢を決めかねているように思われてな

らない。鷹四と白痴の妹の相姦の記憶というような設定は模様のようなもので、いわばにせの「本当のこと」にすぎない。蜜三郎が自分には「本当のこと」はないと悟るのも、実はこのにせの「本当のこと」の裏返しであって、問題の自覚ではなく回避にほかならない。したがって作者の力量は小説の構成とデザインにあげて傾注され、七百枚はむしろ「本当のこと」に直面しようとした作者が、ついにその課題を果せずに苦闘して分泌した体液の跡とでもいった印象をあたえざるを得ない。（略）それなら氏が直面しなければならなかった「本当のこと」とはなにか。それは人間をそれにもかかわらず生かすものはなにか、ということである。そしてそういう人間が、ひとと ともに生きるとはどういうことか、ということである。ひとつは「永遠」に関する問題であり、他は「社会」に関する問題である。

氏は実は小説のなかで一度だけこの「本当のこと」に触れかけている。それは菜採子〔蜜三郎の妻〕が蜜三郎に、「私たちが蜜のいうとおりに、とりかえしがつかないと認める時が来たら、私たちはお互いにもっと優しくなるかも知れないわ」という一節である。ここにおそらく「本当のこと」にうがち入る鍵があり、その重要性にくらべれば万延元年の一揆と敗戦当時の朝鮮人襲撃、それに安保騒動の記憶などという時事的・政治的モチーフは現代の好尚に投じるデザインとしての意味を有するにすぎない。作者がこの鍵を「自己回避」し、主人公の話題を転じさせているのは、それがいうまでもなく「個人的」な問題だからである。／「万延元年」で脆弱なのはこの「個人」の機軸である。（略）読者はこの小説のなかで執拗に反復されているのが、主人公の罪悪感と怯えであることを、それが共同体から離脱した者、あるいは離脱させられようとしているものの罪悪感と恐怖であることを、その濃密さにはもちろん作家その人の感情が投影されていることを思うべきであろう。この共同体が地上に在るものであるかぎり、この感情には「永遠」は訪れない。そして共同体が同化し、排斥するものとしてしかとらえられていないかぎり、そこからは人とともに生きるという課題は生れない。それが「万延元年のフットボール」と、デザイン上はそれと酷似する部分を有するウィリアム・フォークナーの小説とのちがいである。フォークナーの小説に「社会」があるかどうかについては疑問の余地もあろう。しかしそこに「永遠」の影は投じられている。その影を受けて、彼は「人の心を高めるために」書いたのである」(傍点は江藤)

「小説新潮」の原稿では、名前のことは出てこない。江藤の『万延元年』論の主眼は以上の引用部分にあった。対談でもフォークナーや妻の言葉は引用されていた。ここでフォークナーを出しているのは、『万延元年』を書く際の大江がフォークナーの全作品を英語で読んでいたことを江藤が知っているからである。お互いの手の内を知り尽くした上で、二人はやり合っていたと見るべきだ。「人の心を高めるために」書いたという言葉はフォークナーのノーベル文学賞受賞演説に出てくるフレーズである。結核療養中の日比谷高校生を「リフトアップ」させた、江藤にとって重い言葉である。江藤には大江との対談とほぼ同じ時期に書いたフォークナー論がある。『フォークナー全集9巻』(昭43・2)の解説として書かれたものだ。その中にもノーベル賞演説は引用されている。須山静夫の新訳で『八月の光』を読んで、江藤は「耐える」というフォークナーの思想に気づく。いままで自分もフォークナーをつまみ食いしかしていなかった。フォークナーの「耐える」という行為は、「終末のあとにのこされたものに可能な唯一の人間らしい行為、崩壊した世界像の日没に輝く美徳である」と書き、フォークナーは「「過去は現存する」という時間のとらえ方をする作家である」と書いた。大江のフォークナー像への異議申し立てであろう。

江藤が引用した妻・菜採子の言葉は、『万延元年』の中盤に出てくる。障害児を生み、アルコール中毒になった妻に対し、夫は「痛ましい荒廃」と「憐憫」と「じめじめした怒り」を感じている。その時に妻が発する言葉である。夫は「「鷹たちのフットボールの練習を見に行ったらどうだい?」と僕は自己嫌悪と共に回避策を講じた」と応じている。『万延元年』を読むと、妻はこの言葉を発する少し前に、漱石全集を読んで夫に話しかけている。「修善寺で胃潰瘍に苦しんでいる漱石の日記に、いくつか英語の単語とフレーズが出てくるのを知っている？　それがみな最近の蜜にふさわしい言葉のように感じられるわ。たとえばlanguid stillness, weak state, painless, passivity, goodness, peace, calmness（略）すくなくとも私の眼にはそのように見えるわ、蜜。私たちが結婚して以来この数箇月ほどにも、蜜が穏やかな人間だったことはないもの」

　漱石が書き連ねた英単語が何を意味していたかはわかりにくい。出典は明治四十三年（一九一〇）九月八日の日記である。大量の吐血で、三十分の「死」を経験し、そこからやっと回復して、約三週間ぶりに日記を再開した当日の記述である。江藤は『夏目漱石』で修善寺の大患に一章を割いていた。「作家になることによって自らを救い得ると信じた漱石」は、「社会的名声や影響力」を持つ「成功者」となったが、その「低音部」には「自己抹殺への欲求」があり、病気は「低音部の全合奏」を許した。大学生の江藤が摑んだ病床の漱石像である。東大在学中に芥川賞をとり、そのままスター作家となった大江の「苦闘」とさらには再生への契機を、江藤は妻・菜採子の言葉から受け取っていた。

『万延元年』のこの妻の言葉について、対談でのやりとりを少しだけ引いておく。

大江「たとえば蜜三郎という人間にとってその妻は他者でありませんか」

江藤「奥さんはもちろん他者です。（略）蜜三郎にとって回避できない他者であるところの細君との関係。そこに本当の主題が隠されている。しかし発展させられてないのだ。（略）要するに二人が絶望し切ればお互いにもっとやさしくなれるのにねという部分、これは非常に大事な契機でしょう。そこに歌が隠されていないはずはない。そのあとをたどって読んでゆく、そういう読み方をぼくはした」

大江「それは江藤さんがこの部分についてはきっと何かいうだろうとは思っていたですけどもね。それは江藤さんのテーマでもあるから」

江藤「もちろんそうです」

「他者」としての妻、をめぐって二人はやりとりしている。大江の口ぶりからは江藤家の事情をある程度知っているというニュアンスが感じとれる。江藤にとっては、自らの切実なテーマが『万延元年』で展開されなかったことを惜しんでいる。フォークナーがそうであったように、『万延元年』で「リフトアップ」されたかったのだ。『万延元年』の第二章は「一族再会」である。主人公の「根所」という姓は小説の中では琉球語の「ネンドコルー」だという説も紹介されているが、それよりは小説の中では英語表記でそのまま出てくる「identity」に出典を仰ぐ方が自然である。「identity」は江藤の『アメリカと私』『成熟と喪失』のキーワードである。二人の文学者は多様な関心を共有していたのである。その方向や判断は正反対になることがあったとしても。

第三の当事者だった秋山駿に宛てた江藤の手紙が残っている（神奈川近代文学館所蔵）。昭和四十三年四月四日付の手紙は便箋六枚もあるが、冒頭から「『三田文学』の大江君の発言については、私も夙《つと》に「異常さ」を感じておりましたが、あとから書き加えられたものとうかがい、なるほどと思いました」と出てくる。「絶交」とのかかわりを想像させる内容である。

「大江君はあの発言（というよりは加筆）を行ったとき、私の父が心筋コウソクで倒れた直後だということを知っていたはずです。わざわざ電話をかけて来て、しきりに私の近況をたずねていたからです。電話といえば、彼の加筆した話題は、「万延元年」を書いているとき電話で助言を求められ、肉親というものがいかに重苦しいものかという例として私があげたことがらにもとづいています。実際にはあれは歪曲されていて、いくらなんでも父は佐藤春夫に抗議したりするほど血迷ってはいませんでしたが、大江君が私が彼の私事を絶対に公開するような人間ではないことを知った上で、そのことによりかかってああいう失敬なことをしたのは赦せないと思っています。幸いジャーナリズムにいくらかの良識があり、あの加筆を活字にしてまで面白がるということがなかったのでよかったのですが、父があれを眼にとめたらかならず健康を悪化させたにちがいありません。恐しい話です。昔は大江君ももっと謙遜な人だったのに、と思うと暗い気持になります。神経が異常になっているとすれば大変気の毒なことです。（略）異常な才能よりは正常な感覚を、というお言葉は共感をそそるものです。私が漱石を好むのも、漱石が内なる異常さに苦しみつつ生活においても表現においてもつねに正常を求めつづけた人のような気がするからです」

江藤の父の病気とは「自筆年譜」の昭和四十二年の項にある。前章で紹介したが、もう一度引く。「十一月、父急性心不全にて倒れるも二旬ののちに再起す。これを喜ぶ」。秋山が江藤に報告した「三田文学」インタビューの大江加筆部分も以下に引用する。大江のインタビューは冒頭の三頁がまず江藤への反駁に費やされている。その中に江藤の父の仰天の言動が出てくる。

「江藤さんがいったことですが、かれが「小林秀雄」で読売文学賞に落ちた時、かれの銀行員の父親が、選考委員の佐藤春夫に電話で抗議したそうです。そういうことを僕などにもいう江藤さんは、卒直なんだと思いますね」

江藤の証言が事実だとすれば、大江の奔放な「想像力」が、原稿用紙から越境して、小説の外でも発揮されたエピソードである。大江の生来の資質に由来する改稿、加筆による推敲の「成果」である。江藤の父にとっては迷惑この上ない「想像力」だ。江藤の父のエピソードは、「三田文学」の連続インタビューが『対談・私の文学』として単行本になった時には削除されている。江藤からの抗議があったのか。単行本では、江藤に関する部分は半分以上が削除されてしまっている。「「秋山と江藤の」対談を拝見して、深く嫌悪感をもちました」「僕は江藤さんにどういうふうに批判されても、それを自分の人格が否定されたようには感じなかった」「僕のように貧しい地方人を、あのまったくプチ・ブルジョワ的な都会人の江藤さんが否定することは、それはあたりまえのことです」「江藤さんとの対談はもうごめんこうむるつもりです」「お互いに必要でない作家・批評家として、遠方で静観しようと思っています」等々。江藤以外のところでも、「安岡章太郎という本当の小説読みとして信頼にたる人の批評でいえば」とか、石原慎太郎について「あの人は会ってとにかく楽しい人です」とかも削除されているので、江藤からの抗議ではないかもしれないのだが。江藤が昭和五十四年（一九七九）に書いた「文反古《ふみほご》と分別ざかり」（「文學界」昭54・7）という文章で、書庫に残っている大江からの来信で一番新しいものは昭和四十三年四月十七日付けの葉書であると仄めかしている。秋山駿宛て書簡の二週間後である。この時期に「絶交」が成立したと思われる。

文学の「産業化」と「政治化」

江藤と大江の蜜月時代が形になって残っているのは、昭和四十年（一九六五）十一月に講談社から刊行された『われらの文学』全二十二巻である。大江と江藤の二人が二枚看板で「完全責任編集」した文学全集である。収録作家は野間宏から柴田翔まで三十人、うち女流は三人（有吉佐和子、曽野綾子、倉橋由美子）、評論家は江藤と吉本隆明だけだ。「〝戦後知性〟が生んだ衝撃の文学全集！」「文学で描く生きた戦後精神史」「国際的評価に耐える、新しい日本文学のみごとな結実」といった広告コピーが時代の風を伝えている。第一回配本は大江の巻で、江藤の解説、第十三回配本の江藤・吉本の巻は大江の解説という趣向である。大江の巻の巻末書下ろしエッセイ「私の文学」で、大江が名前を出して言及した現役の文学者は川端康成と江藤だけである。「ぼく」は江藤とは文学界でのキャリアをほぼ同時にスタートさせた。『飼育』から『芽むしり仔撃ち』までの半年間、江藤は「最良の援軍」であり、以後はずっと「最悪の敵軍」となった。それでも「ぼくは江藤淳という活字を見出すたびに、つねに刺激をうける。今後もそれはなおつづくだろう。結局、それは絶対に、ぼくの不運ではない」。

エールの交換はすぐに行なわれた。江藤は「私の好敵手」（「エコノミスト」昭41・1・4）として大江を選んだのである。「大江は、批評家が作家のそばについて、いつもバタバタうちわであおぐように、ほめそやしていてくれることを求めているわけでもあるまい。（略）この一点に信頼が持てるので、大江健三郎は私にとって単なる「敵」ではなく、「好敵手」ということになるのである」。大江がアメリカ旅行に出発する前、江藤は自身のホームグラウンドである柳橋「亀清楼」で送別会をやったことをそのエッセイで書いた。「そばにいた婆さん芸者に「あの先生、いくつに見える？」と訊くと、彼女は「若先生？　若先生は二十三か四でしょ」といった。「それじゃおれはどうだい」といったら、「先生は四十すぎてますよ。決ってるじゃありませんか」とのたもうた。／だが、本当は大江は三十歳で私は三十二である。大江が若くて私がくたびれているのは、もちろん批評が労多く益少い仕事だからである。そういえば夜店で引いたおみくじには、大江は「社交的で人に好かれ出世する」とあり、私のは「馬鹿正直で筋を通すので人に憎まれる」とあった」。このおみくじの文言はどうにも江藤の創作くさいが、予言は見事に当ったといえる。大江は三十年後に国際的な「出世」を果たすのだから。

『われらの文学』の完結と『万延元年』の刊行はほぼ一緒だった。『大江健三郎全作品』全六巻がこの昭和四十二年（一九六七）二月に完結し、七月からは『江藤淳著作集』全六巻の刊行も始まった。二人は若くして一家をなし、セット売りの時代は終わりかけていた。別れは近づいていたのかもしれない。江藤の当時の現状認識は『文芸年鑑１９６８』（昭43・6）に書いた「文学――一九六七年の概観」が簡にして要を得ている。江藤が指摘するのは、文壇が「企業化しつつある出版産業と政治化しつつあるジャーナリズムの影響」を蒙っていた点である。出版界は高成長産業となり、「大手各社のボーナスが、高額のものとして新聞紙上に喧伝された」。全集販売合戦は峠を越したが、「資力と伝統に支えられた大手」は従来の中小企業的風土から離陸しはじめた。「商品の提供者としての作家、及び商品の解説者としての批評家は、ここに従来とは一変してすでに企業化され、しかも膨張しつつある出版界の需要に応ずるという新事態に直面させられた」。作家や批評家がやっている手仕事は変わっていないが、「文学的営為はいながらにして高度成長下、あるいは過熱的成長下の出版界のペースにまきこまれ」た。純文学作品であっても多数の読者を獲得する現象も目立った。有吉佐和子『華岡青洲の妻』（女流文学賞）五十万部、大江『万延元年』（谷崎賞）十五万部、安部公房『燃えつきた地図』十万部などである。一方、国内の政治的対立感情は激化し、ジャーナリズムは党派化し、センセーショナル化した。「この風潮が文学者の政治的発言をうながした」。三島・安部の文革批判声明書、べ平連の反米反戦運動、保守派では今東光と石原慎太郎の参院選出馬表明があり、「文学者という私的な立場から政治家という公的な役割に転進しようとする」作家が現われた。

「つまり純文学は、商業的成立と政治的影響力という「希望」を実現し得る状態となったが、その一方では「意図を主張する」という一見主体的・積極的な態度を誇示することによって、かえって商業と政治の客体になって行くという「危険」に足を踏み入れかけているのである。文学が「衰え」るかどうかは速断を避けたいが、少くとも現状は混乱を露呈しているものと思われる」

江藤が診断する文学の「産業化」と「政治化」が最も典型的に集約されていたのが、大江の『万延元年』であった。江藤の「好敵手」大江に対する挑発の背景には、文学あるいは文壇全体に対する挑発が潜んでいたのではないだろうか。

昭和四十三年の文壇的事件をあと二つ追加しておきたい。まず、七月の参院選で自民党公認の石原慎太郎と今東光の二人が当選した。石原が参院選全国区で獲得した票数は三百万を超えた。途方もない数字である。二位となったタレントの青島幸男は百二十万票だった。だから三百万という数字と文学が如何なる関係にあったのかは判断がむずかしい。江藤は「季刊藝術」（昭43秋）で石原と対談して、「君も大江君も三島さんも」と三人を並べ、作品そのものが作家の存在の完全な表現になっていない、「作品をわきにおいて、自分を売っている部分が多い」と警告を発している。それから三ヶ月後、ビッグニュースが日本に舞い込んだ。川端康成のノーベル文学賞受賞である。日本人では初、アジアではインドの詩人タゴール以来二人目であった。江藤は川端追悼文で、お通夜の晩にたまたま見た川端の住まいにショックを受けたことを書いている。「その正面の壁には、スーヴェニア・ショップに売っているような版画らしいものがかけてあって〈WELCOME〉という文字が浮き上がってみえた。私は傷々しさに耐えかねて思わず眼を伏せた。この〈WELCOME〉のサインほど、大衆社会状況下の文学をよく象徴するものはない。それが国際的な基準に露出されて、大衆社会の大衆の残酷な期待を吸収させられたとき、たしかにひとつの悲劇が生じたのである」（「川端康成の源流」「文學界」昭47・6）

　昭和四十三年という年は江藤にとっては、アメリカを再訪した年でもあった。「中央公論」から特派されて、十一月のアメリカ大統領選を取材したのである。共和党のニクソンが勝った選挙である。アメリカに於ける日本経済の存在感は四年前とは大きく変わっていることを江藤は実感した。この年には大江も二度目の訪米を果たす。日米間の距離は縮まっていた。大江は江藤よりも半年早い五月にニューヨークに行った。『個人的な体験』英語版の宣伝プロモーションである。同行した訳者のジョン・ネイスンは回想録『ニッポン放浪記』（前沢浩子訳）で、「戦後の文壇が全盛期を迎えていたのは一九六〇年代だった。互いの真剣さや意義を認め合い、作家という職業につきものの本質的な孤独を理解しているからこそ、彼らはともに飲み語らった」と書いている。ネイスンが大江に初めて会ったのは昭和三十九年の三島家のクリスマスパーティだった。ネイスンは『午後の曳航』を訳し、続いて『絹と明察』も訳す予定だった。「三島がノーベル賞獲得に向けて私の助力が必要だと言っていた頃、私はちょうど大江の『死者の奢り』を訳していた」。ネイスンは『絹と明察』の翻訳を断り、『個人的な体験』を選んだ。三島とネイスンの関係はここで終わった。三島も大江も安部もノーベル賞を射程圏内にとらえている作家だった。ネイスンと大江の友情は四十年続き、関係は唐突に打ち切られた。親しい編集者がネイスンを慰めてくれた。「よく起きることですよ。大江先生には絶交癖があるんです」。

江藤と大江の関係が「絶交」の後も細々と続いていたことは確認できる。『漱石とその時代』の書下ろしが出版される時、二人は新潮社のＰＲ誌「波」（昭45・7）で対談している。大江は簡単には漱石伝を褒めない。強いて探すと、英詩の分析は「あなたの独壇場」と述べたところと、「ぼくが、この本でいささかも留保条件なしに賛成なのは、どこかというと、天皇制に対する幻想が全然ないということですね」という発言くらいだろうか。

大塚英子は銀座のバー「ゴードン」で二人がかち合う現場にいたことがある（『夜の文壇博物誌』）。大江が先にいて、江藤が後から入ってきた。編集者が大江に「帰りましょう」と促しても、大江は悠然と構えて、寿司を注文した。二人の間に挨拶はなかった。二人はいつも通りに店で楽しい時間を過ごし、引揚げていった。当人よりも周りが気を揉んでいる様子がよくわかる。

活字に残す公式の場での久しぶりの対面は、「新潮」創刊千号記念の座談会「文学の不易流行」だった。石原、江藤、大江、開高健が三十年ぶりに集まった（「新潮」昭63・5）。みんなで石原運輸大臣を冷やかす同窓会といった雰囲気だが、その中に印象的なシーンがある。

開高「大江君の場合は本妻も文学、情婦も文学」

大江「他に何もないとすれば、僕は、人生を誤ったね。だけど、それを今から言ってもしようがないからね」

江藤「誤った、誤った。それは、俺ははっきりそう言うよ。誤ったよ、きみは」

石原「あっははは。手厳しい」

大江「しかし、それはその通りだよ。ただな、本妻は文学、情婦も文学で生きてきてもね、三十年間、小説やっているとね、何か積み重なっているものがあるね、それを人生と呼ぶね、僕は」
江藤「それはそうだな。（略）それは感動的な言葉だな」

座談会の一年半後、平成元年（一九八九）に開高が死んだ。五十八歳だった。その五年後、大江がノーベル文学賞を受賞した。川端康成以来である。江藤のコメントは日経新聞にだけ出た。他社は二人が犬猿の仲なので遠慮したが、日経は文化部の浦田憲治の提案で、江藤に連絡をとった。江藤は日本文藝家協会理事長として「慶賀にたえません」と述べ、一文芸評論家としては、「三十年近く、ほとんど大江さんの作品をよく読んでおりませんので、批評家としての意見は後日ゆっくり拝見した上で申し述べます」とコメントした。「私的な感情よりも、まず公的な立場を重視する、いかにも江藤らしい立派な態度だった」（浦田『未完の平成文学史』）。

江藤の「批評家としての意見は後日」とは、単なるその場のリップサービスではなかった。この頃、江藤は大江論を書く気持ちを持っていたのである。「文藝」編集長の高木有は江藤と大江との対談を企画したことがある。江藤は「文藝」で中上健次、吉本隆明などと連続対談をした（『文学の現在』）。その延長線上の企画だった。江藤の了解の上で、高木が依頼の手紙を書いた。テーマは「昭和」である。昭和天皇崩御があり、江藤は『昭和の文人』を出していた。大江からは鄭重な断りの葉書が来た。高木が江藤にその葉書を見せると、江藤は「それなら大江論を書きますよ」と言ったのだ。高木が平成四年（一九九二）に「文藝」編集長からはずれたため、大江論は実現しなかった。ノーベル賞は平成六年である。もしも大江論が書かれていたら、それは『昭和の文人』に続く昭和論となっていたのではないか。

江藤死後十年目の『水死』

平成十一年の江藤の死に、大江は追悼文を書いていない。死から二ヶ月以上がたち、読売新聞の連載エッセイ「人生の細部」（平11 10 4）で、「いま日本人一般に、センチメンタリズムへの見境のない寛大さがあるようだ」として、江藤の死を取り上げただけだ。

「江藤淳さんの死自体については、私のいうことはないのですが、最後まで影響力のある批評家だと自負していたかれの、公開を意図して書かれた遺書には、正直疑問がありました。

脳梗塞を患った後の「江藤淳は形骸に過ぎず」として、それを始末すると書き残すことは、ヒロイックでこそあれ、現に脳梗塞を乗り越えてリハビリテーションに励む人たちに無礼じゃないでしょうか？

さらに、過去の自分を絶対化して、現在の窮境を受容しないことは、リハビリテーションの医学において、リアルな生の態度でなく、センチメンタルな甘えとみなされるものではないでしょうか？

ＮＨＫで放映された、江藤淳夫妻の愛にみちた闘病生活を描いた『妻と私』、そしてさきの遺書と生の最後の選び方をあつかった番組を、私も姿勢を正して見ました。そのなかばとしめくくりに、作家高井有一氏が、とくに文章の美しさを心をこめて評価されてもいました。（略）

江藤淳さんの葬儀で石原さんが読んだ弔辞も、美しい、という言葉を力点にしているものでした。私は石原さんがウソを隠す表現として、美しいという言葉にたよったとはいいません。かれらの永年の友情を思えば、それをセンチメンタリズムだとする気持ちもありません。高井氏のコメントともども、それは『妻と私』のベストセラー化によって、国民的な共感に裏打ちされているのでもあります」

江藤に関わる部分はこれがすべてである。大江の追悼の気持ちは読めない。江藤の死の報道を読み、「姿勢を正して」テレビを見、雑誌の追悼文にも目を通しと、関心の持続だけはわかる。江藤らが批判したように、大江という人はエッセイでは建て前を述べ、作品でこそ「本当のこと」を書く、根っからの作家である。むしろ小説の中で江藤を描いているのではないか。すぐに思い当たるのは、「迂藤淳」なる登場人物である。「若い日本の会」の生き残りが結成する「老いたるニホンの会」が出てくる『憂い顔の童子』（平14）では、「芦原さんはあいかわらず出ずっぱりだが、並走していた迂藤さんは奥さんの後追い心中だものね」と、わかりやすく絵解きされている。これでは「読売新聞」のエッセイよりも軽い扱いである。

さらに探っていくと、『水死』（平21）に行き当たる。戦争中の昭和十九年（一九四四）、大江がまだ九歳だった時に亡くなった父親のことを何度目かに書こうとする小説である。筋を辿っている余裕はないので、江藤に関わっていそうな部分を取り出して検証する。『水死』で大きな役割を果たしているのは漱石の「こころ」である。作家の長江古義人《ちょうこうこぎと》（大江）と知り合った松山の劇団女優ウナイコは「こころ」の朗読劇を企画中である。劇団主宰者のマサオは漱石全集を開いて、明治天皇崩御と「先生」の殉死について話す。ここでの会話は大江のエッセイ「〝記憶して下さい。私はこんな風にして生きて来たのです〟」（「図書」昭41・1）の変奏である。「こころ」からの引用をタイトルにしたこのエッセイは、大江が初のアメリカ滞在で、「たびたび漱石について考えることがあった」と始まっている。江藤による柳橋での送別会後に出発した旅だ。大江は江藤がハーバード大学で行なった講演をアメリカ人の日本文学研究家から教えられ、興味を持つ。「それは《こゝろ》についての江藤の考え方に、僕がそれに反対というのではないが、僕は僕で、すこし異った感じ方でうけとってきたところのことが、あつかわれているからであった」。大江は帰国して、江藤が講演を日本語に書き直した論文「明治の一知識人」を読んだ。江藤は「先生」の死を自己処罰とみなしている。大江は考える。「先生」は明治という時代の片隅に生きてきたが、「明治」という船が沈む時に「他の船に乗りうつる必要をみとめないで死を選んだ」乗組員だったのではないか。大江の「こころ」への関心の火つけ役は江藤だったのだ。

劇団主宰者のマサオは大江の内心の自己批判を人格化したような存在である。マサオは、古義人は新憲法と戦後民主主義を擁護する教条主義者とは別の「もっと深くて暗いニッポン人感覚に向けてはみ出してるところがある」と感じていた。古義人が父のことを書く「水死小説」は、さらにはみ出す予感がする、と。それは古義人の父（長江先生という右翼的存在）を「甦れたヒーローとして書きたいもうひとつの昭和史」（傍点は大江）なのではないか。

古義人の父（長江先生）の弟子だった「大黄さん」が途中から小説に現われる。この人物は中国育ちの片腕の老人で、すでに『取り替え子《チェンジリング》』（平12）に登場し、そこで死んだとされる人物なのだが、なぜか復活してくる。大黄さんは「こころ」の芝居を見て、古義人に向って言う。「わしはね、長江先生が生きておられた、戦争の終り近くを思い出しました。それもね、古義人さん、あなたのことを思ったんです。軍国主義教育のもとの古義人少年にとって、「時代の精神」は、漱石や乃木大将の「明治の精神」が比較にならないほどに、「神としての天皇、現人神の精神」だったのやないですか？／古義人さんは十五年前、自分は戦後民主主義者で、天皇様のご褒美は受けられないといわれたことから、わしの錬成道場の若い者らの、不倶戴天の敵となりました。（略）しかしわしはね、長江古義人には「時代の精神」として「昭和の精神」が二つあるという考えです。古義人さんが生きた昭和時代の前半、つまり一九四五年までの「昭和の精神」は、それ以後の民主主義の「昭和の精神」がそうであるように、やはりあなたにとって真実やったのやと思います」。

大黄さんの語り口はソフトで、詰問調に感じさせないが、この主題は江藤の『昭和の文人』そのものである。「昭和の文人」とは、福沢諭吉（『文明論之概略』）が明治の知識人に見出した「一身にして二生を経るが如」き存在なのではないか。「もとより戦前の二十年間と戦後の四十年間は、敗戦によって真ッ二つに区切られてはいる。しかし、それにもかかわらず、それは依然として昭和であり、昭和以外のなにものでもない」。そう書いて、江藤が平野謙、中野重治、堀辰雄とそれぞれの父との関係を検証していったのが『昭和の文人』である。大黄さんの問いかけは、古義人（大江）よ、「水死小説」によって江藤の『昭和の文人』へ応答せよという性質のものだったのではないだろうか。

大黄さんは『取り替え子』では昭和二十七年（一九五二）四月二十八日夜、つまり日本が独立を回復した時に米軍基地を襲撃する計画を立てていた。「その時には進駐軍の検閲はもうのうなっておるわけや！」。「わし」らが玉砕しても、情報は伝わる。「日本人から失われた国家思想をよみがえらせよ」。大黄さんの失敗した蹶起とは、江藤の名付けた「閉された言語空間」への反逆のテロであろう。

『水死』の最後の章は「殉死」と題されている。『水死』の大黄さんは元高級官僚を撃ち殺した後、尊敬する長江先生のように、森の大水へと向かっていく。『水死』のラストは大黄さんの戦前の「昭和の精神」への「殉死」である。

「大黄さんは歩き続け、夜明け近くには追跡の警官隊に追いつかれる心配のない場所に到っていただろう。それからは樹木のもっとも濃い葉叢のたたえている雨水に顔を突っ込んで、立ったまま水死するだけだ」

「水死」する大黄さんの姿には、新聞記事に書かれた江藤の最期がかぶさる。江藤の死の翌日、読売新聞は夕刊一面トップで、尾崎真理子記者による江藤の「評伝」を掲載した。その記事の隣に小さな社会部ダネがある。

「同署〔神奈川県警〕によると、二十一日午後八時過ぎに発見された際は、水のはった浴槽の中にうつ伏せに倒れており、左手首には刃物で切った傷跡があり、水死と分かった」

『水死』は江藤の死後十年目の作品である。江藤は大江の手によって、「好敵手」として甦えったのではないか。

第三十八章　「儒教的老荘」吉本隆明vs.「老荘的儒教」江藤淳

江藤淳が文芸評論家ではなく、保守的な言論人として思い出される時、必ず言及されるのが「「ごっこ」の世界が終ったとき」である。この論考は文藝春秋のオピニオン雑誌「諸君！」昭和四十五年（一九七〇）一月号に発表された。一九七〇年代の始まりを告げる文章である。七〇年安保を前に盛り上がった学生運動は「革命ごっこ」であり、三島由紀夫率いる楯の会は「自主防衛ごっこ」のさらなる「ごっこ」に過ぎない。「軍事占領以来、戦後日本の社会は公的な価値を米国の手にあずけて肥大しつづけ」たが、占領の延長である「戦後」は少しずつ崩壊している。日米経済摩擦を起こすまでになった経済分野では、「真の経験が可能になりつつあ」る。日米安保条約を「即時廃棄」できるはずはないが、「発展的解消」という「同盟関係」と「真の自主独立」が七〇年代後半には訪れるかもしれない。「ごっこ」が終われば、「生存の維持と自己同一性《アイデンティティ》の回復」がともに「充足」される――。今となっては江藤の希望的観測だったことが明らかとなった「戦後」の終りである。

江藤の考察は、現実主義的な評論家の一員のようでありながら、微妙なズレを内包している。「ごっこ」というありふれたイメージで戦後日本を象徴させる方法といい、「自己同一性《アイデンティティ》」という観点が、「生存」という基本的要請と同じ比重で国家の針路を定める点といい、文芸批評という側面をもっている。ソフトな語り口ではあるものの、独特の陰影がある「文士」の政談であった。

時の佐藤栄作首相は、若手の学者、評論家をブレーンとして迎えた。高坂正堯、山崎正和、永井陽之助、江藤などである。人選にあたったのは産経新聞政治部次長から総理首席秘書官となった楠田實である。『佐藤栄作日記』には時々、江藤の名が出てくる。石原慎太郎議員と三人で夕食を共にして「駄弁《だべ》」ったり（昭44 3 23）、江藤と「三島事件を話合う」日もあった（昭45 12 2）。その日は『漱石とその時代』についても語っている。佐藤が江藤の本を読んで過ごした休日もある。「江藤淳君の「夜の紅茶」。随筆集は面白い。又それよりは堅いが「アメリカ再訪」亦面白い」（昭47 5 5）。口の重い佐藤「栄ちゃん」は、江藤を聞き手にしたテレビ出演を好んだ。江藤は何度もお相手をつとめている（昭44 4 7、同8 7、昭45 4 22）。視聴者の目には、江藤の怜悧な顔は若手の御用文化人として映っていたことだろう。

本業の文芸評論家としては、「文芸時評」が再開された。昭和四十五年新年号分から、舞台は毎日新聞で、以後九年間続く。この年は、「内向の世代」と呼ばれることになる作家たちの活躍が目立った。江藤、大江と同世代の、遅れてきた作家たちである。江藤は彼らを「敗戦の生んだ文学」と捉え、「万一歴史のコースがちがっていれば、この人々は軍人、官吏、植民地の支配層その他になっていたかも知れない」（昭45 8 26夕）と思う。これは阿部昭、坂上弘、後藤明生のそれぞれの父親の職業からの見立てである。父が海軍大佐だった阿部の「司令の休暇」には、「眼頭が熱くなるのを禁じ得なかった」と書いた。

「いわば阿部氏は、日本人がいまだに一番見たくないものを、敢然とその鼻先につきつけようとしている。それはわれわれのみすぼらしいネガティヴ・アイデンティティであり、〝解放〟によって〝獲得された〟戦後の裏にひそむものである。（略）軍人だけが敗れ、剝奪されたのではない。われわれ日本人はすべて敗れ、なにものかを奪われた。それにもかかわらずわれわれは、いや戦後日本の国家すら、おそらくは占領政策の〝指導〟のもとで軍人に一切をおっかぶせ、自分たちもまた敗れ、奪われたことを忘れようとした。これは虚偽であり、自己欺瞞である。阿部氏はこの作品でそうであることの認識を求め、老司令の復権を要求しているのである」（昭45 11 27夕）

エッセイ「戦後と私」や「ごっこ」論考と軌を一にする小説の出現に江藤は立ち会っている。阿部は湘南高校で江藤の一学年下であり、東大仏文科の卒業面接を並んで受けたのが芥川賞をとった東大生作家の大江だった。内向の世代最年少の古井由吉は日比谷高校で江藤の三年後輩にあたる。わずか七歳で敗戦の日を迎えた古井の作品に、「作者の内にひそむ戦争の記憶が息づいている」のを江藤は見逃さなかった。「「空襲で」一緒に死ぬ」のがいやだと思った世代。あるいは「空腹の哀しみ」にかられて「浮浪児」のようにものを貪り喰う世代」（昭45・4・28夕）が彼らだった。

古井が「杳子《ようこ》」で芥川賞を受賞するのは翌四十六年（一九七一）一月だが、その前回四十五年七月には、「季刊藝術」編集長の古山高麗雄が「プレオー8《ユイット》の夜明け」で芥川賞を受賞した。古山に小説を書くことを勧めたのは江藤だった。万博の予備取材で関西に出張した帰りの新幹線で、江藤は古山を挑発し、口説いた。「同世代の作家の近業について語り合っているうちに、私は卒然としてこの人に小説を書かせない法はない」と思ったと「季刊藝術」終刊号（昭54夏）の同人座談会で回想している。安岡章太郎の小説に出てくる浪人生仲間「藤井高麗彦」の遅れてきた作家デビューだった。江藤は「プレオー8の夜明け」を「文芸時評」で取り上げた時、「私の知るかぎり兵隊が、いや人間がこれほど低い視点からとらえられたのは稀であり」、「兵隊の苦労をした作家は何人もいるが、苦労がここにいたった作家はおそらく古山氏以外にはないであろう」（昭45・3・28夕）と力量を評価し、敗戦後に叢生《そうせい》した戦争文学と一線を引いている。

この年の最大のイベントは、五千万人の入場者を集めた大阪万博だった。「季刊藝術」（昭45春）は江藤のルポ「五色の文字と蝶の翅」をはじめ、六本の記事で特集「万博とは何か？」を組んだ。遠山一行は終刊号座談会で「万博を機にして日本が一種の反省の時期に入ってきた」と述べ、江藤は賛成している。江藤の万博ルポは祭りへの醒めた視線で一貫している。岡本太郎の太陽の塔に「共同体感覚の欠如」を見、丹下健三のお祭り広場の屋根の雨もりを描写する。各企業が金を出し、前衛建築家の「若先生」たちが自己顕示を競った企業館の俗悪さを嫌悪して言う。「エコノミック・アニマルどころじゃないね。こりゃエコノミック・モンスターの勢揃いですなあ」。同行した古山編集長の嘆息の言も江藤は書き留めている。「試験試験で二十何年くらして、ゴマをすりすり三十年暮して金を貯めると、こんなものしかできなくなるんですなあ」。

万博の開会式は三月十四日だったが、江藤はその二日前に「三年半ごしに取り組んで来た」漱石伝の原稿千二百枚を書きおえていた。書下ろし『漱石とその時代』が出版されるのは八月である。「私はその見本を出来上がったばかりの千ヶ滝の小屋で受取った」(「リゾート崩れ」『渚ホテルの朝食』所収)。「小屋」とは軽井沢の瀟洒な別荘で、市ヶ谷のマンションを購入してからまだ五年半しかたっていない。生活の本拠を軽井沢に移すことも考えていたというから、慶子夫人と自身の健康のことも念頭にあったのかもしれない。「なにかに挑むような気持で借金をかき集め」たと、「場所と私」(「群像」昭46・10)には書かれている。このいささか感傷的なエッセイには異物のような部分があり、ここでも古山が顔を出している。

「ところで私は借金をしているという感覚が、どちらかといえば嫌いではない。私が嫌いなのは、立派なことをいおうとして左右をうかがいながら、チマチマとプラスを集めようとしている連中である。一年ほど前、古山高麗雄が最初の本を出したとき、古山がある新進批評家の姑息な書評に腹を立てて、自分の書くものは小さな出世を積み重ねて来たような手合いにはわからぬようになっているのだ、という手紙を出したという話を聞いて、私は思わず快哉を叫んだ。こういうたぐいを、阿部昭ならエビ・カニのたぐいというのだろう。そういうエビのごとき、カニのごとき生きかたをするよりは、自分の所有が一切、一瞬のうちに暗闇に呑み込まれていくほどのマイナスを抱えて、その感触を楽しんでいるほうがよい。なぜなら日本の〝戦後〟とは、まさにそういう時代だからだ。国は敗亡し、一切の所有を奪われ(dispossessed)、そのかわりに奇怪な観念に憑かれた(possessed)連中が、浮き足立って右往左往しているような時代だ

からだ」(傍点は江藤)

江藤家の財政状態から想像するに、この借金にはかなりの誇張があると思える。しかし、別荘取得という慶賀すべき話にまで「戦後」批判のモチーフが顕在化してくるのは、この頃からであろう。別荘が出来上がった時、愛犬ダーキイはすでにこの世にいなかった。二代目アニイも黒のコッカースパニエルであるが、ダーキイの喪失は癒されていない。『漱石とその時代』『一族再会』の執筆をうながした昭和四十一年冬の危機はひとまず去っていた。個人的な危機を脱出できたがゆえに、江藤は「危機」の触角を外界へと伸ばす余裕が生まれていたともいえる。外界は相も変わらず「戦後」のままであった。三島由紀夫だけは、江藤が住むマンションのすぐ傍の自衛隊市ヶ谷駐屯地で、自らの生命と同時に戦後日本を強制終了させた。

「保守的・進歩的という区分けはどうでもいい」

三島事件の起きたこの年、江藤は『漱石とその時代』で野間文芸賞と菊池寛賞を受賞し、年末に三十八歳となった。三島は享年四十五であった。三島が切腹した昭和四十五年十一月二十五日に四十六歳の誕生日を迎えた批評家がいる。吉本隆明である。吉本と江藤という組み合わせは、江藤・大江に匹敵するペアである。『われらの文学』のラインナップに入った批評家は吉本と江藤だけであり、二人一組で一巻となっていた。

江藤は吉本と生涯に五回の対談を行なった。そのすべては『吉本隆明 江藤淳 全対話』として中公文庫に収まっている。五回のうちの二回が、この昭和四十五年に行なわれた。この年の五月九日には三田の慶応大学で「三田文学」創刊六十周年記念講演会が行われ、ここでも二人は同席している。

「講師をおおせつけられた私の住居に、塾生が迎えに来てくれたのは午後三時を少しまわったころである。(略)「入りはどう?」と訊くと、「一時ごろからつめかけています」という。「三田文学」の隆盛はまことによろこばしいかぎりである。それにこの日は〝大型才女〟大庭みな子さんの処女講演があり、現代の知的偶像である吉本隆明氏が「文芸批評とはなにか」について語り、芥川比呂志氏が俳優としてではなく氏自身として出演することになっている。聴衆が席をあらそうのも不思議はないものと思われた」（「三田文学」創刊六十周年」「三田評論」昭45・6）

講演者たちは生きた深紅のバラを胸元に飾って、他の講演者の話を関係者席で聞いた。「現代の知的偶像」吉本は、小林秀雄によって確立された文芸批評の歴史と課題を語った。吉本は聴衆の一人である江藤を意識している。若い聴衆向けに笑いをとりながら、職人衆のような語り口で話している。作家は批評家に対し、「お前らはつべこべいうけれども、それならば、お前が書いてみろ」という内心のうっぷん、恨みつらみがある。「とくに江藤さんとかわたしとか、別々な意味ですけれども、口の悪い人間というのはたいへん恨まれているのではないかというふうに想像されます（笑）」。作家は創造体験の中にイメージも心情も感覚も封じ込めてゆく。それに対して文芸批評とは、類比、推理、関連つけといった論理性が基本で、そこに肉付けがされる。ここから吉本は、「わたしはかつて江藤淳さんの批評文を解析してみたことがあります」とまた江藤の話題に戻っている。江藤の批評文を分析すると、意外にもそれは会話の言葉、お喋言《しゃべり》の言葉である。

「そういう言葉はおれにはとてもつかえねえなというような言葉が、しばしばでてきます。しかし江藤さんの批評は、どこがすぐれているかというと、それにもかかわらず、文章に強い選択作用があるんです。つまり、対象の選び方が強烈なわけなんです。強烈だということは、核心のところだけで対象を強烈に選んでつなげてあるということです。そのつよい対象の選び方と、つなげ方が江藤さんの批評文をたいへんすぐれたものにしている要素だというふうに、わたしには解析することができます。しかし、本質はたいへん簡単で、いわば、日常行われる人々の会話とおなじように喋言っているうちにハプニングがあり、ときには類推があり、ときには関連つけもありますが、それはハプニングで起ることがおおいのです。（略）論理の要素というものはあまりありません。（略）つまり、才能で押し切って、それが自然にできるという意味あいかもしれません」

「ハプニング」は当時の流行語なのでわかりづらいが、「直観」といった言葉に置き換え可能だろう。江藤の批評を最大限に理解し、批判した言葉である。吉本自身は論理性をもって作家の創造体験に接近していく作業を六〇年安保の後に行なった。『言語美』と通称される仕事である。「文芸批評家は、作家の創造体験自体の体験を、作家とおなじように体験することはできませんが、創造体験にともなう創造過程に対して、批評自体の位置からどこまで接近できるかというような課題に対しては、わたしの『言語にとって美とはなにか』という仕事が、ただ一つ、日本でそれに答え得る批評だというふうに（拍手）主観的にはそういうふうにおもっております（笑）」（「三田文学」昭45・8）。

江藤と吉本の関係については一九六〇年を中心にすでに対比しているが（第二十四章参照）、あらためて吉本が講演で触れた『言語美』に戻って、辿り直してみたい。『言語美』は吉本が六〇年安保後に出した直接購読制の雑誌「試行」に連載され、昭和四十年（一九六五）に二巻本で刊行された。言語の本質、属性から説き起こし、日本文学史総体を「表現転移」として跡づけ、日本文学名作アンソロジーをも兼ねた野心作である。広範、難解な著作であるが、誰でもがまず読む、その「序」に江藤の名前がすぐ出てくる。「そのころ、少壮の才能ある批評家江藤淳が『作家は行動する』という優れた文体論を公刊した。この著書は、すくなくともわが国の文芸批評史のうえでは劃期的なものであることを、批評家たちは看ぬいてはいなかった。おそらく、もっともこの著書に関心をいだいて読んだのは、おなじ問題を別様に展開しようとかんがえていたわたしではないかとおもう」

吉本は最大限の賛辞で江藤の先駆的で、理論的な仕事を評価した。吉本が『言語美』の中で参照した日本人の言語論は、市井のマルクス主義哲学者・三浦つとむと東大教授の国語学者・時枝誠記《ときえだもとき》くらいだった。もって吉本の江藤評価がわかる。『言語美』完結の直後、二人の初めての対談が「文藝」(昭41・1)で行われた。「文学と思想」という四十二頁もある長大なものである。仕掛け人の寺田博編集長は、文学者が「問題意識やそれぞれの資質を確認しあうことが、現代文学の急務である」と考え、第一弾として、「まず吉本さんの内諾を得て江藤さんにお願いにいくという手順を踏んだ」。陪席した寺田は「これは未曽有の名対談である」と確信した(『文芸誌編集覚え書き』)。一語の無駄もないといった感じで、迫真の議論が連続して尽きない。けっして寺田の自画自賛ではない、がっぷり四つの好勝負だった。この対談の中で二人は「文学的感性」というよりも、「人間に対する要求」とでもいうものが近いことをお互いに確認している。
吉本「あなたは公的には保守的であって、大江健三郎氏は進歩的だということになっているけれども……(笑)、僕はそう……」
江藤「いや、僕も保守的・進歩的という区分けは実はどうでもいいのですよ。(略)そういうことは分類にすぎないのですから、それにとらわれるのは、実にバカバカしいことでね。/私はね、人間の好みがあるとすれば、その人がどれくらい柔らかい心を持っているかということ」

このくだりで、「江藤さんと僕とは、なにか知らないが、グルリと一まわりばかり違って一致しているような感じがする(笑)」という吉本の伝説的な一句が出てくるのだ。二人の「一まわりばかり違って」の「一致」は、江藤淳にとって大きな財産になった。体制寄りの御用文化人といった江藤の印象が、『言語美』の江藤評価とあわさり、吉本を愛読する学生たちに、江藤を読むきっかけを与えたと思われるからだ。この対談は翌四十二年には『文学と思想』という対談集としても流布し、読まれた。江藤は全共闘やノンセクトの大学生にとっても読むに値する、気になる存在になったといえる。さもなければ、「総理と語る」の提灯持ちでしかない。

江藤が吉本を「現代の知的偶像」と呼んだのは的確であった。団塊の世代、というより全共闘世代といった方がピッタリするが、一九六〇年代の学生たちにとって、吉本は〝若者たちの神々〟であった。吉本追悼文などから、その大体の雰囲気がわかる。昭和三十八年（一九六三）、京大法学部一回生となった石川九楊《きゅうよう》は『吉本隆明詩集』を本屋で見つけた。吉本詩を愛唱し、戦後詩にふさわしい書の制作に向かった。『言語美』をモデルに、書の理論的構築をも目指す。翌三十九年、東大文科一類に合格した松本健一は同級生の川本三郎から「埴谷・吉本」を教わった。「川本は東京の麻布中学・高校の出身で、地方の公立中学・高校出身のわたしや仙谷由人《せんごく》（のちの内閣官房長官）が丸山眞男や大江健三郎や三島由紀夫ぐらいしか知らないのとちがい、知的環境がはるかに都会派だった」。吉本を読むのは、「政治にも文学にも関心があり、しかも官僚になりたくない」といったグループだった。吉本・江藤対談のタイトル「文学と思想」が関心事の大学生である。同年、早熟な文学少年だった灘中二年の高橋源一郎は、『芸術的抵抗と挫折』で吉本に入門した。「六〇年代の日本の思想界は吉本隆明に制覇されている」という印象だった。昭和四十二年、日比谷高校二年の内田樹《たつる》は『自立の思想的拠点』をこれだと手に取って、打ちのめされた。松本は後に江藤と何度も対談し、川本は江藤論を書いた。内田も江藤の影響を公言するようになるが、初めはなんてったって吉本だった。内田は日比谷高校一年の時、雑誌部の先輩である江藤の家を原稿取りで訪問しているが、「江藤淳て「ぜんぜん革命的じゃない」」と幻滅している（以上、中央公論特別編集『吉本隆明の世界』）。

むしろ例外は高橋で、高校生で批評家を目指した時の目標は、吉本ではなく江藤だった。さらなる例外は、昭和三十九年に慶大文学部に入った車谷長吉《くるまたにちょうきつ》だろう。入学直後に江藤の『西洋の影』を読んで感嘆し、次々と江藤を貪り読んだ。江藤が非常勤講師で教える講義で、車谷は自分の文学観をつくった。「私が慶応義塾に学んだのは、たまたまこの講義を聞くことが出来たことによってのみ、至福であったと言うても過言ではない」（「殉愛」「文學界」平11・9）。車谷にとっての江藤は、江藤にとっての井筒俊彦という存在だったのだ。車谷のケースは、慶応というローカル色を感じさせる。江藤は卒業生（塾員）として、たびたび慶応について発言していた。慶大百年祭の記念講演「大学と近代——慶応義塾塾生のために」（昭43 12 16日経ホール）では、大学のストライキが自主的に解決されたことを喜んでいる。この講演が収録された講演集『考えるよろこび』（昭45）の講談社文庫版まえがきでは、講演をよくするようになったのは、「一つには生活の必要からで、『漱石とその時代』の書き下しをしていたときには、私はほとんど講演の謝礼で生活していた」と回想している。同じ時期、吉本もたくさんの講演を行なっている。その多くは全国各地の大学のキャンパスの中で、学生側主催である。時には「バリケードの中の発言」（昭44 1 17、中大自主講座）もある。吉本はこの時期、学生運動に加担していたわけではない。講演集『敗北の構造』（昭47）のあとがきで、吉本は書いている。

「かつて、戦争中から戦後にかけて、わたしは一人のなんでもない読者として傾倒していた幾人かの文学者がいた。かれらが、この情況で、この事件で、どう考えているかを切実に知りたいとおもったとき、かれらは、じぶんの見解を公表してくれず、沈黙していた。もちろん、それぞれの事情はあったろうが、無名の一読者としてのわたしは、いつも少しずつ失望を禁じえず、混迷にさらされた。もしも、わたしが表現者として振舞う時があったら、わたしは、わたしの知らない読者のために、じぶんの考えをはっきり述べながら行こうと、そのとき、ひそかに思いきめた。（略）それは、戦争がわたしに教えた教訓のひとつだった」

若い日の吉本が傾倒した文学者とは、おそらく小林秀雄や保田與重郎であろう。吉本は小林や保田を超克するためにも、あえて苦難を選択している。大学構内では大した「謝礼」は期待できなかろう。講演への態度ひとつをとっても、江藤と吉本は水と油である。それでも二人の関係は揺らぐことはなく、ひどく長持ちをした。

江藤は「試行」の定期購読者だった。「試行」を吉本と一緒に始めた評論家の村上一郎が日記を残していて、その昭和三十七年一月の記述でわかる（佐伯修編、「脈」89号）。二十八日「江藤淳の『小林秀雄』を吉本にかりたので、少しずつ読み始める。いい仕事であろう。江藤へ又『試行』を贈る」。三十一日「江藤君から便あり。／「『試行』第三号、ありがたく拝受しました。いつも頂戴しているのは心ぐるしいので、吉本さんの方へ別便で購読料を送りいたします。今后は、定期読者として拝見するつもりです。御健硯を祈り上げます。」／これへの返事。／「前略ごめん下さい。このたび『試行』御予約下さったとのこと、ありがたく感謝します。〝押し売り〟したような気もしますが、あしからず。どうか厳正な批判をして下さい」（村上）」。村上はその日のうちに、江藤の件を吉本宛ての手紙に書いた。江藤がいつまで定期購読者だったかは不明だが、吉本は亡くなる半年前のインタビューで、「お互い若いころは、江藤さんが時々僕の家に訪ねてきて、子どもたちとも遊んでくれたり、一緒に飲み屋に行ったりしました。（略）進歩的な人でそういう付き合いをした人はなかなかいませんでしたね」（『江藤淳１９６０』、インタビュアー・大日方公男）と述べている。おそらく六〇年代の頃であろう。その雰囲気は江藤が『吉本隆明全著作集』の内容見本（昭43）に書いた短文でうかがわれる。

「私にとっては、その人の人柄を信用するのとその人の思想を信用するのとは同じことである。科学の普遍性をよそおった「指導理論」などは犬に喰われるがいい。私が吉本隆明さんの思想を信用するのは、まさにその人を信じるからである。私は吉本さんとすきやきの鍋をつつくようにして、吉本さんの詩と思想を味う。これは珍味である。なぜなら吉本さんはその人柄において、その思想において、男のなかの男だからである。気は優しくて力持であり、「壮士ひとたび去って復た還らず」という慷慨を胸に秘めた、市井の士《さむらい》だからである。吉本さんの人柄と思想のなかに、佶屈聱牙《きつくつごうが》なものはあるが、気障なものはひとつもない。この全集を、吉本さんの人柄と思想の魅力の全き証明として、天下の求めるところある読者に推すものである」

　すきやきの鍋を二人してつつく姿が髣髴としてくる推薦文である。江藤にとって、吉本はまず詩人であり、ついで壮士であり、三番目に思想家であった。吉本の理論思考には必ずしも肯《がえ》んじていない。江藤は『言語美』の書評を二本書いているが、「原理論的な「言語の本質」、「言語の属性」の二章などは、私にとってはきわめて難解であった」（「週刊読書人」昭40・6・28）、「この本の原理的な部分の名状しがたい不毛さ」（「朝日ジャーナル」昭40・7・25）と手厳しい。評価するのは、あくまでも詩人の部分である。「私は、この短歌論の行間からにじみ出ている吉本氏の資質に一番魅力を感じる。ここにあらわれた氏の横顔には、芥川龍之介、堀辰雄、あるいはほとんど久保田万太郎をさえ偲ばせるものがある。つまり、この章には、美を分析する実験家ではなくて、美を生きる詩人がいるのである」。月島生まれで、船大工の三男だった吉本を、江藤は下町育ちの作家たちの列に並べた。

　江藤の吉本論が少ないのに比し、吉本は何回か江藤を論じているが、どれも短いのが残念である。なかでも惜しまれるのは、江藤の評論集『崩壊からの創造』（昭44）に、「当初の構想では、吉本隆明氏の「江藤淳論」が併載されることになっていたが、時間的制約のために完成にいたらず、このたびの間に合わなかった」（あとがき）ことである。この「江藤淳論」を企画した人物は勁草書房の阿部礼次という編集者である。江藤の『夏目漱石（増補版）』（昭40）、『崩壊からの創造』と、吉本の『言語美』、『吉本隆明全著作集』の担当者である。阿部は吉本と江藤の双方を強くバックアップした編集者であった。『言語美』のあとがきで、吉本は阿部のことを書いている。「本稿はみすみす出版社に損害をあたえるだけのような気がして」、なじみの出版社に公刊を言い出せず、興味を示して来た筑摩書房もやはり出版せずの結論だった。次に勁草書房の阿部から申し入れがあった。「わたしはこのときも、よくよんだうえで本気でよいと思ったならば出版するように求めたとおもう。阿部氏はよほど非常識だったらしく、やがて本稿を出版することに決めたという返事があり、わたしのほうもそれではと快諾した」。やがて来た吉本ブームを知ると、ウソのような話である。阿部は勁草書房を辞めて、昭和四十六年に北洋社を創業する。その第一弾が吉本の『心的現象論序説』であり、続いて江藤の『夜の紅茶』が出、北洋社は江藤関係の本を次々と出していくことになる。昭和四十五年の二人の対談のうち、「勝海舟をめぐって」は江藤が編者の一人だった勁草書房版『勝海舟全集』の第一回配本のために行なわれたものである。これも担当は阿部であった。

もう一つの長尺の対談「文学と思想の原点」は「文藝」昭和四十五年八月号に掲載された。対談日は三田文学の講演会の約一ヶ月後であり、『漱石とその時代』はまだ刊行されていない。この対談も四年半前の「文学と思想」と甲乙つけ難い、質量ともに圧倒的な対談である。漱石伝の予告編のように発表された「登世という名の嫂——漱石における禁忌と告白」（「新潮」昭45・3）がまず話題にされ、吉本がおもに引き出し役をしている。対談が核心に入るのは、講演会で沖縄に行ってきたばかりの江藤が「吉本さんの沖縄文化論をうかがいたい」と語り、吉本のフィールドで二人が語り始めてからである。国家の幻想を解体する『共同幻想論』につづいて、吉本は奄美から沖縄にいたる諸島に残る祭祀を考察する「南島論」を進めていた。柳田国男と折口信夫の先行研究を踏まえ、吉本は沖縄には天皇制国家以前の習俗が残っていて、その伝承を研究すれば天皇制統一国家以前の「日本」が立ちあらわれる、その時、現在の日本は相対化され、無化しうると考えていた。

江藤は「政治の権力過程の頂点に近いところにくると、人に見せない何かを黙って見ていなければならないということがあるんじゃないか」、それが「社稷《しやしよく》をあずかる」立場にいる者の責任ではないかと話す。宮中の新嘗祭《にいなめさい》にも沖縄の祭儀にも、「集団の存続と繁栄にかかわる非常に重要な」「昏《くら》いもの」がある。「文士的気質のあるやつ」なら建設に興味はないが、集団の一員としてなら建設を迫られる。「人は個体として生きなければならないけれども、同時に集団としても存続しなければならない。この難問を僕らは課せられていて、この二重性があるために、非常に複雑な生き方を迫られているんじゃないかと思う」。

江藤の話に、吉本はきっぱりと答える。「そこのところになると、秘儀みたいなのは全部あばけ、というほうなんですけれどもね。たとえば天皇の大嘗祭のような世継ぎの例で言っても、わからないところがある。わからないところは推測するよりない。（略）枢要なことは天皇制に関するタブーをはっきりさせればいいんだと思います。出自や儀式や遺跡を公開調査させれば、それで終るんだと思うんです。江藤さんは逆な立場から同じことを言っているんだと思うんです」。

ここでの二人は「グルリと一まわりばかり違って一致」ではない。「一致を続けて、結論で分れる」と吉本は言いたいのだろう。それは歴史観、世界観の違いなのか。天皇制への見解の相違なら、吉本は前年の「試行」（28号、昭44・8）の巻頭「情況への発言」で江藤への危惧を表明していた。

「わたしは、文学者としての江藤淳を高く評価しています。（略）ただ、一年に二三度はあう機会はないわけではなかったのですから、江藤淳の「日本文化会議」への参加や、中教審への証人としてのコミットや、天皇主宰の園遊会への参加などを、心をこめて翻意するよう説得すべきだったかもしれません。（略）しかし、すべてはおそかったようです」

日本文化会議とは、田中美知太郎、小林秀雄、福田恆存などが中心になった保守系文化人の集まりである。中教審とは、江藤が昭和四十四年二月に大学運営への「学生参加」について陳述した件を指す。政府側意見の代弁者となって、権力に取り込まれるのを吉本は恐れたのではないか。園遊会とは昭和四十四年の春の園遊会である。佐藤内閣への協力のご褒美で招かれたのだろうか。「五月なかばの青葉の美しいある日、私は宮中の園遊会で、高村象平先生［慶応塾長］にばったりお逢いした」（「驢馬の耳」「三田評論」昭44・7）と、満更でもないといった筆致である。ただし、「私は、東京の名園のひとつにお招きをうける機会がありました」（新潮社文化講演会、昭44・6、後に『批評家の気儘な散歩』）と明示を避けた、含羞を滲ませた言い方もしている。吉本が「すべてはおそかった」ということもなかったろう。

対談「文学と思想の原点」では、続いて二人の対立が露わになっていく。「僕はアマチュア的考え方で、どうしてもあばいたほうがいいという考え方になるわけです」と吉本は言い、アマチュアの典型としてレーニンの名を出す。「政治運動に伴う暗さ」とか「陰謀」の中にあっても「アマチュア的素朴さ」を残し、権力者になっても、車はオンボロでいい、クレムリン宮殿にいるのは恥ずかしいと思っている。レーニンの考えが徹底されればスターリンは出てこなかったのではないか。江藤はすぐに応じる。

「ああ、それはいわば儒教的老荘主義とでもいうべきものだな、と思いましたね。レーニンのストイシズムは非常に儒教的なものだけれど、それが結局、小国寡民の政治をめざしている。（略）小国寡民の政治というのは、もちろん鶏の声が聞える間にすむのが一番いいという、老荘にあるあの考え方ですね。レーニンがそういう人だとすると、それによく似た人を日本人から選べば、これは勝海舟じゃなくて、もちろん西郷隆盛ですね」

江藤は吉本とレーニンを「儒教的老荘主義」と名付ける。江藤はこの時、「老子」の第十七章を想起したのだろう。老子の無為自然の政治論である。福永光司訳を少し簡略化してみる。「民を治める支配者は、人民がただその存在を知っているだけが最上で、人民が親しみを感じたり誉めそやしたりするのは第二級の支配者。支配者に言行一致する誠実さが不足すれば、人民からもまた信用されない」。吉本が思い描くレーニン像は確かにこれに近い。事あるごとに儒学や朱子学に言及する「治者」の江藤が「老子」を読んでいたのは意外に思えたろう。江藤は実は「老子」を愛読していた。江藤の中に「老子」が根深く存在していたことは、著書のはしばしからうかがえる。その江藤が、自分と勝海舟を「老荘的儒教主義」と分類するのだ。

「ただ僕は、思想と言う時、そういう努力目標としての思想というものは、あまり信じないのです。現実にどう生きているかということを正確に言うものが思想である。あとは、時代は崩れ、人は滅びる、それだけだという、そういう心境です。ただ、それじゃあんまりさみしいから、可能な範囲で小国寡民的に生きたいとは思う。だから、吉本さんのが儒教的老荘主義なら、僕のはいわば老荘的儒教主義です。／つまりだれか辛抱役を作らなければならない。（略）国家の中心にチョロチョロ燃えている火を絶やさないでいくことに一所懸命になり、それにほんとうに専心するプロがいるなら、僕はそれは認めるのです」

二人の対談はスリリングに展開して、とどまらない。吉本と江藤という二人の批評家がもっとも接近したのが「文学と思想」「文学と思想の原点」の対談が行われた昭和四十年代ではなかったろうか。吉本との他流試合は、江藤にとって稔りあるものだった。それが形となって残っているのは『批評家の気儘な散歩』という講演集である。昭和四十四年の前半に、「批評の原理」と題して六回連続で行なった講演が元になっている。江藤にしては珍しく「速記をもとにして、講演体で書き下した」ので、刊行は四年後になってしまった。講演の調子は座談調だが、扱うテーマは、国家と歴史、自然と故郷、生と死と永生、伝統と革命、言葉の復権など大きなテーマである。江藤の批評文のキーワードであっても、文章の中では散発的にしか出てこないものを、かなり原理的に考察していて、吉本への応答の書という性格が付与されているように思える。ハンナ・アーレント、ヴァン・デル・ポスト、レヴィ＝ストロースも出てくる。マルクスの魅力的な人物像まで出てくる。マルクスは吉本が最も影響を受けた西洋の思想家である。吉本は江藤の『昭和の文人』（平元）を書評している（『新・書物の解体学』）。江藤が「老いてますます毒のある論理と感情を育んでいることを」祝福した書評だ。その中にこんな一文がある。「わたしは江藤淳がこの勢いで、中野重治や平野謙などのような小者ではなくて、マルクスの著作や人格にもいつか本格的にぶつかってみて欲しい気がする。もっとずっとおおきな新鮮な驚きと戸惑いと否定と肯定が聞きだせるようにおもえるからだ」。

吉本が生前の江藤に最後に会ったのは、平成四年（一九九二）十一月八日だった。江藤の死の七年前である。この日、東大の安田講堂で森鷗外生誕百三十年記念文学講演会が開かれ、まず江藤が「鷗外と明治」を、次いで吉本が「鷗外と東京」を講演した。吉本は講演の最後で鷗外の有名な遺書「余ハ石見人《いわみじん》森林太郎トシテ死セント欲ス」に触れた。鷗外は文学者、軍人、医学者という三つの重たい着物を着込んで、「我慢に我慢を重ねた生涯」を送ったが、最後になって「ええいっ」と全部を脱ぎ捨てた、というのが吉本の結論だった（『吉本隆明〈未収録〉講演集8』）。講演会の後、吉本は久しぶりに江藤と食事をしようと思っていた。次女の吉本ばななも一緒にいた。江藤は体調がよくなくて、先に帰ってしまったらしい。食事が叶わず、「寂しい気持ちになりました」と吉本は死の半年前のインタビューで話した。この時の吉本の記憶にはいささか混濁がある。吉本は「僕にだけに役割を押し付けて、ご自分は壇から降りてしまい、僕はぽかんとした」というのだが、江藤の講演テープも残っている（文京区立鷗外記念館蔵）。江藤は少し風邪声気味ではあるが、持ち時間一杯話していた。江藤も講演の最後でやはり鷗外の遺書に触れている。江藤は鷗外のことを考えると、どうしても同世代で海軍軍人だった祖父江頭安太郎中将と比較してしまう。祖父の墓には「従二位勲一等」とあった。鷗外は位階勲等を墓に刻むことを許さなかった。「鷗外が死に臨んで石見人森林太郎と言ったのは、無理矢理に国際社会に入った日本ではなく、ふるさとに抱きかかえられた一人の人間として——日本人というよりむしろ石見人として、そこで死にたいという願いを、痛烈に、強烈に表白したのが最後の言葉である。これは大いに考えるに値することである。我々が拳拳服膺して考えてみないといけない、謎のような言葉でなかろうかと私は考えています」と高い調子で講演を終えていた。

吉本は江藤追悼文で、「自ら処決して形骸を断ずる」という遺書を読んで、すぐに鷗外の遺書を思い浮かべる。「わたしは江藤淳の公開された遺書を読むことができて、異様なほど脳梗塞の発作の前と後の自分を区別し、そこに「処決」の最大の理由をおいているようにみえる自己限定の仕方に、江藤淳の「病苦」に自死の理由を集約しようとする強い意志力を感じた」(「江藤淳記」「文學界」平11・9)。

江藤の遺書の中にある鷗外に通じる、激しい「自己限定」の意志。鷗外の遺書に書かれた、重い荷物を「ええいっ」と全部脱ぎ捨てる姿。吉本が江藤の死と鷗外の死を重ね合わせたのは、さすが知己の言、と言わざるを得ない。亡くなった江藤の書斎の机上には、鷗外の遺書の複製があったのである。吉本はその事実を知らずに書いていたのだ。

吉本は追悼文の最後に、昭和六十三年に行なった江藤との五度目の対談での思い出を書いている。「かれはその折、雑談のなかでふと、僕が死んだら線香の一本もあげてくださいと口に出した。同時代の空気を吸っていたとはいえ、わたしの方が年齢をくっているのに、変なことを言うものだなとおもって生返事をしたように記憶している。眼と足腰がままならず、線香をあげにゆくこともできなかった。この文章が一本の線香ほどに、江藤淳の自死を悼むことになっていたら幸いこれに過ぎることはない」

吉本はこの後、十三年生きて八十七歳で亡くなった。その間、対談、インタビューなどで何度も江藤について話している。著書でも必ずといっていいくらいに江藤の名前と思い出が出てくる。二人は下町の悪ガキと山の手のお坊っちゃまクン、といった珍妙な組み合わせだったが、吉本は死ぬまでずっとお線香を絶やさなかった。

第三十九章　「国家の官吏」東工大教授の「政治的人間」研究

「週刊文春」（昭46・4・21）のグラビア頁に、教室で黒板の前に立ち、にこやかな表情の江藤淳が写っている。「これも私――変身願望をみたした6人」という企画だ。

「東京工大工学部の教壇に立つ　肩書は助教授　「ただし　社会学とカッコつきでね」　夏目漱石は学界から文壇へと転じたが　漱石の研究家である氏はその逆を歩んだことになる　「漱石は朝日新聞に入って収入が倍増したが　これも逆かな」」

昭和四十六年（一九七一）四月、江藤淳は東京工業大学の助教授に就任した。大学で教えることは江藤が大学院に進学を決めた時からの目標であった。若い江藤が念頭に置いていたのは、母校の慶大英文科教授だろうが、大学院中退でそれは叶わなかった。プリンストン大学で一年間教え、帰国してからも東京教育大、慶応の学部と院、早稲田の院で教えたが、どれも非常勤であった。待望の専任教員のポストは一流の国立大学である。フリーランスの文筆稼業から「国家の官吏」へ。その転身は驚きをもって迎えられた。今でこそ作家や評論家でスタートして、やがて大学教員となるのは珍しくもないが、当時としては異例のことだった。明大文学部だけは例外的に中村光夫、山本健吉、平野謙といった第一線の文芸評論家が教授陣で揃っていたが、それは文学者を専任教員として集めた戦前の明大文芸科以来の伝統である。戦前には里見弴《とん》、舟橋聖一、岸田国士《くにお》や小林秀雄が教鞭をとっていた。

七〇年安保闘争を機に、むしろ大学教員を辞めるというケースが当時は目立っていた。寺田透（東大駒場）、唐木順三（明大）、磯田光一（中大）、三浦朱門（日大芸術）、古井由吉（立大）などが次々と辞めていった。そうした流れに逆行しての江頭淳夫助教授の就任であった。東工大はそれまで伊藤整、鶴見俊輔、宮城音彌、川喜田二郎などの有名教授が在籍していた。ずっとさかのぼれば小林秀雄の父・豊造が蔵前の東京工業学校時代の卒業で、助教授という経歴を持っていた。吉本隆明、奥野健男は戦後すぐの卒業生である。傾倒する漱石が大学を辞めて作家になったのにも江藤は逆らっている。執筆の時間も収入も大幅減が予想されるにもかかわらず、嬉々としてもう一足の草鞋を大岡山のキャンパスで履いたのである。

江藤を東工大に引っ張ったのは永井陽之助と鈴木光男だった。永井は現実主義の国際政治学者で、佐藤栄作内閣の知識人ブレーンの一員として、江藤とは親しかった。「季刊藝術」（昭44冬）で対談もしている。数理経済学の鈴木は江藤がプリンストンでもっとも親しくした日本人学者である。江藤は社会学担当の永井道雄教授の後任だった。永井道雄は朝日新聞の論説委員となったのだから、永井道雄の転身のほうが漱石をなぞっている。永井道雄は三木武夫内閣が成立すると、民間から文部大臣に登用される。

「永井道雄さんが大学に嫌気をさして辞め、後任探しの委員長になった永井陽之助さんから江藤さんはどうかと私に相談がありました。社会学者ではないが、東工大へ来てもらうのはいいことだから話を進めましょう、ということになったのです。あらかじめ私が江藤さんに「人事が通ったら来てもらえるか」と聞き、「行きます」という返事をもらっていました。教授会の席上で私は特別発言という応援演説をして、プリンストンでは非常にいい教師だったと発言したのです」（鈴木光男教授）

社会学での採用はかなり特殊な、無理のある人事だったのだ。江藤は二年後には教授に昇任し、担当科目は文学に変わった。江藤の東工大時代は二十年近くに及んだ。江藤の「国家の官吏」の時代である。江藤は『漱石とその時代　第一部』で、「国家の官吏」という章を設けていた。熊本の五高教授時代である。江筆一本の江藤は自分が「国家の官吏」になるとはまさか予想していなかったであろう。

「正七位高等官六等は、陸海軍武官でいえば大尉に相当する官等である。彼は今や国家の官吏であった。国家と彼とのあいだには、愛媛県尋常中学校教諭のころには存在しなかった密接なきずなが生れていた。そしていったんこのきずなが生れてみると、第五高等学校教授は、彼を国家に結びつけるのにふさわしい地位とは思われなくなりはじめた」（傍点は江藤）

漱石（金之助）は岳父の中根重一（貴族院書記官長）に転職の依頼をする。岳父は小村寿太郎外務次官に婿の再就職を頼むが、用意できるポストは「翻訳官」しかなかった。岳父はさらに牧野伸顕文部次官にも頼んだが話はまとまらない。「国家は、彼の渇望にもかかわらずその手をすりぬけて飛びすさりつつあった」。江藤による漱石の熊本時代の見取図は以下のようになる。

「熊本は彼に「家庭」と「国家」とをあたえたが、妻の流産と心身の不安定によって「家庭」が動揺している以上、金之助は「国家」に自分の役割の意味づけを求めるよりほかなかった」

江藤は「国家の官吏」になったことをかつて「国家の官吏」だった岳父に報告している。「十四年間筆一本の生活をしていたあとで、国立大学に採用され、教育公務員になったとき、私は戦前内務官僚だった家内の父に公務員の心得をたずねたことがある。／そのとき岳父はいった。「ストライキをしてはいけない。刑法に触れるなどの破廉恥行為をしてはならない。あとは自由だ」」（「「大」と「小」」『月に一度』）。その一年後の岳父の死を、江藤は自筆年譜に書いている。「アムステルダムで岳父三浦直彦の訃報を聞く。七月、岳父の葬儀に参列、義兄らに従って正三位の位記を捧げ持つ」。江藤は岳父が「国家の官吏」として生き、死んだことをこの記述で胸を張って確認している。

江藤は「私の講義」（昭48・3）で、東工大の教員生活のやり甲斐を表明していた。「学生が、いわば乾いた砂のように私の講義を吸い込もうとする」。自然発生的に〝国際関係研究会〟というグループが江藤のもとにできた。江藤は「学生たちの知的関心のレヴェルを、あたうるかぎり高く緊張した状態に保持する」ことと、オックスフォードやケンブリッジの学寮に倣い、食事をなるべく共にし、「私塾的な感触を味わせ」た。「私塾」の門下生のひとり山本忠通が難関の外交官試験に合格した（現在はアフガニスタン担当国連事務総長特別代表）。東工大の歴史始まって以来の快挙だった。「国家の官史」を産み出す手助けをも東工大ではできる。江藤の満足感は深かった。

この時期から、江藤の執筆量は最盛期に比して減ってくる。単発の評論やエッセイはあまり書かず、その分の力と時間を教育公務員の仕事に真面目に注いだ。『漱石とその時代』書下ろしの次に取り組んだのは、「文學界」（昭45・8〜47・11）に連載した『海舟余波——わが読史余滴』、続いて「文藝春秋」（昭48・1〜50・12）に連載した『海は甦える——山本権兵衛と海軍』の二作であった。

「ここ三、四年のあいだ、私は必要があって幕末から明治・大正にかけての文献とつきあいながら暮して来た。ひとつにはそれは『漱石とその時代』や『一族再会』というような仕事のためであったが、もうひとつにはもっと漠然と、自分の知らない過去の時代、しかし自分がこの世に生を享《う》けるすぐ前には存在していた時代の感触を知りたいという、抑えがたい欲望のためでもあった。／この願望はほとんど生理的な欲求だったといってもよい」（『海舟余波』「プロローグ」）

『一族再会』が「言葉の世界——不在の世界に、自分の一族を招集」する試みであるのに続き、『海舟余波』も大久保百人町の生家の「納戸」が発想の母胎であると、「プロローグ」には書かれている。母の記憶がただよう納戸で、うっすらとほこりが積っている昔の本の「匂いと重み」を、江藤は「歴史」と名づける。

「人がいなくなり、もの《ヽヽ》がのこり、重い匂いのような「歴史」が持続する。それはあきらかに人を超えている。あの「昔」の匂いがあたえる懐しさと畏怖は、私たちの生を超えるものを知覚したときのなつかしさと畏怖である。／たしか河上徹太郎氏の『有愁日記』に、「歴史」は限りない大海であり、人はこの海に身をゆだねて泳ぐところに自由を見出すという印象的な比喩があった。そしてこの比喩に接したとき、私は人の生は循環する自然のなかを帆を張って横切る一艘の船に似ているという、これも忘れがたいハンナ・アーレントの比喩を思い出していた。この船と海との二つのイメージが、私に自ら海舟と号した幕末・明治の一政治家を想い起させたのはきわめて自然である。（略）文士も政治家も、生きて死ぬ限りでは同じ人間であるが、文士の作品がとにかく完結するのに対して、政治家の作品は決して完結することがないところが一層悲劇的だともいえる。（略）だがそれなら、彼らはなんのために、なにを守ると信じてこの徒労に全力を傾注し、おびただしい情熱を燃やしたのだろうか？　この問をさぐることは、おそらく公的なものに対する情熱の特質をさぐることである」（傍点は江藤）

この引用で「文士」と「政治家」が等置されているが、この場合の「文士」も「政治家」も凡百の文士や有象無象の政治家を指しているわけではない。「文士」とはそれまでに評伝を書いた漱石や小林秀雄であり、「政治家」とは江藤の関心の範疇に入ってきた少数の「政治的人間」であろう。「政治的人間」と政治家はけっしてイコールではない。当時の江藤が佐藤首相を始めとする自民党の政治家との接触を強めていたので、その辺は混同されやすいが、峻別する必要がある。

「これは政治的人間の研究である。小説は私人の私事を描くものであるが、私は私人としての海舟の私事には、ほとんど興味を抱かなかった。むしろ私は、公事にかかわり、公人として終始した海舟の側面のみを描こうと心がけた。否、私には、これは「側面」ではなくて、ほとんど海舟の全面と思われた。それほど彼の一挙手一投足は、当時の政治過程と深くかかわり合っているからであり、そのかかわり合い以外に、彼の自己表現の場はないというに等しいからである」（「あとがき」）

江藤が「政治的人間」を発見しかけたのは、この十年前にさかのぼる。六〇年安保闘争が終わりを告げる頃である。「車は青山墓地を抜けて走った。ここには（略）無数の政治家、軍人、学者たち——要するに私の「現在」を支える大小の過去の権力者たちが眠っている。が、私はそのとき、彼らが——そのなかには私自身の身内の者の亡霊もいるはずであった——いっせいに墓から立ち上って、押し寄せてくるのを感じた。(略)その重みに耐えうる文体が、現代日本のどの作家に期待できるだろうか、と私は自問した。さしあたり、思いあたるのは武田泰淳氏只ひとりである」(「読売新聞」昭35 6 27)。武田のエッセイ『政治家の文章』と失敗した長編『貴族の階段』に、「政治的人間」を描きうる洞察を江藤は見ていた。「文学」と「政治」が癒着し、「人々はあらそって「政治」という巨大な原稿用紙に、自分の抒情詩を書きつけるに忙しい」(「政治と純粋」「文學界」昭35・8)。そんな政治の季節の最末期、江藤は深夜の青山墓地で「政治的人間」の幻覚に襲われたのだった。

　江藤の考える「政治的人間」の典型は、青山墓地に眠ってはいなかった。明治の「公人」が多く眠る青山ではなく、旧幕臣が多く眠る谷中でもなく、洗足池畔に勝海舟の墓はある（墓域には西郷隆盛の留魂碑が建っている)。江藤は子供の時に読んだ海舟と父・勝小吉のエピソードを覚えていたが、安保の頃に海舟を思い出すとしたら、花田清輝の「「慷慨談」の流行」(「中央公論」昭35・4)が契機であろう。吉本隆明や橋川文三といった安保反対の「「慷慨談」にふけっている」戦中派を批判し、「毒をもって毒を制」し、「終始一貫、政治的責任をとってきた」海舟を描いたのが花田だった。江藤の『海舟余波』の重要ポイントは、花田の短いエッセイに既に凝縮されていた。たとえば「機」である。機会、機運、機勢といった「機会の前髪をつかむ」ために「機略、機謀、機数のありったけを動員して、あざやかに機先を制する」のが「政治家の第一課」だと考えるのが海舟だと花田は書く。江藤の『海舟余波』も、まず「「機」の到来をうかがっていた」海舟像から出発している。「政治家」海舟と「政治批評家」福沢諭吉とのギャップ、福沢の「瘠我慢の説」への海舟の返答「行蔵は我に存す。毀誉は他人の主張」、海舟の信じる「七年一変の説」、「自分の刀を紐でしばったばかりではない。幕軍全部を、眼にはみえない紐で、がんじがらめにしばりあげようとした」奇策、「かれ自身の手で、封建国家にあざやかな終止符をうつ」海舟は、そのまま江藤に受け継がれていると言えよう。破天荒な父親については坂口安吾の『安吾史譚』で知っていたから、海舟観の下地は出来ていた。泰淳、安吾、清輝といった一癖も二癖もある文人たちからヒントを与えられているのが『海舟余波』の特徴である。

　柄谷行人は書評（「文藝」昭49・8）で、「江藤氏のなかでは、政治的人間とは人間の条件をまともに引きうける者の謂《いい》」であり、「人間はけっして理解しあえぬ他者と共存して生きねばならない以上、本質的に政治的人間である。おそらく江藤氏はそう考えている」とし、「『小林秀雄』においては批評家こそそのような「政治的人間」にほかならなかった」と江藤の過去の著作と結びつけた。そう読めば、この本は「作家論」であり、「江藤氏は「政治的人間」である。つまり、政治的にふるまうとか政治に関与するという以前に、存在的に「政治的人間」である」（傍点は柄谷）。

　江藤の「政治的人間」というアイディアは六〇年安保で浮上しかけたが、海舟の「行蔵」を通じて「研究」をするきっかけになったのは、江藤を東工大に招いた永井陽之助が編集・解説した『現代人の思想16　政治的人間』（昭43・11）というアンソロジーであろう。この本については『批評家の気儘な散歩』の「あとがき」で、「快い知的な刺激を受けた」と感謝している。確かにこの時期の江藤の文章や発言には、このアンソロジーからの引用が多い。ハンナ・アーレント『革命について』、マックス・ヴェーバー『職業としての政治』、エリック・ホッファー『情熱的な精神状態』、ハロルド・D・ラスウェル『権力と人間』などである。ホッファーの場合、江藤が必ず引用するのは『情熱的な精神状態』の第三十四のアフォリズムである。

「一民族が外国の支配下に委ねられると、その民族のもつ創造性は、おおむね、貧寒なものである。これは〝民族的天才〟の無能化によるのではなく、外国人の支配に対する憤激があまりにも強いため、民族をひとつのものにまとめすぎ、その結果、潜在的に創造的な個人は、かれの力を完全な実現に必要な明確な個性を獲得できないからである。かれの内面生活は、大衆の感情と関心事にもっぱら刺激され形成される。多数の未開人部落のように、かれは個人として存在するのではなく、かたまった集団の一員としてのみ存在する」（永井陽之助訳）

江藤は吉本との四度目の対談（「海」昭57・4）でもこのアフォリズムを引いて、六〇年安保、異常な高度成長、通俗的な平和主義への同調を「憤激」の表現だとしている。江藤の戦後観にも、この『政治的人間』は大きな影響を与えていることがわかるだろう。

政治家となった石原慎太郎の文学を論じた「解説」（『新潮日本文学62　石原慎太郎集』昭44・5）では、ラスウェルの『権力と人間』をまず引用してから、「政治的人間」を語り出す。

「もし政治的人間というものが、ある根源的な価値を奪われたと感じ、それを回復しようという情熱によって生きるものだとすれば、石原慎太郎の場合、彼はいったいなにを剝奪されたと感じ、なにを補完しようとしているのだろうか。いや、果して彼は、どの程度に政治的人間なのだろうか。石原氏が作家から参議院議員に転身したからといって、それだけで氏が政治的人間の仲間入りをしたということにはならない」

江藤はそう問いかけ、「海軍士官、後に外交官たらんと欲す」という石原の自筆年譜の記述から、石原が全的に剝奪されたのは「国家」である、と書く。

「国家意志は、敗戦国においてはいわば奴隷の言葉によって語られなければならない。政治的指導者たちは、戦勝国に対しては「戦争の継続」である外交努力をつづけながら、半面一般の国民に対して勝者の意志を励行し、かつその過程でひそかに自己の意志をも励行するという際どい綱渡りを強制されるからである。このような状況のなかで、「国家」が一般国民にとって、望ましい「同一化のシンボル」でなくなることは自明である」

この「際どい綱渡り」をしたのが「戦争に敗けて外交で勝つ」を実践しようとした吉田茂である。江藤はこの頃には吉田茂に「政治的人間」のイメージを投影していたように読める。この石原論ではアーレントの『革命について』も引用されている。「なぜなら、人間は彼が政治的存在である程度に応じて、話す能力を与えられている。アリストテレスが人間を定義した有名な二つの特徴、人間は政治的存在であり、そして言葉を与えられている、ということは相互に補完し合うものであり、そして共に、ギリシアのポリスでの同一の経験に関するものなのである」（高坂正堯訳）。政治における「言葉」は江藤の「政治的人間」の中で大きな比重を占めている問題であった。江藤にとって「政治的人間」とは文士と同じく、言葉とたたかう者なのであろう。

アンソロジー『政治的人間』には永井陽之助の長文の解説があるが、そこで「政治的人間」の定義が与えられているわけではない。むしろ収録された作品を手がかりに、江藤は「政治的人間」を「研究」していった。その時、もっとも格好の存在だったのが勝海舟であった。

ＮＨＫの大河ドラマが「勝海舟」を取り上げたのは昭和四十九年（一九七四）だった。主役は渡哲也（途中から松方弘樹に交代）で、原作は子母沢寛、脚本は倉本聰である。放送開始時に海舟ブームが起きるが、江藤は子母沢の解釈には反対で、「海舟なんていう怪物は、あんな人情仕立てでわかるわけがない」と語っている（『こもんせんす』）。江藤のマイ・ブームは「アメリカから帰ってきて過去十年間」ずっと続いていた。その総仕上げが『海舟余波』（昭49・4）の刊行だった。海舟ブームが沈静化した頃合いを見計らっての出版である。海舟がなぜ「融通無碍に、露出されながら悲愴にもならずに、孤立に耐えて生きていけたのか」、その謎は「海舟の片言隻句と彼が生きた時代とをつきあわせ、われわれ自身の生きかたをさらにつきあわせながら、自分で探っていくほかかない」。江藤の『海舟余波』執筆の意図である。執筆前の時点で書かれた随筆「表現としての政治」（「日本経済新聞」昭43 10 6）では、「政治や権力を「文章」にからめとるような、ノン・フィクションのジャンルへの冒険」を作家たちに勧めていた。誰も書いてくれないから、しびれを切らせて自分が筆を執ったのが『海舟余波』であろう。江藤の言う「文章」とは、「文章は経国の大業にして不朽の盛事なり」（曹丕《そうひ》）の「文章」であり、中国の史書「左伝」や「史記」の如く、政治や戦争を素材にし、「処世と修養のために反復して熟読」できる「文学」、漱石が「余は少時好んで漢籍を学びたり」（『文学論』序）と書いた「文学」である。古臭くて、カビくさい「文学」をあえて復活させようとする江藤の意志は明らかである。

『海舟余波』は花田清輝の「「慷慨談」の流行」の影響下にあるが、花田の軽業師のような海舟像とは違う面も多く描かれている。その一、二を挙げておこう。江藤が強調した海舟像に、「〝みンな敵がいい〟の哲学」がある。晩年の海舟が巌本善治に向って述べた言葉「ナニ、誰を味方にしようなどと云うから、間違うのだ。みンな、敵がいゝ。敵が無いと、事が出来ぬ」である。「果して「敵」か「味方」か、「善」か「悪」かという二値的な疑惑にとらわれた瞬間に、人は政治的明察を失い、状況におし流されはじめる。（略）みんなを「敵」としておいて、そのどの「敵」とも時と場合に応じて「正心誠意」合従を企てる。それが海舟のよって立つフィロソフィーであった」。この「哲学」は司馬遼太郎と一緒に講師をつとめた文藝春秋欧州文化講演会でも語られている。

「ただ彼は、異質な論理、異質な人々との交渉というような回りくどいいい方を避けて、日本人の感覚に直接訴えるように、あえて「みンな敵がいい」というようないいかたをしたのだろうと思います。〝敵〟というのはしかし、自分に害を加える相手だという意味ではなく、単に〝味方〟ではない、という意味でしょう。つまり、自分の考えていることを黙っていても汲んでくれるのではない。汲んでくれなくても仕方のない他人ばかりのなかで生きて行こう、というのです。そういう認識を持たない限り、新しい環境を生き抜くことはできないし、日本を近代国家として国際社会のなかに位置づけることもできない、と海舟は考えた」（「〝みンな敵がいい〟の哲学」「文藝春秋」昭47・11）

海舟の「敵」とは、江藤がずっとテーマとしてきた「他者」の政治的表現なのである。味方ではなく、甘えることが許されない存在なのである。江藤は海舟が父の小吉のことについては語っても、「自分の母親に言及していない」ことを、司馬との対談（講談社版『勝海舟全集20』）では述べている。「私人」海舟の部分ではあるが、江藤はとても気になっている。江藤独自の関心の持ち方だ。

『海舟余波』で最も筆に力がこもっているのは、「政治的人間」としての成功ではない。失敗を許されず、必ず成功しなければならないはずの「政治的人間」海舟の挫折の瞬間にクライマックスがおかれている。「敵」である西郷隆盛との協力によって江戸無血開城を果した後に、その局面はやってくる。「海舟の方策が結局挫折し、慶喜の江戸復帰が阻止されたのは、朝廷内部の権力の中心が、薩摩から長州に一目盛だけ移行したことと密接に関連しているように思われる」。西郷が外され、長州の大村益次郎が中心で仕切っている。その最新情報を摑むことができなかった。「情報収集能力によって江戸無血開城をなしとげた海舟は、情報の欠如によって失敗への道を歩みはじめていた。（略）政治的人間といえども、人間の認識能力には限界がある。だからこそ政策は常に破綻し得るのである」。失敗によって海舟は「思想家として語り出している」とも江藤は書く。「しかしなお彼はその所信を語らずにはいられず、言葉にすぎぬものに自らを賭けずにはいられない。（略）むしろ彼はこれ以後、政治的人間でありつづけようとした思想家として生きるのである」。

明治になってからの海舟の三十年間は旧主である徳川慶喜と旧幕臣たちの面倒を見ることに費やされた。彼らの不平不満を吸収して生存を続けさせる「継ぎ剝ぎ細工《パッチ・ワーク》」に全精力を注ぐ。この海舟の姿は「治者」であろうか。沈没しかかった幕府という船を事実上の総理大臣として支えるのは「治者」であるが、破綻宣告をされた徳川家を何とか新時代にソフトランディングさせるのは、「治者」というより「不寝番」である。海舟の明治とは「不寝番」の役目に徹した三十年だったのではないだろうか。

『海舟余波』は「エピローグ」に到って、苦味をさらに増して終わる。

「政治的人間にとって、あの継ぎ剝ぎ細工の終るときは、とりもなおさずその生命の終るときである。(略)彼が七十七歳の生涯を閉じたのは、明治三十二年(一八九九)一月二十一日である。(略)彼の没したとき、日本は日清戦争に勝って近代最初の興隆期をむかえ、ロシアとの対決を五年後にひかえてかつてないほど緊張し、国内の団結もたかまりつつあった。だが、この明治国家は、その後五十年を出でずして完全に崩壊したのである。/海舟が望み見ていた近代国家日本は、明治国家ではなかった。いわんやそれは戦後日本でもない。だからこそわれわれは、おそらく彼の見ていたものに、われわれの見ようとしているものを重ね合わすことができるのである。

《国と云うものは、独立して、何か卓越したものがなければならぬ。いくら、西洋々々と云っても、善い事は採り、その外《ほか》に何かなければならぬ。それが無いのだもの。つまり、亜細亜に人が無いのだよ。それで、一々西洋の真似をするのだ。西洋は規模が大きくて、遠大だ。チャーンとして立って居るから、外が自然に倒れるのだ。まるで、日本などは、子供扱いだ。褒めてやったり、叱ったりする。それで、善い気になってると云うものがあるものか》」

海舟の肉声が、いつしか江藤の声色と重なり、戦後日本を直撃して終わるのだった。『海舟余波』は史伝であり、現在への警告の書でもあった。

海舟と小吉のアクチュアリティのある言葉

江藤は『海舟全集』を二度、編集している。昭和四十五年(一九七〇)からの勁草書房版と、昭和四十七年からの講談社版である。前者は二冊で編者を降板し、江藤の「自筆年譜」からは削除された。前者の編者は江藤と勝部真長、後者の編者は司馬、江藤、松浦玲、川崎宏である。二種類の全集が出た経緯については、講談社文芸文庫版『海舟余波』の武藤康史による「解説」が綿密を極めている。武藤によれば、江藤は海舟研究家の松浦玲のテキスト批判を受け容れて、松浦と組んで全集を編み直すのである。海舟の談話の原型に可能な限り近づけるというのが、松浦玲の方針であった（講談社版全集、松浦「解題」）。

江藤は海舟入門への旗ふり役になろうとしていた。勁草書房版の第一回配本（昭45・11）で江藤は吉本と対談し、講談社版の第一回配本（昭47・11）では司馬と対談している。前者の対談相手が吉本になったのは、全集の担当編集者・阿部礼次が吉本の担当者でもあるという縁があるだろう（講談社版は「編集所北洋社」となっている。北洋社は勁草を退社した阿部が創業した出版社である。前章参照）。それ以外に思い当たるのは、吉本が「季刊藝術」（昭43春）に書いた詩論「新体詩まで」で、海舟と福沢諭吉をも論じていたことである。

「勝海舟の偶然の訳詩「思ひやつれし君」は、いわばまず明治の新体の詩の上限を象徴し、福沢が啓蒙の必然からみちびいた訳詞「世界国尽」は新体詩のもっとも下限を象徴することになった。かれらはそれぞれ詩について門外漢にすぎなかったが、それぞれの意味で、実践家として体験に根ざした意力はあった」

江藤は言葉の傑出した遣い手としての海舟と福沢に、かねがね関心を寄せていたから、稔りある対談を期待したことであろう。残念ながら吉本は海舟への関心が薄かったので、対話は発展しなかった。対談の中で、江藤は昭和三十三年（一九五八）に書いた論文「近代散文の形成と挫折」で、文筆家としての海舟に言及すべきだったがまだ詳しく読んでいなかったのでできなかったと発言している。海舟も親父の勝小吉も、「アクチュアリティのある言葉というものでものを考えていた人間」であることに江藤は注目し、海舟は「二葉亭の口語運動［言文一致］というものがどこかへ落っことしちゃったような何か」をのぞかせ、体現しているのではないかと話している。

司馬との対談では、海舟の言葉がまず話題になる。海舟の談話の筆記者としては吉本襄（『氷川清話』）と巌本善治（『海舟餘波〔海舟語録〕』）が有名だが、江藤は「巌本善治のほうが耳がいいように思うんです」と判断を下す。「ただ単に聞いて筆記しただけじゃ、その人〔海舟〕の風貌は出てこない」。巌本の筆記には「小説に会話の描写というものがありますけれども、あれに等しいようなうまさがあって、生きた海舟像がほんとうにことばのはしばしから浮かんでくるような感じがしますね」と絶賛である。江藤が政治的人間研究の書に、巌本の筆記『海舟餘波』に敬意を表して『海舟余波』と名づけただろうことも、これで推測がつく。司馬が小吉の『夢酔独言』に触れると、江藤も得たりと応じる。

「ほんとうに気分のいいものですね。日本語の口語というものがどうも『夢酔独言』が書かれた頃からいままで根本的にはあまり変わってないんですね。（略）語尾なども、ある意味じゃいまの小説家の語尾のほうが、形式化する傾向がある。（略）音に直して聞いていくと、日本語はそんなに変わってないんだなということがよくわかります」

二人の話は言葉をめぐる薩長の比較にまで及ぶ。長州は舞文曲筆の言葉を信じ、政治論理を信頼している。薩摩には言葉がなく、勘だけでいく。では海舟はどうか。江藤は言う。「海舟のほうがことばを尊敬しているともいえますね。政治家の道具はことばしかないのに、その言葉は不完全きわまりない。結局、政治はその不完全なことばに頼らざるをえないというこわさですね。この一点では、政治家は文士によく似ている。ほんとうの文士であれば、ことばを安心して使えるわけがないので、いかにしてこの不十分なものでなんとかいいたいことをあらわしてやろうと、みんな七転八倒するのですけれどもね。そういう認識に似た、ことばというものの真のむずかしさの呼吸を、知っていたんですね、海舟という人は」

江藤の中では「政治的人間」研究とはそのまま、かねてからの自らの関心領域だった言語論、散文論に直結するものであったことがよくわかる述懐である。アーレントやアリストテレスの視点で、海舟の言葉と行蔵（出処進退）を親しく観察しているのである。『海舟余波』連載中に書かれた江藤の文芸評論に「リアリズムの源流――写生文と他者の問題」（「新潮」昭46・10）がある。日本の近代文学の中で、言文一致を提唱した坪内逍遙と二葉亭四迷が遂に摑めなかった「「意」を体してなお「活《い》」きている文章」の源流が、正岡子規と高浜虚子の「写生文」運動にあったのではないかとした野心的な批評である。その中に、勝小吉『夢酔独言』の「我流の言文一致体」が引用されている。「彼は「文字のむづかしい事」は知らなかったかも知れないが、すぐれた認識者であり、あの名づけようのないものに、素手で直面しようとしていたのかも知れない。（略）すなわち肉眼をもって見、肉声をもってそれについて語ることである。小吉は明らかにこのことを知り、かつ実行していた。だからこそ彼の文章は「活」きている」（傍点は江藤）。『夢酔独言』は漱石の『坊っちゃん』に遥かに先駆する文章であったというのが江藤の評価なのである。この評論では、息子の海舟も引用される。「明治三十年には、必らずことがある」、「藩閥のこわれるのだもの」という海舟の「時勢」の読みである。この明治三十年（一八九七）という年は、「子規が「写生」ということを、とりわけ意識的に強調しはじめた」時であった。江藤は「リアリズムの源流」では、海舟の時勢観を参考にし、海舟父子の言葉を文学史に持ち来たらすことによって、表芸である文芸批評に、「政治的人間」研究の研鑽を応用したのである。江藤における「政治と文学」の双方向の通交がもたらした、思わぬ成果であった。

『海舟余波』の後、すぐに取りかかった『海は甦える』でも政治と言語の問題意識は持続している。『海は甦える』は、帝国海軍の建設者で、日露戦争時の海軍大臣であった山本権兵衛を主人公とする「ドキュメンタリー・ノヴェル」（「あとがき」）である。司馬遼太郎の『坂の上の雲』の向こうを張ったと思える作品だ。『坂の上の雲』の主人公が聯合艦隊という現場の参謀・秋山真之中佐なのに対し、明治天皇の傍らで戦争指導をする政治空間が舞台となっている。登場人物の会話を書くことは小説家なら当たり前だが、評論家としての範疇を踏み越えて会話は書かれている。これは既に『一族再会』で試みられていたが、さらに確信犯的に書かれている。明治の「公人」たちが火花を散らして、国家の命運を議論するのだ。驚くのは明治三十七年（一九〇四）一月十二日に開かれた御前会議が終わった後で、明治天皇の会話まで書きこまれているのだ。

「御学問所の御椅子に戻られた天皇から、

「山本海軍大臣は少しのこるように」

とのお言葉を賜ったので、権兵衛が一の間に伺候すると、天皇は、

「今日は昼飯を食いそこねたよ」

とおおせられて、はじめて微笑を浮べられた。

「小村外務大臣から、議案が午前十一時半に届くと連絡して来たので、待っていたが、浄書などに手間どったのであろう、十二時半になってようやく手許に届いた。そのために議案を仔細に検討する時間もなく、会議に臨むことになった。よく読んでおかなくて、手数をかけたな」

と、天皇は権兵衛をねぎらわれた。

権兵衛は、恐懼して、奉答の言葉を知らなかった。すでに時刻は、午後四時半を過ぎていた」

「今日は昼飯を食いそこねたよ」という明治天皇の言葉の典拠はなんだったのか。実際にこんな言葉遣いだったのか。江藤はどのようにこのセリフを創造（想像）したのだろうか。江藤は吉本との対談（「文藝」昭45・8）で、「明治時代には、天皇制などはなかったというのが僕の説です。インスティテューションとしての天皇制というふうに捨象し得ないものがあった」と述べた。大江との対談（「波」昭45・7）では、「ぼくは明治時代には「天皇制」なんてものはなかったと思っている。明治天皇というすぐれた君主がお

られただけです。いわゆる「天皇制」が明治のころからあったようにいうのは、進歩派の歴史学者の誤謬だと思うのです」と述べた。江藤のそうした天皇観を実践したのが、「食いそこねたよ」という、玉音ならぬ、くだけた肉声なのであろうか。

江藤の言語論はさらに続く。昭和五十一年（一九七六）にはNHK総合テレビで一年間、全十本の大型ドキュメンタリー・ドラマ『明治の群像』の台本を執筆する。大久保利通、伊藤博文、陸奥宗光、小村寿太郎など、不平等条約の改正に生涯を賭けた「公人」たちの列伝である。江藤にとっては「政治的人間」研究の第三弾に相当するものであろう。江藤が書き、「むずかしいのではないか」と危惧された征韓論争のセリフに、今度は生身の役者が息を吹き込むのである。

「したがって、私は、「大久保利通」のせりふを、語り言葉特有の調子とリズムを基調にして、書き上げることにした。（略）そして、この人々〔俳優諸氏〕とスタッフとの努力によって、この作品が立派に肉付けされたとき、やはり作者の意図は、語り言葉への欲求を忘れずにいる多くの尋常な日本の視聴者に通じたのである。私はいま、この語り言葉の世界の豊富さに、ほとんど茫然としているところである」（「活字と映像の間」）

江藤にとって、「政治的人間」と言葉はどこまで行っても不可分のものだったのである。政治に関わることも、江藤淳という「文士」の領分なのであった。

第四十章　昭和版「末は博士か大臣か」

論争相手で敵にまわすと面倒くさくて、怖い存在がかつての文壇には何人もいた。江藤淳はその一人であり、江藤に匹敵する激しい闘争精神の持主が大岡昇平である。昭和五十年（一九七五）、その大岡が牙を向けた獲物が江藤だった。江藤は博士論文を母校の慶応大学に提出し、文学博士号を授与され、東京大学出版会から『漱石とアーサー王傳説――『薤露行《かいろこう》』の比較文學的研究』として刊行した。発売二ヶ月後、大岡がまず朝日新聞（昭50 11 22夕）で批判、江藤がすぐに反論（12 1夕）、大岡が待ってましたとばかりに、毒をたっぷり塗り込んだ再批判（12 8夕）で襲いかかった。

「本紙十二月一日付文化欄の江藤淳氏の反論に答える前に、氏がそこで私が眼が悪いために読み落としたらしいといっているものは、書くに値しないから「書かなかった」ものにすぎないことをお断りしておく。

年齢とか身体障害とか、論点以外のものを導入して、論争を有利にみちびこうとする卑怯な論法は、新しい文学博士にふさわしくないものであるといっておく。

しかしひるがえって考えるに、文壇の論争が、とかく論点と無関係な悪罵のかわし合いに終始するのに比べれば、氏がたとえ間違った前提に立つとはいえ、私の提起した諸点について、具体的かつ詳細に答えられたのは、氏がこんど入られた学会の習慣を、早くも身につけられたことを示していて奥ゆかしく、以下私はたいへん答え易くなっている。氏にならって項目別にお答えする」

「新しい文学博士」とか「こんど入られた学会」とか、大岡は江藤博士の出発を嫌味に祝っている。江藤の研究対象である当の漱石が帝大を辞めて作家生活に入り、文部省から与えられた文学博士号を断固拒否したという事実があるからである。東工大教授に収まっただけで満足せず、その上、博士号も欲しがる俗物に、漱石を語る資格があるのか。大岡のはらわたは煮えくりかえっていたろう。

大岡と江藤の関係はもともと大変に良好だった。江藤の『小林秀雄』執筆のきっかけを与え、連載の場を提供し、大岡が所持していた小林の未発表原稿を江藤に提供もした。大岡は『小林秀雄』のエグゼクティブ・プロデューサーとでもいうべき存在であり、若い江藤にとっては埴谷雄高の次の〝指導教授〟であった。昭和四十一年の慶子夫人の入院の際に、江藤は大岡に全身を委ね、甘えるような手紙を病床から走り書きしている。江藤にとって大岡は小林秀雄、中村光夫と共に文壇の身元保証人のような大先輩であった。江藤は反論「大岡氏の読み落としたもの」で、まずそのことに触れていた。

「大岡氏は、私の敬愛する大先輩である。近年はかけちがって、あまりお逢いする機会がなかったが、老来白内障を病まれているということを聞いて、ひそかにその容態を案じていた。

その大岡氏が、眼疾をおして、相当の大部にのぼる拙著を早速読破されたのみならず、長文の批評を草して本欄に寄せられた異常な熱意には、著者として感激のほかはない。

しかも氏は、はなはだ不完全で未熟な拙著について、その「成果」とされるものをいくつか指摘さえしておられる。後進の一若輩たる著者は、それによって、当然、少なからず鼓舞されたのである。

しかし、また同時に、大岡氏が「疑問」とされた点を知るに及んで、氏があるいは拙著について、いくつかの読み落としをしておられるのではないか、という感想を抱かざるを得なかったのも事実である」

大岡が再批判で「私が眼が悪いために読み落としたらしい」と書いたのは、この江藤の反論の引用部分である。白内障と「読み落とし」との間に因果関係があると江藤は書いていないが、巧みな印象操作を施している文章であることは否定できない。江藤は大岡の「読み落とし」を三点指摘して、反論を了えている。「私は、聡明な大岡氏にしてなお、かかる歪められた頑迷固陋な独断におちいられ、しかもその不毛さにまったく気付かれずにいることを、深く惜しみ、かつ遺憾とするものである」。大岡は再批判で三点に逐一反論した。新聞紙上としてはかなり専門的な論争なのだが、大岡の言いたいことは、江藤が『漱石とその時代』以来強く主張している漱石と嫂《あによめ》登世との恋愛説を前提にテキストを読んでいることへの批判であった。「『漱石とアーサー王傳説』は、どこを切っても、飴の中から金太さんが出てくるように、登世の顔が現れる、という退屈な構造になったのである」。

江藤の反論は一回限りであった。朝日新聞が再度の反論を求めたことを江藤は別の場で書いている。慶応関係者が主に読む月刊誌「三田評論」(昭51・2)の「新著余瀝」という一頁コラムである。江藤は専門書にもかかわらず、すぐに重版となり、「百数十人の方々から拙著について暖いお便りをいただいた」と報告してから、大岡に触れた。

「この本について、大岡昇平氏が、「朝日新聞」に『「漱石とアーサー王傳説」批判』を書いたとき、私は単に大岡氏が疑問とした諸点について答えるにとどめ、大岡氏が再論したとき、新聞社の慫慂《しょうよう》があったにもかかわらず、敢えてこれに応じなかった。／これは、一つには新聞の紙面が、学問上の論争を行うのに適当な場所とは到底考えられないからであり、一つには大岡氏の意図が、最初から興味本位の文壇論争を挑むことにあって、その動機がきわめて不純かつ政治的であると判断したからである」

江藤はつづいて、フランス文学者で福岡大教授の大塚幸男の私信を引用して、「ああいう片々たる」批判めいたものに「痛痒を感じられるに及ばない」と、援軍の手助けを借りている。「百数十人」という数を恃《たの》んだり、いつもの江藤らしい威勢のよさは感じられない。

二人の「大ゲンカ」は週刊誌ネタにもなった。「週刊サンケイ」(昭51 2 5)の四頁の記事では当事者二人も喋っている。饒舌なのは大岡である。朝日での批判以外に、学会での講演でも、成城大学の講義でも既に批判は公表したと意気盛んである（この二つはすぐに活字化される）。「学生諸君には〝間違えているので〟、〝そのまま読むのは警戒すべきだ〟と批判しておきました。もっとも、買うなといったのではない。むしろ、江藤君の本のためにボクが論争して宣伝してやってるようなものですよ、フフフ……」。大岡はさらに物騒なことも言っている。「あんなものに博士号を与えるとは、将来、慶応のスキャンダルになりますな。／江藤君は、博士号をタテに、発言力を強めようとするでしょう。しきりに遡源《そげん》学的探究といっていますが、あのね、問題の登世の墓のある小日向本法寺は真宗だから、そもそも卒塔婆はないんですよ。これでも江藤君は学問的に探究したといえますか。／ボクは江藤君に対して、言外にフォニイだといっているつもりなんですよ。ボクは江藤君にこう言いたい。〝恩も礼儀も知らず、何が忠誠ぞや〟とね」。

江藤が三年前に巻き起こした「フォニイ論争」を引き合いに出して、博士論文は「にせもの」だと批判したのだ。江藤は「一切ノーコメントでは編集部もお困りでしょうから」と前置きして、大岡が書く漱石には興味がない、と突き放す。「私は、興味がないと、いい文章を書けないタチでしてね。私の研究をお分かりいただくためには、やはり、『決定版・夏目漱石』や『漱石とその時代』などをお読みになっていただく以外にはないのではないでしょうか」と、ちゃっかり自著の宣伝をするだけのコメントだった。

大岡は講演「漱石の構想力――江藤淳『漱石とアーサー王傳説』批判」（「日本文学」昭51・3）と講義「「薤露行」の構造――江藤淳『漱石とアーサー王傳説』批判」（「展望」昭51・3）をすぐに世に問うた。以上四篇の批判に、講演「漱石とキリスト教」（「展望」昭50・6）というもうひとつの江藤批判も加え、『文学における虚と実』として、講談社から六月に刊行する。そのタイトルについて大岡は、「作者のイデオロギー、感情、偏見などによって作品の中に現われる「虚」を研究したもの」と説明した。

大岡が徹底的な調べ魔であることは代表作『レイテ戦記』や伝記『中原中也』『富永太郎』で実証済みであり、闘争心旺盛な論争家であることも『常識的文学論』や『歴史小説の問題』で明らかであった。大岡の漱石論は江藤の『漱石とその時代』に触発されることで作動した。比較文学的な知識や西洋美術への知見も十分に持っていたから、江藤の博士論文は恰好の餌食となった。論証的な部分だけでなく、大岡の喋りは悪口のオンパレードでもあり、悪口見本帖ともいえた。「江藤探偵の推理は、いわゆる見込捜査で、自分の仮説に都合のいい証拠ばかり集めて来る」、「下手な推理小説」と酷評し、その学術的探索は「自分勝手な結論へ驀進している」と茶化した。成城大の講義では、江藤の嫂登世説は「妄想に近い」と断定している。

「漱石がロンドンに留学中に見たと思われる絵画や芝居との関係が書いてある。しかしたしかに見た証拠はないのです。文学と視覚芸術との相互関係なんて、もっともらしいことをいって、それらの画をふんだんに載せた、グラフィックな出版で、まあ挿画入り博士論文といったものです。文章も歌謡曲みたいに、詠嘆的で、くり返しが多く、寝っころがって読むのには案外手頃かも知れないが、間違った情報を多く含んでいるので、若い方におすすめできないのです」

ほとんど江藤はサンドバッグ状態である。博士論文の指導をした英文科時代の恩師・厨川文夫はこの頃、江藤への手紙で「沈黙」を良しとした。「大岡氏に対し、沈黙されたことは、貴兄の精神の偉大さを示すものです。貴兄が示すことを意図されなかったにせよ、貴兄の生きて居られる世界は、明かに異ったもので、それが第三者にはわかるものです」（昭51・2・15付、「新発見！江藤淳への手紙」「新潮45」平28・1）。師の教えを守った江藤の胸中はわからない。大岡の連続爆撃に防空壕でじっとしているしかなかったのか。それとも逆襲の機会をうかがっていたのか。新潮社出版部で『漱石とその時代』の書下ろしから江藤の担当になった梅澤英樹は、大岡の担当者でもあり、改稿中の推理小説『事件』の編集作業中だった。梅澤の家には当時、二人から毎晩のように電話がかかってきた。世に出た論争は氷山の一角に過ぎなかったのだ。

論争の余韻が冷めやらぬ四月五日、日本芸術院は第三十二回芸術院賞の受賞者を内定した。江藤は安岡章太郎とともに選ばれている。四十三歳の江藤は文芸部門としては最年少の受賞となった。受賞理由は「評論家としての業績に対し。「小林秀雄」など優れた評論活動を続け、文芸批評家として独自の活動をしている」というものだった。江藤の受賞の弁が載っている。「私のような若輩が賞を受けるのは非常な栄誉です。時流から離れた場で進めてきた私の評論活動についても、正しく認めてもらっており、まさにわが意を得たという気持です」（「毎日新聞」昭51 4 6）。

受賞式は五月三十一日に天皇臨席のもとに行なわれた。江藤への御下問は、「評論や歴史ものを書くのに、資料を調べるのは、なかなか大変だろうね」であった。「「たしかに苦労はございますけれども、そうやって調べておりますうちに、思いもかけない発見をする楽しさもございます」とお答えして、ふと顔を上げると、陛下のお顔がすぐ鼻のさきにあって、ニコニコ笑っておられるので、びっくりしました」。この後、宮中で御陪食があり、陛下の「よく通る」「若々しい」お声を拝聴した。「しかし、やはり家に戻って来ると、ぐったりと疲れましたね。過去三回の園遊会のときもそうだったけれども、どうも陛下に拝謁すると、一種独特の疲れかたをしますな。〝光栄疲れ〟とでもいうんでしょうかね」（「芸術院賞の一日」『続々こもんせんす』）。

江藤にとって芸術院賞受賞は、大岡のしつこい批判という不愉快を帳消しにするものだったろう。大岡としては、国家の栄誉をひけらかす江藤にさらに興醒めしたことであろう。大岡は五年前に芸術院会員に選ばれたが、辞退して騒ぎになっていた。「戦わないで捕虜になったのだから、はずかしくて天皇陛下の前に出られない」というのが、その表向きの理由であった。大岡の国家との距離がこの時に露呈した。さらに四年前、小林秀雄が文化勲章を受章した時、大岡は祝辞のような文「文化勲章――十一月三日の小林秀雄氏」（「週刊新潮」昭42 11 18）を書いている。あらためて読むと、素直には祝っていなかったことがわかる。

「小林さんは私の四十年来の先輩である。はじめて会った昭和三年には、東大仏文に在学中で、河上徹太郎、中原中也などと文学の話ばかりしていた。仲間から勲章を貰う人間が出て来るなんて、考えた者はなかった。／その頃の勲章といえば、軍人か官吏が貰うものと相場がきまっていた。そんなものになりそうな人間は一人もいなかったからである。（略）小林さんの生活は戦争中「無常といふ事」を書いた頃から、引退の形になっていた。時たま、随筆、対談、講演という形で、意見を発表するだけだった。鎌倉の高台の家に引き籠って、モオツァルト、ゴッホ、本居宣長など、自分の好きな題目を選んで、こつこつ書き続けて来ただけである。文化勲章が向うから自然にやって来たのである」

大岡は埴谷雄高との対談で、自分が小林のところへ行かなくなったのは、昭和四十三年の日本文化会議の結成が大きかったと述べている。吉本隆明は江藤について、日本文化会議への参加と天皇主宰の園遊会への参加を翻意させるべきだったと悔やんでいた。保守系の大物文化人が発起人に名を連ねたのが日本文化会議だった。大岡は日本文化会議に反対だった。「彼〔小林〕と向かい合っても、とにかく「日本文化会議」の話はしちゃいけないんだからね。そういうことがあるとつい附合いが具合悪くなってきちゃうだろう」。「あのころからそろそろおれも戦後文学〔派〕だということになってきたんだ」（『二つの同時代史』）。大岡は同じ頃、政治的立場の違いを江藤にも感じていた。講演「漱石の構想力」で、『小林秀雄』までは江藤の協力者だったが、と述べた。「その後、彼が母の崩壊とか、治者の思想とか、そのほか政治的にいろんな変なことを言い出してからは支持できなくなっています」。

江藤批判を収めた『文学における虚と実』は、江藤批判以外に、森鷗外の歴史小説「堺事件」批判がもうひとつの柱になっている。「「堺事件」の構図——森鷗外における切盛と捏造」は、「歴史其儘」を唱える「軍医総監、文学博士、小説家の森鷗外」が、大正二年に書いた短篇小説の中で犯した二十数ヶ所の「犯罪的捏造」を告発したものだ。大正元年（一九一二）の山県有朋による陸軍二個師団増師の上奏文を起草したのが鷗外だったことを記した後、大岡は書く。フランス人を斬って切腹となる土佐藩士たちを、「無言のうちに、彼等の不幸を見守る、天皇家があった。封建的土佐藩は助命された九士を流罪にしたが、天皇制は幼帝即位を機に特赦する仁慈と権威を持っている。鷗外が捏造したこの構図ほど山県体制に役立つものはなかったであろう。／体制イデオローグは〔徳富〕蘇峰のように大言壮語するとは限らない。公平めかした擬似考証性によって、真実の外観を作り出し、擬似真実を愛好する輿論《よろん》を誘導しようとすることがある」。大岡は文豪鷗外を「比類のない才能をもって、最も下らない政治に奉仕する」主人持ちの文学者として否定したのだった。鷗外批判と江藤批判のカップリングは、「治者」気取りで、「政治的人間」を持ち上げる江藤への嫌悪が反映されているのであろう。「右傾」化する江藤の『漱石とその時代』は、よりによって小林秀雄と中村光夫の推薦文付きで世に出た。大岡の師と友のお墨付きだったことも大岡には気に入らなかったろう。しかし、根本は江藤の嫂登世との恋愛説（大岡は江藤が二人には肉体関係があったと断定していると深読みした）への疑義である。「江藤氏の見方はわが仏尊しの情念に導かれた独断であり、嫂登世にからまる妄想に支配された謬説である。「薤露行」は漱石がその学識をひけらかし、怪奇趣味を満足さすために書かれた出来損いの作品と見なして、何等差しつかえないのである」（「「薤露行」の構造」）。

〈死者を愛し続ける男の物語〉

江藤の博士論文は大岡の批判抜きには語れなくなった。そう思わせるのは東大の学会誌「比較文学研究」（30号、昭51・9）に載った二本の長文書評である。東大駒場の比較文学専攻は、江藤が非常勤講師として何度か出講した学科である。昭和四十八年（一九七三）に、駒場の教室で「薤露行」を読んでいる時に、「なぜ漱石がこのわかりにくい小説の枠組に、アーサー王伝説を選んだのだろう、という疑問に突然とりつかれた」ことから博士論文は生まれたのだった（「日記から」「朝日新聞」昭50・5・12夕）。東大の比較文学は島田謹二、平川祐弘、芳賀徹、小堀桂一郎といった江藤との親交が深い教授陣が揃っていた。後年、江藤を東大教授として迎えようという人事を企てたのもこの学科だった（平川祐弘「江藤淳氏とアメリカ」「諸君！」平11・11）。江藤にとって、いわば第二のホームグラウンドというべきアカデミズムの場である。そこでの書評の評価が厳しかった。書評者の斉藤恵子も大澤吉博もまず大岡との論争に言及し、大岡の批判を視野に入れて書いている。斉藤は結論部分は「著者の意気込みが先行して読者は取り残されることが多くなる」とし、大澤は「氏の説は仮説であり、未だ仮説のままにとどまっていると思う」と判定した。斉藤は「情熱のこもった筆致に、漱石ならぬ江藤氏の低音部をきく思いがしてくる」と述べ、「この現象は批評家としての本懐であろう」と、学術論文としてではなく、批評としての評価に傾いている。

慶応での論文審査にあたったのは、主査・池田彌三郎、副査・厨川文夫、松原秀一であった。国文学、英文学、仏文学の三碩学である。「論文審査報告書」（「芸文研究」35号、昭51・2）を読むと、それらの危惧は織り込み済みだったようだ。

「このこと［「薤露行」が登世に対する挽歌である］は、実は著者の推定であって、確たる証拠はない。著者の挙げる証拠は、ことごとく状況証拠である。しかし、著者の精密な考証によって、その排列せられたる証拠は、みごとにそのことの真実なることを証することに、指向している。（略）こうした論断［「薤露行」の行間に嫂登世が身を潜めている］は、どこまでも推論であることが、常に論文の弱点となるはずのことであるが、しかしその推断が、読者を首肯せしめるか否かは、一にかかって、冷静な判断による資料の処理にある。その点、著者の推断は、その用意の周到と、微細な証拠に到るまでの数多き摘出とその排列とによって、読者を納得せしめている。ロマンスの中の女性と、漱石自身が心の中に秘めた恋とを、重ね写真のごとくにして、それを、それにふさわしい文体をもって創作したとみることにおいて、まさにその解釈は独創的というべきである」

江藤のこの博士論文に関しては、江藤歿後五年に「三田文学」（平17冬）で江藤淳特集があり、特集の中の二本の原稿で結論に近いものが出た。飛ヶ谷《ひがや》美穂子の論考「江藤淳『漱石とアーサー王傳說』の虚構と真実」と、髙宮利行のエッセイ「江藤・大岡論争のころ」である。髙宮は江藤の論文執筆時の協力者であった。髙宮によれば、江藤が執筆時に未見だった英語文献はケンブリッジの図書館に行けば揃っている。髙宮が調査すると、「少なくとも第八章は、論文の一部に入れる意味がなくなってしまった」。それどころか、「江藤氏が博士論文で言及した英語文献についてすべてチェックしてみると、夥しい誤記のほかに意図的に引用文を改竄した部分も見つかった」という。髙宮は「なぜ江藤氏は博士論文の執筆、提出、出版をあれほどまでに急いだのだろう」と疑問を持った。

飛ヶ谷の論考はさらに具体的に、江藤の「さまざまな操作」、意図的な情報の選別、「ラファエル前派や世紀末芸術のある一面だけ」の強調を指摘している。飛ヶ谷は江藤の『一族再会』や同人誌「位置」に書いた若き日の短文などを検証した上で、結論を記している。

「そのアーサー王伝説を題材に、漱石とラファエル前派とが一つに結びついた『薤露行』は、江藤が〈物語〉を託すにふさわしい要素をすべて備えていたといえる。この〈死者を愛し続ける男の物語〉の主人公は、亡き嫂を愛し続ける漱石であり、妣《はは》を慕い続ける江藤自身であると同時に、亡き妻を愛し続けているはずの父その人だったからである。／江藤が六歳の時に父が再婚して以来、江頭家では廣子の存在は封印され、その思い出を語ることも死を悼むことさえも憚られるようになった。継母千恵子の気づかいと優しさを感じれば感じるほど、その封印はいっそう固く、とくに父と亡母について語ることは、江藤にとって重大な〈禁忌〉となった。それでも彼は、父が本当に愛しているのは継母ではなく、若く美しいまま「不在の世界」にいる母廣子であると信じたかったのであろう。／彼が『薤露行』は「禁忌への配慮」のために「隠喩と暗号によって織り上げられた世界」であると強調するのは、『漱石とアーサー王伝説』という彼自身の〈作品〉の秘密を伝えようとするものであった。江藤は父とともに「暗号」でつづられた「挽歌」をひそかに母に捧げ、それによって母への訣別と父との和解を果たそうとしたのである。だからこそ彼はこの〈作品〉にはじめて「父上に」という献辞を記したのである」（傍点は飛ヶ谷）

飛ヶ谷は博士論文を学術論文ではなく、あくまでも江藤自身の〈作品〉と見做して、的確に分析している。飛ヶ谷は博士論文の主査・池田彌三郎の門下であり、高宮は副査・厨川文夫の直弟子である。一世代の後に、江藤は文学博士としてではなく、生来の批評家として読み直されたのであった。

おそらく窮屈な博士論文としてではなく、いつも通りの批評文として書けば、もっと自由に書けただろうし、大岡から痛烈な批判を浴びることもなかったであろう。いくら愛読してきた漱石が対象とはいえ、一年という短期間で論文は書き上げられるのだろうか。高宮の疑問はもっともである。父の江頭隆が七十歳を過ぎて、めっきり身体が衰えてきたので、父が生きている間に、博士号付きの論文を捧げたかったのだろうか。それもあるだろう。世評言われているような、江藤の権威主義も関与していたかもしれない。江藤自身は「学問の普遍的な基準で、一度厳しく自分を律しておく必要を痛感していた」（「朝日新聞」昭50 5 17夕）と公言していたが、さまざまな事情がわかってくると、その言は綺麗すぎて、必ずしも信用はできない。もっと説得力のある話を当時、本人から聞いていたのは高山鉄男である。高山は江藤夫人とは仏文科の同級生で、仏文科の教授になっていた。高山の三田の研究室に、ある日江藤がふらりと訪ねてきた。高山はバルザックの研究者で、「季刊藝術」に三島論、谷崎論、川端論を書いていた。江藤は高山に切り出した。「東工大は理系の大学だから、どの先生も博士号を持っているので、僕も博士論文を書きたいのだが」という相談であった。高山は「池田先生に頼もう」とすぐに思いついた。江戸っ子で気風のいい先生なので、すぐに引きうけてくれるだろう。池田は江藤の仕事を高く買っていたし、勝海舟びいき同士という間柄であった。江藤自身が英文科時代の恩師・厨川文夫に直接には頼みにくかったのは、大学院中退のわだかまりが残っていたのだろうか。

江藤を東工大に招くことに尽力した鈴木光男は、プリンストン留学直前に、東北大で経済学博士号を取っていた。帰国後、東工大に職を得た時には、それでも違和感を持ったという。

「ガリガリの理系の大学ですから、文系の先生はしょせんお客さんなんです。尊敬はしてくれるけれども、本当の仲間というのでもない。自分の学生、院生を持てない。江藤さんの前任者の永井道雄さんもそれが不満で辞めました。江藤さんは学内行政にも熱心だったし、学内で理系の先生方に伍していくには学位は必要だったのでしょうね」

江藤にとって、博士号は東工大での発言力を強めるための、いわばパスポートだったのではないか。二十年間の東工大時代に、江藤は文系教授がつけるポストとしては一番上の評議員となって、大学行政に励んだ。

福田赳夫の「四大ブレーン」の一人

江藤が無事、文学博士となった頃から、巷間では、江藤の「次」が噂されるようになっていた。例えば、「日本をゆるがし始めた新リーダー101人」（「現代」昭51・9）の江藤の紹介文はこんなだ。「漱石が固辞した文学博士号を漱石研究でもらい、芸術院賞になり、若くして文壇の大御所、さらには文部大臣も近いとい う人さえいる」。「続・現代虚人列伝」（「現代の眼」昭51・8）では、「次の文部大臣に擬せられるほど〝偉く〟なったと確信していることであろう」といった風に。菊池寛の時代の「末は博士か大臣か」という明治的立身出世主義の権化のように扱われているのだ。後者の記事では、「プロレタリア文学の「政治」は反体制運動であるが、江藤の「政治」は世俗的な権力＝自民党福田派だからである」と絵解きしている。

三木武夫内閣の次と目されていた福田赳夫《たけお》が政権を奪取した暁には、江藤文相が生まれるというナマ臭い話題である。大岡もこんな噂ならとっくに耳にしていただろう。

江藤が佐藤栄作内閣時代に政治との関わりを持ったことは既に書いた通りだ。佐藤内閣が退陣した後は、本命の福田を破った「今太閤」田中角栄の時代となり、政権との距離ができた。その時に、江藤を政界に導いた楠田實（佐藤前総理首席秘書官）と対談して、知識人と政治の関係を語っている（「現代」昭48・11）。

「日本でも、考えてみると以前は知識人が政治の奥の院に入ることがそう特別なことではなかったので、福沢諭吉も徳富蘇峰もそうだったと思います。アメリカでも、最近ではキッシンジャーの例もありますし、ケネディ時代には、知識人の政治参加がとくに顕著でした。／こう考えてみると、現在日本で建前とされている知識人と政治とのかかわりかた――知識人が知識人であるためには奥の院をのぞいてもいけないし、それに近寄ることもいけない――はかなり特殊なものといわざるを得ない。だからといって、私自身がなにをどうする気もまったくなかったのですけれどもね」

江藤はプリンストンで、政権とアカデミズムの相互乗り入れを見てきた。明治の歴史を読んで、ジャーナリズムや知識人と体制側の柔軟な関係を知悉《ちしつ》していた。明治十四年の政変での福沢と大隈重信の連携を、江藤は『明治の群像』でドラマに仕立てている。『海は甦える』を書くにあたって、御用ジャーナリスト徳富蘇峰（猪一郎）が体制の内側から書いた伊藤博文、山県有朋、桂太郎など権力者の伝記に親しんでいた。江藤は対談では自身の「奥の院入り」を否定しているが、この時期に『海舟余波』を執筆し、「政治的人間」を研究していたことを思えば、江藤の「研究」が政治的実践をかなり想定して行われていたと考えざるをえない。江藤「海舟」にとって、徳川慶喜は、西郷隆盛は誰だったのか。「あり得べき日本国家」像はいかなるものだったのか。

田中金脈問題が表面化した直後、昭和四十九年（一九七四）十月二十七日、群馬県高崎市で、三千数百

名の聴衆を集めた政経討論会が開かれた。壇上にはポスト田中の最有力者・福田赳夫、自民党参議院議員の石原慎太郎と斎藤栄三郎（経済評論家）、司会の秋元秀雄（政治評論家）と共に江藤がいた。福田内閣誕生の願いで膨れ上がった地元での大蹶起《けっき》集会である。江藤は田中角栄攻撃では容赦はなかったが、マックス・ウェーバーを語り、山県有朋を語り、星亭を語りと、会場の熱気とはややそぐわない話も多かった。海舟を語ったところでは、福田は「今、江藤先生から勝海舟論が出てきたわけですが、まさに私の気持もそうなのです」と受けている。壇上での熱弁に、江藤の思い描く政治的人間の一端は現れている。

「いま私は福田さんのお話をうかがっていて非常に感銘を受けました。というのは日本の政治家の口からいま世界の情勢がどうなっていて、その中でわが国が置かれている位置がどういうものか、そのことがわれわれの暮しや生き方にどうかかわっているかを言って下さった政治家は私は本当に久しぶりにそういうお話をききました。／いま、福田さんが描き出された図柄というものは決して明るいものではありません。しかし、私たちはやはり政治家に求めているものは本当のことを包み隠さず言ってくれる事じゃないんでしょうか。口さきで目先目先をかわしていくというような政治にわれわれは飽き飽きし、ジリジリし、もしそうだったらこんな筈はないいんじゃないかと思い始めている」（「政経人」昭49・12）

江藤は『海舟余波』では、眼には見えにくい「国際社会のなかに位置づけられた日本」が海舟には見えていたことを書いていた。

田中は退陣したが、椎名裁定によって選ばれたのは福田ではなく、「バルカン政治家」と呼ばれた三木武夫だった。三木は内閣の目玉として文部大臣を民間から起用した。教育社会学者の永井道雄である。戦前の政党政治家・永井柳太郎の息子であり、江藤の東工大の社会学ポストの前任者だった。やがて江藤が文相に擬せられるのも何かの縁かもしれない。

現役の政治記者が書いた『福田赳夫論　政治路線とその人脈』（佐藤雄一編著、昭51）では、江藤は稲葉秀三（経済評論家、元産経新聞社長）、加藤寛（慶大教授、経済学者）、吉武信（政治評論家、元朝日新聞政治部長）と並んで四大ブレーンの一人とされている。「福田は、この江藤と文明論をたたかわせたりしているが、心おきなく付き合っているようだ。しかし、政治向きのブレーンというにはほど遠い。江藤との関係は、幅の広い福田に厚味を加える部分といっていいのかも知れない。福田の側近は、福田が江藤と話している時がもっとも楽しそうだ、と語っている」。

江藤は晩年のインタビュー「文士の勘で政治家を斬る」（「正論」平10・3）で、福田は個人的にマクロ経済を教えてくれた「贅沢な家庭教師」だったと回想している。

「福田さんは昔話をよく話してくれました。津島寿一さんがロンドン駐在財務官だったときに、福田さんは補佐官をなさったが、その恐慌後のヨーロッパの状態。陸軍省担当の主計官のときのこと。汪精衛（汪兆銘）の南京政府財政顧問の頃の話などを淡々となさるわけです。／断片的な話ですから家に帰ってきて、それに関係する本を読んだりしていると、ははあ、なるほどそういうことかと少しずつわかってきた。／昭和四十年のオリンピック後のとき、佐藤内閣の蔵相だった福田さんは初めて特例公債を出しましたね。当時のこともお聞きしました。財政、金融、国民経済全体の指す手、引く手というものがある。そのうえで大蔵省もあれば、通産省、日銀があって、都市銀行も踊っている。証券会社はこのへんにいる。なるほどなあ、面白いもんだなと思いました」

福田内閣が成立したのは昭和五十一年（一九七六）の年末だった。文相は海部《かいふ》俊樹（後に首相）で、石原慎太郎が環境庁長官として初入閣を果した。一年後の内閣改造で文相になったのは砂田重民であった。組閣が発表される時、江藤は原稿執筆でカンヅメになっていたパレスホテルの部屋で燕尾服を着込んで吉報を待っていた。いや、文相は民間人の永井道雄という前例があるので新鮮味に欠けると、江藤が外相ポストを高望みして容れられなかった――。当時の政治記者たちによる政界噂話である。どこまでが真実で、どこからが面白おかしく脚色されているのか。江藤が下馬評に挙がっていたことだけは間違いないようで、「末は博士も大臣も」が夢物語ではなかったのだ。

福田赳夫の総理秘書官だった長男の福田康夫に、その点を確認してみた。「江藤さんはなつかしい人だなあ」と取材を受けてくれた福田元総理は、「観測する人がいたとしても、それはありませんでした。外務大臣であればなおさら、民間からということはありえません。江藤さんはアドバイザーですね。彼の鋭い観察眼で意見を言ってくれますから」と、きっぱりと否定だった。

江藤は福田内閣時代、政府の仕事をずいぶん手伝っている。自筆年譜の昭和五十二年の項には、七月に東南アジア五ヶ国に出張し、「各国との文化交流促進の可能性を探るのを使命とす」とある。翌五十三年の項には、「日中平和友好条約批准書交換に先立ち、安倍晋太郎内閣官房長官の要請にて北京に出張、鄧小平副総理その他の要人と会談」とある。福田事務所には、この時の「報告書」のコピーが残っていた。現物は江藤に戻したそうで、東工大のB５横書き用の用箋十四枚に縦書きでびっしり書かれた報告は、原稿用紙に書いたかのようである。癖のない、流麗な筆跡で、直しもない。江藤は文芸批評を雑誌に執筆するのと同じ心構えで、書いたのであろう。ただし、筆者名は「東京工業大学教授　江頭淳夫（江藤淳）」と本名である。

「私は去る昭和五十三年十月四日より十月十日まで北京に出張を命じられ、日中平和友好條約締結後における中国要人の対日姿勢等について、直接その感触を得ることに努めた。／（略）いうまでもなく、私が総理官邸の御意向を受けて訪中したという趣旨は十二分に諒解されているものと思われた。以下に要点を記して御参考に供したい」

鄧小平との一問一答は「できるだけ正確に再現」されている。ト書きがあって、レーゼドラマを見ているようである。ここでは江藤は鄧小平に相対して、国家を背負うがごときである。

「江藤（社交的挨拶の交換数分ののちに）…それでは、日中條約締結後の世界情勢について閣下の御意見を承りたいと思います。

鄧（うなづいて）できるだけ率直にやりましょう。

江藤　日中條約は、世界情勢にも少なからぬ影響をあたえつつあるものと思われますが、そのなかで今後の米中関係はどのように推移するとお考えでしょうか。

鄧　われわれは、日本にとって〝日米第一、日中第二〟であることはよく承知しています。このことについては、（と、佐藤〔正二〕大使を顧て）大使閣下は今までに五十回ぐらいはお聞きになったでしょうが、日中條約が締結された今日になっても、われわれの認識には少しの変化もありません」

鄧は「米台関係」を問われれば、「（身を乗り出して）」、台湾については、「第三次国共合作の可能性」に言及する。段々と話題は核心に入っていき、日本の防衛問題が主題となる。

「江藤　換言すれば、中国はその世界戦略のなかで日本の軍事的意義をどのように考えておられるのでしょうか？

鄧　第二次大戦後、日本がこの問題について條約（江藤注、日本国憲法のこと）の拘束を受けているということは承知しております。しかし、そのようなことにかかわりなく国には一貫して自衛権というものがあります。そして自国を防衛する努力をつづける必要があります。日本が米国の駐兵を必要としている御事情はよくわかりますが、日本ほどの国が防衛努力を行わないなどということは考えられません。（略）要するに、それぞれの国が、自国のおかれている現実から出発して、自国の利益のためになすべきことをなせばよいのです。

江藤　閣下のいわれた〝條約〟とは、日本国憲法のことですね？

鄧　日本の憲法は軍備を禁止しているのではなかったですか？

江藤　その通りです。
鄧　しかし憲法などは大して重要な問題ではないでしょう。（平然といい放つ）
江藤　（苦笑して）ずいぶん貴重なお時間をいただいてしまいましたので、あと二つの問題についておたずねしたいと思います」

江藤のもうひとつの大きなテーマである憲法（〝條約〟）にまで話題が拡がり、鄧小平の憲法観に江藤は思わず「苦笑」している。会談での江藤の結びの言葉はうちに力を籠めて発言されている。

「江藤　閣下及び中国の指導層が、このたびめでたく日中條約締結に成功されたのは、日本のどこに本当の力があるかを正確に見極められたからだと思います。力の所在とはとりもなおさず民衆の支持の存する場所です。われわれも中国の力の所在がどこにあるかを見極めつつ友好を進めて行きたいと思います」

日本の権力の中心が「井戸を掘った」田中角栄、社会党、労組ではなく現政権にあること、中国が非民主主義体制であることを暗に指して、恫喝のポーズをとっている。『海は甦える』第二部の伊藤博文と李鴻章の下関での講和談判のやりとりを江藤は頭に描きつつ、交渉に臨んだのではないだろうか。「報告書」は『江藤淳全集』刊行の折りには是非とも別巻に収録されるべき「作品」である。

この時の江藤と鄧小平が並んで歩く写真も残っている。気分はキッシンジャーである。鄧小平は自然体だが、江藤はさすがに緊張して、顔に力が入っている。この時に限らず、一九七〇年代の江藤の写真を見ると、その前、その後とは違って、悪相に写っている。文士の顔というより、「政治的人間」の顔なのか。それとも中年太りで、顔面にお肉がつき過ぎたためだけなのか。

江藤の「報告書」には昭和五十二年二月のものもあった。福田首相訪米を前にして現地の感触を調査したもので、これはワシントンの日本大使館、ニューヨークの総領事館の協力を得ている。江藤の関心はおそらく文部行政よりも、国際関係、外務行政にあったのではないかと思われる。

鄧小平の来日から一ヶ月後、福田は自民党総裁予備選挙で大平正芳に苦杯を嘗めさせられた。「天の声にもヘンな声がある」という名言を残して、福田は宰相の座を恬淡《てんたん》と去った。もしこの時、福田が勝っていれば、江藤大臣は出現したのだろうか。それから一年後、江藤はワシントンから東京の福田に年賀状を送った。その文面には、「一日も早く政局の転換を実現していただき、第三次福田内閣を発足させて事態を収拾する以外に道はないと考えております」とある。

大岡の死後に再開された『漱石とその時代』

福田政権時代の昭和五十二年、江藤淳編で『朝日小事典 夏目漱石』が刊行されている。編者として「読んで面白い事典」を目ざしたもので、江藤は二十項目を執筆している。「夏目登世」の項は江藤が担当していて、登世の顔写真もある。大岡の名が出てくるのは解説の結びの部分だ。

「漱石がこの嫂に対して「不思議な程に深い敬愛の情」（夏目伸六「父の家族と道楽の血」）を抱いていたことは、右の書簡からもうかがわれるが、それが秘められた恋であることを示唆した人々に、渋川驍、小泉信三、角川源義らがいた。そして江藤淳「登世という名の嫂」（「新潮」昭45・3）において登世の名と出自が明らかにされ、この論文と『漱石とその時代』（新潮社）で漱石の英詩との関連において登世恋人説が展開されると、俄然〝登世問題〟は漱石研究の一焦点をなすにいたり、小坂晋、大岡昇平、宮井一郎らの反論を呼びつつ今日に至っている。この問題については、今後もなお論議が行われるであろうと思われる」

この時期、江藤は開高健と連続対談（『文人狼疾ス』）を行なっているが、大岡に言及しているのは論争勃発以前だけである。埴谷や武田泰淳については言いたい放題なだけに不自然である。蓮實重彥との対談（昭60）では、「大岡さんにも恩義は多く、なにを言ってもね……。（笑）ただぼくはね、なんで大岡さんが、あるときまで、むちゃくちゃにペロペロなめるようにいろんなことをしてくだすって、あるときからそうじゃなくなったかがよくわからないんですね。わかるっていえば簡単にわかるんですけれども、わかりたくないという気持ちもある。だからぼくはこれはむしろわからないようにしようと思っているんです」とモゴモゴ語るのみだった。中上健次との対談（昭63）では、中上の挑発に、「僕は大岡さんにいろいろお世話になった時期もあるからね」「ただ、大岡さんに対しては、僕は悪口は一言も言っていない、作品は批評しているけれど」と流している。その頃、大岡は漱石論をまとめて『小説家夏目漱石』を出し、その半年後に亡くなった。昭和の最後の文学者の死である。

江藤が大岡についてやっと筆を執るのは、大岡の死から一年後の「物語と小説と」（「新潮」平2・1）である。仕事の必要があって、大岡の江藤批判が載っている『文学における虚と実』と『小説家夏目漱石』を「あまり愉快なことではなかった」が読んでの感想である。前半は大岡の本の中に見つけた小さな誤植（誤記）について滔々と書いていて、腰がすわっていない。いまだに大岡の呪縛が解けていないのかと思える文章である。「仕事の必要」とは、岩波文庫の漱石の『倫敦塔・幻影の盾他五篇』（つまり初期短篇集『漾虚集』である）の解説を書くためである。江藤はそれまで岩波の漱石全集と小宮豊隆の漱石伝をさんざん批判してきた。その岩波からの『漾虚集』の解説依頼である。岩波書店が江藤の博士論文を認めて依頼してきたと、江藤は受け取ったのだろう。だから大岡の本まで読んで、張り切って解説を書いたのだった。岩波の編集部からの礼状が江藤の軽井沢の別荘に届いた時、文藝春秋の斎藤禎はたまたま同席していた。江藤は速達の葉書を示して、「岩波の試験に受かったよ」と嬉しそうにした。葉書の文面はごくふつうの礼状に過ぎなかった。

「この文庫本には、「薤露行」が収載されている。大岡昇平氏とのあいだで嫂登世をめぐって論争のきっかけとなった作品だ。／岩波書店に原稿を書くことなど江藤さんにはないことだから、思わず「岩波に受かった」という言葉が口をついたのだろうが、いま思えば、江藤さんは漱石と登世のこと、そして大岡氏から仕掛けられたにせよ「嫂登世論争」のやりとりをずっと考え続けていたにちがいない」(斎藤禎『江藤淳の言い分』)

岩波文庫の解説、「物語と小説と」が弾みになったのか、『漱石とその時代』第三部の連載が始まったのは、「新潮」平成三年(一九九一)一月号からであった。二十年のお休みの後の再開である。問題の『漱石とアーサー王傳説』もこの年の六月に講談社学術文庫に入った。大岡の死を待っていたかのようなタイミングである。江藤はかつて中村光夫から、「あとを急いで書かないほうがいい。三十代の人には、五十になった人間に見えている景色が、まだ何も見えないのだからね」と忠告を受けていた(『漱石とその時代第三部』「あとがき」)。江藤は中村のアドバイスを忠実に守ったが、それにしては遅すぎる。江藤が漱石伝を再開した時はすでに満五十七歳になっていた。漱石は満四十九歳で死んでいる。『決定版　夏目漱石』の新潮文庫版「後記」(昭54)で、江藤は「来年秋から」第三部を書き始めると予告していた。それならばスタートは昭和五十五年(一九八〇)秋で、江藤は満四十七歳であり、伝記完結時には漱石の寿命を超えていて、計算が合う。しかし、第三部はずるずると執筆開始が延びていった。「白内障」の大岡の眼が黒いうちは、書きにくかったのかもしれない。第三部とは、漱石が『吾輩は猫である』と『漾虚集』の短篇を交互に書き、爆発的な創作の時期を迎えるところである。『漾虚集』の再吟味は当然大きなテーマである。大岡は、「『漾虚集』一巻は遅れた「わかがき」ともいえるので、未熟さと生硬さを持っているのです。ところで江藤氏にはこれが完全な意図的統御の下に書かれた作品と見えます」(「漱石の構想力」)と真っ向から見解を異にしていた。

江藤は漱石の明治三十八年、三十九年の二年間を描くのに一冊を要し、漱石と同じく人生の二年間をかけた。おそるべきスローペースである。告白と隠蔽、プロットの中断、鏡の主題などを漱石の実人生と作品に即して再検討している。「薤露行」はその前の不思議な短篇「一夜」と表裏一体の作品とされる。『薤露行』とはいわば『一夜』が、アーサー王伝説の鎧を着たような作品にほかならない」。嫂登世説の補強も隅々にまで行なわれている。大岡の批判に本腰を入れて応えたのだろう。長いブランクはあったが、第三部は伝記と作品論と言語論が混然と一体化し、『漱石とその時代』の一頂点になった。

第三部の刊行に合わせての古井由吉との対談（「隠蔽から告白へ」「新潮」平6・1）で、江藤は一ヶ所、珍しく非常に謙虚な述懐をしている。

「僕の仕事は、もちろん不十分なもので、いろいろ見落としたり考えが足りないところはあるだろうと思うけれど、まあ、人間一人がやれることには、それこそ限界があるから、やっぱり非常に重要と思われるこの二年間に、漱石が何を経験し、何を見ていたかということを、努めて漱石の視線から、漱石自身の肉体に限定された空間意識から再現しようとしてみることには、多少の意味はあるように思うんですがね」

泉下の大岡昇平に、この言は届いたのだろうか。

第四十一章　戦後体制への異議申し立て

――無条件降伏論争、占領軍の検閲、宮沢憲法学、吉田ドクトリン批判

昭和五十三年（一九七八）は江藤にとって、公私ともに節目の年であった。文壇デビュー以来二十年、時おりの休みを挟んで、延々と続けてきた文芸時評家としての役割をこの年で店じまいした。昭和四十五年からの舞台だった毎日新聞の最終回（昭53・11・29夕）に、〝卒業〟の感傷はさして感じられない。

「以上、九年間を顧みて、小説がカルチュアの座から顚落《てんらく》し、サブ・カルチュアに低迷しつつあるという感を、ますます深くせざるを得ないのは遺憾である。九年前には川端康成も舟橋聖一も、三島由紀夫も武田泰淳も平野謙も、みな健在であった。それらの人々がいまは亡く、いま世にある人々も順番に消えて行くであろう。消えて行ったあとは、時間という公平な批評家が、残すべきものを残し、甦らせるべきものを甦らし、あとはすべて忘却の淵に葬ってくれる。

All, all is gone, old familiar faces!」

江藤の時評が『全文芸時評』として大冊の二巻本にまとまるのは、平成元年（一九八九）まで待たなくてはならない。その間の十年間、江藤が主戦場にしたのは、占領期から続く戦後日本の実像をあぶり出す作業だった。江藤は文学を放り出して、一体何に熱中しているのか。吉本隆明は対談（「海」昭57・4）で江藤に質《ただ》した。「江藤淳ともあろう人が、日本の知識人流にいえば、こんなつまらんことにどうしてエネルギーを割くんだろう、という疑問があるんですよ」。江藤のもっともよき理解者である吉本においてい然りであった。江藤は憤然と吉本に反論した。「私はこれが私にとっての文学だからやっているのです」（傍

点は江藤)、「戦後日本の統治構造の秘密を探究してみなければならない。過去五年来私のやっていることは、何ら政府の役に立っていないでしょう。役に立っていないどころか政府権力者はむしろ迷惑至極だと思っているにちがいない」と江藤は力説し、「馬鹿馬鹿しくも危険な仕事」なのだと吉本に理解を求めた。

私生活では父・江頭隆が亡くなったのも、この昭和五十三年である。享年七十六であった。講談社の「現代」編集部の関山一郎は、五月十五日に江藤から電話をもらった。「父が亡くなったので、関町の家に来て下さい。江頭家は神道なので、葬儀は神式でやりたい。ついては明治神宮にお願いしてみて下さい」。文壇葬儀係と言われた講談社の榎本昌治がすぐに明治神宮に連絡をとったが、明治神宮は「明治天皇さまお一人をおまつりしている」ということで無理とわかった。江藤の希望で、関山さんは靖國神社に連絡をとり、密葬と青山斎場での本葬に、靖國から神官を迎える手筈を整えた。江頭家の長男として、江藤は父を最大限に手厚く葬りたかったということがわかるエピソードである。明治神宮、靖國神社という選択肢は、平凡な銀行員だった父というより、現役の海軍中将で亡くなり、海軍葬がとり行なわれた祖父・江頭安太郎の長男の葬儀というイメージが江藤にはあったのだろう。

終戦時の鈴木貫太郎内閣の書記官長だった迫水《さこみず》久常は、青南小学校五年の時に江頭安太郎の海軍葬をたまたま目撃していた。「砲車に乗せられた棺が水兵に挽かれて行く」、その葬列には「神主さんのような恰好をさせられ」た幼い喪主がいた。その少年が青南小学校六年生の江頭隆なのだった。大正二年（一九一三）の遠い記憶を迫水が江藤に話したのは、初対面の取材の場での雑談であった（『もう一つの戦後史』拾遺」『再々こもんせんす』）。昭和五十二年に「現代」に一年間連載された対談シリーズ『もう一つの戦後史』のトップバッターが迫水であった。連載の担当者が、葬儀の手配を頼まれた関山である。取材は父の死の一年半前のことだったから、江藤の中には迫水少年の見た荘厳な葬列が浮び上がったにちがいない。

江藤は三浦慶子と結婚して家を出た時に、江頭家とは訣別したはずだった。それから二十年余、やはり自分は江頭家の家長であるという自覚に立ち至っていた。父との「和解」の流れはアメリカから帰国後の「戦後と私」「日本と私」「場所と私」などに描かれている。「戦争中もゲートルをつけず、国防色を軽蔑し、敗戦の日もパナマ帽に白麻の背広という姿」だった父、「戦時中国債は買っても防空演習には決して出ず、警防団を嘲笑して竹槍訓練をすっぽかしつづけていた」父は、「戦争を好んではいなかったが教育を受けた人間として国家の進路を憂い」、それでも「誰よりも深く敗戦に打ちのめされた」(「戦後と私」)。七十歳での引退を目前に父は「場所と私」の中では「老父」となる。「老父」は「志を得なかったと感じており、おそらくそういう自分を赦《ゆる》せないという呵責に、いつも胸を嚙まれつづけている」。その「疲れた失意の老父を庇《かば》い、その傷口が外気に触れて痛むことがないように」配慮する息子が江藤である。

身体の衰えた父の代わりも務めるようになる。昭和四十八年(一九七三)、妹の初子がイタリア人の銀行家と結婚した時には、父の名代として北イタリアの田舎の結婚式に出席している。披露宴は東京でも行なわれ、福田赳夫夫妻が仲人をつとめた。それまでに一悶着があった。江藤夫妻は三井銀行社長の小山五郎に仲人をお願いしようとしたのだ。慶子夫人の慶応女子高時代からの親友が小山五郎の長男と結婚していたからだ。話はうまく伝わらず、実現はしなかった。小山は三井銀行では江藤の父の数年後輩であった。もし小山が仲人であったなら、花嫁の父はいかなる心境になっただろう。失意の「傷口」は癒されたか、それとも忘れかけた疼《うず》きが蘇ったか。判断が揺れるところである。

塚田昌史は、遠山一行のもとに出入りし、慶大生の時に、「季刊藝術」の創刊からしばらく、編集部でアルバイトをした。後年には、遠山家の資産管理会社・遠山偕成の常務となった。遠山偕成は江藤の父の再就職先である。その頃、塚田さんは江藤父子の姿を会社で目撃している。「江藤さんが父親のことをたしなめているのを見たことがあります。江藤さんは遠慮がちな人でしたが、息子が有名になっていて、控え目でオドオドした人という印象がありました」。江頭顧問は遠山一行は回想録『語られた自叙伝』で、「江藤さんとは、彼のお父様が父〔日興証券の創業者・遠山元一〕の会社の番頭さんだったんです」という言い方をしている。江藤の父が遠山偕成を辞めたのは七十歳の時であった。

江藤が父を正面から回想した本を書くことはなかった。父への複雑な思いが反映している本としては、父の晩年に書かれ、父に捧げられた博士論文『漱石とアーサー王傳説』がある。父の歿後では、昭和六十年（一九八五）から書き始めた『昭和の文人』に、「父と私」の関係が反映されていると思われる。『昭和の文人』は、昭和の文学者はすべて「一身にして二生を経る」という「転向」の経験者ではなかったかということを追及した本である。そのサブテーマとして「父と文学者の子」がある。平野謙と父、中野重治と父、堀辰雄と父という三つのケースが選ばれている。導入部の平野謙の章で、江藤は「長男の役割を放棄」し、父の愛を「すこしウルサイ」と感じ、「父を「恥」じ、隠して来たというそのことを「恥」じ、「悔」いなければならなかった」平野謙を告発した。

なぜ平野謙批判から始まったか

江藤は父の葬儀を無事おえてしばらく後、激しい腹痛に襲われた。自筆年譜では、六月二十六日に、「急性盲腸炎のために三井記念病院に入院。手術時の医師の処置悪く、予後の悪化を見、三週間の入院を余儀なくさる」とあり、次いで、「八月、本多秋五とのあいだにいわゆる〝無条件降伏〟論争起る」となる。「馬鹿馬鹿しくも危険な仕事」の開始を告げる、騒々しい号砲であった。

江藤は年初の文芸時評で、十九年も前に出た平野謙の『現代日本文学史』昭和篇の記述を取り上げて、一回分を費やしていた（「毎日新聞」昭53・1・24夕）。「日本が無条件降伏の結果、ポツダム宣言の規定によって、連合軍の占領下におかれることとなったのは、昭和二十年（一九四五）九月のことである」という平野の文章に、「重大な事実の誤認」があると問題視したのだ。日本はポツダム宣言に明示された第六項から第十三項までの「条件」を受諾したのだから、決して「無条件」ではありえない、というのが江藤の平野批判だった。食道癌で病床にあった平野は反論もならず、四月三日に亡くなった。江藤は同じ主張を「週刊読書人」(昭53 5 1)でも繰り返した。江藤は米国務省の文書を引用して、立論の強化を図っている。「ポツダム宣言は降伏条件を提示した文書であり、受諾されれば国際法の一般規範によって解釈される国際協定をなすものとなる」というのが国務省の見解で、「ポツダム宣言は日本のみならず連合国をも拘束する性格をそなえている」。それなのに「無条件」降伏という誤謬が流通している。この「奇怪な現象」に「〝戦後〟の文学が陥っている袋小路」がある、と文学不信、戦後文学否定にまで大風呂敷を広げた。

　黙っていなかったのは平野謙の旧制八高時代からの盟友の本多秋五だった。本多は平野の弔い合戦として江藤への反論(「文藝」昭53・9)を書いた。江藤あるいは本多のような非力な男がモハメッド・アリのような大男に半死半生にされて、有無を言わさずサインさせられたのだから、「日本人の常識」では、無条件降伏だ。本多は江藤が解説を書いている外務省編『終戦史録』の復刻版(北洋社)にも目を通しての反論だった。江藤は「文芸時評」を丸々使って、本多に反論した(「毎日新聞」昭53 8 28、29夕)。本多は「日本人の常識」などと大きく出ているが、そのやり口はデマゴーグの論法である。占領軍当局がポツダム宣言を逸脱して、占領政策を実施したのが実態ではないか。

「軍事占領下に置かれた国民が、事実上この力に逆らい得なかったことは是非もない。しかし、そのことは逆らい得なかった国民の心に痛みと「苦しみ」が生じることを妨げず、いわんや占領政策の合法性に疑義を呈することを少しも妨げない。(略)占領中に、日本は「無条件降伏」していないという事実を隠蔽し、封殺しようとする圧力が存在したことについては、証言する人々がある。たとえば『終戦史録』第六巻の月報に執筆している下田武三氏〔終戦時の外務省条約局第一課長。後に駐米大使〕は、「ポツダム宣言による戦争終結は、無条件降伏でないと国会答弁で喝破して、条約局長を罷《や》めさせられた萩原徹氏」の例をあげている」

二人の再反論、やり合いは派手に続き、泥仕合の様相を呈していく。論争は二人以外にも拡がっていった。江藤が論争に本多を引っ張り出したのは大成功であった。「無条件降伏をしたのは全日本国軍隊であって、日本国ではない」と江藤が気づいたのは、そう前のことではなかった。「現代」に連載した『もう一つの戦後史』で、林修三に「日本国憲法制定の経緯」についてインタビューした時であろう（「現代」昭52・6）。林は鳩山一郎内閣から池田勇人内閣までの十年間、内閣法制局長官を務めた元官僚である。インタビューに備えて、江藤は二冊の本を読んだと明記している。憲法調査会小委員会報告書『日本国憲法制定の由来』と外務省編『終戦史録』である。後者は、論争の中で出てきたように江藤の解説がついて復刊中だったから既に読んでいた。前者は初めて読んだようである。

インタビュー冒頭で、江藤は「私は憲法に関しては全くのしろうとですが」と前置きして、この本に出てくる「デベラチオ」という概念を持ち出し、林に尋ねている。デベラチオとは古代ローマがカルタゴとコリントを征服した時、根こそぎの主権の剝奪をしたことに由来する。ナチ・ドイツはデベラチオ状態になったが、法的に解釈すると日本はどうなのかと。林は「いわゆる軍事行動は無条件ですが、あとのことは、日本国の問題はポツダム宣言に書いてあること以上には出ないはずだと、われわれはそう思っておりました」と答え、江藤は得心した。江藤はそれまではふつうに「無条件降伏」と使って、何度も書いてきていた。ここで江藤の「転向」が起こったのである。

江藤はそれではなぜ、病床の平野謙を標的に選んだのだろうか。古証文のような十九年前の記述を持ち出して平野を責めるのは酷ではないか。江藤にとって、平野は処女作『夏目漱石』の推薦の辞を書いてくれた恩人である。「文芸時評」最終回で名前が挙がった五人の文学者の一人でもあるから、重い存在である。江藤は「私にとっては、平野さんは、懐しく、決して裏切られることのない光栄ある敵である」（『平

野謙全集　第八巻』月報「光栄ある敵」、昭50・4）とも書き、何度も論争をしてきた。平野を標的にすれば、「近代文学」派が反応することは間違いない。案の定、本多秋五が喰いついてきた。最晩年の病人に、そして死者に鞭打つ仕打ちに出たのは、それ以上の何かがあるのではないか。

ヒントは加藤典洋の江藤淳論の書『アメリカの影』の中にあるといえる。加藤は論争の四年前に出た江藤の英文著作『ある国家の再生――戦後日本小史』に、「日本は無条件降伏した」と明記しているのを隠して、平野を批判した態度を「不明朗」だとした。その部分には、こう書かれている。「一九四五年八月十五日正午ちょうど、天皇はレコードに録音された肉声によってラジオの全国放送網を通じ、日本の連合国に対する無条件降伏を発表した」（加藤訳）。日本では流布しない英文の本とはいえ、確かに不明を恥ずべき江藤の汚点であろう。この江藤の英文によく似た一文が、実は平野の『現代日本文学史』にはある。江藤が平野攻撃のために引用した文の直前である。

「かくて昭和二十年八月十五日の昼さがり、無条件降伏をつげる天皇の声は、電波にのって全国になりひびいたのである」

江藤が平野の文章を批判しなければならなかった理由は、引用しなかったこの部分にこそあるだろう。江藤は「光栄ある敵」である平野の名を借りて、自身の文章を断罪したのである。平野謙は立場こそ違え、江藤のそんな振る舞いを赦してくれる先輩批評家であった。己への断罪の隠蔽をさらなるエネルギーにして、江藤は無条件降伏論争以後を戦ったのではないだろうか。そう推測できるさらなる理由は、『もう一つの戦後史』の最初の取材で、迫水久常から玉音放送の裏話を聞いていたからだ。「聖断」にいたる御前会議の場に迫水内閣書記官長は侍っていた。

「いままでの詔勅というのは、みんな起草者が書いたわけです。開戦のご詔勅だって起草者が書いた。ところがあの終戦のご詔勅だけは、御前会議を二度開いて陛下のおことばがあったから、陛下のおことばという最上の材料をもって書いたものなんです。ただ私の任務というのは、陛下のおことばを当時の詔勅の形態である漢文口調の文章に直すということなんです。（略）あの終戦のご詔勅は、全部御前会議における陛下のおことば、あるいは、はっきりしたことばとしては出なくても、一つの雰囲気から導き出されたもので、あんなに陛下のおことばに近い詔勅というのは、おそらくほかにないでしょう。（略）〔「五内為《ごだいため》に裂く」は〕陛下はね、「胸をかきむしられるようだ」とおっしゃった」

詔勅が昭和天皇の肉声を通して全国に伝えられたのが玉音放送であることは言うまでもない。「朕《ちん》深ク世界ノ大勢ト帝国ノ現状トニ鑑《かんが》ミ非常ノ措置ヲ以テ時局ヲ収拾セムト欲シ茲《ここ》ニ忠良ナル爾臣民《なんじ》ニ告グ」で始まる終戦の詔書では、もちろん「無条件降伏」は語られていない。ポツダム宣言については、「朕ハ帝国政府ヲシテ米英支蘇四国ニ対シ其ノ共同宣言ヲ受諾スル旨通告セシメタリ」と語り、「朕ハ茲ニ国体ヲ護持シ得テ」と念を押し、「爾臣民其レ克《よ》ク朕ガ意ヲ体セヨ」と結ばれた。昭和天皇への尊敬が高まっていたこの時期の江藤としては、慚愧《ざんき》の念にかられる英文であったはずだ。『ある国家の再生』は International Society for Educational Information, Inc. が版元になっている。この版元は不明だが、講談社の関山一郎は江藤から、「外務省の依頼で書いた」と聞いていた。であるとすると、江藤にとっては慚愧の念はさらに増したであろう。無条件降伏説に執拗に反論し続けていたのが、占領下の外務省であったからだ。外務省の先人にとっても不本意であろう英文を江藤は書いて、海外へ発信してしまっていたのだから。

江藤に大きな影響を与えた憲法調査会小委員会報告書『日本国憲法制定の由来』は昭和三十六年（一九六一）に刊行された本である。法律に基づいて内閣に設けられた憲法調査会は、国会議員と学識経験者で構成された委員が、「日本国憲法に検討を加え、関係諸問題を調査審議」した機関である。議員では中曽根康弘、稲葉修、橋本龍伍（橋本龍太郎の父）、小沢佐重喜（小沢一郎の父）、清瀬一郎など、学識経験者では蠟山政道、坂西志保、植村甲午郎、神川彦松、中川善之助、正木亮などがいた。調査会の会長は英米法学者の高柳賢三である。改憲を警戒して社会党などの野党議員、護憲派の憲法学者は加わらなかったため、権威が大きく毀損されたが、徹底した調査と検討が行われた。憲法制定の経過に関する小委員会の委員長はＴＢＳ「時事放談」の政治評論家・細川隆元だった。朝日新聞社編集局長、社会党代議士などの履歴を持つ細川は、『日本国憲法制定の由来』を「われわれ日本人の持つ現行憲法制定事情の決定版であり、やかましい憲法改正、非改正の論議を超越した純客観的労作の結晶であると信じる」と「はしがき」で書いている。小委員会での重要な論点は五つに要約されている。

「1　連合国に対する日本の無条件降伏の意義、したがってまたポツダム宣言の法的性格をいかに見るべきか。

2　ポツダム宣言の内容は当然にわが明治憲法の改正を要求するものであったと見るべきかどうか。

3　総司令部がいわゆるマッカーサー草案を作成しこれを日本政府に提示したことは、日本国民の自由に表明される意思に反するものであり、日本政府および日本国民に対する強制であったと見るべきかどうか。

4　総司令部ないしマッカーサー元帥のとった憲法改正の措置は、連合国ないし極東委員会の権限を侵すものであったと見るべきかどうか。

5　憲法議会における憲法改正案の審議をも含めてこの憲法成立の全過程において、日本国民の自由な意思は正当に反映されたと見るべきかどうか」

　五つの設問からわかるように、小委員会は護憲派の如くに憲法を神聖不可侵視する態度はとっていない。誕生にまつわる不可解な部分を剔抉《てっけつ》する方向性がある。江藤はこの中では、1、3、5に重点を置いて、自らの論を組み立てていった。それだけではなく、昭和五十一年（一九七六）から順次公開されている外務省の史料を精査し、議論をバージョンアップさせ、次には、アメリカで情報公開され始めた史料を現地で収集するようになっていく。意見・言論ではなく、史料・事実に語らせる方法をとっているので、若手の研究者のような体力と行動力を必要としていた。新史料、新事実を突きつけなければ、官と学と政がスクラムを組んだ通説は覆せないとわかっていたのである。

無条件降伏論争が盛り上がるさなかの十月三日、江藤に言及した手紙を書いた元東大法学部教授がいた。シカゴ大学の歴史学教授・入江昭への礼状の中に江藤の名が出てくる。

「なお、序でにいうと話しが逆で、失礼きわまりないことになりますが『日米戦争』（中央公論社）も有難く拝受しました。偶然の一致ですが、日本の降伏が〝無条件〟であったかどうかをめぐって、本多秋五と江藤淳という二人の文芸評論家の間で、激しい論争が新聞紙上（『毎日』、のちに『朝日』）で展開されています。これについても感想は多々ありますが、かりに江藤説（アメリカ占領軍はポツダム宣言に拘束されていたから、〝無条件〟とはいえない）がただしいとしても――私は全面的には正しいと思いませんが――どうしてそこから一足とびに、近代文学派（本多、野間〔宏〕、平野〔謙〕、荒〔正人〕等々）の文学論が〝あだ花〟にすぎないことになるのか、さっぱり解せません。ここにも、戦後民主主義全面否定論の風潮の一つの典型があります。ともかく江藤淳という人は世の中を泳ぐのがうまい人です」（二重傍線は原文）

この手紙の主は誰かというと、丸山眞男である（『丸山眞男書簡集2』所収）。丸山は江藤への嫌悪を表明しつつも、江藤説を「全面的には正しいと思いませんが」と留保付きながら検討に値すると見ていたのだ。入江の新著『日米戦争』の第九章には「「無条件」降服」という節があった。入江は「無条件」にカッコをつけている（「降伏」は「降服」と表記している）。

「すでに日本政府が「無条件降伏に非ざる和平」を求めてソ連政府にマリク大使や佐藤〔尚武〕大使を通して働きかけていたことは、米国側でも暗号解読によって承知していたから、ポツダム宣言はいわばそのような日本の求めへの間接的な対応であった」、「この〔ポツダム〕宣言は「日本国民」に対するものではなく、「日本国」乃至は「日本国政府」に対して発せられることになった。日本政府及び天皇は依然として合法的な存在であるから、彼等を通して終戦の交渉をすれば、日本国民は当然これを受け容れるであろう、（略）。その点では、間接的にではあるが、ポツダム宣言は天皇制の既成事実を前提としたものであったということもできる」、「日本政府部内にはポツダム宣言は終戦の条件を示すものだとして的確に捉えている者も少なくなかった」

入江は江藤説についてはまったく知らない。アメリカの大学で研究を続けてきたので、「日本人の常識」に邪魔されずに、日米関係を探っている。江藤もこの本の存在は知らなかったようだ。ただ、昭和五十四年（一九七九）からの滞米中に書いた『一九四六年憲法——その拘束』で、日本占領終了の直後から始まったアメリカの研究（マクネリー『米国の影響と日本の非戦憲法』等、ワード『日本現行憲法の起源』等）が「なんらの〝タブー〟にも拘束されていない」ために明晰で、それらに基いて記述したことを明記している。

丸山眞男は後段で触れる宮沢俊義の「八月革命」説の協力者であるが、江藤の一連の研究には注意を払っている。政治思想史家の河野有理は、丸山の未発表資料を調査した上で、「丸山が『政治の世界』以来の Legitimacy〔正統性〕の問いに再び正面から向き合おうとするにあたり、重要な契機となったのは日本国憲法の Legitimacy を疑う同時代の声であった。とりわけ丸山の念頭にあったのは、文芸評論家・江藤淳による一連の「占領体制」論である」とした（『偽史の政治学』）。江藤は以上のような丸山の動向についてはまったく知らなかったが、丸山に『自由と禁忌』（昭59）を贈っている（丸山の江藤宛の礼状がある。「新潮45」平28・1）。『自由と禁忌』が連載された「文藝」の当時の編集長・高木有によると、高木が丸山に江藤との誌上での対談依頼の手紙を出したところ、承諾の返事が来た。しかし一ヶ月後に、今は酸素ボンベ携帯なので、先の約束は無理ですと断りの葉書が届いた。江藤にとってのおそらく「光栄ある敵」であった丸山との対決は実現しなかった。

江藤は無条件降伏論争に手応えを感じていた。この昭和五十三年の十二月に「占領史録研究会」をスタートさせ、暮れには朝日新聞と読売報知の二紙の敗戦直後二ヶ月半分のコピーを逐一読むという作業にとりかかった。前者は江藤編『占領史録』全四巻（昭56・11～57・8）にまとまり、後者は「日本人が敗戦当時、降伏と占領をどのように受けとめていたか」と「占領中の「言論の自由」なるものの実体が、果たしていかなるものであったか」を新聞紙面から考察した『忘れたことと忘れさせられたこと』（昭54・12。本書には本多秋五との無条件降伏論争も収録）となる。

『占領史録』は江藤の他に、細谷千博（一橋大学教授）、栗原健（外務省外交史料館）、天川晃（横浜国立大学助教授）、波多野澄雄（防衛研修所戦史部。後に筑波大教授、外交史料館館長）が参加した。公開された外交史料の膨大なコピーを取り、取捨選択した上で、文字起こしをしていく。おそらく気の遠くなる作業だろう。江藤はまず資金集めから始めた。四大証券会社を廻って、寄付を集めてきたのだ。講談社の関山一郎の記憶では、一社あたり二百万円だったという。今ならば文科省から科研費を取ってきて、共同研究をするようなプロジェクトである。それを江藤個人が講談社と北洋社の協力を得て、進めていたのだ。史料の解読と筆写は講談社の所有になっていた赤坂の旧吉川英治邸で行なわれた（筆写にはベテラン校正者を雇った）。一番若い波多野さんは泊まり込み態勢だった。「江藤さんは訪れては差し入れしてくれましたが、編集はかなり任せてくれました。江藤さんの関心は「無条件降伏」や憲法制定過程にありました。細谷先生は事実上は無条件降伏だったという考えでしたし、政府の解釈は「全体としては無条件降伏を強いられている」というものでした。江藤さんに共鳴するところは多々ありましたが、やはり文学者だなあと思い、江藤説を歴史の著述に生かそうとは思わなかったです」

占領研究に向かう「憤激」

江藤の関心は、第一巻の「占領初期の改革」のパートと、第三巻「憲法制定経過」に集中していたのである。占領史録研究会の途中から、江藤はワシントンで研究生活に入る。国際交流基金派遣研究員としてウッドロー・ウィルソン研究所に赴任したのだ。昭和五十四年（一九七九）十月からの九ヶ月間である。「これより米国立公文書館、同分室、メリーランド大学中央図書館等に通って、米占領軍の実施せる民間検閲に関する資料を中心に、占領史関係の一次資料の検索と検討に没頭す」（自筆年譜）。このアメリカ滞在から三冊の本が生まれる。『一九四六年憲法――その拘束』（昭55・10）、『落葉の掃き寄せ』（昭56・11）、『閉された言語空間――占領軍の検閲と戦後日本』（平元・8）である。

訪米早々の収穫は、メリーランド大学のゴードン・W・プランゲ文庫にあった。ここには、「米軍CCD（民間検閲支隊）の検閲を受けた書籍と小冊子が四万五千点、雑誌が一万三千種、新聞が一万一千種（整理中）所蔵されて」いた。

プランゲ博士は映画「トラ・トラ・トラ！」の原作者として有名だが、占領期間中はG―2（GHQの情報部門）の戦史室長として日本におり、「帰国するにあたって、廃棄処分になりかけていた検閲資料を持ち帰ることを思い立ち、五百箱の木箱に詰めて」大学に送った。江藤はプランゲ文庫の司書の奥泉栄三郎から、あらかじめ手紙を貰っていたので、すぐに吉田満の「戦艦大和ノ最期」掲載禁止の校正刷りを発見できた。「奥泉氏が先に立って、書庫や地下室にある未整理の文献を見せてくれる。敗戦直後、昭和二十年代の時間が重く眼の前によどみはじめ、日本でもアメリカでもない不思議な場所に連れて来られたような幻覚にとらえられずにはいない」（『落葉の掃き寄せ』）。

国立公文書館分室では、十月二十四日にCCDの「検閲指針」を発見している。三十項目からなる「削除または発行禁止処分の対象」は、「SCAP（連合国最高司令官または連合国軍総司令部）批判」「極東軍事裁判批判」「SCAPが憲法を起草したことに対する批判／日本の新憲法起草に当ってSCAPが果した役割についての一切の言及、あるいは憲法起草に当ってSCAPが果した役割に対する一切の批判」

「検閲制度への言及」「合衆国に対する批判」（傍点は江藤）と続いていた。「私がそのなかで特に深い衝撃を受けたのは、引用中に傍点を付したその第三項と第四項についてであった。／その理由はいうまでもない。ここにこそ現行憲法、特にその第九条が「一切の批判」を拒絶する〝タブー〟として規定され、今日にいたるまで一種不可侵の〝タブー〟として取扱われつづけている国民心理操作の原点があることを、前記二項目は余りにも明白に示していたからである」（『一九四六年憲法――その拘束』）。

江藤は『一九四六年憲法――その拘束』の中で、二つの「憤激」をさりげなく記している。一つは昭和二十一年三月五日の幣原喜重郎《しではらきじゅうろう》首相の閣議での発言である。マッカーサー草案から始まった総司令部案を受諾することを閣僚に告げたのだ。「かような憲法草案を受諾することは、極めて重大な責任である。おそらく、子々孫々に至るまでの責任であろうと思う。この案を発表すれば、一部の者は喝采するであろうが、また一部の者は沈黙を守るであろう。しかし深く心中われわれの態度に対して憤激を抱くに違いない」（『芦田均日記』）。

もう一つはワード教授の『日本現行憲法の起源』の一節を江藤が訳したものである。「文体上この二つ〔総司令部民政局草案と日本国憲法〕が実質的に全く同一のものだという感を強くするにちがいない。文章に敏感な日本人のなかには、この事実のみに対して文学的憤激を抱いている人々がいる。とにかく文体そのものが、ちゃんとした日本語の態をなしていないのである」。

江藤はエリック・ホッファーの「外国人の支配に対する憤激」というアフォリズムを数年前から愛好していた（第三十九章参照）。江藤の戦後史観を貫くものは「憤激」である。幣原が語った「憤激」も、「文学的憤激」も、江藤を衝き動かして占領研究に向かわせたものも「憤激」であった。

「検閲指針」を発見した十月二十四日は、「私の検閲研究にとって、一転機を劃《かく》した日だったような気がしてならない」と江藤は『閉された言語空間』に書いている。その日に、同じボックスの中から、検閲がワシントンからの命令にもとづいて実施されたことを記す覚書を発見したのだった。検閲は戦時中から米国内で周到に準備されていたのである。『閉された言語空間』のもう一つの重要史料は、アメリカで知り合ったアマースト大学のレイ・ムーア教授から提供されたものなので、事情はかなり違う。これがCI&E（民間情報教育局）の文書「ウォー・ギルト・インフォーメーション・プログラム（戦争についての罪悪感を日本人の心に植えつけるための宣伝計画。WGIPとして後に人口に膾炙《かいしや》する）」である。WGIPの嚆矢《こうし》が、昭和二十年十二月八日から各紙に一斉に連載され、単行本は教科書としても使われた『太平洋戦争史』である。江藤は『太平洋戦争史』を歴史記述をよそおった「宣伝文書」であると断定した。ちなみに『太平洋戦争史』の結末は以下のようになっている。「八月六日の週は第二次世界大戦を導いた数々の紛争に第一弾を投じた国家に対して迅速に且突然の不幸をもたらした。日本の情勢は最早絶望であった。八月十日、日本政府はポツダム会談において聯合国が宣言した一般的条項に基いて和を乞うた。八月十五日、日本は絶対的な無条件降伏に同意し、降伏文書は、一九四五年（昭和二十年）九月二日東京湾上の米戦艦ミゾリー号上において調印された」（傍点は原文にある強調）。

江藤の占領期研究の最大の支持者は北洋社の阿部礼次（第三十八章参照）であったと思われる。北洋社は経営状態の芳しくない小出版社であるにもかかわらず、『終戦史録』の復刻、『占領史録』の面倒な編集作業を引き受けていた。その阿部がワシントンの江藤に宛てた手紙がある（大正大学江藤淳文庫所蔵）。日付は昭和五十四年十二月二日だから、渡米二ヶ月の時期で、江藤からの手紙の返信でもあるようだ。

「又、占領批判にいのちをかけるといわれ、死んだ英霊のために、ということば。さ迷う亡霊に対する江藤さんの日本のほんとの歴史にかかわる誠実な責任と義務のことば。こうして、しだいに「戦後」なるものの顔が変貌していっているとき、深い内省と緊張を覚えます」

「占領批判にいのちをかける」、「死んだ英霊のため」、歴史への「責任と義務」。これらの言葉は江藤からの手紙に書かれていて、数々の新史料に遭遇した僥倖を阿部に昂奮して伝えたのだろう。江藤と同じ時期にプランゲ文庫で調査をした教育学者の高橋史朗は、江藤がアメリカの学会の席で、「私は護国の英霊に導かれた」と話すのを聞いている（「戦後教育史研究」27号）。江藤が戦死者の「霊」をよく感じたことは何度も文章にしている。『落葉の掃き寄せ』は占領軍の検閲で掲載禁止や改稿を余儀なくされた文学作品を紹介した「戦後の日本文学に刻印された占領軍の検閲のケース・スタディ」集である。一見気儘に書かれているようだが、一冊の本としては「霊」へと収斂している。柳田国男が靖國神社での連続講演を本にした『氏神と氏子』については、「CCDがそのテクストの削除を命じたとき、CCDは正確に柳田とその話を聞いた若い人々が、あの「霊」の存在を感得する感受性を、共有することを禁じたのである。それはいうまでもなく、民族の記憶を圧殺することを目的とした禁圧であった」と書いた。川路柳虹の詩を扱った『『かへる霊』と拒まれた霊』では、英霊の故里への静かな帰還の詩のなかで、「霊」という文字に削除の指示が出されていることを取り上げた。「GHQの言論・宗教政策が、「霊」とその存在を感得する感受性の否定を志向していた」のである。『戦艦大和ノ最期』が載るはずだった小林秀雄編集の「創元」は、「「母上の霊に捧ぐ」という献辞を添えた『モオツァルト』と、三千の英霊に捧げられた『戦艦大和ノ最期』と、／《亡びてしまったのは／僕の心であったらうか／亡びてしまったのは／僕の夢であったらうか》（昏睡）／という中原〔中也〕の詩と。「創元」第一輯のこの部分は、明らかに公私を通じての鎮魂のページとして編集されていたのだ」と江藤は注意を喚起している。江藤は国立公文書館の別館で、偶然にも「ヤマト・ケース（大和事件）」という部厚いファイルも発見する。「吉田氏と、戦艦大和の英霊が呼んでいるのかも知れない」。

プランゲ文庫の検閲資料は今では国会図書館の憲政資料室でマイクロフィルムで読めるようになっている。四十年前に比べると、研究環境は劇的に改善されている。原稿のやりとりも同様である。今なら電子メールで簡単に原稿が届く。江藤の時代はそうではなかった。『一九四六年憲法——その拘束』はワシントンから原稿用紙百五十枚がファクスで届けられた。「諸君！」の担当編集者だった斎藤禎は、当時の文藝春秋社内にはファクスは営業部に一台あるだけだったと書いている（『江藤淳の言い分』）。論文はすぐに「諸君！」昭和五十五年八月号に一挙掲載された。便利なファクスは江藤にとっては仇になったといえる。「諸君！」前月号に清水幾太郎の『日本よ国家たれ——核の選択』という問題論文が掲載されていたからだ。二つの刺激的な論考がまるで示し合わせたかのように連続したのだ。実際はまったくの偶然に過ぎなかった。『一九四六年憲法——その拘束』はこの後、清水の核武装論とセットで集中砲火を浴びることになる。

「朝日ジャーナル」（昭56・12・9合併号）は「検証・「戦後を疑う」論理」という大特集を組んだ。標的は清水、江藤、渡部昇一、竹村健一である。大江健三郎はアンケートに答え、「かれら〔清水と江藤〕は感情的な語り口を強調していますが、論壇屈指のこの戦略家たちが、センチメンタルな動機で働いているはずはありません。かれらをつうじて、財界、保守党、アメリカ筋の強圧の先ぶれを僕は見ています」と分析してみせた。この特集で江藤はインタビューを受けていて、清水についても語っている。

「清水幾太郎さんという方は、不思議な人ですね。（略）あの人は一貫してアメリカを知らないのではないでしょうか。あの人は昔も空想的だったし、いまも空想的です。本当には考え詰めていないんです。非常に頭のいい人だし、学問のある方だとは思うけれど、考え詰めることがおそらくできないんです。（略）それから「核の選択」ですが、いま日本が核兵器の開発を始めたら、日米関係は完全に終わりですよ。アメリカはその時点で、アメリカに対して日本が敵対する意思を持ったと考えます。日本の現状に対する批判は、あらゆる知識人に許されることだと思うが、日米関係を抜きにして空想することはほとんど無意味だと思います。／かつて竹内好氏が、「一木一草にまで天皇制がしみ込んでいる」と語ったことがありますが、われわれの現在の状況では、「一木一草にまでアメリカがしみ込んでいる」のです。（略）ソ連の脅威を考える前に、アメリカの脅威を考えるべきなんです。日本は、すぐにでも壊滅させられる立場にある。そのことを考えようともせずに核の選択なんていうから、空想的だというんです」

東大法学部憲法学の「偶像破壊」

帰国後の江藤は、検閲研究と並行して、戦後体制の本丸へと陣を進めていく。『占領史録第3巻　憲法制定経過』の「解説」として書かれた宮沢憲法学批判である（一部改稿して、「〝八・一五革命説〟成立の事情――宮沢俊義教授の転向」「諸君！」昭57・5）。宮沢俊義は天皇機関説の美濃部達吉の後継者として、戦前戦中戦後と東京帝国大学法学部、東大法学部の憲法学の教授であった。最高権威の宮沢が新憲法の出生を理論づけ、戦後の定説として定着させたのが〝八・一五革命説〟である。天皇主権の大日本帝国憲法が国民主権の新憲法に「改正」されることは許されるのか。その疑問に模範解答を出してみせたのが宮沢である。日本はポツダム宣言を受諾した瞬間に自動的に「八月革命」が成立し、国民主権になったとして、新憲法を正当化したのである。この宮沢の説は昭和二十一年三月六日に憲法改正草案要綱が公表されるのと前後して出現した。「八月革命と国民主権主義」（「世界文化」昭21・5）という論文である。終戦直後の宮沢は新聞での論説でも外務省での講演でも「改正」は最小限ですむという立場だった。それどころか幣原内閣が進め、マッカーサーから全否定された憲法草案の作成中心メンバーであった。一夜にして意見を翻し、新憲法案の最強の擁護者になった宮沢を江藤は強く批判した。

「いうまでもなく、この新説を裏側から見れば、それはとりも直さず日本が、ポツダム宣言を受諾することによって連合国側に〝無条件降伏〟した、と主張することにほかならない。ここでもまた宮沢教授は、ポツダム宣言が日本と連合国側の双方を拘束する協定文書であることを、自明の前提として来た従来の立場を、完全に百八十度翻しているといわなければならない」

江藤はただ宮沢を糾弾するばかりではなかった。江藤はＮＨＫ解説委員会で宮沢とは面識があった。「妙な話になるが、手洗所で並んで用を足したことさえあった」と回想した。

「ただ私は、ある名状しがたい悲哀の念に駈られて、宮沢教授の転向の跡を明らかにせずにはいられなかったのである。／いうまでもなく、東京帝国大学（のちに東京大学）法学部憲法学教授という職務は、きわめて重要な公職である。であるからこそこの公職は、占領軍当局にとっては何を措いても確保すべき戦略拠点だったに相違なく、現職の教授だった宮沢氏に、どれほどの圧力が掛けられたかも想像に難くない。（略）だが、しかし、この事実だけは指摘しておかなければならない。美濃部博士のいわゆる「虚偽」に立脚し、宮沢教授の〝コペルニクス〟的転向から生れた〝八・一五革命説〟が、小林直樹・芦部信喜両氏をはじめとする〔東大法学部憲法学の〕後進によって祖述され、「定説」として確立し、戦後の公法学の基本として全国の大学で講じられ、各級公務員志望者によって現に日夜学習されているという事実だけは」

江藤は霞が関の中枢に宮沢説が「日本人の常識」となって根強く生きていることに危惧を持っていたのだ。八月革命説はかなり無理をした一夜漬けの理論構築だったので、当初から批判論を提出する法学者も多かったが、サバイバルに成功した。現職の東大法学部憲法学教授・石川健治は「八月革命・七〇年後──宮澤俊義の8・15」（「法律時報」平27・7）という論文で、「八月革命説は、ケルゼンとシュミットの野合であり、理論的には不純である」と評価を下している。この石川論文には珍しく、江藤の宮沢批判論文への言及がある。本文ではなく、註ではあるが。「同〔江藤〕論文発表の時点では、〝憲法の神様〟たる宮沢の偶像破壊は、一個の政治的行為としての意義をもっていたが、30年を閲《けみ》して読み直すと、面識の間柄だった宮沢に対する江藤の愛情すら感じられて、悪くない論文である」。

江藤の本丸攻めは、霞が関の次は永田町に向かった。ある機会から吉田茂批判を始めたのだ。偶像破壊はとまらなくなった。昭和五十六年八月に帝国ホテルで開かれたサントリー文化財団主催のシンポジウムである（高坂正堯編『吉田茂――その背景と遺産』）。江藤はそこで「吉田茂における養子性」を指摘した。竹内家に生まれた茂は幼くして大金持ちの吉田家の養子となり、結婚によって薩閥の牧野伸顕（外相、内大臣などを歴任）の「養子」となり、戦後は鳩山一郎の日本自由党の「養子」として首相となり、遂にはマッカーサー占領軍の「養子」となった、と吉田の一生を見立てた。昭和二十四年（一九四九）以後、「吉田茂はアメリカの政策転換のタマの落ち際をうまく捉えて、ホームランを狙わずにシュアな打法でヒットを稼ぐというやり方を始めました。何といってもこの打法の最大の結実は「サンフランシスコ講和条約」でありました。（略）このときの吉田茂の考え方は、おそらく伝統的な〝霞ヶ関外交〟からは出てこないものだったでしょう。これは彼の想像力、勘、それから勝負強さといったものから出てきたと思います。亡くなられた西村熊雄大使〔当時は外務省条約局長〕は、多数講和と安保条約によって米軍駐留を保障するという「ワンセット方式」を吉田茂から呈示されたとき、声をのんだそうであります」。

シンポジウムのホスト役だった評論家の山崎正和は、「強引な理屈」をつくって、シンポジウムの雰囲気を壊しにかかった江藤にびっくりした。江藤は「自分がトップでないと気に入らない人」だから、財団が山崎を中心に運営されていることに「脅威を感じた」のではないか。江藤は財団が用意した帰りのタクシー券で、そのまま軽井沢まで乗っていってしまったのだという（『舞台をまわす、舞台がまわる――山崎正和オーラルヒストリー』）。これでは、なんとも困ったちゃんのお山の大将、ということになる。山崎の見方は一面の真実を衝いていたとしても、それだけで片付けるのは大きな間違いだろう。江藤はこの後に、吉田「養子」論をさらに突き進めて、「「吉田政治」を見直す」（「正論」昭58・3）方向に行くのだから。「吉田政治を保守正統政治として規範化しつづける限り、われわれ日本人は、「戦後」の拘束から逃れられず、自己回復への道を閉ざされることになる」。いまに続く「不可解な日米関係の「ねじれ」の根源」を作ったのが吉田茂ではないか。江藤は「状況証拠」にすぎないと断りつつ、情報公開されたばかりの外務省文書をひも解き、直観を述べた。外務省は昭和二十五年の半ばに「敗戦後の日本の法的地位について、基本的な態度の変更」をした。条約局作成の極秘の「平和条約想定大綱」では、なんと日本は独伊と同盟して「侵略戦争」を始め、「無条件降伏し、降伏文書に署名した」となっている。「この屈折と転換は、高度の政治的判断の結果としか考えられ」ず、その主体は吉田茂とジョン・フォスター・ダレスの講和二人組ではないか、と。江藤はそう推理した上で、戦後日本を作った、軽武装と経済中心の「吉田ドクトリン」に異議申し立てを突きつけた。宮沢憲法学といい、吉田政治といい、簡単には突き崩せない体制そのものへの江藤の反逆の精神がここにはある。

文壇と論壇への孤独な咆哮

日本の中枢に向けた刃はぐるりと反転して、江藤の棲息する文壇と論壇の戦後体制へと向けられる。『自由と禁忌』での丸谷才一『裏声で歌へ君が代』批判（「文藝」昭58・1、2）と、「ユダの季節」（「新潮」昭58・8）での粕谷《かすや》一希《かずき》・山崎正和その他批判である。そこでは、書評による「好意的挨拶」がグルの連中の間を飛び交い、公論をよそおう「私語」が徒党をなしている。この二つの攻撃的告発文は、発表当時のスキャンダル性が時間と共に薄れると、江藤の孤独な咆哮が痛ましく浮き立ってくる。

「ともかく、〝裏声〟で考えようが地声で考えようが、と机の前に戻った私は考えた。日本が「目的といふものがなくてただ存在してゐる国家の典型」であり、そうであるが故にまた「現代国家の典型」でもある、というような議論が成立するはずはない」（『自由と禁忌』、傍点は江藤）

「戦後の日本人が、ほとんど例外なく「ユダ」と「左翼」に転向させられた以上、「ユダ」と「左翼」は、当然私の内部にも潜んでいるにちがいない。しかし、少くとも私は、そのことの悲哀を自覚している。そして、そのことの悲哀を自覚し、自分のなかの「ユダ」と「左翼」に直面することを措いて、「自発性」の回復があり得るはずはないと、そう信じるが故に、私は一個の責任において、この仕事をつづけているのである。（略）しかも、私は、誰に頼まれたわけでもなく、一個の関心と責任において、「自発」的に日本の戦後解明の仕事に取り組んでいる。これを妨げるものは、知己といえども手を拱《こまね》いているわけにはいかない。（略）論壇は、少くとも論壇でなければならず、〝論ぜざる壇〟であってはならない。そして、われわれは、良心と心の「自発性」をわが胸に取り戻し、言葉の「天然自然の働き」の涸《か》れざることを信じて、生きなければならない」（「ユダの季節」、傍点は江藤）

「ユダの季節」は直接には、粕谷の書いた小林秀雄追悼の小文への不審がきっかけで書かれた。小林は昭和五十八年（一九八三）三月一日に亡くなった。お通夜の晩の小林家は意外と弔問客が少なかった。その時、江藤ははたと気づくことがあった。戦後の小林秀雄が、「いかに少数の知友と理解者のみに守られて、文業を全うすることができたかということである」。存在感と影響力は絶大だったとはいえ、戦後の小林は「絶対的少数派」であった、ということに（「絶対的少数派」「文學界」昭59・4）。「新日本文学」から戦争責任者の烙印を押され、戦後の世相と文学に背を向けた小林は美の世界に沈潜して、「言葉を奪われ、言葉から遠ざからざるを得なかった」。小林にとって、戦後の十年間とは「最も辛い試練」の時だったのではないか。小林の一周忌に書かれたこの文章は、江藤自身の「絶対的少数派」宣言とも読める。

小林の死から二ヶ月後、江藤はＮＨＫの番組の中で、小林が占領期に書いた文章に触れている。その番組とは憲法記念日の午前に放送された「憲法論争」という大型討論会だった。出演者は江藤の他に、林修三、小林直樹、色川大吉で、二時間二十分にわたり、憲法制定過程、九条、国民の権利と義務について舌戦がくりひろげられた。美しい写真と憲法の条文だけで構成された『日本国憲法』という本が小学館から出て、百万部近いベストセラーになっていた時である。江藤はテレビで小林の憲法論を紹介した。

「小林秀雄さんは戦後、時事についてはほとんど何も発言されませんでしたけれども、昭和二十六年の一月だったと思いますが、「感想」という短い文章をある新聞に寄稿されて、その中で、戦争放棄問題について新聞社に聞かれたことについての感想を記しておられる。非常にこれは透徹した意見だなあと思ったのですが、「戦争放棄なるものは事実の強制によって達せられたもので、日本人の、心から沸き上がってきて達せられたものではない」と。「もしそれが事実の強制によってなったものであれば、他の事実の強制によっていつでも崩れるものだ」といっておられるのですね。私はこの九条の役割について、これは九条ということばは使っておりませんけれども、実質的に九条のことを論じたことばとして非常に私は透徹したものだ、と思います」

江藤の喋りは明快で、わかりやすいのだが、この部分は珍しく舌足らずで、視聴者に小林の考えがうまく伝わったとはとても思えない。小林の文章が歯切れはいいのだが、奥歯に物の挟まった書き方をしているせいもあるだろう。「事実の強制」をマッカーサーとか占領軍の強制と置き換えてみると、少しわかってくる。「感想」が発表された昭和二十六年の一月は、講和問題が大きな争点となった時だった。小林はこの年、「政治と文学」をも発表している。江藤が紹介した「感想」(「大阪新聞」昭26 1 5)の原文はこう書かれている。

「戦争放棄の宣言は、その中に日本人が置かれた事実の強制力で出来たもので、日本人の思想の創作ではなかった。私は、敗戦の悲しみの中でそれを感じて苦しかった。大多数の知識人は、これを日本人の反省の表現と認めて共鳴し、戦犯問題にうつつを抜かしていた。

当時、私は或る座談会で、悧巧な奴はたんと反省するがよい、私は馬鹿だから反省なぞしない、と放言し、人々の嘲笑と非難を買った。私は、自分の名状し難い心情を語る言葉に窮しただけで、放言なぞする積りはなかったのである。（略）これは私の気質から来るのでどうも仕方がないと思っている。（略）日の経つにつれて、日本人の演じた悲劇の運命的な性格、精神史的な顔が明らかになって行くであろう。もしそういう事が起らなければ、日本の文化にはもう命はないであろう。

日本は単に文明の遅れた国ではない。長い間西洋と隔絶して、独得の智慧を育てて来た国である。ただ文明が遅れていたという目出度い事であったなら、あんな悲劇が起った筈はない。これは、敗戦後引続き私を襲い私を苦しめている考えだ」

確かにここで、小林は「大多数の知識人」とは別の道を歩み、「絶対的少数派」となっている。「文明の裁き」を甘受しなければならなかった理不尽に苦しんでいる。江藤が小林とゆっくり話ができた最後は昭和五十四年（一九七九）七月、アメリカ行きの二ヶ月前だった。「アメリカまで何しに行くんだい」と訊ねられた江藤は、文壇と論壇が水ぶくれで自閉的になってしまった事情をアメリカまで行き、一次資料で調べてきますと答え、「それはいい、それは是非やって来なさい」と小林から激励された（「小林秀雄と私」）。

『憲法論争』は江藤の歿後、ＮＨＫライブラリー版として再刊された。番組の制作者だった川良浩和が出演交渉をした思い出を「はじめに」で書いている。川良は「過去に、テレビに一度も出たことがない小林秀雄氏や、丸山眞男氏の出演交渉に失敗したことがあった」。江藤に出演交渉するのには躊躇があったからだ。川良が江藤の鎌倉の新居を訪れたのは雨の日であった。江藤は川良に言った。

江藤はＮＨＫの解説委員なのだから問題はなさそうだが、歯に衣着せぬ「タカ派の論客」イメージがあった
「私によく声をかけていただきました。世間のイメージもあり、こんなＮＨＫの大事な番組に声をかけていただくなど考えてもいませんでした。敬意を表します。出演は了解します。すべてご指示に従います」

江藤の殊勝な口ぶりからは、「生き埋め」を自覚しつつあった「絶対的少数派」の孤立感が伝わってくる。

第四十二章　孤立、憎まれ、生き埋め、「江藤淳隠し」

江藤の二度目のアメリカ滞在は、昭和五十四年（一九七九）十月一日からの九ヶ月間だった。最初の滞在は『アメリカと私』に凝縮されたが、今回は三部作となって結実した。『一九四六年憲法――その拘束』、『落葉の掃き寄せ』、『閉された言語空間――占領軍の検閲と戦後日本』である。他にもう一冊、アメリカから送った「週刊現代」の連載コラムをまとめた『ワシントン 風の便り』がある。比較文学者で東大教授の平川祐弘は「日本経済新聞」の書評（昭56・5・17）で、当時の江藤の纏《まと》っていた雰囲気をよく伝えている。

「昭和五十四年の秋は新聞の文壇時評がにわかにつまらなくなった時期である。批評界の雄・江藤淳氏がワシントンのウィルソン・センターへ赴任してしまったからだ。しかし氏は一年近いアメリカ滞在で学者として、また日本を代表する知識人としてめざましい活躍をした。氏はアメリカ占領軍の検閲の実態を実証的に調査し、その成果を援用して、日本人が自分自身の目で日米関係を見直すことを東京の論壇で説き、またアメリカの少数の有識者に向けて語ったからである。江藤氏の政治的立場に賛成する人も反対する人も、氏が岡倉天心や新渡戸《にとべ》稲造以来の日本の文化外交のチャンピオンであることを認めないわけにはゆかないだろう。その江藤氏が、学術的な論文を日本語や英語で準備する合間に、気楽につづったのが『ワシントン 風の便り』四十一編である」

江藤自身はこの時期を「資料の検索と検討に没頭す」（「自筆年譜」）と表現しているが、主観的には「没頭」であっても、並行しての活動は多岐に及んでいた。「この間に訪れた大学または研究機関は、ウイルソン・センターを入れて十五ヵ所。十一回研究発表の機会を与えられ、そのほか十ヵ所で講演をしたことになります。まア、わりあいよく働いたものだという感想と、思ったことの半分ぐらいしかできなかったなあという感慨とが、互い違いに胸の中を行ったり来たりしているところです」（『ワシントン風の便り』）。その間に江藤は英文の論文を大小八本、日本語では「死者との絆」、「一九四六年憲法――その拘束」を書いている。「海は甦える」の連載も続いていた。『茶の本』や『武士道』に匹敵する英文著作こそないが、「太平洋にかける橋」という自覚はあったであろう。帰国後すぐに、アマースト大学での日本占領研究会議に出るため、八月には一週間とんぼ返りをしている。

平川祐弘は追悼文「江藤淳氏とアメリカ」で、江藤の国外での活動を、「日本の名誉のためにも弁じた、氏が自分自身に課した任務」だったと見ている。「合衆国では一人前の人間はまず政治にかかわらなければならない。江藤氏はアメリカで文学についても語ったが（略）、内から湧き上がる情念があって、それを基に日本と米国の関係について堂々と論じた」。昭和五十三年春、平川はウィルソン・センターでの江藤の講演を聴いている。検閲研究に着手する一年前である。「その時集まったワシントンの名士の数はけだし壮観で、英語のスピーチも上の上たるものだった。江藤氏の全集にはそうした英語講演も英文のまま収録していただきたい」。「江藤氏の英語講演は、江藤氏の日本語講演と同様、めりはりが利いてそれは見事なものであった」。

ウィルソン・センターはウッドロー・ウィルソン大統領を記念するため、合衆国議会が設立し、予算を管理している特別な研究所である。所長のジェイムズ・ビリングトンはロシア史が専門で、プリンストン時代に夫人同士がまず知り合い、親しくなっていた。副所長のジョージ・パッカードはライシャワー駐日大使の補佐官も勤めた江藤の旧知であった。江藤は三年前から招かれていたが、父の病状が芳しくないので、赴任が遅れた。それは江藤にとって幸いだった。その三年の間に占領研究というテーマが定まり、史料の公開が進んでいたからだ。研究環境も快適だった。「〔一次史料調べで〕ひょっとしたらアメリカの恥になるような史料が出て来るかもしれないのに、そういうことには少しもこだわらず、心をひらいて研究の便宜をはかってくれる。この度量の大きさは、いいものを率直にいいと認め、少数意見にいつも誠実に耳を傾けようとする態度とともに、アメリカの力の源泉といっていいに違いない」（『ワシントン風の便り』）。順調な滑り出しで、成果は着々とあがっていた。

当時の江藤の英語講演を聴いた日本人はたくさんいる。コーネル大学教授（日本思想史）の酒井直樹もその一人である。酒井はおそらくシカゴ大学で、聴衆の一人として江藤を綿密に観察した（『希望と憲法——日本国憲法の発話主体と応答』）。江藤は「領事館所有の黒塗りの大きな乗用車」で乗り付ける。車のフロントには小さな日の丸がはためいていて、酒井は「お子様ランチ」を想起し、その大げさな感じに、「江藤淳というのはそんなに偉い人だったのか」という印象を持った。江藤は背広とネクタイだった。ベトナム戦争後の大学社会では絶滅稀少種の姿で、その「装束」は自らを学究ではなく、官僚、政治家、外交官と演出するが如きだった。「彼の講演は格調の高いというよりむしろ過度に儀礼的な文体」で書かれ、「英語の発音を間違えないように緊張」し、「国際的な舞台で外交儀礼を遂行する日本国全権代表といった趣きであった」。演台の江藤のまなざしは原稿紙と虚空を往復し、「彼を見つめる聴衆のまなざしに直面することに、なぜか、彼は躊躇していた」。講演は「占領が日本の歴史を奪ってしまった」と語っていた。この人は「自分の物語」に自己陶酔していると酒井は滑稽と悲惨を感じた。

「慣例どおり、講演の後には質疑応答の時間が設けられていた。「自分の物語」を否定したのは戦後の民主主義を打ち立てるためには、必要な処置であったのではなかったか」とか「戦前の日本教育は民族主義的にすぎたのではなかったか」といった、戦後日本についての教科書的な知識に基づいた質問が二三あった他は、聴衆は沈黙を守っていた。江藤氏は所を得たりと数少ない質問には丁寧に答えていた。アメリカ人の無知を諭すような、慇懃無礼な答え方であった。しかし、日本専門家や外交史、政治学の専門家や大学院生は奇妙に黙りこくっていた。彼がこのような講演を、合州国の大学で、日本研究や外交史の専門家の前で行なうことについての当惑が、彼らを捉えてしまっていたのではないかと、二十数年後の現在、私は考えている」

酒井の緻密な観察と分析は、アメリカでの講演者江藤を髣髴とさせる。酒井は江藤を「戦後の体制翼賛型の知識人の典型」と見ていて、その江藤を大学社会の視線で裸にしている。そのために誤差が生じているが、平川と酒井、ワシントンとシカゴ、あるいは文化外交かアカデミズムかという対比で、双方の目に映った江藤を比較検討すべきであろう。

日本占領研究会議が行なわれたアマースト大学での江藤については、袖井林二郎が詳しく報告している（『占領した者された者』昭61、「共同討議　敗戦・占領・憲法」「文学的立場（第三次）」三号、昭56・3）。袖井は江藤の占領史は「引き算による歴史」だとかねて批判していた。のみならず、江藤は国際交流基金の運営審議委員という地位を利用して、「お手盛り」で自分の関わる会議に資金を引っ張っていると、「一納税者」として疑義を呈し、「十分な研究資金を与えられてこの国に一年間滞在し」、「アメリカ中に爆弾のようにその主張をふりまいて歩いた」と追及している。

アマースト会議は江藤の発言力で、国際交流基金から一万ドルの援助があり、江藤だけが特別待遇で発表を行なったと袖井は怒っている。一人あたりの持ち時間は二、三十分だったのに、江藤だけは一時間十分の「独演会が許されまして、まことに見事な――江藤さんは大変に英語の上手な方ですので――発表をなさったわけであります」。江藤は「戦艦大和ノ最期」と映画「戦争と平和」（山本薩夫・亀井文夫監督）を例に、占領期の検閲がいかに非道、非合理であったかを縷々《るる》強調した。反応はというと、「満場セキとして声なしという感じですね」、「基本的にはアメリカはやはりいい占領をやろうとしたんだと思っています。そういった努力が、ここでは一切否定される。占領期というのは大変に暗い谷間であったと、そう言われると、やっぱり二の句が継げなくなるんじゃないでしょうか、特にアメリカの関係者としては」。袖井はコメントを許されたので、「(江藤講演を聴くと) 日本は戦争に負けなかったのではないかという気がする」と皮肉った。

会場には、占領関係者がかなり来ていた。憲法九条の原案を書いたチャールズ・ケーディスを始め、ヒュー・ボートン、ジャスティン・ウィリアムズ、エレノア・ハドレーなどである。ケーディスは講演の後で、袖井に「ミスター・エトウは、時計の針を逆に回そうとしてるだけじゃない。カレンダーの日付まで変えようとしている」と語った。袖井の話からは、アメリカでの江藤に対する風当たりの強さが伝わってくる。酒井直樹の観察とつき合わせると、江藤の選んだ研究テーマはかなり剣呑《けんのん》なものだったのだ。

アメリカの「度量」と江藤の「度胸」

江藤は十年後に、アメリカ滞在九ヶ月間での最も危険な日のことを書いた。「ピストルと情報公開――検閲研究こぼれ話」(「別冊文藝春秋」平2春) というエッセイである。ほとぼりが冷めて、やっと筆に出来た危機一髪のサスペンスである。江藤が検閲研究の現地調査を行なったのはカーター政権の時期だった。「カーター政権は、いわばヴェトナム戦争の敗戦ショックから生れたとでもいうような政権で、発足早々から〝人権外交〟を提唱したり、CIAの秘密活動を禁止したりという具合に、超ハト派ぶりを売りものにしていた。したがって、当然のことながら、情報公開もこの時期にはほとんど野放しになっており、それに対する批判も少からずあったのである」。ワシントンの日本大使館参事官の自宅で相客になったアメリカ人の大使は江藤の研究テーマを聞いて、「それは由々しいことだ。資料はどこで入手したのですか」

と訊問する視線になり、公開資料と知って、「その公開の範囲と限界が問題だ。すぐさまチェックしてみなければならない」と言い放った。そうした危険が一気に現実味を増したのは、昭和五十五年六月十八日の最終報告の時だった。「ドクター江藤、あなたが発表しているとき、射ちに来る人があるという情報がはいっています」。その人物は占領下にCCD（民間検閲支隊）のPPB（新聞映画放送班）班長だった元陸軍少佐で、「米占領軍のやったことに文句をつけに来たという日本人研究者がいることは赦《ゆる》しがたい、是非ともピストルの弾丸を一、二発射ち込んで風穴を開けてやる」といきまいているというのだ。江藤は自宅に電話して、「家内に百ドル札を一ドル札百枚に両替して、至急研究所まで持って来るようにいった。／頭を狙われてしまえば、仕方がない。しかし、もし心臓を狙って来るのであれば、一ドル札百枚を胸のポケットに入れて置けば、防弾チョッキの代りになるかも知れない」。研究所仲間の田久保忠衛（当時は時事通信社前外信部長）がこの時、駆けつけてくれた。

「田久保氏はその頃、唯一人日本人の同僚だった人である。／「もし妙な気配がしたら、ラグビーのタックルの要領で狙いを外させますから落着いてやって下さい」／と、田久保氏は私にいってくれた。／「どうぞよろしくお願いします。御迷惑を掛けて申訳ありません」／と、私は心からお礼をいった。そして、このときの田久保氏の友情を、生涯忘れないだろうと思った。（略）あとで聞いた話では、その人物はやはりその場に来たのだそうである。ピストルを持っていたかどうかは知る由もないが、研究発表だけ聴いてそのまま立ち去ったのだという。／「聴いてみたら、事実に基いた客観的な話だったので一応納得した」／と、語っていたという話まで、同時に伝わって来た」

アメリカ憲法は修正第一条で検閲を禁じ、言論の自由を謳い、修正第二条で武装する権利を謳う。アメリカでは「公開された情報に基いて、気に喰わぬことをいったり書いたりする手合いが出現すれば、その胸許にピストルの銃口を突きつけるまでのところは憲法上の権利」である。「情報公開とピストルの二重構造」、それが虎口を逃れた江藤が発見したアメリカであった。

江藤の助っ人だった田久保の記憶は江藤とは喰い違う。まず田久保は四月までしか研究所にいなかった。この危険に類似したことなら、ケーディス大佐が聴きに来た三月二十四日ではないか。田久保は江藤の「ピストルと情報公開」を「不思議な文章」と書いている（『激流世界を生きて——わが師 わが友 わが後輩』）。

「慶子夫人はテープレコーダーを持ってきたが、会場の雰囲気が緊張しているのを感じ、「どうしようか」とセットをためらっているので、私が江藤さんの隣りに座ってそれを操作した。江藤さんは堂々と言いたいことを述べ、ケーディスは黙然と聴いていた。（略）ケーディスなりほかの人物がそこでいかなる理由があるにせよ、ピストルを射つなどという事態はありえない。私はラグビーはまったくできない。さりとて彼が読ませるためのフィクション風の文章を書いたとも思えない。鼻白むようなフィクションは彼が最も嫌いとするものだ。実を言うと、この文章は彼が亡くなってから読んだので確かめる機会はなかった」

田久保さんにあらためてその日のことを確認してみた。「江藤さんはすごく緊張していて、慶子夫人はもっと緊張して真っ青になってブルブル震えていたので、私と妻でテープレコーダーを手伝ったんです。二、三メートルの近くに杖を持ったケーディスが座り、眼光炯々《けいけい》としている。研究者や国務省の役人など相当の数が来ていました。その夜から研究所での江藤さんの評価は一変した。とんでもない奴だ。ワシントンくんだりまで来て、無礼なことを言う。お前ら負けたんじゃないのかと、冷ややかな反応一色だった。江藤さんは度胸があったたね、三十五年前にワシントンで占領批判を言う日本人はいなかったから」

アメリカの「度量」は江藤が考えていたほど大きくはなかった。江藤の英語発表「一九四六年憲法——その拘束」は、江藤がアメリカの首都で行なった「一人パールハーバー」になってしまった。オープンな議論を歓迎するアメリカの知識人社会であっても、それは踏んではいけない虎の尾だったのではないか。江藤は秋山駿との対談（「ポエティカ」七号、平4）でも、「今から考えるとヤバかった。よく生きて帰ってこられたとも思いますね」と元検閲官の少佐の話を披露している。田久保はフィクションでないとしたら、酒を飲んで酔っ払って書いたのだろうと思っていたが、江藤は酒を飲んでから原稿を書くことはない。「江藤さんはレディーファーストで、奥さんのことを「ケイコ」と呼んで、こんないい夫はいるのかという人でした。慶子夫人は、「一卵性夫婦でふつうの夫婦より近いのよ」と言っていた。「はじめは穏やかな人だったけど、お酒が一定量を超えると見境いがなくなって、手が出るの。私は自分の部屋に逃げてベッドに潜りこむ。そうすると一瞬のうちにパティがベッドに入ってきて、私の涙を全部舐めてくれるのよ」と江藤家のことを話していました。なんらかのフラストレーションがあったのでしょうね」

パティは江藤家の三代目令嬢のコッカースパニエル犬である。最初のアメリカ行きでは初代のダーキイを日本に残してきたが、今回は「片道一万八千百円也」で〝翔んでる犬〟となったのだ。パティはなにものにも代え難い、慶子夫人の大きな慰めになった。検閲研究が江藤家に大きなストレスを与えていたことは間違いない。江藤家は帰国後に鎌倉に引っ越すのだが、鎌倉駅のホームでは一番前に立つことがないように、夫妻ともどもいつも注意していた。何ものかに突き落とされるのを警戒していたのだ。元検閲官か、CIAの影を感じていたのか。それとも根拠のない妄想だったのか。今となってはわかりようもない。

江藤は帰国後の吉本隆明との対談（「海」昭57・4）で、占領と検閲研究の危険をしみじみと述懐している。「ピストル」の幻影に怯えていたのなら、リアルな証言である。

「ぼくは結局自分が言葉によって生きている人間であることを、日夜痛感しています。だからこそ、言葉を拘束しているものの正体を見定めたいのです。（略）過去五年来私のやっていることは、何ら政府の役に立っていないでしょう。役に立っていないどころか政府権力者はむしろ迷惑至極だと思っているにちがいない。戦前、美濃部博士の〝天皇機関説〟が眼のかたきにされたのは、いうまでもなくそれが当時の日本の統治機構の根底に潜む秘密に触れていたからです。美濃部博士を訪問したにこやかな紳士が、いつ私のところにやって来ないとも限らない。今はそういう時代になりつつあるのだけれども、あなたはそれを御存知ない。したがって私は、自民党はもちろんのこと、共産党も社会党も公明党も民社党も、現存のすべての政党政派に、基本的に何らの信を措いていません。そんなものが少しでも信じていられたら、私が今やっているような、本に反《かえ》って検証するという、馬鹿馬鹿しくも危険な仕事をやっていられるはずがありません」

　吉本にはアメリカの話としてではなく、日本の文脈で語っている。検閲研究は日本に於いても、虎の尾であったのか。ここで美濃部達吉の名前が出てくるのは、天皇機関説事件の時、美濃部は右翼の壮士からピストルを発砲されたことがあったからだ。美濃部が戦後の貴族院で、帝国憲法の改正に敢然と反対し続けた憲法学者であったことは言うまでもない。〝八月革命説〟を唱えた宮沢俊義は美濃部の弟子であるが、師弟は別の道を歩んだのだ。

　二人の若手評論家、加藤典洋と竹田青嗣に対しても、江藤は激した発言を行なっている（「論争　批評の戦後と現在」「文藝」昭60・1）。

「僕がどうして国家を自分の生きているということの中心に置いてるだろうか。冗談じゃないよ。（略）今のところ、僕は忠誠なる日本国民です。忠誠なる日本国民だけれど、この日本国家は僕の文学をいっさい認めない、おまえの言っていることはなんら日本の政策に合致しないから、今後いっさい発言を禁ずると、明日言われるかもしれないじゃないか。そういう発言を僕はつづけているつもりだ。（略）僕の言っていることを、いまの日本の体制が喜ぶとでも思っているのだろうか。中曾根［康弘首相］であろうが、なんであろうが、喜ぶはずがないじゃないか。すべて穏便に、そのときの政権に都合のよいことだけを欲しているんだ」

　これらの発言は、アメリカで江藤の英語講演を聴いた袖井林二郎や酒井直樹が持った体制派言論人のイメージと大きく乖離《かいり》している。アメリカに限らない。江藤の日本語の文章や発言に接してきた文壇や論壇の江藤淳イメージともそぐわない。誤解、中傷、軽蔑、揶揄、憎悪、嘲笑、無視……。あらゆるマイナスの札が江藤に集まってきたかのような時期を迎えていたのか。江藤自身は憲法二十一条の言論の自由に依って守られているはずなのに、「閉された言語空間」を破壊する者として罰されようとしていたのか。「事後検閲」が「自主検閲」となったからくりを江藤は指摘したが、その自主検閲の網にみごとに引っかかったのか。自らが明日にでも言論統制の犠牲者になりかねないという危機感はどこから生れてきたのだろうか。

一九八〇年代の「生き埋め」

時代は飛ぶが、文芸誌「海燕」の平成七年（一九九五）九月号で、江藤は武藤康史からインタビューを受けている。題して、「作家にとって「生き埋め」になることの意味。」。批評家デビューから四十年間を生き抜いてきた江藤による文芸ジャーナリズム論である。その中で、江藤は「生き埋め」というキーワードを語り始めた。

「それは中村光夫さんがまだ元気で、小説や戯曲よりは文芸時評の正道を歩んで――踏み外さなかった、と言っちゃ大先輩に対して申し訳ないけれど――おられたころに、「江藤君、作家というのは生き埋めになって戻ってこないとだめだね」って言ったことがあってね、生き埋めという言葉を使ったんですよ。／「荷風だって潤一郎だって、生き埋めになっているだろう。志賀さんだってそうだよ。それはプロレタリア［文学運動］があったもの」ってね。（略）生き埋めから復活すると、その後は持続力があって、ぎりぎりまで谷崎なんてよくやったし、荷風も存在としては昭和三十四年まで続いた。（略）その生き埋めっていうのは、これはわが身に引き比べると、そうだな、僕も生き埋めというのはあったような気がするな。

十五年ぐらいあったかかな。（略）十五年というのは本人の主観だから、実際には、十年ぐらいかなという気もしますね。（略）西暦でいうと一九八〇年代」

文学史の話から突然、江藤の衝撃の告白が始まるのには驚く。一九八〇年代とは、まさにアメリカでの検閲研究からの十年間ということになる。先に引用した江藤の二つの肉声は、生き埋めになった江藤の悲鳴だったのか。江藤は中村光夫の言う「生き埋め」に深甚なる関心を持っていた。中村光夫も出席した座談会（「現代文学の混乱と救済」「群像」昭41・7）で、「あのへん〔昭和初年代〕で中村さんが以前おっしゃった「生き埋め」という現象がおこる。ぼくは「生き埋め」ということばが好きでしてね。あれはとてもいいことばだな」と中村に語りかけていたくらいだ。開高健との対談（「文學界」昭56・1）でも「生き埋め」の話を出し、中村の「戦後は〔出ずっぱりで〕大変だね、生き埋めになるわけにもいかないから」という言葉を紹介している。この対談はアメリカから戻った時期のものだから、己の「生き埋め」をそろそろ感じ始めていたのかもしれない。

インタビューで武藤康史は、江藤に「それは検閲の研究などをなさっていたころですね」と時期をあらためて確認している。「うん、あの頃ね。だから、ああいう浮気をするとろくなことはない（笑）。文芸ジャーナリズム的には。（略）だけど、これは僕は全然後悔してないので、検閲の研究、憲法の制定経過なんていうのは、文学そのものではないにしても、文学と深い関係があり、そのへんにいろいろ疑問を抱いた以上、そしてたまたまそれをアメリカまで行って調べることができた以上は、もって瞑すべしと思っていますけれども、還暦を過ぎて振り返ってみて、ああ、なるほど、そうか、あれが生き埋めかと」

余裕を持って「生き埋め」を語れるというのは、江藤にとって「生き埋め」時代が明らかに過去になっていたからである。一九八〇年代に、江藤は検閲研究を進めながら、その文芸応用編ともいえる『自由と禁忌』、『昭和の文人』を書き進め、文壇と論壇のあちこちで、歯に衣着せずに論難を浴びせて、疫病神のように煙たがられていた。「生き埋め」にする土をパワーショベルで自ら掘っていたようなものだ。そんな江藤が「生き埋め」状態から救出、あるいは脱出できたと一息つけたのは、平成三年（一九九一）の秋に、芸術院会員に選ばれたからである。その喜びを無邪気に綴った随筆「ゴタイイン」と「ゴニュウイン」」（「三田評論」平4・1）では、臆面もない喜びようが溢れている。ここでは「十五年」という時間も出ている。

「芸術院賞こそ十五年ほど前に頂戴していたけれども、いつの頃からか自分はもう二度と芸術院などという所とは縁が無いものと思い込んでいた。昭和が平成に改元されて、その縁はますます遠くなったとも思っていた。／わが友石原慎太郎が、代議士としての国政調査権を行使して調べたところによると、私は決して芸術院会員にはなれないのだそうであった。その理由はというと、憎まれ過ぎているからというのである。そういわれてみれば、思い当ることばかりというほかない。三十六年間も文芸批評を続けていれば、さだめし多くの人々の気に障ることをいい続けて来たに相違ないが、だからといって心にもないことは、只の一言もいえないのが性分なのだから仕方がない。（略）地位も名誉もいるものか、論壇に憎まれようが、文壇に疎まれようが、いいたいこともいえずに首をすくめているよりはるかにましだと、実は慶應病院で療養中にも、何度も自分にいい聞かせていたのである」

「地位と名誉」ですっかり元気回復というのが、いかにも江藤淳らしい。これでは体制派の御用文化人と誰にでも思われてしまいかねない。誤解の半ばは江藤自身の身から出た錆だったのではないだろうか。

江藤が「生き埋め」の渦中にあった時に、面と向かって江藤にズバリと指摘したのは中上健次だった。「今、言葉は生きているか」（「文藝」昭63春）という対談の最後で跳び出してくる言葉だ。それまでは「江藤淳と近いなんて言うとさ、右翼チックだと思われる（笑）」と警戒気味だったのだが。

中上「それより僕は江藤さんに聞きたい。江藤さんはものすごく不満だろうと思うの。（略）文壇内部において、この十年、二十年の江藤淳隠しという事態がありますね。皆、本心では江藤淳というのは大事だと思っているのに、なんでこういうことが起こったのか」
江藤「それは僕にはわからない。客観的に言って、あなたの言われるとおりかもしれないけれども……」
中上「江藤淳隠しですよ、つまり」
江藤「でもね、それは当人にとってみると、プライドをくすぐられることでもあるんですよ。それほど徹底的に隠されると、いっそ嬉しくなってくるよ」
中上「もちろんわかるけどさ。江藤さんの一種癖みたいなものですね。他のやつにはそう見えるわけ。たとえば戦後の憲法の問題、そのことでも、あのぐずぐずした、日本国自体が隠してきたという、そういうことを江藤さんはつっ突いているという……普通は、ああ、ああと言って通りすぎてるわけですね、それはなんなのか」
江藤「なんなのかって、江藤淳隠しがどうはじまって、どうなったかというカラクリなんか僕にはわからない。僕はそういうことを自分で分析したことがないもの。でも、どれだけ隠そうと思ったって、俺を隠し切れるはずがないと思ってる。だから生きてるんだ。言の葉で生きるって、そういうことだよ。それでいいんじゃないの」
　江藤は中上の言った「江藤淳隠し」をあっさりと認めた。江藤と中上がここまで意気投合しているのには、江藤の『自由と禁忌』が関わっている。江藤の久々の現役文芸評論家復帰作といえる『自由と禁忌』は丸谷才一、小島信夫、大庭みな子、吉行淳之介、安岡章太郎といった第一線の作家の話題作を厳しく断罪しながら、中上の『千年の愉楽』だけを激賞した本である。「制度としての文学」という章のマクラは、中上には特に力強い援軍だった。昭和五十八年度の谷崎潤一郎賞の選評を手がかりに、江藤は文壇の「人事担当常務」吉行の選考会での采配と、吉行の判断に「正しい」と大きな掛け声を掛けた丸谷をこき下ろした。この時は古井由吉の『槿《あさがお》』と中上の『地の果て　至上の時』が争い、古井が受賞した。選考過程での吉行の「政治的な貫禄」と丸谷の「政治的「正しさ」の論理」を江藤は告発した。「文壇がかつての相互に自由な独立性をとうに失い、出版社や新聞社によって組織・編成された一個の管理社会と化しつつある」。

　中上は谷崎賞に固執していた。昭和五十二年から平成二年までに六回候補になったが、受賞には至らぬまま早逝した。その頃の谷崎賞の記者会見で、中上をめぐってごたごたが起ったことを日経新聞の文芸記者だった浦田憲治が書いている。平成元年、選考委員の丸谷が会見中に中上の落選作について質問されると、丸谷は途中で怒って会見場から退席した。「私〔浦田〕は、西欧的な市民小説を理想とする丸谷が、日本の自然主義や私小説の継承者でもある中上の作品を好まないとは想像できたが、中上の作品に対して、「てにをは」まで持ち出して批判するとは信じられなかった。丸谷は、かつて江藤淳から「フォニィ（ごまかし、にせもの）」と厳しく批判されたことがあり、その「意趣返し」を江藤当人ではなく、江藤が称賛してきた中上に対して行ったのではないかとさえ思った」（『未完の平成文学史』）。『自由と禁忌』の激しい丸谷批判の余波が谷崎賞の選考過程にまで及んだのではと想像される。谷崎賞による「中上隠し」、文壇による「中上隠し」に中上は過敏だった。「江藤隠し」と「中上隠し」は交錯していたので、二人の意気投合ぶりも余計に納得できる。

　中上との対談は江藤をホストとするシリーズだが、その最終回のゲストは吉本隆明だった（「文藝」昭63冬）。その中で、江藤は何を思ったか荻生徂徠に触れている。吉本との最初の対談（「文藝」昭41・1）の冒頭で、江藤は伊藤仁斎、本居宣長と並べて徂徠についても、書く予定であると話していた。その徂徠である。

「僕は書いたものを見ると、特に漢文は癖がありすぎてあまり好きじゃないんだけれど、荻生徂徠という人物はたいした人物だったと思うのは、五十になって、五代将軍綱吉が死んで柳沢吉保が失脚したために、吉保の家来だった自分も失脚したころから、それまで標榜していた朱子学を一擲して、古文辞学を樹立したラディカルな生き方ですね。（略）あのころだいたい人生五十年……その五十という年になって、政治的な問題もあったかもしれないけれど、突然官学をかなぐり捨てて、思ったとおりのほんとのことを言い出したというのは見上げたものだ。道徳・倫理と政治は別だと喝破したというのは、偉いもんだなと思うんですよ」

徂徠のラディカルな生き方への共感、それも五十歳という年齢は、江藤でいえば昭和五十八年（一九八三）で、「生き埋め」時代のど真ん中になる。江藤にとっての「柳沢吉保」は福田赳夫だったのか、それとも小林秀雄だったのか。江藤にとっての「朱子学」は、「治者」だったのか「不寝番」だったのか、それとも日米協調だったのか。江藤にとっての「古文辞学の樹立」とは、大きな代償を払ってでもラディカルに生きるという決断から生じていた。江藤が自分は保守的な人間だが、一面「ややラジカルなところもある」と対談中に言うと、吉本は「新潮」に連載中だった『昭和の文人』について、「あれはラジカルですね（笑）。ものすごいラジカルですね」と応じた。それが江藤の一九八〇年代であった。

「閉された言語空間」を突き破った中野重治

吉本が「ラジカル」の太鼓判を押した『昭和の文人』は、江藤の八〇年代を締めくくる作品であった。江藤の八〇年代は憲法と検閲に没頭したために、文学者としては大きな迂回だったように見えるが、『昭和の文人』によって、はっきりとした軌跡が描けたといえる。江藤は単行本の「あとがき」で書いている。「私はこの仕事によって、ほとんど中野重治という文人を再発見したといってもよい。彼は若年の頃の詩に詠じた「豪傑」にこそならなかったが、終生廉恥《れんち》を重んじ、慟哭《どうこく》を忘れることがなかった。そのような中野重治の文業に対して、私はほとんど自ら慟哭を禁じ得ぬ想いであった」『昭和の文人』は平野謙、中野、堀辰雄を論じているが、『自由と禁忌』において中上健次が特別な存在であったように、『昭和の文人』では中野だけが、江藤の筆誅を免れている。「自ら慟哭を禁じ得ぬ」と書いているくらいである。

中野が「昭和の文人」の一人に選ばれたのには、検閲というテーマが関わっていたと思える。検閲への関心が中野重治を呼び込んだのだった。江藤がアメリカから戻って二年後、昭和五十七年（一九八二）十一月に東京で国際シンポジウム「日本占領研究」が開かれた。企画には江藤が大きく関与している。出席者の一人だった文芸評論家の磯田光一は、江藤の検閲研究の援護射撃として、ここで中野重治が蒙った検閲の例を挙げた。

「で、その証拠を一つお見せいたします。中野重治が、「展望」昭和二十二年一月号に書いた小説、「五勺《ごしやく》の酒」の検閲が、まさにそれなのであります。まず削られたのを読みますと、「じっさい憲法でたくさんのことが教えられねばならぬのだ。そしてそれを、なぜ共産主義者がまず感じて、そして国民に、訴えぬのであろう」、この「それ」というのは、これだけ読んだ限りでは、憲法の内容について、民主主義その他を沢山教えなければならないという意味にとるのが、まず普通だろうと思います。

それでは検閲で削除された部分を戻した全文を読み上げます。「じっさい憲法でたくさんのことが教えられねばならぬのだ。あれが議会に出た朝、それとも前の日だったか、あの下書きは日本人が書いたものだと連合軍総司令部が発表して新聞に出た。日本の憲法を日本人がつくるのにその下書きは日本人が書いたのだと、外国人からわざわざことわって発表してもらわねばならぬほど、何と恥さらしの自国政府を日本国民が黙認していることだろう。そしてそれを……」、となるのです。（略）こういう部分が伏せられていたがために、憲法制定過程に関する様々なタブーが、ずいぶん長いこと続いているのではないかと思い

ます」（「国際シンポジウム「日本占領研究」マッカーサーの検閲」「諸君！」昭58・4）

この重大な指摘は磯田の著書『戦後史の空間』でも同様に繰り返されている。江藤が久しぶりに書庫から『中野重治全集』（旧版）を取り出したのは、磯田の指摘を知った後ではないだろうか。『昭和の文人』では、「五勺の酒」を論じる章で磯田の指摘を紹介しているが、意外にも冷めた書きぶりになっている。「磯田の指摘は」いかにも興味深い指摘ではあるけれども、別段その部分が補われたからといって、「五勺の酒」の意味が本質的に変化するというわけではない」。江藤がワシントンで見つけた検閲指針の第三項「ＳＣＡＰが憲法を起草したことに対する批判」ゆえに「削除」された、明々白々の例にもかかわらずである。江藤は続けて書いている。「削除された部分があろうがあるまいが」、中野が「五勺の酒」で描いた憲法式典参列者の白けぶり、「憲法の内包する一切の虚偽に対する〔主人公の〕激しい怒りそのもの」が今も衝撃を与えるというのである。つまり、「五勺の酒」は検閲によって創られつつあった「閉された言語空間」を、作品の力で突き破ってしまったということである。「閉された言語空間」を易々と超克した小説が書かれていたというのが江藤の発見であり、慟哭なのである。

『昭和の文人』における中野発見はまだまだ続く。昭和四十年代に書かれた中野の長編『甲乙丙丁』を論じた章である。「占領軍の実施した検閲についていえば、中野重治は、この事実に関する数少い貴重な証言者の一人といわなければならない」。江藤はそう書いて、中野の最晩年に出た新版『中野重治全集』の「著者うしろ書」を長々と引用する。その中から、江藤が傍点を付して強調した箇所をいくつか以下に引用する。

「しかし「検閲の廃止などいうことがあり……」の「検閲」のためにこそ、その乱暴で陰険なやり方のためにこそたちまち私たちは苦しめられねばならなくなった」

「それは日本の、特に戦時の検閲の上を行くものでもあった。それは伏字をさえ許さなかった。「ここ何いていたことを事実として私は疑わぬ」

「こういう検閲状態がそのまま直線で結びつくわけではないが、あの時期の日本文学に陰に陽に強くひび

「四五年〔昭和二十年〕から四六年にはいってきて、検閲の暴力は非道さを奔騰させて行った」

行削除」と入れることも許さなかった」

どれも中野重治の「憤激」が伝わってくる強い言葉である。引用部分を読むだけでわかるように、孤軍奮闘を強いられた江藤の占領期検閲研究の最良の理解者、最高の「同志」が元日本共産党中央委員の中野重治なのだった。この「著者うしろ書」は昭和五十二年（一九七七）に発表されていた。本多秋五との無条件降伏論争が起きる前年である。中野は昭和五十四年に七十七歳で亡くなるが、「著者うしろ書」をまとめた遺著『わが生涯と文学』は同年秋に刊行されている。中野の生がもう少しあれば、中野は江藤の占領軍検閲の問題提起に必ずや決然と応じたであろう。中野と江藤のエール交換さえあったかもしれない。それよりも江藤が中野の『わが生涯と文学』をその時に読んでいれば、中野証言を引用することで、強力な論拠を提出できた。文学者中野重治の有無を言わさぬ大きな存在感が加われば、江藤の孤立は軽減された。江藤は「〝親米派〟と共産党が、ともに虚構の維持に協力しているからこそ、この虚構は制度として成立し得たということができる」と『昭和の文人』に書いているが、その制度に風穴を開ける突破口を発見するのがあまりに遅すぎたのであった。

中野の『甲乙丙丁』は野間文芸賞を受賞しているからかなりの読者に読まれたはずだ。その三十二章に既に占領軍の検閲批判の一文があることも、江藤は中野論の章の最後に書いている。「占領軍の外国軍事政権が、新聞、雑誌、単行本はおろか個人の手紙まで開封検閲して、しかも印刷物については、過去のどんな日本政府がやったのよりも残忍で欺瞞的な伏字なしを強行したのだったから」。江藤はこの引用部分にも傍点を付して強調しているが、ここでは「文京区なんて馬鹿な名」もともに罵倒していて、検閲にだ

け注意を払っているわけではない。戦後の文学の衰弱の理由は、憲法や検閲がすべて、という言い方はやめている。

「だが、あるいは、「文京区なんて馬鹿な名」の行政区域がつくられたことは、占領軍の検閲と同じくらい「残忍」なことであったかも知れない。日本人の記憶を奪い、そのことによって自伝の源泉を枯渇させるという意味において、それは全く「外国軍事政権」の検閲と等価の機能を果すから」

『わが生涯と文学』と『甲乙丙丁』の記述は、江藤の強調によって甦えったが、なぜ江藤はその引用文の存在に十年以上も気づかなかったのだろう。江藤の批判者には中野の愛読者も多かったが、彼らは江藤のアドヴァンテージとなる記述を表沙汰にしたくなかったのだろうか。そうだとすれば狭量である。中野が生きていれば、その狭量をこそ江藤を上まわる迫力で指弾するにちがいない。中野の記述自体を「不都合な真実」と見なして、読まなかったことにしていたとしたら、江藤の『閉された言語空間』論が実証されてしまうことになる。いずれにしても生産的な論争は忌避されていたのだ。

それにつけても残念なのは、江藤と大江健三郎との「絶交」である。なぜなら大江は中野文学の、さらに『甲乙丙丁』の愛読者だったからである。江藤も同席した座談会（「群像」昭41・7）で、大江は「群像」連載中の「甲乙丙丁」を「非常に美しい小説」で、毎号「愛読」していると話しているのだ。江藤は「拾い読み」程度でしか読んでおらず、「もちろん大江さんは中野重治のいい読者だし、ぼくはいい読者じゃないから」と発言している。大江は『甲乙丙丁』が単行本になった時に論じていて（「中野重治の地獄めぐり再び」『鯨の死滅する日』所収）、江藤との交流が持続していたなら、江藤に中野検閲証言の存在をすぐに耳打ちしたのではないだろうか。

江藤は六〇年安保の年に、「中野重治の小説と文体」という評論を書いている。これは旧版『中野重治全集』の別巻『中野重治研究』のために書かれたものだ。別巻の編者は平野謙で、過去の代表的な中野論が網羅されているが、江藤は大江とともに新原稿を寄せていた。「いい読者」ではないとしても、「読者」だったのだ。江藤の中野に対する関心が戻ったのは「五勺の酒」だったと推測したが、江藤にとっての重要な中野作品は他にもあった。その作品がプロレタリア詩人時代の詩「雨の降る品川駅」であることは『昭和の文人』に明瞭である。江藤はその詩が好きで、東工大の講義でも取り上げていた。「学生の前でこの詩を朗読しているうちに、ある感動が胸に迫って」きて立ち往生する。詩が伝える「あるラディカルな旋律」が江藤に戦慄を喚び起したのだった。

「雨の降る品川駅」は、次のような詩行を含む詩である。

「君らは雨にぬれて君らを逐《お》う日本天皇をおもい出す
君らは雨にぬれて　髯《ひげ》　眼鏡　猫脊《ねこぜ》の彼をおもい出す」

この詩が書かれた昭和三年（一九二八）は即位の御大典の年であった。詩は内務省の検閲を受け、右記引用部分などは伏字で発表された。江藤がこの詩についての章を書いたのは昭和六十年（一九八五）である。

江藤の中には、次なる大きな主題がせり上がってきていた。六十年になんなんとする「昭和」である。江藤にとって、その「昭和」は、天皇陛下ひとりに集約されつつあった。

第四十三章　天皇崩御――その喪失感と大河昭和史の中絶

一九八九年という年は、江藤淳にとって特別な年になった。一年間で九冊の著書を、監修本を含めれば十冊もの新著を刊行したからだ。まさに「月刊江藤淳」状態である。それまでの刊行ペースは年に二、三冊が通常だった。江藤に非常時の昂奮状態が訪れたのは、一月七日の天皇崩御によることは言うまでもない。長い昭和はついに終わり、「平成」という新元号が竹下登内閣の小渕恵三官房長官から発表された。

この年の江藤の著書を刊行順に挙げてみよう。江藤流の大河昭和史『昭和の宰相たち』の第Ⅲ巻、久々の文学論・作家論集『リアリズムの源流』、連続対談集『文学の現在』、富岡幸一郎によるインタビュー『離脱と回帰と――昭和文学の時空間』、時務論集『天皇とその時代』、長編文芸評論『昭和の文人』、占領研究の総決算『閉された言語空間――占領軍の検閲と戦後日本』、デビュー以来二十年分の『全文芸時評（上・下）』である。ジャンルは江藤の関心領域のすべてを網羅し、旧い原稿をまとめたものから最新の発言までがある。監修本のタイトルが『昭和史――その遺産と負債』となっているのは象徴的である。大いなる昭和の「遺産」と「負債」をすべて明るみに出そうとしているかのようだ。天皇崩御に際会して、江藤の中のなにかが堰を切ったように溢れ出たのだった。

「我ハ先帝ノ遺臣ニシテ新朝ノ逸民」（「読売新聞」平元1・17夕）とは、江藤の心にふと浮んだ表現である。「やはり先帝陛下が崩御とともにどれほど大きなものを私の心身からもっていってしまわれたかということは、日が経つにつれて日一日と深く実感されてくることのように思います。漱石の『こころ』の主人公は、乃木さんが殉死したということを聞いて、明治の精神に殉じたのですが、私は臆病者ですから、そんな潔いことはできない。今後、世の中がどうなっていくかを見届け、記録したいという気持でおります」（「ボイス」平元・3）と、『こころ』の「先生」を想起している。いや、「先生」よりもそば近くに陛下は存在していた。

「私が最後に先帝陛下に拝謁したのは、昭和六十年の春の園遊会でした。それは珍しく雨中の園遊会でした。私は、とくにお言葉を賜わるコーナーにいたわけではなく、あまり目立たない一隅に家内と一緒に立っておりましたら、入江〔相政〕侍従長が私の姿を見つけたらしく、陛下に耳打ちされますと、陛下はすたすたとすぐ近くまで寄ってこられまして、「江藤かい、いまでも漱石やってるの」とおっしゃった。そのとき畏れ多いことながら、私は陛下のお息を感じたのです」（同）

「臣淳夫」の喪失感を伝えるのが、右の発言を含む時務論集『天皇とその時代』である。雨中の園遊会で御言葉を賜わった昭和六十年（一九八五）から平成元年二月二十四日、雨中の御大葬参列までの文章と発言がまとめられている。同じ二月の十六日に行なわれた長時間インタビュー「昭和天皇と文学空間」を巻頭に据えた『離脱と回帰と』と『天皇とその時代』の二著が、江藤の生々しい感情を最も露出させた、江藤の昭和への「挽歌」である。

江藤は昭和六十年には、昭和よ永遠なれと発言していた。「今上陛下はご高齢だから、摂政にお譲りになられたらという、おそらくは善意から出た意見がありますが、考えが浅いと思う。陛下は百歳までも、いや百二十歳までもお元気でありつづけようというお覚悟で生きていらっしゃると思います」（「ボイス」昭60・4増）。江藤の願いが通じ百二十歳という記紀神話的な長寿が達成されていれば、平成の世を軽く通り越えて、昭和の御代は二〇二一年まで続くことになる。江藤は破天荒な長寿を祈っていたのである。

昭和六十二年秋には沖縄訪問が中止となり、開腹手術が宮内庁病院で行われた。江藤は陛下の生命力の強靭を寿いだ（「サンケイ新聞」昭63・1・4）。

「陛下が外科手術を受けられる前、侍医団は〝玉躰〟にメスを入れることの当否を論議して、いたずらに日を費やしたという。要らざる配慮だったといわざるを得ない。陛下は既に四十三年も前に、自ら「五内《ごだい》為ニ裂ク」と仰せられているのである。そしてそれ以来、誰の眼にも見えぬ血を滴らせながら、あらゆる誤解と恥辱をものともせず、スックと且つ堂々と立ち続けておられるのである。／いうまでもなく、その天皇は、昭和二十年八月十五日にラジオ放送された詔書で、「朕ハ……常ニ爾臣民ト共ニ在リ」と約束された天皇である。（略）私は、そのことの意味をあらためて嚙みしめながら昭和六十三年の日一日を、いとおしんで行きたいと思う。私もまた〝昭和〟の時空間の栄光と悲惨とを、この眼で見続けて来た一人である。私はその栄光からも悲惨からも、また恥辱からも罪悪からも逃れ去ろうとは思わない。それを私に堪えさせているものこそ、ほかならぬ今上天皇の存在の重さだからである」

昭和六十三年の九月十九日から再び御不例となる。深夜のテレビはずっと皇居の闇を映し、自粛ムードが広まり、お見舞い記帳者の列が続いた。江藤はパリでの講演のため、日本を離れ、レヴィ＝ストロースやフェリックス・ガタリと日本神話や皇居前に詰めかける日本人について会話している（「諸君！」昭64・1）。インターナショナル・ヘラルド・トリビューンのパトリック・スミス記者の東京報告は「日本人は、戦後四十三年間、それまで自分でも出遭うことをためらいつづけて来た自分自身の本来の姿に、漸《ようや》く直面する覚悟を固めた」と伝えていた。「パリの宿でこの記事を読んだとき、私の脳裡には、一瞬大きな白鯨のようなものが、身をもたげて暗い波間に姿を現わし、網や碇《いかり》を引きちぎり、辺りに浮ぶ小舟のたぐいをものともせずに泳ぎはじめた姿が映じた。白鯨はもとより解放された日本人の心情であり、それを誘い出したのは、天皇のお生命が危いという危機感であった」（「文藝春秋」平元・3）。

明けて昭和六十四年一月七日は、江藤家では恒例の新年会が予定されていたが、それどころではなくなった。早朝、「ある人」から「非常にご重篤である」という電話が入り、テレビ局からは「崩御の公表があるのも時間の問題」なのでと出演依頼が来る。「公表があるかないか、それまで待ちましょうということにして、とにかく衣服をあらためてテレビを見ていたんです。（略）崩御の公表があり、間もなくテレビ局に連れて行かれた」。新元号の公表後に、「家に戻ってきて、家内と昭和の最後の日を過したんです」（『離脱と回帰と』）。ついに来たその日の江藤の動静である。

ここで気づくのは、六年前に小林秀雄が死んだ時との違いである。小林死去の報は深夜だったが、新聞社からの取材を断り、鳴り止まぬ電話にも一切出ず、小林の遺著『本居宣長補記』を読み進めた。その時、「活字の行間からにわかに小林氏の声が聴え」はじめ、「文章は小林氏の肉声に変」るという稀有な体験をした（「言葉と小林秀雄」）。江藤にとって、小林秀雄以上に大きな存在となっていた天皇の崩御に際しては、その最も貴重な時間を、俗中の俗といえるテレビ出演に割いている。江藤はフジテレビの特別番組で、「新元号についての感想をひとくさり述べ」た（「諸君！」平元・3）。それだけの気持の余裕があったと考えればいいのだろうか。

江藤は明治天皇崩御にも大正天皇崩御にも既に立ち会ってきたともいえる。プリンストン留学中には、図書館にあるロンドン・タイムズで崩御と乃木殉死が西洋にどう受けとめられたかを読み、漱石の『こころ』を論じた講演「明治の一知識人」を発表している。「宮城外に低く首を垂れた人波をこの眼で見た者は、日本人の天皇崇拝は人工的につくりあげられたものだという最近の批判の、この上ない反証を得たのである」という記事を引いて、この「最後の一節は、もちろん前年に世界を驚かせた幸徳秋水の「大逆事件」に対する言及である」と注している。『海は甦える』第三部は、乃木希典が最期の別れを告げに山本権兵衛を訪れるシーンから始まり、御大葬の盛儀に頁を費やしていた。『昭和の宰相たち』は「新帝践祚」で始まる。葉山御用邸での大正天皇崩御、時を移さずに執り行われた践祚の儀式、そして宮城への還幸の描写である。「御召車の窓越しに仰ぎ見る新帝の御姿は、あくまでも若々しく、凛々しく、大行天皇に永別された悲しみを胸中深くに秘められて、白手袋の御手を挙げ、沿道の人々に一々丁寧な御会釈を給わっている」。当時の新聞記事に基いているが、宮内庁関係者よりも詳しいのではと疑われるほどの筆致である。

この『昭和の宰相たち』は昭和六十年一月号から「ボイス」で連載がスタートした。同時に『昭和の文人』の断続連載も「新潮」一月号から始まる。江藤としては、占領と検閲研究の次が、「昭和」という大テーマであった。四年前から準備万端備えていたのである。『昭和の宰相たち』はいつ終わるのか分からぬ大河連載となりそうだった。第I巻の「あとがき」では、若槻礼次郎、田中義一から佐藤栄作、田中角栄までの名を出して、「〃昭和の宰相たち〃のすべてが、いずれも〃天皇の宰相たち〃にほかならないという事実」を指摘していた。「憲法典の変更」は、「この基本的な政治的・文化的事実に、さしたる実質上の改変をもたらしているとは認め難い」。その事実を歴史として描写しようというのであろう。『昭和の文人』の「昭和」とは、「日本人が、ほとんど例外なく「転向」を強制された時代」(「あとがき」)であった。二つの連載は相俟って、昭和の「政治と文学」の全構造を明らかにすべく、企てられていた。

雨中の園遊会でのお尋ね「江藤かい、いまでも漱石やってるの」に何と答えたかを江藤は語ってはいない。漱石は一休みして、陛下の御治世に取りかかっております、とはまさか言上できなかったであろう。

ただ幸いなことに江藤の近業が「天覧」を賜わる機会が二年後の昭和六十二年に訪れた。福田派の重鎮代議士・田中龍夫(田中義一の長男)を介して届けられた江藤の著作は『日米戦争は終わっていない』と時務論集『同時代への視線』であった。どちらも最新刊でありますと説明可能だが、「天覧」にふさわしからぬ危険な選択である。前者はタイトルからして物騒である。後者には、小堀桂一郎との対談「「大東亜戦争」と「太平洋戦争」」、上山春平との対談「大嘗祭の意義」、そして江藤の靖國神社擁護の論考「生者の視線と死者の視線」が収録されている。江藤としては御進講の代わりにという心づもりだったとしても、どれも機微に触れる、刺激的なテーマであり過ぎる。高齢の天皇のお手元まで確かに届いた可能性は低いのではなかろうか。江藤の尊皇は「ラディカル」な側面を有していたのである。

平成の初日の「戦後民主主義」と「象徴天皇制」

平成の初日、一月八日は江藤にとって不愉快な一日になった。あるいは予想通りの一日であったというべきかもしれない。この日は久々に雨となったが、皇居前広場での記帳者は三十五万人に達した。「ところが、マスコミの世界の光景は違っていた。一月八日付の新聞の紙面も、放送の番組も、いたるところが「戦後民主主義」と「象徴天皇制」の宣伝に埋め尽くされていて、一夜のうちに「新憲法」施行直後の世の中に逆行したのではないかと思わせるような、異様な雰囲気を漂わせていたからである。いささかグロテスクな比喩を用いて、この日の皇居前の光景とマスコミの様相とを重ね合わせてみれば、あたかも昭和二十年八月十五日の二重橋前の情景と、同年十月五日以降の占領軍の事前検閲下に置かれた新聞の紙面とが、共時的に併存するという奇観を呈しているかのようであった」（「文藝春秋」平元・3）。記事のほとんどはXデイ用にあらかじめ準備されていた予定原稿であった。「私のところにも予定原稿執筆や番組出演の依頼はいくつかあった。思うところがあって、私はそのすべてを断ってしまったけれども、あるいは八日の紙面や画面を埋めたもののなかには、早々と一昨年のうちに書かれてお蔵にはいっていた原稿や、遅くとも昨年中に収録を終えて冷凍してあった番組が、少なからずまじっていたかも知れない」と嫌味を言うことも忘れていない。

江藤が平成に入って初めて書いた原稿は「サンケイ新聞」の「正論」欄（平元1・13）と思われる。そこではまず高浜虚子の名句「去年今年《こぞことし》貫く棒の如きもの」が引用される。「大行天皇の八十有七年のご生涯を振り返ってみると、この一句がおのずから心に浮んでくる。「戦前」と「戦後」、「君主」と「象徴」、「現人神《あらひとがみ》」と「人間天皇」などという人為的な二分法を、即座に撥《はじ》き返してしまうような強靭な一貫性が、そこに終始貫き通されていることがうかがわれるからである。／この強靭な一貫性を支えていたものこそ、皇統を維持しなければならないという、先帝陛下のご気迫にほかならなかった。万一皇統が維持できなくなれば、その瞬間から日本は日本という国ではなくなり、単なる物理的な場所に変質してしまう。（略）なぜなら、「日本国憲法」下の皇統は、いわばそれほど不安定な構造の上に立脚することを余儀なくされているからである」。

「日本という国はなくなってしまうかも知れない」という危機感を江藤はこの十年間何度も訴えてきていた。吉本隆明との昭和五十七年の対談「現代文学の倫理」では、国家の消滅を積極的に捉える吉本に対して、江藤は危機感を隠していなかった。「［一九］八〇年代の間にだって、日本がなくなることもあり得ると思っています」。その時には「亡国の日本人という人種」になるしかないと。その危機がいま目の前にありありと見えている。それは何よりも憲法の条文に潜んでいる。「貫く棒」がはずされれば、どうなるか。九条などではなく、それより前に置かれた一条と二条の矛盾を江藤は可視化させる。

「現行憲法は、その前文において「主権が国民に存すること」を謳ったのち、第一条において「天皇は、日本国の象徴であり日本国民統合の象徴であつて、この地位は、主権の存する日本国民の総意に基く」と規定している。したがって、前文と第一条を見る限り、いわゆる「主権在民」を規定した日本は本質的に共和政体の国であり、天皇とはその上に乗っている帽子の羽根飾りのような余計ものという印象を与えられざるを得ない。

ところが、同じ現行憲法は、第二条においては一転して「皇位は、世襲のものであつて、国会の議決した皇室典範の定めるところにより、これを継承する」と規定している。（略）つまり、第二条の規定は、はじめから共和政体にはまったく馴染まない。明らかに立憲君主制にふさわしい条項と解釈できるのである。／換言すれば、現行憲法第一条はいわば〝共和制プラス・ワン〟であり、第二条は立憲君主制の規定であって、このあいだには分裂と自己矛盾しか認められない。強いていえば、第二条で規定されているのは、〝共和制プラス・ワン〟のうちの〝プラス・ワン〟に相当する部分、つまり羽根飾りの継承だけと考えられなくもないが、その場合といえども「国民の総意」と「世襲」とのあいだの矛盾は、少しも解決されない。（略）したがって、「象徴天皇制」なるものは、放置して置けば当然限りなく共和制に近づく契機を内包しているということになる。しかも、それでいながら、憲法典を改正でもしない限り、どうしても共和制になり切ることもできないような構造にもなっている」（「文藝春秋」平元・3）

江藤の憲法第一章（一〜八条）への危機感は憲法制定過程への探究から形成されていた。第一条の淵源はアメリカの「初期対日方針（SWNCC一五〇／四）」（天皇と日本政府を「利用はするが、支持せず」）であり、第二条の淵源はバーンズとハルという新旧の米国務長官の判断によって削除されたポツダム宣言第十二項原案（「現皇統下における立憲君主制を排除するものではない」）である。占領軍内の強硬派と知日派の併存が、そのまま「凍結」されていると江藤は見ていた。それには戦後憲法学を牽引した宮沢俊義の江藤への影響があった。NHK解説委員室で顔を合わせた時に、江藤は大権威の宮沢に訊ねた。各国の大使が信任状を陛下に奉呈している慣例を出して、江藤は「今の憲法学による陛下の御地位は何ですか。日本の元首は誰ですか」と質問したのである。宮沢は「顔色一つ変えず」に、「今の陛下の御地位は総理大臣官邸の門番くらいのものでしょうか。元首というのは特にございませんが、あえて言えば内閣総理大臣になるかと思われます」という解答を出した（『保守とは何か』）。〝プラス・ワン〟は、宮沢憲法学によるご託宣がヒントになっていよう。「門番」では共和制そのものなので、「羽根飾り」と洒落たのだ。

平成二日目の一月九日、皇居では新天皇が即位後初めて国民の代表者と会う「即位後朝見の儀」が行なわれ、お言葉を述べられた。過去の例では命令調だったお言葉は平易になり、国民を「皆さん」と呼んでいた。江藤は前出の「サンケイ」の「正論」欄で書いている。「幸い「即位後朝見の儀」のお言葉で、天皇陛下は、「ここに皇位を継承するに当たり、大行天皇のご遺徳に深く思いをいたし、いかなるときも国民とともにあることを念願された御心を心としつつ……」と明言しておられる」。お言葉は短いものだったが、他のメディアが一致してクローズアップした部分を、江藤はあえて「……」としか表記せず、省略した。「……」部分とは、「皆さんとともに日本国憲法を守り」であった。江藤にしてみれば、新天皇の高音の肉声によって、あの一月八日の紙面が朗読されたかのように感じられたのではないか。昭和天皇が身をもって拒否しつづけた「人為的な二分法」が反対に強化され、「貫く棒」を失った平成日本は現行憲法の枠内に跼蹐《きよくせき》しなければならなくなるのではないか。

　江藤も昭和一ケタ後半に生をうけた「戦後民主主義世代」に属している。プリンストンから帰国以来、江藤は「同世代の異端者」、「意図的な離脱者」という立場を選んできた。「現行憲法の条項では、共和制か君主制かという二者択一をチラつかせた区切り方が冷徹になされているものを、民主主義という雰囲気で二つ一緒にまとめて区切り直す。そうすると、あたかも矛盾も分裂も存在しないかのような判断停止と、知的水準の低下が生じる。(略)「戦後民主主義」が民間に漂っている一時代の雰囲気であり、我々の世代の病に過ぎなければ、それはそれでいいでしょう。ところがそれが妖気と化して、九重《ここのえ》の奥深くに排気ガスのように漂いはじめているとすれば、憂慮に堪えません」(「諸君！」平元・3、傍点は江藤)。官庁、企業、メディアなどの枢要な地位を同世代が占める平成の世に、江藤の危機感は深まっていくのだった。

「戦後」が終わる前に、「昭和」が終わってしまった――。『天皇とその時代』に現われた江藤の無念を要約すると、そうなるであろう。しかし、江藤の皇室観、天皇観を『天皇とその時代』という時務論だけで語ることはできない。祖母の語りで孫に伝えられた明治「皇帝」(第三章)、明仁皇太子と正田美智子嬢の御成婚をプロデュースした小泉信三への敵意と尊敬（第二十二章）、ミッチー・ブーム批判（同）、六〇年安保の年に出た三島由紀夫、深沢七郎、大江健三郎の「天皇小説」の読み方（第二十六章）、東京オリンピック開会式の「君主」への反応（第三十二章）など、幾変遷を経てきていた。江藤には時務論の範疇では語り切れない思いがあり、その沈黙の領域はむしろ『昭和の文人』や『昭和の宰相たち』に託されているのではないか。たとえば大江健三郎が「天皇」について書く時、エッセイと小説では密度が異なる。エッセイでは建て前的になり、小説では秘密のありかを書いている。江藤の場合、大江ほど極端ではないが、「天皇」というテーマは新聞や雑誌に発表される時務論では、抑制が働かざるをえない。

江藤が『昭和の文人』で取り上げた中野重治にしても、江藤が問題にしたのは詩「雨の降る品川駅」と小説「五勺の酒」であった。江藤は中野の時務論的エッセイはあえて無視して論じている。

「私は、「五勺の酒」でまず作者が、憲法の内包する一切の虚偽に対する憤怒と嫌悪感を吐き出しているといった。だが、憲法のごときは、まだほんの序の口というに過ぎない。信じようが信じまいが、この小説で、後年の「米配給所は残るか」の日本敗北の悲哀に匹敵する主題は、天皇に対する同情、いや愛情以外のなにものでもないからである」（傍点は江藤）

江藤は「天皇に対する同情、いや愛情」という太い輪郭線をここでは描き出している。「信じようが信じまいが」という一句は、はからずも江藤の描く中野の昭和天皇観がトリミングを施されたものであることを告白している。無理を承知で突破しているのだ。「雨の降る品川駅」から「五勺の酒」に至るコースには、おそらく江藤の昭和天皇観が仮託されている。もっと言えば、江藤の「転向」が仮託されているのだろう。

あいにく中野重治という文人は、江藤よりも大江よりも不器用な文人だった。江藤があえて無視した中野の時務論は、小説「五勺の酒」に匹敵する肚《はら》からの声を搾《しぼ》り出している。江藤は『昭和の文人』で、

「五勺の酒」の一文を引用して、「『元旦詔勅はわけても惨酷だった。僕らはだまされている。……これが僕個人のいつわらぬ感じです』という作者の感じかたに、嘘いつわりがあろうとは思われない」と書いた。江藤が所有する旧版『中野重治全集』所収の時務論で「元旦詔勅」（いわゆる人間宣言）について中野はこう書いた。「元旦詔書は無数の戦死者に一言もふれなかった。無数の寡婦、無数の孤児、無数の焼け出されにひと言もふれなかった。政府はこれに応じてこれらの国民をまったくほうり出している。（略）政府は天皇制のための憲法をつくろうとしている」（「そっくりそのまま」）。中野は終戦の詔書についても書いている。「しかし国民は、天皇が、参ったと手をついた時でさえ「臣民の康寧」だの「帝国の自存」だのといって問題をごまかそうとした事実を見のがしてはならぬと思う。しかも天皇は、連合軍に対してはそういわなかった。日本国民にだけそういった。このことも国民はよくよく知っておかねばならぬと思う」（「日本が敗けたことの意義」）。江藤の中野重治「再発見」には、こうした引用されざる部分も含まれているはずだ。型通りの尊皇であれば、中野「再発見」などという危険は冒さないだろうからだ。

終戦の玉音放送、翌年元旦の「人間宣言」に匹敵するニュースとしては、昭和二十年九月二十七日の「天皇陛下、マックアーサー元帥御訪問」がある。二十九日の新聞には二人の並立した写真が掲載された。その新聞は内務省の検閲で発売禁止となるが、マッカーサー指令ですぐに覆されて頒布された（『忘れたことと忘れさせられたこと』）。江藤はこの有名な写真について、『成熟と喪失』の中で既に言及していた。遠藤周作の長編『沈黙』と短編「私のもの」「童話」（主人公はどちらも「カラス」と呼ばれる少年）を論じた箇所においてである。

「そのときわれわれにとって父性原理の中核をかたちづくっていた君主は、「カラス」の父親がそうであったような「哀願する大人」に変貌した。その人は「父」の上に在る「父」として出現した背の高い異邦人の傍らに立って一語も発していなかったが、その唇からは「寒い」という言葉がもれたようにも思われ、そのことにわれわれは「ゆさぶり、引き裂」かれた。この写真はわれわれの「最も弱い部分をいじめ」たからである。このときわれわれを安住させていた世界像は砕け、われわれは「みじめ」になった。さらにわれわれはどこかに「ウソ」を感じながらこの新しい異邦人である「父」の強制する世界像をうけいれ、どこかにかすかな痛みを覚えながら「母」を、つまりわれわれが馴れ親しんで来た生活の価値を否定した。われわれがこのような「裏切り」をおかしていることは、どんな心理的操作によっても消えはしない。それが「民主主義」という「普遍的」な価値のために「国家主義」という地方的な価値を捨てたことだといってみても、われわれがかつて「国家主義」を信じ、そのために全力を投入して戦ったという事実は消えない。そしてその事実が消えないかぎり、われわれが裏切らされ、かつ「カラス」と同様に「信じます」といって「自発的」に裏切ったという事実も決して消えはしない。／いわばわれわれは、「カラス」が「父」なる神の教会に入信したのと同じようなかたちで、「民主主義」の「教会」に入信したのである。(略)『沈黙』で遠藤氏が試みたのは、この問題に解答をあたえることである。「ウソ」の世界のなかで不自然な虚構の言葉を語りながら生きねばならぬ人間は、何によって堕落から救われるか。だからわれわれは、ここに描かれている「父」なる神の教会をもうひとつの「アメリカ」と見てもよい。つまりそれは、異質な文化と異質な世界像の圧力の象徴である」

固有名詞こそ一切出てこないが、「背の高い異邦人」がマッカーサーであり、「哀願する大人」に変貌した「君主」が昭和天皇であることは誰にも明らかである。国民学校六年生だった江頭淳夫少年が受けた衝撃は、『成熟と喪失』で不意に語られただけである。しかし、江藤の「戦後」批判はここに胚胎し、一九八〇年代に形をなした。その時には、最初の「みじめ」な衝撃は隠蔽されたのである。昭和天皇の「転向」は、そして日本人全員の「転向」と「入信」と「堕落」は、恥ずかしさと切り離せない「寒い」ものであった。

『成熟と喪失』の次に書かれた『一族再会』にも、六年生の思い出がある。八月十五日に祖母の米子は目を見開いて、吐き捨てるように言った。「お国をこんなにして、大勢人を死なせて、陛下は明治さまになんと申訳をなさる」。明治の女、それも帝国海軍の提督閣下の未亡人らしい言葉である。同じシーンは崩御後のエッセイ（「新潮」平元・3）でも再現されている。「日本をこんなにして、陛下は明治様に何と申訳をなさる」。祖母の言葉は短縮されている。真ん中のフレーズ「大勢人を死なせて」がカットされ、祖母の怒りはマイルドになってしまっている。耳の記憶がいい江藤のことであるから、意識してか無意識かはともかく、「自粛」をしたのであろう。これも時務論と作品とでの態度の違いだろうか。それとも歳月のなせる業であろうか。

重要な作品ということであれば、平成元年八月には『閉された言語空間』が刊行されている。「諸君!」での掲載は昭和五十七年（一九八二）二月号に第一部が一挙掲載され、第二部は同年十二月号から六十一年二月号までに五回に分けて掲載された。連載終了後、三年半がたってやっと本にしたのだ。江藤は「著者である私が、ひたすら刊行の好機を待っていたためにほかならない」と「あとがき」に書いている。不思議なのは、世間に広く訴えるために書かれた本なのに、なぜ寝かしていたかである。本書は綿密な注をつけ、アカデミズムの批判にも耐えるように書かれている。日本文学者ジェイ・ルービンによる翻訳も途中まで進んでいた。ルービンは今では村上春樹の英訳者として有名だが、もともとは夏目漱石や戦前の検閲が研究対象で、東工大の江藤研究室の客員研究員だったこともある。占領軍の検閲についての評価は江藤とは見解を大きく異にしていた（「諸君!」昭58・4）。それはさておき、「文学博士」の江藤が「法学博士」号を狙ってもおかしくない水準の論考をなぜ放置したのだろうか。

『閉された言語空間』は最後の二章分がそれまでとは異質である。第二部の第九章と第十章である。第九章は昭和二十三年五月に「ニッポン・タイムズ」から事前検閲に提出されたアサハラ・ジョーヘイなる者の長文の英語論説「トクトミのスピーチ」の紹介にほぼ費やされている。トクトミとは徳冨蘆花であり、スピーチとは明治四十四年に旧制一高で行なわれた講演「謀叛論」である。大逆事件で死刑宣告された被告たちの助命を訴えた蘆花の講演は田中耕太郎（戦後に文相、最高裁長官）らの聴衆に異常な感銘を与えたが、新渡戸稲造校長は文部省から譴責され、講演の出版は許されず、『蘆花全集』に収録された時も伏字だらけとなった。「トクトミのスピーチ」はほとんどが「謀叛論」そのままの英訳であった。江藤の紹介もまた、「謀叛論」をアサハラの紹介のままに蘆花の原文に戻して引用したもので、「謀叛論」全体の約半分が引用されている。「謀叛論」の結末も引用される。「諸君、幸徳〔秋水〕君等は乱臣賊子として絞台の露と消えた。其行動について不満があるとしても、誰か志士として其動機を疑い得る。諸君、西郷〔隆盛〕も逆賊であった。然し今日となって見れば、逆賊でないこと西郷の如き者がある乎《か》。幸徳等も誤って乱臣賊子となった。然し百年の公論は必其事を惜んで其志を悲しむであろう。要するに人格の問題である。諸君、我々は人格を研《みが》くことを怠ってはならぬ」。

米軍検閲官の判断は、「現状での掲載不適当。〔極東国際軍事裁判〕有罪判決後の東條〔英機〕弁護論は徳冨の議論と同じものになる可能性あり、本官は掲載に反対する」であった。東條恩赦をマッカーサー元帥に嘆願する世論が起こることを恐れたのである。江藤は明治の検閲は「既存秩序と体制の維持を意図」して「防衛的」であり、米軍の検閲は「攻撃的かつ破壊的」であると論評している。前者は「目隠し」で、後者は「義眼」を嵌め込むものだという持論である。しかし、そのことを言うために、江藤が「謀叛論」を長々と引用する必要があるのかという疑問は残る。

第十章はさらに不可解である。この章は天皇陛下御在位六十年奉祝事業として制作されるドキュメンタリー映画の監修に関わった江藤の体験が書かれている。江藤はその仕事を引き受けたために、「天皇と皇室に関して、宮内庁の指導下に放送・映画各社が行っているという用語の自主規制」があることを知って驚く。「万一この自主検閲の背後に、宮内庁の意向なるものが作用しているとするなら、宮内庁とは今日の日本で、そもそもいかなる役割を果しつつある役所だということになるのだろうか」。『閉された言語空間』は意外な展開で、大逆事件の紹介と〝君側の奸〟宮内庁の批判で幕を閉じているのであった。昭和の御代に出版することを江藤が憚った原因ではなかろうか。

江藤「昭和史」の「史眼」

『昭和の宰相たち』は江藤の著作としてはあまり知られていない。言及されることもほとんどない。四巻目まで出して中絶となってしまったのだから仕方がないにしても、江藤が長大な「昭和史」を企図していたことはもっと知られていい。江藤の「昭和史研究会」ノート（大正大学図書館江藤淳文庫蔵）が残っていて、昭和五十八年から平成二年まで、研究会は二十数回開かれている。『昭和の宰相たち』連載開始の二年前からで、連載媒体である「ボイス」を出すPHP研究所が勧進元となり、ゲストの人選など運営は『占領史録』を一緒に作った波多野澄雄が担当した。「君が知っている人を」という江藤の要望で、当時の助教授クラスの昭和史研究者が多い。黒沢文貴、塩崎弘明、高橋久志、加藤陽子、井上勇一、中西輝政、戸部良一などの発表があった。昭和史の重要史料は平成になってから大量に出現するので、史料的な制約はあったのだが、江藤は最新の研究成果を吸収しながら、自らの「史眼」で昭和史を綴っている。

江藤の昭和史観は、大正十年（一九二一）に昭和の「発端」を見ている。「この年ワシントン会議が招集され、日本は日英同盟の終焉とともに米国主導の多国間体制への適応を迫られて、いわばゲームの続行中に試合のルールが変ってしまったとでもいうような苦渋を味わわされたからである。その余波は確実に今日にまで及んでいることはいうまでもない」（第I巻あとがき）。したがって江藤の昭和史は国際関係を重視し、アメリカに翻弄される歴史となっている。第I巻は、ワシントン会議の海軍軍縮条約、太平洋問題に関する四ヶ国条約、支那問題に関する九ヶ国条約に費やされている。ワシントン会議とは「実はもう一つの〝世界大戦〟にほかならぬ」という認識である。

江藤の「史眼」が発揮されるのは第Ⅱ巻以降である。経済政策では民政党内閣の井上準之助よりも政友会の高橋是清、三土《みつち》忠造を高く買い、対支外交ではやはり民政党内閣の幣原喜重郎よりも政友会の田中義一を評価している。昭和政治史の最初の大きな躓《つまず》きとなった張作霖爆殺と田中義一首相叱責事件は詳細に描き込まれている。特徴的なのは、田中に寄り添い、同情する視点から事件が描かれている点と、田中の上奏ともう一人の当事者である白川義則陸相の上奏を並列、比較させながら事件の経過を追っている点である。江藤はすでに『もう一つの戦後史』の中で、張作霖爆死を「日本陸軍将校の仕業とする」田中首相と、「中国人の犯行とする」白川陸相との「上奏の喰い違い」と表記していた。つまり、関東軍の河本《こうもと》大作大佐が犯人であるという真相をなんとか公表し、処分を下そうと苦心する田中首相と、当初は真相解明を内奏するも、途中から解明を拒否する白川陸相という構図である。田中は結局、陸軍の強硬な反対に屈した。

「白川陸相は、この日〔昭和四年六月二十八日〕、閣議の終了を待たずに参内し、午前十一時に拝謁して、委曲伏奏した。田中首相もそのあとを追って、午後一時半に参内した。／「……諸般の情勢に鑑みまして、陸軍大臣が午前中奏上いたしました通りに処置せざるを得ない次第であります」／田中がこう奏上すると、すかさず玉音の鋭い叱責が飛んだ。／「それでは総理大臣が、前回に述べたところと相違するではないか」／田中は恐懼のあまり、重ねて奏上する気力を失っていた」

田中はその後、重ねての拝謁の取次ぎを鈴木貫太郎侍従長に拒絶され、総辞職した。真相解明と断固たる処分は昭和天皇が強く望んでいたことでもあり、田中は力を尽くしたのだったが、陸軍と他の大臣たちに阻まれたのであった。江藤は叱責までの経緯に理不尽を見出した書き方をしている。問題は陸軍であり、牧野伸顕内大臣を始めとする宮中側近グループなのではないかという問いである。

　田中叱責について、加藤陽子『昭和天皇と戦争の世紀』の分析はこうだ。「昭和天皇が学習した、第一次世界大戦後の英仏を律していたはずの信義や倫理では解けない問いが東アジアに生まれていた。天皇の田中叱責という事態は、このような、大陸の東、太平洋の西に位置する日本をどうすべきかという、両者の認識の差に深く淵源する問題としてとらえる必要がある」、「天皇が第一次世界大戦後に〔御訪欧で〕実見した英仏の姿と、この一九二〇年代後半に田中が格闘していた英仏の姿とは、じつのところ別物であった点に注意する必要がある」。

　陸軍に続き、海軍を大きく揺るがすテーマがロンドン海軍軍縮条約をめぐる統帥権干犯《とうすいけんかんぱん》問題と帷幄《いあく》上奏問題であった。江藤はここでは艦隊派の加藤寛治軍令部長の視点を重視して描く。これも珍しい記述といえる。条約派側から描くのが普通だからだ。この時期の加藤の内心を、江藤はおそらく想像を交えて描いている。

「海軍軍令部を、いや統帥部そのものを蚊帳《かや》の外に置いて、ロンドン軍縮條約締結を強行しようとした政府と元老の意図は、今や明瞭といわなければならなかった。／現役の軍人というものは、軍縮に対してはいわば本能的に反対の態度を取るから、なまじ意見を聴いても無駄だというのは、いかにも長袖者流《ちょうしゅうしゃりゅう》の姑息な政治的判断というほかない。／しかも、その姑息な判断の結果、国の安危に関わる兵力量が、一方的に外国の掣肘《せいちゅう》に委ねられてしまうというのであれば、統帥部は何のかんばせあって、輔翼の重責を全うすることができるだろうか。／そればかりではない。西園寺〔公望〕や牧野は、鈴木侍従長を使嗾《しそう》して、玉座を伏見宮や加藤らから距て、その意見が叡聞に達するのを妨害しようとしているではないか」

　別の個所では、加藤は「日露戦争直前には、今日では想像もできぬような激しい〔議論が交わされる〕御前会議が続いたではないか」と思った、とも書いている。ここでも宮中側近の弊害が指摘され、国家の大事が公明正大な議論を経ずに決定される仕組みを告発するかの如くだ。

昭和六年（一九三一）の暮れには、七十七歳翁の政友会総裁・犬養毅に大命が降下した。組閣一ヶ月後、陛下の御料車を狙ったテロ、桜田門事件が起きる。犬養はすぐに総辞職を決めるが、陛下から「優諚《ゆうじょう》」（有難い御言葉）が下り、留任することになる。大正十二年（一九二三）の虎ノ門事件では、第二次山本権兵衛内閣は総辞職していた。その時に強く総辞職を主張したのは犬養逓信大臣だったにもかかわらず。「もし木堂《ぼくどう》［犬養の号］がこのとき、第二次山本内閣の前例に倣って、当初の心境の通り辞意を貫徹していたなら、彼は少くとも「優諚に甘えて臣節を全うしない者だ」という批判を受けずに済んだに違いない。（略）天皇の鹵簿《ろぼ》に手投弾を投じようとする破壊的な力は、当然その力を防ぎ得なかった政府を糾弾し、処罰しようとするより破壊的な力を喚び起さずには措かないからである」

江藤は「優諚」という天皇の意思が入ることによって、政治がかえってこじれてしまうという事態を憂慮している。立憲君主が「叱責」と「拒否」によって政治に積極的に関与する弊害だけでなく、「優諚」という消極的関与も立憲君主制に禍根を残す。不安定な政治状況であれば、「よかれ」という判断そのものが強い政治的意味を帯びてしまう。

『昭和の宰相たち』は連載第六十七回「木堂最期」で一旦休載となった。五・一五事件で犬養は殺され、政党政治が終焉するところである。政治史としては区切りがいいが、江藤はこの先も書く予定でいた。昭和史はまだまだ序曲である。編集部からの告知には、「作者の都合により」「当分の間休載」とある。「作者の都合」とは翌平成三年（一九九一）一月号から「新潮」でライフワーク「漱石とその時代」を再開するためであった。「漱石」が軌道に乗れば、「宰相」も再開の予定だった。平成二年六月に出た第Ⅳ巻（連載第五十九回まで収録）の「あとがき」でも、「おそらくこのような歴史の変動期にこそ、われわれは冷静で物に動じない史眼を取り戻さなければならない。そして、何よりも歴史が何を顕示しようとしているのかを確《しか》と見定めなければならない。私はそのような想いを込めて、この『昭和の宰相たち』を書きつづけているところである」と意欲を覗かせていた。それなのに、『昭和の宰相たち』は中途半端で放擲《ほうてき》された。その理由は明らかにされていない。もし考えられるとすると、「木堂最期」が載った「ボイス」と同じ日に発売された平成二年十二月号の「文藝春秋」のスクープが原因ではないだろうか。「昭和天皇独白録」。終戦の翌春に、天皇が側近たちに語った肉声の昭和史である。張作霖爆死事件から終戦までを、「朕」ではなく「私」という一人称で証言したものだ。たとえば田中義一についての御言葉。「私は田中に対し、それでは前と話が違うではないか、辞表を出してはどうかと強い語気で云った」。加藤寛治についての御言葉。「当時海軍省と軍令部と意見が相反していたので、財部《たからべ》〔彪海軍大臣〕としてはこの際断然軍令部長〔加藤のこと〕を更迭して終えばよかったのを、ぐずぐずしていたから事が紛糾したのである」。白川義則には上海事件で斃《たお》れた後、特例として秘かに御製を下賜していた。「をとめらの　ひなまつる日にいくさをば　とゞめしいさを　おもひてにけり」。今までに知られていた史実も新事実も織り交ぜ、臣下たちへの好悪の感情も交えて、昭和天皇は旺盛に語っていたのである。

江藤はそれまで御製、詔書、詔勅などから自らの確固とした昭和天皇像を作ってきていた。それを上回る量の肉声が「昭和天皇独白録」には溢れていた。読めば読むほど、その肉声と江藤の昭和天皇像は乖離していかざるを得ない。田中義一も、加藤寛治も、白川義則も書き直さなければいけないのか。『昭和の宰相たち』を書き続けるのであれば、昭和天皇の「独白」の肉声を無視することはできない。かといって、その肉声に依拠すれば、江藤流の昭和史を貫けなくなる。「独白録」には二・二六事件後に成立した広田弘毅内閣についての言及はない。城山三郎が広田を主人公とした『落日燃ゆ』を書いた時に、江藤は対談をして、急所を突いた質問をしていた（「勝海舟と広田弘毅」「諸君！」昭49・8）。

江藤「もう一つ、城山さんのご本で、瞠目すべきことだと思ったのは、二つの天皇のお言葉ですね。広田が信任式のあと天皇に拝謁を仰せつかったときに、「名門を崩してはならない」といわれた、それが一つですね。もう一つは、軍事予算を鵜呑みにしろというニュアンスのことをいわれた。この記録はどこにあるんですか」

城山「秘書官であった三男の正雄さんの証言です。広田さん、うちへ帰ってその正雄さんだけには全部しゃべったようですね」

江藤「極東軍事裁判の頃に、この証言が表に出なくてよかったと思いますけれどもね」

城山「つまり、広田が証言台に立てば、ああいうことをいわざるを得ない。彼、正直だから、いうでしょう。そうすれば天皇に累を及ぼす、だから自分はいっさいしゃべるまいということだったと思いますね」

対談からは、二人が昭和天皇の戦争責任を重大に受けとめていたことが伝わってくる。城山が得た貴重な証言を『昭和の宰相たち』でどう生かすのか、生かさないのか。「独白録」の史観は、二・二六と終戦時の決断は例外で、あとは「立憲政治下に於る立憲君主として已むを得ぬ事」だったというものである。江藤の「史眼」とは相容れぬであろう。『昭和の宰相たち』は「独白録」の出現によって、デッドエンドに行き当ったのではないか。調べた限りでは、江藤は「独白録」について何のコメントも残していない。

それでは、江藤の昭和史は中絶したままだったのか。そうとも言えるが、あえてそうではないと考えることもできる。歴史として書くことはなかったが、詩的イメージの豊富な史伝として書き継がれたのではないか。平成六年（一九九四）から書き始め、死の一年半前に刊行された『南洲残影』である。

「何故なら人間には、最初から「無謀」とわかっていても、やはりやらなければならぬことがあるからである。日露開戦のときがそうであり、日米開戦のときも同じだった。勝った戦が義戦で、敗北に終った戦は不義の戦だと分類してみても、戦端を開かなければならなかったときの切羽詰った心情を、今更その儘に喚起できるものでもない。況んや「方略」がよければ勝てたはずだ、いや、そもそも戦は避けられたという態《てい》の議論にいたっては、人事は万事人間の力で左右できるという、当今流行の思い上りの所産というべきではないか」

小林秀雄の大東亜戦争観も反響しているこの文章は、明治十年（一八七七）の西郷隆盛の挙兵を描く『南洲残影』の「二一　慓悍無謀」の章に出てくる。西郷隆盛と薩摩軍の「全的滅亡」の譜を奏した史伝は、江藤の中ではそのまま過ぐる大戦での敗北を描く「薤露行《かいろこう》」でもあった。西郷軍の敗走は「ガダルカナルで、ニューギニアで、インパールで、そして比島戦線で」の「敗亡と退却」の原型とされている。

西郷に仮託したと思われるものは他にもあった。江藤が西郷自筆と判断した征討将軍有栖川宮熾仁《ありすがわのみやたるひと》親王宛ての叱責の手紙を引用した上で、江藤は書いている。

「陸軍大将西郷隆盛が、たまたま「天子の御親戚」に当る後輩の軍人を叱りつけている。（略）「天子」すら西郷にとっては、決して無謬とは考えられていないのである。（略）もし、「天子」に歯向い、皇族を叱責することが不忠だとするなら、いかにも陸軍大将西郷隆盛は不忠の臣かも知れない。いや、逆賊ですらあるかも知れない。その汚名は、この際甘受してもよいとしよう。／だが、その「天子」と皇族が、それを戴く政府の「姦謀」が、ともに相寄って自ら国を亡ぼそうとしているとすれば、この一事だけはどうしても赦すことができない。（略）然り、西郷は、「報国」の至情のために挙兵したのである」

その西郷は、城山での最期、「双手を合わせ、はるかに東天を拝し」、天子に最後の衷情を尽した。

「そのとき彼は、それから三十五年後にその天子が崩御することを、その御跡を慕うて薩軍に聯隊旗を奪われた乃木希典が殉死することを、五十九年後には二・二六事件が起き、六十八年後には日本が連合国に敗れて六年有半のあいだ占領の屈辱を嘗めることを、何一つ知る由もなかった」

第四十四章　「疲れるってことが日本なんですよ」

『昭和の宰相たち』の連載を第六十七回で一旦休載にして、平成三年（一九九一）新年号で、江藤は「昭和」から「明治」へ久しぶりに舞い戻った。「平成」に背を向け、やりかけたままのライフワークを再開する時がきたのである。

「〔平成二年〕十一月にはいると、新帝即位の大礼があるというので、街頭にものものしい警官の姿が目立ちはじめた。

だが、それもさることながら、この月は例年新年号の原稿を書く月である。ものを書きはじめて三十五年、いくら季節感の薄らいだ昨今とはいえ、やはり新年号となると当方の緊張感もひとしおといわざるを得ない。しかも今年は、それに加えて、少し大きな仕事の口開けをしなければならないという予定もある。（略）少し大きな仕事というのは、いわずと知れた『漱石とその時代』の第三部である。第一部と第二部を、書き下しの形で書いて本にしたのが昭和四十五年のことだから、それから既に二十年の歳月が経過している。この間に漱石は、『吾輩は猫である』の第一回を書いたところで、足踏みをしつづけているという勘定になる。（略）有難いことに慶應義塾では、十一月の下旬に一週間ほど授業をしない時期がある。三田祭という大学祭の期間で、それが今年は十一月二十日から二十六日までであった。折もよし、天与の時間とはこのことではないかと、私はこの期間を『漱石とその時代』第三部の第一回目の執筆に当てることにした」（「俳句と小説の時空間」第9回、「俳句」平3・1。この連載は単行本化に際し『腰折れの話』と改題され

る）

『漱石とその時代』の第三部は「新潮」平成三年一月号から、満を持してスタートした。第二部を書き上げた時の江藤は三十七歳だったが、いまは五十八歳である。漱石が『猫』の第一回を書いたのは数え三十八歳、満では三十七歳であった。漱石は大正五年（一九一六）に数え五十歳、満四十九歳で亡くなっている。漱石の残りの人生はあと十二年であり、江藤は「今後二年半乃至《ないし》三年のあいだ、漱石と同行二人で歩きつづけなければならないことになったのである」とこの時点では想定している。漱石の前半生を書き下ろすのに三年半かかった。とすれば後半生もそれくらいの期間でと見積もったのであろう。予想は大幅にくずれ、長くもなり、遅れてもいった。『漱石とその時代』が『明暗』と同じ運命を辿ることをまだ江藤は知る由もない。

新連載の原稿を書き出す十日前の十一月十日に、江藤は早大文芸科講演会で「文藝随想」という講演を行なった。あたかも連載の予告編を兼ねた盛り沢山の内容であり、漱石伝二十年間の空白を一気に帳消しにするかの如き迫力に満ち溢れていた。江藤は壇上で口火を切った。

「今日の演題は「文藝随想」というのですが、これはもちろん意図的につけたものです。昔、一箇の文士が早稲田大学へやって来て、文科の諸君に講演するというような場合、たぶんこのような演題で話しただろうという感じがいたしまして、題としては五、六十年くらい古い語感のものですが、それをわざとつけた。どうも昨今、文学の勢力がわが国ではことに減退して、面白くもおかしくもない営為になってしまっている。そんな気持が私のなかにすくなからずあるのです。単に昔を懐古するというのではなくて、現在、あたかも文学が栄えているかのような気持でお話をしたい。そのためにはまず自分を奮いたたせるような題がよろしい。そこで「文藝随想」という演題をつけて、想いに随ってお話をしようというわけです」

（「早稲田文学」平３・２）

ライフワーク再開前の武者震いが伝わってくる語り口である。江藤の前に講演をした文芸評論家の富岡幸一郎は、途中から居ずまいを正して、江藤の講演に聴き入った。富岡は何度も江藤にインタビューをした経験があったのだが、尋常ではない一文士の声に、緊張を強いられたのだ。富岡は江藤『漱石論集』の書評という場で書いている（「新潮」平4・7）。

「実際、ウンベルト・エーコのベストセラー『薔薇の名前』を枕にして、俳句の話から漱石における老荘思想の問題に転じ、『吾輩は猫である』の冒頭の一行の秘密に言及した講演は、何処か茫洋たる感のある演題とは裏腹に、聞く者をして、或る生々しい一人の批評家の肉声を、いや肉体を感じさせずにはおかなかった。（略）そこには文字通り肉体が賭けられていた。これは決して比喩でもなく、誇張でもない。／なぜなら、或るきっかけで自らの肉体の有限性と痛切に対峙せざるを得なくなったとき、エーコの小説が根源としているもの、すなわち《In the beginning was the Word》（「ヨハネ伝」の冒頭の句）への最後決定的な異和を感じた江藤氏は、それでは決して「生きることもできないし、死ぬこともできない」と直覚し確信したと言い切ったからである。／《太初《はじめ》に言《ことば》あり》では死ねない、これでは死ねない。とすれば、言葉とは、文学とはそもそも何であるか。これは若き日に、漱石を書くことで批評家としての歩みをはじめ、今また漱石の全像に迫ろうとする、日本語で批評を書き続けてきた江藤淳の偽らざる声ではないか」（傍点は富岡）

江藤の新刊『漱石論集』は漱石伝の休止期間に書き溜めた批評や講演を一冊にしたものだ。二十年間は空白ではなく、地道な探索が行なわれていた。作品としては『それから』、『心』、『道草』を重視し、漱石における中国古典――「荀子」（性悪説）と「老子」の影響を手がかりに、「則天去私」の「天」は儒教的「天」ではなく、老荘的な「天」ではないかという問題提起を行なっていた。かかる準備作業を踏まえての漱石伝再開であった。「風は強く、寒気はことの外厳しかったが、晴れやかな明治三十八年（一九〇五）

の元旦であった」という書き出しは、ごくごく平静な調子で始まる。江藤の裡に秘められた「言葉とは、文学とは」という問いは、まず「吾輩は猫である。名前はまだ無い」という誰もが知る一行の解明に最初の一章を費やしていた。巻頭の一行は「この小説の破壊的な構造を端的に表示」し、旅順開城に沸く「戦捷《せんしょう》日本」をも「異化」し、「言語の基底には、言語を絶した昏い深い世界がある」という漱石の「言語に対する根本的な態度表明」である。そのことが江藤の卒業論文の対象である作家ローレンス・スターンと、漱石の大学生時代の論文「老子の哲学」を手がかりに解かれていく。こんな調子なので、漱石の創作力が爆発する二年間だけで第三部となり、用意された帝国大学教授のポストを蹴って、朝日新聞に入社し、「小説記者」として苦闘する明治末の五年半で第四部、明治天皇御大葬と乃木殉死からの第五部と、漱石伝は当初の予想を超えて長年月を要していく。

漱石よりもおそろしい秋聲

江藤の中には、漱石伝を再開する意欲だけがあるのではなかった。再開を逡巡させるものもあったのではないか。そのかすかな兆候が、「群像」平成二年三月号に書いた「徳田秋聲と「充実した感じ」――「形」と「筋」と「実質」と」にはある。江藤は『漱石とその時代』で漱石のライバルとなり、漱石を脅かす存在となる同時代の作家たちをかなり意図的にクローズアップしている。高浜虚子、島崎藤村、二葉亭四迷、そして誰よりも徳田秋聲である。アメリカからの帰国後に、江藤は、「漱石マイナス精神」＝「秋聲」という数式で二人を対比させたことがあった（第三十二章参照）。その頃から秋聲には格別の関心を払っていたが、いつしか江藤の中で、漱石は秋聲に押され気味になっていた。若き日の秋聲は英語が出来たので、師・尾崎紅葉のために、「西洋小説を翻訳し、翻案の種を提供する」門下生であった。「秋聲は、当時の文壇で近代小説の何たるかに最も通暁していた一人であったばかりでなく、翻案を通じて幾度もその構造を自家薬籠中のものとしたことのある数少い一人でもあった。／もとよりこれは、単に西欧近代小説の「筋」を借用したというにとどまらない。その視点と発話点を含めて、彼が西欧近代小説の話法《ナラトロジイ》とそれを成立させている世界像とを、繰返して受容しようと努めつづけたことを意味している」。その秋聲が虚子の写生文の影響で、西欧近代小説とは絶縁した小説を書き始める。『新世帯』、漱石の推輓《すいばん》で朝日に連載された『黴《かび》』、そして大正四年の『あらくれ』である。
「それなら秋聲は、西欧近代小説の「形」と「筋」からの絶縁を試みたとき、近代とも同様に絶縁しようとしたのだろうか？　ある意味ではそうだともいえる。少くとも彼は、西欧近代が自明の前提にして来たその世界像の〝普遍性〟に対して、いかにも秋聲らしい「実質」的なやり方で異を唱えようとしたのであった。／具体的には、それは、言語の〝普遍性〟という観念の否定であった。（略）それはとりも直さず、日本語と西欧語との自在な変換を可能にするような言語の〝普遍性〟なるものが、もともと存在しないからに相違ない。これは、平《ひら》作者を以て自任した秋聲にふさわしい、すぐれて経験的な判断にほかならなかった。（略）それは、雅俗折衷体という地域間・階層間の差異を無視した〝普遍的〟な文章、もしくは「文」ではなくて、現実に秋聲の耳に聴えていた俗語のかずかずであり、「文」というよりはむしろ具体的な「声」の集合とでもいうべきものであった。それが「活《い》」きていた。秋聲は、それがまさしく「活」きているることを発見し、その喜びに打ち震えながら、彼のいわゆる「実質」と「充実した感じ」のある小説への道を歩みはじめたのであった」（傍点は江藤）
江藤は秋聲の歩みを素描した後に、漱石が秋聲の『あらくれ』について「嘘らしくない」が、「フィロソフィーがない」と述べた談話「文壇のこのごろ」を引用して結論を出している。「一ヵ月前に『道草』を書き上げたばかりの漱石は、こういう秋聲の前で、たじろぎ、おそらく幾分かは嫉妬していたに違いない」。ここでは明らかに、江藤は最晩年の漱石よりも秋聲の小説をおそろしいと感じている。

漱石が『道草』の次に書くのが遺作『明暗』である。江藤は慶大生の時に書いた『夏目漱石』で、『明暗』に「近代日本文学史上最も知的な長篇小説」（傍点は江藤）、「真の近代小説といい得る作品」と最大限の評価を献じていた。その『明暗』の評価が江藤の中で揺らいでいたのだ。遡《さかのぼ》るならば、昭和四十九年（一九七四）の瀧井孝作との対談にまで行き着く。瀧井が『明暗』を漱石一番の傑作と言うと、江藤は「私も元来そういう説なんですが、このごろ少しぐらついて来て、漱石は初期の文章のほうがもっと自由で、いろいろな可能性をもっているのではないか、『明暗』のころになると、少し狭くなっていやしないかという感じもちらほらしていたんです」と懐疑的になっている。同年の古井由吉との対談では、古井が『明暗』を失敗作と断じると、「失敗しているかどうかは議論がわかれるでしょうが、〔漱石は〕くたびれ果てて、もう倒れちゃった」と応じている。昭和五十六年の小島信夫との対談では、小島が『明暗』は息苦しいと発言すると、江藤は再び懐疑的な意見を述べている。

「私は若い頃は、『明暗』は単純に、どこかで文学における近代化論や発展段階論を信用していたためか、そうでないのか、ヨーロッパの小説のような小説が日本人にも書けないはずはない、現に漱石は書いているじゃないか、これを見よ、この人を見よ、というような気持で『明暗』を高く評価したし、今でもあれはそういう意味ではたいへんな小説だと思っています。あんな知的な努力を小説的に稔らせているというか、それが不自然でも何でもなくて展開していくところはすごいと思うけれど、僕は今やはり何がいちばん好きかと訊かれれば、『心』がいちばん好きだと答えるでしょうね」

『明暗』は西欧からの影響をまともに受けて苦闘した近代日本文学の優等生に過ぎないのではないか。記紀万葉以来の伝統を受け継ぎ、西洋の価値観や視点、物語話法とは違う日本語の文学をこそ創造することが第一義なのではないか。江藤は最終地点である『明暗』の評価について、暗い予感の中で書き進めざるを得なかった。

『漱石とその時代』の連載が順調に進んだのは第八回までだった。平成三年夏に江藤の身体に異変が起こった。高熱を発し、腰に激痛が走った。前兆は連載開始前の平成二年夏と開始後の平成三年五月にすでにあったが見逃していた。今回は次々と検査が行なわれ、入院となった。「医者たちが悪性の腫瘍、つまり癌の疑い濃厚と診ていることは、いくらぼんやりしている私にも薄々わかっ」た。江藤の動揺は、八月十五日正午の戦没者追悼式を「スッポリ忘れてしまった」という、江藤にすれば許されざる一事をもってしても顕著である。結局、八月二十六日から二ヶ月余りも慶應病院に入院する。病名は化膿性脊椎炎であった。バイキンが腰椎にくっついたのだった。「東京工大を退官してから一年余りで発病したのだから、あるいは在官中に蓄積していた疲労が響いたのかも知れない。それともふるさとへ廻る六部ではないが、母校へ戻った気の緩みにバイキンが取り憑いたのかも知れない。だが、いずれにしてもこれは治る病気である。つまり、これからしばらくの時間を、自分の仕事の締めくくりに当てることができるのである。（略）文壇も、論壇・学界もどうなっても知ったことではないと思い定めたところへ、思い掛けなく盛大に熱が出はじめた」（『腰折れの話』）

　連載は半年の休止のあとに再開された。その頃、江藤はまた古井由吉と対談した。古井も椎間板ヘルニアから生還したばかりだったので、対談は「病気について」（「海燕」平4・4）となった。「長年の執筆の疲れ」「身過ぎ世過ぎの疲れ」を自覚した文士同士の病気談義である。「病気だろうが、いやなことだろうが、それに直面することに、生き甲斐を見出すというのが、われわれの生業の基礎じゃないかと思い暮らし」すのが文学者だと江藤は語っている。

「僕は医者に言われて、ああそうかと思ったのは、描写するんですね、痛みや病状をですね。（略）近代文学の一つのくせなんでしょうかね。けっこう客観的に捉えちゃうんですね。医者みたいなんです。（略）この客観尊重は、あるいは古井さんぐらいか、もうちょっと下のゼネレーションぐらいまでの、病といえば病だし、強味といえば強味でもあったのではないか。（略）〔自分に対して〕客観的になってみるという立場と、それから、いや、むしろ情に流れるほうがいいんだという立場があるでしょう。そうすると、それはたとえば俳句でいえば子規と虚子であり、大正小説でいえば志賀直哉と里見弴であり、というふうに僕の頭の中では仕分けられているわけですよ。／じゃリアリズムというのは、本当に恐ろしいような客観を達成することなのか、それをそれとして抱合しつつ、情もあるという立場に立つものなのかというと、未だによく分からない。（略）私の場合、医者がなるほど面白いことを言いますねと言っている時の描写に、ユーモアが籠もっているのか、籠もっていないのかという問題がある。ユーモアを籠めなかったら、文学にならないわけでしょう」

現役の作家の中では話が一番通じる相手が古井だった。漱石と秋聲を高く評価する点でも二人は一致している。江藤は自分にとって未完のテーマをベッドで反芻したことを素直に語っている。ここでの子規と虚子の対比は昭和四十六年の「リアリズムの源流――写生文と他者の問題」の延長である。江藤の語る「ユーモア」は「俳味」（『腰折れの話』）と言い換え可能である。病床で聴いたクラシック音楽からは、二人は近代日本におけるロマン派受容について語っている。「文学という軸で切ってみると、近代思想の中で日本に一番それでも深く入っているのはロマン主義です。まさに坪内逍遥以来、今日に至るものはロマン主義なんです。そのロマン主義の文脈の上にいろいろな思想が象嵌《ぞうがん》されてベルトコンベアに乗っかって入ってきているというようなものですね」。江藤はここでは昭和四十年の「日本文学と「私」」――危機と自己発見」の延長で語っている。占領と検閲と憲法といったテーマは江藤の中で結論が出ていたが、文学のジャンルでは片づいていない大きな主題がいくつも残されていた。

江藤は入院の時に漱石全集を何冊か持ち込んだが読むことはできなかった。実際に読んだのは、ホーンブロアー物と呼ばれる海軍士官が大活躍するイギリスの大衆小説であり、藤沢周平の時代小説だった。かねてからの念願だった滝沢馬琴の『南総里見八犬伝』全十冊を読破できたのは収穫であった。

「『八犬伝』の本文を読んでいると、痛みや病苦を忘れさせてくれるものは確かにある。その意味ではロマン主義以前の江戸時代の、朱子学的自己限定を文字通り受け止めているという建前で書かれたものである以上、有限世界に収まるようなポーズで書かれていますから、その点は楽は楽なんですよ。とはいうものの、馬琴が死んで五年たったらペリーの黒船がきたんですから、ロマン主義が入る直前に書かれたということになる。馬琴は限定的な、自己回帰的な鎖国的な世界の終焉を完全に見抜いているんですね。（略）江戸時代の秩序が確立される前にあったものを全部使わないと、秩序を成立せしめている価値観が成立しないいんですよ。神道的、修験道的、仏教的……いろんなスーパーナチュラルなものを補っていかないと、朱子学的にものが動いて行かない。馬琴はこの矛盾をむしろ楽しんで書いているとしか思えない。／だから馬琴というのは恐ろしい存在で、それに比べると漱石はまだ若いなという感じがちょっとするんです。（略）馬琴についてはいずれまた書きたいと思っていますけれどね、ある時代が終わる時には、その前の時代以来の行きがかりがなにか走馬灯のようにうわーっと一斉に出てくるんです」

秋聲だけでなく、馬琴に対しても江藤は深甚な興味を持っている。ここに虚子を加えてもいいかもしれない。還暦を迎える江藤の精神と肉体は、漱石という対象だけでは自らの「文学」が収まり切らないという予感に襲われているようだ。それでもまず『漱石とその時代』を何がなんでも完結させねばならないという義務感があった。

「急速に老い、病んで行く」漱石

『漱石とその時代』は第四部に至って、「文豪」漱石という現在のイメージがどんどん無残に裏切られていく。漱石は年俸二千四百円で朝日新聞社に雇われた「一介の小説記者」である。修善寺の大患で生死をさまよった時には、漱石の病状そのものが「身ぐるみ」朝日に買い取られて、社会面の記事にされた。漱石を招聘した主筆の池辺三山が退社した後は、「主筆の庇護を期待し得ない小説記者に過ぎぬ者」として描かれる。残酷なまでの描かれ方だ。

「稿を継いでいるうちに、私はしばしば漱石が自分より若い人間であることを感じることがあった。だがこの「若い」漱石は、ほとんど眼を覆わせるばかりの密度で絶え間なく書きつづけ、急速に老い、病んで行くのであった。それとともに明治という時代も老い、閉塞し、漱石にさきがけて終焉を迎えた」（第四部「あとがき」）

江藤は第四部が出版された後に、松本健一と対談した（「時代ネットと漱石」「国文学」平9・5）。その中では、漱石の「生老病死」の「老」「病」について多くを語っている。「確実にわかってくることは、「漱石は」無理してるから、当然体に障ります、年もとります、その身体的な衰えの感覚が、第四部の半分ぐらい書いてる時から自分に染みてくる。「自分は漱石よりずいぶん長く生きてる。もう十二、十三、十四も年上だ」、だけど「俺も感じてるものを夏目君はこの頃既に感じてたのか。かわいそうになあ」という感じがしてくる。それはこれからもっと深まってくると思いますよ、それが極まると死ぬわけですよ、人間というのは。だから簡単なことなんですよ」

「身体的な衰えの感覚」が伝染してくる第四部の半ばとは、漱石が「三十分間の死」を体験する修善寺の大患であろう。古井由吉とのその後の対談（「小説記者夏目漱石」「新潮」平8・12）でも、漱石の「疲れ」が当然のごとく話題になる。吐血直前に、漱石が鏡子夫人の電話の声を妹と勘違いする一件である。「あれはあらゆる疲れですよ。だから、疲れは、本当を言うと、日本の近代文学、現代文学の一番本質的なテーマなんです。疲れというのをうまく表現してくれるとね、それはもうシェイクスピアになるんじゃないかな」

四年前の「病気について」対談に比べて、疲労はさらに深まっている。古井は「第五部になると、もう、江藤さんはご自分の思いの丈《たけ》をお書きになる。（略）今、われわれがあるところに一番きつくひびいてくるのがこの第四部でしょう」と江藤の労をねぎらった。しかし、第五部に至っても、漱石の不幸は深まっていくばかりに書かれている。江藤が最も好きな『心』についての章では、「小説記者」漱石は朝日社内の「無関心と無視に耐えながら」書いている。志賀直哉の降板で次の連載が決まらず、「伸縮自在の新聞小説」を書かざるを得なくなり、『心』は「結末の約三十回分にいたっては、作者の内的な必然というよりはあとの書き手が見当らないという外的な要因によって」執筆したというのだ。そんな追いつめられた状況でも傑作が書けたのだから、漱石はやはり「文豪」である。

　連載中の新聞紙面には校正ミスで、「致命的な誤植」も発生した。「私」と書いたはずのところが「先生」となっていて、漱石は「猛然たる抗議の手紙」を書く。

「このとき漱石が、誤植は社の自分に対する無視と無関心の結果と感じ、そのことに深く傷ついていたことは確実である。「小生の書いたものは新聞として大事でなくとも小生には大事であります。小生は読者に対する義務をもって居ります」。小説記者が自分を雇用する新聞社に対して行う抗議の、これはほとんど最後の言葉ではないか」

　朝日の誤植については、江藤は『荷風散策』の中に、江藤自身も被害者となったことを書いていた。

「現にかくいう私自身も、同じ「朝日新聞」紙上で寄稿した文章の一段が前後して組違えられているのを発見し、余りのことに開いた口がふさがらぬ思いをしたことがある。確か昭和五十九年（一九八四）の春頃のことで、抗議したところ「おわびと訂正」を出しはしたが、釈明に来た「朝日」編集局幹部の一人が、「縮刷版には訂正したものが載りますから御心配なく」と挨拶したのには、更に啞然とした覚えがある」

　なにげなく書いてはいるが、その時に江藤が「深く傷ついていたことは確実である」。その原稿は家庭欄に載った「江藤淳さんと坊っちゃんをよむ」(昭59 4 8)と思われる。縮刷版では「訂正」済みなので、どこが組違えられたのかはわからない。朝日新聞はかつては、二十代の江藤を「文芸時評」という檜舞台に抜擢した古巣だった。政治的立場を異にするようになって寄稿が減ったとはいえ、江藤にとってはショックであったろう。さらにショッキングな事態が平成元年の十一月に江藤を襲った。「文藝春秋」(平元・12)に寄稿した「代役時代の主役たち」で、原稿用紙二枚分(八百字)が丸々飛ばされてしまったのだ。これはさすがにお手軽な「訂正とお詫び」ではすまされずに、大ごとになった。朝日新聞十一月十五日の第十九面(ラジオ欄)の下に全五段の大きなお詫び広告が掲載された。

「「文藝春秋」の愛読者と江藤淳氏へのお詫び　(株)文藝春秋

「文藝春秋」十二月号(11月10日発売)に掲載した江藤淳氏執筆の「代役時代の主役たち」には、編集部の不手際により、約八百字の脱落がありました。原文は以下の通りで、サイドラインの個所が脱落部分です。愛読者の皆様および、江藤淳氏にお詫びいたします。なお、文藝春秋次号に全文を掲載いたします。

／(以下は省略)」

　全五段の広告スペースの中にぎっしり組まれた文字のうち、約七分の一にサイドラインが引かれている。検閲に引っかかったわけでもないのに、原稿はごっそり「削除」されたのだ。不幸なことに、サイドラインの部分を飛ばしても、字面《じづら》はつながってしまった。ほとんど奇跡としか思えない連結具合である。原稿を注意深く丁寧に読めばおかしいと気づくのだが、漫然と読むと見逃がしてしまうという性質の「脱落」だった。

　掲載原稿がおかしい、とすぐに気づいたのは慶子夫人だった。編集部員も校正者も、さらに文藝春秋社内にたくさんいる江藤の新旧の担当者たちも誰一人気づかなかったのだ。「第一読者」は慶子だけなのか。江藤はそのことにさらに「深く傷ついていた」と思える。自分の原稿はきちんと読まれているのか。

「小生の書いたものは新聞として大事でなくとも小生には大事であります」という漱石の悲鳴は江藤のものでもあった。こうした事故の積み重なりも「疲れ」を倍加させる。かつて江藤にはプリンストンから送った解説原稿が出版社で紛失するという事件もあった。その時はもう一度同じ原稿を書くことになったのだが、若い時だからまだ我慢できた。朝日と文藝春秋の「致命的な誤植」は、大家となっていた江藤に果てしない徒労感を与える仕打ちだった。大きなお詫び広告を載せるという解決策も、お互いの傷口を世間に周知させ、江藤の傷を大きくさせるだけだったのではないか。得をしたのは、何百万円かの売上げが計上できた朝日新聞広告局だけであった。

朝日の原稿も文藝春秋の原稿も、江藤は単行本に収録しなかった。よほど忌々《いまいま》しかったのであろう。

「代役時代の主役たち」は江藤の「平成」批判の第一弾ともいえた。竹下登首相がリクルート事件をきっかけに退陣し、その後に自らの後任として軽量級の宇野宗佑、海部俊樹を充てたことを「代役」の時代と表現したものだ。人々は憲法と戦後民主主義に逃げ込み、依然としてアメリカに頼り、重要な課題を回避している。「誰が本当の主役か、〝代役の時代〟がいつまでつづくのか、昭和一桁の異端者である私は、天候気象の推移に注意しつつ、時々は欠伸《あくび》を嚙みころしながら眺めているほかない」と時代を突き放した。「我ハ先帝ノ遺臣ニシテ新朝ノ逸民」という自作の言葉をあらためて嚙みしめた文章である。平成の「逸民」は、「天変地異か世の様変りか、いずれにせよろくな事は起りそうもない」と「代役時代の主役たち」の中で、悲観した。

江藤は昭和の終りから、主に総合雑誌を舞台に、「文士の勘で政治を斬る」時務論を発表し続けるようになった。それらは次々に単行本になったが、そのタイトルを並べるだけでも江藤の時代観はわかる。『日本よ、何処へ行くのか』、『大空白の時代』、『日本よ、亡びるのか』と続き、『保守とはなにか』、『国家とはなにか』、そして「日本・第二の敗戦」(「文藝春秋」平10・1)に行きつく。佐藤内閣や福田内閣の頃の「政治的人間」への共感は退き、憂国の「逸民」の影が増大していくのだった。

その流れを断ち切る契機がもしあったとしたら、平成五年（一九九三）の皇太子御成婚であったろう。しかし、そうはならなかった。皇太子妃に選ばれた外務官僚・小和田雅子は江藤の従妹の長女である。雅子妃の母・小和田優美子が江藤の従妹であった。昭和二十年には鎌倉の稲村ヶ崎の江頭家で、優美子も同居していた（第五章参照）。江藤には自分は江頭家の「本家」の長男だという自負があり、優美子の父・江頭豊はいわば「分家」であった。分家の「マスオさん」が、外務省の事務次官・小和田恆にあたる。江藤の中で江頭家の家系図はそのように出来上がっていた。雅子妃は江藤にとっては、才色兼備のシンデレラというより、小さい時からよく知っている分家の「マサコ」だった。

『楠田實日記』の中の江藤淳と小和田恆

御成婚について、江藤はなんらの発言も残していない。ひたすら沈黙を守っている。御婚約が発表された後にあった江藤家の新年会での様子を、日経の文芸記者だった浦田憲治が『未完の平成文学史』で描いている。

「平成五年の新年会では皇太子妃に決まった小和田雅子さんの話題でもちきりだった。（略）編集者たちが江藤に「おめでたいですね」と話しかけると、江藤は暗い表情で「おめでたいとは思わない。雅子がやっていけるか非常に心配している」と話していた。皇室を崇拝する江藤にとって、普通の女性が皇室に入ることがいかに大変なことかがわかっていたのだろう」

江頭家に対する誇りを江藤が強く持っていたにしても、皇室への御嫁入りは余りに身分が違いすぎる。江藤の危惧は、当然といえば当然であった。皇室に連なることは、一介の「文士」として自由な言論を行使しにくくなる。そんなことはどうでもいいとして、この慶事の発端をずっと遡っていくと、江藤自身が必ずしも無関係とはいえない事情も伏在していた。

　小和田恆は福田赳夫の外相時代（佐藤栄作内閣）の大臣秘書官、首相時代の総理秘書官をずっと務めた外務官僚である。小和田を外相秘書官に強く推したのは佐藤総理の首席秘書官・楠田實だった。楠田の首席秘書官時代の日記は『楠田實日記――佐藤栄作総理首席秘書官の二〇〇〇日』として公刊されている。昭和四十六年（一九七一）七月の記事にその事実が記されている。五日「〔内閣改造で〕新閣僚に電話。続々来た。いずれも嬉しそう。／外相になった福田さんに、外相秘書官人事につき、重ねて小和田恒《ママ》氏を推す」。八日「昼、中近東大使の総理昼食会。外務省の佐藤正二官房長が小杉〔照夫〕君に対し、「秘書官人事は官邸の寝技にやられた」と言ったそうだ」。楠田の強い推薦を受けて、福田外相は顔を合わせたこともない小和田を秘書官に据えたのだった。

　楠田實は佐藤首相の文化人ブレーンの一人として江藤を高く買っていた。江藤が佐藤に会うときは同席していたし、テレビの「総理と語る」に江藤を何度もキャスティングしたのも楠田であった。『楠田實日記』には江藤と小和田の名前が時々出てくる。一緒に出てくる日もある。「八時上野着。九時ごろ市ヶ谷の江藤淳氏の家へ行く。外務省の小和田恒夫妻も来て、今後のことなど色々話す。一二時ごろ辞去」といった記述もある。これは内閣改造直前の昭和四十六年六月二十一日である。改造後の七月十六日には、「夜、新旧秘書官総会。帰りに小和田恒氏と江藤淳氏の家へ寄る」ともある。楠田は国連対策、中国問題などについて小和田に意見を求めていることも日記でわかる。駐米勤務から国内勤務に異動になったばかりの小和田に楠田が注目したのには、江藤が関与していた可能性も強いと見ていい。江藤と小和田は福田内閣時代には福田のブレーンとして、側近として仕えた。二人は単なる親戚ではなく、国家の枢要に一緒に関わるという時期があったのだ。

　その江藤が「皇室にあえて問う」（「文藝春秋」平7・3）を発表したのは、御成婚の二年後、阪神淡路大震災の時であった。

「私がまことに遺憾に堪えないのは、地震が起こった後で皇太子、同妃殿下が中東御訪問に出発されてしまったということです。（略）しかし国民に対する義務は果たしていただかねばなりません。内外の優先順位を失念していただいては困るのです。千年に一度という震災に遭遇し犠牲者の遺体がまだあちこちに埋まっているその最中に、あたかも何も起こらなかったがごとく、皇嗣が外国を歩いておられるとは何事であるのか。私は少しく考えるところがあって、東宮御成婚以来皇室について意見を述べるのを差控えて来ました。しかし、今度という今度は黙っていることができません。／「夫《そ》れ知つて言はざるは不忠なり。知らずして言ふは不智なり。臣等縦《たと》ひ不智の謗《そしり》を受くるとも、決して不忠の臣たるを欲せず」／という言葉もあるからです」

この『韓非子』の引用を見ると、江藤は「逸民」から「臣」へ戻ったのだろうか。

江藤論文（談話筆記）はたちまち大きな物議を醸した。江藤が雅子妃の親戚なのだからなおさらだった。江藤の筆誅《ひっちゅう》は直接には両殿下の外国御訪問を優先させた宮内庁と外務省の役人たちに向けられている。関東大震災時の皇室の対応との比較もしている。大正十二年（一九二三）には詔書が渙発《かんぱつ》された（摂政宮だった昭和天皇が副署）。江藤は詔書の文面に感動したと述べる。「「朕深ク自ヲ戒慎シテ已マサルモ」とまっさきに自分の天子としての徳が足りないからこのような天災が起きてしまうのだとし、つづいて「若シ夫レ平時ノ条規ニ膠柱シテ活用スルコトヲ悟ラス」であるならば、機会を失し前後を誤ることになると卓見を示しておられるのです。いまの内閣にこの御言葉を突きつけてやりたいくらいです」。返す刀で、危機管理のお粗末を露呈した村山富市内閣をも批判していた。江藤の談話論文が校了になった直後に両陛下の被災地お見舞いがあったので、雑誌発売時には論点が少し霞んでしまったが、宮内庁次長の鎌倉節《さだめ》（後に宮内庁長官）は定例会見で江藤論文に反論した。江藤は「国は何のためにあるのか」（「諸君！」平7・

4）で鎌倉会見について言及している。

「『朝日新聞』の伝えるところによれば、〔鎌倉宮内庁次長は〕「戦前と戦後の皇室の地位の違いに十分理解が得られていない」というのです。つまり、戦前の天皇は自由に意思表示できたが、「今は内閣の決定が出なければ皇室は動けない」というのが宮内庁の言い分らしい。／もし百歩を譲ってその通りだとすると、皇室が自由に動けないのは内閣のせいで、内閣が皇室を拘束するのは現行憲法のせいということになる。現行憲法が皇室と国民との間に立ちはだかり、自衛隊と国民との間に立ちはだかって、災害への対応を遅らせていることになる」と、本丸である一九四六年憲法に矛先を向けた。鎌倉次長は、「激烈な批判を雑誌に寄稿した評論家江藤淳にはみずから膝詰めで背景を説明し理解を求めた」（岩井克己『宮中取材余話 皇室の風』）という。

江藤は「皇室にあえて問う」を時務論集『保守とはなにか』に収録した。その時に、「二つの震災と日本の姿」と改題し、「一部テクストの改変を行ったことを付記して置きたい」と「あとがき」に書いている。先ほどの引用部分では、「国民に対する義務は果たしていただかねばなりません」という箇所が、「国民を思うお気持を優先させていただかねばなりません」と改変されている。引用部分の直前にある以下の言は初出時のままであった。

「と言って、何もひざまずく必要はない。被災者と同じ目線である必要もない。現行憲法上も特別な地位に立っておられる方々であってみれば、立ったままで構わない。馬上であろうと車上であろうと良いのです。国民に愛されようとする必要も一切ない。国民の気持をあれこれ忖度《そんたく》されることすら要らない」

江藤の「皇室にあえて問う」は、改元直後に戦後民主主義と昭和一ケタ世代を批判した「国、亡し給うことなかれ」（「文藝春秋」平元・3）、天安門事件後の訪中に反対した「日中戦争は終わっていない――天皇陛下御訪中に寄せて」（「文藝春秋」平4・11）の系譜に連なる「不忠の臣」ならざる文士の憂国論と考えるべきだろう。

戦後五十年のこの年は、大事件が多かった。大震災の二ヶ月後には、地下鉄サリン事件が起きた。江藤が西郷隆盛の取材で九州に向かったのは、その翌日である。「いったい何が起ったのかよくわからなかったが、この国が崩壊を続けていることだけは疑い得ないように思われた。その国は、西郷が滅亡必至と見た国の成れの果てか、しからざるか」（『南洲残影』）。江藤が田原坂《たばるざか》で蓮田善明の小さな歌碑に出会うのは、その旅の途上であった（第二十七章参照）。蓮田の短歌は、「滅亡を知りつつ亡びて行く者たちの心」の歌であった。散文家である江藤の歌への傾斜がここには表われている。

この翌年、江藤は福田和也と「小林秀雄の不在」（「文學界」平8・4）という対談を行なった。小林の死から十三年が経過していた。二人は小林の最後の大作『本居宣長』について話す。小林は詩的凝縮でやってきた批評家だが、『本居宣長』は「最も散文的な表現」になったというのが江藤の見方だった。福田は、若き日の小林だったら『本居宣長』に朱を入れて二十分の一に刈り込むのではないかと江藤に問う。江藤は小林を弁護する。「齢を重ねてくると、何がどうなるのか、結局、体力かもしれないけれど、ちょっと長くなるんですね」と言い、『漱石とその時代』が五巻になってしまいそうなことを「非常に恥じる」。ただ自分は詩的凝縮ではなく散文でやってきたのだから、大目に見てほしいというのが江藤の弁解であった。

江藤「小林批評っていうものは、代用品じゃなくて、フランスの哲学に匹敵すると、そう言っていいと思うんです。フランスだけじゃない、ヨーロッパにおける哲学に匹敵するとか、一体、凡百の小説を何篇束ねても達成できないような高い文学的達成があるとか。それはそうなんだけれども、うーん、それはねえ、やっぱりねえ……なんて言ったらいいのかなぁ……、やっぱり疲れるんだね。疲れちゃうんですよ」

福田「ん、ん……」

江藤「疲れるってことが日本なんですよ。（略）ヘンな話ですけれど、九鬼周造がベルグソンの家を訪ねた時のことを書いている随筆を読んでいたら、ベルグソンていうのは、僕が慶應病院に入ったと同じ病気でね。化膿性脊髄炎ですよ。熱が出ているのを、熱冷ましで抑えて九鬼周造に会ったりしてね。だから、ベルグソンがどう疲れたか、つまり、西洋人が疲れる時の疲れ方というのは、日本人の疲れ方と同じなのか違うのか」

福田は江藤の死を知って、この時の対談の「やっぱり疲れるんだね。疲れちゃうんですよ」を思い起こした。「語り口の実感のこもり方」に、江藤をよく知る福田は「多少とも驚くとともにたじろいだ」（『江藤淳という人』）。江藤のいつもの明晰で、明快な口舌はそこにはなかった。江藤の死の三年前である。

「疲れるってことが日本なんですよ」

漱石の身体感覚が染みてきた伝記作者の肉声だった。

第四十五章　妻と私、女と私、母と私

平成九年（一九九七）一月二十七日、神奈川県藤沢市にある慶應義塾大学湘南藤沢キャンパス（SFC）で、環境情報学部の江藤淳教授の最終講義「SFCと漱石と私」が行なわれた。定年まで一年を残していたが、四月から大正大学大学院に移るためである。「大正大学に参りますと、七十歳まで厭味をいわずに置いてくれる」と、まず聴講する学生や同僚教授の「（笑）」をとって、講義は始まった。教室には慶子夫人の姿もあった。

「働けるかぎり働くというのが人間の道であろうと、私は考えているからです。／社会福祉はたいへん結構なものだと思いますけれども、私は福祉国家というものをあまり信用したことのない古風な人間です。独立自尊という福沢先生の遺訓を、何よりも大切な教訓と考えて生きてきた人間であります」（「ボイス」平9・4）

江藤は最終講義でも福沢諭吉の「私立の活計」を実践してきたことを語っている。「私は福沢先生の言葉を読んで感奮興起しまして、慶應義塾に入ったときに、自分は慶應義塾の教授になりたいと思っていたのです。（略）たんに大学教授になりたいと思ったのではありません。慶應義塾の、こういう素晴らしいことをいう人がつくった大学の教授になりたいと、学部一年の初めから思っておりました」。紆余曲折の末、五十七歳にしてその願いは叶ったが、SFCとは「コンピュータとカタカナ」ばかりのキャンパスであったと失望を隠さない。「自分と慶應とのあいだに何かが立ちはだかっているのではないか（笑）」、

「「ＳＦＣは慶應か」という疑いが雲のごとく毎日のように起り、福沢先生の胸像のレプリカを見るたびに、そのお顔が泣いているような顔になり、歪んでいるような顔になり、苦笑しているように見えたりすることがあったり」と、ＳＦＣ批判をエスカレートさせた。

江藤を慶應に呼び戻した塾長の石川忠雄は江藤追悼の談話（「文學界」平11・9）で、この最終講義に触れている。「彼好みの伝統的アカデミズムを踏襲していたら藤沢キャンパスでの研究はできないし、学部の特色もなくなってしまいます」、「むしろ三田の文学部に戻れたら良かったのかもしれません」。江藤君はなんといっても出来過ぎた、「彼がもう少し出来なかったら」というのが石川塾長という知己による江藤評価の言であった。「平和が続くと誰しも保身を考えるようになるものです。そんな時代に江藤君は、物事を丸く収めようなんて気持ちをまったく持っていなかった。やはり、えらかったと思います」

小林秀雄と高浜虚子の鎌倉

江藤を大正大学に呼んだのは湘南中学時代からの親友・辛島昇だった。辛島はインド史の世界的大家であり、東大教授を定年退官した後、仏教系の大正大学に移り、新設する比較文化研究の大学院に江藤を同僚として迎えたのだった。江藤の随筆の中には、しばしば辛島らしき旧友が登場する。祖母の弔いにお線香を持って訪ねて来てくれた中学生、一緒に神田の古本屋めぐりをした同級生、カレーライス大好きの東大生、少年時代の江藤が住んでいた稲村ヶ崎の家へ三十年ぶりに車で連れて行ってくれた「Ｋ」、等々。江藤にとって、大正大学に移ることは自然な選択であった。

江藤が市ヶ谷のマンションから鎌倉市西御門《にしみかど》へ引っ越したのは昭和五十七年（一九八二）であった。少年期を過ごした鎌倉へ帰ると旧友たちとの交際もしやすくなる。中でも辛島は西御門に近い浄明寺に住んでいた。江藤の鎌倉暮らしにずっとそば近くで同伴した市会議員の松中健治・美紀子夫妻を紹介したのも辛島であった。美紀子夫人は辛島の再従妹《はとこ》だった。ただ、辛島は江藤の思い出については決して書き残そうとはしなかった。「東大新聞」に書いた回想記にわずかに出てくるだけである（第六章参照）。辛島は「江頭の思い出は墓場まで持っていく」と言い続け、その通りに何も語らずに逝った。江藤の蔵書類が大正大学図書館の江藤淳文庫として保存されたのは辛島の尽力によっている。

江藤が鎌倉に戻ろうとしたのにはいくつかの要因が考えられる。江藤は「庭と言葉」（「新潮」昭58・1）では、「やはり鎌倉に家を建てよう」という気持になったのは、ワシントンから帰った時であり、市ヶ谷界隈の土が、「とうに涸れてしまっている」と感じたからだ、と書いている。ある詩人の「人間は土の上で生命を得て土の上で死ぬ『もの』である。だが人間には永遠という淋しい気持の無限の世界を感じる力がある」という文章を引いて、江藤はせめて「土の上で死ぬ『もの』」でありたい、と思った。

「鎌倉へ、ということになると、これは行くのではなくてむしろ戻るのであった。（略）東京は生れ育った場所とはいえ、家はすでに戦災で跡形もなくなっていたので、そのときから私の彷徨がはじまった。「逝《ユ》ケバ曰《スナハ》チ遠ザカリ、遠ザカレバ曰《スナハ》チ反《カヘ》ル」というけれども、「反《カヘ》ル」べき土地はどこにあるのか、と、しばしば私は自問することがあった。しかし、考えてみれば、それは地図の上にある土地のなかでは、鎌倉以外にないのかも知れなかった。（略）この小さな荒れ果てた土地が、「反《カヘ》ル」べき土地になるのか、ここに住むべき家を建てて、庭を造るのか、と私は一瞬の感慨を催した。だが、この土地には、語りかけて来る声があった。こんもりと山に囲まれたこの谷戸の地形にも、安息が感じられた。山の上では一羽の鳶が舞っていた。それは三十数年前、毎日眺めていた稲村ヶ崎の一の谷戸の風景によく似ていた」

文中の「逝ケバ曰チ遠ザカリ、遠ザカレバ曰チ反ル」という漢文は、江藤の愛読する『老子』にあり、しばしば引用するフレーズである。地元のタウン誌に載ったインタビュー「鎌倉文士概論」（「かまくら春秋」平2・6）では、もっとざっくばらんに鎌倉転居を語っている。同級生もいるし、土地勘もある。インタビュアー（伊藤玄二郎）に鎌倉文士との関係を問われて、小林秀雄の名を挙げた。「私はいわば一番末っ子の弟子ですが、師匠の小林秀雄さんの近くに行っていろいろ叱られるのもいいだろうということで」と、小林の「〝引力〟」という表現を使っている。江藤の家から小町にある小林の家までは徒歩で十分くらいの距離である。江藤は引っ越し早々に挨拶に行こうとしたが、小林は入れ違いに入院してしまった（「小林秀雄と私」）。江藤はまるで小林秀雄の後継者のように鎌倉文士となったのだった。

かつて鎌倉には小林以外にも、江藤にとって馴染みの文士が何人もいた。中村光夫、林房雄、吉野秀雄、川端康成、永井龍男、里見弴といった名前がすぐに浮かぶ。小林に匹敵する重要な文士を一人だけ挙げるとすれば、高浜虚子であった。文士というよりは、俳人であり、俳誌「ホトトギス」の主宰者である。江藤の観点に立てば、写生文の開拓者であり、小説家漱石のプロデューサーであり、「吾輩は猫である」の命名者であり、漱石の最強のライバルが虚子であった。江藤の自伝『なつかしい本の話』には、少年時代に鎌倉の義祖父・日能英三《ひよきえいぞう》の隠居所にあった春陽堂版『明治大正文学全集』で読んだ虚子の「風流懺法《せんぽう》」、「道」が登場する。虚子は明治四十三年から鎌倉にずっと住んだ。義祖父が淳夫少年に勧めてくれた掌編小説が「道」である。小説には鎌倉駅の改札を通らず、抜け道からプラットフォームへ出る自分勝手な人種と新旧の鎌倉駅長のやり取りが描かれている。「ところで、私が虚子の『道』をとりわけ印象深く覚えているのは、江ノ電の稲村ヶ崎の駅に、ちょうどこの小説に描かれているような抜け道があったからである」。

江藤は虚子について、「文学者としてのキャパシティーから言ったら」漱石よりも上であると見ていた（古井由吉との対談「隠蔽から告白へ」「新潮」平6・1）。江藤は常々、「平成の虚子になる」抱負を漏らしていたという（「新潮」平11・10の福田和也発言）。

江藤の虚子への共感は明らかだが、俳句への「野心」がどれほどのものだったのかはわかりづらい。江藤が「百猿」という俳号を持って作句していたことは、『腰折れの話』に出てくるのだが、虚子と漱石の比較から始まるこの長編エッセイは、江藤の入院を契機に闘病エッセイに変貌してしまったからだ。ただ、江藤がある時期から俳句に格別の関心を寄せたことは、『一族再会』から推測できる。江藤は実母・廣子のルーツを辿るために、愛知県海部郡美和町（尾張国蜂須賀村）の宮治家に行く。母恋いの旅である（第二章参照）。宮治の本家に保存されていた文反古の中から、江藤は「雪操庵呂江」という地方俳人の句稿に出くわす。明治五年に没した呂江は、農民だが寺子屋の教師であり俳人だった。呂江つまり宮治周平は、江藤の玄祖父である。

「ついにあらわれたか、という感慨が胸に湧いた。文学や語学の資質は、多く母方から遺伝するといわれる。私の場合もおそらくそうだろうとは思っていたが、現実に宮治の先祖に俳人がいたと聞けば心が躍る。父方には軍人と勤め人しかいない。母方でいままで明らかになったのは、軍人と農夫と商人だけである。どこをさがしても文学のぶの字も出て来ないと諦めかけていたのに、ついにここに言葉をあやつる人間があらわれたのである」

江藤の虚子への関心は、新しい文学史の構想であり、「日本の文学語」誕生の秘密を探ることであり、西洋とは違う文学観の追求であったが、さらに自らのルーツ、自らの言葉の源泉への回帰でもあった。その切実さを「百猿」などという軽い号によって、「俳味」へと転換させていたのである。

江藤は『一族再会』を書いている途中で、自身に流れる血の中では、江頭家よりも宮治家のほうを強く意識するようになった。明治末の顕官で、「未来の海軍大臣」江頭安太郎に自らのプライドの根元を求めること以上に、ワシントン条約を機に、海軍少将で引退を余儀なくされ、軍縮時代に「魚屋」（漁業会社の役員）に転じた外祖父・宮治民三郎の意地と偏屈への共感が大きくなっていった。初めての本『夏目漱石』を持参して、二十年ぶりに外祖父の陋屋を訪ねるシーンは、蜂須賀村の葛の葉稲荷の母恋いのシーンに匹敵しよう。『一族再会』のもう一つの白眉である。八十代半ばの外祖父は半身不随の身で、四畳半の和室にいた。

「おれはこの通り中気で、思うように動けん。しかし自分でできることは、つとめてやるようにしておる。今、茶を入れてやるから待っておれ」、「おれはこういう身体だから、そそうをすることがある。しかし襁褓《おむつ》は自分で洗う。（略）天気がよければ、おれは銭湯にもそろそろと歩いて行ける。午後三時ごろ、まだ人の混まぬうちに、ステッキをついてそろそろと道の端をすり足で行く。便所にも、おおむねおれはひとりで行ける」、「おれはまだ身体の自由が利くころから、戦後海軍関係の会合には一度も出たことがない。おれたちは国を亡ぼした。その直接の責任者たる軍人が、どの面を下げて公衆の面前に出られるか。かりにおれが戦前から退役していて、今度の戦争にまったく参加していないとしてもだ」、「今度のいくさでは、おれが育てた士官や兵隊がずいぶん死んだ。おれはあれらが浮ばれぬうちに、昔を語る気にはなれんのだ」

　江藤は晩年の宮治民三郎に会い、「私の内部に、この激しさに通じるなにかがあるのかも知れない」と強く感じたことを『一族再会』を書くうちに確認した。宮治の海兵同期（二十五期）のライバルが山梨勝之進であり、予備役編入になった時の海軍次官が岡田啓介である。二人とも条約派の中心人物だ。宮治は軍縮に反対した艦隊派に近く、『昭和の宰相たち』に流れる艦隊派への共感には、少なからず宮治の帝国海軍への見方が入っていると考えられよう。宮治は潜水艦乗りで、漱石が「文芸とヒロイック」でその従容たる死を称賛した佐久間勉艇長の上司だった。佐久間大尉が死の前夜に書いた最後の手紙は宮治少佐宛てである（足立倫行『死生天命——佐久間艇長の遺書』）。

「君はおれの孫だ。おれの血が君の体内に流れるかぎり、おれの怒りもおれの誇りも、おれが断念したもののかずかずも、決して消滅することはない」。宮治民三郎から娘の廣子を通して、孫の淳夫が受け取った重たい血のメッセージである。

「私は祖父の魂魄《こんぱく》が、景清のように舞うのを感じ、それがあの重々しいすり足で、次第に遠ざかって行くのを聴いた。それは母がいる昏い地底の世界に、静かに、重々しく遠ざかって行った」

鎌倉の江藤邸には二組の写真が飾られていた。一組は祖父・江頭安太郎の軍服姿と未亡人・米子で、書斎の机の前に置かれていた。もう一組は外祖父・宮治民三郎の軍服姿と母・江頭廣子の若妻姿であった。

『一族再会』第一部は「母」から始まり、「祖母」、曾祖父の古賀喜三郎と江頭嘉蔵、「祖父」を描いた末に、「もう一人の祖父」で江藤の中の「文学」の遺伝子を確認するという構成となった。

江藤理事長の奮闘

慶應から大正大学に移ったこの平成九年には、江藤に激しい消耗を強いる仕事が待っていた。江藤は一文士、一大学教授だけでなく、日本文藝家協会理事長、三田文学会理事長、国語審議会副会長といった要職に就いていた。江藤が文藝家協会理事長という立場で参加した会議が、公正取引委員会「政府規制等と競争政策に関する研究会」である。テーマは書籍、雑誌、新聞などの再販価格維持制度を廃止するか否かであった。文芸家の生殺与奪を左右しかねない政策決定の場である。再販制度の是非の討議と決定は、規制緩和の大きな波の中で、文藝家協会理事長として、全力を尽くさねばならない大役であった。委員会の構成は五対十二で、江藤たち維持派は圧倒的な劣勢であった。維持派の一人だった経済ジャーナリストの内橋克人は「一九九七年——江藤淳氏の闘い」（「文學界」平11・9）に、江藤の奮闘ぶりを記録している。江藤は二十一回開かれた会議に、大学の講義で出られなかった一回を除きすべて出席した。会議室には必ず一番乗りで陣取っている。論敵にとってはそれだけで目障りな相手であろう。会議が始まるや、舌鋒鋭く、多数派の議論の急所を衝き、「憤激を全身にみなぎらせ、つぎつぎ言葉を発射する」。会議前の「穏やかで親しみの心にあふれた笑顔、柔らかい響きの声」はまったく消えてなくなっていた。身体を張っての抵抗である。江藤の議論は法律論を向こうにまわして、「徹頭徹尾、書き手ひとりひとりの立場に立つ」という姿勢だったという。内橋が強く印象づけられた江藤の発言は独特のものであった。

「（自分の）著書が値引きされて売られるくらいなら、出さないほうがいい、そういう著作者の感情は、合理的な競争政策理論あるいは競争法の立場からは児戯に類するものかもしれないが、（そもそも）著作者は著作物が物品化されて市場で売られるということに恥じらいというものをもっているものだ。にもかかわらず、そうしているのは、そうしなければ暮らせないからである。著作権法上、財産権も非常に大きな問題であり、印税など金銭的な問題が絡んでくるが、その恥ずかしさに耐えているのは著作人格権の一身専属性が明記され、保障されているというところがあるからである」（「議事概要」）

再販制の当面存置で、江藤の獅子奮迅は報われた。市場原理主義者からの攻撃に対して、「恥ずかしさ」を対置させるという意表を突く議論まで駆使したのだ。内橋は江藤がアメリカ発の外圧と闘ったと見ている。「戦後日本における言論封殺の歴史は占領軍によって書かれたことを江藤氏は明らかにしたが、いま、自らのことは自らが決する、という「自決」への意思を根こそぎにする、学問の装いを凝らした市場競争原理至上主義の翻訳ロジックの正体を、同じ目で江藤氏は見透かしていた」（傍点は内橋）。

江藤にとっては、規制緩和という外圧との闘いであると同時に、内に向かっては職能団体であり相互扶助団体である文藝家協会に属する文芸家たちの経済生活と言論の自由の双方を守るという防衛戦でもあった。江藤の趣旨は、平成七年十二月に江藤理事長名で出された、再販制度見直し反対の「声明」に明らかである。書籍は「個々の著者の著作権と著作人格権が刻印された文化財」である。印税制度は大正以来の慣行であり、全国一律定価販売の否定は「印税算定の基準を流動化させ」、「文芸家に少からぬ不安と動揺を与え」る。発行部数三千部の出版物が「刊行される自由を失うおそれ」が生じ、それは「経済制度の無定見な改変による文化の破壊」であり、「言論表現の自由」を侵害する。江藤は著作者の経済生活と言論の自由の二段構えで論理を構築していた。この平成九年という年には、柳美里のサイン会と櫻井よしこの講演会が中止に追い込まれるという事態が起きた。その時に江藤理事長名で出された「声明」は、「言論・表現の自由に対する圧迫であるばかりでなく、明らかに作家・ジャーナリストの生活権に対する侵害」であると訴えた。文芸家は「決して霞を喰らって生きているわけではない」。福沢の言う「私立の活計」の実践者なのである。江藤の主張する「三千部」の本が出る出版環境づくりの後ろには、江藤と小林秀雄が尊敬してやまぬ「批評家」正宗白鳥の姿があったことも見逃してはなるまい。

江藤はかつて文藝家協会の理事時代に、「文芸書専門店」構想を提唱したことがあった。江藤は話題づくりのアイディアマンなのである。その専門書店が「ノアの方舟」となることで、「日本文学の存続は決まるというぐらい、実は、僕は非常に悲観的に考えている」と「情報化社会と文学空間」(「知識」昭62・5)では語っていた。そのインタビューで、酒席での小林秀雄の言を紹介している。「正宗白鳥さんは偉いもんだね、君。正宗さんのものなんて三千しか売れないんだ。批評家っていうのは、三千しか売れないようなものを書いていなきゃ本当の批評にならない。俺のもの〔『本居宣長』〕は七万も売れる。これは通俗書だ」。小林の怪気炎もあってか、江藤の「ノアの方舟」構想では、初版三千部の著者の本が揃っている店づくりが想定されている。それも「新しいものはおのずから優れたものだ」という単純な進歩主義は斥《しりぞ》けられていた。ポストモダンも近代も近代以前も、同じ空間に同居している棚づくりなのである。そこには江藤なりの「近代批判」が籠もっていた。文芸批評的な「方舟」書店構想は稔らなかった。

江藤は「方舟」書店のモデルとして、戦中から戦後の一時期に華やかに打って出た「鎌倉文庫」を念頭に置いていた。川端康成が中心となった鎌倉文士が起こした行動である。「戦争中は、どこからも原稿の注文がこない。だから、貸本で儲けた金をみんなに分配するために貸本屋をつくった。戦後は、新円を文士のために確保するために、出版社を自ら始めた」。鎌倉文庫の「文士の商法」はあえなく頓挫したが、そこにあった自助の精神を江藤は受け継ごうとした。近代日本文学の「貯金」は三島、川端が死んだ時期に底をついたというのが江藤の文学史観であったが、将来の再生を期す延命策を講じることに江藤は腐心していた。敗北必至の戦いかもしれないが、書籍という文化インフラの防衛戦を江藤理事長は闘っていた。

この再販制維持の闘いが江藤の身体を痛めつけたことは、『妻と私』に出てくる。慶子夫人の末期癌が発見されたのは、翌平成十年（一九九八）二月十六日だった。横浜の済生会病院での検査をおえた慶子夫人から電話が入る。「これから帰るところ。ＣＴなんか撮らされたので、思わぬ時間がかかっちゃって。私も脳内出血なんですってよ。軽いのらしいけれど」という報告であった。

「家内が「私も」といったのは、当時私自身が循環器系の障害に罹《かか》っていたためである。前の年一年間、公正取引委員会の会議に出席して、書籍と雑誌の再販制度維持のために毎回激論していたのが、決定的に身体を損っていた。年の暮には年賀状を書く気力もなくなって、正月早々専門の病院に入院して検査を受けるほどに弱っていたのである」（『妻と私』）

慶子夫人の癌が急速に増殖していた時に、江藤の身体も弱りに弱っていたのだ。江藤淳にとって、あるいは江頭淳夫にとって、妻である慶子の病気は常に転機を促してきた。そのもっとも顕著な例が『アメリカと私』での妻の腹痛であった。江藤は慶子夫人の病気を通して、アメリカという社会と初めて「寝」た。帰国後の昭和四十年（一九六五）の夫人の手術、翌四十一年の入院をきっかけに、『成熟と喪失』、『一族再会』、さらには『漱石とその時代』が書き始められた。危機は江藤の中の「旺盛な生活者」（『夏目漱石』）と旺盛な筆力によって、どうにか切り抜けられてきた。

夫人の末期癌が発見された平成十年は、その時から数えれば三十年以上がたっていた。江藤は六十五歳で、もう若くはない。連載が完結した『南洲残影』には、取り返しのつかない喪失感が漂っていた。『漱石とその時代』の連載は第五部に入っていたが、主人公の漱石は「厭世観」と「崩落観」の中にあり、「小説を一つ書き終えるたびに、漱石の健康は確実に衰えて行くのであった」(「新潮」平9・12)。

江藤は妻の病気を知って、「告知はしない」と決める。慶子夫人の発病から死までと、死の直後の江藤自身の生命の危機は『妻と私』に記された通りだ。『妻と私』とは、夫人の八ヶ月半の闘病と江藤の二ヶ月間の入院の直後に書かれた作品だった。「本年〔平成十一年〕一月八日に退院してからしばらく、私は入院中に山積していた家政の処理や、税金の申告の準備に追われていた。／それが一段落してホッとした二月初旬のある晩、突然何の前触れもなしに一種異様な感覚に襲われた。自分が意味もなく只存在している、という認識である。このままでいると気が狂うに違いないと思い、とにかく書かなければ、と思った」(「あとがき」)。正味三十五日間で原稿用紙は百三枚に達し、四月十日発売の「文藝春秋」(平11・5)に一挙掲載された。慶子夫人の納骨はこの一ヶ月後であり、自身の死はこの三ヶ月半後である。

『妻と私』とは、妻の突然の死に遭遇した夫の手になる、美しい「愛妻物語」だったのだろうか。そう読まれても一向にかまわないのではあるが、江藤自身は「〇〇と私」という数々の作品の延長線上に位置づけていた。タイトルが何よりの証拠である。江藤は「亡妻記」ではなく、文学作品を書こうとしていた。そのことを最も敏感に察したのは親友の辛島昇だった。辛島は大正大学で顔を合わせた時に、江藤に感想を述べた。

「君は中学生の頃に、プルーストの『失われた時をもとめて』のマドレーヌや時間のことをよく話していたけど、君のテーマは「時間」だったんだね」

『妻と私』では、「生と死の時間」と「日常性と実務の時間」が対比される箇所がいくつも出てくる。慶子夫人の症状が悪化して、江藤が病室に泊まり込んだ夜はこんな風に描かれる。

「入院する前、家にいるときとは違って、このとき家内と私のあいだに流れているのは、日常的な時間ではなかった。それはいわば、生と死の時間とでもいうべきものであった。

日常的な時間のほうは、窓の外の遠くに見える首都高速道路を走る車の流れと一緒に流れている。しかし、生と死の時間のほうは、こうして家内のそばにいる限りは、果して流れているのかどうかもよくわからない。それはあるいは、なみなみと湛《たた》えられて停滞しているのかも知れない。だが、家内と一緒にこの流れているのか停っているのか定かではない時間のなかにいることが、何と甘美な経験であることか。

この時間は、余儀ない用事で病室を離れたりすると、たちまち砂時計の砂のように崩れはじめる。けれども、家内の病床の脇に帰り着いて、しびれていないほうの左手を握りしめると、再び山奥の湖のような静けさを取り戻して、二人のあいだをひたひたと満してくれる」

そんな二人の姿を見た若い看護婦は「ラブラブなのね」と感心する。夫人は「若いうちは毎日喧嘩ばかりしてたのよって、いってやったけれどね」と夫に報告した。

「若い看護婦のいわゆる〝ラブラブ〟の時間のなかにいる自分を、私はそれまで生と死の時間に身を委ねているのだと思っていた。社会生活を送っている人々は、日常性と実務の時間に忙しく追われているのに、自分は世捨人のようにその時間から降りて、家内と一緒にいるというもう一つの時間のみに浸っている。だからその味わいは甘美なのだと、私は軽率にも信じていた。

だが、いわれてみればこの時間は、本当は生と死の時間ではなくて、単に死の時間というべき時間なのではないだろうか？　死の時間だからこそ、それは甘美で、日常性と実務の時空間があれほど遠く感じられるのではないだろうか。例えばそれは、ナイヤガラの瀑布が落下する一歩手前の水の上で、小舟を漕いでいるようなものだ。一緒にいる家内の時間が、時々刻々と死に近づいている以上、同じ時間のなかにはいり込んでいる私自身もまた、死に近づきつつあるのは当然ではないか？」(傍点は江藤)

江藤が『妻と私』という原稿を書いている時間とは、おそらく「日常性と実務の時間」でもなく、「死の時間」でもない。そのいずれにも属し、そのいずれからも自由な、特別な時間だったのではないだろうか。だからこそ、身体の無理を承知で、書かずにはいられなかったのだ。

小渕首相からのブッチホン

『妻と私』はある意味で完璧な作品なので、そこには書かれなかったこの時期の伝記的事実をいくつか脚注的に補っておくことにする。

慶子夫人が二度目の入院をした五月二十五日、江藤は前からの約束があり、六本木の国際文化会館で、イエール大学の日本文学者エドウィン・マクレラン教授夫妻と夕食を共にした。マクレランは江藤が最も親しいアメリカ人で、プリンストン時代からの交友は三十数年に及んでいた。江藤と同じく幼くして日本人の母を失っており、自身は英国臣民である。マクレラン訳の『心』と『道草』は名訳として知られていた。この日、マクレランは次に手掛ける漱石作品の翻訳を『明暗』から『門』に変えることを江藤に伝えた（「新潮」平11・10）。自身の納得がいく作品しか翻訳しないのがマクレランの流儀であった。江藤は小島信夫との対談（「新潮」平10・4）で、『明暗』を「失敗作」とし、「終わらんですな、あの小説。たとえ漱石が生きてたとしてもね」、「うじうじ、うじうじしてて、小説が動かないんですよ」と表明したばかりだった。マクレランの判断には異存がなかったであろう。

三度目の入院は七月二十三日であった。それから数日たった午後のことである。鎌倉市議の松中健治が西御門の江藤家の応接間にいる時だった。電話が鳴った。自民党の小渕恵三からであった。江藤は電話に、「家内が入院していますので、それどころではありません」と答えていた。電話を切った江藤は松中さんに「断ったよ」と告げた。新総裁になった小渕は組閣中で、ブッチホンと渾名《あだな》された電話で、江藤に大臣就任を要請してきたのだった。ポストは文部大臣である。福田内閣時代の大臣人事の真偽は噂の域を出なかったが、今回は正真正銘の大臣人事であった。小渕内閣は七月三十日に発足する。文相は元東大総長で俳人、参議院議員の有馬朗人であった。民間からは作家の堺屋太一が経済企画庁長官に迎えられた。当選二回で三十七歳の野田聖子は郵政大臣として初入閣した。幻の江藤文相は小渕内閣の目玉だったのだろう。小渕は竹下内閣時代の官房長官で、江藤はその「政治改革に関する有識者会議」のメンバーとして、小渕とは旧知の間柄であった。当時の江藤は政治家としては、小渕よりも小沢一郎と梶山静六を買っていた。

　昏睡状態が続いていた慶子夫人に一旦意識が戻ったのは、十月二十九日のことだった。江藤は小さな失敗談を語り、夫人は「微笑を浮べて」いた。「が、そのとき私は気が付いた、自分が今決して日常的な話をしているのではないことを。慶子も私もあの生と死の時間のなかにいて、そこでかつてない深い心の交流が行われつつあることを。／慶子は、無言で語っていた。あらゆることにかかわらず、自分が幸せだったということを。告知せずにいたことを含めて、私のすべてを赦《ゆる》すということを。四十一年半に及ぼうとしている二人の結婚生活は、決して無意味ではなかった、いや、素晴しいものだった、ということを。／私は、それに対して、やはり無言で繰り返していた。有難う、わかってくれて本当に有難う、ということを」（傍点は江藤）

　慶子夫人が亡くなったのは、その一週間後の十一月七日だった。おそらくその少し前のことと思われる。江藤のもとにもう一つの訃報が伝えられた。この報は『妻と私』の中に書き込むには難しく、省かざるを得なかっただろう。その痕跡が残っているとしたら、右の引用で、慶子夫人が無言で応えたメッセージ「すべてを赦す」だったのではないだろうか。

　訃報をもたらしたのは柳橋「亀清楼《かめせいろう》」の七代目で、江藤の「夜の家庭教師」福島徳佑であった（第三十章参照）。「タマキ」という女性が、東小岩の江戸川病院で亡くなったのだった。死因は乳癌である。一度は退院していたのだが、癌がリンパ腺に転移し、再入院したが駄目だった。彼女と江藤はある時期、かなりの関係にあった。最初の出会いは銀座である。昭和四十九年（一九七四）、中上健次の最初の本『十九歳の地図』の出版記念パーティがあった夜、その流れで江藤は河出書房の寺田博、「季刊藝術」の富永京子とともに銀座へ流れた。行きつけの文壇バー「ゴードン」で、その日に初めて会って、気に入ったのが彼女だった。彼女が銀座のやはり文壇バー「眉」に移るに際しても、江藤が口をきいたらしい。彼女はやがて銀座のクラブの雇われママになった後、山手線の田町駅に近い国道一号線沿いにスナックを出した。近くにある慶応の女子大生がアルバイトで勤めているような店であった。開業資金は江藤がかなり用意した。次いで、福島は江藤から頼まれて彼女の部屋を自由ヶ丘近辺で探した。東工大のある大岡山から近い場所だと都合がよかったからだ。九品仏《くほんぶつ》と等々力《とどろき》の間に2LDKのマンションを見つけることができた。江藤は家具類を揃えてやり、敷金や礼金を用意した。

講談社の関山一郎は『占領史録』を出版した時に、江藤と一緒に京都に出張した。昭和五十六年（一九八一）秋のことである。出版に際し協力を惜しまず、推薦文も頂戴した京大名誉教授（国際法）の田岡良一にお礼をするためであった。『占領史録』は破格の二万部が刷られ、講談社としては力を入れていた企画だった。関山さんは届け物があったので、夜に江藤の部屋をノックした。「やあやあ」と照れくさそうに出てきた江藤の部屋には、大原麗子似の和服姿の女性がいた。それがタマキさんだった。関山さんは江藤に誘われて国立小劇場であった彼女の日本舞踊の会を見に行ったこともある。「江藤さんは大きくて真っ黒なサングラスをかけていて、変装しているつもりなのでしょうが、かえって目立っていましたよ」。

ある日、福島さんは自分の車を運転して、江藤と彼女のマンションまで行き、車の中で待っていた。「江藤先生がなかなか出てこないので、おかしいと思って二階の部屋まで行きましたら、二人が揉めている。近所の喫茶店で話し合いましょうとなったのです。江藤先生は彼女が若い男を部屋に入れているのに出くわしてしまった。男は田町の店のバーテンでした。江藤先生は喫茶店で、彼女にマンションの鍵を返し、別れたんです」

　まるで歌謡曲かメロドラマの愁嘆場のような光景であった。これですべてが済んだわけではなかった。きっぱりと別れるはずだったが、かつての濃密さこそないものの関係は持続した。

「江藤先生のほうに未練が残っていたんですね。奥さんもタマキさんもしっかり者だけど性格は真反対。奥さんが陰性のしっかり者なら、タマキさんは陽性のしっかり者で、誰にでも気を遣う人でした。手術が成功して退院してきた時には、江藤先生はタマキさんに会ってます。亡くなった時は奥さんも危篤の時で、江藤先生は横浜の東急ホテルに泊まりこみでしたから、桐ヶ谷斎場のお葬式にも出られない。私がすべて任されました。ホテルのロビーで茶封筒に入った御香典を渡されて。百万円入っていました。「江藤先生の代わりに参りました」と挨拶したら、葬儀を取り仕切っていた彼女のお兄さんはわかっていました。タマキさんは江藤先生より十歳くらい若かったんじゃないかな。奥さんとタマキさん、二人の死がダブルで同時に来たのは、江藤先生にはショックだったでしょう」

　以上の事情に慶子夫人がどこまで勘づいていたか、慶子夫人が本当に「赦し」たかどうかも含めてわからない。「赦し」は江藤の身勝手な一人合点であったのかもしれない。もう一人の女人の死という事実を知ると、自然と想起される江藤の文章がある。昭和四十一年に出た最初の随筆集『犬と私』に収録された軽いエッセイである。『犬と私』は慶子夫人との合作といった趣きのある瀟洒な佇まいの小型本である。愛犬ダーキイを中心にまわっている江藤家の日常がユーモラスに描かれた随筆が中心だが、その本の中に紛れ込んでいる短文だ。発表誌「郵政」（昭37・6）は全国の郵便局員向けの月刊誌である。「なつかしい本は、したがって職業的読書家になる前に読んだ本ということになる。幼にしてはそれは潤一郎の小説であり、長じては荷風散人の文章といったところであろうか」。自伝的な「文学と私」や『なつかしい本の話』に先行する読書エッセイであった。

「このような記憶につきまとわれている私が、やがて荷風散人の花柳小説「腕くらべ」、「濹東綺譚」などを愛読するようになったのは、きわめて自然である。戦争がなくて、生家が斜陽化しなかったなら、おそらく私は意志薄弱で女遊びのほかにとりえのないような、鼻持ちならない、遊冶郎《ゆうやろう》になっていたであろう。もし私が、自然のままに自分の本性を伸ばしていたならば。しかし私は生活のために学問をし、生活のために職業的読書家になっている。もう来てしまった道はとり返しがつかないが、疑いもなく、私にとっては、社会に何ら益すところのない遊冶郎になっていたほうが幸福だったのである」

二十九歳の時に書かれたこの文章がいかに正直で、的確な自己分析の上になっているか。恐ろしいばかりである。江藤の影の側面を一番よく知っていたのが「亀清楼」の福島徳佑であった。江藤は自らの影の側面を福島さんに対してだけは開けっぴろげに曝していた。文章の上ではどうかというと、ひたすら隠していたというわけでもない。世間に流布する「硬派な評論家」のイメージとはそぐわないが、やはり書かずにはいられなかったのだ。その一つが昭和六十年（一九八五）から「三田文学」に少しずつ書かれ、平成八年に本になった『荷風散策——紅茶のあとさき』である。もう一つを挙げるとすると、昭和五十八年（一九八三）から「月刊カドカワ」に二年余り連載した『女の記号学』になる。この二著は江藤にとっては、表立っての公表を憚る「遊冶郎」的資質を自己検証した、『女と私』とでも呼ばれるべき本であった。前者では荷風散人を正面に立てて論じている。後者は小林秀雄と長谷川泰子を導入部にして、谷崎、荷風、漱石、秋声といった愛読書をヒロイン中心に読み込んでいる。他には尾崎紅葉、泉鏡花、川端康成、舟橋聖一の名作も扱われている。最も意外なのは近松秋江の『黒髪』連作に三章分という一番の頁数が割かれていることだ。『黒髪』は昭和二十二年に再刊された時に谷崎が序文を寄せ、「女に背《そむ》かれた一人の男——作者自身——の、綿々たる痴情を取扱ったもので」、「ここにあるような人間の痴愚は、いかなる男の胸にも潜んでいるもので、ただ作者のみがそれを正直に刻明に描いている」と評した傑作だが、一般には忘れられた名作である。江藤が『黒髪』に拘泥したのには、「タマキ」という女性の存在があったのではないだろうか。

『妻と私』が江藤というよりも漱石的な女性観に拠っていたとするなら、江藤版『女と私』は江藤の中に本来的にあった遊治郎的側面、文学の好みでいえば潤一郎・荷風的資質に拠っていたのであろう。江藤は『漱石とその時代』が完成した後には、谷崎論を書くことを老年の愉しみにしていた。

子供と親戚づきあいの無い「家長」

鎌倉での江藤の顔は、厳格なる「家長」といえた。鎌倉の四季折々を新聞エッセイに書く文人、国政と市政に睨《にら》みを利かす評論家の先生、鎌倉文士の住まいにふさわしい端正な邸宅と美しい庭、家族欄に犬の名前を書き込む愛犬ファミリー。別名「西御門弾薬庫」と呼ばれたうるさ型ではあるが、鎌倉を代表する知識人となっていた。この家長に欠けているものがあるとすれば、子供と親戚づきあいであった。

誇りある江頭家の直系として、家の祀《まつ》りを絶やさないためには、江藤には後継ぎがいないといけない。江藤の周辺ではさまざまな養子、養女話があった。親友の辛島昇の家は息子三人だった。江藤は冗談まじりに、「三匹もいるんだから、一匹くれよ」と言ったりしていた。プリンストンで一緒だった東工大教授の鈴木光男の家にも三人の子供がいた。江藤が東工大に就職した昭和四十六年（一九七一）のクリスマス（それは江藤の三十九歳の誕生日でもあるのだが）、鈴木は一家五人で市ヶ谷の江藤家を訪れた。その日、江藤夫妻はプリンストンではまだ鈴木夫人のお腹の中にいた鈴木家の長女を養女にしたいと洩らした。江藤はその日のことを講談社文庫版『アメリカと私』（昭47・6）の「序」に書いている。「そのときお子さん方はプリンストン流に自分で書いた絵入りのバースデイ・カードを持って来て下さった。そのときの幸福な半日をも、私は決して忘れないであろう」。

養女の話が最も現実化したのは昭和五十一年（一九七六）である。慶子夫人の次兄・三浦雄次は神戸に住み、三人の娘がいたのだが、長女の直美が高校受験を機に上京し、市ヶ谷のマンションで一緒に暮らすことになった。慶子夫人は受験の時から熱が入り、直美さんは日本女子大附属高校に合格した。江藤の母・廣子の母校であるから、江藤は満足したであろう。慶子夫人は、自分の娘ができたかのように喜んだ。高校のＰＴＡの役員も務め、同級生を江藤家に招待してもいる。夕食は三人一緒に卓を囲み、買い物や映画、オペラ鑑賞も一緒に行った。

「叔父様と叔母様は食卓で日米問題から文学まで難しい話をされていて、叔母様は「それは違うんじゃない」と意見をおっしゃっていました。こういう家で育ったら、賢い子が育つのだろうなあと。私は本を読むのは得意でないリケジョ（理系女子）だったのです」

養女の話が決まっていたわけではなかったが、そのままで推移すれば正式に養女にして、大蔵省か外務省のエリートを江頭家の婿として迎えるということになったのかもしれない。慶子夫人の態度が激変したのは高校三年生の秋になった時だった。「出て行きなさい」と突然、放り出されたのだ。理由はまったく思いつかなかった。七年後の結婚式には江藤夫妻は揃って出席してくれたけれども、いまだに解《げ》せないと姪は首を傾げる。慶子夫人が爆発したのには江藤の別の「潤一郎・荷風」問題があったようである。迷惑を蒙ったのは姪っ子であった。

『妻と私』には、江藤が看護婦に向かって、「私が只一人だけの家族ですから」と言うシーンがある。慶子夫人の出棺の際にも弔問者の前で、それは繰り返された。葬儀社の人が型通りに「ご親族を代表して」とマイクを江藤に渡そうとすると、江藤は「親族を代表してとは何事だ。後にも先にも慶子の身内は私一人だ」と気色ばんだのだ（「週刊朝日」平11・8・6）。江藤はなぜそこまで家族や親族を「いない」と思い込んだのか。慶子夫人の葬儀には、三浦家の人々も従妹の小和田優美子も来ていたにもかかわらず。「家族」

を大きなテーマとし、「肉親」の重みを正面から描くのが近代日本文学の使命だと考えていたのが江藤淳だった。現実の江藤はそれらのしがらみを拒絶していたのだろうか。

慶子夫人の病室には、ある時期まで親族は現れなかった。江藤夫妻の面倒を見ていたのは、仕事関係の人間を除くと、慶子夫人の高校時代からの親友・宮下敦子、鎌倉市議の松中夫妻、庭師の鈴木久雄らに限られていた。途中から姪の府川紀子が駆けつけるくらいである。江藤は慶子夫人の四日間にわたった盛大な葬儀をおえた後、前立腺炎の手術を受ける。その手術から生還した時に、江藤がこの人たちを前にして発した言葉が『妻と私』にある。

「麻酔から覚めて、意識が回復して来ると、姪のN子と、庭師のSさんと、N議員夫妻の顔が見えた。この人たちは一人残らず、優しく微笑んでいた。ベッドを取り囲んで、私が生き返ったことを、そして現に生きていることを、心の底から喜んでくれているのであった。／「やあ、ＰＴＡが集っている」／と、私はいった」

「ＰＴＡ」とは言い得て妙なのだが、ＰＴＡは江藤がテーマとした「他者」といえるのだろうか。江藤が人間関係を構築でき、持続できる相手は、「他者」の範疇に入らない人ばかりだったのかもしれない。松中市議は江藤のようなえらい先生に接するのだからと、自分のような文学に縁遠い人間は「熊さん八っつぁんスタイル」で行くしかなかったという。その江藤は松中夫妻に「君たちのお蔭で、人情というものを知ったよ」と言ったことがあった。その言葉に夫妻は驚いた。松中夫人は口には出せなかったが、「え、じゃあ、文学はどうなの」と仰天した。人情に通じないで、文学ってわかるものなの、と。

「天下の母」へと「反《かえ》る」危険

江藤の中に「欠落」が常にあったとすると、それはどうしても、四歳半で喪った、母・廣子に行きつく。

それは江藤自身が昭和四十一年の「文学と私」以来、ずっと書いてきたことであった。

「今から思えば母の死は、私と世界をつなぐ環《わ》が全く失われたことを意味したのである。この母性の環は、元来子供を周囲の世界と肉感的に和解させる役割を持つものなので、それが失われたことは私と世界との和解をむずかしくした。世界は私の前でひとつの謎となり、安息のかわりに不安と焦立ちが、無言の理解のかわりに自分を周囲に理解させることの困難が、一度におしよせて来た。／普通の子供が過不足ない充実した感覚で安住している世界を知的に、つまり言葉によって理解しなければならないのは、幼児にとっては辛いことである」

慶子夫人は亡くなる半年前のインタビューで、夫の執筆中には外出もせず、テレビも見ず、家にいると話していた。「出かけていいと言われてそうすると、帰ってくるなり宅配便が来たとか電話がかかって昼寝ができなかったとか、子供が訴えるように言う。だから、やっぱりうちにいなければいけない。子供が母親にそばにいてほしいのと同じなんです」(「夫婦の階段」「週刊朝日」平10・6・26)。江藤が大学生の時に同人雑誌に書いた小説では、三浦慶子らしい恋人が死んだ母に重ねられ、恋人の愛撫は「母親の抱擁」を喚起させる(第十二章参照)。慶子夫人を(さらにはタマキさんを)失った江藤の「母恋い」が、六十年以上前に亡くなった母・廣子に還っていくのは当然の道筋であった。

「人間の心というものは、よくしたもので、六十年もの歳月が経過すると、かつてはあれほどの哀しみを湧き出させていた出来事も、さすがに茫々とした過去の時間の彼方に霞んで、そんなこともあったのだ、そういえば自分は生母を幼い頃に亡くしたのだったと、ときどきほとんど淡白な気持でふと思い出すだけになっていた。／だが、それは、そのときまだ家内が健在だったために、そう錯覚することができただけだったという心のからくりが、家内が死んでしまった今となっては、いやというほどよくわかる」(『幼年時代』「一、声」)

『妻と私』に続いて、『幼年時代』を書くことが江藤には必要だった。『幼年時代』とはいつか書かれねばならなかった、江藤にとっての『母と私』なのだった。江藤はまず母の記憶を喚び起すために、遺品である母の手紙を読む。文面には生まれたばかりの自分が「親の欲目を十二分に発揮しながら活写」されていた。「こちらの御祖父様にも似てゐるとおつしやる方もございます、何しろ本当に男らしい顔をして居ります、皆様に可愛がつていただいてこんなに幸せ者はないと思つて居ります」。「ハイカラ好み」の母は、巻紙に候文ではなく、「洋紙に万年筆で言文一致」の文面を認《した》ためていた。

「自分のことを他人事のように、へえ、そうか、やっぱりそうだったのかと、はじめて生みの母の筆で知らされるという驚ろきと喜びと哀しさが、胸に溢れないはずはない。しかし、それにも増して意外だったのは、この手紙の行間から、母の声が聴えて来たという事実である。（略）私は、母の声を知らない子ではなかったのである」

『一族再会』の時には、祖母の声にかき消されてしまっていた母の声が聴えた。「声」は江藤にとって重要なテーマだが、この時やっと、母のふところに抱かれ、「「私」という個体の核をかたちづくるものと言葉の源泉をなす薄暗い場所に充満した沈黙」、その「充実した沈黙」（『一族再会』）に触れ得たのであろう。「言葉と沈黙」とは江藤が文芸評論集（平４）のタイトルに選んだやはり重要なテーマであった。

『幼年時代』で不審に感じられるのは、この母の手紙が伯母から江藤に届けられたのが二十年も前だったのに、その間、江藤は手紙を読もうともしなかったという点である。江藤はその理由を『幼年時代』には、ワシントン赴任の前で「あわただしかった」からと書いている。「母」を知る大きな手がかりである手紙の束である。読むくらいは容易なことではないか。常識的にはそう思えるのだが、江藤は手紙を封印してしまった。昭和五十四年（一九七九）という時期は江藤の精神状態にとっては安定期だったはずだ。東工大教授であり、社会的名声もあり、アメリカでの検閲研究という仕事が目前に控えている。自らの半生にかなり踏み込んで書かれた自伝『なつかしい本の話』も前年には刊行していた。妻を失い、健康に自信を無くしている今の時点よりも、冷静に読めたはずなのに。反対に想像すれば、母の手紙の束を開いてしまうことは、順風満帆な昭和五十四年であっても、江藤にとっては危険な誘惑だったのだろうか。

『なつかしい本の話』には、昭和二十九年（一九五四）夏の江藤最大の危機とその克服の過程が書かれていた。チェーホフの『退屈な話』を読み、おそらく睡眠薬で自殺を図り、「中有の闇」に置き去りにされ、引き返してくる（第十四章参照）。『なつかしい本の話』ではそこで『老子』を語り出す。

「のちに私は、『老子』という古い書物を読んだ。その第二十五章には、このような文句があった。

《物有り混成し、天地に先だつて生ず。寂《せき》たり寥《りよう》たり、独立して改まらず、周行して殆《おこた》らず、以て天下の母と為《な》すべし。吾、其の名を知らず。之《これ》に字《あざな》して道と曰《い》ひ、強《し》ひて之が名を為《な》して大と曰《い》ふ。大なれば曰《すなは》ち逝《ゆ》き、逝けば曰《すなは》ち遠ざかり、遠ざかれば曰《すなは》ち反《かへ》る。……》

この箇所を読んだとき、私は、老子もあれを知っていたのかと思い、あれは空無ではなくて、姿も声もないなにものかに充たされていたのか、とも思った。それなら私は、もう少し辛抱していれば「天下の母」に包まれていたのかも知れない。しかし、それにしても、「逝けば曰《すなは》ち遠ざかり、遠ざかれば曰《すなは》ち反《かへ》る」とは、いかに真実をうがっていることだろう。私には、そのとき、『老子』は単に黙示しているのではなくて、むしろあれを描写しているのだと思われた」（傍点は江藤）

『老子』は詩的な漢文であるから、様々な読みが可能である。江藤の読みは、『老子』を老荘思想の書というより、詩として読み、解釈していると思われる。独自な読み込みなのである。江藤にとって『老子』二十五章の焦点は「天下の母」にある。昭和五十四年に江藤が母の手紙を避けたのは、もし読みはじめれば、「天下の母」へと「反る」危険を察知したのではないだろうか。とすれば、平成十一年には、江藤はその危険を承知の上で、手紙を読まなければならないと感じたのではないか。

この『老子』第二十五章をタイトルにした小説がある。大庭みな子の谷崎賞受賞作『寂兮寥兮《かたちもなく》』である。江藤は『自由と禁忌』で『寂兮寥兮』を論じている。江藤と大庭の対談「漱石・老子・現代」（「季刊藝術」昭53冬）では、大庭は「江藤さんという方は孔孟の教えだけをおっしゃる方かと思いました」と冷やかし、江藤の『老子』への関心をまず訝《いぶか》った。江藤は吉本隆明に、自分は「老荘的儒教主義」であると語っていたように、老荘への親近感はあったのである。江藤は『心』に荀子（性悪説）の影響を、『道草』に老子の影響を読んでいた（「漱石と中国思想」）。『自由と禁忌』では、江藤は大庭の小説に触発されて、谷崎の小説世界に『老子』を見ることができると指摘している。

「『痴人の愛』以降の谷崎は、『卍』、『蓼喰ふ虫』と、一貫して人倫の世界から「天下の母」の世界、「寂兮寥兮」の世界へのパラダイムの変換を試みつづけ、一つの世界のパラダイムの上に置かれていた人間の相貌が、他の世界のパラダイムの上に置換された瞬間に、どのように変化するかを描きつづけたといってよい。（略）『鍵』や『瘋癲老人日記』で、谷崎は、あるいはこの、「道」と呼ぶこともできる世界への、つまり「玄牝《げんぴん》」の、「之を用ふれども勤《つか》れず」という「綿綿」たる生成作用への、信念を語ろうとしていたのかも知れない。（略）そのとき、人は、「嬰児に復帰」し、「天下の母」に「反《かへ》」る安息を得る。谷崎もまた、そこに「反」ろうとしていたのかも知れない。／この安息の、潜戸《くぐりど》を開けた隣りには、もちろん死が待ち受けている」

江藤が漱石の後に書こうとしていた谷崎論の主題を予告しているような文章である。江藤は昭和四十二年の「谷崎潤一郎」論の時から、「谷崎氏の母に対する憧憬は、正確に幼少の頃に母親との別離を経験した者の心情と一致している」と書いていた。『幼年時代』は谷崎論の前倒しでもあり、「天下の母」への最接近とそこからの帰還を描く『母と私』になるはずではなかっただろうか。

江藤が『老子』に出会った時期はよくわからない。『なつかしい本の話』では、「のちに私は、『老子』

という古い書物を読んだ」といった曖昧な書き方しかしていない。普通には漱石の論文『老子の哲学』から入って読んだと考えられよう。ただし、漱石の論文は東洋哲学の課題として大学に提出したものに過ぎない。期末試験の答案のようなものである。漱石の影響ならば、江藤はその旨はっきりと書いてもいいはずである。きっかけが伏せられているとすれば伏せたい事情があったのか。

若い日の江藤が謦咳《けいがい》に接し、影響を受けた中では三人が『老子』を重視していた。井筒俊彦と西脇順三郎と埴谷雄高である。井筒は『老子』を英訳しているが、刊行されるのは井筒も江藤も亡くなった後である。江藤の井筒「言語学概論」ノートには老子への言及はない。西脇の場合は、戦後の詩作品への老子の影響が云々され、戦後の西脇は詩論で老子によく触れた。「西洋の文学でも日本の文学でも同じことであって、詩でも小説でもその最大な価値は、その作品が老子のいわゆる「玄」という境地を象徴する場合において実現されるのである。この玄の世界は西洋哲学の絶対と称する概念の象徴であろう」（詩論集『斜塔の迷信』昭32）。西脇が強調する「玄」は、『老子』第一章から登場する概念である。西脇は詩集『あむばるわりあ』戦後版（昭22）の「あとがき」でも老子に触れていた。「昔からの哲人の言葉を借りるなら、詩の世界は老子の玄の世界で、有であると同時に無である世界、現実であると同時に夢である」世界である。この「あとがき」には「人間は土の上で生命を得て土の上で死ぬ「もの」である」という一文も出てくる。江藤が鎌倉転居を決めた時に引用した「ある詩人」のことばは、「庭と言葉」（『新潮』昭58・1）で固有名詞を隠していたが、西脇順三郎の文章なのであった。西脇のもとを去った後に次の〝指導教授〟になった埴谷は『死霊』の「虚体」に老子の影響があると自ら語っている。「虚無よりの創造の観点に立つと、〔般若心経の〕「空」はすでにそこに静止的に在って、無からの創造という点で物足りない。ところが老子の「虚」というのは、生産的ななにかなんだな。／だから、どちらかといえば、ぼくは老子的「虚」に辿りついたわけだけれど、そこにポーとブレークがはいってくる」（『二つの同時代史』）。偶然かもしれないが、西脇と埴谷は気にかかる発言を残している。

「自ら処決して形骸を断ずる所以なり」

慶子夫人の遺骨が青山墓地の江頭家の墓に納骨されたのは平成十一年（一九九九）五月八日であった。鎌倉から青山までは庭師の鈴木久雄が運転し、松中市議が同乗した。「車の中では、先生の知人から貰った「抜刀隊」の曲をずっと流していました。最後の一、二ヶ月は「抜刀隊」ばかり聴かされたなあ。青山では江頭豊さんとの和解の手打ちもできたし、区切りになりました」。「抜刀隊」（「陸軍分列行進曲」）は『南洲残影』の中に鳴り響いている音楽である。「西郷軍敗亡の跡を想い浮べると、私の耳には何故か「抜刀隊」の歌が聴えて来る」と江藤は書いていた。この一年前の桶谷秀昭との対談（「文學界」平10・6）では、この曲の感想を述べていた。

「自衛隊へ行けば「分列行進曲」がときどき響き、国はあるように見えないこともないけれども、本当にいま日本はあるのかなあ、自分は本当に生きている人間なのかなあ、ひょっとすると幽霊ではないのかなあ、と。（略）ある瞬間にふっと思うことはあるんです」

納骨を機に、江藤は日常に戻っていくはずであった。『幼年時代』の執筆も開始した。帝国ホテルに泊まって大正大学に通う生活を始めた。ところがホテルは過剰なほどの「日常性と実務の時間」の場所で、江藤には耐えられなかった。鎌倉の自宅に逃げるように舞い戻ると、軽い脳梗塞が起き、六月十日からまた入院となった。湘南中学で同級だった妹川稔は病院に見舞った日のことを追悼文に書いて、江藤を偲んだ。

「六月二十九日、辛島と金子〔実〕と三人で江頭を見舞った時のことは、いろいろと印象に残っている。第一に、呂律も足元も覚束ない時期があったそうだが、言語は全く正常、歩く様子も殆ど正常に見えた。

第二に、この病室は慶子夫人が息を引き取ったまさにその病室であり、この部屋に居るととても落着くと彼が言っていた。その時、余り良いことではないという思いはよぎった。第三に、辛島が、我々三人は家も近いし家族も含めて出来ることは何でもするから、と言ったのに対し、江頭からは、みんな夫々の生活がある、とクールとも拗ねたとも取れる反応があった。江頭は大学に辞表を出すと言い、辛島は今急いでそんなことをする必要はない、とも言っていた。いずれについても辛島の口調が熱を帯びていた。第四に、江頭は「何もかも思うようにならないので、いっそ死んでやろうかと思うこともある」と言った。これには三人とも慌てて、異口同音に「それはおよそ江頭に相応しくない発言だ」と言い、彼も同意した。その時私は、これほどの度重なる不幸に襲われれば誰でも口走るだろう、然しそれにも拘わらず人間は生きて行くのだ、と信じて疑わなかった」(「経友」平12・2)

江藤が死を口走ったり、滂沱《ぼうだ》の涙を流すのは珍しくなくなっていた。それでも江藤はすぐに平静な姿を取り戻していた。

退院は七月八日になった。この日、既に提出していた文藝家協会理事長職の辞表が受理された。前日には『妻と私』の単行本と、「幼年時代」第一回が掲載された「文學界」が発売になっていた。「文士」として生きる江藤淳の復活だった。

十日の夜、石原慎太郎都知事から電話が入った。東京都現代美術館館長への就任の要請だった。週一日の出勤で、来年からである。公務は退き、文士専業になるつもりだったが気持は動いた。考え出したら、興奮して眠れなくなり、階段を上ったり下りたりした。体力のことが気にかかったのだ。

十六日、江藤は辛島、石原、松中市議に礼状を添えてワインを贈っている。受け取った松中夫人は一瞬、お別れのお礼なのだろうかと思った。「脳梗塞の後、先生にオーラがなくなったんです。家にお送りした時、階段を上がっていく後ろ姿がおじいさんになってしまっていて。助けてあげたいくらいでしたが、そんなことをすれば嫌がるに決まってますから」。

十八日の朝日新聞読書面には、「幼年時代」の反響が載っていた。久世光彦《くぜてるひこ》が「気になる本」として挙げたのだ。「ご自分の母親の死から書き起こし、遡《さかのぼ》ってその出自を探り始めるところで初回は終わっているが、これが静かで気負いがなく、それでいて時代の重さと、時間の質量というものが、ずっしりと伝わってくる。／いい文章である。一つ一つの言葉に思いがある。江藤さん一人だけの目ではなく、つい昨日まで傍らにいた奥さんの目も、そこにはある。突飛なようだが、「幼年時代」は漱石だと私は思う。読み始めて、すぐにそう思った」。この日には、小渕首相からの電話がまたあった。体調を心配しての見舞だった。「江藤さんは『直々に電話いただいてありがとう。（体調は）よくなっています』と声は非常に元気だった」（「朝日新聞」平11・7・22夕）。

十九日、文藝春秋出版部の村上和宏に江藤から電話がかかってきた。「その後、本の売れ行きはどうかと思いましてね」。既に増刷は報告済みだったが、その後の数字を知りたかったのだ。「ああ、元気になられたんだ」と村上は感じた（「文藝春秋社内報」平11・9）。『妻と私』が二十万部を超えるのは、死の後である。

二十日には玄関から門までの階段に手摺りが出来たので、朝の散歩を試みる。門を出て、駐車場まで行くのがやっとだった。「幼年時代」第二回「初節句」の原稿は順調に進んだ。

「夫婦が愛し合い、幸福であって悪いということはない。そして、溢れ出る幸福感のあまり、その姿を写真にとどめて姉や弟妹、つまりは敦夫〔淳夫〕のために残そうとした気持も極めて自然である。だが、それにしてもこの写真の夫婦は、少し幸福過ぎるように撮れていはしないだろうか？（略）寛子〔廣子〕も、そして堯〔隆〕も、それぞれがそれまで不幸だったと感じていたからこそ、幸福の表現は過剰なものとならざるを得ない。ところが、この過剰な幸福の表現に、それほど不幸でもなければ幸福でもない周辺の人間は、しばしば堪えられないのだ」

母はまだ幸福の絶頂にいるが、それも今回の原稿までで、次回からは母の不幸と死を江藤は書いていかねばならない。その瀬戸際のところで原稿は「(つづく)」になっていた。

この日の夜、福島徳佑は江藤から電話を貰った。慶子夫人の葬儀の際に泥棒が入って盗まれたマリー・ローランサンの絵の一件であった。「あの絵の価格がどれくらいか調べてくれと頼まれていました。その返事を知りたかったらしい。江藤先生が期待しているほどの値段はつかないので、悪いから値段は報告しませんでした」。

文学者の自殺では、芥川、太宰、三島、川端などが大きな話題となった。それとは別の自殺もあった。江藤が新人賞の選考委員として強く推した作家や批評家は何人もいたが、そのうちの二人が自殺している。群像新人賞の小林美代子と文藝賞の金鶴泳である。金鶴泳は在日韓国人作家だった。江藤はデビュー作以来注目しつづけ、追悼文を「統一日報」(昭60・1・11)に寄せた。江藤が文学者の自殺について書いた美しい文章である。

「私は金氏が、「作家活動に挫折」して世を去った、などという俗説を少しも信じない。処女作のころから、金鶴泳氏の文学は、生と死とのあやうい均衡の上に成立する静かな諦念をにじませていた。おそらくこの均衡の針が、ほんの一目盛だけ死の方に傾いたのだったに相違ない。

金さん、十二日にはお逢いできず本当に残念です。やすらかに眠って下さい」

七月二十一日、当日の朝、江藤は七時四十五分に散歩に出た。今日は駐車場までではなく少し歩いたが、途中で工事中の場所があり十分ほどで戻ってきた。体力はまだ回復していなかった。杖を頼りにそろそろと歩く姿は、外祖父の宮治民三郎に重なる。元海軍少将の怒りも誇りも断念した数々をも文士の孫は共有していた。『一族再会』の「もう一人の祖父」から再度引用する。

「私は祖父の魂魄が、景清のように舞うのを感じ、それがあの重々しいすり足で、次第に遠ざかって行くのを聴いた。それは母がいる昏い地底の世界に、静かに、重々しく遠ざかって行った」

江藤は遺書を四通書いている。三通は「江頭淳夫」と署名され、一通は「江藤淳」であった。

「　心身の不自由は進み、病苦は堪え難し。去る六月十日、脳梗塞の発作に遭いし以来の江藤淳は形骸に過ぎず。自ら処決して形骸を断ずる所以なり。乞う、諸君よ、これを諒とせられよ。

平成十一年七月二十一日

江藤　淳　」

遺書の写真版を凝視していると、端正な文字はいつもの原稿と変らないように思えるが、僅かに字に歪みがあるようにも見える。とくに数字が左右のバランスを失っているように見える。「形骸」と「処決」には乱れが感じられない。

「処決」という古風な語彙については、「三田文学」の仲間だった桂芳久が追悼文「「処決」と書いた江藤淳」（「新潮」平11・10）で、「処決」が『坊っちゃん』に出ている言葉だと指摘している。校長が山嵐に辞表を出せと言うのを「処決してくれ」と漱石は書いているからだ。なるほどと思えるが、江藤の行為に比すと軽過ぎる。むしろ江藤の晩年の著作に「処決」があるのではないか。探してみると「南洲随想」（「文藝春秋」平10・4）の中にあった。「参軍山県有朋は、城山陥落の前夜、西郷に所決を勧める声涙ともに下る書簡」を送ったと、「所決」が出てくる。この時、西郷は山県の自裁の勧めを拒絶して、部下たちと

「全的滅亡」を遂げる戦いを選んでいる。ここでは「処決」でなく「所決」である。「所決」ならば、漱石の『心』にある。漱石は用字法には無頓着だったから、「所決」も「処決」も使用した。「先生と遺書」五十三の有名な文章である。

「私《わたくし》は仕舞にKが私のようにたった一人で淋《さむ》しくって仕方がなくなった結果、急に所決したのではなかろうかと疑がい出しました。そうして又慄《ぞっ》としたのです。私もKの歩いた路を、Kと同じように辿っているのだという予覚が、折々風のように私の胸を横過《よこぎ》り始めたからです」

この一節ならプリンストン時代に発表した漱石論「明治の一知識人」以来、江藤は何度も引用している。『漱石とその時代』第五部では引用されなかったが、執筆にあたって『心』を読み直した記憶はまだ新しかったはずである。『漱石とその時代』第五部で、江藤は漱石が『心』の最終回に何を書くか、「最初から明瞭に脳裡に浮んでいた」と断定している。「先生」の最期は「読者と作者が共有する深い喪失感を、形象化するに足る死」だとして、江藤は最終回から引用している。これも有名な文章である。

「……私は思わず指を折って、乃木さんが死ぬ覚悟をしながら生きながらえて来た年月を勘定して見ました。西南戦争は明治十年ですから、明治四十五年迄には三十五年の距離があります。乃木さんは此三十五年の間死のう〳〵と思って、死ぬ機会を待っていたらしいのです。私はそういう人に取って、生きていた三十五年が苦しいか、また刃を腹へ突き立てた一刹那が苦しいか、何方《どっち》が苦しいだろうと考えました。／夫《それ》から二三日して、私はとう〳〵自殺する決心をしたのです」

七月二十一日は、夕方から激しい雷雨となった。遺書がいつ書かれたのかはわからない。江藤が夕食をすませた時には、もう雨はあがっていた。江藤が湯船で包丁を使って、左手を傷つけ「処決」したのは午後七時半頃である。その時、大きな呻き声が、江藤邸から西御門の静かな谷戸へと洩れ出ていった。

あとがき——歿後二十年の年に

まさか、こんな大部な伝記になるとは、書き始める時には想像もしていなかった。一人の人間の生涯とは、なんと複雑にして、了解不能、要約不可能なものなのか。原稿枚数だけに限れば『小林秀雄』を超えたが、『漱石とその時代』全五部には遥かに及ばない。評伝の名手であった江藤淳という文学者を評伝で描くというのは、考えてみれば、ずいぶん無謀な試みである。なんでそんなことを始めてしまったのか。

四百字詰め原稿用紙換算にして約千五百枚を書き了えた瞬間の、大きな荷物をやっとおろしたという安堵感はすでに去っている。負債を返済したというより、帳消しにしてもらった。その程度に過ぎない。「負債」を負った日ならはっきりしている。今から二十年前、平成十一年（一九九九）七月二十一日である。その日、江藤淳は鎌倉の自宅で自らの生命を絶った。その数時間前に、私は編集者として江藤邸を訪問し、絶筆となる原稿を受け取っている。別に何かを託されたわけではない。あくまでも仕事としてであった。

江藤淳という批評家の、もともと一読者ではあった。出版社に入ったものの深い関係があったわけではなかった。淡い関係なら四半世紀近くあったが、どちらかというと読者として終始した。江藤さんの六十六年七ヶ月の生涯の最後の四ヶ月間だけが、「文士と担当者」という関係となった。批評家でも評論家でも国士でもなく、ここで「文士」と私が書くのは、四月五日に異動の挨拶で鎌倉に訪ねた折りに、江藤さんが「ぐるっとまわって文士に戻った」と述懐したことが忘れられないからだ。

その日は、まもなく出る「文藝春秋」五月号の見本を持参した。江藤さんは目次を開くなり、ウルウルと目を潤ませ、「ちょっと供えてきます」と二階の寝室に向かった。寝室には慶子夫人の遺骨が安置されている。「妻と私」が一挙掲載された五月号を届けたのである。江藤さんは「雑誌に載っているかどうか、「文學界」に最初に書いた「生きている廃墟の影」を書いた時の気持を思い出した」とも話した。大学を卒業し、大学院に入るまでの短い時間を使って書いた文壇デビュー作が「生きている廃墟の影」である。四十年以上も前の初心が、江藤さんの中で想起されていたのだ。担当者としての四ヶ月間で頂戴した原稿は「幼年時代」二回分だけであった。江藤さんに担当者として向かい合うことはできなかった。

「江藤さんのことを書きませんか」と、「新潮45」の風元正さんに突然言われたのは、会社を定年退職した直後、平成二十四年（二〇一二）七月のことだった。風元さんは、私が編集した「文學界」の江藤淳追悼号を記憶していて、声をかけてくれたのだった。後になってわかったのだが、江藤さんが自死する当日の午後、「新潮」編集部では、福田和也さんが聞き手になって、江藤さんに思う存分語ってもらおうという新企画を話していたのである。福田さん、前田速夫編集長、風元さん、その三人の謀議は、勝海舟の『氷川清話』『海舟餘波』の江藤版を連載しようというものだった。企画は江藤さんの耳に達する前に頓挫してしまった。もしも実現していたら、江藤版『福翁自伝』をも兼ねたかもしれないのにと惜しまれる。風元さんは当時の「新潮」編集部で、江藤さんの担当ではなかったが、三島賞選考委員、古井由吉さんとの対談者として江藤さんに接していた。江藤淳という文学者の死は、私にも風元さんにも、さあこれからというところでのアクシデントだったので、不燃焼な思いを残したのだろう。

江藤さんのことを書くのは、当然のごとく固辞した。それまでに書いたことのある文章といったら、週刊誌の無署名記事だけである。苦吟の末に、やっと捻り出した、義務感の産物でしかない。であるから、評伝を書くに至るまでには、いくつかの誘いと心境の変化が必要であった。

「江藤淳」を断った代わりに、「新潮45」で毎月、書評を書く機会を与えられた。編集長の三重博一さんと風元さんのはからいだった。これはとてもいい勉強になった。書くという作業には些少なりとも発見がともなうことがわかってきたからである。翌平成二十五年の「本の雑誌」六月号で、「追悼文は文学である！」という特集が組まれた。その時に、坪内祐三さんから対談の席に呼ばれたのである。お題は「江藤淳追悼号」であった。引き受けざるを得ない。十何年ぶりに、その号の「文學界」を引っ張り出して、拾い読みをした。あの時の自分に対面する気分であった。坪内さんからは「ほんとに興奮して読んだもん。ものすごい雑誌感があったんですよ。文芸誌一筋の人だったらこういうのはできない。完全に一般誌だよね。文藝春秋とか週刊文春のセンス」と言われた。図星という他なかった。

「新潮45」で百枚一挙掲載された論考をもとにした、『昭和天皇「よもの海」の謎』が新潮選書から出たのは、翌平成二十六年の四月だった。思ってもみなかった自分の著書である。私はその「あとがき」で、恩人として鳥居民さんの名を挙げている。ライフワーク『昭和二十年』を十三巻まで書いて、完成することなく、八十四歳で急逝した市井の昭和史研究家である。それから半年後、三重編集長から頂いたメールには驚くような提案があった。鳥居民さんの評伝を「新潮45」で書きませんか。台湾独立運動にも深くかかわった鳥居さんの生涯を追うことで、日本の戦後史に違う光を当てられるのではないか。メールを貰う数日前に、私は『昭和二十年』の版元である草思社に運び込まれた鳥居資料を見学したばかりだった。あまりにも偶然で、ありがたい依頼であった。ただ、考えてみると、鳥居民評伝を書くには、中国語が読めなくては落第である。今から学ぶには遅すぎるし、もともと何語であっても外国語は苦手科目である。そう思い悩んでいると、書くとしたら江藤さんの評伝を書かなければいけないのではないか、という結論が頭をよぎった。自分が書くという仕事に入った以上、江藤さんにきちんと正面から向かい合わなければいけないのではないか。一ヶ月後の十月二十九日、三重さんと風元さんと一緒に赤坂で飲んだ時、その旨を伝えて了承してもらい、「新潮45」に江藤淳評伝を書かせてもらうことが決まった（鳥居民さんには申し訳なかったが、それには鳥居さんから与えられた宿題に結着をつけることで応えたいと願っている）。

当初の目論見では、一年半の連載で、生涯を書けるだろうぐらいに考えていた。準備に一年、執筆に一年半と見積もった。これは素人の甘い計算違いだった。まずは著作の再読から始め、並行して関係者にも取材する。江藤さんと同世代としても八十歳、年上の方であれば九十歳近いから、急がねばならない。そう思っている矢先に、湘南中学時代の恩師・小山文雄先生の随筆が岩波書店の「図書」新年号に載った。江藤さんは小山先生の著書に何度か推薦文を寄せていたから、名前に記憶があった。あの小山先生はご健在だったのか、しめた。「図書」編集部から教わった連絡先に電話をすると、小山先生はつい先日入院され、回復は絶望的であるという返事であった。湘南中学時代からの親友である辛島昇東大名誉教授に連絡をとると、「江藤のことは墓場まで持っていく」という強い信念で、取材は「拒否」であった。子供時代に戸山ヶ原で兵隊ごっこで遊んだ兄貴分、近所に住んでいた戸山小学校の同級生、連絡をとった相手は、どなたも近々一、二年の間に亡くなっていた。まるで取材を阻まれているかのようであった。初めて取材らしい取材が出来たのは、風元さんと一緒に、日比谷時代、同人誌時代の仲間だった安藤元雄さんに話を聞けた時であった。

連載開始は予定よりも繰り上がり、「新潮45」創刊400号記念特大号（平成二十七年八月号）からと決まった。その前号の七月号には「天皇皇后両陛下の「政治的ご発言」を憂う」というタイトルで、柄にもない文章を長文で書かせてもらったので、連載はさらに見切り発車となった（この時に書いた皇室論が江藤さんの諫言的皇室論にかなり強い影響を受けていたことに気づくのは江藤伝執筆の途中でだった）。400号記念号には「漂流する日本」と「あの戦争は何だったのか」という二つの特集が組まれていた。

そのどちらもが、江藤淳健在なりせば、まず意見を拝聴してみたいテーマだった。新連載としては、川本三郎「「男はつらいよ」を旅する」（現在は新潮選書）、片山杜秀「水戸学の世界地図」と並んでいて、緊張を強いられた。

執筆のペースが大幅に狂いだしたのは、江頭淳夫少年が鎌倉から東京に戻ってからだった。日比谷高校時代の知られざる面が次々と明らかになってきたからである。江藤さんのエッセイでは、日比谷時代は暗く彩られていた。それらはどうもほんの一面に過ぎないらしい。この後、江藤淳の人生は第七章から亀の歩みとなり、連載は一年伸ばしてもらって、三十回に及んだが、昭和三十八年の夏、三十歳までしか行かなかった。連載終了後、一年をかけて十五章分を書下した。あと少し、というところで「新潮45」の休刊がにわかに決まった。「新潮45」という雑誌の存在がなければ、この評伝が書かれることはなかっただろう。創刊時、「新潮45＋」という誌名だった時に、江藤さんは匿名コラムを執筆していたことを、当時の担当だった寺島哲也さんから聞いている。江藤さんにとっては「匿名」だとかえって書きにくく、短い期間だったようである。「新潮45」は江藤さんの主要発表舞台にはならなかったが、「江藤淳は甦える」にとっては大きな力になってくれた。無名の取材者が多くの方に会えて、話を聞けたのは、「新潮45」連載という裏書き保証があったからであった。取材は途中から、数々の偶然と幸運に恵まれた。我ながら、恐ろしくなるほどだった。お名前は一々挙げないが感謝している。資料面では日比谷高校記念資料館、大正大学図書館江藤淳文庫、神奈川近代文学館に大変お世話になった。取材の過程で著作権継承者である府川紀子さんから提供された江藤淳宛て書簡の一部は「新潮45」平成二十八年一月号と「新潮」同五月号で活字化できた。全体は神奈川近代文学館に寄贈された。

評伝が完結まで辿りつけたのは、この五月十八日から二ヶ月間、神奈川近代文学館で「没後20年　江藤淳展」が開催されることになったことが大きい。開催決定と同時に「絶対の」締切日が設定されてしまったからだ。開催日に間に合わせるべく、尻を叩いてくれたのは、書籍の担当も引き受けてくれた風元さんである。放火犯であり、牽引車であり、伴走者であった。最初の提案からでは七年、執筆が始まってからでは四年という歳月が流れたが、あっという間の時間であった。一緒に足を伸ばした稲村ヶ崎の海岸の夕景、山川方夫の終焉の地である二宮の壮絶な海は、いまだに忘れ難い。

装幀は菊地信義さんにお願いできた。菊地さんと初めて会ったのは、宮本輝さんの『青が散る』の装幀を依頼した時だから、三十七年も前である。次々と湧いてくるアイディアと、それを形に整えてゆく過程には圧倒された。菊地さんの文芸書の装幀に賭ける意気込みは、その一冊一冊から伝わってきた。私の関心はどちらかというと、文学から歴史へと移っていく傾向にあったが、それでも文学への信頼を持ち応えてきたのには、菊地信義装幀の挑発力があった。江藤さんの本では『離脱と回帰と――昭和文学の時空間』『文学の現在』がある。「講談社文芸文庫」と「昭和文学全集」（小学館）もそこに含めたい。

書き了えて思うのは、江藤淳という人がまぎれもなく文学者であり、文学者として死んだ、ということだ。江藤淳にとっての「文学」はいわゆる「文学」とはかなり相貌を異にしてはいるが。執筆にあたっては、菊田均「江藤淳主要参考文献目録」（菊田『江藤淳論』所収）と鈴木一正「江藤淳参考文献目録」（同人誌「時空」連載中）に助けられた。江藤淳の著作や発言は可能な限り集めたが、まだそのすべてではない。単行本未収録の著作に重要な鍵が潜んでいることは執筆の途中から強く意識した。江藤淳という文学者は「書かずにはいられない」文士なのであった。評伝の最大の宝庫は、遺された数々の著書と著作である。いつの日にか『江藤淳全集』が刊行されることを待望している。

平成三十一年（二〇一九）三月七日

平山周吉

江藤淳著書目録

著書

『夏目漱石』昭31・11　東京ライフ社「To Keiko」という献辞がある。序文は平野謙
『奴隷の思想を排す』昭33・11　文藝春秋新社　初の評論集
『作家は行動する――文体について』昭34・1　講談社　初の書下ろし。帯文の評者は中村光夫、武田泰淳、大江健三郎。装幀は石原慎太郎
『海賊の唄』昭34・8　みすず書房　新書判の評論・感想集
『作家論』昭35・2　中央公論社　初の作家論集
『日附のある文章』昭35・10　筑摩書房　六〇年安保の時代を中心とした社会評論集
『小林秀雄』昭36・11　講談社　新潮社文学賞を受賞した評伝。帯の推薦文は平野謙
『西洋の影』昭37・10　新潮社　評論・紀行集
『文芸時評』昭38・10　新潮社
『アメリカと私』昭40・2　朝日新聞社「と私」を初めてタイトルに。箱の絵には「妻慶子がケイプ・コッドで描いた水彩画」、本文中に江藤夫妻が撮影した写真を掲載
『犬と私』昭41・4　三月書房　初の随筆集。「装幀　江藤淳」「カット　江藤慶子」
『続　文芸時評』昭42・3　新潮社
『成熟と喪失――〝母〟の崩壊』昭42・6　河出書房新社　日本の「近代」を論じた代表的な文芸評論
『崩壊からの創造』昭44・5　勁草書房　文学評論集
『表現としての政治』昭44・7　文藝春秋「人と思想」シリーズの一冊
『考えるよろこび』昭45・1　講談社　最初の講演集
『漱石とその時代　第一部・第二部』昭45・8　新潮社　書下ろし評伝。第一部、第二部ともに献辞は「In Memoriam Matris Mei」。推薦文は第一部が中村光夫、第二部が小林秀雄。野間文芸賞と菊池寛賞を受賞
『随筆集　旅の話・犬の夢』昭45・9　講談社
『随筆集　夜の紅茶』昭47・3　北洋社　装幀は「著者自装」、口絵のカラー写真も「著者撮影」
『アメリカ再訪』昭47・4　文藝春秋　日米関係を中心とした評論集
『一族再会　第一部』昭48・5　講談社　既存のジャンルに収まらない自伝的家族史
『批評家の気儘な散歩』昭48・8　新潮社　連続講演。推薦文は福原麟太郎
『海舟余波――わが読史余滴』昭49・4　文藝春秋　史伝。装幀は著者自装

『江藤淳全対話1〜4』昭49・4〜7　小沢書店　デビューから昭和四十八年までの対談、座談会の中から六十五本を収録
『決定版　夏目漱石』昭49・11　新潮社　デビュー作にその後の漱石論を増補
『フロラ・フロラアヌと少年の物語』昭49・11　北洋社　著者の青春を封じ込めたような限定本。普及版は昭53・6刊。
『こもんせんす』昭50・1　北洋社「週刊現代」連載のコラム集の第一弾
『漱石とアーサー王傳說――『薤露行』の比較文學的研究』昭50・9　東京大学出版会　学位請求論文として慶應義塾大学大学院文学研究科に提出された博士論文。「父上に」捧げられている
『続こもんせんす』昭50・12　北洋社
『海は甦える――山本権兵衛と海軍　第一部・第二部』昭51・1〜2　文藝春秋　文藝春秋読者賞を受賞
『明治の群像1・2――海に火輪を』昭51・9〜52・3　新潮社　江藤がシナリオを執筆したNHKの大型番組の原作本。番組は放送文化基金賞奨励賞を受賞
『続々こもんせんす』昭51・12　北洋社
『再びこもんせんす』昭52・12　北洋社
『もう一つの戦後史』昭53・4　講談社　終戦から占領期に当事者として「一国の運命に深く関わった人々」との対談集。ここから江藤の戦後研究は本格的に始まる
『なつかしい本の話』昭53・5　新潮社　自伝的読書エッセイ
『蒼天の谺』昭53・9　北洋社　対談集
『再々こもんせんす』昭53・11　北洋社
『歴史のうしろ姿』昭54・1　日本書籍「現代の随想」シリーズの一冊
『日付のある対話』昭54・1　北洋社　対談集。著者自装
『仔犬のいる部屋』昭54・6　講談社　随筆集。「この書を父上の御霊に捧げまゐらす」とある。「装幀・挿画　江藤慶子」
『忘れたことと忘れさせられたこと』昭54・12　文藝春秋「占領三部作」の第一作。本多秋五との無条件降伏論争も併録
『パンダ印の煙草――新こもんせんす1』昭55・3　北洋社
『一九四六年憲法――その拘束』昭55・10　文藝春秋「占領三部作」の第二作
『ワシントン　風の便り』昭56・4　講談社「こもんせんす」シリーズの七冊目
『文人狼疾ス』昭56・6　文藝春秋　開高健との対談集
『落葉の掃き寄せ――敗戦・占領・検閲と文学』昭56・11　文藝春秋「占領研究」の文学篇
『海は甦える――山本権兵衛と政治　第三部〜第五部』昭57・7〜58・12　文藝春秋
『ポケットのなかのポケット』昭57・11　講談社「こもんせんす」シリーズ最終巻
『利と義と』昭58・6　TBSブリタニカ　二冊目の講演集

『自由と禁忌』昭59・9　河出書房新社　物議を醸した長編文芸評論
『西御門雑記』昭59・11　文藝春秋　日本経済新聞連載の随筆集
『大きな空　小さい空——西御門雑記Ⅱ』昭60・9　文藝春秋
『オールド・ファッション——普通の会話　東京ステーションホテルにて』昭60・10　中央公論社　対談相手は蓮實重彦
『近代以前』昭60・11　文藝春秋　昭和四十年に「文學界」に連載された「文学史に関するノート」を改題し単行本化
『女の記号学』昭60・12　角川書店　文学エッセイ集
『日米戦争は終わっていない——宿命の対決―その現在、過去、未来』昭61・7　ネスコ
『昭和の宰相たちⅠ〜Ⅳ』昭62・4〜平2・6　文藝春秋　大河昭和史
『同時代への視線』昭62・6　ＰＨＰ研究所　時務論集
『批評と私』昭62・7　新潮社　論争的な評論集
『日本は世界を知っているか——転換期の知恵』昭63・3　サイマル出版会　長田庄一（東京相互銀行会長）との対談集
『リアリズムの源流』平元・4　河出書房新社　文学評論集
『文学の現在』平元・5　河出書房新社　連続対談集
『離脱と回帰と——昭和文学の時空間』平元・5　日本文芸社　富岡幸一郎がインタビュアーとなった対談集
『天皇とその時代』平元・7　ＰＨＰ研究所　時務論集。昭和天皇奉悼と「平成」という新時代批判をリアルタイムで記録
『昭和の文人』平元・7　新潮社　長編文芸批評
『閉された言語空間——占領軍の検閲と戦後日本』平元・8　文藝春秋　「占領三部作」の完結編。まもなく英訳版が出る
『全文芸時評（上・下）』平元・11　新潮社　二十年に及んだ文芸時評のすべてを収録する、生きた文学史
『断固「ＮＯ」と言える日本——戦後日米関係の総括』平3・5　光文社　石原慎太郎との共著
『日本よ、何処へ行くのか』平3・12　文藝春秋　時務論集
『漱石論集』平4・4　新潮社『決定版　夏目漱石』以後の漱石論の集成
『言葉と沈黙』平4・10　文藝春秋　文学論集
『大空白の時代』平5・7　ＰＨＰ研究所　時務論集
『漱石とその時代　第三部』平5・10　新潮社　二十年ぶりに再開されたライフワーク。推薦文は小島信夫。献辞は「In Memoriam Patris」（第四部も）
『腰折れの話』平6・11　角川書店　俳句と病気をめぐる長編エッセイ
『日本よ、亡びるのか』平6・12　文藝春秋　時務論集
『人と心と言葉』平7・9　文藝春秋　随筆集
『荷風散策——紅茶のあとさき』平8・3　新潮社　永井荷風についての長編エッセイ

『渚ホテルの朝食』平8・3　文藝春秋　随筆集
『保守とはなにか』平8・9　文藝春秋　時務論集
『漱石とその時代　第四部』平8・10　新潮社　推薦文は平川祐弘
『国家とはなにか』平9・10　文藝春秋　時務論集
『月に一度』平10・2　産経新聞社　政治コラム集
『南洲残影』平10・3　文藝春秋　西郷隆盛の史伝
『南洲随想　その他』平10・12　文藝春秋　随想と時務論
『妻と私』平11・7　文藝春秋
『幼年時代』平11・10　文藝春秋　遺作
『漱石とその時代　第五部』平11・12　新潮社　未完に終わったライフワーク。解説は桶谷秀昭、推薦文は大庭みな子
『石原慎太郎論』平16・4　作品社　石原論のすべてを集めた評論集
『文学と非文学の倫理』平23・10　中央公論新社　吉本隆明との全対談集

著作集・訳書・編著その他

『江藤淳著作集』全六巻　昭42・7～12　講談社
『江藤淳著作集　続』全五巻　昭48・1～5　講談社
『新編　江藤淳文学集成』全五巻　昭59・11～60・3　河出書房新社　江藤の自選による代表作集。構成は「夏目漱石論集」「小林秀雄論集」「勝海舟論集他」「文学論集」「思索・随想集」。
『江藤淳コレクション』全四巻　平13・7～10　ちくま学芸文庫　福田和也編　主要著作から編者の判断で集めた選集。第二巻に生前未刊行の「日本と私」を収録。
『金色の鷲の秘密〈ジュニア・ミステリ〉7』昭33・9　早川書房　エラリー・クイーン著　内村直也訳　内村の代訳をした少年少女向け翻訳ミステリー
『シンポジウム　発言』昭35・3　河出書房新社　「怒れる若者たち」の討論と主張の記録。江藤は司会役で、仕掛け人
『クルップ五代記――人われを死の商人と呼ぶ』昭36・11　新潮社　ノーバート・ムーレン著　江藤淳訳
『二輪馬車の秘密』昭39・11　新潮文庫　ファーガス・ヒューム著　江藤淳・足立康訳
『われらの文学』全22巻　昭40・11～42・8　講談社　大江健三郎・江藤淳責任編集　大江と江藤の二人が完全責任編集した戦後文学全集。第22巻は「江藤淳・吉本隆明」で、解説は大江
『文学と思想』昭42・7　河出書房新社　吉本隆明との対談「文学と思想」を巻頭に据えた諸家の対談集成

『シンポジウム　芸術と思想』昭44・11　講談社　江藤淳・高階秀爾・遠山一行編
『チャリング・クロス街84番地――書物を愛する人のための本』昭47・4　日本リーダーズダイジェスト社　ヘレーン・ハンフ編著　江藤淳訳
『文学と私・戦後と私』昭49・1　新潮文庫　著者自選の随筆集
Jun Eto「A nation reborn : a short history of postwar Japan」International Society for Educational Information　昭49　英文で書かれた戦後日本史
『朝日小事典　夏目漱石』昭52・6　朝日新聞社　江藤淳編
『日本の名著32　勝海舟』昭53・2　中央公論社　責任編集・江藤淳
『終戦史録』全六巻　昭52・6〜53・7　北洋社　外務省編　江藤淳解説　主権が回復した昭和二十七年に、外務省によって刊行された『終戦史録』を六分冊にした新版。江藤は全巻に解説を執筆。吉田茂賞受賞
『終戦史録　別巻・シンポジウム　終戦を問い直す』昭55・5　北洋社　江藤淳編　『終戦史録』再刊完結を機に行なわれたシンポジウムの記録
『占領史録1〜4』昭56・11〜57・8　講談社　江藤淳編　外務省が公開した「戦後記録」から重要な史料を選択、編集した全四巻の史料集。江藤は各巻に解説を執筆
『去る人　来る影』昭57・10　牧羊社　自選の人物論集
『三匹の犬たち』昭58・6　河出文庫　著者自選の三代の犬たちの随筆集。挿画は慶子夫人
『憲法論争――その経緯と焦点』昭59・4　日本放送出版協会　ＮＨＫ編　林修三・小林直樹・色川大吉・江藤淳著　ＮＨＫの討論番組の書籍化
『日本の名随筆76　犬』平元・2　作品社　江藤淳編
『終戦工作の記録』昭61・8〜9　講談社文庫　江藤淳監修　栗原健・波多野澄雄編
『靖国論集――上、下　日本の鎮魂の伝統のために』昭61・12　日本教文社　江藤淳・小堀桂一郎編
『森鷗外を語る／夏目漱石を語る』平3・8　日本放送出版協会　「ＮＨＫこころをよむ」テキスト　吉野俊彦との共著　江藤は漱石を担当
『明治を創った人々』平4・7　日本放送出版協会　「ＮＨＫ人間大学」テキスト
『昭和史――その遺産と負債』平元・5　朝日出版社　江藤淳監修
『「漱石とその時代」を語る』平6・2　新潮社　「新潮カセット講演」の一本。江藤淳講演
『日米安保で本当に日本を守れるか――新しい同盟は可能か』平8・4　ＰＨＰ研究所　江藤淳編
『漱石と近代日本文学』平24・1　慶應義塾大学出版会　「ＣＤシリーズ　慶應義塾の名講義・名講演」のひとつで、ＣＤ三枚組　解説は田中和生

ら 行

わ 行

や　行

ま　行

は 行

な　行

た 行

さ　行

か　行

主要人名索引

江藤《えとう》淳《じゅん》は甦《よみが》える

著者

平山《ひらやま》周吉《しゅうきち》

発行

2019年4月25日

発行者 佐藤隆信
発行所 株式会社新潮社
〒162-8711 東京都新宿区矢来町71
電話 編集部 03-3266-5411
読者係 03-3266-5111
https://www.shinchosha.co.jp

印刷所
大日本印刷株式会社
製本所
加藤製本株式会社

乱丁・落丁本は、ご面倒ですが小社読者係宛お送り下さい。
送料小社負担にてお取替えいたします。
価格はカバーに表示してあります。

ISBN978-4-10-352471-7 C0095

心身の不自由は進み、病苦は堪え難し。去る六月十日、脳梗塞の発作に遭いし以来の江藤淳は形骸に過ぎず。自ら処決して形骸を断ずる所以なり。乞う、諸君よ、これを諒とせられよ。

平成十一年七月二十一日

江藤 淳